I0788562

LA MALÉDICTION DES VAMPIRES
Congrégations Royales
Tomes 1 à 3
AUTEUR À SUCCÈS USA TODAY
J.R. THORN

Quatre vampires sexy. Une sorcière née mortelle. Un secret ancestral qui les mettra à rude épreuve.

Activer une malédiction millénaire, oui, voilà bien une bêtise dont je suis capable. Je ne suis pas une sorcière très douée, étant donné que je suis mortelle de naissance, et je ne suis même pas censée posséder de tels pouvoirs.

À moins que… ?

Quand les quatre vampires que j'ai réveillés réclament leur dû – vous voyez la boulette ? – ils s'avèrent être les mentors les plus torrides dont je puisse rêver pour réussir mon initiation et intégrer les Covens royaux.

Ils sont censés m'apprendre à cacher ce que je suis réellement : la réincarnation d'une sorcière ancienne et puissante. Cela dit, je crois qu'ils me racontent cette histoire uniquement pour coucher avec moi.

Ce que mes vampires ne me cachent pas, en revanche, c'est leur désir pour moi – pour mon corps, mais aussi pour mon sang. Et ce frisson dangereux pourrait bien m'attirer de sérieux ennuis.

Prophétie du Deuxième Écho de Calamity, la grande catastrophe.

Rédigée par Renee, Voyante de Fortune Street et Maîtresse des Clés des Quatre Mondes

Je dois témoigner d'une vision épouvantable, et je prie pour qu'elle ne se réalise jamais. Les vampires se révoltent et succombent à un désir de bain de sang, répandant la mort et la destruction dans le monde des humains. Les bains de sang regorgent de magie. C'est ainsi que les vampires sont nés et qu'ils prospèrent encore. Si ma vision est prémonitoire, quelque chose de bien pire que les vampires pourrait s'élever des cendres et tous nous dévorer.

Ce n'est pas la première intuition dont j'ai empêché l'avènement. Je suis une Sorcière du Destin, porteuse du titre de Maîtresse des Clés. Seule une sorcière très puissante pourra éviter ce qui se présage, et cela ne peut être moi.

Le Cycle Millénaire de la Mort s'est accompli, mais son écho persiste. Il a déjà frappé auparavant, renversant les enfers et réussissant presque à envoyer tous ses démons sur le plan terrestre. À ma grande surprise, ce furent un succube, mon fils, et quelques surnaturels qui, ensemble, sont parvenus à empêcher l'enfer lui-même de se déverser dans notre monde.

Cependant, je crains qu'un autre écho approche à l'horizon, et vite.

Le Deuxième Écho de la grande catastrophe.

Une seule personne peut venir à bout de cette menace. Le Cycle de la Mort tente quelque chose de nouveau : la Vie. Il va ressusciter les tribus vampires perdues et menacer l'ordre des Congrégations Royales. Si cela se produit, il n'en faudra pas plus pour faire plonger l'humanité et les surnaturels dans la guerre, et donner cours au bain de sang dont il a besoin pour créer le monstre qui nous dévorera tous.

Je dois jeter un sort afin d'empêcher cette calamité. Si j'actionne les bonnes manettes du destin, je trouverai la sorcière parfaite pour tous nous sauver… si elle et ses compagnons ne sont pas détruits durant le processus.

Que les dieux me pardonnent pour ce que je dois accomplir.

UN SIGNE

Je n'avais pas de raison d'être de mauvaise humeur aujourd'hui, mais une sinistre sensation de crainte me tenaillait et refusait de me quitter. Étant donné que je devais être initiée aux arts sombres quelques jours plus tard, il était normal que je me sente angoissée. Je grattai le cordon de mon corsage, qui constituait en réalité ce que j'allais mettre sous la robe que je devais porter ce soir. Une veste en cuir noir et un sort complétaient la tenue et me donnaient la sensation d'être sexy et libre, tant que je pouvais rester méconnaissable.

Un corbeau se posa sur un poteau tout proche et croassa dans ma direction, me faisant sursauter.

— Ouste ! criai-je.

Il me fixa de son regard perçant et sombre.

Je décidai d'ignorer ce mauvais signe et saisis mon carnet de notes pour me promener dans l'un de mes endroits préférés au monde. Le cimetière qui entourait les vieilles chapelles de ce côté de mon village était très peu fréquenté, mais c'était pour cette raison que j'aimais m'y rendre. Les sorcières n'appréciaient pas les lieux de mort. La mortalité les terrifiait plus que tout autre chose, et elles restaient donc aussi loin que possible de tout ce qui pouvait leur rappeler la durée limitée de leur existence. Les humains acceptaient le repos éternel à contrecœur, car il était inévitable, mais les sorcières avaient d'autres options, et elles la craignaient donc d'autant plus. Très peu pouvaient se vanter d'avoir obtenu l'immortalité véritable, et celles-ci avaient probablement payé un prix bien trop élevé pour un tel don, du moins selon moi.

Sparkles, mon chat et familier magique au pelage de minuit, tournait en rond autour de mes chevilles, parvenant à ne pas me faire trébucher tandis que je me déplaçais comme une ombre entre les pierres tombales fendues. Sparkles, « étincelles » en anglais, avait été nommé ainsi à cause de la magie qu'il projetait de sa fourrure. Chaque fois qu'il se frottait contre ma peau, il m'en offrait un peu. C'était un familier généreux, mais j'avais la sensation qu'il me prenait plutôt en pitié. J'étais une mortelle. Mes parents n'étaient pas des sorciers, et tant que je n'avais pas effectué l'initiation de ma congrégation, je n'avais pour pouvoirs que ceux que des tiers pouvaient me procurer. J'en recevais des doses lors de dîners avec ma famille adoptive (je ne veux même pas savoir de quoi étaient vraiment composés nos repas), d'autres en respirant les herbes magiques qui entouraient la propriété où je vivais, et une proportion significative de ma magie me provenait de mon animal de compagnie lorsqu'il s'inquiétait pour moi, c'est-à-dire constamment et surtout lorsque j'avais des ennuis.

— Arrête, Sparkles, le grondai-je avant de me pencher pour lui gratter le menton.

Il accepta ma caresse et ronronna. Il cligna ses grands yeux émeraude avec un dédain très félin.

— J'ai beau être humaine, cela ne signifie pas que je suis faible, lui rappelai-je tout en sortant une dague de ma chaussette à froufrous.

Il émit un miaulement dans ma direction, et, bien que personne d'autre n'était capable de le comprendre, j'étais devenue plutôt douée pour déchiffrer ce qu'il essayait de dire.

— Oui, j'ai une histoire pour celle-là aussi, lui répondis-je en me redressant.

J'admirai un moment la vague engravée qui courait le long de la lame avant de la ranger à ma ceinture. J'aimais les dagues, surtout celles qui étaient belles et uniques. Les sorcières comme moi devaient toujours avoir des objets pointus ou tranchants à portée de main. Nos sorts requéraient du sang, et il aurait été embarrassant d'attraper une infection en se coupant avec la lame de quelqu'un d'autre. C'est pourquoi je choisissais toujours des lames facilement reconnaissables. Après avoir acheté celle-ci au marché humain, j'avais inventé une histoire selon laquelle j'étais tombée par hasard sur de vieilles connaissances de la Congrégation du Saphir, et que je l'avais acquise auprès d'eux. C'était hélas bien plus acceptable qu'admettre que je m'étais « mêlée à des mortels ».

Je m'aventurai plus profondément dans le cimetière et cherchai mon endroit préféré, un mémorial antique marqué de quatre colonnes, puis m'installai en leur centre. Sparkles se joignit à moi et se recroquevilla en boule contre mes jambes.

J'ouvris mon carnet de dessin et tirai un crayon de ma sacoche. J'aimais dessiner tout ce qui me passait par l'esprit, mais récemment, mes croquis étaient devenus de plus en plus étranges. Je représentais sans cesse la même rune, encore et encore. Une rune qui n'était présente dans aucun des livres de la Congrégation.

La première page de mon carnet représentait Sparkles, du moins en version caricaturale. C'était avant que je commence à tracer les runes. Je le caressai en le voyant s'asseoir à mes pieds.

— Qu'est-ce que tu en penses, Sparkles ? Qu'est-ce que je vais dessiner aujourd'hui ?

Il leva la tête et m'adressa un long bâillement, la seule forme de considération à laquelle j'aurais droit pour lui avoir tiré le portrait.

Je soupirai et fis défiler les pages, laissant ma créativité être attisée par ce qui s'y trouvait. J'avais réalisé des croquis de dagues depuis plus longtemps que je n'aimais l'admettre, chacun plus détaillé que le précédent, et j'avais commencé à ajouter des runes aux lames. Enfin, une rune en particulier avait commencé à prendre de l'importance dans mon carnet, au point que les dernières pages en étaient complètement recouvertes. Je sautai rapidement ces feuilles, ignorant le sentiment de crainte qui grandissait en moi. J'étais nerveuse à l'idée de passer mon initiation, rien de plus.

Les yeux rivés sur la page blanche, je pressai la mine de mon crayon contre elle en grimaçant.

Je fermai les paupières et laissai mon imagination prendre les rênes. Peut-être pourrais-je dessiner les gens que j'avais vus aujourd'hui, ou rêver d'un futur dans lequel je n'étais pas destinée à devenir sorcière. Je n'étais même pas sûre de savoir à quoi cela pourrait ressembler. J'étais reconnaissante auprès de la Congrégation de s'être occupée de moi. Mais un souvenir horrible hantait mon esprit comme un trou noir. Je supposais que les ténèbres qui occupaient mon esprit étaient celles d'une réminiscence réprimée de ce qui avait pu arriver à mes parents. Personne n'en parlait. Personne n'osait en discuter avec moi, comme s'ils avaient peur de réveiller une histoire qu'il valait mieux oublier pour toujours.

Mon crayon se mit à danser, et, à travers lui, ma créativité put s'échapper. Il était plus facile pour moi de m'exprimer au travers de l'art que par la magie. Peut-être que cela était dû à mon côté mortel, ce que la Congrégation considérait comme un défaut. Ma tante (pas la vraie, mais la femme qui m'avait élevée) me disait toujours que je devrais me débarrasser de cette habitude une fois devenue officiellement un membre digne de la Congrégation.

Ce jour n'était pas encore arrivé. Le doux bruit des grattements emplit mes oreilles tandis que le plomb de mon crayon frottait contre le papier et que mes doigts se mouvaient d'eux-mêmes. Mes dessins semblaient toujours représenter les choses qui m'étaient les plus importantes, qu'elles soient grandes ou petites. Aujourd'hui, j'espérais que ce serait une dague classe, ou le mec canon que j'avais croisé dans la rue. Pas cette foutue rune…

En ouvrant les yeux, des frissons parcoururent ma peau. Je l'avais encore dessinée, mais cette fois, elle était plus détaillée que jamais. Elle semblait si réelle, ses tranchants métalliques avaient l'air si durs, comme si elle était engravée dans mon cahier.

Je sursautai en entendant le corbeau crier juste à côté de moi, et Sparkles bondit avec un miaulement strident. Il se mit à grogner en direction du volatile, et c'est alors que je compris qu'il ne s'agissait pas d'un corbeau ordinaire.

Durant la transe pendant laquelle j'avais produit mon dessin, les quatre piliers qui m'entouraient avaient pris vie, et, avant même que je ne puisse fuir la plateforme, un sort s'abattit sur moi.

JE POSSÉDAIS une certaine expérience des maléfices de vision. Être une sorcière de sang mortel était équivalent à me promener avec une cible sur le front. Si je venais à contrarier une sorcière, ce qui arrivait souvent, quelques cauchemars très réalistes m'attendaient généralement.

Mais cette illusion-là, en revanche, était bien réelle. Le cimetière était plongé dans une pénombre sinistre qui aurait même pu glacer le sang de quelqu'un comme moi qui adorait le gothique et le tragique. Des rosiers morts jonchaient le sol, et une puissante odeur de cendre embaumait l'air, comme si toute la vie qui occupait cette planète s'était consumée.

Je me relevai péniblement et découvris que je n'étais plus seule. Sparkles ne m'avait pas accompagnée dans la vision, mais quatre silhouettes sombres quittaient les piliers et se rassemblaient autour du centre. Elles ne semblaient pas capables de me voir, et je me précipitai hors du chemin de la plus proche.

L'illusion devint plus claire lorsqu'ils atteignirent le milieu, et les ténèbres s'éclaircirent légèrement. Les silhouettes prirent des formes et des couleurs, jusqu'à ce que quatre magnifiques hommes se tiennent finalement devant moi. Chacun d'entre eux avait des yeux rouges incandescents, comme seuls en possédaient les puissants sorciers que j'avais rencontrés par le passé et qui dirigeaient les congrégations. Mais il existait aussi une autre possibilité. D'autres créatures avaient des yeux rouges incandescents.

Les vampires.

Je déglutis et pris mon courage à deux mains avant de m'approcher. Leurs voix basses se joignaient en une conversation murmurée, et je mourais de savoir de quoi ils parlaient.

— C'est l'idée la plus stupide que tu aies jamais eue, dit celui avec la chevelure roux écarlate dans un accent irlandais à faire fondre de désir.

L'homme qu'il fixait d'un regard sombre croisa les bras. Il ne ressemblait à aucun mage que j'avais vu auparavant, avec ses bras complètement recouverts de tatouages et son piercing à la lèvre.

— Au moins, c'est une idée, Quinn. Qu'est-ce que tu proposes ? Laisser les congrégations nous tuer, comme ils l'ont assassinée ?

— Précisément, indiqua le troisième type d'une voix délicieusement douce.

En le considérant, je trouvai qu'il avait l'apparence la plus raffinée parmi les quatre. Des abdominaux particulièrement sculptés étaient visibles sous sa chemise en soie qui était déboutonnée à son cou, me permettant d'admirer suffisamment de peau pour me faire rougir. Je me glissai un peu plus près, mais je ressentis qu'ils ne pouvaient pas me remarquer.

Le quatrième soupira et dégaina un cran d'arrêt, me laissant sans voix. Il fit glisser la lame du bout de ses doigts d'une manière qu'il avait dû répéter un bon nombre de fois, comme un tic pour évacuer le stress.

— Alors, il nous faut devenir des vampires et ajouter nos propres morts à notre deuil.

Mes yeux faillirent jaillir de leurs orbites. Je sus immédiatement qui étaient ces hommes, même si cela aurait dû être impossible.

Ils se turent tous, semblant approuver ce que le dernier d'entre eux venait de déclarer. On pouvait seulement entendre le bruit de la lame du cran d'arrêt qui fendait l'air.

— Vous êtes les fondateurs des tribus vampires perdues, murmurai-je en un souffle, abasourdie par le spectacle qui se présentait à moi, même si j'ignorais qui était la femme dont ils parlaient.

Néanmoins, c'était là un fragment oublié de l'histoire de la Congrégation, ou plutôt un fragment caché. Les congrégations n'aimaient pas s'attarder sur leurs erreurs passées, ce qui rendait cette vision particulièrement intéressante à mes yeux.

Je m'installai entre deux des quatre gars, le bien habillé et l'Irlandais roux nommé Quinn, et décidai de tendre l'oreille afin de découvrir quelques secrets de mages tout en en profitant pour admirer ces superbes spécimens masculins. Si, bien sûr, tout ceci n'était effectivement qu'une illusion. Cela n'aurait pas été la première fois que des mages feignaient mon existence.

— Hé, les gars, je vais enlever le haut, annonçai-je à voix haute en guise de test.

L'absence de réaction de leur part me confirma qu'aucun d'entre eux ne pouvait m'entendre. Même si les sorciers avaient tendance à m'ignorer, les seins semblaient toujours attirer leur attention.

Satisfaite de me savoir invisible à leurs yeux, je me penchai vers Quinn avec un sourire aux lèvres.

— Je parie que, pour toi, les filles retirent le haut chaque fois, pas vrai ?

Il continua d'ignorer ma présence et observa l'autre mage qui jonglait toujours avec sa lame. J'eus l'impression que Quinn réfléchissait toujours longuement avant de prendre une décision importante. Quoi que l'homme au cran d'arrêt vînt de décider, Quinn n'allait pas l'accepter aisément.

Je soupirai et m'approchai du type raffiné.

— Et toi ? Comment t'appelles-tu ?

Mon regard plongea vers sa chemise entrouverte, et je soupirai à la vue des lignes parfaites qui se dessinaient au travers de la soie.

— Je devrais peut-être t'appeler Bien-taillé, parce que fichtre…

Avant que je ne puisse poursuivre ma tirade avec des commentaires graveleux, le sol se mit à gronder, et je serrai les genoux par réflexe. Les mages ne semblèrent pas remarquer que le monde était en train de s'effondrer et poursuivaient paisiblement leur conversation.

— Euh, les gars ? lançai-je, souhaitant soudainement qu'ils fussent capables de m'entendre.

Le sol trembla de nouveau, et les piliers qui nous entouraient se mirent à briller. Ma sensation d'angoisse se mua en une panique totale. Était-ce là ce que mes sens de sorcière m'avaient fait pressentir ? Ma mort au milieu des ruines d'un sort raté ?

Quiconque m'avait lancé ce maléfice allait me le payer… une fois que j'aurais survécu, bien sûr.

Sparkles n'était pas près de moi pour m'offrir de la magie fraîche, mais, heureusement, il s'était frotté contre mes chevilles et m'en avait donné de petites doses toute la journée. Elle pulsait dans mes veines, et, maintenant qu'une montée d'adrénaline me parcourait tout le corps, cette puissance électrisante était à son paroxysme. Mes bras et mes jambes étaient sillonnés de picotements, et j'essayai au mieux de calmer ma respiration saccadée.

— Tu peux y arriver, me répétais-je tout en serrant mes poings. Tu dois juste lancer un sort de rappel. Tu peux le faire.

Je fermai les yeux et tentai d'ignorer le vacarme du monde qui se déchirait autour de moi. La vision n'allait pas durer pour toujours, mais si je m'y trouvais encore au moment où elle s'effondrerait, mon esprit volerait en éclat et je mourrais. Si je ne retrouvais pas mon corps en l'espace de quelques secondes, mon esprit serait piégé ici et fragmenté en mille morceaux, laissant mon enveloppe pourrir tandis que mon âme serait condamnée à la folie.

Mince, qui pouvait m'en vouloir à ce point ? Quelle fin horrible !

Je n'avais pas le temps de me remémorer la liste interminable de mes ennemis. Il était temps que j'accomplisse la chose à laquelle j'étais la plus mauvaise.

Lancer un sort de rappel sous la pression.

Ou… prononcer des maléfices en général.

Je dégainai ma dague, heureuse de l'avoir emportée avec moi, et traçai une entaille droite sur la paume de ma main, fière de ne pas avoir eu la moindre hésitation. Du sang coula à mes pieds, et je murmurai des incantations. Au départ, rien ne se produisit. Je bafouillai mes mots en latin et devins de plus en plus exaspérée. Pourquoi ne pouvais-je même pas lancer un sort en latin ? Ce n'était pas comme si j'essayais de prononcer un maléfice de sorcière pur. La magie utilisait son propre idiome, et les sorcières expérimentées le connaissaient comme leur langue maternelle. Le latin était employé pour la magie de bas étage, et je n'étais même pas capable de m'en servir.

La douleur se propageait dans tout mon bras droit tandis que la vision se morcelait contre mon sort, et je titubai pour m'éloigner de la brèche. Mes yeux s'ouvrirent de nouveau, et je serrai les dents, la frustration me prenant au cœur. J'allais donc vraiment mourir ici ?

Je jetai un regard par-dessus mon épaule en direction des quatre hommes qui continuaient de parler comme si de rien n'était. Soit ils n'étaient réellement pas ici, soit…

Les piliers. J'en avais compté quatre, et il y avait quatre mages. Ce n'était pas une coïncidence. Leurs esprits étaient sains et saufs dans ces colonnes, lesquelles étaient totalement intactes alors que le reste du monde s'effondrait en morceaux. Si je ne pouvais effectuer le rappel grâce à ma magie… j'en étais capable grâce à la leur.

Décidant de tenter ma chance, je bondis vers l'un des piliers et maculai la pierre du sang issu de mon entaille. Je grimaçai en sentant la surface rude frotter contre ma plaie.

Je me retournai vers les mages, retins mon souffle et attendis.

Le type au cran d'arrêt se figea, sa lame brandie en l'air, et son regard se braqua sur le mien, m'immobilisant sur place. Je repris ma respiration. Oui, bordel ! Ça marchait.

Sans tarder, je courus vers la colonne suivante et me tailladai de nouveau la main, me mordant la lèvre pour étouffer un cri tout en recouvrant la pierre de sang frais.

Je ressentis distinctement d'autres yeux se poser sur moi, ainsi que la sensation d'un sol dur sous mes pieds, et je me pressai vers le pilier suivant. J'exécutai un sort de rappel très peu orthodoxe qui comprendrait probablement de vilains effets secondaires, mais qui m'éviterait au moins la mort.

Lorsque j'eus ensanglanté la dernière colonne, l'air tout autour de moi se mit à se déchirer comme une toile d'araignée, et je compris que je serais morte si je n'avais pas agi aussi vite. De la sueur se forma sur mon front, et je pressai ma main blessée contre ma poitrine, satisfaite de savoir que si je n'étais pas douée pour lancer des maléfices, je pouvais au moins me débrouiller en m'accaparant la magie des autres. Comme une brigande de la Wicca. Ça sonnait bien.

Tous les sorciers me fixaient désormais dans un silence de mort. Je les dévisageais également.

— Quoi ? leur crachai-je. Vous croyez que je vais laisser gagner celui qui veut ma mort ? Ne soyez pas cons.

Le bien habillé leva un sourcil. Bon, maintenant ils pouvaient m'entendre.

M. Cran-d'Arrêt afficha son couteau d'un geste maîtrisé et agita les deux manches pour que la lame puisse s'y ranger. Il s'approcha de moi, et ma bouche devint sèche. Ma tête lui arrivait à la poitrine, et je dus me briser la nuque pour rencontrer son regard colérique.

— Qui es-tu ? hurla-t-il comme si je venais de m'incruster à une soirée privée.

Je m'apprêtais à rétorquer une remarque bien placée comme « Ton pire cauchemar », avec ma meilleure voix de monstre, mais je fus aussitôt prise de nausée, et la vision s'effondra enfin. Je pris ma tête entre mes mains et m'effondrai au sol, les ténèbres me dévorant.

Peut-être allais-je vraiment mourir, finalement.

ON FAIT LA COURSE ?

*J*e me réveillai et découvris Sparkles, toutes pattes sur ma poitrine. Il miaula à la mort et lécha ma main blessée.

— Aie ! criai-je en me relevant d'un coup, projetant le chat dans les airs.

Il atterrit gracieusement sur ses pattes et, de ses yeux verts, me jeta un regard noir qui brillait de magie. Bon, il avait apparemment réussi à tirer ma carcasse de la vision. Je lui adressai un sourire en coin.

— Merci, Sparks. Je vais bien maintenant.

Il m'avertit avec un grondement. Je n'étais pas encore tirée d'affaire.

Puis je vis pourquoi il paniquait. Des lueurs orange et roses teintaient l'horizon, et mon sang ne fit qu'un tour. Le crépuscule était proche. Merde !

Je me remis péniblement sur pied et luttai pour ne pas perdre connaissance en remarquant du sang frais maculé sur les quatre piliers dans d'horribles traînées désespérées. Je baissai les yeux et découvris ma main, toujours mutilée, ce qui signifiait que, même si j'avais été dans une vision, mes blessures et mes actions avaient entraîné des répercussions dans le monde réel. Cela voulait dire que j'avais été sous l'effet d'un sort extrêmement puissant, du niveau des Congrégations Royales.

Merde, qui avais-je pu enrager à ce point ? J'essayais de faire profil bas avant mon initiation, mais un des Royaux avait clairement une dent contre moi et voulait ma mort avant que la magie de ma famille me rende trop difficile à tuer.

Une bourrasque poussiéreuse balaya le cimetière et apporta une odeur de terre et de feuillages. Cette senteur fut particulièrement rafraîchissante après l'illusion cauchemardesque à laquelle je venais d'assister, mais elle ne suffit pas à calmer mon cœur qui battait la chamade. Je jetai un nouveau coup d'œil sur la nécropole, mais les hommes qui étaient apparus dans ma vision avaient disparu. J'étais seule. J'ignorais si j'étais déçue ou rassurée. Ces types avaient l'air dangereux, et ils étaient clairement mécontents d'avoir remarqué ma présence.

— Ressaisis-toi, Evie, me grondai-je.

Ces types ne pouvaient être que des conjurations magiques invoquées par la vision et étaient morts depuis longtemps, pas vrai ? Il était impossible que les fondateurs des tribus vampiriques perdues puissent être encore en vie. Les Congrégations Royales les avaient décimées il y a des lustres. Les sorcières et les vampires pouvaient parfois s'entendre, mais les sorcières qui choisissaient de se transformer en vampires enfreignaient une sorte de code moral et devenaient des Renégates.

Je ravalai ma préférence personnelle pour les Renégats aux Royaux et pris une grande inspiration avant de commencer à sprinter vers la maison. Sparkles miaula et bondit à toute vitesse devant moi, me guidant au milieu des sentiers du cimetière envahis par la végétation.

Le château n'était pas loin, mais mon temps était compté. Quiconque possédait un sang mortel, surtout faible et jeune comme le mien, ne pouvait rester à l'extérieur après la tombée de la nuit, pas depuis la brèche.

Le vent portait les hurlements sinistres à mes oreilles, et des frissons parcoururent ma peau. J'enfonçai grande ouverte la porte grinçante de la nécropole et filai à droite pour détaler sur la route pavée qui menait au château.

Un large champ encerclait la propriété, et je pouvais déjà apercevoir les bourgeons de jasmin qui commençaient à éclore. Je devais arriver à la forteresse avant qu'ils s'activent. Cette étendue faisait partie d'un sortilège. Les meilleurs sorts étaient toujours ancrés dans la nature, et un champ de jasmin offrait une barrière qu'aucun surnaturel ne pourrait traverser, du moins pas sans utiliser de la magie très puissante. Il valait mieux alors attendre le lever du jour. Le maléfice était lié à la lune, tout comme les loups qui rôdaient dans les rues depuis quelques semaines.

Un autre hurlement menaçant se fit entendre, bien plus proche cette fois-ci. Je vis que ma main saignait toujours. Merde, ils pouvaient le sentir !

Je n'avais rien pour comprimer ma blessure et stopper l'hémorragie. Je devais m'assurer d'arriver à la maison, puis je m'occuperais des conséquences plus tard, même si cela signifiait que Tante Sandra me décapiterait trois fois de suite. Je préférais affronter les loups démoniaques que son courroux… ou presque.

J'atteignis l'entrée déserte, et le vrombissement des jasmins protecteurs chatouilla ma peau. Le soleil n'était pas complètement couché, mais je n'étais pas encore sauvée.

C'était durant des moments comme ceux-ci que je remerciais mon sang pitoyablement faible de mortelle. Durant le crépuscule, le sort aurait eu des effets bien plus violents contre un authentique surnaturel.

Sparkles gémit en atteignant le mur. Il était une véritable petite boule de magie, et je le ramassai de ma main intacte.

— Je ne t'abandonne pas, le rassurai-je tout en le blottissant sous mon bras.

Il gronda pour protester contre ce moyen de transport peu gracieux, mais m'épargna au moins ses griffures.

Je courus aussi vite que possible le long de la route pavée qui conduisait au château. L'odeur du jasmin embaumait l'air, et leur magie d'améthyste projetait de délicates étincelles au travers du champ. Je commençai à haleter en sentant la magie pulser contre moi, m'avertissant que je n'avais rien à faire ici.

En arrivant au bout du trajet, hors de la portée du champ, l'effluve disparut brusquement dans un bruit sourd, et je repris ma respiration. J'avais failli arriver trop tard.

Je posai Sparkles à terre et lui adressai un rire nerveux, espérant qu'il n'ait pas remarqué à quel point nous étions passés tout près d'une mort certaine. Il me jeta un regard mauvais, ses yeux verts toujours scintillants de magie. Je grimaçai. C'était lui qui avait repoussé le sortilège du jasmin.

— Merci encore, Sparks, murmurai-je.

Je me retournai et admirai le chemin que nous avions parcouru. Un pollen mauve envahissait l'air, recouvrant en continu le champ d'un poison protecteur. Aucun être surnaturel ne pouvait entrer ou sortir, pas même une sorcière de sang mortel comme moi.

J'ignorais ce qui me poussait à rester ici et à continuer d'observer. Je m'attendais peut-être à trouver un loup démoniaque à mes trousses. Je plissai les yeux en remarquant ce qui me semblait être des yeux rouges qui brillaient dans la brume qui venait de s'abattre soudainement dans les rues, mais il n'y avait rien de plus à voir.

— Je ne serai pas votre dîner de ce soir, maugréai-je.

Mon cœur battait à toute vitesse dans ma poitrine, car je ne voulais pas admettre que j'étais passée à deux doigts d'être le casse-croûte d'un loup.

Sparkles s'enroula autour de ma cheville, me rappelant qu'il me restait un autre monstre à affronter.

Je ris.

— C'est vrai, lui dis-je tout en montant lentement les marches de la propriété.

Je pressai ma paume à plat contre la porte, et la magie de mon sang déverrouilla les loquets avec un petit cliquetis.

— Allons affronter Tante Sandra.

À MA GRANDE SURPRISE, personne ne m'attendait à l'intérieur. Les lustres bas brûlaient de leurs puissantes flammes éternelles mauves, et les deux escaliers en colimaçon qui menaient vers les chambres à l'étage supérieur, avec leur éclat resplendissant, étaient plus accueillants que jamais. Tout était normal dans la Congrégation de l'Améthyste.

Un sentiment d'agacement grandit en moi. Personne n'avait donc remarqué que je n'étais pas encore rentrée ? Quelle insulte !

Des voix traversèrent le hall, et je déguerpis dans la direction opposée quand je reconnus le doux timbre de Tante Sandra qui répondait à sa cousine, l'irrévérencieuse Dame Isobel. Je n'avais pas la moindre envie de me retrouver nez à nez avec l'une ou l'autre vu l'état dans lequel j'étais (ni tout autre état d'ailleurs), et je me mis à courir.

Je fis de mon mieux pour ne pas saigner sur les luxueux tapis italiens tout en recherchant Cassidy. Elle était chargée d'être ma servante, mais, en vérité, elle était ma meilleure amie et ma complice. Cela n'aurait pas été la première fois qu'elle soignerait mes plaies et m'aiderait à me mettre au lit sans que personne me remarque. J'avais terriblement envie de dormir. Frôler la mort était épuisant.

À cette heure-ci, elle devait être en bas, dans le hall des serviteurs, en train de dîner. Le crépuscule était le seul moment où les domestiques avaient droit à un peu de temps pour eux-mêmes. J'utilisai une porte que je connaissais bien pour me rendre dans le réseau souterrain de la Congrégation de l'Améthyste. Là se trouvait un véritable manoir sous le manoir, et je me faufilai au milieu de l'air frais, fermant derrière moi à l'instant où deux sorcières entraient dans la pièce. Je me figeai et attendis de voir si elles avaient remarqué ma présence, mais quiconque utilisait la porte des serviteurs était comme invisible à leurs yeux. Les domestiques étaient tels des fantômes pour les sorcières de sang pur, et elles les ignoraient à moins qu'ils ne deviennent irritants.

Je sursautai en entendant Sparkles m'adresser un miaulement d'encouragement. Je lui fis signe de se taire, l'assurant que Cassidy aurait de la nourriture pour chat à lui donner, mais je devais d'abord m'assurer que je n'allais pas me vider de mon sang. Il pensait clairement que j'exagérais, mais c'était aussi l'inconvénient des familiers félins : leur gourmandise était démesurée.

Requinqué à l'idée d'un repas, il se mit à descendre les escaliers à petit trot, la queue bien haute et les moustaches au vent tandis que nous recherchions Cassidy ensemble.

Des flammes mauves prirent vie dans les renfoncements des murs à mesure que nous descendions. Les congrégations consommaient le moins d'électricité possible, et tout fonctionnait grâce à la magie. Cela permettait de mieux contrôler les serviteurs mortels, car si qui que ce soit venait à enfreindre les règles, la magie cesserait de fonctionner, et ils seraient laissés dans les ténèbres. Des choses terrifiantes occupaient les ténèbres… je le savais mieux que personne.

Je rencontrai quelques domestiques en descendant, mais, par chance, Sparkles avait encore assez de magie pour m'offrir une sorte de camouflage. Un sort d'invisibilité aurait requis trop de puissance, mais il m'avait dissimulée au milieu d'une brume magique qui influençait l'esprit de tous ceux qui s'approchaient.

Deux des types qui portaient des caisses de vins sorties de la cave m'adressèrent des regards curieux, mais j'avais appris à ne pas y prêter plus attention. La présence d'une petite servante n'avait rien d'extraordinaire, mais ils étaient des mecs avant tout.

En leur adressant un sourire timide, je plaquai les mains contre ma poitrine et hochai la tête avant de me glisser entre les deux hommes. Le sort ne pouvant pas modifier ma voix, il valait mieux éviter de tenir une conversation.

Une fois arrivée dans le hall des serviteurs, je repérai enfin Cassidy. Elle me regarda en fronçant les sourcils, se démenant avec une chaussure cassée.

Je fus si heureuse de la voir que je me précipitai bêtement entre les tables pour m'arrêter à côté d'elle.

— Oh ! Cassidy, je suis contente de te…

Ses yeux s'écarquillèrent en reconnaissant ma voix, et elle glissa une main contre ma hanche pour me pincer. Je grimaçai, mais ne prononçai pas un mot. Bien sûr. Pas le droit de discuter.

— Eh bien, je suis contente de constater que tu as terminé tes corvées, dit-elle en haussant la voix d'un ton afin que les autres serviteurs qui commençaient à nous observer, et aux yeux de qui le sort de Sparkles n'aurait pas été capable de nous dissimuler, puissent la distinguer. Une nouvelle dose de magie s'abattit sur moi, et le chat noir nous adressa un miaulement pathétique. Je pouvais presque l'entendre. *À manger, bon sang !*

Cassidy esquissa un grand sourire et se pencha pour gratter le félin derrière les oreilles.

— Coucou, Sparks. J'ai gardé des restes de poisson pour toi.

Cela suffit à captiver son attention. Il se précipita contre ses jambes, et Cassidy me guida en dehors du hall des servants, vers ses quartiers.

— D'abord, occupons-nous de ta maîtresse, d'accord ?

Il acquiesça d'un miaulement déçu, mais à la condition qu'il reçoive une bonne quantité de poisson une fois cette histoire réglée.

Lorsque nous fûmes hors de portée de voix des autres, Cassidy me réprimanda en murmurant.

— Qu'est-ce qui se passe, bordel ? Je viens de te laisser dans ta chambre.

Je m'arrêtai net devant sa porte alors qu'elle la maintenait ouverte pour moi. Il n'y avait personne à l'intérieur, il fallait donc s'y faufiler tout de suite avant que quelqu'un nous voie. Mais je restai fixée sur la manière dont Cassidy me dévisageait.

— Qu'est-ce qu'il y a ?

Elle plissa les paupières, comme si je l'énervais, mais ses yeux se portèrent ensuite sur ma main. Je baissai la tête, et une nausée me prit lorsqu'un flot écarlate se mit à se déverser au sol. Il fallait refermer ces blessures, et vite.

— Entre, dit-elle tout bas.

Elle balaya le hall du regard avant de refermer la porte et d'actionner le verrou.

Je m'assis sur le lit de sa colocataire et tentai de retenir le sang avec mes mains, pendant que Cassidy ouvrait grand le tiroir du bas de sa commode pour en sortir du matériel médical. Il n'était pas commun pour une servante de posséder un casier rempli de gaze, de fil de suture et d'alcool, mais... comme je l'ai indiqué, Cassidy et moi étions meilleures amies, et elle me rafistolait très souvent.

La petite chambre était équipée d'une salle de bain miniature qui n'offrait assez de place que pour une seule femme menue. Une douche microscopique était logée dans le coin, et une cuvette de toilettes en était à une proximité peu hygiénique. Une petite bassine était calée entre les deux, comme si cela suffisait à les distancer l'une de l'autre, et Cassidy remplit un bol d'eau. Elle sortit une fiole de l'armoire de toilette et en tira deux gouttes qu'elle ajouta dans le bol.

Sparkles fit entendre sa désapprobation en un miaulement, et Cassidy lui adressa un sourire peiné.

— Je dois arrêter l'hémorragie. J'aurai d'autres doses d'ici quelques mois.

Des points noirs commençaient à apparaître dans mon champ de vision, et je me sentis donc un peu moins coupable d'utiliser les doses de magie de Cassidy. Le liquide, à savoir huit gouttes contenues dans une bouteille, devait être absorbé à raison de deux gouttes mélangées dans de l'eau et permettait aux mortels de réussir des tâches magiques de moindre importance. Les serviteurs utilisaient le plus souvent leur fiole entière durant la première semaine, soit pour pouvoir vomir de l'argent, soit pour améliorer leurs prouesses sexuelles. Cette dernière option me faisait toujours rire, car il n'était pas difficile de savoir quand le sort s'était dissipé. Un homme affichait un air très particulier lorsqu'il perdait soudainement deux tailles de queue qu'il ne possédait pas à l'origine.

Cassidy économisait sa fiole. Ce n'était pas la première fois qu'elle utilisait un peu de potion pour me sauver la mise.

Je grimaçai lorsqu'elle pressa le chiffon contre ma main, mais la magie produit son effet immédiatement. Mes épaules se détendirent lorsque la douleur se dissipa pour devenir une palpitation plus tolérable.

— Quel genre de sort étais-tu en train d'utiliser ? me réprimanda-t-elle, les yeux fixés sur ma main mutilée qu'elle continuait de tamponner.

La regarder faire suffisait à me donner la nausée, mais j'avais besoin de comprendre comment fonctionnait la magie. Cassidy et moi n'étions pas si différentes, excepté que je devais être formée à la sorcellerie, et elle, à la lessive. Néanmoins, elle utilisait la sorcellerie avec une telle dextérité que je me retrouvais fascinée en observant les fils d'améthyste se glisser d'eux-mêmes sur ma peau et refermer en bonne partie ma blessure.

— Je viens tout juste de rentrer, insistai-je.

Ma voix s'était transformée en un grognement de douleur voilé, et je détestais sembler si pathétique à cet instant, mais j'avais eu une journée difficile.

— J'ai séché l'entraînement à l'épée, et je suis allée en ville à la place. (Je souris en remarquant son air choqué.) Je me suis trouvé une nouvelle dague.

Elle baissa de nouveau les yeux vers ma main et la retourna. Du sang s'était accumulé entre mes doigts et avait déjà durci sous mes ongles.

— Je vois ça. Elle était plus aiguisée que ce à quoi tu t'attendais ? (Avant même que je ne puisse répondre, elle agrippa mes genoux.) Si ce n'est pas toi que j'ai accompagnée à ta chambre, qui était-ce ?

Je finis par comprendre d'un seul coup ce qu'elle insinuait. Une autre sorcière ou un mage s'était fait passer pour moi ?

Il n'était pas rare pour les sorcières de mon âge de faire ce genre de blague, mais pas à l'encontre de quelqu'un comme moi. Je ne pouvais pas imaginer que qui que ce soit puisse avoir envie de vivre une journée dans ma peau. Prendre l'apparence de quelqu'un d'autre exigeait un sort très puissant, surtout si on souhaitait que le déguisement fût convaincant.

Je soupirai et retournai de nouveau ma main pour admirer le travail de Cassidy. Ma peau scintillait de petites particules issues de la magie de la Congrégation qui formaient des étincelles à sa surface.

— Je n'en ai aucune idée. Ça pourrait vraiment être n'importe qui.

Cassidy hocha la tête et se redressa. Elle se dirigea vers la commode et en tira du fil et de l'alcool.

— Bon, je vais te rafistoler, et on ira parler à Sandra.

J'écarquillai les yeux en la voyant apporter l'aiguille brillante.

— Oh ! je t'en prie. Je me suis massacré la main. Je n'ai pas envie que tu y plantes autre chose.

Elle pointa sa petite arme vers moi.

— Ma magie n'est pas comme la tienne. Elle finira par s'estomper. Ce qui veut dire que je dois te réparer avec une bonne vieille aiguille et du fil pour empêcher tes blessures de se rouvrir.

Elle me fixa droit dans les yeux jusqu'à ce que je soupire et lui tende ma main.

Sparkles me rappela sa présence par une petite trille.

— Oui, Sparks, lança Cassidy sans même quitter son ouvrage des yeux.

Je grimaçai en l'observant enfoncer prudemment l'aiguille, mais elle était toujours étonnamment douce.

— Je finis de soigner Evie, et ensuite tu auras ton dîner. Si tu veux essayer auprès de Jessie, va aux cuisines. Elle te donnera peut-être du poisson en attendant que je sois prête.

Satisfait de cette option, Sparks trotta vers la petite chatière qui se trouvait au milieu de la porte verrouillée. Elle brilla d'une lueur mauve lors de son passage. Personne ne pouvait la traverser, même en étant de très petite taille. Elle était réservée aux familiers félins uniquement.

L'espace d'un instant, je fus jalouse de lui. Il était toujours le bienvenu ici, et il n'avait pas besoin d'un sort de camouflage pour pouvoir visiter son amie. C'était même pire que cela. Il avait des amis, au pluriel, et je n'avais que Cassidy.

— À quoi penses-tu ? demanda-t-elle.

Elle était toujours capable de pressentir quand j'avais besoin de me plaindre.

Je lui adressai un sourire rassurant, bien qu'il ne soit probablement pas très convaincant.

— C'est juste que… la journée a été longue.

Mon cœur se serra lorsqu'elle me jeta un regard complice avant de se concentrer de nouveau sur ma main. Je ne pouvais pas lui parler de ce que j'avais vu. Je ne pouvais pas lui raconter quoi que ce soit ayant un rapport avec le monde de la sorcellerie.

Le rappel de cette consigne se trouvait sur sa hanche, sous la forme de la rune sombre de la Congrégation de l'Améthyste qui brillait d'une lueur mauve violente et qui reliait Cassidy à cette maison. On l'appelait servante, mais en réalité, elle était une esclave. Comme tous les autres mortels qui vivaient ici, son âme avait été vendue par ses parents en échange d'une faveur de la part de la Congrégation.

Lorsqu'elle remarqua que je l'observais, elle rabaissa sa jupe pour la couvrir. La marque décidait par elle-même de l'endroit où elle apparaissait, mais il y avait une règle importante dans la Congrégation de l'Améthyste. Les serviteurs ne devaient jamais la cacher, ce qui obligeait Cassidy à porter des tenues très révélatrices qui paraissaient presque comiques par moments, mais qui lui allaient toujours bien. Je l'avais vue un jour obligée de porter des guenilles encombrantes avec un trou gigantesque découpé au niveau de la cuisse. J'aimais ce côté rebelle en elle, et cela me donnait l'impression que nous pouvions avoir droit à de petites victoires.

— Tu n'as pas besoin de me prendre en pitié, insista-t-elle. On sait toutes les deux que je n'en ai plus pour longtemps, de toute façon.

Mon cœur se tordit de nouveau dans ma poitrine en entendant ses mots durs me tirer de mes pensées. Je relevai les yeux vers les siens et fronçai les sourcils.

— C'était seulement un sort de vision lancé par un autre serviteur qui voulait te faire peur. Tu ne vas pas mourir.

Elle haussa les épaules.

— C'est sans importance. Je l'ai accepté il y a bien longtemps. Tu iras à ton bal masqué, et, ce soir-là, un maléfice lancé de travers dans cette congrégation finira par me tuer. (Elle m'adressa un sourire peiné.) Au moins, je serai libre.

Je remuai la tête et serrai ses mains dans la mienne.

— Je t'emmènerai au bal s'il le faut. Le destin n'est pas gravé dans le marbre.

Elle gloussa.

— Tu n'es pas une Sorcière du Destin. Arrête de prétendre que c'est le cas. (Elle retira sa main.) J'ai presque fini. Cesse de t'agiter.

Lorsqu'elle eut fini d'appliquer le fil et l'alcool, j'avais la sensation que ma main était en feu, mais cela suffirait. J'avais simplement besoin de sommeil afin de pouvoir guérir correctement.

En me relevant sur mes jambes tremblantes, je soupirai, car je venais de me souvenir que j'avais un imposteur à débusquer de ma chambre et des explications à demander.

UN IMPOSTEUR

Je devais d'abord mettre la main sur Sparkles qui m'avait abandonnée pendant que Cassidy s'occupait de moi. Je le retrouvai, plongé jusqu'aux moustaches dans un saumon orange reluisant.

— Sparks ! soufflai-je afin de ne pas attirer l'attention des serviteurs qui s'apprêtaient à aller dormir. Il faut que je monte !

Quelqu'un avait donné assez de nourriture au chat pour le faire vomir, mais cela ne semblait pas le gêner. Cassidy ne plaisantait pas en disant qu'il y avait des restes. Ma congrégation aimait organiser de grands festins dont il aurait été impossible de venir à bout en une fois. Ces extravagances m'avaient toujours semblé du gâchis.

J'attirai l'attention de Sparks en le frôlant avec ma chaussure, mais il se contenta de se décaler et continua de dévorer son poisson. Incapable de séparer le chat de son petit festin personnel, je soupirai et décidai de me déguiser en changeant de vêtements. De longues tuniques noires pendaient sur des piquets, la couverture parfaite pour une servante qui avait renversé de la nourriture sur ses habits et devait se rendre à l'étage pour travailler. Cependant, elles étaient plutôt destinées aux domestiques qui possédaient des tatouages sur leur main ou leur front, étant donné que les marques devaient toujours être visibles.

Je saisis la queue de Sparkles et frottai son pelage doux contre mon visage tout en prononçant les incantations du familier, ce qui me permit d'obtenir la rune qui manquait à mon déguisement.

Il poussa un grognement agacé, mais ses crocs étaient plongés trop profondément dans le poisson pour pouvoir répliquer.

— Bon, ça, c'est fait, murmura Cassidy.

Elle ne pouvait pas cacher son amusement et son sourire en coin en observant Sparks manger, mais elle reprit un air sérieux.

— Tu es sûre que ça va aller ? Tu pourrais passer la nuit ici.

La seule pensée des conséquences que ma congrégation aurait infligées à Cassidy pour la punir me rendait malade.

— Non, lui assurai-je. Je t'ai déjà assez emmerdée pour ce soir. (Je lui serrai le bras.) Tout ira bien.

Elle sut que je mentais, car, en réalité, j'étais une sorcière de sang mortel qui n'était même pas capable de se rafistoler après avoir lancé un sort. Quelle que soit la personne qui était dans ma chambre en train d'usurper mon identité était bien plus talentueuse pour la magie, ce qui la rendait dangereuse.

— Tu veux que je prévienne Sandra ? proposa de nouveau Cassidy.

Je secouai la tête.

— Elle ne doit pas savoir que j'ai failli me retrouver coincée dehors quand les champs se sont activés.

Ses yeux s'écarquillèrent, et elle devint pâle comme un linge.

— Pardon ?

Je grimaçai. Oups.

— Je ne peux pas en parler, Cass, mais je suis saine et sauve, c'est tout ce qui compte.

Elle referma la bouche et pinça les rebords de sa jupe.

— Bien. Évitons de dire à la cheffe de la Congrégation que tu as failli enfreindre l'une de ses lois les plus sacrées. Bonne idée.

Ayant suffisamment effrayé Cassidy, ma journée de merde était terminée. Je lui offris un câlin rapide et m'éloignai avant qu'elle ne puisse me retenir.

Me faufiler à l'étage fut bien plus facile grâce à mon déguisement de servante. Je croisai le mage Liam et son fils Neil qui discutaient d'un affront que la Congrégation du Saphir avait fait subir à notre maison. Ils m'ignorèrent complètement, à l'exception d'un regard réflexe de Liam afin de vérifier ma rune de domestique.

Après les avoir dépassés, je collai ma main bandée contre ma poitrine et me glissai dans les couloirs silencieux.

Je devais regagner l'entrée où l'escalier en colimaçon me mènerait à ma chambre. C'était le seul moyen de se rendre à l'étage, même pour les serviteurs, ce qui signifiait que mon accoutrement ne devait surtout pas faillir. Tante Sandra s'était installée dans le petit salon avec Isobel, et elles étaient déjà en pleins commérages. Je m'arrêtai sur le seuil et réfléchis à la meilleure manière de passer sans qu'elles me remarquent.

— As-tu entendu parler du mage Roudan ? commença Isobel en croisant une jambe nue sur son genou.

Ses vêtements étaient toujours très révélateurs, même si elle n'avait pas de rune à afficher, et la fente de sa robe remontait le long de sa jambe à la peau lisse.

— J'ai entendu dire qu'il s'était trouvé une traînée humaine.

Tante Sandra esquissa un sourire narquois, mais cacha son amusement dans sa tasse de thé. Après avoir repris son sérieux, elle déposa sa tasse avec un petit cliquetis.

— Ta grand-mère n'était-elle pas de sang mortel ? lui rappela Tante Sandra.

Elle avait pris l'habitude de couper court à toutes les remarques racistes depuis que je vivais dans la maison. Je n'ai jamais su pourquoi elle défendait les sorcières de sang mortel, ce qui était très mal vu, et encore moins pourquoi la Congrégation avait accepté ma simple présence. Cette partie de mon passé était comme un point de néant dans ma mémoire.

Isobel n'apprécia pas d'être remise à sa place et s'irrita.

— Mon grand-père a fait de mauvais choix durant sa vie, et je ne suis pas fière de l'admettre. (Elle repoussa sa tasse vide, espérant peut-être qu'il s'agissait plutôt de whiskey au vu de son air renfrogné.) Les congrégations commencent à être polluées, ce qui est malheureux compte tenu de la prophétie.

— Oh ! pas encore cette histoire de prophétie, pesta Tante Sandra.

Ça avait été une véritable malédiction pour moi. Je la connaissais par cœur.

Quand les mages embrasseront le vampirisme, et que les mortels manieront leur magie, les ténèbres mutileront les cieux, et les Congrégations Royales s'effondreront.

Comme toute la communauté magique, je les prenais très au sérieux. Les voyants étaient puissants et respectés, tout comme leurs prédictions, mais personne ne cherchait à savoir ce qu'elles signifiaient réellement. La chute des Congrégations Royales pourrait-elle être évitée si la réalisation de la première partie de la prophétie pouvait être empêchée ?

Un frisson me parcourut l'échine quand je compris que j'avais rencontré les mages devenus vampires. Était-ce leur magie que j'avais utilisée pour échapper à la vision ? Par les dieux, j'espérais que non. Si Dame Isobel avait raison, j'aurais de très sérieux ennuis.

La voix de Tante Sandra parvint à mes oreilles malgré le son de mon cœur qui battait à tout rompre, et elle releva le nez en direction d'Isobel.

— Nous avons accueilli Evelyn, car nous en avions le devoir. Après son initiation, elle sera une sorcière au même titre que chacune de nous. Elle usera de notre magie, pas de celle de ces mages vampires morts et enterrés. J'aimerais vraiment que tu cesses cette obsession.

Je me sentis rougir. J'ignorais totalement que Tante Sandra me défendait aussi ouvertement. J'étais certaine que si elle prenait le temps de regarder la servante tremblante qui se tenait dans l'encadrement de la porte, elle se rendrait compte que les accusations de Dame Isobel étaient bien fondées. Elle était peut-être une garce, mais elle n'avait sans doute pas tort...

Isobel pouffa et se releva soudainement.

— J'en ai assez entendu pour aujourd'hui.

Elle se retourna et me remarqua, la peur me coupant le souffle aussi net qu'une corde invisible nouée autour de mon cou. Par chance, l'ombre de ma capuche et la fausse rune qui reluisait sur mon front me rendaient, du moins je l'espérais, méconnaissable.

— Toi ! cracha-t-elle, faisant geler mon sang dans mes veines. Va chercher mon manteau. Je pars.

J'acquiesçai poliment d'un hochement de tête, puis traversai rapidement le petit salon en direction de la cheminée. Par la grâce des dieux, elle n'avait pas demandé plus de thé, auquel cas j'aurais dû retourner dans le hall des serviteurs.

Je regardai les vestes suspendues dans le placard orné près de la porte et fus prise d'un sourire narquois. Elle aurait été folle de rage si j'avais désobéi à son ordre. Je ne pensais pas que Tante Sandra lui aurait permis de se venger sur les autres domestiques si je devais ne pas revenir.

Sans réfléchir plus longtemps aux conséquences, je me hâtai de grimper les escaliers sans m'arrêter, jusqu'à atteindre l'unique porte noire qui menait à ma chambre.

LE BANDIT TRIPOTEUR
IRLANDAIS

Je fixai la porte de ma chambre en attendant que mon cœur cesse de tambouriner dans mes oreilles, mais en comprenant que mes nerfs n'allaient pas se calmer de sitôt, je me forçai à serrer mes doigts autour de la poignée et la tournai.

La porte s'ouvrit sans la moindre résistance. Mon imposteur n'était pas très futé. Il ne l'avait même pas verrouillée. Une fois qu'elle fut grande ouverte, je me retrouvai face à face avec mon double qui s'amusait à retrousser ses seins et à les admirer dans le miroir.

— Euh, désolée de déranger, commençai-je tout en retirant ma capuche. Si tu pouvais arrêter cette mascarade et ranger mes seins, j'apprécierais.

La femme sembla se réjouir en me voyant.

— Oh, les dieux soient loués, dit-elle avec un accent irlandais très suspect. J'aimerais beaucoup retrouver mon corps, s'il vous plaît.

Elle passa les mains devant elle comme si c'était moi qui avais lancé l'enchantement.

— Si vous voulez bien faire disparaître ça, j'apprécierais de retrouver mon pénis.

Je clignai rapidement des yeux et me figeai. Mon imposteur était… un homme ? Et cet accent… c'était impossible.

— Quinn ? soufflai-je en entrant, prenant le soin de fermer la porte doucement derrière moi.

Son visage s'illumina lorsqu'il entendit son nom, confirmant ainsi l'impossible. Le chef de l'une des tribus vampiriques perdues, une créature mage devenue vampire, et issue d'une prophétie, était dans ma chambre et avait encore les mains sur ses, ou plutôt sur mes seins.

Il sembla enfin comprendre ce qu'il était en train de faire et les lâcha, afin de s'approcher pour prendre mon bras. Les sorts de polymorphie étaient brisés si l'imitateur touchait le corps copié. Quinn se transforma dans une lueur de magie d'améthyste, caractéristique de ma congrégation. Sa silhouette devint plus imposante, et je me retrouvai vite face à un torse très masculin. Je penchai la tête en arrière et vis l'excitation qui luisait dans les yeux rouges du vampire. Il sourit, et ses crocs apparurent discrètement derrière ses lèvres, lui donnant un air diaboliquement sexy.

— Putain ! lançai-je, et je fus prise d'une vague de chaleur en me rendant compte que je venais de prononcer cela à voix haute.

Il s'esclaffa, et le son qu'il produisit me sembla comme une douce mélodie qui résonnait dans mes oreilles.

— Je vous remercie. J'aime beaucoup les seins, mais je préfère ceux des autres.

Je me figeai lorsqu'il approcha son doigt de mon front pour caresser la fausse rune de servante dont j'avais oublié la présence.

— Vous êtes pleine de ressources, pas vrai, jeune fille ?

Je rougis de plus belle et me glissai hors de son atteinte. Je retirai ma cape et me dirigeai vers le miroir pour frotter la rune jusqu'à ce qu'elle disparaisse.

— Il me fallait bien un moyen d'arriver ici, pas vrai ? (Je fis volte-face et plaquai ma main bandée contre ma poitrine.) Vous voulez bien me dire comment tout ceci a pu arriver ?

Il était impossible que je puisse lui infliger un sort aussi puissant. Ce devait être quelque chose qu'il avait lui-même provoqué… ainsi que les autres seigneurs mages.

Des seigneurs mages vampires canon, me murmura ma voix intérieure.

Quinn afficha un sourire en coin qui eut un impact assez dévastateur sur mes genoux qui se mirent à trembler, et il attendit que je m'asseye devant ma coiffeuse. Je ne l'utilisais que rarement, mais je fus heureuse d'y trouver une des bouteilles d'eau que Cassidy y avait laissée. Je pris une grande gorgée, et Quinn commença à parler avec cet accent irlandais qui était à lui seul comme un sort jeté sur moi.

— Je vous rappelle que c'est vous qui vous êtes introduite dans notre ultime demeure. Et c'est vous qui vous êtes liée à nous, même si c'était une idée stupide.

La colère m'envahit, et je me redressai.

— Je m'occupais de mes affaires, rien de plus. Quelqu'un d'autre m'a imposé cette vision, et je serais morte si je n'avais pas agi vite.

Il regarda ma main bandée.

— Vous devez être de sang mortel si cela n'a pas encore guéri.

— Ne changez pas de sujet, l'interrompis-je, mais l'inquiétude qui se reflétait dans ses yeux me donnait envie de l'apprécier.

Imposteur, me rappelait la petite voix dans ma tête, *qui pelotait tes seins.*

Non, Quinn ne pouvait pas s'en tirer comme ça après ce qu'il avait commis simplement parce que sa folle chevelure rousse me donnait envie d'y faire courir mes doigts, et que sa voix me procurait de drôles de sensations intérieures. Non. Certainement pas.

— Eh bien, quoi que vous ayez voulu entreprendre ou pas, je suis là, et je pense pouvoir affirmer sans risque que mes alliés ont également été arrachés à leur prison. (Il réalisa une petite courbette.) Nous vous remercions, Dame…

Il me regarda en relevant un sourcil tandis que sa voix s'estompait.

— Evelyn, lui révélai-je, regrettant aussitôt de l'avoir dit.

Tout d'abord, je n'étais pas une « Dame », ce titre était réservé aux sorcières qui avaient réussi leur initiation en tant que membre des Congrégations Royales. Je n'étais qu'une pupille de la Congrégation de l'Améthyste. Et en parlant des Congrégations Royales, rien de tout ceci ne devait parvenir à leurs oreilles. Je devais découvrir comment l'enfermer de nouveau ainsi que les autres mages dans leurs tombes maudites. Si qui que ce soit découvrait que je les avais libérés, ma sentence serait terrible.

Son sourire me fit complètement perdre le fil de mes pensées.

— Evelyn. C'est un très beau nom.

Il rangea ses mains derrière son dos et commença à parcourir lentement la pièce. Il semblait trop massif pour ma minuscule chambre. J'étais peut-être officiellement membre de la Congrégation de l'Améthyste, mais mon sang était toujours celui d'une mortelle, et tant que mon initiation n'était pas terminée, j'étais traitée comme telle.

Cela ne semblait pas déranger Quinn. Il se posta à la fenêtre et observa la mer de jasmin qui continuait d'émettre une teinte de paillettes mauve écarlate dans l'air nocturne.

— Devrais-je m'inquiéter pour mes alliés ? demanda-t-il. Je n'ai pas vu une congrégation ainsi assiégée depuis bien longtemps. Un champ de jasmin requiert une quantité de magie considérable. Une quantité qui n'a pas été employée depuis des lustres. Depuis…

Il se mordit la lèvre, comme pour se couper lui-même la parole avant d'en dévoiler trop. Malheureusement, ses crocs étaient aiguisés, et il essuya une petite goutte de sang. Mes yeux faillirent quitter leurs orbites lorsque je remarquai que son sang reluisait. Il reluisait, putain ! Puis un parfum sucré atteignit mes narines, et mes paupières battirent rapidement. Il grimaça.

— Je suis désolé, Dame Evelyn. Je suis un vampire, mon sang a des propriétés magiques, et je crains qu'une sorcière puissante comme vous n'en soit affectée. Je ne voulais pas être impoli.

Je déglutis fortement puis me rendis compte du mot qu'il venait de prononcer.

— Puissante ? répétai-je avant de me mordre la lèvre suffisamment fort pour me faire presque saigner également.

Qu'il puisse me considérer comme telle était peut-être la raison pour laquelle j'étais encore vivante. Il souhaitait que je lance un sort pour sauver ses alliés, ou se servir de moi pour conquérir le monde, ou quelconque scénario dont les prophètes de la fin du monde parlaient sans cesse.

— Pas la peine de jouer la modestie avec moi. Vous avez réussi des enchantements remarquables, Dame Evelyn, continua-t-il comme s'il enfonçait des portes ouvertes.

Il dénombra chaque exploit magique sur ses doigts.

— Vous êtes entrée dans un domaine maudit où mes alliés et moi revivions la même nuit encore et encore. Vous avez ensuite brisé ce sort pour enfin nous attirer dans le vrai monde, et, pour conclure le tout, vous m'avez déposé devant la porte d'entrée de votre congrégation dans un déguisement à votre image. (Il sourit de nouveau, et j'eus l'impression d'avoir des papillons dans le ventre.) Je vous avoue qu'il en faut beaucoup pour me surprendre. Se réveiller d'un sommeil de plus d'un siècle dans la peau d'une femme, en revanche, est suffisant.

Il rit et leva les yeux au ciel.

— Votre tante m'a passé un savon pour avoir traîné avant de me jeter dans la salle de banquet. (Il grimaça.) Ingurgiter de la nourriture humaine, même digne des Congrégations Royales, lorsqu'on est un vampire, n'est pas appétissant du tout. (Il posa une main contre son estomac et couvrit sa bouche pour dissimuler un rot.) J'ai essayé de m'en tenir aux viandes, pensant que quelque chose de saignant pourrait améliorer mon état, mais c'était probablement un piètre choix.

L'entendre parler de nourriture fit gargouiller mon ventre, et il s'esclaffa de nouveau.

— Je me disais bien que vous n'aviez pas dû avoir le temps de manger. Je vous ai gardé des restes de ces plats ignobles.

Je l'observai, fascinée, tandis qu'il tirait un plateau emballé de plastique de sous le lit.

— C'est Cassidy qui vous a préparé ça ? m'enquis-je, mes yeux s'écarquillant en acceptant l'offrande.

Il hocha la tête.

— Votre servante est bien aimable. Je n'ai même pas eu besoin de feindre d'être malade et lui ai dit de m'apporter mon repas à l'étage pour plus tard. Elle ne s'est pas fait prier. (Il m'adressa un sourire sincère.) Je suis content de voir que vous êtes cléments avec les esclaves. Ils n'ont pas beaucoup à espérer de cette vie à part un visage amical.

Je me crispai en entendant ce terme.

— Nous ne les appelons plus ainsi, lui déclarai-je tout en retirant le plastique et en saisissant une fourchette.

Le plateau de viandes salées accompagnées de tomates cerises et d'autres délices me mit l'eau à la bouche.

— Mais c'est pourtant ce qu'ils sont, n'est-ce pas ? rétorqua-t-il en fronçant les sourcils.

Je feignis de l'ignorer pendant que je mangeais. Je fermai les yeux et lâchai un soupir. Cette journée avait été complètement folle, et j'ignorais comment j'allais me sortir du pétrin dans lequel je m'étais moi-même fourrée, mais au moins je n'allais pas mourir de faim.

— Alors…, commença-t-il une fois que j'eus dévoré la moitié de mon assiette.

Je n'étais pas le genre de filles qui étaient mal à l'aise quand un homme les regardait manger. Si j'avais faim, je m'empiffrais comme n'importe qui d'autre. Il afficha un rictus narquois, et je lui jetai un regard noir, le mettant au défi d'émettre un commentaire sur mon appétit.

— Allez-vous accepter ma proposition ?

Il me tendit une bouteille d'eau, et j'en bus une gorgée tout en réfléchissant.

— Laquelle ?

Il sourit, faisant apparaître ses crocs. Cela lui donnait un air beaucoup trop malicieux.

— C'est plutôt évident. Je suis un mage puissant et immortel, bien que j'aie conservé mon âme grâce au vampirisme, tout comme mes alliés. En espérant qu'ils survivent à cette nuit et à ce qui la hante. (Il désigna la fenêtre avec son menton.) Ainsi, je propose que nous prenions la place qui nous revient de droit à la tête des Congrégations Royales.

Mon sang se glaça dans mes veines, et ma fourchette m'échappa des doigts. Évidemment, je n'aurais pas dû être surprise que le vampire souhaite accomplir le rôle qu'il occupait dans la prophétie, mais qu'allait-il se passer ensuite ? La fin du monde et tout ça ?

— Qu'est-ce que cela a à voir avec moi ? demandai-je.

Il tira doucement le plateau vers lui et le mit de côté. Un genou à terre, il prit ma main, pressa mon anneau contre ses lèvres, et ses crocs frôlèrent délicatement ma peau, m'envoyant des frissons dans tout le corps. Tous les membres des Congrégations Royales possédaient un bijou qui indiquait leur statut. Bien que je sois de sang mortel, j'arborais fièrement un anneau d'améthyste à la main droite, me démarquant comme membre de cette congrégation.

— Vous nous avez libérés de notre malédiction, Dame Evelyn, ce qui signifie que nous sommes coincés ensemble.

Mon être tout entier était focalisé sur l'endroit où ses doigts rencontraient les miens. Sa peau était à la fois chaude et gelée, comme de la glace qui brûle lorsqu'on la tient trop longtemps. Je voulais les passer dans sa chevelure écarlate qui semblait si sauvage et si extraordinaire dans mon monde bien ordonné.

— Et qu'est-ce que cela veut dire ? questionnai-je d'un ton monotone qui reflétait mon émerveillement.

Il sourit de tous ses crocs.

— Que, lorsque nous reprendrons notre place à la tête des Congrégations Royales, vous serez parmi nous.

TUTEURS ET ENTRAÎNEMENT

Le vampire était forcément en train de se payer ma tête. Même s'il disait la vérité, il n'y avait aucune chance que ses alliés acceptent de partager le pouvoir avec moi, et je n'aurais même pas la moindre idée de comment m'en servir. J'avais déjà ma place dans les Congrégations Royales, une place très modeste. Une fois mon initiation passée, je pourrais être libre de tout contrôle et enfin me fondre dans l'obscurité pour être tranquille. Si le moindre poste un tant soit peu important m'était attribué, je serais de nouveau sous le feu des projecteurs, et, par tous les dieux, allez savoir ce qu'il adviendrait si je me retrouvais au milieu d'une révolution qui aurait éclaté un millier d'années auparavant. Et s'ils réussissaient et m'offraient le pouvoir de diriger les Congrégations Royales ? Je ne savais même pas ce que j'en aurais fait.

C'est faux, insista ma voix intérieure. *Tu pourrais tout changer.*

Je me retournai, dos au vampire qui se trouvait encore par terre. Il avait insisté pour passer la nuit ici et déclaré qu'il sortirait par la fenêtre dès l'aube une fois que l'effet du champ de jasmin se serait dissipé. Ce qui signifiait que je devais passer la nuit avec une créature probablement assoiffée de sang dans ma chambre.

— J'entends votre cœur tambouriner d'ici, se plaint-il. Si vous vous demandez si j'ai faim, la réponse est oui, mais vous n'avez aucune raison de me craindre. Je me contrôle.

Il prononça ces derniers mots comme s'il n'était pas habitué à pouvoir dompter son appétit. Je refusai de prendre le moindre risque et me hissai sur mon coude pour le regarder par-dessus mon épaule.

— N'oubliez pas que je suis une sorcière toute puissante, le mis-je en garde, bien que ce soit là un mensonge grossier. Si je vois vos crocs approcher, je ferai pire que vous attribuer une paire de seins.

Son gloussement sincère fit remonter d'étranges frissons le long de mes cuisses. Je n'arrivais toujours pas à croire que je l'avais surpris en train d'admirer mes seins en tombant sur lui. Avait-il vu d'autres parties de mon corps ?

Mes joues devinrent rouge écarlate, et je m'affalai de nouveau sur le lit avant de replacer le drap au-dessus de ma tête. Il me paraissait impossible de dormir, surtout avec ma main dont la magie ne pouvait presque plus atténuer la douleur. Sparks ne me retrouverait pas avant le lendemain matin, et j'étais donc seule avec ma souffrance et un dangereux vampire.

Étonnamment, c'est ce dernier qui m'aida à trouver le sommeil. Il commença à murmurer un air irlandais, et je m'enfonçai rapidement dans un repos paisible.

À MON RÉVEIL, j'eus la sensation qu'un épais brouillard s'était formé devant mes yeux, et je tentai de le balayer. Le geste fit atterrir violemment ma main molle contre mon visage, et je grognai.

En me retournant, je découvris que Quinn avait disparu et que ma fenêtre était grande ouverte. J'accueillis le soleil qui y entrait avec un bâillement.

Puis ma main bandée se retrouva prise dans les draps, et je sursautai, envahie par tous les souvenirs qui me revenaient d'un seul coup. Je baissai les yeux dessus. Du sang avait suinté au travers du bandage durant la nuit. Tout ce qui s'était passé avait véritablement eu lieu. J'avais libéré les tribus vampires perdues, et à présent, elles se préparaient à prendre le contrôle des Congrégations Royales.

Mon premier instinct fut d'aller voir Tante Sandra immédiatement et lui dire d'avertir les congrégations, mais j'hésitai soudainement et je remis en question mon allégeance. Le vampire ne m'avait pas fait le moindre mal. Au contraire, il avait même été poli et s'était assuré que je sois nourrie, même si cela devait le priver de nourriture. Que savais-je vraiment au sujet des membres des Congrégations Royales, excepté qu'ils étaient des cons snobinards ?

Mon estomac gargouilla, se fichant complètement de mon dilemme moral. Je quittai mon lit, grimaçai à la vue de la tenue ensanglantée que je portais toujours depuis la veille et la retirai péniblement d'une seule main. Je pris ensuite des ciseaux de couture et découpai mon bandage. Ma main avait plutôt bien guéri, mais elle semblait encore amochée, et des marques gonflées se trouvaient encore autour des points de suture que Cassidy m'avait appliqués.

Les entailles s'étaient désormais suffisamment résorbées pour que je puisse retirer les points, et je décidai de les découper puis les arracher, le tout en serrant les dents, avant de les jeter à la poubelle.

Ceci terminé, j'ouvris la porte qui donnait sur ma salle de bain personnelle et fit couler l'eau de la douche à une température bouillante. Je me lavai du mieux possible, jurant contre mes cheveux emmêlés, et me sentis comme un rat trempé en regagnant ma coiffeuse. Je n'avais pas utilisé ma main, mais la douleur qui s'en dégageait m'avertissait que les entailles menaçaient de se rouvrir si je n'y prêtais pas attention. Super, et ce n'était que le début de ma journée.

Un coup discret résonna à ma porte, et je fondis pratiquement de soulagement.

— Les dieux soient loués, Cassidy, entre, je t'en prie.

La porte s'ouvrit lentement, révélant Tante Sandra qui affichait un sourire inhabituel aux coins des lèvres.

— Ma chère, de nouveaux instructeurs sont venus pour te voir, et ils...

Son rictus laissa place à un air renfrogné qui lui correspondait bien mieux.

— Par les dieux, où est passée Cassidy ? Tu as vite besoin d'aide pour devenir présentable.

J'étais parvenue à dissimuler ma main blessée sous ma serviette avant qu'elle ne puisse la remarquer.

— Je suis sûre qu'elle sera là dès qu'elle le pourra.

Je regardai par la fenêtre. Le soleil venait à peine de se lever. Les oiseaux pépiaient à l'extérieur, et c'était un nouveau jour qui commençait, comme si rien n'avait changé.

— Il est encore tôt.

Tante Sandra balaya mon avis d'un geste de la main comme si je venais de dire une absurdité.

— Tu dois l'appeler immédiatement et cesser de te prendre pour une mortelle, Evelyn. Ce comportement étrange ne sera plus acceptable quand tu deviendras un membre à part entière de cette congrégation.

Elle poursuivit sa tirade classique, me réprimandant d'être simplement ce que j'étais, une mortelle, avec une bienveillance de mortelle, et une mortalité de mortelle. Néanmoins, je n'allais pas le rester bien longtemps. Dans quelques jours, la magie de mon sang serait convertie après mon initiation. Passer toute ma vie dans cette congrégation avait changé jusqu'à mon ADN.

Je soupirai en la voyant tirer le levier qui sonnait la cloche dans le hall des serviteurs.

— Mais je suis une mortelle, lui rappelai-je. Cassidy a d'autres chats à fouetter.

— Tout à fait, insista Tante Sandra. Elle doit m'indiquer quelle domestique a laissé Dame Isobel attendre que quelqu'un lui apporte son manteau. Nous ne traitons pas nos invités de cette manière dans cette maison.

Je me mordis la lèvre pour m'empêcher de rétorquer quelque chose qui m'aurait trahie. C'était moi qui avais laissé « Dame » Isobel poireauter, et, malgré le ton agacé de Tante Sandra, je remarquai un petit sourire de satisfaction au coin de ses lèvres.

Elle tira un tabouret à elle et s'installa sur son rebord comme si elle flottait. Bien qu'il soit encore tôt, elle avait sans nul doute convoqué sa servante quelques heures plus tôt. Ses cheveux mauve foncé brillaient d'une lueur soignée et tombaient sur sa poitrine retroussée en délicates vagues. Elle était la parfaite représentation d'une sorcière de la Congrégation de l'Améthyste : belle, élégante, et un peu cruelle.

— Cassidy est une domestique, lança-t-elle d'un ton qui voulait me dissuader de la contredire.

— Cassidy n'est pas une domestique, rétorquai-je, incapable de me retenir. Elle est une esclave.

Je mettais rarement Tante Sandra en colère, mais répéter les mots crus d'honnêteté de Quinn la fit presque rougir.

— Il suffit.

Elle plaça ses mains l'une dans l'autre et prit une grande inspiration afin de retrouver son calme et de diriger la conversation vers des problèmes plus « importants ».

— Il ne reste que quelques jours avant ton initiation, et j'avais prié pour que les Congrégations Royales daignent envoyer des tuteurs privés pour s'occuper de toi, mais je n'avais pas osé espérer qu'ils acceptent. (Elle afficha un air rayonnant de fierté.) C'est une véritable bénédiction qu'ils offrent à cette congrégation en nous les adressant. Le rang que tu recevras sera certainement plus élevé que ce que nous avions imaginé.

Je levai les yeux au ciel. J'étais satisfaite que les Congrégations Royales aient oublié que mon initiation approchait à grands pas. Quelques épreuves basiques à traverser, et j'aurais pu obtenir un poste sans importance d'herboriste au milieu de nulle part. C'était comme un rêve pour moi.

Cassidy se hâta d'entrer sans frapper, comme l'exigeait le protocole quand un serviteur était convoqué. Je souris en voyant Sparkles qui trottait à ses pieds et se tortillait autour de ses chevilles. Bien que le chat reste indifférent à la tension qui régnait dans la pièce, les yeux de Cassidy s'écarquillèrent lorsqu'elle vit Tante Sandra assise à côté de moi et se pressa d'effectuer une courbette.

— Je suis profondément désolée de vous avoir fait attendre.

Tante Sandra se releva en un mouvement gracieux. Je m'étais toujours demandé si son élégance lui venait d'années de pratique ou si elle se servait de sa magie pour tricher. Je l'en aurais crue capable.

— Que cela ne se reproduise plus, cracha-t-elle d'un ton sévère et solennel, avant de quitter brusquement la pièce.

Elle s'arrêta dans le couloir et balaya le bout de sa robe qui avait frôlé Cassidy pendant que Sparkles se nettoyait la patte. Tante Sandra émit un petit rire moqueur, mais le familier n'avait que faire des soucis de la sorcière et prenait tout son temps. Elle adressa un regard sévère à Cassidy.

— Assure-toi qu'elle soit présentable, mais habillée correctement pour l'entraînement. Ne faisons pas attendre ses nouveaux tuteurs.

Sans qu'elle puisse répondre, la porte se referma violemment au nez de Cassidy.

— Argh, je suis désolée, Cass, bougonnai-je. Elle fanfaronne simplement parce que mon initiation va me permettre d'accéder à un meilleur poste maintenant que j'ai des tuteurs.

Cassidy leva un sourcil interrogateur.

— Des tuteurs ? Quelques jours seulement avant ton initiation ?

Je haussai les épaules.

— Si j'essayais de comprendre la logique des Congrégations Royales, j'y gaspillerais ma vie et n'obtiendrais aucune réponse.

Elle afficha un sourire malin, et je fus heureuse d'avoir pu lui faire oublier la rudesse de ma tante. Nous avions au moins en commun de ne pas être intéressées par la politique.

Cassidy se mit à l'œuvre rapidement et efficacement, démêlant mes cheveux mieux que n'importe quelle sorcière et séchant mes mèches avec une serviette. Elle posa les yeux à nos pieds, où Sparks se nettoyait toujours.

— Tu veux bien m'aider ? demanda-t-elle poliment.

Le félin leva un regard endormi vers nous, ses yeux verts trahissant un certain agacement, mais il obéit et enroula sa queue autour de ma cheville, infusant de la chaleur et de la magie le long de ma jambe.

L'air autour de moi se mit à briller de teintes mauves, et je dirigeai une première vague de sorcellerie vers ma main. Tant pis pour mes cheveux. Je voulais soigner ma paume mutilée.

Cassidy rit en voyant ma main briller.

— Je suppose que c'est une manière plus utile d'utiliser la magie de Sparks. (Elle haussa les épaules et commença à tresser mes mèches.) C'est aussi bien, je vais t'honorer d'une coupe tressée adaptée à l'entraînement. Ta tante ne pourra pas se plaindre si je suis ses ordres.

POISON QUOTIDIEN

J e descendis à l'étage inférieur, accompagnée de Sparkles qui s'enroulait autour de mes chevilles. Il m'avait fallu des années d'entraînement pour éviter qu'il me fasse trébucher dans ces cas-là, c'est-à-dire constamment, putain, et il me récompensait par de petites doses de magies matinales. En tant que familier, sa tâche consistait à recharger mes réserves d'énergie jusqu'à ce que mon initiation me rende suffisamment puissante pour posséder ma propre sorcellerie. Mon cœur se serra à l'idée de devoir me séparer de lui, mais j'avais toujours su que c'était inévitable.

Comme s'il avait ressenti mon chagrin à l'idée de devoir briser notre lien dans quelques jours, il m'adressa un miaulement de réconfort par lequel il me signifiait qu'il ne me quitterait jamais. Je souris.

— Je suis sûre que tu racontes ça à toutes les jeunes sorcières, petit bourreau des cœurs.

Tante Sandra fronça les sourcils en me voyant arriver dans le petit salon. Elle n'appréciait clairement pas ma coupe peu élaborée. Elle était en train de discuter avec mes tuteurs. Il semblait qu'elle s'était affairée à les distraire pendant que le reste de la Congrégation se rassemblait dans le hall du petit-déjeuner pour les discours et les potins du matin.

Je faillis mourir sur place en reconnaissant mes « tuteurs ». Ils étaient quatre… et incroyablement beaux, complètement à l'opposé des vieux incompétents auxquels je m'attendais.

Quinn sourit et m'adressa un petit geste de la main, à l'abri du regard de Tante Sandra. Il avait par un quelconque miracle réussi à rassembler ses alliés et à dissimuler grâce à un sort leurs crocs et leurs yeux aussi écarlates que des rubis. Ils avaient les mêmes apparences que dans ma vision, celles qu'ils possédaient avant leur transformation en vampire. À présent, ils auraient pu se faire passer pour des mages tout à fait normaux qui auraient eu leur place dans n'importe quel lieu comme la Congrégation de l'Améthyste. Des vampires auraient immanquablement déclenché les alarmes.

— Jolies tresses, dit le mage aux cheveux blonds coiffés en pointes et couvert de tatouages. (Il croisa les bras pour les montrer plus clairement.) Je suis content de constater que vous êtes prête pour l'entraînement d'aujourd'hui.

Il regarda la pièce guindée avec dédain. Personnellement, j'aimais beaucoup l'ambiance de bibliothèque qui régnait dans le petit salon, avec ses étagères remplies de vieux grimoires, d'arbres généalogiques et de volumes historiques. Mais ce mage en particulier semblait extrêmement mal à l'aise dans cet environnement.

— Après mes premières impressions sur votre congrégation, je m'inquiétais quant à ce qui nous attendait.

Je relevai un sourcil en le regardant, mais Tante Sandra parvint à se sortir de sa position figée en entendant que le mage approuvait mon apparence. Elle émit un rire qui semblait un peu trop enthousiaste pour être sincère et posa la main délicatement sur le bras du mage.

— Je peux vous assurer qu'Evelyn est pleine de surprises et on ne peut plus débrouillarde.

Au lieu de s'esclaffer avec elle, il prit un air grave jusqu'à ce qu'elle retire sa main.

L'homme raffiné qui portait un costume élégant se racla la gorge.

— Bien, des présentations sont de mise, annonça-t-il.

— Quinn, commença le roux avec un rictus malin.

— Aaron, poursuivit le type tatoué avant de passer sa langue sur le piercing qu'il avait à la lèvre, comme si c'était un tic.

— Marcus, prononça l'homme raffiné tout en inclinant gracieusement la tête.

Il se tourna vers le dernier mage et se racla de nouveau la gorge.

Ce quatrième gars ne semblait pas à son aise sans son cran d'arrêt en train de danser entre ses doigts, et il rangea ses mains dans ses poches avant de me regarder.

— Killian, maugréa-t-il dans sa barbe, comme si donner son nom était pour lui un immense sacrifice.

Je résistai à l'envie pressante de croiser les bras et de les dénoncer sur-le-champ à ma tante. Franchement, ils essayaient de me tuer ou quoi ? Si leurs déguisements venaient à faillir ne serait-ce qu'une seconde et qu'elle découvrait qui ils étaient vraiment, nous serions tous comme morts.

— Merveilleux, lâcha Tante Sandra avec un petit applaudissement. Si vous pouviez simplement me présenter votre contrat, je serais heureuse de payer les frais d'entraînements.

Tous les mages se figèrent en entendant la requête de Tante Sandra. Quinn fut le premier à se ressaisir.

— Inutile, vous n'aurez rien à débourser, Dame Sandra.

Elle rougit en distinguant son nom prononcé avec son accent irlandais.

— Oh ! souffla-t-elle tout en replaçant une mèche de ses cheveux. C'est très généreux de votre part.

Elle fit un geste pour désigner la porte du réfectoire.

— Bien, je peux au moins vous offrir un petit-déjeuner…

— Non, déclinèrent-ils tous à l'unisson.

J'étouffai un sourire derrière ma main et feignis de tousser.

— C'est très aimable, continua Quinn tout en se rapprochant d'elle, une faible lueur rouge se miroitant sur ses yeux verts. Mais il est temps qu'Evelyn commence sa formation. Nous nous occupons du reste.

Tante Sandra tituba sur ses pieds, et je compris que Quinn l'avait subjuguée. Elle n'était pas la sorcière la plus puissante de la Congrégation de l'Améthyste, mais je l'avais imaginée être au moins immunisée contre quelque chose d'aussi simple que l'envoûtement.

— Bien sûr, murmura-t-elle tout en se dirigeant vers la porte. Je la laisse entre vos bonnes mains.

Elle afficha un rictus avant de nous quitter, et les mages se détendirent soudainement.

Quand le cliquetis de l'argenterie se fit entendre, je m'approchai lentement d'eux, rassuré par le pelage chaud de Sparks contre mes chevilles.

Il m'adressa un miaulement qui m'indiquait qu'il avait confiance en ces mages.

Je grimaçai. Je n'aurais pas été jusqu'à affirmer que je leur accordais aussi ma confiance, mais je me sentais en sécurité, pour le moment. Si leur intention était véritablement de me tuer, ils n'auraient pas attendu. Ils n'auraient pas adopté un déguisement magique pour m'assassiner discrètement dans le petit salon. Me savoir en sécurité libéra une vague de rage et d'indignation dans ma poitrine.

— Pour qui vous prenez-vous ? m'emportai-je. C'est vraiment bas de votre part de vous faire passer pour mes tuteurs. Ma tante sera dévastée quand elle découvrira que vous voulez simplement vous servir de moi.

Marcus se redressa.

— Nous servir de vous, Dame Evelyn ?

— N'essayez pas de prétendre que vous êtes ici pour m'aider, grognai-je. Vous êtes libérés de votre malédiction, et maintenant, vous voulez vous emparer du peu de pouvoir que je peux vous procurer.

Quinn posa un genou à terre et prit ma main. Je n'étais pas certaine de savoir pourquoi je le laissais faire, hormis par curiosité de ressentir de nouveau sa peau. Tout comme cette nuit, elle était à la fois froide et brûlante, et de la magie me chatouillait à son contact. Il était habité de tant d'énergie et de puissance que cela m'obligea à diriger toute mon attention vers lui.

— Je crains qu'il y ait un malentendu. Nous avons discuté avec votre tante. Vous êtes de sang mortel.

Je ne pus résister. La honte m'envahit, et mon visage se décomposa. Les mots « de sang mortel » signifiaient que je n'avais aucun pouvoir.

Quinn me releva le menton.

— Savez-vous à quel point c'est unique ? demanda-t-il à ma grande surprise. Vous êtes une mortelle suffisamment puissante pour survivre à un empoisonnement quotidien puissant à la magie.

Je fus étonnée par le mot qu'il avait employé. Empoisonnement.

— Avec nos conseils, poursuivit-il, vous serez assez forte pour nous aider à renverser le règne actuel des Congrégations Royales, et nous pourrons enfin reprendre notre place légitime, avec vous pour nous guider dans ce nouveau monde.

Aaron grogna et mordit son piercing qui traversait le coin de sa lèvre inférieure.

— Mille ans, murmura-t-il, le regard dans le vide. Les Congrégations Royales sont toujours debout, mais elles ignorent tout de ce qui les attend.

Éberluée, je quittai en titubant le toucher hypnotique de Quinn.

— Vous parlez des loups démoniaques ?

— Ils ne sont qu'un début, informa Killian.

Il sortit son cran d'arrêt, mais ne dégaina pas la lame. Il fit simplement courir ses doigts sur ses rebords décorés. Son geste était subtil et naturel. L'arme n'était pas censée être menaçante, mais plutôt un objet qui le rassurait quand la conversation prenait une tournure sinistre. Je me mis à l'observer aussi attentivement qu'il me dévisageait de ses yeux sombres. Je supposai que ceux-ci avaient autrefois été marron, mais à présent que sa magie l'avait quitté, la lueur rouge menaçait d'y reprendre place. Ses crocs apparurent soudainement au bord de ses lèvres, avant de disparaître aussitôt.

Sparks émit un feulement en guise de mise en garde.

— Contrôle-toi, le gronda Marcus, avant de m'adresser une courbette et de s'excuser. Nous avons passé toute la nuit à combattre des loups, et nous n'avons pas encore mangé.

Mes yeux devinrent larges comme des soucoupes. J'étais seule avec quatre vampires affamés au milieu de ma congrégation. Très cocasse, n'est-ce pas ?

— Eh bien, vous ne devriez pas aller déjeuner, ou quelque chose comme ça ? demandai-je, me rendant compte immédiatement de l'ineptie de ma question.

Peut-être était-ce exactement la raison de leur venue. Je reculai d'un pas tandis que mon sang gelait dans mes veines.

Les pupilles d'Aaron se dilatèrent, et il sembla réagir à l'accélération de mon rythme cardiaque. Je devais lui rappeler une cloche qu'on sonne pour marquer l'heure du repas, mais cette pensée ne fit que rendre plus rapides les battements de mon cœur.

Quinn tendit la main vers moi.

— Calmez-vous, insista-t-il, et la note de panique dans sa voix ne m'échappa pas.

Son conseil ne m'aida en rien. La confiance que j'avais en lui était très fine, étant donné qu'elle ne reposait que sur la nuit qu'il avait passée en ma présence sans boire mon sang. Il demeurait un vampire, et je ne comptais pas oublier cette réalité. J'émis un petit cri de surprise en voyant Aaron se jeter vers moi, mais Quinn fut plus rapide. Prise de panique, je sortis la lame accrochée à ma cuisse par réflexe.

La trace écarlate qui traversait la joue de Quinn trahissait sa véritable vitesse. Ce coup aurait dû toucher sa jugulaire.

Le vampire grogna lorsqu'une goutte du sang reluisant de Quinn atterrit sur mon visage. Son parfum doux et enivrant me donna le vertige.

— Accrochez-vous à moi, m'ordonna Quinn, et Aaron émit un rugissement menaçant dans son dos.

Accorder sa confiance à un vampire n'était pas avisé, mais le regard qu'il m'adressait était si rassurant. Je regardai les autres hommes et remarquai que leurs trompe-l'œil s'étaient complètement dissipés. Une boule se forma dans ma gorge. J'ignorais ce qui me semblait pire : le fait qu'ils semblaient tous prêts à me déchiqueter, ou l'idée qu'un membre de ma congrégation arrive à tout moment et sonne l'alerte.

Une étrange attraction dans ma poitrine me rapprocha de Quinn jusqu'à ce qu'il me prenne dans ses bras. Il me souleva comme si je ne pesais rien. Il avait beau mesurer deux fois ma taille, j'étais impressionnée par sa vitesse surnaturelle et la grâce avec laquelle il nous éloigna de la Congrégation.

— Sparkles ! criai-je.

— Ne vous inquiétez pas, me rassura Quinn. Il vous retrouvera quand nous serons en sécurité. Il nettoiera un peu et fera croire à votre congrégation que vous êtes partie vous entraîner.

Sparkles n'aurait jamais accepté une chose pareille s'il n'avait pas confiance en eux, ce qui était très révélateur. J'avais presque oublié qu'ils étaient des mages et pouvaient donc communiquer avec mon familier, s'il l'acceptait bien sûr.

Il ne m'aurait jamais laissée en péril, et je sentais sa magie se dissiper à mesure que Quinn se déplaçait. Le monde autour de nous filait comme une vague floue tandis que nous fuyions la propriété. Les champs de jasmin disparaissaient en une traînée mauve. En scrutant par-dessus l'épaule de Quinn, mon sang ne fit qu'un tour. Les trois autres vampires étaient à nos trousses, tous crocs dehors. Leurs personnalités avaient été effacées par la faim qui finissait par rendre fous tous les vampires.

— Je préviendrai votre tante quand vous serez en sécurité, m'expliqua-t-il.

Je faillis ne pas entendre ses paroles à cause du vent, mais il se pencha plus bas vers le sol tout en me serrant fort. Je fermai les yeux et m'agrippai à lui. Ce fil qui semblait nous tirer l'un à l'autre ne cessait de grandir, ce qui me laissait penser que Quinn pourrait me protéger mieux que mon familier ou les congrégations. J'ignorais quelle magie nous avait unis, mais elle était ancienne et puissante. Pour une fois dans ma vie, je souhaitais croire qu'elle était de mon côté.

SOIF DE SANG

— **L**es pâturages, criai-je à Quinn tandis qu'il courait dans la mauvaise direction.

Les routes pavées allaient nous mener en ville, et il était hors de question que je mette des mortels innocents en danger.

Trois vampires affamés étaient après moi, et, s'ils voulaient du sang, il valait peut-être mieux qu'ils se repaissent de celui du troupeau du vieux Jordan. Je trouverais un moyen de le rembourser plus tard, mais je ne pouvais pas laisser Quinn continuer de m'emporter à toute vitesse vers un festin de chair humaine.

Il baissa les yeux vers moi, et je fus envahie par la terreur. Ses crocs s'allongeaient, et ses pupilles brûlaient de la même lueur écarlate dans laquelle miroitait la soif de sang qui s'était emparée des autres.

— Vous allez bien ? m'enquis-je d'une voix chevrotante.

Au lieu de m'éloigner de lui, ce qui aurait été une réaction logique face à un vampire affichant un tel regard, mes doigts se glissèrent vers l'ouverture de sa chemise et entrèrent en contact avec son torse. La sensation de ma peau sembla le ramener à la raison, et son corps se raidit tandis qu'il sprintait toujours à toute vitesse.

Il acquiesça en secouant la tête.

— Ça ira pour l'instant. (Il releva la tête, peinant à ignorer ma gorge où mon pouls tambourinait.) Les pâturages. Vous voulez dire du bétail ? C'est une bonne idée. Par où ?

Je pris le risque de sortir un doigt de ce cocon de chaleur et le pointai vers un chemin de terre. Quinn s'y précipita, projetant de la poussière haut derrière lui.

La clôture s'approcha avec célérité, et Quinn bondit par-dessus. Je hurlai dans son oreille lorsque nous nous envolâmes, m'attendant à un atterrissage rude. Il plia les genoux en touchant le sol, absorbant l'impact avant de reprendre une course fluide.

Le troupeau n'eut pas le temps de nous voir arriver. Les pauvres créatures se prélassaient dans le soleil et dégustaient leur herbe du matin. Quinn slaloma entre elles jusqu'à atteindre l'autre côté du champ et se retourna.

Les autres vampires s'arrêtèrent dans leur course. Enfin, leur regard semblait m'avoir perdue au milieu de la mer de bêtes aux cœurs palpitants, et leurs yeux s'illuminèrent d'une magie rouge sombre.

— Qu'est-ce que c'est ? demandai-je à voix basse.

J'avais beau déjà connaître l'horrible vérité, j'avais besoin d'en être certaine.

— La soif de sang, m'indiqua Quinn avant de me déposer.

Tenant à peine sur mes jambes tremblantes, je le laissai volontiers me pousser derrière lui, me cachant de la vue des autres.

Ce fut le carnage que j'entendis en premier. Les vaches s'enfuirent tout d'un coup lorsque les vampires commencèrent à les massacrer.

— Fermez les yeux, me commanda Quinn.

Les pauvres animaux étaient totalement sans défense, mais, ayant moi-même un faible pour les hamburgers, j'essayai de considérer les choses avec perspective tandis que les bruits paniqués de bêtes envahissaient l'air, suivis peu après par les sons d'os brisés, puis par un silence terrifiant.

— Ils sont cléments, m'informa Quinn, me retenant toujours derrière lui.

J'avais remarqué que ses mains avaient commencé à trembler, et je m'agrippai à lui. J'ignorai qui il voulait rassurer, lui ou moi-même.

— Qu'est-ce que vous voulez dire ? demandai-je.

— Ils les tuent rapidement avant de les dévorer. Même sous l'emprise de la soif de sang, ils s'en sortent mieux que la plupart de ceux qui souffrent de la malédiction vampirique.

Je me risquai à observer la scène d'un œil discret. Il lâcha un juron lorsque je remarquai Aaron et Killian se repaître de leur proie. Ils étaient recouverts de sang.

Même Marcus était piégé dans cette transe. Son costume impeccable ne lui offrait plus la moindre discrétion tandis qu'il dévorait la carcasse.

Je parvins à tourner mon regard vers Quinn et vis que ce spectacle lui était à peine supportable. J'ignorais comment il pouvait résister à la soif de sang, mais il était lui aussi clairement affamé.

— Allez-y, insistai-je avant de le pousser doucement. Buvez.

Il me dévisagea. Il était si difficile de lire toutes les émotions qui défilaient sur son visage que je la manquai presque. Peut-être était-ce de la honte. J'avais croisé bon nombre de surnaturels très puissants, mais ils n'avaient jamais exprimé de remords quant au prix que leur imposaient leurs dons.

Quinn hocha la tête brusquement et écarta les cheveux roux en bataille qui recouvraient son visage.

— D'accord, jeune fille, mais retournez-vous. Je n'aime pas que l'on me voie ainsi.

Têtue, je croisai les bras.

— Quinn, si vous et moi devons être amis, il ne doit y avoir aucun secret entre nous.

Il venait tout juste de me sauver la vie, et il me semblait donc évident que j'étais ouverte à l'idée d'une amitié. Son visage stupéfait s'illumina.

— Très bien, concéda-t-il avant de rejoindre Killian et Aaron.

Les vampires l'ignorèrent, à l'exception de Marcus qui grogna dans sa direction, bien que Quinn ne se soit même pas approché de sa proie.

Je pris de soin de noter que Marcus semblait bien plus cruel qu'il ne le laissait paraître, peut-être plus que tous ces vampires réunis.

En les regardant se nourrir, mon estomac se noua, saisi d'une sensation d'horreur et de fascination morbide. Je me demandai si c'était là la contrepartie pour détenir le pouvoir d'un vampire. La folie et une faim incontrôlable étaient un prix important à payer, même pour obtenir l'immortalité et la magie du sang.

Je fus plus particulièrement fascinée par Quinn alors qu'il se repaissait. Ses crocs étaient maintenant incroyablement longs, et ils étaient profondément enfoncés dans sa proie. Il avalait le sang à grandes gorgées, et ses yeux se fermaient à mesure que la tension quittait ses épaules.

J'imaginais qu'il devait être humiliant de devoir se nourrir de bétail, mais ni Quinn ni les autres n'émirent la moindre plainte. Lorsqu'il ouvrit brièvement les paupières et me distingua au travers de la brume écarlate qui recouvrait ses iris, quelque chose se brisa en moi. Une douleur intense parcourut mon bras gauche, et je me mis à crier. C'était le côté que j'avais blessé la veille.

Une rune que je n'avais jamais vue auparavant commença à se former sur mon bras en me lacérant la peau et me remplit d'effroi. Elle était inscrite dans le sang… Seules les plus puissantes sorcières pouvaient s'en voir accorder, et il ne s'agissait alors que de runes magiques et scintillantes, mais qui ne se manifestaient pas dans le domaine physique.

Elle se solidifia comme une marque permanente qui signifiait que j'étais dans une merde noire. Les spirales durcirent et se mirent à briller de pouvoir. En tant que membre de la Congrégation de l'Améthyste, j'avais été gorgée de magie toute ma vie. Elle était servie dans mes plats ou offerte par mon familier, et elle saturait l'air qui occupait les murs de la Congrégation. Elle faisait partie de moi et se mélangeait à présent avec la trace antique qui se dessinait sur mon bras.

Je levai la tête et découvris que les vampires avaient le regard braqué sur moi. Il était moins marqué par la faim, et ils se remettaient péniblement debout. Quinn fut le dernier à se détacher de la carcasse. Du sang dégoulinait le long de la courbe délicate de son cou.

Il s'approcha et s'arrêta à quelques pas de moi, les yeux rivés sur la rune.

— Par les dieux, dit-il en un souffle, le lien a marqué son emprise.

— Quel lien ? crachai-je, prise de colère.

Je n'avais jamais demandé tout ceci. Je venais de perdre toute chance de disparaître et de me faire oublier des Congrégations Royales maintenant que je portais une putain de rune de sang. Comment allais-je pouvoir expliquer ça ? Son apparition signifiait que j'avais utilisé la magie du sang et lié volontairement mon âme à quelqu'un d'autre. Je n'en connaissais pas grand-chose, à part ce que j'avais lu dans les livres d'histoire. J'avais retenu ce point, car il était dit que la rune de sang était la forme de sorcellerie la plus dangereuse et la plus puissante au monde. Je n'étais pas une élève modèle, et je ne me souvenais donc d'aucune des méthodes par lesquelles il était possible d'en acquérir ni pourquoi elles étaient si puissantes et dangereuses. Je savais simplement que c'était un très mauvais signe.

Les lèvres de Quinn formèrent un sourire.

— Je vous appartiens désormais, Evie.

Mon regard chavira. Cela n'avait rien à voir avec les marques des serviteurs qui les liaient aux congrégations. Sinon, les vampires l'auraient reçue, pas moi. J'agitai mon bras ensanglanté devant eux.

La douleur avait disparu, et la vibration d'une sorcellerie ancienne remontait le long de mon épaule et me terrifiait.

— C'est vous qui m'avez infligé ça ?

Quinn essayait-il de me manipuler ? Il voulait dire que *je* lui appartenais. Ce salopard avait fait de moi son esclave !

Marcus se racla la gorge et se plaça aux côtés de l'Irlandais.

— Je vous en prie, Dame Evelyn, acceptez nos excuses pour notre comportement impardonnable. La soif de sang nous a eus par surprise. Elle n'est pas si violente, d'ordinaire. (Il s'inclina très bas.) Nous ne vous causerions jamais le moindre mal, et, à présent que vous êtes liée à Quinn, vous serez sous notre meilleure protection. Je vous assure que tout ceci est pour le mieux.

— Pour le mieux ? hurlai-je. Vous…

— Qui était au courant pour le pâturage ? m'interrompit Killian alors qu'il rejoignait le groupe en traînant des pieds.

Il semblait être le plus honteux des quatre. Ses yeux étaient encore sombres, mais plus aucune menace ne s'y reflétait.

— C'est Evie qui en a eu l'idée, indiqua Quinn, rayonnant. (Il remarqua ma colère et soupira.) Le lien n'aurait pas pris forme si vous ne m'aviez pas accordé votre confiance. Vous avez changé d'avis à mon sujet, alors, Evie ? Je ne vous forcerais jamais à faire quelque chose contre votre volonté. (Ses doigts se serrèrent pour former des poings.) Jamais.

Je croyais à ses paroles, mais j'étais beaucoup trop furieuse pour l'admettre. De plus, je détestais la manière dont il prononçait mon nom, car son accent lui donnait une intonation beaucoup trop érotique.

— Je ne fais confiance à aucun d'entre vous, putain, crachai-je.

Mon regard se posa sur le sol inondé de sang. Deux vaches avaient été massacrées. Et si j'avais été à leur place ?

Non, je ne pouvais pas y penser. Pour l'instant, je devais me concentrer sur la mort des deux bovins. Il allait me falloir parler à Jordan et inventer une histoire pour expliquer comment ses bêtes avaient été éventrées. Aurait-il pu différencier les traces de crocs d'un vampire et celles d'un loup ?

Quinn se rapprocha encore, et l'odeur de sang frais me retourna l'estomac. Je posai une main contre mon nez et m'éloignai immédiatement de lui. Il empestait la mort.

Il se figea, perplexe face à ma réaction.

— Evie. C'est vous qui nous avez libérés de notre prison. C'est vous qui avez initié le lien en recouvrant de sang les piliers qui nous retenaient captifs. Si votre intention n'était pas de nous délivrer, alors que trafiquiez-vous là ? (Un air peiné se dessina sur son visage.) Désiriez-vous simplement notre magie ? L'immortalité ?

Je pouffai.

— Je ne suis absolument pas intéressée par le pouvoir ni par l'idée de vivre éternellement sur cette maudite planète.

Mes vrais parents étaient morts. Un jour, je serais capable de les retrouver dans l'au-delà, mais seulement après avoir profité pleinement de mon existence sur cette planète. C'est ce qu'ils auraient voulu et ce que j'avais toujours souhaité.

Le regard de Quinn tomba sur la rune qui ornait mon bras, et il fronça les sourcils.

— C'est étrange, remarqua-t-il.

C'est alors que je me rendis compte que la rune saignait toujours. Peut-être n'avais-je pas accepté Quinn, finalement.

SECRETS

*H*eureusement, un ruisseau coulait près de la maison du vieux Jordan. Notre village était un lieu non loin de la Belgique, à l'abri des regards indiscrets. Jordan Styles fournissait la majorité des bouchers en viande bovine et alimentait notre village en lait frais. Il gardait les deux troupeaux séparés, l'un pour la viande, l'autre pour le lait. Je n'avais jamais réussi à les différencier. J'espérais que c'était celui destiné aux boucheries qui avait servi de pitance aux vampires affamés, car la perte de quelques têtes parmi ces bêtes n'aurait pas été aussi grave.

— Je suis désolé de vous infliger autant de soucis à quelques jours seulement de votre initiation, me dit Quinn alors que nous approchions du ruisseau.

Les autres se lavaient avec leurs vêtements, et je pensai qu'il n'y aurait jamais assez d'eau pour les débarrasser de tout le sang dont ils étaient recouverts.

— Aviez-vous le choix ? lui demandai-je.

Quinn sursauta. Maintenant que je savais qu'un lien entre nos âmes était en train de se former, j'avais perdu toute sympathie pour lui. Les connexions d'esprits étaient réservées aux sorcières qui concluaient des pactes obscurs ou aux serviteurs à qui on les imposait.

Quinn se rapprocha doucement et me surprit en prenant ma main dans la sienne. Il la souleva et examina la rune de sang qui brillait d'une lueur rouge écarlate.

— Si vous ne souhaitez pas m'accepter, jeune fille, me laisserez-vous au moins soigner cette blessure ?

Je fixai ses yeux qui luisaient de magie vampirique. Il ne cachait pas sa vraie nature, et, malgré moi, c'était quelque chose que j'appréciais.

— Vous essayez de changer de sujet, lui reprochai-je, mais je lui fis signe de s'exécuter. Bon, d'accord. D'abord, un bandage, et ensuite, vous répondrez à mes questions.

Il esquissa un sourire narquois et relâcha doucement ma main. Il remonta sa manche vers sa bouche, et en déchira un lambeau avec l'un de ses crocs. Il reprit mon bras et enroula le morceau de tissu autour de la rune plusieurs fois avant d'y faire un nœud.

— Je n'étais pas totalement conscient de mon emprisonnement, pas avant votre arrivée.

— Vous n'avez pas su ce qu'il vous arrivait durant mille ans ? m'étonnai-je.

Cela semblait difficile à croire. Je ne doutais pas que Quinn et ses alliés étaient puissants. Celui ou celle qui les avait piégés dans une prison suffisamment robuste pour enfermer jusqu'à leurs esprits devait détenir d'impressionnants pouvoirs.

— Je suppose que c'était préférable.

Il opina du chef.

— J'imagine que je serais devenu fou si j'avais eu conscience ce qu'il se passait réellement.

Il retourna ma main, paume vers le ciel, et y fit courir un doigt tout du long. Je frissonnai à son contact délicat.

— Mais ensuite, vous nous avez tous libérés du sort. Vous avez accompli ce qu'aucun sorcier n'avait réussi en plus de mille ans.

Je relevai un sourcil.

— C'est faux. J'étais simplement la seule sorcière assez stupide pour initier un lien de sang avec quatre mages vampires.

Il sourit d'un air malicieux.

— Vous êtes plus maligne que vous ne laissez paraître, jeune fille.

Je lui jetai un regard noir, mais ne souhaitai pas non plus retirer ma main dont il continuait de caresser doucement la paume. Il tourna son attention vers mes doigts et adopta un air pensif.

— Ta destinée est si incertaine.

Lire l'avenir dans la paume de la main était un talent avancé qui ne se manifestait que chez les sorcières et les mages qui, plus tard, devenaient des voyants.

— Quel futur vois-tu ? m'enquis-je, curieuse.

Je n'avais jamais demandé à quelqu'un d'interpréter les lignes de ma main, car je pensais qu'aucune sorcière ne me donnerait une réponse franche. Quinn, en revanche, était quelqu'un de qui je pouvais attendre de l'honnêteté. Sans savoir pourquoi, j'en étais convaincue au plus profond de mon être.

Sa peau douce comme la soie émettait le vrombissement sourd de la magie, et ses doigts chatouillaient ma main. Un tiraillement s'exerça sur le lien qui s'était formé en moi. Je connaissais sa vraie nature et essayais à présent de m'en détacher. Qu'importe à quel point il pouvait être fascinant, et sa présence enivrante, qu'importait si tout mon être m'indiquait que je pouvais lui faire confiance, je n'aurais jamais laissé mon âme être possédée par quelqu'un d'autre. C'était une erreur que j'avais vue être commise bien trop souvent. Les Congrégations Royales et la communauté surnaturelle m'avaient peut-être tout volé, mais mon esprit m'appartenait toujours.

— Ton futur ne dépend que de toi, dit-il après un moment.

Il relâcha ma main à contrecœur. Ses cheveux roux en bataille voltigèrent devant son visage, balayés par un vent étrangement puissant qui portait l'odeur du chèvrefeuille et des hautes herbes. Nous étions proches des pâturages, mais la seule senteur qui y régnait généralement était celle de la terre et des bestiaux.

Je pris une grande inspiration et me détendis, me demandant quels secrets Quinn pouvait encore bien me cacher. Il existait très peu de voyantes parmi les sorcières, et encore moins parmi les mages. Les hommes, par nature, étaient incapables de porter le fardeau d'un pouvoir lié à des magies plus intimes. Voir le futur d'une personne nécessitait de l'empathie, de la curiosité et de la sensibilité.

Quinn ne sourcilla pas quand je penchai la tête pour l'examiner. Je crus distinguer qui il était vraiment derrière ses yeux de vampire. Il y avait de la tristesse et de l'espoir en lui. Une tristesse liée à un événement qui s'était produit longtemps auparavant. Mais l'espoir, lui, était nouveau.

Cette vague d'émotions s'évapora lorsqu'il me lança un regard en coin, et le parfum du chèvrefeuille et des hautes herbes disparut.

— Tu utilises mon propre don de voyance. Je me sens à la fois envahi et flatté.

Je m'éloignai de lui en titubant et remuai la tête pour me libérer de la transe. Venais-je d'employer sa propre magie ? La rune sous mon bandage pulsa et m'infligea une nouvelle vague de douleur, comme si elle voulait me punir pour avoir abandonné la sorcellerie dont je venais de me servir sans le savoir.

— Viens, me proposa-t-il tout me tirant le bras. Allons nous débarbouiller. On dirait que les autres ont terminé.

Je fus éberluée en découvrant Marcus, Aaron et Killian revenir sur la berge de galets. Ils émettaient de la vapeur, et leurs yeux brillaient d'une lueur rouge. Leurs vêtements séchaient, collés contre leur peau, et révélaient des corps superbement sculptés qui auraient fait rougir n'importe quelle fille. Killian m'adressa un clin d'œil, et je détournai le regard, luttant contre la vague de chaleur qui menaçait de se révéler sur mon visage.

— Je n'ai pas besoin de me laver, me plaignis-je tandis que Quinn me traînait derrière lui.

— Bien sûr que si, insista-t-il en observant mon bandage.

Je suivis son regard et lâchai un juron. Le sang suintait au travers du fin tissu. J'avais rouvert la plaie en me libérant de la transe que j'avais infligée à Quinn.

Je soufflai péniblement en sentant l'eau gelée filer entre mes jambes et suivis Quinn vers le cours d'eau dans lequel il n'était émergé que jusqu'à la taille, mais qui m'arrivait à la poitrine. Mes dents commencèrent à claquer, et Quinn se mit à rire et à m'éclabousser. Je m'y attendais, mais le froid me coupa quand même le souffle.

— C... C'est pas juste, parvins-je à prononcer entre mes dents qui s'entrechoquaient. Tu es un vampire. Tu ne ressens pas le froid.

Quinn s'abaissa doucement dans l'eau pour être à la hauteur de mes yeux.

— Si. La différence, c'est que j'aime ça.

Je frissonnai.

— Eh bien, pas moi.

Il se rapprocha de moi, très doucement, comme s'il se dirigeait vers une biche apeurée. Lorsqu'il m'enveloppa dans ses bras, je commençai à protester, mais soudainement, mes yeux s'écarquillèrent.

De sa peau émanait tant de chaleur que je me blottis contre son torse pour en profiter désespérément.

— C'est ça, ta magie ? demandai-je, et, en guise de réponse, l'odeur de chèvrefeuille envahit de nouveau mes sens.

Il me retourna pour que mon dos soit pressé contre sa poitrine, me privant de sa chaleur tandis qu'il arrangeait mon pansement. Je regardai la berge pour voir si les autres vampires nous regardaient, mais ils s'étaient éloignés dans le champ et discutaient tranquillement entre eux.

— Ils respecteront le temps dont nous avons besoin pour former notre lien, m'informa-t-il.

Sa voix basse et son séduisant accent irlandais me berçaient, comme pour me donner un faux sentiment de sécurité.

— Tu es destinée à t'associer à chacun d'entre nous. La magie peut opérer lentement, et parfois de façon disgracieuse. Elle sait que tu dois apprendre à nous connaître un par un pour pouvoir nous faire confiance.

Je baissai les yeux vers la rune de sang qu'il nettoyait à présent avec soin. Je n'avais jamais pensé Quinn capable d'une telle délicatesse. Elle avait cessé de saigner, et l'odeur de chèvrefeuille devint de plus en plus prégnante. Je reposai ma tête contre lui et observai ses doigts danser sur ma peau.

— Vous êtes tous des inconnus pour moi, lui dis-je.

Il ne releva pas, mais attendit patiemment, m'hypnotisant de plus en plus par ses caresses. La magie vrombissait doucement autour de nous, comme si elle gagnait en énergie.

— Ma seule véritable alliée est Cassidy, et peut-être aussi mon familier.

Gros « peut-être » pour Sparkles. Ce satané chat était capable de me sauver la vie, mais tout autant de m'abandonner pour une boîte de thon.

— Tu ne fais pas confiance à ta congrégation ? s'étonna-t-il.

Son souffle effleura mon oreille, et je frissonnai en me rendant compte à quel point nous nous étions rapprochés. Néanmoins, une partie de moi voulait s'abandonner à lui. De toute ma vie, je n'avais pas accordé ma confiance à un surnaturel, jamais complètement. Jamais de la manière dont les mots de Quinn me suppliaient.

— Non, murmurai-je, des larmes menaçant de perler aux coins de mes yeux.

Je ne pleurais jamais, car je trouvais idiot de regretter quelque chose que je n'avais jamais connu.

— Pas même à ta tante Sandra ?

Je secouai la tête.

— Surtout pas à Tante Sandra.

La Congrégation n'aurait jamais accepté de prendre soin d'une enfant mortelle de quatre ans si elle n'avait rien à y gagner. On m'avait raconté que mon père avait tué ma mère, et qu'il s'était ensuite donné la mort, me laissant seule, recouverte du sang de ma famille. Je n'avais aucun souvenir de cette nuit, seulement l'histoire que Tante Sandra m'avait racontée. Je ne voyais aucune raison pour laquelle elle m'aurait caché la vérité, et, chaque fois que j'interrogeais des mortels sur leurs souvenirs de l'incident, les récits coïncidaient toujours.

Ce genre de sacrifice de sang aurait pu être puissant pour une congrégation, et l'horreur qu'il représentait s'était insinuée jusqu'à mon âme. Tante Sandra s'était montrée honnête avec moi sur ce sujet aussi, et m'avait dit que je leur rendrais leur générosité en prenant ma place au sein des Congrégations Royales, permettant à la Congrégation de l'Améthyste de gagner un peu plus de prestige.

— Elle n'est intéressée que par le pouvoir, expliquai-je à Quinn.

Je n'avais jamais été aussi ouverte auprès de quelqu'un d'autre que Cassidy.

— Comme tous les surnaturels.

Quinn cessa ses douces caresses.

— Pas tous, m'assura-t-il.

Ses mains remontèrent le long de mes bras, m'envoyant des frissons tandis qu'il faisait disparaître la fraîcheur du courant. Ses doigts grimpèrent jusqu'à mon cou, puis il commença à cajoler doucement mes temps.

— Laisse-moi te montrer, Evie. Je ne suis pas comme eux.

J'étais totalement sous l'influence du sort du beau gosse irlandais, mais, pour une fois, je décidai de lui laisser une chance. S'il avait souhaité me nuire, il aurait pu le faire dans ma chambre, ou bien me laisser être déchiquetée dans la Congrégation par les autres vampires durant leur soif de sang. Je voulais comprendre cette magie teintée de chèvrefeuille qui en appelait à moi et me promettait des choses qui me poussaient à recroqueviller mes orteils dans le lit mou de la rivière.

— D'accord, murmurai-je.

Et je pus presque sentir son sourire quand il me pressa plus près contre lui jusqu'à ce que ses crocs frôlent ma nuque. J'aurais dû être terrifiée à l'idée qu'un vampire effectue cela, mais avec Quinn, je sus instinctivement qu'il s'agissait d'un geste affectueux.

Une vibration discrète émana de nos deux corps, faisant onduler l'eau autour de nous tandis que l'odeur sucrée m'envahissait, apportant la vision d'un ancien champ irlandais où un océan de verdure s'étendait, pointillé de fleurs sauvages uniques. La rivière et les pâturages s'effacèrent, remplacés par un souvenir. Mes cheveux dansaient dans le vent, et le soleil caressait mon visage. C'était un lieu très important pour Quinn. Cette réminiscence me remplit d'amour et d'exaltation, et je pris une profonde inspiration. J'avais l'impression d'être chez moi.

— Voici à quoi ressemble mon âme, susurra Quinn.

Sa voix résonna dans le vrai monde et apaisa mes sens.

Une brise chaude se leva au milieu du champ irlandais, et je me laissai porter.

— C'est magnifique.

Ses mains quittèrent mes tempes et se dirigèrent vers mes hanches, me rapprochant contre lui. J'étais totalement immergée dans la vision, et je n'avais jamais assisté à quelque chose d'aussi calme de toute ma vie. Si c'était là le reflet de la véritable nature de Quinn, je voulais apprendre à mieux le connaître. Je souhaitais savoir pourquoi il s'était abandonné à une vie de mage condamné par une malédiction vampirique. Une raison terrible et très importante avait dû le motiver.

— C'est vrai, chuchota-t-il, me surprenant. (Il gloussa, et le son chaud de son rire m'envoya une nouvelle vague de chaleur intérieure.) Tu t'es ouverte à moi, Evie. Je peux entendre tes pensées quand nous sommes proches comme ceci. (Ses mains m'entourèrent et s'aplatirent contre mon ventre.) Je peux ressentir tes désirs.

Je n'étais pas vierge, mais jamais un simple toucher ne m'avait grisée comme le sien. J'avais fréquenté de beaux mages, et j'avais été assez sotte pour penser qu'ils s'intéresseraient à moi plus longtemps qu'une nuit d'amusement. Les congrégations encourageaient la promiscuité, car le sexe pouvait rendre une sorcière ou un mage encore plus puissants, surtout quand les différentes congrégations fricotaient entre elles. Mais Quinn, lui, désirait me toucher pour une autre raison. Il disposait de tout le pouvoir dont il avait besoin, ce qui signifiait que ses sentiments pour moi étaient sincères. De plus, en acceptant que le lien entre nous se forme, j'étais celle qui s'accaparait sa magie, et non l'inverse. Je déglutis fortement en sentant une excitation inconnue s'emparer de moi.

Il me fit pivoter face à lui, affichant son regard rouge et incandescent qui examinait le champ sans fin. Je pouvais distinguer au-delà du vampirisme à présent. La tristesse qui s'y miroitait était un lointain souvenir, comme si ma présence l'avait enterrée.

— Quinn, dis-je en un souffle. (Mon pouce remonta jusqu'à l'un de ses longs crocs.) Je dois savoir pourquoi tu as accepté le vampirisme.

Je voulais tant lui accorder ma confiance. Je pouvais ressentir son être jusqu'aux tréfonds de son âme. Il n'était pas un monstre sans-cœur comme tous les autres surnaturels que je connaissais, mais je devais connaître la réponse à cette question.

Pour la première fois, son regard s'assombrit, comme s'il s'agissait là de la seule chose qu'il ne pouvait me révéler.

— Non, jeune fille, lança-t-il, brisant notre contact et laissant le flot froid de la rivière qui coulait se propager entre nous. Si tu l'apprenais, tu ne m'accepterais jamais.

MON ESPRIT TOURBILLONNAIT au milieu de toutes les révélations récentes de Quinn. Il m'avait fourni suffisamment de magie pour que je puisse me sécher, et je fus heureuse de découvrir que percevoir la réalité de son âme avait satisfait la rune de sang sur mon bras. Ma peau n'était plus endolorie, et la marque brillait d'une plaisante lueur envoûtante mauve qui correspondait parfaitement à ma congrégation. J'ignorais quel sort Quinn avait utilisé sur moi, mais celui qui parcourait mon sang provenait immanquablement de l'améthyste.

— Tiens, mets ça, dit Quinn tout en retirant sa veste pour m'en recouvrir la tête.

Je relevai le lourd vêtement pour protester, mais portai ma main devant ma bouche en découvrant pourquoi il m'avait recouverte. Le vieux Jordan approchait du sommet de la colline qui donnait sur le bord de la rivière et venait de nous repérer.

— Hé ! cria-t-il, entouré de trois mages à l'air penaud qui se morfondaient.

Ils avaient réactivé leurs sorts de trompe-l'œil et ils semblaient capables de se contrôler maintenant qu'ils s'étaient nourris. Je fus rassurée, car je ne souhaitais pas imaginer le pauvre Jordan devoir affronter trois vampires affamés.

Il se précipita vers nous et se planta face à Quinn. Le mortel dut se tordre la nuque pour regarder l'Irlandais dans les yeux, et j'étais heureuse de constater qu'il avait également eu l'intelligence d'activer son trompe-l'œil.

— Vous pouvez me dire pourquoi j'ai trouvé deux vaches à lait mortes dans mon champ ensorcelé ? maugréa-t-il dans sa barbe, faisant référence à la magie de pacotille que lui vendaient certains crétins de la Congrégation de l'Améthyste.

Quinn grimaça, mais je me débattis pour me débarrasser de cette veste qui constituait un piètre déguisement, et le poussai hors de mon chemin. C'était désormais à moi de venir à sa rescousse.

— Désolée, monsieur Styles. Nous avons essayé d'arrêter les loups, mais il semblerait que nous sommes arrivés trop tard. Vous n'en avez pas vu aux alentours, si ? Je crois qu'ils se sont enfuis.

Le visage du fermier s'illumina en me reconnaissant. Je venais lui rendre visite dans sa ferme depuis ma petite enfance. Il n'était pas au courant de mon sombre passé, à l'exception des rumeurs, mais il savait que j'étais de sang mortel. C'était peut-être la raison pour laquelle il m'appréciait autant.

— Evie ! Pourquoi ne pas avoir prévenu que tu passais dans le coin ? Viens, je vais dire à ma femme de te préparer du thé. Il fait frais ces temps-ci.

Tremblante, je baissai les yeux vers la rivière.

— Oui, bonne idée.

Le vieux Jordan semblait beaucoup moins surpris qu'il n'aurait dû, mais après nous avoir indiqué que les loups démoniaques empiétaient sur son territoire, je commençai à me détendre. S'ils avaient déjà attaqué par le passé, cela rendait mon mensonge plus crédible. Je me sentis coupable de ne pas être venue assez souvent pour savoir que cela se produisait. Mes sessions d'entraînement en vue de l'initiation avaient accaparé toute mon attention. Y penser me mit profondément mal à l'aise. Combien de jours me restait-il ? Deux ou trois, tout au plus ?

— Ils opèrent rarement le jour, mais c'est le signe qu'ils deviennent de plus en plus forts, suggéra Marcus avant de se redresser, une tasse de thé à la main.

Je me demandai si les vampires aimaient le thé ou s'il en buvait simplement par politesse.

— Oui, acquiesça Quinn tout en s'enfonçant dans le sofa du vieux Jordan. (Il avait l'air endormi et satisfait du modeste mobilier.) Et les choses ne vont qu'empirer.

Aaron et Killian se tenaient sur les côtés, les regards portés vers l'extérieur pour s'assurer que d'autres loups n'arriveraient pas. Ce n'était qu'une couverture, bien entendu, mais je me demandai si cela aurait pu être vrai. Les mages avaient mentionné que les loups démoniaques ne représentaient qu'un commencement et que la situation allait s'aggraver. Les créatures allaient-elles commencer à rôder en plein jour ? Si oui, nous étions foutus.

Jordan, perché sur son tabouret préféré, lâcha un soupir. Sa femme, après m'avoir presque écrasée en me serrant dans ses bras, s'occupait maintenant de la vaisselle dans la cuisine. Elle m'adressa un clin d'œil par l'encadrement de la porte tout en faisant des gestes pour désigner Quinn. Je rougis. Elle avait donc déjà remarqué l'intérêt que je lui portais. Je croisai mes mains entre mes genoux et me rédigeai une note mentale pour mieux dissimuler mon attirance pour le vampire. J'ignorais si elle était de nature purement physique, ou si quelque chose d'autre était à l'œuvre. Je devais admettre que Quinn était différent de tous les autres surnaturels que j'avais rencontrés par le passé, ce qui était un point positif. La plupart d'entre eux n'avaient été que des enfoirés.

Je sentis un regard posé sur moi et découvris Killian en relevant les yeux. Il avait abandonné son poste de guet à la recherche de loups imaginaires et semblait à présent déterminé à mettre le doigt sur ce que j'avais de spécial. Il ne bougea pas d'un cheveu lorsque nos regards se croisèrent. Il ne chercha même pas son cran d'arrêt.

— Alors, qu'est-ce qui vous amène ici ? demanda Jordan, brisant le silence.

Je secouai la tête, et me tournai vers lui.

— Je, euh, en fait…

Avant que je puisse me ridiculiser, Sparkles effectua son entrée par une fenêtre cassée et miaula, m'informant qu'il n'avait pas aimé devoir altérer les mémoires d'autant de personnes afin que je ne sois pas pourchassée par une congrégation paniquée. Une douce vague de magie émana de lui. Je dirigeai alors mon regard vers les humains, mais elle était invisible à leurs yeux. Se sentant comme chez lui, Sparkles bondit du rebord de la fenêtre et s'installa sur mes jambes. J'affichai un rictus et le grattai derrière l'oreille. Il répondit en s'appuyant de tout son poids contre ma main, me faisant glousser.

— L'initiation de Dame Evelyn a lieu dans trois jours, annonça Quinn, les coudes posés sur ses genoux et les mains croisés.

Sa chevelure rousse en bataille brillait intensément à la suite du bain dans la rivière, et il m'adressa un sourire en coin. Bon sang, il était beaucoup trop beau pour son propre bien.

Le visage de Jordan s'illumina.

— Alors, vous êtes ses tuteurs ? Par les dieux. Je suis content de voir que les Congrégations Royales ont enfin eu l'intelligence de donner à Mlle Evelyn ce qu'elle mérite réellement.

Quinn leva un sourcil en entendant le mortel. Quinn m'avait appelée « Dame » depuis notre rencontre, un terme réservé aux sorcières dotées d'un pouvoir considérable et d'une position haut placée dans les Congrégations Royales. Jordan savait ce que j'étais. Une recluse de sang mortel qui avait eu énormément de chance d'être simplement recueillie.

Totalement ignorant du dégoût que Quinn portait au titre qu'il venait de me donner, Jordan frappa dans ses mains et se mit debout.

— Donc vous êtes ici pour le gîte et le couvert ? Évidemment. Les congrégations ne voudraient pas qu'une jeune fille si importante soit distraite par des sorcières jalouses ou des gens du village. Nous avons un cottage pour les invités, il se trouve juste à côté du cimetière. Les sorcières comme vous apprécient cela en général.

Il nous fit signe de nous lever.

— Venez, nous n'allons pas vous retenir et vous obliger à discuter avec des gens comme nous. Surtout si vous dites qu'Evelyn n'a que de trois jours avant son initiation. Mince, comme le temps file !

Mme Styles sortit de la cuisine, ayant fini de nettoyer la grande quantité de vaisselle. Ils vivaient seuls tous les deux, mais lorsque nous parlions en privé, elle se plaignait souvent que son mari semble accumuler la vaisselle sale aussi vite que les têtes de bétail prisées.

— Vous allez donc rester ? demanda-t-elle avec un sourire radieux. Je préparerai des repas et vous les apporterai ce soir. Comme c'est excitant ! Nous n'avons pas accueilli un membre de la Congrégation depuis des lustres.

Je regardai les mages pour voir s'ils désiraient m'emmener vers une autre destination. Je ne voulais pas déranger les Styles si je disposais d'une autre option. Quinn me sourit, tandis qu'Aaron et Killian retournèrent guetter à la fenêtre. Marcus sembla satisfait de la tournure des événements et se redressa.

— Nous apprécions votre générosité, lança-t-il simplement.

Bon, un gîte et quatre puissants mages rien que pour moi pour les trois prochains jours.

Sparkles miaula d'enthousiasme.

— Non, Sparks, soufflai-je discrètement pour le contredire. On ne va pas s'amuser.

ENTRAÎNEMENT

Sparkles mena la charge à l'intérieur du petit gîte qui constituait l'une des plus vieilles bâtisses de la propriété et qui regorgeait de magie protectrice. Les Styles ne plaisantaient pas en disant qu'ils avaient accueilli des sorcières auparavant. L'intérieur de la maison contrastait énormément avec leur modeste demeure. À l'extérieur, de longues flèches noires transperçaient le ciel, lui donnant l'apparence d'un château miniature plutôt que d'un cottage. Je me demandai si ma tante en avait interdit l'accès par le passé. Si j'avais connu l'existence de cet endroit, je l'aurais probablement préféré à la Congrégation.

Je notai que chaque vampire fut pris d'un sursaut en entrant dans le cottage, comme si une vague de sorcellerie les avait soudainement heurtés. Néanmoins, une fois à l'intérieur, ils purent tous se détendre. Lors de son départ, Jordan nous informa que sa femme reviendrait quelques heures plus tard avec des provisions et ferma la porte sans la moindre hésitation. Je pris un air suspicieux.

— Je l'ai peut-être envoûté, admit Marcus.

— Alors maintenant, vous les obligez à nous nourrir et à nous loger gratuitement ? lâchai-je d'un air grave.

Je n'aimais pas que Marcus manipule des mortels innocents.

— À te nourrir, corrigea Quinn avant de poser un bras autour de mes épaules. Nous, nous sommes rassasiés pour quelques jours.

J'ignorai l'Irlandais et observai Aaron qui déposait du bois dans la cheminée. Il claqua des doigts, et les bûches prirent feu.

Sparks émit un miaulement de délice et s'installa rapidement en boule si près des flammes que je craignis qu'il s'embrase.

Aaron gloussa et gratta mon familier derrière l'oreille. D'ordinaire, il aurait arraché le doigt de quiconque le touchait à l'exception de Cassidy ou de Tante Sandra, mais il lui rendit sa caresse avec un petit coup de tête avant de se recroqueviller de nouveau et de s'endormir.

— Traître, grognai-je discrètement.

Quinn éclata de rire.

— Allons. Il est temps de débuter ton entraînement.

Mes yeux s'élargirent en entendant ces mots, et je quittai le confort du salon pour le suivre dans un couloir froid.

— Donc tout ceci n'était pas un mensonge pour m'attirer hors de la Congrégation ?

— Bien sûr que non, répondit-il.

Il ouvrit les portes sur notre chemin, vérifiant ce qui se trouvait derrière chacune d'entre elles avant de poursuivre. Je regardai par-dessus son épaule pour voir ce qu'il pouvait bien chercher. La première pièce était remplie d'une infinité de potions et de bocaux vides. La suivante contenait des orbes de voyance. Nous continuâmes ainsi longuement jusqu'à atteindre la dernière salle où se trouvaient deux simples chaises.

— Ah, nous y voilà ! s'exclama-t-il d'un ton satisfait avant d'y pénétrer.

Je le suivis, perplexe. Il prit place en premier et me fit signe de l'imiter.

Je ravalai ma salive et obéis, un sentiment d'inquiétude me serrant l'estomac.

— Le fait que tu nous as libérés quelques jours avant ton initiation n'est pas une coïncidence, m'informa Quinn.

— Vraiment ? m'étonnai-je presque en un couinement.

Il s'avança dans sa chaise, comblant la distance entre nous avec une forme de familiarité. La pièce ne contenait rien qui aurait pu me déconcentrer, et mon attention était donc entièrement dirigée vers lui. Il dissipa son trompe-l'œil, et la teinte rouge de son vampirisme envahit ses yeux verts.

— Dis-moi ce que tu sais au sujet de l'initiation, m'intima-t-il.

Je déglutis et regardai la porte fermée avant de tourner de nouveau les yeux vers lui. Si j'avais été en danger, Sparkles serait venu à mon aide. De tous les vampires, Quinn était celui avec lequel je me sentais le plus en sécurité. J'avais vu son âme. Quoi qu'il ait pu se produire, je savais que j'avais mis au jour qui il était vraiment, même si son passé était rempli de ténèbres qu'il ne voulait pas que j'explore. Je ne pouvais imaginer quelle raison aurait pu persuader quelqu'un comme Quinn d'accepter la malédiction du vampirisme, mais, quelle qu'elle soit, je souhaitais la découvrir.

Le meilleur moyen de percer les secrets d'une personne était d'acquérir sa confiance, et pour cela, j'allais devoir être honnête avec lui.

— L'initiation déterminera ma position dans les Congrégations Royales, l'informai-je, incertaine des différences qu'il pouvait exister entre les rites d'apprentissage actuels et ceux dont il se souvenait, mille ans plus tôt. On m'a insufflé de la magie toute ma vie. Si je ne trouve pas un moyen de la canaliser, je mourrai.

C'était une vérité qu'on avait instillée en moi depuis mes premiers jours dans la Congrégation.

Quinn fronça les sourcils et s'approcha encore. Une mèche folle de sa chevelure rousse s'abattit devant ses yeux, mais il ne la repoussa pas.

— Tu veux dire qu'on t'a empoisonnée, rectifia-t-il.

— Je n'étais qu'une enfant, m'énervai-je, me surprenant à prendre la défense de ma congrégation.

Une loyauté innée s'était créée en moi, car sans Tante Sandra, je n'aurais jamais survécu. S'occuper d'un enfant constituait un fardeau si lourd, et je lui aurais toujours été reconnaissante de m'avoir élevée après ce qui s'était produit.

— La Congrégation m'a recueillie… admis-je.

Il était plus facile de discuter avec lui que ce que j'avais pu imaginer. C'était comme si toutes les raisons pour lesquelles j'existais devaient être mises à nue. Quelqu'un devait écouter mon histoire pour comprendre que je n'étais qu'un boulet et que je n'avais été rien d'autre qu'un fardeau pour quiconque avait essayé de s'occuper de moi.

— J'étais une orpheline. Mon père…

Je perdis le fil de mes paroles, incapable de mettre des mots sur les horreurs que mon père avait commises.

Le visage de Quinn s'adoucit.

— Est-ce qu'il t'a fait du mal ?

Je secouai la tête. Je n'avais aucun souvenir de ma famille. Je ne pouvais même pas percevoir leurs visages. J'étais si jeune en arrivant à la Congrégation que c'était comme si c'était la seule vie que j'avais vraiment connue.

— Je ne crois pas, non. Je sais simplement ce qu'on m'a raconté. Mon père, il a… eh bien, ma mère est morte en premier, et lui ensuite.

Le regard de rubis de Quinn devint incandescent, comme si mes paroles l'avaient enragé.

— Est-ce que quelqu'un a attaqué le village ?

Je ravalai ma salive. Il ne comprenait pas. Quelque part au plus profond de mon âme, j'étais persuadée que mon père n'était pas un mauvais homme. J'ignorais ce qui s'était emparé de lui ce jour-là, et même si je ne pouvais pas me rappeler son visage, je savais qu'il devait être aussi doux que celui du vieux Jordan.

— Ils ont été tués, indiquai-je, ne comptant pas en révéler davantage. C'est par pitié que la Congrégation m'a recueillie. Je n'avais aucun autre parent…

— C'est ce qu'ils t'ont raconté, s'énerva Quinn. Je n'y crois pas, Evie. Les congrégations n'acceptent pas des enfants de sang mortel pour les élever comme les leurs. Ils savent ce que tu es.

Mon regard hébété revint sur lui.

— Ce que je suis ? répétai-je.

Étais-je spéciale ? C'était absolument impossible. Il devait forcément me confondre avec quelqu'un d'autre.

Des larmes me montèrent aux yeux, car en vérité, je voulais être singulière. Je voulais plaire à Quinn et qu'il me respecte. Il me fallut conjurer toute ma volonté et tout mon courage pour tirer sur ma manche et lui montrer ma rune de sang.

— C'était une erreur, insistai-je. Je ne suis pas la fille que vous cherchez.

Quinn esquissa un sourire narquois, imperturbable face à mon entêtement.

— La magie ne commet jamais d'impair, m'assura-t-il avant d'opiner du chef. L'initiation non plus. Dis-moi à quoi tu t'attends, et nous poursuivrons à partir de là.

Je plissai les yeux.

— Eh bien, en tant que sorcière de sang mortel, je suppose que les épreuves seront simples. De la préparation de potion. Un examen sur l'histoire des congrégations. Une évaluation pour déterminer avec quel élément je devrai être en harmonie et quelle sera ma position. (Je grimaçai.) J'espère que je ne serai pas obligée de lancer des sorts ou de prononcer des invocations. Je peux à peine exprimer un maléfice en latin, encore moins en runes.

Quinn leva un sourcil.

— J'ai aperçu un carnet rempli de runes dans ta chambre. Tu en dessines, n'est-ce pas ?

J'eus le souffle coupé.

— Tu as fouillé mes affaires ? m'insurgeai-je avant de me souvenir qu'il avait reluqué ma poitrine dans le miroir lorsqu'il s'était affublé du trompe-l'œil qui lui avait donné mon apparence.

J'ignorais laquelle de ces violations de mon intimité était la pire.

— Tu as représenté une rune que je connais, annonça-t-il en ignorant totalement ma question. Tu ne dois surtout pas recommencer. Pas avant d'être prête à savoir qui et ce que tu es.

C'en était trop.

— Si tu es au courant de tant de choses à mon sujet, pourquoi ne pas me les dévoiler ?

— Tu dois d'abord survivre à l'initiation, et le secret sera plus en sécurité si tu l'ignores. Les Congrégations Royales n'ont pas besoin de savoir ce que tu es, pas pour le moment. Et toi non plus.

Il tendit ses deux mains, paumes vers le ciel, et attendit.

— Commençons. Cette pièce est conçue pour la Projection Astrale, alors démarrons avec ça.

Je soupirai. La Projection Astrale était une compétence relativement avancée, que je n'avais jamais essayé de pratiquer. L'idée d'extraire mon âme de mon corps ne me paraissait pas très amusante.

— Tu n'as pas l'air de comprendre, insistai-je. Je ne veux pas obtenir une note élevée à mon initiation. Je préférerais qu'ils me prennent pour quelqu'un de faible et m'oublient pour de bon.

Quinn afficha un regard dur.

— Tu ne les connais pas comme moi, Evie. Si tu les déçois, ils essaieront de te tuer. Tu dois prendre tout ceci très au sérieux.

Mon sang gela dans mes veines en entendant ces paroles. Il ne mâchait pas ses mots. Désormais, la pire issue qui pouvait se présenter à moi n'était plus nécessairement d'être nommée sorcière herboriste et de vivre seule à l'orée du village.

En y réfléchissant, je me rendis compte que je n'avais jamais rencontré une seule de ces herboristes dont Tante Sandra m'avait parlé. M'avait-elle menti pour éviter de m'effrayer ? Et merde !

À contrecœur, je posai mes mains dans les siennes. La sensation familière de chaud et froid qu'offrait sa peau m'envoya de nouveau un frisson.

— D'accord, finis-je par concéder avant de fermer les yeux. Comment est-ce que j'effectue une Projection Astrale ? Où est la cible ?

N'entendant aucune réponse de sa part, j'ouvris discrètement un œil. Il avait également clos les siens.

— Concentre-toi, me réprimanda-t-il en gardant les paupières fermées.

J'obéis avec un soupir et attendis que quelque chose se produise.

— Tu dois initier le sort. Je ne peux pas le faire pour toi, informa-t-il.

Je fronçai les sourcils.

— Alors, pourquoi est-ce que nous nous tenons les mains ?

Non pas que je m'en plaignais. À présent que je savais que Quinn ne comptait pas me tuer, j'appréciais ce contact. La rune de sang sur mon bras avait faim de sa magie, et quelque chose en moi désirait sentir sa main. Je n'avais jamais eu de vrai petit ami ni connu un homme qui s'était réellement intéressé à moi. C'était rafraîchissant.

— Tu as besoin de mon énergie, pour l'instant, déclara Quinn comme s'il s'agissait d'une évidence. D'ici ton initiation, ta magie sera retenue, comme une rivière par un barrage.

Il m'en avait révélé plus qu'il ne l'avait probablement souhaité. Si j'étais de sang mortel, comment aurais-je pu réfréner de la sorcellerie ?

Je soufflai et enterrai cette question avec les milliers d'autres que je voulais lui poser, pour me concentrer sur la tâche présente.

Je n'avais en réalité aucun endroit où je désirais aller, alors je laissai mon esprit vagabonder. Au début, cette rune familière apparut dans mon esprit. Elle avait des rebords aiguisés et une délicate vague en son centre qui ressemblait à un mélange d'écritures gaéliques et nordiques, ainsi qu'une touche d'autre chose. J'avais toujours pensé qu'il ne s'agissait que d'une véritable rune de sorcière, mais la façon dont Quinn m'en avait parlé m'indiquait que j'avais inscrit de la véritable magie. Moi, une sorcière de sang mortel à peine capable de bafouiller un sort en latin. Je traçai les lignes dans mon esprit, encore et encore, afin d'essayer de comprendre ce qu'elles pouvaient signifier.

Je sursautai quand une pulsion de sorcellerie passa de Quinn à moi et qu'il grogna.

— Je suis désolée ! criai-je.

— N'ouvre pas les yeux ! ordonna-t-il, et je serrai ses mains plus fort encore, jusqu'à ce qu'il se détende. Continue. Tu t'en sors bien, Evie.

La manière dont il prononça mon nom me déclencha un sourire, et la panique quitta un peu mon corps, ne laissant que le battement sourd de mon cœur à mes oreilles.

Une odeur de chèvrefeuille emplit la pièce lorsque je puisai de nouveau dans sa magie, lentement cette fois-ci, et la fis flotter autour de moi jusqu'à pouvoir sentir mon âme.

— Bien, approuva Quinn. Entoure ton esprit avec, et tire. Tu dois trouver un endroit qui t'attirera loin d'ici.

La peur accéléra mon souffle.

— Comment ferai-je pour revenir ?

J'avais accepté de prendre part à cet exercice dans le simple but de l'apaiser, mais, à présent, je compris que j'allais devoir gérer une énorme quantité de magie. Je devais aller jusqu'au bout.

Ses mains serrèrent les miennes en un geste rassurant.

— Ton état naturel est avec ton âme, à l'intérieur de ton corps. Lorsque tu lâcheras prise, ton esprit reviendra automatiquement à sa place. Tu ne peux pas rester coincée.

Je savais que ce n'était pas entièrement vrai. Nous avions perdu une sorcière durant une Projection Astrale l'année passée. Elle était allée trop loin et s'était écartée trop violemment de son corps, brisant ainsi la connexion. D'après les rumeurs, son âme s'était envolée, la laissant à l'état de spectre condamné à errer dans ce monde à jamais, sans espoir de trouver la paix.

— Je ne peux pas, murmurai-je.

La peur rendait mes mains moites, et j'essayai d'échapper à celles de Quinn, mais il me serra de plus belle.

— Si, tu le peux, insista-t-il, avant de me… pousser.

Non pas physiquement, mais avec un pouvoir psychique qui surpassait tout ce que j'avais pu ressentir jusqu'alors.

Mon esprit émergea de mon enveloppe charnelle, et une sensation soudaine et froide m'entoura dans toutes les directions. Je hurlai tandis qu'un vide insatiable m'attirait.

PROJECTION ASTRALE

$\mathcal{J}$e réagis instinctivement, et le premier lieu où je me rendis fut le cimetière. Cet endroit me donnait le sentiment d'être proche de ma famille, et j'étais attachée à ce lien. Certains sorciers obtenaient leur magie grâce à leurs ancêtres. J'avais toujours rêvé que j'étais la descendante d'une ancienne et puissante lignée, et qu'un jour leurs esprits quitteraient leurs tombes pour m'offrir une bénédiction qui donnerait un sens au reste de ma vie.

Quand j'ouvris les yeux, je découvris que j'étais entourée par les pierres tombales. Les quatre piliers portaient encore les traces de sang de la veille, presque effacées. Un jour seulement s'était écoulé depuis ? C'était si difficile à croire.

Je m'avançai sur la plateforme en fronçant les sourcils. Tout ceci semblait trop réel pour être un rêve.

Je levai la main, et ma rune de sang brilla d'une énergie rouge enragée.

Oui, la Projection Astrale. J'y étais, en vision, et j'utilisais la magie de Quinn pour donner une forme corporelle à mon âme. Mince.

Comme d'habitude, le cimetière était vide. Personne ne semblait faire le deuil des morts dans notre village. C'était comme si à l'instant où leurs esprits quittaient ce monde, leurs corps étaient mis de côté et oubliés aussi vite que possible. Autant tourner la page plutôt que souffrir. C'était la leçon que m'avait transmise l'humanité et la manière dont ils traitaient les défunts. Je refusais d'être comme ça. Je voulais m'accrocher à ma famille, le peu que j'en possédais du moins, même si ça ne devait être que l'impression qu'il avait existé un jour deux personnes qui m'avaient aimée et avaient imaginé un futur pour moi. Un avenir qui n'impliquait pas un gain personnel.

Un des piliers prit vie en un vrombissement. Une rune apparut, la même qui s'était gravée dans mon bras, et je m'en approchai. Mes doigts la caressèrent, et je fus stupéfaite de pouvoir sentir la pierre dure sous mes doigts.

C'est alors que je me rendis compte qu'une partie de Quinn était encore ici. Était-ce pour cette raison qu'il avait voulu que j'effectue la Projection Astrale en premier ? Savait-il qu'il avait perdu un fragment de lui ?

Je serrai les poings pour frapper et découvris que la colonne était creuse. Je reculai de quelques pas pour réfléchir. Soit j'allais me blesser, soit j'allais aider Quinn.

Avec de l'élan, je me jetai contre le pilier, épaule la première, et émis un cri de souffrance en sentant la douleur parcourir mon corps éthéré. J'invoquai plus de magie, sentant Quinn au bout de mes doigts, et je m'éloignai quelque peu. Une égratignure s'était formée sur la pierre. Ça fonctionnait.

Je courus, me préparant à l'impact, et percutai la colonne. Cette fois-ci, un craquement résonna dans tout le cimetière, et une onde de choc retentit peu après, comme si j'avais brisé un sceau. Mes yeux s'élargirent lorsque je regardai au travers de la fissure et découvris une paire de magnifiques boucles d'oreilles en suspension. Des boucles d'oreilles de femme, ornées de gemmes délicates arrangées en une constellation complexe.

Je tendis la main et m'en emparai. Durant la vision, ils avaient parlé d'une femme. Une femme qui était morte.

Une douleur parcourut mon bras au niveau de ma rune de sang, et je hurlai avant de tomber à genoux. Une secousse sèche insista pour que je retrouve mon corps, et j'agrippai les boucles d'oreilles, consciente que je devais les ramener avec moi. Il s'agissait d'une partie de Quinn qu'il avait laissée derrière lui. Je savais que, sans elle, il resterait brisé pour toujours.

JE SUIVIS DIFFICILEMENT le lien jusqu'à mon corps, les bijoux en ma possession. Quinn ne les avait pas abandonnés sans raison, mais j'ignorais laquelle. Il ne voulait pas s'en souvenir.

J'aurais offert n'importe quoi pour me remémorer ma famille avant leur meurtre. Si une personne avait découvert cette partie de moi enfermée dans un pilier, j'aurais souhaité qu'elle me la rapporte.

Je m'écrasai dans mon corps et repris désespérément mon souffle, toussant à pleins poumons tandis que la déflagration projetait Quinn loin de moi.

Des coups se firent entendre à la porte. Killian criait quelque chose. Était-elle verrouillée ?

— Quinn ! hurlai-je.

De la fumée s'en dégageait, et il semblait avoir été balancé violemment contre le mur. Sa chaise était désormais réduite en miettes tandis qu'il grognait au sol, caché parmi les ombres. La seule lumière dans la pièce provenait d'un chandelier en son centre. Cet endroit m'avait paru confortable au départ, mais à présent, je m'y sentais claustrophobe.

— Quinn !

Il se renversa péniblement sur son flanc et recracha un peu du sang de bétail qu'il avait ingurgité un peu plus tôt. Je baissai les yeux vers la lueur mauve entre ses mains et y découvris les boucles d'oreilles. J'éclatai de joie.

— J'ai réussi !

Quinn ne paraissait pas enthousiaste. Il ne ressemblait pas du tout au Quinn que j'essayais d'apprendre à connaître. La lueur rouge au fond de ses yeux se fit plus violente et donna à ses iris une teinte rubis profond, tandis que ses crocs s'allongeaient et qu'il grognait une menace profonde et primitive.

Merde !

— Evelyn ! cria Killian tout en frappant de nouveau contre l'huis. La porte est enchantée ! Tu dois l'ouvrir de ton côté, vite !

J'avais été entraînée à affronter des prédateurs. Je ne courus pas vers la porte, contre l'avis de tous les instincts présents dans mon corps. Je traitais ce Quinn assoiffé de sang comme s'il était un loup démoniaque. Je m'approchai doucement de la poignée, sans jamais lui tourner le dos, et en gardant toujours mes yeux rivés sur les siens.

Il grogna encore une fois, et ses doigts se serrèrent autour des boucles d'oreilles. Quelle que fût la partie de son âme que je lui avais rapportée, elle l'avait plongé soudainement dans une soif de sang, et il avait l'air prêt à m'arracher la tête.

J'essayai de contenir ma souffrance à mesure que je compris que je n'étais pas systématiquement à l'abri du danger avec Quinn. Désormais, c'était lui qui avait besoin d'être sauvé, mais j'avais le sentiment de ne pas encore en avoir la force.

— Tout doux, murmurai-je en saisissant la poignée.

Je la tournai, pensant pouvoir peut-être ouvrir sans le moindre incident, mais le bruit du verrou brisa la transe dans laquelle était plongé Quinn. Il se jeta vers moi, et je levai la main par réflexe pour le repousser. Une bien piètre parade face à la force d'un vampire et à ses crocs acérés.

Je me préparai à accepter la douleur. À la place, un tintement aigu résonna dans toute la petite pièce, et Quinn percuta un bouclier mauve translucide. Je baissai les yeux vers mes mains, me demandant si c'était moi qui avais lancé ce sort.

Sparkles m'adressa un miaulement tout en se pavanant devant moi, m'arrachant un petit rire nerveux.

— Sparks, bien sûr. Merci.

Killian se précipita dans la pièce pour se ruer vers Quinn, et les deux furent projetés contre le mur. Une nouvelle fêlure se forma, et l'Irlandais poussa un rugissement enragé.

— Sors, et ferme derrière toi ! me cria Killian par-dessus son épaule.

Je restai interloquée. Le cran d'arrêt du mage s'était transformé en une véritable épée qu'il tenait à la gorge de Quinn, laissant apparaître une longue et horrible ligne rouge. La douleur et la menace de mort ne semblèrent pas calmer le vampire fou.

— Sors ! hurla Killian, me sortant de ma stupeur

J'obéis. Sparkles était sur mes talons lorsque je claquai la porte. Elle se verrouilla par magie au même moment, et je déglutis. Bien sûr. Dans une maison pour sorcier, une pièce conçue spécifiquement pour la Projection Astrale se devait de protéger le corps inanimé qui s'y trouvait. La pièce pouvait ressentir la présence des mages à l'intérieur et ne pouvait s'ouvrir depuis l'extérieur. Quoi que Killian ait en tête pour calmer Quinn, il allait devoir s'en occuper seul.

Un sentiment de honte se mit à peser sur mes épaules à mesure que je titubais vers le salon. J'y entrai et découvris Aaron et Marcus, tous deux à côté du feu, qui surveillaient le couloir.

— Qu'est-ce qu'il s'est passé, bordel ? cracha Aaron tout en se détachant soudainement de la cheminée.

Marcus lui jeta un regard sombre.

— Ne parle pas à Dame Evelyn de cette manière.

— Je m'en fiche, s'énerva Aaron, et je me rendis compte que les tatouages tout le long de ses bras étaient en train de se mouvoir. Qu'est-ce que tu as fait à Quinn ?

La colère emplit ma poitrine, et je me redressai.

— Je l'ai guéri, annonçai-je au vampire malotru.

Bien sûr, sur le moment, ces mots semblèrent ridicules. Quinn était plongé dans une soif de sang par ma faute, et ç'aurait été un miracle s'il ne tuait pas Killian dans la foulée.

— Guéri ? répéta-t-il. Comment ça... guéri ?

— Aaron, lança Marcus d'un ton menaçant.

Aaron leva la main pour faire taire son collègue et avança de trois pas décidés vers moi jusqu'à me dominer de toute sa hauteur.

Je me tordis la nuque pour lui adresser un regard sévère. Je n'allais pas le laisser m'intimider. Sparkles grogna à mes pieds, lui aussi convaincu qu'Aaron était en train de se comporter comme un con.

Le vampire tatoué s'approcha jusqu'à ce que seul me soit visible le dédain de ses yeux.

— Quinn t'aimait, tu le sais ?

Je penchai la tête.

— M'aimait ? Il ne m'a rencontrée qu'hier.

Je devais admettre moi-même qu'il y avait quelque chose entre Quinn et moi, et maintenant qu'Aaron était aussi proche, je pouvais ressentir la même pression d'un lien entre nous. Quoi que j'aie pu faire à ces piliers avait initié une connexion entre moi et ces quatre vampires, mais ça n'avait rien à voir avec de l'amour, pas vrai ?

— Il te connaît depuis mille ans, murmura Aaron, se rapprochant doucement de moi comme si nous étions attirés l'un à l'autre. Comme nous tous.

— Aaron ! finit par craquer Marcus. C'en est assez.

Un bruit sourd retentit au bout du couloir, et Aaron s'éloigna enfin.

— Je vais voir si Killian a besoin d'aide, maugréa-t-il avant de partir en trombe.

— Excuse-le, dit Marcus en me faisant signe de le rejoindre près du feu.

Je soupirai et traînai les pieds sur le tapis pour me glisser dans un fauteuil extravagant qui était parfaitement orienté pour accueillir la chaleur des flammes.

— Je crois que c'est lui qui attend des excuses, me plaignis-je.

Marcus gloussa, produisant un son si chaud et attrayant que je levai immédiatement les yeux vers lui. Il n'avait pas son trompe-l'œil, me permettant de voir ses yeux rouge écarlate de vampire. Son costume était trop propre, et je devinai qu'il avait dû utiliser une bonne quantité de magie pour le nettoyer à la suite du carnage de ce matin.

— Il a simplement peur de ce qu'il deviendra lorsque tu lui rendras ce qu'il a abandonné.

Il continua de fixer les flammes, ne m'adressant pas un seul regard.

— Nous avons tous peur.

Je soupirai, et Sparks miaula à mes pieds avant de sauter sur mes genoux. Il se promena en formant un petit cercle avant de se mettre en boule. De douces vagues de sorcellerie émanaient de lui, s'incrustant dans ma peau, bien que j'aie l'impression d'en avoir déjà été gorgée toute la journée. Je caressai sa fourrure et baissai d'un ton.

— Je ne comprends pas.

— As-tu déjà entendu parler de la réincarnation ? demanda Marcus qui semblait enfin avoir trouvé le courage de me regarder.

Je penchai la tête.

— Bien sûr.

Il ne réagit pas, et je poursuivis.

— Est-ce que tu suggères que je suis la femme dont Aaron parlait ?

Si j'avais été vivante mille ans auparavant, et amoureuse de tous ces hommes, je m'en serais forcément souvenu, vie antérieure ou non.

Les liens magiques dans la communauté surnaturelle étaient plus courants qu'il n'y paraissait. Seuls ceux qui s'entraînaient à devenir membres officiels des Congrégations Royales pouvaient avoir accès aux multitudes de livres qui contenaient l'histoire que nul autre ne connaissait. Les sorciers n'étaient pas immortels, et ceux qui acquéraient cette faculté devenaient fous à cause du pouvoir. La communauté des surnaturels se devait de posséder des archives, et c'était l'une des matières que je préférais à la Congrégation.

— Précisément, confirma-t-il.

La lumière des flammes dansait gracieusement sur les lignes élégantes de son visage. Si Quinn était sauvage, Marcus était réservé. Il se redressa pour me faire face.

— Tu es sans nul doute la réincarnation de la Reine Suprême. (Il afficha un sourire en coin.) Sur la fin, tu avais acquis une sacrée réputation. Ceux qui s'opposaient à ton règne légitime te surnommaient la Reine Rebelle.

J'écarquillai les yeux, incrédule. Il n'existait aucune mention d'une quelconque Reine des Congrégations Royales, encore moins d'une Reine Rebelle. Les congrégations étaient toutes dirigées par leurs maisons respectives, et les décisions étaient prises de concert par ceux qui étaient à leur tête. Il n'y avait aucun risque qu'un individu gouverne seul. Cela aurait pu fonctionner pour les autres races surnaturelles dont la longévité était éternelle, mais les sorciers ne pouvaient se permettre des luttes de pouvoir à chaque génération. Même la Congrégation de l'Améthyste possédait trois dynastes, bien que Tante Sandra se soit toujours assurée que je ne rentre en contact que le plus rarement possible avec eux.

— Je suis de sang mortel, lui rappelai-je.

Même si j'aimais entretenir le rêve secret que j'aie pu être la reine réincarnée qui avait capturé les cœurs de ces quatre hommes intrigants, je connaissais la vérité.

— Je suis simplement une fille comme les autres.

— Non, contesta Marcus d'un ton si assuré qu'il captiva immédiatement mon regard.

Il semblait vouloir s'approcher de moi, mais il plaça ses mains derrière son dos et se redressa, comme s'il désirait garder bonne figure.

— Ce que je veux dire, c'est que si tu avais reçu l'initiation d'une sorcière il y a mille ans, tu aurais en effet été réincarnée comme telle. Hélas, tu as été tuée avant que ton apprentissage ne puisse avoir lieu, et c'est précisément la raison pour laquelle nous savions que nous ne te retrouverions que lorsque ton âme de mortelle serait exposée à de la magie. (Il leva un sourcil.) Donc, vois-tu, il est très étrange que la Congrégation t'ait recueillie, étant donné les vies antérieures que ton âme a traversées.

Je pouffai d'incrédulité, mais j'étais incapable de trouver un contre-argument à son raisonnement. C'était... logique.

Sparkles exprima par un trille qu'il était d'accord avec Marcus. Même lui pensait que j'étais une reine réincarnée. Le chat me fixa droit dans les yeux, indigné d'avoir dû relever la tête d'entre ses pattes pour prendre le temps de m'adresser un regard sévère.

Je le grattai derrière l'oreille, et il se remit en position.

— Oui, Sparks. Je comprends que tu es d'accord avec lui, mais tout ceci semble si… irréel.

Marcus sourit.

— Tu avais un familier dans ta vie antérieure aussi. (Il pencha la tête pour examiner Sparkles.) Peut-être est-ce le même. Cela ne sortirait pas de l'ordinaire.

J'arrêtai de caresser le chat.

— C'est vrai, Sparks ? Est-ce que tu m'as connue dans une autre vie ?

Il fit mine de s'endormir pour éviter ma question.

Aaron entra dans la pièce, et je fus surprise par sa respiration saccadée.

— C'est bon, on a attaché Quinn.

Je me contorsionnai dans la chaise, et mon familier se plaignit lorsque je le propulsai au sol. Je l'ignorai et observai, par-dessus le dossier de mon fauteuil, Aaron dont les vêtements étaient maintenant en lambeaux. Il fut vite rejoint par Killian qui était couvert de sang.

Killian essuya le dos de sa main contre son front.

— Oui. Il faut seulement qu'on lui trouve quelque chose à manger afin de lui faire passer sa soif de sang. (Il me dévisagea.) Qu'est-ce que vous fabriquiez là-dedans ?

— C'est Quinn qui m'a emmenée, rétorquai-je. Il disait qu'il voulait m'aider à me préparer pour l'initiation.

Killian plissa les yeux puis s'approcha de moi. Je sursautai lorsqu'il prit mon menton entre ses mains, mais son geste était très doux. Il me fit pivoter la tête, comme s'il cherchait quelque chose.

— Qu'y a-t-il ? demandai-je.

Il tourna mon visage de l'autre côté et adopta un air sombre.

— Tu progresses rapidement. Il y a un soupçon de magie vampirique dans tes yeux. Tu as puisé suffisamment dans la sorcellerie de Quinn pour le subjuguer.

— Le subjuguer ?

Je pouvais utiliser l'envoûtement ? Vraiment ? Si c'était le cas, je souhaitais retourner à la Congrégation de l'Améthyste et effectuer quelques essais…

— Tu as dû sentir qu'il lui manquait quelque chose, et tu as voulu l'aider. Tout va bien. Il te remerciera lorsqu'il recouvrera ses esprits.

Il glissa un doigt contre mon nez en un geste affectueux.

— Sois tout de même prudente avec nous, ma belle. Nous ne sommes pas tous aussi forts que nous en avons l'air face à toi.

C'était vrai. J'avais utilisé la vision sur Quinn. J'avais aperçu la tristesse qui l'occupait. J'avais vu le vide où une partie de son cœur aurait dû se trouver. Et ensuite, j'avais décelé l'espoir dans ses yeux lorsqu'il m'avait regardée.

— J'ai vraiment accompli tout ça ? demandai-je, toute penaude.

— Tu as réalisé ce qu'il fallait, confirma Marcus dans mon dos.

Aaron ne semblait pas de cet avis et sortit de nouveau en trombe.

— Je vais aller dormir une vingtaine d'heures, nous informa-t-il avant de disparaître.

Le bruit d'une porte se refermant se fit entendre au loin.

Je me retournai et m'effondrai dans mon fauteuil. Sparks avait trouvé un endroit au sol où il pouvait se recroqueviller le plus près possible du feu.

— Je ne serais pas contre une bonne sieste aussi, admis-je.

— Tu devrais aller te reposer, proposa Killian tout en se plaçant dans mon champ de vision. Mme Styles devrait passer dans quelques heures pour nous apporter des provisions.

Je fermai les yeux. Je mourais de faim, mais je devais d'abord dormir.

— Personne n'a le droit de boire mon sang pendant mon sommeil, ordonnai-je avant de m'évanouir.

MORDS-MOI

$\mathcal{M}$me Styles était passée et repartie durant mon repos. Je n'avais pas dormi vingt heures, même si j'en avais l'impression.

Marcus n'était plus appuyé contre la cheminée, mais à présent assis sur le fauteuil à côté du mien, orienté de manière à me voir, mais aussi à profiter de la chaleur du feu.

Je regardai vers la fenêtre et aperçus Killian allongé juste en dessous, qui profitait des bas rayons du soleil. Il s'était lavé, et j'eus l'impression que tout mon épisode avec Quinn aurait pu être le fruit de mon imagination.

— Tu es réveillée, remarqua Marcus avant de me tendre un sandwich. Tu as faim ?

Mon estomac choisit ce moment précis pour gargouiller, et je saisis l'épais pain rempli de délices d'entre ses mains.

— Tu n'as même pas idée.

J'avais manqué le petit-déjeuner, ainsi que le déjeuner et le dîner d'après le temps que j'avais passé à dormir. Si j'allais fréquenter des vampires, il valait peut-être mieux que je m'habitue à un emploi du temps nocturne.

Tandis que je dévorais ma pitance, Marcus se racla la gorge.

— Bon, Quinn aurait été le mieux placé pour dispenser ta formation, mais je crains qu'il soit encore en train de récupérer. Je sais que tu pensais bien faire en le nourrissant avec les souvenirs qu'il avait de toi, mais de nous quatre, c'est lui qui a connu les moments les plus douloureux.

Je m'arrêtai en pleine bouchée en voyant Marcus me tendre les boucles d'oreilles d'améthyste que j'avais récupérées au sein du pilier. J'avalai ma bouchée de pain sec et de viande salée, et essuyai ma main contre la jambe de mon pantalon avant de prendre les bijoux.

— Qu'est-ce que c'est ? demandai-je.

Elles me semblaient si familières et vrombissaient d'énergie.

— Elles t'appartenaient, m'informa-t-il. Des Bijoux Royaux t'avaient été offerts par les membres de la Congrégation de l'Améthyste, qui étaient alors tes principaux soutiens. (Il fronça les sourcils et replia les doigts.) Un millier d'années les a bien changés, je crains. Je doute qu'ils souhaitent désormais se tenir aux côtés d'une martyre et des vampires qui y sont liés.

— Bien sûr que non, acquiesçai-je tout en retournant les boucles d'oreilles entre mes mains.

La lumière du feu les faisait scintiller. C'était l'ouvrage le plus stupéfiant que j'avais jamais vu. J'aurais aimé savoir qui les avait fabriquées.

Sparkles s'étira et miaula, m'informant que la création de bijoux magiques constituait une pratique ancienne qui n'était plus beaucoup répandue, mais que la femme qui avait confectionné ceux-ci avait été une puissante sorcière. Elle lui avait beaucoup plu.

Je relevai un sourcil en direction de mon familier.

— Alors, tu admets que tu savais que je suis une reine réincarnée ?

Il m'ignora et se mit à se pavaner vers le couloir.

Marcus émit un rire.

— Killian a attrapé du poisson pour ton chat. Il lui a préparé une assiette dans la cuisine. Je n'ai jamais vu un félin posséder un tel appétit.

Je regardai de nouveau Killian qui était toujours affalé à côté de la fenêtre. Il était clairement éveillé et m'avait à l'œil.

— Pourquoi es-tu allé pêcher ? lui demandai-je.

Il se redressa.

— Il fallait que je trouve du sang pour Quinn. J'en ai profité pour attraper du poisson pour ton chat pendant que j'y étais.

Je grimaçai, ne souhaitant pas savoir à quelle espèce il s'était attaqué pour récupérer le sang qui aiderait Quinn à se remettre de cet épisode.

— Eh bien, merci.

Son visage s'illumina.

— Aucun problème.

— Alors, dis-je en me retournant vers Marcus. Où est Aaron ?

Je ressentais le besoin de présenter mes excuses au vampire tatoué. Il était en colère à l'idée que puisse utiliser la subjugation contre Quinn pour qu'il m'aide à apprendre la Projection Astrale, et d'en avoir profité pour contribuer à la récupération d'une partie de son âme. Je n'arrivais toujours pas à croire que j'avais réellement accompli tout cela sans même en avoir conscience. Heureusement que mes vies antérieures m'avaient permis d'acquérir un instinct dantesque, je suppose.

— Il se repose, me rappela-t-il d'une manière qui suggérait qu'il serait impossible de discuter avec lui pour le moment.

— Bien sûr, bredouillai-je. Je n'avais pas compris qu'il parlait littéralement lorsqu'il avait annoncé vouloir dormir pendant vingt heures.

Marcus afficha un sourire en coin.

— Le sommeil aide à recharger la magie. Celle d'Aaron fonctionne différemment de la nôtre.

En remarquant mon air intrigué, il leva les mains face à lui.

— Tu devras lui demander toi-même. Je ne révélerai pas le secret de ses pouvoirs.

— Très bien, grognai-je. Je vais simplement, euh…

J'eus la sensation que Marcus n'approuverait pas que je rende visite à Quinn, mais il fallait que j'y aille. Je tenais encore les bijoux entre mes doigts. Sans même réfléchir, je les accrochai à mes oreilles et passai mes doigts à leur surface.

— Elles te vont bien, lança Killian avec un sourire.

Je sentis le rouge me monter aux joues.

— Bon. Je vais trouver une salle de bain et décider par moi-même si je choisis de les garder.

— Tu es tout ce que nous avons décrit, insista Marcus. Lorsque tu accompliras le rite de sang, tu te souviendras de tout.

Je baissai les yeux vers la rune sur mon bras. Elle ne saignait pas, mais n'avait pas complètement cicatrisé non plus, comme si elle attendait une nouvelle dose de magie pour s'inscrire parfaitement. J'avais le pressentiment qu'en allant voir Quinn, j'obtiendrais des réponses à mes questions.

— C'est moi qui en déciderai, répétai-je avant de me diriger vers le couloir, laissant les deux vampires derrière moi.

J'EFFECTUAI d'abord un arrêt par la cuisine et y rencontrai Sparks. Il dévorait un poisson décapité, prenant soin d'avaler tout ce qui n'était pas une arête. Ce chat était vraiment trop gâté.

J'attrapai une bouteille d'eau dans le frigidaire et avalai quelques gorgées rafraîchissantes, reconnaissante de pouvoir enfin étancher ma soif. La sensation me fit songer à Quinn. Que pouvait-on ressentir lorsqu'on était affligé d'une envie de sang et incapable de la satisfaire ?

Je repoussai cette pensée et me dépêchai de rejoindre le bout du couloir. Je frappai à l'huis en l'atteignant.

— Quinn ? murmurai-je. Tu es là ?

J'essayai de tourner la poignée, et je fus surprise de voir la porte s'ouvrir sans opposer la moindre résistance. La chambre magique perdait donc son pouvoir pendant la nuit.

La pièce était bien plus sombre qu'auparavant, et je couvris ma bouche pour m'empêcher de crier de stupeur face à tout le sang qui maculait l'endroit. Les murs en étaient recouverts, ainsi que le magnifique lustre dont plusieurs bougies s'étaient éteintes. Même Quinn, débraillé et prostré dans l'ombre, avait été éclaboussé.

Je me précipitai à l'intérieur et fermai derrière moi. J'eus le sentiment qu'il s'agissait là du sang que Killian avait récupéré pour offrir au vampire. Quinn devait donc être inoffensif, mais dans le cas contraire, je disposais de tout un nouvel arsenal de magie à ma disposition si besoin. Mes doigts parcoururent les boucles d'oreilles, infusant une dose de pouvoir dans ma peau. Bon, parfait, ça fonctionnait.

— Qu'est-ce que tu fiches ici, jeune fille ? croassa Quinn, son accent de velours à présent voilé par sa gorge enrouée.

Avait-il hurlé ? Killian, pour mon bien, avait dû enchanter la pièce pour empêcher tout son d'en échapper. Super. Si j'étais vraiment en danger, j'espérais que Sparkles s'inquiéterait plus pour moi que pour son poisson.

— Je viens m'assurer que tu vas bien, dis-je tout en m'agenouillant juste en dehors de sa portée.

Quinn s'avachit dans les ténèbres. Je ne pouvais pas distinguer son visage, mais ses yeux brillaient de leur lueur rouge écarlate, comme deux bijoux scintillants. Ses cheveux à peine éclairés étaient complètement hirsutes.

— Je ne veux pas que tu me voies comme ça, se plaignit-il avant de détourner son visage. Rempli de soif de sang. Tu n'as pas à assister à une telle faiblesse.

Des larmes perlèrent au bord de mes yeux, et mon cœur se tordit. Il avait honte. Il avait essayé de me tuer, car la folie s'était emparée de lui.

— Je ne peux pas imaginer ce que tu ressens, osai-je, m'approchant pour poser une main sur sa cuisse.

Il sursauta quand mes doigts l'atteignirent.

— N'essaie pas d'imaginer, éluda-t-il. Tu es meilleure que nous.

Ce n'était pas le Quinn que j'avais aperçu grâce à la vision. C'était une version brisée de lui, perdue dans les ténèbres. Heureusement, j'avais apporté un peu de lumière.

Je levai la main, et une lueur mauve prit vie au bout de mes phalanges, illuminant son visage. Il pesta et s'éloigna brusquement pour que je ne puisse pas le discerner, mais j'avais aperçu les taches de sang sur ses joues, et ses crocs étaient à présent plus longs que jamais.

J'essayai de le rassurer et pris sa main pour la baisser.

— Laisse-moi voir ton visage.

Son regard était empli de tant de douleur, mais autre chose me surprit. Je ne reconnaissais que trop bien la crainte qui occupait ses yeux. La peur de perdre le contrôle.

Me rapprochant encore doucement, je déchirai ma manche, comme il l'avait fait pour moi, et commençai à essuyer son visage. Le sang avait durci et collait à sa peau, et je mouillai donc le tissu à l'aide de la bouteille d'eau afin de mieux nettoyer le sang.

— Tu n'as pas besoin de faire ça, se défendit-il.

Je saisis son menton pour l'empêcher de bouger tandis que je frottais une zone ensanglantée particulièrement tenace. Il ferma les yeux à mon contact, et je lui infusai ma magie de soin. C'était si agréable de pouvoir utiliser la sorcellerie… ma sorcellerie.

J'étais consciente qu'il aurait pu guérir par lui-même, mais les entailles qu'il avait reçues durant son combat avec Killian ne s'étaient pas refermées. C'était comme s'il souhaitait s'infliger un châtiment en restant en souffrance. Contre sa volonté, les blessures se résorbèrent à mesure que ma magie se diffusait sur sa peau.

— Eve, murmura-t-il, me figeant sur place.

J'eus l'impression d'entendre un nom du passé… quelque chose qui m'avait autrefois appartenu.

— Écoute, je ne compte pas te laisser seul.

— Je suis dangereux, protesta-t-il.

Je levai un sourcil.

— Tu vas me mordre ?

Il s'affaissa de nouveau.

— Non, jeune fille. Je ne vais pas te mordre.

— Bien. Dans ce cas, je vais te débarrasser de tout ce sang, et ensuite, tu m'expliqueras tout ce bordel.

Il gloussa, mais obéit et resta immobile tandis que je m'affairais à nettoyer son cou. Mes joues devinrent brûlantes lorsqu'il retira son haut. Par les dieux, il était magnifique. Le sang avait giclé jusqu'à son abdomen. Une nouvelle lueur était apparue dans ses yeux.

— Tu vas m'aider pour ça aussi ? demanda-t-il en indiquant le sang qui l'avait éclaboussé au niveau de la ceinture.

J'aurais pu lui dire d'aller se faire voir, mais nous étions en plein milieu d'un moment intime, et je trempai donc de nouveau le tissu pour essuyer ses muscles endurcis. Il se raidit à mon toucher et sursauta lorsque je descendis sous son nombril.

Il m'attrapa par le poignet, et mes yeux se braquèrent sur les siens.

— Attention, jeune fille. Je ne vais peut-être pas te mordre, mais continue comme ça, et je risque de te faire autre chose.

J'eus un sourire curieux.

— Est-ce une menace ou une proposition ?

Ses yeux s'écarquillèrent, et j'aimais l'idée d'avoir pu le prendre par surprise. J'aurais préféré mourir que devenir prévisible.

Son emprise autour de mon poignet se resserra très légèrement.

— Je ne te causerais jamais le moindre tort, jura-t-il. Même en pleine soif de sang, je veux être persuadé que, si je t'avais plaquée au sol, je ne t'aurais pas blessée.

Mon rictus s'effaça. Je voulais le croire, et je savais que lui aussi.

— Tu ne m'as pas fait de mal, le rassurai-je.

Sans crier gare, il me tira contre son torse.

— Eve, je suis vraiment désolé.

J'entourai instinctivement sa nuque avec mes bras et serrai mes genoux tandis que je me blottissais contre ses jambes. Une fine odeur de chèvrefeuille et de champs verts chatouilla mes sens. C'était le vrai Quinn, celui d'une Irlande ancienne où il était libre et heureux. Je voulais être présent avec lui, étendre mes doigts et jouer avec les vrilles du vent parmi ses cheveux.

— Je suis un monstre à présent, annonça-t-il de la voix la plus accablée et morose que j'avais jamais entendue.

Je lui fis signe de se taire et levai ma tête vers la courbe de son cou. Nos lèvres n'étaient qu'à quelques centimètres les unes des autres, et chaque fibre de mon corps souhaitait que je l'embrasse. Si j'étais réellement la réincarnation de la Reine Rebelle, alors je connaissais Quinn mieux que je ne pourrais seulement l'imaginer. Il avait été un de mes gardiens, et je pensais avoir compris pourquoi il était devenu un vampire. Il l'avait fait pour me protéger.

Comme tous les autres.

Je passai un doigt sur l'un de ses crocs, me demandant quel genre d'amour avait pu exister entre nous qui ait réclamé un tel sacrifice, et si je pouvais le retrouver en moi.

Comme s'il ressentait mon désir, il sursauta.

— Je ne peux pas encore les rétracter. La soif de sang… il me faut un certain temps pour revenir à la normale quand je suis dans cet état.

Il pensait que je n'oserais pas l'embrasser, mais il avait tort. Je le connaissais, et si je pouvais simplement m'ouvrir à lui, il me connaîtrait également.

Je tournai son visage face au mien et pressai doucement mes lèvres contre les siennes. Ses crocs froids frôlèrent ma peau, mais il approfondit le baiser sans me blesser. Sa langue dansait avec la mienne, comme si sa soif était à présent dirigée vers moi et que j'étais la seule capable de l'étancher. Ses mains glissèrent en haut de mon dos pour me tirer plus près de lui, et la douce odeur de chèvrefeuille explosa autour de nous. La rune de sang sur mon bras brûlait ardemment, et je sus que j'étais sur le point de réveiller quelque chose d'ancien et de dangereux enfoui en moi, mais qui allait me rapprocher de Quinn. Je décidai à ce moment que c'était ce que je souhaitais. Je désirais me lier à lui.

En séparant mes lèvres des siennes, je fixai ses yeux et cherchai les souvenirs perdus de sa vie passée. Cette fois-ci, j'étais consciente que j'utilisais la vision, car je pouvais voir directement au travers de son âme.

— Quinn, murmurai-je, mon illusion brillant de l'aura dorée de sa magie. Tu es si beau.

Son sourire me coupa le souffle.

— C'est ce que tu me disais toujours.

Il parlait d'un temps où nous étions amants, mille ans auparavant, lorsque mes gardiens s'étaient sacrifiés pour moi… et que j'étais morte, malgré tout. Il avait dû être effondré.

Je me mis à califourchon sur lui et déboutonnai son pantalon.

Ses yeux s'écarquillèrent.

— Eve, je ne peux pas. Tu n'es pas en sécurité ici.

— Tu ne me feras aucun mal, lui rappelai-je tandis que mes doigts glissaient sous son vêtement et sur sa peau dure et délicate.

Il souffla à mon toucher, et son corps entier se raidit. Il voulait se contenir, et je décidai que cela ne me plaisait pas. J'abaissai ma main en une caresse ferme.

Il grogna, formant un son délicieux à mes oreilles. J'affichai un sourire de plaisir et recommençai.

À présent, j'avais la sensation d'avoir le contrôle. Toute la longueur de la queue de Quinn entre mes mains me donnait le pouvoir sur lui. Il agirait selon mes souhaits, ou du moins, c'était le mensonge dont j'aimais me convaincre.

Grâce à sa vitesse de vampire, il bougea si vite que le monde me parut comme flou, et il me retourna sur le dos. Ma tête heurta la roche dure, et je grimaçai. Je tirai de l'énergie des boucles d'oreilles et dirigeai mes nouvelles facultés de guérison vers ma bosse afin d'apaiser la douleur.

En relevant les yeux vers Quinn, je découvris qu'un air sauvage s'était emparé de lui, et que la douceur de la vieille Irlande s'était retirée de son regard, laissant place à un désir affamé, à fleur de peau.

Il montra ses crocs, et j'aurais dû être terrifiée en le voyant abaisser sa menace au niveau de ma hanche. Il aurait pu me mordre. Il aurait pu me mettre en pièces.

Mais il n'en fit rien.

Ses crocs se prirent dans mon pantalon, et il en profita pour le déchirer, ne m'égratignant même pas la peau. Je soufflai doucement en sentant l'air froid rencontrer mes jambes nues, et il glissa ses doigts sur mes cuisses avant de remonter encore et encore, puis de repousser le tissu délicat qui avait survécu à sa rage et d'enfin glisser un doigt en moi.

Il esquissa un sourire narquois en m'entendant gémir, et ajouta un autre doigt pour les tourner au milieu de mes fluides. Son pouce s'éleva pour créer une pression sur mon clitoris, me faisant voir des étoiles derrière mes paupières fermées.

— Ton cœur bat la chamade, grogna-t-il, comme s'il avait enfin retrouvé la parole.

J'ignorais comment il reprenait le contrôle, jusqu'à ce que je remarque les fins liens mauves de magie qui glissaient de ma peau jusqu'à la sienne. Il la lécha, m'envoyant des vagues d'extase tandis qu'il se détendait, échangeant mon plaisir contre de la magie.

— Quinn, soufflai-je.

Je désirais tellement plus. Je souhaitais me lier à lui. Je voulais qu'il soit en moi.

En rouvrant les yeux sur lui, je sus qu'il pouvait y lire le désir. Il se mit à bouger ses doigts plus vite, m'obligeant à me contorsionner.

— Pas encore, lâcha Quinn. Pas avec moi.

La manière dont il avait prononcé ses mots m'intrigua. *Pas avec moi.* Si je couchais avec Quinn en premier, allais-je être submergée par sa sorcellerie ? Elle vrombissait autour de moi comme un ouragan de délice et de sexe. Je me sentais y sombrer, et je savais que si Quinn se joignait à moi, je pourrais m'y perdre pour toujours. Le danger qu'il représentait n'était pas seulement dans sa morsure, mais dans le monde qu'il me proposait.

— Qu'est-ce que tu es ? m'enquis-je en m'approchant toujours plus de l'orgasme.

Chacun de mes nerfs était à vif sous ses caresses.

— Du sang d'incube coule dans mes veines, admit-il. Lorsque j'ai accepté le vampirisme, cette part de moi est… ressortie, l'a renforcé.

Je lâchai un soupir lorsqu'il reposa sa bouche contre ma peau, glissant toujours ses doigts en moi en des frictions impitoyables. C'était pour cela qu'il pouvait se nourrir de ma magie. Coucher avec lui aurait été dangereux sans méthode pour me protéger.

Pas encore. Pas avec moi.

J'allais d'abord devoir m'unir à chacun de mes gardiens avant de pouvoir avoir Quinn. Cette idée me fit ressentir une vague mélangée de culpabilité et d'excitation à mesure que j'approchai du paroxysme. Mon corps se raidit autour des doigts de Quinn, et je criai.

MARCHE DE LA HONTE

Je n'avais jamais eu à vivre une « marche de la honte », comme l'appelait Cassidy, lorsqu'une fille quittait la chambre de son amant et tentait de rentrer discrètement chez elle sans que ce qu'elle venait de faire paraisse trop évident. Mais je ne pouvais pas retourner à mon domicile, et je ne savais même pas où se trouvaient les chambres à coucher dans cet endroit ni même laquelle serait la mienne.

— Je vais sortir en premier, dit Quinn avec un sourire aux lèvres tandis qu'il me dévorait du regard et que j'essayais de rafistoler ce qui me restait de vêtements.

Mon pantalon ressemblait désormais plus à une jupe improvisée.

Merde ! Je n'avais même pas besoin d'un miroir pour savoir de quoi j'avais l'air. Je passai une main dans mes cheveux qui frisaient à leur extrémité, comme s'ils cherchaient à imiter la chevelure en bataille que Quinn avait constamment, et qui était particulièrement ébouriffée à présent. L'étincelle d'insolence dans son regard trahissait nos actes récents, et je soupirai.

J'essayai de pincer les lèvres, mais elles étaient gonflées à force d'embrasser un vampire. Quinn avait été prudent avec ses crocs, mais il avait tout de même été vigoureux ; non pas que je m'en serais plainte.

Quinn prit ma main dans la sienne pour m'encourager, puis se retourna et partit vers le salon.

Sparkles pointa le bout de son nez dans l'encadrement de la porte de la cuisine et m'adressa un regard assoupi.

— Tu ne m'aides pas vraiment, le grondai-je.

Il miaula, m'indiquant à ma grande surprise qu'il ne comptait pas rester plus longtemps. Je n'avais plus besoin de lui maintenant que j'avais trouvé mes protecteurs.

— Oh, Sparkles ! Tu es jaloux ?

Il agita sa queue dans ma direction, et ce fut la seule réponse à laquelle j'eus droit tandis qu'il rejoignait Quinn dans le salon.

Ce fut le cri de surprise de Killian que j'entendis en premier.

— Quinn ! Qu'est-ce que tu fous ici ? Où est Evie ? Putain, mec. Si tu…

Avant que Killian ne puisse ajouter quelque chose qu'il aurait pu regretter, je me précipitai dans la pièce.

— Ici ! annonçai-je en levant la main, comme si je venais d'entrer dans une salle de classe.

Killian se détendit et lâcha un soupir. Marcus, qui s'était installé à côté de la cheminée, l'imita.

— Putain ! lâcha Killian tout en s'affaissant sur son perchoir près de la fenêtre, avant de relever soudainement les yeux vers moi comme s'il venait de remarquer les preuves de ce qu'il venait de se produire.

Je retenais mes vêtements du mieux possible sans qu'un de mes seins dépasse. Quinn avait effectué une coupure nette, de telle sorte que je pouvais bloquer le tissu déchiré. Un peu de couture ou de magie aurait pu y remédier, mais je n'étais douée dans aucun de ces deux domaines.

— J'espérais un peu, euh… un peu d'aide, tentai-je.

Marcus fut le premier à comprendre le sens de mes paroles, m'épargnant une humiliation totale.

— Dame Evelyn, dit-il d'un ton léger tout en désignant le couloir par lequel je venais d'arriver. Je pense pouvoir t'assister.

— Tu comptes m'expliquer ce qu'il s'est passé ? demanda Marcus tout en appliquant une fine couche de sorcellerie sur mes habits.

Au lieu de lui répondre, j'observai avec fascination la manière dont ses doigts dansaient comme s'il manipulait une aiguille et du fil. Mais il n'y avait ni l'un ni l'autre, seulement une magie si délicate que je craignais de la briser d'un seul mouvement.

Comme je ne répondais pas, Marcus s'arrêta et baissa les mains jusqu'à ce que la faible lueur de magie mauve se dissipe, ne laissant pour éclairer la pièce que la douce lumière du lustre de la chambre.

Chaque pièce disposait du même éclairage que la chambre de Projection Astrale, mais celle-ci avait également une petite fenêtre. Cela m'offrait quelque chose à admirer à présent que Marcus avait interrompu son œuvre, et je cherchai la lune qui finit par se dessiner derrière un amas de nuages. Une journée entière s'était écoulée, et les loups démoniaques devaient être en train de rôder dans le village, à la recherche de surnaturels assez stupides pour se retrouver hors d'un champ protecteur.

— Ils se nourrissent de sorcellerie, indiquai-je à Marcus.

Je ressentais le besoin de penser à autre chose qu'à Quinn et au fait que simplement songer à lui me donnait des palpitations. Marcus venait à peine de se remettre de sa soif de sang, et je ne souhaitais pas envenimer la situation en lui laissant entendre mon pouls dont la vitesse était désormais proche de celle d'un lapin.

— Qui donc ? demanda Marcus d'une voix épuisée.

Je clignai des yeux.

— Les loups, bien sûr.

— Oh ! Je vois. Oui, bien sûr, répondit-il, se détendant soudainement.

Je grimaçai.

— Mais vous êtes déjà au courant à leur sujet.

Son silence fut la confirmation qu'il me fallait. Je changeai de position, souhaitant croiser les jambes avant de me raviser, me rappelant qu'il valait mieux que j'attende que mes vêtements soient en meilleur état. Je plissai les yeux face au vampire raffiné qui semblait dissimuler des secrets.

— Sais-tu ce qu'est Quinn ?

Marcus se leva et se mit à arpenter la petite pièce. Il était parfaitement à sa place dans un lieu aussi luxueux que celui-ci. Il passa son doigt sur une commode de bois poli avant de s'asseoir dans un fauteuil incurvé.

— Il est de nombreuses choses, admit Marcus, son regard rencontrant le mien. Mais je suppose que le même constat pourrait être dressé sur nous tous.

Cela ne me surprit pas. Les quatre vampires étaient si distinctement uniques qu'ils devaient chacun posséder une spécificité. J'étais enthousiaste à l'idée de découvrir qui ils étaient d'une manière que personne d'autre ne pourrait imaginer.

— Et donc, qu'est-ce que tu es, Marcus ? demandai-je. Es-tu aussi en partie succube ?

Un très léger sourire pouvait se lire au coin de ses lèvres.

— Non, je ne le suis pas.

Comprenant qu'il n'était pas encore prêt à me révéler le moindre secret, je fis un geste en direction de mes habits qu'il avait à peine commencé à rafistoler. La couture déchirée avait tenté de se reformer d'elle-même en haut de ma cuisse. Sa magie me chatouillait encore à cet endroit, comme un souvenir taquin.

— Tu comptes m'aider à recoudre mes vêtements, ou tu vas me laisser ainsi comme une idiote ?

Son rictus se fit bien plus large.

— Tu possèdes de la sorcellerie, ma chère, je te montrais simplement comment elle fonctionnait. C'est à ton tour à présent. Termine le processus.

Je lui jetai un regard noir, mais j'étais prête à relever son défi. Je baissai les yeux vers le travail qu'il avait entamé, et remarquai que la magie semblait réparer le tissu depuis l'intérieur et en lissait les rebords abîmés avant de les relier. Je caressai mes boucles d'oreilles tout en me concentrant, et le léger vrombissement de la sorcellerie de chèvrefeuille me traversa de part en part. C'était celle de Quinn, et à présent, la mienne aussi.

En terminant le sort, je compris que je n'avais pas prononcé la moindre incantation. Mes vêtements luisaient au niveau des extrémités déchirées jusqu'à se rejoindre parfaitement, comme s'ils étaient neufs. Je n'avais pas articulé un seul mot de latin. C'était comme si ma volonté s'était simplement... manifestée. Et c'était désormais fini.

— Très bien, murmura Marcus.

Mon regard se braqua de nouveau sur lui, et je le trouvai face à moi, me dominant de toute sa taille.

J'étais si concentrée que je ne l'avais même pas vu approcher. Il posa un genou à terre et glissa ses doigts sur les miens. Lorsqu'il tira doucement sur mon bras, je me rendis compte qu'une nouvelle rune de sang était apparue. Celle qui représentait Quinn s'était solidifiée comme un tatouage, et sa présence était aussi naturelle qu'une marque de naissance. La seule preuve qui trahissait que je n'avais pas achevé d'établir mon lien avec Quinn était une croûte qui s'était formée sur ses extrémités, et une trace de la taille d'une pointe d'aiguille d'où perlait un peu de sang. Au-dessus, une deuxième rune apparut, et du sang en ruisselait librement le long de mon bras.

Une nouvelle connexion.

Je fus horrifiée en remarquant les crocs du vampire qui s'allongeaient et m'éloignai subitement de Marcus.

— Je suis désolée, soufflai-je en fouillant la pièce à la recherche d'un tissu ou de tout autre chose que j'aurais pu utiliser comme bandage.

La panique m'envahit. Je venais à peine d'échapper à la soif de sang d'un autre vampire. Marcus devait être en train de perdre la tête.

Il gloussa et attrapa mon bras. Il sortit un mouchoir de la poche de sa veste et appuya doucement sur la marque. Quelle... galanterie ?

— Je n'aurai pas besoin de me nourrir pendant un certain temps, m'assura-t-il, ayant déjà deviné la raison de ma panique. Je dois avouer que je pensais que Killian aurait été le deuxième. Pourquoi m'as-tu choisi ?

Je déglutis de gêne. J'avais presque terminé d'établir mon lien avec Quinn, et j'étais encore bouleversée par toutes ces révélations et par toutes les émotions qu'il me faisait ressentir. J'étais une reine réincarnée... et ces puissants hommes étaient mes gardiens.

— Tu sembles être celui qui détient le plus de secrets, admis-je honnêtement.

Je détestai ne pas connaître les secrets. Le seul avantage à être de sang mortel était la facilité à passer inaperçue. Et si je devais me faire remarquer, il était aisé de me fondre dans le décor. Les gens révèlent beaucoup de choses intimes lorsqu'ils se croient seuls. J'étais au courant des secrets de tout le monde.

Intrigué par ce que je venais de dire, le regard de Marcus s'illumina.

— Je suppose que tu as raison, acquiesça-t-il. (Il m'offrit sa main.) Et si nous essayions d'apprendre à nous connaître ? Raconte-moi un de tes secrets. (Sa langue glissa le long d'un de ses crocs.) Et je te dévoilerai l'un des miens.

LE TEMPS D'UN SORT

$\mathcal{M}$arcus souhaitait clairement que nous discutions à l'extérieur, et la tour de divination était donc un bon compromis. Ses fenêtres surplombaient les pâturages, et la Congrégation de l'Améthyste, protégée par la douce lueur mauve des champs de jasmin qui repoussaient les loups démoniaques, était visible au loin.

Un frisson me parcourut en apercevant les fleurs magiques, et je croisai les doigts autour de mes coudes avant de m'appuyer contre la fenêtre. Une brise fraîche fit danser mes cheveux. Je savais que la divination était toujours plus facile à pratiquer en extérieur, au contact de la nature, bien que je n'aie jamais tenté de l'exercer. C'était une autre magie, d'un niveau très élevé, tout comme la Projection Astrale, et les deux techniques avaient des points communs.

Je n'avais pas besoin d'utiliser la divination pour voir les dangers du surnaturel se faufiler dans mon village. Les loups rôdaient dans les ténèbres, et leurs yeux rouges incandescents trahissaient leur vraie nature.

— Ils ne s'attaquent jamais aux humains ? demanda Marcus.

Je secouai la tête.

— C'était le cas à votre époque ?

Mille ans suffisaient pour que le monde évolue entièrement, mais quand il s'agissait de la sorcellerie et des créatures surnaturelles, on m'avait toujours appris que certaines choses ne changeaient jamais.

— Parfois, admit Marcus, mais « à mon époque », comme tu dis, il y avait plus de magie et moins d'humains de sang pur. La séparation entre ces deux mondes est devenue beaucoup plus nette, et c'est heureux pour les humains. Nous avions le chic pour rendre leurs vies misérables.

Je levai un sourcil. Son lapsus ne m'avait pas échappé.

— Tu es plus vieux que les autres, n'est-ce pas ? rebondis-je.

Il esquissa un sourire.

— Rien ne t'échappe à ce que je vois, Dame Evelyn.

Il joignit ses mains dans son dos avant de me rejoindre à côté de la fenêtre et se mit à contempler le paysage. Il semblait à l'aise, détendu même, mais je n'aimais pas cette façade qu'il me montrait.

— Tu n'as pas besoin d'utiliser ton trompe-l'œil avec moi, lui indiquai-je, lui caressant instinctivement la joue avec mon pouce.

Ses cheveux noir de jais se formèrent d'eux-mêmes en une élégante boucle derrière son oreille. Même le vent ne pouvait perturber une telle perfection. Ses iris bleus étaient identiques aux miens, et il laissa son trompe-l'œil se dissiper en un instant à couper le souffle. Sa peau perdit de ses couleurs pour prendre l'habituelle teinte pâle et délicate des vampires, et la lueur rouge de la sorcellerie se mit à scintiller au fond de ses yeux. Maintenant que je reconnaissais son pouvoir, je le trouvai fascinant. Il était magnifique.

— Le vampirisme est une magie du sang, évidemment, commençai-je à dire. Mais je n'avais jamais pensé à ce lien. La Pierre de Sang a donné naissance à de nombreuses créatures surnaturelles en ce monde, c'est exact ?

Ses yeux s'écarquillèrent légèrement, trahissant sa surprise à l'idée qu'on ait enseigné un tel savoir à une sorcière de sang mortel comme moi, quand bien même elle était destinée à devenir membre des Congrégations Royales.

— En effet. Les surnaturels comme les métamorphes, les incubes et les succubes, les sorcières et les mages qui répondent aux éléments les plus sombres doivent tous leur naissance à la Pierre de Sang. Elle provient de l'enfer. Seuls sa reine et ceux qui maîtrisent la magie noire sont capables de maîtriser son pouvoir.

Je hochai la tête.

— Ton secret aurait-il quelque chose à voir avec cette force sombre ?

Ma question eut l'air de le perturber, alors qu'il ne m'avait pourtant pas semblé facile à bousculer. Il soupira et observa de nouveau le paysage, plissant les paupières comme s'il souhaitait mesurer ce qu'il était prêt à me révéler.

— Et si je t'expliquais qu'on m'avait un jour offert de choisir entre ce pouvoir sombre et l'amour ?

Je me rapprochai doucement de lui, comme si un fil invisible nous attirait l'un à l'autre. Mon regard se mit à balayer tout son corps, imaginant à quoi il pouvait ressembler sous sa tenue. N'était-il que lignes dures et perfection, ou grâce comme une statue de marbre ?

— Evelyn, murmura-t-il d'un ton presque réprobateur, comme s'il avait ressenti les pensées mal placées que mon esprit venait d'imaginer.

J'esquissai un sourire et m'appuyai de nouveau contre le rebord de la fenêtre, me plaçant sur les coudes tout en penchant la tête en arrière pour regarder le plafond.

— Le pouvoir et l'amour ne font que rarement bon ménage, exprimai-je d'un ton amusé.

J'avais déjà vu l'amour. Celui que se portaient le fermier, le vieux Jordan Styles, et son épouse. Ils étaient tombés amoureux jeunes et avaient vieilli ensemble, menant une vie simple et paisible, mais ils n'avaient pas de pouvoir. Le pouvoir, je l'avais croisé également à de nombreuses reprises. Il reposait entre les mains de personnes comme ma tante Sandra, et je n'étais pas sûre qu'elle aimait qui ou même quoi que ce soit. Elle semblait me porter une certaine affection, mais plus j'en apprenais sur moi-même, plus je devais accepter que les congrégations puissent être également au courant de qui j'étais et qu'elle désire simplement le pouvoir qui lui était promis à travers moi.

— Il m'a fallu mille ans pour apprendre cette leçon, déclara Marcus avec un chagrin si lourd dans la voix que mon regard revint aussitôt sur lui.

Je résistai au besoin de le toucher et fronçai les sourcils.

— Que veux-tu dire ?

Il soupira puis désigna le paysage devant nous.

— Je suis chez moi, Evelyn. J'ai grandi ici, mais je ne suis pas né il y a mille ans. Ma naissance originelle était prévue, à la seconde près, par un clan de sorciers spécialisés dans la manipulation du temps.

Mes yeux s'élargirent. Une congrégation si puissante avait souvent fait l'objet de discussions sous la forme de rumeurs qui se propageaient lorsqu'un sort tournait mal ou que des événements d'ampleur mondiale étaient perturbés. Mais de telles manifestations pouvaient souvent être expliquées par le pouvoir immense des surnaturels qui surveillaient notre communauté. Les trois muses dominaient la société surnaturelle d'une main de fer, du moins jusqu'à récemment.

Marcus n'était certainement pas l'un d'entre eux, sinon je l'aurais déjà deviné. Je me penchai un peu plus près de lui jusqu'à le frôler avec mon bras.

— Mais alors, comment pouvais-tu être mon gardien il y a mille ans ?

— Tu ne poses pas la bonne question, Evelyn. (Il afficha un regard de défi.) Tu devrais me demander pourquoi je n'ai pas empêché ta mort.

Je restai interloquée. Un mage capable de contrôler le temps lui-même serait tout-puissant, ou presque. Il aurait été capable de le remonter et d'empêcher ma mort.

— D'accord, murmurai-je d'une voix légèrement tremblante. Alors, dis-moi pourquoi.

Il grogna, et ses crocs s'allongèrent.

— Être proche de toi a toujours été la seule situation en mesure de me faire perdre mon sang-froid.

— Parce que tu es le plus cruel de mes quatre gardiens, continuai-je instantanément.

J'avais déjà remarqué qu'il avait été le premier à dévorer sans pitié l'une des vaches du vieux Jordan. Je relevai le menton pour affronter son regard.

— Je n'ai pas peur.

— Tu devrais, rétorqua-t-il en saisissant mon menton et en le serrant.

— Réponds à la question, crachai-je. Pourquoi ne m'as-tu pas sauvée ?

Des ténèbres comme je n'en avais jamais vu auparavant recouvrirent ses yeux, et je surpris une sensation fugace traverser notre lien. Il avait honte de ses actes.

— Je convoitais ce pouvoir, gronda-t-il en m'affichant ses crocs. Je voulais devenir un vampire sans avoir à me lier à un repaire ou à la Pierre de Sang elle-même. Il me fallait trouver un compromis me permettant d'être à la fois mage… et…

Ses mots se tarirent, et son regard tomba sur mon cou.

Merde ! Mon cœur devait battre à tout rompre. En plus de la faim qui se lisait clairement dans ses yeux, pour mon sang ou pour je ne sais quoi, il y avait également du désespoir, de la peur, de la honte. Quelque chose manquait en lui, tout comme en Quinn, et le piégeait dans une spirale sombre d'autoflagellation et de dépression. J'étais consciente que ce n'était pas là toute son histoire. La magie ne se trompait jamais. S'il avait été choisi pour devenir l'un de mes gardiens, il devait y avoir une bonne raison. Il fallait simplement qu'il me la révèle.

Je repensai à tout ce que je savais de Marcus. Il feignait d'être élégant et raffiné, mais il était extrêmement cruel. Il semblait vouer une forte haine à lui-même. La meilleure manière d'atteindre un type qui pensait mériter d'être puni était de commencer par lui offrir exactement ce qu'il souhaitait.

— Quel piètre gardien tu es, crachai-je, tu aurais pu me protéger, mais tu m'as laissée mourir. Et maintenant, que vas-tu faire ? Me déchirer la gorge et laisser ton vampirisme prendre le contrôle ? On dirait que tu as enfin trouvé le monstre que tu craignais tant.

Ma provocation fit mouche, et il grogna, ses yeux devenant rouge écarlate.

— Je t'aimais plus que tu ne le sauras jamais.

— Vraiment ? fulminai-je, en m'assurant de ne pas avoir l'air intimidée alors qu'il glissait son bras autour de ma taille pour me rapprocher de lui.

Ses doigts caressèrent ma joue.

— Je devais te laisser mourir, mais à présent, je le regrette. Ce fut mon plus grand échec. Si les autres venaient à l'apprendre, ils ne me le pardonneraient jamais.

Je plaçai ma main sur la sienne. Le contact avec sa peau m'envoya des frissons au travers du corps, et une odeur nouvelle, celle de la magie de Marcus, se mit à emplir l'air.

Des roses et du jasmin.

— Mais tu veux obtenir mon pardon, tentai-je.

L'espoir sincère qui se lisait dans ses yeux m'indiqua tout ce que j'avais besoin de savoir. Une nouvelle partie de moi était revenue, et bien que je n'aie aucun souvenir de lui, je savais qu'un passé existait entre nous. Un passé que je comptais bien explorer.

Il se pencha en avant et déposa délicatement un baiser sur mes lèvres. La sorcellerie autour de nous se mit à vrombir d'impatience. Il se retira et murmura de douces paroles sur ma langue qui portait encore son goût.

— Oui, mais je ne pourrai jamais l'accepter. Pas quand tu apprendras ce que je t'ai fait vivre.

— Marcus, je…

Ma protestation fut interrompue quand l'odeur des roses et du jasmin explosa autour de nous et que la lumière du monde se mit à vibrer.

J'avais entendu parler des voyages temporels, mais ce pouvoir m'avait toujours semblé trop formidable et terrible pour être réel. Et pourtant, il l'était. Marcus me tira hors du présent et me projeta tout droit dans le passé.

Un passé dans lequel lui et moi étions amants, et où il avait perdu toute volonté de vivre.

J'ÉTAIS TOUJOURS EN FRANCE. Je le sus immédiatement en voyant des bâtiments qui formaient une ligne basse à l'horizon et qui délimitaient le village, ainsi que les colonnes immédiatement reconnaissables de la Congrégation de l'Améthyste. Elle avait toujours été présente, même mille ans auparavant.

Nous étions dans un cimetière, mais il y avait beaucoup moins de pierres tombales et de sculptures impressionnantes. Seulement une simple rangée d'ancêtres enterrés en petites lignes sous des roches plates et gravées. Je passai à côté d'elles et écrasai la terre riche en petits cailloux éparpillés sous mes pieds. Mes narines furent chatouillées par ces odeurs familières de terre et d'histoire, mais aussi par celle des roses et du jasmin.

Je compris pourquoi en atteignant les quatre piliers. Les fleurs rouges recouvraient le sol d'étincelles pures teintées de blanc. Le doux arôme était porté par une brise fraîche et se faufilait parmi mes cheveux. J'espérai que ce parfum m'accompagne pour toujours.

Marcus s'agenouilla au centre de la plateforme. Les colonnes ne portaient ni runes ni marques, ce qui signifiait qu'à cet instant, il n'était pas encore devenu un vampire.

Je m'approchai de lui, et il sursauta.

— Qui est là ? demanda-t-il, inquiet.

— Marcus, c'est moi, lui indiquai-je de ma voix la plus douce.

Je ressentais d'ici sa souffrance et son tourment. Quelque chose de terrible venait de se produire.

Il fit volte-face en m'entendant, et ses grands yeux bleus s'élargirent.

— Comment es-tu...

Il se tut aussitôt lorsque son regard tomba sur ma rune de sang qui s'était rouverte, laissant perler des gouttelettes écarlates le long de mes doigts avant de tomber au sol. La terre absorba goulûment ma force vitale, et des roses fleurirent à l'endroit où les gouttes avaient atterri. — Oh ! murmura-t-il, comme s'il venait de recevoir toutes les explications dont il avait besoin. (Il reposa soudainement ses yeux sur moi.) Tu viens du futur.

Il ne semblait pas étonné. Je supposai qu'étant un mage appartenant à une congrégation mythique capable de voyages temporels, il serait difficile à surprendre.

Je l'approchai et m'arrêtai juste hors de sa portée. Je m'accroupis face à lui et pris mes genoux entre mes bras.

— C'est toi qui m'as envoyée ici. Je crois que tu voulais me montrer quelque chose.

Il ne me répondit pas et se contenta de m'adresser un regard vide. Il dégageait tant de désespoir que je désirai hurler. Je tendis la main et caressai son visage. Un courant électrique passa entre nous, et il sursauta.

— Tu ne dois pas me toucher, si c'est moi qui t'ai expédiée ici, expliqua-t-il.

— Alors, parle, dis-je, laissant mon irritation teinter ma voix.

Il soupira et se remit péniblement debout. C'est alors que je remarquai à quel point il était maigre. Le Marcus que je venais de quitter était élancé, mais musclé, et dégageait une aura de pouvoir qui était parfois terrifiante. Celui-ci avait les joues creusées, de grands cernes sous les yeux, et ses vêtements trop larges flottaient doucement dans le vent.

— Je suis censé être ton gardien, raconta-t-il tout en se redressant.

Ses cheveux noirs, qui étaient toujours lissés en arrière en de parfaites mèches, pendaient mollement autour de son visage et avaient perdu de leur éclat.

— À présent tu es morte, et je ne te reverrai pas avant mille ans. J'ai échoué.

Son regard se dirigea de nouveau vers le centre des piliers sous nos pieds, et mon sang ne fit qu'un tour.

Avais-je été enterrée ici ?

— Il n'y a qu'une seule manière d'être sûr que je te retrouverai. La réincarnation n'est pas accordée à tout le monde. (Il déglutit, et les muscles de sa mâchoire se contractèrent.) Je dois parler aux autres du vampirisme. C'était mon plan depuis toujours.

Son regard quitta le mien et tomba sur ses pieds.

— Mais à présent que je prends conscience de ce qu'il va se produire, tout est beaucoup plus… réel.

Des larmes menacèrent d'apparaître au bord de mes yeux, et je ressentis le poids de la trahison sur mon âme.

— Tu espérais que ma mort t'aiderait à les convaincre, affirmai-je d'une voix basse et assurée.

Marcus avait raison. Je n'aurais jamais pu lui pardonner un tel choix. Pas à moins qu'il y ait eu une raison plus profonde qui aurait donné un sens à tout ceci.

— Tu savais que j'allais mourir, car tu viens du futur. Tu es revenu, tu t'es infiltré pour t'attribuer le rôle d'un de mes gardiens. (Je penchai la tête.) Comment as-tu réussi ?

— Je n'ai pas modifié le cours de l'histoire, précisa-t-il calmement. J'ai toujours été ton protecteur. Ainsi fonctionne la magie du voyage temporel. Elle savait que je reviendrais dans le temps. L'histoire était déjà écrite. Elle attendait simplement que j'y joue mon rôle. Mais à présent que c'est chose faite, j'ai peur d'avoir commis une erreur en lui obéissant. Je n'aurais pas dû venir ici.

Il serra ses doigts en poings, et ses mains se mirent à trembler.

J'observai les piliers. Ma tombe était là, et chacun d'eux était l'un de mes gardiens, assurant ma protection pour l'éternité.

— Quand vas-tu lancer le sort ?

Personne n'avait encore été piégé.

Marcus était responsable. Il avait souhaité son châtiment.

— Quand nous accepterons le vampirisme, avoua-t-il, les autres en subiront les conséquences. Mille ans de tourment à revivre notre transformation jusqu'à ce que tu nous sauves. Lorsque nous serons piégés ici, nous ne te reconnaîtrons pas, mais lorsque tu nous auras libérés, nous reprendrons notre rôle de protecteur à tes côtés.

Ses poings se détendirent, et il m'approcha, ses mains flottant devant mon visage, mais sans jamais me toucher. De l'électricité crépita entre nous, le mettant au défi de rentrer en contact.

— Je te révélerai la vérité. Je t'enverrai ici afin que tu puisses découvrir mon secret le plus sombre, et enfin, tu me condamneras.

Je penchai la tête.

— C'est ce qui était écrit ? Que je te condamnerai ?

Il acquiesça d'un signe de la tête et m'adressa un faible sourire.

— Je suis un mage maître du temps, ma chère. Je connais mon propre futur et la tournure horrible que vont prendre les événements.

Tout ceci était absurde.

— Alors, pourquoi te donner tant de mal si tu sais que je te rejetterai ?

Il se redressa.

— Le pouvoir ? L'immortalité ? Il y a des milliers de raisons. (Son regard s'assombrit.) Peut-être était-ce notre devoir envers le temps et la destinée, mais toutes ces raisons sont désormais vides de sens. Aucune n'en vaut la peine sans toi. J'en suis conscient désormais, mais il est trop tard.

Il balaya l'air d'une série de gestes avec ses mains, faisant éclore les roses autour de nous, et accentuant la douce odeur de jasmin qui nous entourait. Un masque de carnaval se matérialisa, se mit à flotter dans l'air et s'immobilisa jusqu'à ce que je m'en empare.

— C'est un objet que j'ai récupéré à Venise. C'est lui qui m'a convaincu de poursuivre la voie du vampirisme, expliqua-t-il la voix légèrement teintée de nostalgie. Elle provient d'un clan dans un domaine où le vampirisme est associé à la noblesse et aux origines de notre magie.

Son regard croisa le mien.

— C'est là que j'ai appris que je te rencontrerais, et, lorsque tu m'as accepté, il est devenu un canalisateur pour la magie que nous créions ensemble. Emporte-le. Je n'en ai plus besoin.

Le monde se mit à tourbillonner, et le mage me renvoya d'où je venais.

DIVINATIONS

En regagnant le balcon qui surplombait les pâturages plongés dans la nuit, je trouvai Marcus qui m'attendait dans l'ombre. Je ne pouvais apercevoir que la lueur écarlate de son regard.

— C'est fait, murmura-t-il avec tellement de résignation que mon estomac se tordit, et que je serrai le masque de toutes mes forces.

Je souhaitais le condamner de tout mon cœur. Il était au courant de tout. Il savait qu'il deviendrait mon gardien et qu'il ne parviendrait pas à tenir sa promesse de me protéger.

Pourtant, il était également conscient qu'il aurait à payer un lourd tribut. Il souhaitait être puni et condamné, car il croyait le mériter. Il n'était pas le même homme qu'avant notre rencontre dans ma vie antérieure. Celui-ci avait vécu un millénaire de remords.

Je caressai les plumes du masque. Son pouvoir vrombit et résonna auprès de ma rune de sang, la faisant palpiter. Si je pouvais apprendre comment accepter Marcus, je pouvais changer son destin. Il avait peut-être aperçu un avenir dans lequel je le rejetais, mais je ne croyais pas aux futurs prédéterminés. Je pensais pouvoir écrire mon propre destin. Marcus n'avait pas à être voué à souffrir pour ses erreurs.

J'aurais dû le haïr, mais c'était ce qu'il attendait de moi. Et si je décidais d'aller contre le courant ? Et si je pardonnais l'impardonnable ?

Un ancien souvenir remonta aux abords de mon esprit.

— À présent, je connais ton secret le plus sombre, susurrai-je.

Il était en effet très sombre. Il m'avait laissée mourir, en avait consciemment planifié les conséquences et avait convaincu mes gardiens de succomber au vampirisme afin qu'ils puissent m'offrir une nouvelle chance de vivre. Ce que Marcus ignorait, c'était que j'avais moi aussi un secret à raconter.

— Et si je te disais que c'est moi qui vous ai enfermés ? Moi qui t'ai implanté cette idée que vous deviez me laisser mourir, accepter le vampirisme et souffrir ainsi.

Il fendit les ombres, et le clair de lune inonda son magnifique visage.

— Quoi ?

Mon carnet. À l'intérieur était représentée une rune que j'avais dessinée maintes et maintes fois. Personne n'aurait pu la reconnaître. Ma tante avait fouillé mon cahier par le passé et m'avait ordonné de cesser de feindre d'être une sorcière. Désormais, tout était plus clair. La magie présente dans mes boucles d'oreilles et dans le masque avait éveillé la vérité qui sommeillait en moi. C'était suffisamment de sorcellerie pour me remémorer qui j'avais été, et comment j'avais tout planifié.

La rune était liée au destin et était un sort dont même les Congrégations Royales ne savaient rien.

— C'était moi, expliquai-je avant de m'approcher doucement de lui pour passer mes bras autour de sa nuque.

Il se raidit, et ses muscles se contractèrent lorsque je me pressai contre lui. Je devais lui faire comprendre que c'était moi qui avais besoin d'être pardonnée.

— Tous les mille ans, un Cycle de la Mort s'abat sur ce monde. Seuls quelques individus peuvent l'empêcher.

La vision était désormais limpide dans mon esprit. Un voyant m'avait rendu visite et informée que le cycle serait brisé durant cette ère, et que les échos de la grande catastrophe se répandraient dans tous les domaines, annihilant les règles que la magie avait établies il y a bien longtemps. Si la grande catastrophe l'emportait, si la mort elle-même triomphait, ce serait la fin de tout. Un grand boum, et plus rien, tous mes accomplissements auraient été vains.

— Je connais la grande catastrophe, articula-t-il lentement, acceptant ma chaleur et encerclant ma taille de ses mains. Elle est ici, en ce moment même. Les loups démoniaques ne sont qu'un début. Je sais ce qui nous attend. Les vampires seront séduits par les pouvoirs de l'enfer et perdront la raison.

Je caressai son torse du bout de mes doigts et fis courir l'un d'eux le long d'un de ses crocs. Il était très dangereux et puissant, mais il était à moi. Il était ma création et mon gardien. Je l'avais brisé, et je devais réparer cette erreur.

— Tu m'aideras à y mettre un terme, promis-je, mais d'abord, je t'en prie, arrête d'implorer mon pardon. C'est moi qui t'ai infligé tout ceci.

La colère se mit soudainement à briller dans ses yeux, comme s'il avait enfin accepté ma vérité. Son emprise sur moi se resserra, et des teintes de rouge et de blanc prirent vie autour de nous tandis que sa magie se mélangeait à la mienne. Je me léchai les lèvres pour goûter sa douceur, et son regard plongea.

— Ce soir, nous repartons à zéro, promit-il tout en dégageant le bord de ma blouse, révélant ma poitrine.

Le bout de mon sein durcit en sentant son pouce le parcourir, et je me mordis la lèvre inférieure. Il ne cessa pas de me tourmenter et continua de me tenter. Il me piégea dans son regard et pinça, m'arrachant un petit cri.

— Ce soir, je te punis.

Par les dieux, quelle putain d'idée fantastique !

— Oui, murmurai-je en l'attirant dans un baiser. Ne te retiens pas.

Il plongea sa langue dans ma bouche, et ses crocs se pressèrent contre moi. Il descendit vers mon cou, me goûtant tout en frôlant dangereusement mes veines avec ses dents.

— Tu offriras ton corps ? demanda-t-il. Bon sang ?

— Mords, lui ordonnai-je.

Toute punition devait comporter son petit lot de douleur. Je savais que sa soif de sang était étanchée, mais son désir charnel faisait suffisamment rage pour embaumer l'air autour de nous. Il méritait tout ce que je pouvais lui offrir.

Il plongea ses canines en moi, et la douleur engendra des flashs blancs devant mes yeux. Puis la sensation se transforma subitement en d'irrésistibles vagues de désir. Ma bouche s'ouvrit en un soupir de surprise.

Sa morsure me donnait du plaisir. Oh, merde !

La chaleur parcourut mon cou tandis qu'il se nourrissait, grognant et me prenant ce dont il avait besoin. Sa main plongea plus bas, détachant mon haut et desserrant mon pantalon. Il ôta mes vêtements et les dégagea sur le côté avant de passer ses doigts sur mes fluides.

Lorsqu'il me relâcha et se mit à laper la plaie à ma gorge, une sensation de raideur se répandit sur ma peau, et la blessure se referma. J'ignorai si cela était dû à sa magie ou à la mienne. J'avais tant appris à mon sujet ce dernier jour. J'étais capable de tellement plus que ce qu'on m'avait enseigné.

J'étais une Sorcière du Destin.

De sang mortel ou non, je possédais le pouvoir le plus incroyable et le plus convoité au monde. Je pouvais transformer le destin d'une personne. J'avais modifié le mien. J'avais anticipé ma propre mort et impliqué quatre hommes incroyables dans mon plan, mais j'ignorais à quel point je tomberais profondément amoureuse de chacun d'entre eux. Mes souvenirs étaient très flous, mais à chaque moment passé avec mes gardiens, je libérai un nouveau morceau de mon cœur. Quinn et Marcus avaient fait s'envoler mon cœur. Je les aimais à en souffrir.

Marcus, raffiné et doux à la surface, me montrait sa vraie nature. Une bête dangereuse, violente et qui avait été libérée de sa cage grogna lorsque je sortis son érection de son pantalon et commençai à la caresser. Il repoussa mes mains et me retourna de telle sorte que la partie supérieure de mon corps pendait au-dessus du rebord de la fenêtre, et la hauteur me donna le vertige.

Il se positionna à mon entrée, par-derrière, et se figea. Chaque muscle de son corps tremblait d'impatience. Je n'avais jamais été prise ainsi. Je n'avais jamais désiré quelqu'un plus que Marcus. Sa rage et sa passion brûlaient d'un feu ardent dans mon dos, et je me régalai à l'idée qu'il les délivre sur moi.

— Tu es sûre ? s'enquit-il.

Alors même qu'il était sur le point de perdre le contrôle, il refusait de me faire du mal. Il n'aurait jamais commis de nouveau cette erreur, et je l'aimais pour cela.

Je jetai un regard par-dessus mon épaule et saisis sa main.

— Je suis tienne, Marcus, lui promis-je. Prends-moi, et tu le sauras.

Je criai en le sentant entrer en moi d'une longue et intense poussée. Le plaisir m'envahit, et il me pressa contre la pierre, agitant ses hanches contre moi et s'insérant jusqu'au bout avant de se retirer entièrement.

Je m'accrochai à la pierre qui frottait contre ma peau sous les mouvements rudes de Marcus. Il le remarqua, se retira de moi et me retourna de nouveau. Il me souleva, et j'entourai sa taille avec mes jambes pendant qu'il me baisait, me faisant rebondir sur lui et soutenant mon derrière afin de me maintenir droite.

J'enroulai mes bras autour de sa nuque et m'y agrippai, sentant le plaisir se déployer en moi, et m'approchant du paroxysme de la jouissance à chacun de ses mouvements. Il m'attira plus près encore et ralentit ses gestes, maintenant le contact entre son ventre musclé et mon clitoris, et augmentant la pression tandis que mes yeux s'écarquillaient de plus en plus.

Un sourire vicieux fit irruption sur son visage qui, même avec mon sang sur ses lèvres, trouvait le moyen d'être incroyablement sexy. Il était un prédateur, et il s'était emparé de moi. J'étais à lui.

— Jouis, ordonna-t-il dans un grognement profond avant de me frotter intensément contre lui.

Avec toute sa longueur encore en moi, il continua ses va-et-vient, ses mains toujours fermement agrippées à mes fesses et me gardant près de lui. Je n'avais jamais pensé pouvoir jouir de cette manière, mais il entretenait sa pression et son contact d'une manière experte et sur tous mes points sensibles, gardant mes hanches sur lui tandis qu'il me faisait bouger contre son corps.

La tension et la chaleur grimpèrent jusqu'à devenir intenables. Je balançai ma tête en arrière et permis à la vague de plaisir de s'écraser sur moi, obéissant précisément à sa demande.

Désirant désespérément une douche, je me reposais, allongée sur le sol de la tour de divination, mes vêtements en boule à côté de moi. Tout mon corps était endolori de délicieuses courbatures. Marcus détenait la force d'un vampire, ce qui signifiait qu'il allait inévitablement me laisser des bleus. Je pris une inspiration et grimaçai. Il semblait qu'une de mes côtes aussi avait des ecchymoses.

— Tu vas bien ? s'enquit Marcus qui utilisait son mouchoir pour se nettoyer.

J'étouffai un rire en le voyant. J'espérai qu'il n'en avait pas qu'un seul.

— Ça va, murmurai-je avant de grimacer de nouveau.

Bon, c'était peut-être plus qu'une côte endolorie.

— Je crois que je vais simplement... rester là un moment.

Il gloussa, et c'était comme une mélodie à mes oreilles. Il s'allongea à côté de moi et plaça ses mains derrière sa tête tandis que nous observions le plafond. Je n'avais pas remarqué que de minuscules trous permettaient au clair de lune d'entrer. C'était logique. La divination aurait été un peu étouffante si elle avait été pratiquée avec de la roche dure et plate au-dessus de nos têtes. Ce toit nous protégeait en partie de la pluie, mais permettait à la nature de s'infiltrer.

— Mon initiation a lieu dans trois jours, et j'ai l'impression d'avoir encore tant de choses à apprendre, me plaignis-je.

J'avais imaginé un plan désespéré pour réécrire le destin et combattre les échos de la grande catastrophe. Je me demandai si j'avais pris en compte mon amnésie.

Ou le charme de mes quatre hommes.

Marcus, sans me regarder, tendit la main pour saisir la mienne. Un frisson me parcourut lorsqu'une brise glacée passa sur nous, mais je n'étais pas encore prête à me rhabiller. Je le dévisageai.

— Tu as d'autres mouchoirs ?

Il hocha la tête et en tira quelques-uns de sa poche de pantalon.

— C'est un vieux tour de magie que j'ai appris dans ma jeunesse. J'en ai en quantité illimitée. (Il me les tendit tous.) Ils sont à toi.

Je souris et les utilisai pour me nettoyer également, puis grimaçai avant de les froisser en boule. Le post-coït n'était pas comme dans les films où tout était parfait et où il n'y avait pas besoin de se nettoyer. Le sexe, c'était... salissant. Heureusement, en tant que sorcière, je n'avais pas à m'inquiéter des maladies ou des grossesses. Une surnaturelle ne pouvait tomber enceinte que lorsqu'elle le souhaitait, et mon utérus avait été scellé par magie lorsque j'étais arrivée à maturité, sur l'insistance de Tante Sandra. J'avais accepté le sort sans sourciller. Les expériences sexuelles étaient une manière de grandir, et je n'aurais jamais pu imaginer élever un enfant dans ce monde délirant. Je n'étais pas assez stable mentalement pour cela.

La magie rendait également ma toilette plus facile. D'un geste de la main, la boule de coton que j'avais formée prit feu, ce qui me fit sourire.

J'avais vu un mage effectuer ce tour auparavant, mais je n'avais jamais possédé assez de talent pour l'essayer moi-même. Être capable de tels tours, même simples, était agréable.

— Tu commences à te remémorer qui tu es, observa Marcus.

J'opinai du chef et me rallongeai contre la pierre. Ma peau était brûlante, mais se rafraîchissait rapidement. Marcus me tenait toujours la main.

— Je suis une Sorcière du Destin, murmurai-je.

Il hocha la tête.

— Exactement.

Je me mordis la lèvre avant de poser ma question suivante.

— Est-ce que tu savais que les événements prendraient cette tournure ?

Il pressa ma main dans la sienne.

— Je n'en étais pas sûr, pour être honnête. En ce qui te concerne, le temps n'est désormais plus une ligne droite. Tu es une Sorcière du Destin. Tu peux modifier ce qui est prédestiné, et ma magie ne le comprend pas.

Je souris. C'était pour cette raison que nous étions faits l'un pour l'autre. La dernière chose que je souhaitais était de devenir prévisible, et cette idée avait acquis une tout autre dimension depuis que j'avais découvert ce que j'étais.

— Tu ne peux jamais être certain de ce que réserve l'avenir lorsque tu es avec moi ?

Il se tourna pour me regarder, et un rictus se forma lentement sur son visage. Ses cheveux auparavant parfaitement arrangés recouvraient son visage en de séduisantes mèches désordonnées.

— C'est ce que j'aime chez toi.

Son sourire était contagieux et provoqua chez moi un petit vertige de bonheur qui me fit glousser. D'habitude, j'aurais considéré cette réaction comme étant réservée aux écolières imbéciles, bien plus jeunes que moi, mais j'étais heureuse. Je ne me souvenais plus de la dernière fois que je l'avais vraiment été.

Marcus m'observa, semblant apprécier cette part de moi.

— Tu vas changer le monde après ton initiation. Les Congrégations Royales n'auront pas d'autre choix que de reconnaître qui tu es.

Mon rire s'évanouit.

— Est-ce pour cela que j'ai été tuée avant mon apprentissage, durant ma vie antérieure ?

Il opina du chef.

— Ils t'avaient mise au jour. Tu as été assassinée avant de pouvoir bousculer l'ordre établi. Les Congrégations Royales n'avaient pas eu de Sorcière du

Destin en tant que reine à leur tête depuis des milliers d'années, pas depuis le commencement des premiers Cycles de la Mort.

Son regard se perdit dans le vide, cherchant les fils du passé. Je fis courir mes doigts sur les lignes dures de sa pommette tandis que sa magie répandait son doux arôme autour de nous.

— J'ai essayé de découvrir qui t'avait tuée, mais je n'ai jamais réussi. Je n'étais pas là lorsque cela s'est produit. Tu nous avais fuis cette nuit-là, pour affronter seule ton ennemi. À l'époque, je pensais que mon péché avait été de te laisser disparaître, mais tu savais depuis le début que tu allais mourir. (Ses yeux se concentrèrent de nouveau sur les miens.) Ma magie est limitée. Je ne peux voyager dans le temps que lorsqu'elle le permet. Et même alors, je peux voir les futurs potentiels, mais je ne peux pas toujours les modifier. Certaines choses sont décidées par le destin.

Il afficha un rictus.

— C'est pour cela que tu es plus forte que moi, petite sorcière. Tu as toujours échappé à ma sorcellerie. J'étais fou de croire que je pouvais contrôler la moindre de tes actions. Tu savais exactement ce que tu faisais. (Sa main se posa sur mon pouce qui caressait toujours son visage, et il glissa ses lèvres contre mes doigts.) Tu étais consciente que tu reviendrais à moi.

Je souris, mais cachai à Marcus que mes souvenirs étaient encore fragmentés et flous. Je devais affronter la dure mais réelle vérité que je ne pourrais jamais me lier à eux comme autrefois.

Il allait me falloir créer de nouveaux souvenirs avec mes gardiens, et retomber amoureuse de chacun d'entre eux.

NOUVELLE VIE, NOUVELLE MOI

*A*près avoir trouvé l'énergie de nous habiller, nous exécutâmes enfin un peu de divination cette même nuit. Marcus me montra comment utiliser le grand miroir en le posant à plat sur le sol. Il m'expliqua que les cours d'eau pouvaient aussi être utilisés si je n'avais pas d'alternative, mais que je devais m'assurer que la surface reste aussi plate que du verre, ou bien les ondulations déformeraient les événements.

Nous nous mîmes d'abord en quête de mon assassin. La première fois, j'étais née mille ans trop tôt. Si j'avais été tuée, cela avait dû être de la main d'une personne puissante, probablement suffisamment pour être encore en vie aujourd'hui. Je ne pouvais pas la laisser m'abattre de nouveau.

Un bâtiment de marbre scintillant d'une énergie bleue illuminait le miroir, révélant la Congrégation du Saphir, l'une des maisons royales voisines qui bordaient la frontière avec la France, et était ainsi le plus proche voisin de la Congrégation de l'Améthyste.

J'appréciais autrefois la Congrégation du Saphir, avant que l'un de ses mages me séduise, mais finisse par se révéler décevant. Je n'étais pas enthousiaste à l'idée de revoir sa trogne au travers de la divination, mais Marcus m'encouragea, insistant sur le fait que la magie avait dû nous guider vers cet endroit pour une bonne raison. Nous cherchions mes ennemis, et même si mon tueur pouvait échapper à mes tentatives de divination, toute personne à qui il ou elle aurait pu parler n'y serait pas immunisée.

— Quelqu'un dans cette congrégation sait qui tu es, insista Marcus, pointant du doigt l'image de la Congrégation de Saphir.

— Tu penses qu'ils essaieront d'empêcher mon initiation ? lui demandai-je.

Marcus secoua la tête.

— Ton tueur croit que tu as oublié ta vie antérieure. Ta magie a été enfermée avec chacun de tes gardiens à l'intérieur de ta tombe. (Il passa ses doigts sur le masque que j'avais attaché à ma taille, puis sur mes boucles d'oreilles.) En tant que mortelle, tu ne devrais pas être assez puissante pour récupérer une telle magie. Tant que ton assassin ignore que tu nous as réveillés, tu es en sécurité.

Je ravalai ma salive, anxieuse.

— Et s'il utilise aussi la divination ?

Il haussa les épaules.

— En tant que tes gardiens, nous l'aurions ressenti. Nous détenons l'effet de surprise, pour le moment.

En effet… pour le moment. Au lever du soleil, ma tante viendrait nous rendre visite. Elle était comme un chien de chasse en ce qui concernait la sorcellerie. Elle aurait pu la sentir sur moi.

Nos divinations du soir aboutirent à un bon gros rien. Épuisée et prête à me coucher, je laissai Marcus qui surveillait toujours le miroir et effectuait ses sorts, même après que je lui eus répété que nous ne trouverions rien ce soir.

Je poussai la porte au bout de l'escalier qui menait vers le couloir principal, mais elle ne bougea pas. Je me rendis alors compte que quelqu'un était en train de la bloquer. Je l'enfonçai le plus fort possible, catapultant au loin le poids qui se trouvait de l'autre côté, et j'entendis le grognement surpris d'un homme.

— Killian, dis-je, en reconnaissant le vampire qui avait dû faire le guet à la porte durant la nuit.

Mes joues s'enflammèrent. Je priai tous les dieux que son ouïe ne fût pas aussi fine que la réputation des vampires le laissait entendre.

Il esquissa un sourire et ignora Marcus qui nous rejoignait pour diriger toute son attention vers moi. Son regard tomba sur la rune de sang qui s'était complètement solidifiée, bien plus que celle de Quinn.

— Tu ne perds pas ton temps avec nous, à ce que je vois, s'amusa-t-il, son rictus s'élargissant encore. (Il m'adressa un clin d'œil malin.) C'est mon tour ?

Je devins aussi rouge que la plus mûre des tomates.

— Si tu t'y prends comme ça, aucune chance, le réprimandai-je avant de le pousser hors de mon chemin.

Bien que je sois liée par magie à mes quatre gardiens, j'avais toujours le contrôle. Je menais une nouvelle vie. Et si je ne voulais pas réveiller *tout* ce qui sommeillait en moi ? Aaron et Killian resteraient alors tels des inconnus pour moi.

Des inconnus très canon, dont l'un ne pouvait s'empêcher de me lancer des regards en coin.

— Arrête d'essayer de la provoquer, lâcha Marcus. Elle commence à se rappeler. Contentons-nous de ça pour l'instant.

Killian aboya un rire.

— Dixit le mec qui s'est envoyé en l'air.

Je lui fis face.

— Ça suffit, crachai-je. Je veux une douche, un lit chaud, et du temps pour réfléchir. Est-ce que c'est trop demander ?

Killian leva un sourcil.

— Qu'est-ce que tu entends par un lit chaud ? Je pourrais peut-être…

Marcus lui asséna un grand coup dans les côtes, arrachant un grognement de douleur au vampire.

— Merci, dis-je à Marcus avant de tourner les talons et de partir en quête de la chambre la plus proche dans laquelle m'installer.

SPARKLES SEMBLAIT m'avoir également attendue, bien que je sois incapable de déterminer s'il était particulièrement inquiet.

Il s'étira en m'apercevant et m'adressa un petit miaulement. Apparemment, il nous avait déjà réservé l'une des chambres, et, d'après lui, elle offrait une très belle vue.

Je le suivis le long du couloir, mais il s'arrêta face à une fente discrète dans le mur. Je l'examinai et découvris un passage secret, similaire au couloir des serviteurs de la Congrégation. Nous parvînmes à un autre corridor donnant sur deux rangées de portes. Sparkles me conduisit vers l'une de celles du fond, et je souris. La pièce était toute simple. Un lit. Des draps propres. Et pour couronner le tout, une gigantesque fenêtre qui surplombait un petit jardin entièrement entouré par les murs de la modeste propriété. Je n'aurais jamais découvert cet endroit sans Sparkles.

— C'est magnifique, remarquai-je tandis que mon familier bondissait sur le bord de la fenêtre et agitait la queue, le regard braqué sur les étourneaux qui plongeaient depuis les arbres. Je me demande si c'est le vieux Jordan qui l'entretient.

Le jardin était resplendissant, et les fleurs étaient même séparées en petits bouquets parfaitement espacés, ce qui leur donnait un air sauvage tout en ayant la place de respirer.

C'est alors que je remarquai lesquelles s'y trouvaient.

Des chèvrefeuilles. Des roses. Des jasmins.

Sparkles se tourna vers moi et cligna l'un de ses yeux verts. J'avais vécu ici autrefois. Cette propriété, ces terres, même ce jardin. C'était ma magie qui les gardait en vie, et, maintenant que j'étais de retour, ils s'épanouiraient à nouveau.

Tout me semblait parfait, et je souris, donnant une gratouille à l'oreille de Sparks avant de me rendre dans la salle de bain privée.

La baignoire sur pieds en porcelaine qui s'y trouvait était tout à fait adorable. J'ouvris le robinet et l'observai se remplir d'eau bien chaude. Une fois la baignoire pleine, je me glissai dans l'eau et lâchai un soupir en sentant la température brûlante apaiser mon corps endolori. Coucher avec un vampire maître du temps, ainsi que mes précédentes escapades avec un Irlandais sauvage, avaient rendu mes zones sensuelles sensibles.

Une barre de savon fraîche m'attendait, et je m'en recouvris. Je souris en comprenant qu'elle était parfumée au jasmin. Cette propriété était destinée aux sorcières et aux serviteurs de la Congrégation de l'Améthyste, mais c'était également un endroit où les domestiques pouvaient se reposer. Les herbes offraient par elles-mêmes une protection magique et une aura relaxante. Même s'il s'agissait de la première fois que je mettais les pieds ici, ce lieu était luxueux, et il était clair que les Styles s'en occupaient parfaitement. Je les avais pris pour de simples fermiers, mais il semblait qu'ils avaient des talents cachés que je n'avais jamais remarqués.

Sparks entra dans la salle et secoua ses pattes après avoir traversé une petite flaque d'eau. Il m'informa que les Styles appartenaient à une longue génération d'intendants pour les sorciers, et qu'ils prenaient leur tâche très au sérieux.

— Pourquoi ne m'as-tu jamais raconté tout ça ? me plaignis-je en m'enfonçant plus profondément dans l'eau qui commençait déjà à tiédir. Je portais encore mes boucles d'oreilles, et en tirai un peu d'énergie afin qu'elle redevienne bouillante. J'esquissai un sourire satisfait.

Sparks, plutôt que de répondre à ma question, se plaignit que j'utilisais ma magie de manière trop frivole. Je lui fis signe de déguerpir.

— Tu peux bien parler, bougonnai-je.

Il avait par le passé utilisé ses pouvoirs pour faire bondir un poisson hors d'un cours d'eau chez le vieux Jordan.

— Au lieu de mouiller tes petites pattes de princesse, tu as utilisé ta magie pour te gaver inutilement.

Il me regarda en plissant les yeux avant de secouer de nouveau sa patte pour me projeter quelques gouttes d'eau au visage, et je gloussai.

Après avoir profité de cette sensation de propreté, séché mes cheveux et trouvé un ample pyjama dans un tiroir d'une commode modeste, je me retrouvai totalement épuisée.

Je m'enfonçai dans les draps doux et frais et les remontai sous mon menton. Sparks se roula en boule à mes pieds et s'endormit avant moi.

Les yeux lourds, j'observai les arbres qui se balançaient dans la brise, tandis qu'une brume de magie se posait sur les fleurs. C'était ma magie. C'était là que j'étais censée être.

J'étais chez moi.

PROTECTEURS ZÉLÉS

*L*e chant lointain d'un oiseau me tira d'un sommeil profond dont j'avais grand besoin, et à la quantité de lumière qui semblait emplir la pièce, je sus qu'il était déjà midi passé. Je fronçai les sourcils et refusai d'ouvrir les yeux. Je ne me souvenais pas d'avoir ouvert une fenêtre.

La sensation d'être observée me convainquit de m'arracher à ma torpeur. Le monde était entièrement flou autour de moi, et, lorsqu'il redevint clair, je découvris Quinn qui m'observait, assis dans une chaise.

J'émis un petit cri et me redressai aussitôt, tirant les draps à moi. Mon pyjama était presque transparent et laissait peu de place à l'imagination.

— Quinn ? demandai-je, hésitante. Qu'est-ce que tu fais là ?

Il haussa un sourcil.

— Je pourrais te demander la même chose, jeune fille. Nous avons tous frôlé la crise cardiaque quand nous avons perdu ta trace.

— Tu n'as pas de pouls, grommelai-je, provoquant l'hilarité de Quinn.

— Oui, c'est vrai.

Je soupirai et m'affalai dans le lit. J'avais gardé des courbatures des événements de la veille, surtout dans mes parties les plus délicates, et je sentis le rouge me monter aux joues en me remémorant les moments partagés avec Quinn. Au vu du regard qu'il m'adressait, il réalisait exactement la même chose.

— Arrête, le grondai-je, et il rit de nouveau.

— Désolé, jeune fille. Tu offres un sacré spectacle de bon matin.

Je lui jetai un regard noir.

— Et qui t'a autorisé à venir ici ?

J'étais épuisée, et Killian jouait les protecteurs avec moi.

Je savais pourquoi il avait choisi de m'attendre dans l'escalier. Killian m'avait déjà protégée face à Quinn. Il pensait peut-être devoir me sauver également des griffes de Marcus. Si j'avais appelé à l'aide, je n'avais aucun doute qu'il aurait été à mes côtés en un instant.

— Killian s'inquiète pour toi, et à juste titre, confirma Quinn. J'ai dû réutiliser mon trompe-l'œil simplement pour le convaincre que je méritais toujours d'être ton gardien. Si j'avais tiré la courte paille, c'est lui qui serait assis en face de toi, pas moi.

Je levai les yeux au ciel.

— Vous avez tiré à la courte paille pour décider qui allait me reluquer pendant mon sommeil ? C'est malsain.

Je jouais l'amante en colère qu'on avait privée de son intimité, mais, secrètement, j'aimais savoir que ces hommes s'affrontaient pour moi. Peut-être étaient-ils tous un peu trop protecteurs, mais ils m'avaient déjà vue mourir. Je ne pouvais pas leur en vouloir pour leur prudence.

Quinn se leva et s'étira.

— Bon, c'est l'heure de ton immonde petit-déjeuner pour humaine, et ensuite, nous devrons nous préparer pour ce soir.

Mon estomac grogna. L'idée d'un repas me mit l'eau à la bouche, mais je haussai un sourcil en entendant ses derniers mots.

— Ce soir ?

— Oui, je…

Il fronça les sourcils et ramassa mon masque de carnaval sur la coiffeuse. Puis il fit courir ses doigts sur les boucles d'oreilles. J'aurais trouvé étrange de dormir avec, et je les avais donc retirés pour la nuit. Sans l'impulsion d'énergie offerte par ces artefacts, mon corps était empli d'une sensation de froid et de vide.

— Tu ne devrais pas t'en séparer, prévint Quinn. (Il afficha un air inquiet.) Tu es plus faible maintenant que ta magie est infusée dans ces objets, et non plus au sein de ton âme. C'est l'inconvénient du sort que nous avions dû lancer pour forcer ton esprit à la réincarnation. (Il manipula les bijoux, pensif.) Nous devions enfouir ta magie en nous afin qu'elle ne soit pas perdue à ton retour. Après ta mort, nous l'avons chacun injectée dans un objet que nous utilisions comme souvenir de toi.

Il se tut, et une mine sombre traversa son visage.

— Je t'ai offert ces boucles d'oreilles après notre premier baiser.

Mon cœur se tordit, car je ne me le rappelais pas. Comme s'il avait ressenti ma souffrance, il dirigea son regard vers moi.

— Tu t'en souviens, n'est-ce pas ?

Je perçus l'espoir sincère qui teintait sa voix. Depuis mon retour à la vie, il avait retrouvé l'espérance. Je ne voulais pas le blesser, alors j'effectuai ce que je savais faire de mieux : mentir.

— Bien sûr, murmurai-je, cachant mon malaise avec un bâillement.

Peut-être qu'en la jouant naturelle, il ne me demanderait pas de détails.

— Super baiser. Le meilleur de tous.

Il esquissa un sourire narquois, et, s'il avait perçu que je mentais, il ne me le fit pas remarquer.

— Donc, pour ce soir. Il y aura un bal masqué en l'honneur des initiés.

Je me crispai à cette nouvelle. Évidemment qu'il devait y avoir un bal masqué la veille de l'initiation. Les initiés rejoindraient le quartier général des sorciers en Angleterre, bien nommé la Gemme. Je m'attendais à devoir passer par cet événement extravagant, mais c'était avant que j'apprenne que j'étais une Sorcière du Destin. Je grimaçai.

— Je ne risque pas d'être remarquée ?

J'avais la sensation qu'il allait être difficile de dissimuler qui j'étais à présent. J'avais travaillé si dur pour accumuler de la magie, comme un sans-le-sou ramassant des pièces. Mais, à présent, la sans-le-sou que j'étais avait trouvé un filon, et j'ignorais comment l'exploiter.

— Tout ira bien, je vais t'apprendre à te camoufler.

Je lâchai un long soupir et me laissai retomber en arrière dans le lit. Super, encore de la magie compliquée que je ne pensais jamais avoir besoin d'apprendre à maîtriser.

— Quand est-ce que tu m'enseignes la création de potions et l'écriture des runes ?

Ces deux activités me semblaient bien plus sûres. J'aurais pu ricaner au-dessus d'un chaudron comme une vraie sorcière. J'aurais été parfaitement convaincante.

Quinn fit claquer sa langue d'un ton désapprobateur et me découvrit de mes draps, m'arrachant un petit couinement.

— Tu comptes te lever, ou est-ce que je dois te convaincre ?

Je plaçai mes bras autour de mon corps et commençai à frissonner, mais un sourire amusé pointa au bord de mes lèvres.

— Tu peux essayer, lançai-je.

Acceptant mon défi, il se mit à ramper sur le matelas jusqu'à placer ses coudes sur l'oreiller pour me surplomber. Je pensais qu'il plaisantait, mais il s'abaissa ensuite suffisamment pour que je puisse sentir sa longueur durcie au travers de nos vêtements. Mon pyjama léger ne me protégeait qu'à peine de la pression qu'il exerçait avec son poids un peu trop bas sur mon corps, et un gémissement s'échappa de ma gorge.

— Peut-être que je vais te laisser passer un peu plus de temps au lit, s'amusa-t-il, ses yeux brillants de malice, et il balança ses hanches de nouveau.

Il avait réactivé son trompe-l'œil afin de calmer les inquiétudes de Killian à mon égard. Cela signifiait que Quinn avait le contrôle de lui-même, mais lorsque le mirage se dissipa, révélant des crocs allongés et des yeux couleur rubis, je tremblai d'excitation. Je n'y pouvais rien. J'aimais les hommes dangereux.

Il m'autorisa à défaire les cordons qui maintenaient son pantalon attaché à sa taille. Son érection s'en éclipsa, et je la dévorai des yeux sans me priver. Il avait approché mes boucles d'oreilles juste à ma portée, et je les lui arrachai. De la magie pure envahit mon corps, juste assez pour le renverser et enrouler des liens d'énergie autour de ses poignets.

Je connaissais mon Quinn. Son côté vampirique était dangereux, surtout en cet instant où il agissait comme si de rien n'était. Il avait faim de moi. Je pouvais distinguer clairement le désir dans ses yeux. Si je le laissais prendre le contrôle, il ne me traiterait comme rien de plus qu'une proie. Je devais le dominer et lui montrer que c'était moi qui détenais le pouvoir.

Je baissai son pantalon juste assez pour le prendre en bouche. Il essaya de lutter.

— Relâche-moi, m'avertit-il, avant de jeter la tête en arrière lorsque je léchai longuement son manche.

— Tu ne m'auras pas, lui dis-je.

Il n'était pas comme Marcus. Je ne pouvais pas le laisser s'emparer de moi, sinon cette relation n'aurait jamais pu fonctionner. C'était à moi de mettre le grappin sur lui et de dompter la sauvagerie qui l'habitait.

— C'est moi qui te dominerai, lui jurai-je.

Le désir s'embrasa dans ses yeux tandis que je le léchais et le caressais. La chaleur grimpa entre mes cuisses, souhaitant le sentir en moi, mais je voulais prolonger son plaisir. J'avais envie de m'assurer qu'il sache qui il était à mes yeux.

Je ne m'étais jamais considérée comme une dominatrice au lit, mais quelque chose en Quinn fit surgir cet aspect. Je l'avais laissé prendre l'ascendant sur moi par le passé, mais à présent, je connaissais les règles de son jeu. Il m'avait donné du plaisir quand je l'avais désiré, et maintenant, je comptais lui rendre la pareille.

Je retirai mon haut et le laissai admirer ma poitrine. Les hommes étaient des créatures visuelles. Me voir ainsi fit pulser sa queue entre mes doigts, et j'esquissai un sourire de plaisir. Je déplaçai mon téton sur sa chair douce, et le liquide luisant de son excitation se mit à couler. Je le récoltai avec mon doigt et le léchai, gouttant à son désir salé tout en fixant son regard.

Il avait mis à l'épreuve les contraintes magiques, mais à présent j'étais prête pour lui. J'employai toute mon énergie à le garder exactement où je le souhaitais, continuai de le stimuler plus intensément et poursuivis avec ma bouche. Il grogna et se cambra à mon toucher. Je recommençai, le caressant de plus en plus fort et vite, jusqu'à ce qu'il se mette à haleter, luttant pour empêcher son désir de jaillir. Je refusai de le laisser faire. Je persistai à le travailler sans pitié jusqu'à ce qu'il réalise exactement ce que je souhaitais, et explose dans ma bouche avec un cri.

Il n'y a pas de son plus enivrant que les clameurs d'un homme, et celles de Quinn étaient de loin les plus érotiques que j'avais jamais entendues. Mes sous-vêtements étaient détrempés lorsque Quinn finit par redescendre de son extase et s'affala dans le lit.

— Eve, murmura-t-il.

Le surnom qu'il m'avait donné était comme une mélodie à mes oreilles.

— Tu m'as dompté.

J'esquissai un sourire satisfait. Ça, tu peux le dire, putain.

DOMPTER LA BÊTE

S parkles demeura introuvable durant le reste de la matinée, probablement écœuré par ces « activités humaines primitives », comme il les qualifiait chaque fois que je vivais une expérience sexuelle. Au moins, lorsqu'il s'agissait de mes gardiens, il semblait davantage approuver. Il avait toujours griffé tout autre prétendant avec qui j'avais été en contact.

Quinn me suivit dans le bain et tendit le bras de l'autre côté de la baignoire pendant que je me lavais. Nous n'allions pas encore vraiment faire l'amour, mais il n'allait pas non plus me laisser sur ma faim. Nous savions tous les deux, par instinct, qu'unir nos corps libérerait quelque chose en moi auquel nous n'étions tout simplement pas préparés.

Cela ne m'empêcha pas de chevaucher sa main pendant qu'il me murmurait toutes les cochonneries qu'il souhaitait m'infliger. Il voulait me mordre, s'enfoncer en moi jusqu'à ce que je hurle.

Quand il susurra qu'il souhaitait me prendre en compagnie d'un autre de mes protecteurs, mon corps se contracta autour de ses doigts. Merde ! Était-ce possible ? Était-ce une pratique courante chez les gardiens de congrégations ?

Tout en haletant, Quinn se mit à glousser tandis qu'il m'observait de loin me savonner et effacer autant que possible les preuves de mon excitation. Il m'avait presque amenée à mon paroxysme, mais cela ne semblait que renforcer mon désir pour lui et pour tout ce qu'il avait à offrir.

— Le bal masqué, me rappela-t-il, la voix teintée d'amusement. Il faut que tu t'y prépares un minimum.

Bien sûr. C'était seulement ma vie qui était en jeu. Rien de bien grave.

— Si tes ennemis te trouvent…, continua-t-il.

— Je sais, je sais, le coupai-je avant de lui arracher mes boucles d'oreilles des mains et d'utiliser sans vergogne ma magie pour évaporer l'eau qui recouvrait ma peau et mes cheveux.

Il fronça les sourcils en assistant à mon usage égoïste de ma sorcellerie.

— Tu devrais être plus prudente avec ça, m'avertit-il.

Je levai les yeux au ciel.

— J'ai l'impression d'entendre Sparkles.

Il eut un air perplexe.

— Tu veux dire ton familier ? (Il renifla bruyamment.) Tu l'as appelé « Sparkles » ?

Je lui jetai un regard noir avant de le pousser pour me rendre dans la chambre et trouver des vêtements à me mettre. L'armoire avait été préparée pour une servante et ne contenait aucun vêtement digne d'une sorcière, mais c'était précisément ce qui me plut. Je trouvai la pile d'habits que les domestiques utilisaient quand ils allaient se mêler aux humains en ville. Un short et un débardeur. Parfait.

Quinn, qui pouffait toujours après avoir appris le nom de mon chat, soupira quand il découvrit mon choix d'accoutrement.

— Tu n'as jamais aimé en faire trop. (Il balaya la chambre des yeux.) Mais je n'appréciais pas cela non plus, après tout.

Je détestais sa façon de parler au passé.

— Je suis de nouveau en vie, lui rappelai-je, tout comme toi.

Il haussa les épaules.

— Techniquement, ce n'est pas vrai. (Son regard trouva le mien.) Même si nous avons eu droit à une seconde chance, l'un de nous est toujours mort.

Je sursautai. Bien sûr. Le vampirisme nécessitait la mort. Il liait l'esprit au corps et le maintenait en vie par la magie, donnant l'illusion d'une immortalité qui n'était en fait qu'un état de limbe éternel auquel personne ne pouvait échapper.

Et pourtant, à présent que j'avais mes gardiens devant moi, je pouvais comprendre les inconvénients et l'attrait de cette magie. S'ils n'avaient pas accepté cette sombre malédiction, je serais toujours morte, à errer dans un quelconque au-delà maudit attendait les sorcières. Mes ennemis ne m'auraient jamais permis de trouver la paix si j'étais une Sorcière du Destin. Même dans la mort, j'aurais été capable de leur causer du tort. Non, mes protecteurs avaient tout abandonné pour moi, avaient adhéré au vampirisme afin de protéger ma magie et de pouvoir me la rendre dans cette vie. Pour cela, je les aimerais à jamais.

— Quoi ? demanda Quinn, un sourire aux lèvres. Tu me regardes d'un air bizarre.

Je le poussai doucement.

— Ce n'est rien, espèce de grand méchant vampire. Allons manger. Je meurs de faim.

AARON NE PLAISANTAIT PAS en parlant de sa sieste du siècle. Il me trouva dans le salon, entourée de trois spectateurs, quatre en comptant Sparks qui me regardait depuis la fenêtre, pendant que je profitais de mon déjeuner tardif. Entre ma grasse matinée et mes aventures avec Quinn, j'avais déjà laissé filer la moitié de la journée.

Aaron s'arrêta dans le cadre de la porte et me dévisagea, hébété. Ses narines frémirent, et ses yeux s'écarquillèrent.

— Putain, vraiment ? souffla-t-il. Déjà ?

Mes joues prirent feu. Merde ! Les vampires avaient vraiment un bon odorat.

Killian m'épargna une humiliation totale et adressa une claque dans le dos d'Aaron.

— Viens, je t'ai gardé une poche de sang frais dans le frigo. Les hôpitaux en vendent maintenant. C'est incroyable, non ?

Aaron fixa Marcus puis Quinn du regard, et finit par laisser Killian le guider vers la table.

Ma fourchette s'arrêta au-dessus d'un jambon succulent que Mme Styles nous avait apporté. L'un de leurs propres porcs, avait-elle fièrement annoncé à Marcus en le déposant. J'étais triste d'avoir de nouveau manqué sa visite, mais j'étais également contente de ne pas avoir à expliquer mon air coupable. Je ne voulais pas qu'elle ait une mauvaise impression de moi. Les relations entre partenaires d'attache étaient encouragées dans la communauté surnaturelle. Elles faisaient partie des formes d'amour les plus sacrées de notre monde. Les humains n'étaient pas doués de magie, et ils ne pouvaient donc pas comprendre l'idée d'être liée à plus d'un seul esprit. Ils avaient des âmes sœurs, bien sûr. Mais la comparaison entre les deux espèces n'allait pas plus loin, et je ne pensais pas que Mme Styles comprendrait si je tentais de lui expliquer que j'en avais quatre.

Aaron fit courir des doigts sur la table en une énervante série de tapotements en attendant le retour de Killian. Il était clairement agacé de savoir que j'avais initié ma connexion avec Marcus et Quinn. Ou bien était-ce de la jalousie ?

Marcus s'assit à côté de lui et déposa une serviette sur ses genoux, comme s'il s'apprêtait à participer à un repas chic. Killian revint avec des poches pour chacun d'eux et les distribua. Tous avaient une jolie petite paille, comme s'ils allaient déguster des milk shakes.

Les crocs d'Aaron s'allongèrent, et il eut soudainement l'air de vouloir déchirer le culot de sang en deux, mais se ressaisit et prit la paille dans sa bouche. Il se détendit un peu une fois la poche à moitié vidée.

Marcus soupira.

— Si tu as l'intention de bouder, tu pourrais au moins expliquer à Dame Evelyn ce qui te perturbe autant, suggéra Marcus, qui tenait élégamment le culot entre ses deux doigts.

Aaron dévisagea le vampire, sa paille dépassant encore du côté de sa bouche.

— C'est évident, non ? grogna-t-il la bouche pleine. Après tout ce qu'on a entrepris, elle est quand même morte. Je vous ai laissé m'embarquer dans ce merdier, et tout ce que j'ai maintenant, c'est un cœur brisé. La dernière chose dont j'ai envie, c'est qu'elle soit tuée de nouveau.

Instinctivement, je posai une main sur son bras.

— Je suis là, je te signale, murmurai-je.

Il ne pouvait pas parler de moi comme si j'étais invisible. Je lui avais brisé le cœur ? C'était probablement la plus belle déclaration que j'avais jamais entendue.

Aaron me regarda, toujours la paille à la bouche, et fixa du regard ma main posée sur son bras jusqu'à ce que je la retire enfin. Il haussa les épaules, comme si je venais de le contaminer. Bon, peut-être pas aussi belle finalement.

Puisqu'il ne souhaitait pas que je le touche, je l'examinai des yeux et tentai de détecter le moindre détail qui aurait pu déclencher un souvenir. Il était bourru, et ses cheveux clairs en pics l'empêchaient de passer inaperçu. Et puis, il y avait ses tatouages et ses piercings aux lèvres… Il avait l'air trop… moderne. Je fronçai les sourcils.

— Alors, d'où viens-tu ? demandai-je à Aaron, feignant de vouloir lancer une conversation banale. Ou plutôt devrais-je dire, de *quand* viens-tu ?

Ma question lui fit recracher la paille de sa poche de sang, et Marcus sursauta. C'était son tic nerveux.

— Bon, d'accord. Qui lui a raconté ? s'énerva Aaron.

Killian et Quinn levèrent les mains, l'air innocent. Marcus secoua la tête.

— Tes tatouages ne semblent pas dater de mille ans, ajoutai-je en sourcillant face au crâne enflammé qui ornait son bras gauche. Au contraire, ils ont l'air plutôt récents.

Il détendit ses épaules qui s'étaient crispées jusqu'à atteindre ses oreilles.

— Oh ! ouais. Je suppose que ça se remarque.

Je penchai la tête et contins le sourire qui voulait se répandre sur tout mon visage.

— Est-ce que Marcus t'a trouvé à New York ? tentai-je. Ou peut-être en Allemagne ?

Il n'avait pas la moindre trace d'un accent germanique, mais certains Allemands qui travaillaient avec des sociétés américaines finissaient par le perdre.

Il se redressa.

— En Allemagne. Bien deviné. (Il replaça la paille dans sa bouche.) Qu'est-ce qui t'a mis la puce à l'oreille ?

Je haussai les épaules.

— Ton look, je suppose.

Je mimai un cercle autour de mon visage, indiquant ses cheveux blonds en pointe et son anneau à la lèvre. Cela lui allait bien, mais il se démarquait clairement du groupe de vampires. Il ne se sentait probablement pas à sa place, mais je savais que, d'une manière ou d'une autre, je lui avais offert un sentiment d'appartenance.

Je compris alors que mes protecteurs étaient avant tout des mages, et il n'existait qu'une seule congrégation en Allemagne. J'eus le souffle coupé.

— Fais-tu partie de la Congrégation du Diamant ?

Je faillis éclater de rire, malgré les signes explicites de Killian m'indiquant d'y couper court.

Je ne pus me contrôler. L'hilarité déborda de ma gorge, et je me tins le ventre. J'aurais été moins surprise de croiser Marcus dans la Congrégation du Diamant. Ils étaient si chics et « comme il faut ». L'idée même qu'un de leurs mages puisse aller se faire poser des tatouages et des piercings dépassait le ridicule. Il n'était pas étonnant qu'il ait souhaité suivre Marcus dans son voyage temporel. Sa famille avait probablement envoyé une centaine d'assassins à ses trousses rien que pour cette horreur.

Aaron laissa tomber sa poche de sang, et le liquide écarlate se mit à se répandre sur la table.

— Merde ! maugréa Killian. Tu as réussi ton coup, Evie.

Aaron bondit sur ses pieds, et je ne l'avais jamais vu aussi enragé. Son trompe-l'œil se dissipa immédiatement, révélant des crocs et une magie rouge étincelante qui saignait dans ses yeux. Mais ce n'était pas la partie la plus saisissante.

Son trompe-l'œil ne cachait pas uniquement son vampirisme.

Il masquait ses tatouages, et la manière dont ils bougeaient.

Mes yeux s'écarquillèrent.

— Tu es un… métamorphe.

J'obtins pour réponse un craquement d'os, et je sursautai. La chambre explosa soudainement, et Marcus, Killian, et Quinn bondirent sur Aaron au moment où il prit l'apparence du plus grand loup que j'avais jamais vu. Il avait conservé ses crocs et ses yeux rouges, mais la bête qui faisait claquer ses canines surpassait largement les trois vampires. Je reculai et me pressai contre le mur, cherchant mon familier du regard.

— Sparks ! criai-je.

Il m'adressa un miaulement à peine perceptible depuis le dessous du canapé. Oui, aucune chance qu'il sorte de sa cachette. Les chats et les chiens ne s'entendaient pas. J'étais toute seule.

— Evie ! hurla Quinn. Enferme-toi dans la tour de divination ! Il ne te suivra pas là-bas !

Je ne pouvais pas les laisser affronter un métamorphe enragé. Le loup se mit à quatre pattes et mordit en direction du vampire le plus proche, ratant de peu Killian qui venait de sortir son cran d'arrêt.

— Ne lui fais pas de mal ! aboyai-je à Killian.

Il se figea, tenant son arme en biais, comme s'il hésitait entre attaquer la bête et reculer.

Aaron répondit à sa place et referma sa mâchoire autour de son poignet, arrachant un cri à Killian dont le sang gicla sur l'épais tapis.

La panique me saisit à la gorge, et je me mordis la lèvre avant de tirer le masque de bal à ma taille, le plaçant fermement sur mon visage. La magie s'accrocha à ma peau, et de la puissance fraîche traversa mon corps. Un goût délicieux de roses et de jasmin se déposa sur ma langue.

Je glissai mes doigts une fois sur mes boucles d'oreilles, et elles prirent vie, apportant l'odeur du chèvrefeuille et de la brise libératrice du cœur de Quinn.

Mon pouvoir se manifesta en un long fouet, reluisant d'une sorcellerie violette, et j'esquissai un sourire. Oui, mes salauds. J'allais dompter la bête.

SURPRISES ET MÉTAMORPHES

L'image qui s'était présentée dans ma tête était bien plus cool que ce qui se produisit ensuite. Je lançai mon attaque, voulant saisir le loup par le cou et le forcer à se calmer. À la place, le fouet se logea dans le plafond, occasionna une avalanche de rochers, et je gémis face à la vague de destruction.

— Evie ! hurla Quinn avant de se jeter sur moi, encaissant le plus gros de l'impact avec un grognement de douleur tandis que des débris et de la poussière s'écrasaient sur nous.

Aaron jappa quand le déluge de décombres le recouvrit. La panique fit tonner l'adrénaline dans mes veines. Et si je venais de le tuer ? Il était un vampire, mais il venait de se métamorphoser en loup. Cela ne le rendait-il pas par conséquent plus faible ?

Ma tête se mit à souffrir, tant à cause de ma réflexion trop intensive sur les règles des surnaturels que des cailloux qui continuaient de tomber du plafond. Quinn repoussa les gravats et me donna une chance de respirer.

Killian et Marcus avaient protégé le loup du mieux qu'ils avaient pu, me confirmant qu'Aaron était vulnérable sous cette forme.

— Allez, mon vieux. Ressaisis-toi, dit Killian d'une voix basse et calme, bien que je puisse voir sa main trembler.

C'est alors que j'aperçus le sang, et mon estomac se noua. Le loup était affalé sur son flanc, une énorme plaie lui barrant le côté du visage. Marcus fit immédiatement usage de sa magie de soin.

Je jurai et lâchai le fouet magique qui se désintégra à la seconde où il quitta le bout de mes doigts. Je courus vers le loup et pressai mes doigts au travers de sa fourrure chaude. J'apportai ma magie teintée de roses et de jasmin et mis tout mon cœur à l'ouvrage. Je ne souhaitais pas causer du tort à Aaron. Je devais simplement le maîtriser… pas le tuer.

— Tout va bien, jeune fille, me persuada Quinn en me tirant par le bras. Marcus peut le soigner. Ce n'est pas la peine…

— Si, je dois le faire ! crachai-je tandis que des larmes perlaient au coin de mes yeux.

J'étais trop imprudente avec mon nouveau pouvoir. J'étais responsable, et je comptais me racheter.

Mon cœur tambourina dans mes oreilles jusqu'à ce qu'enfin le loup se mette à bouger, gémissant d'une manière qui me fendit le cœur.

Marcus l'aida à se relever.

— Je vais l'emmener dans sa chambre pour qu'il se repose. (En remarquant mon regard, il expliqua.) Il ne peut pas reprendre sa forme avant d'être soigné, tout ira bien. Il sera à nouveau lui-même d'ici ce soir.

J'ouvris la bouche pour parler, pour proposer d'aider, d'aller chercher de l'eau fraîche dans un courant ou tout autre chose que de rester ici à ne rien faire, mais Marcus se retourna et disparut dans le couloir, me laissant seule au milieu des débris et de la scène de dévastation qui était autrefois un salon confortable.

MARCUS ne m'autorisa pas à voir le loup, et je restai donc à distance avec les gars pour les assister dans la tâche ardue qu'était la remise en état du salon.

— Tu as causé tout ça avec ta magie, se plaint Quinn. Pourquoi tu ne ranges pas tout de la même manière ? Ce serait beaucoup plus rapide.

— Non, répondis-je brusquement. Je ne suis pas encore habituée à posséder des pouvoirs. Je suis une sorcière de sang mortel, tu t'en souviens ? Je n'ai pas été formée pour cela.

Je heurtai un caillou au sol et grimaçai. Oui, la pierre battait aussi l'orteil.

— Pas de sorcellerie, soufflai-je.

Killian adressa à Quinn un coup de coude dans les côtes.

— Laisse-la tranquille, Quinn. Elle a raison.

Bougonnant, le vampire attrapa une roche gigantesque et la jeta hors de la pièce. Il parvint à ouvrir la porte, et Killian et moi le suivîmes en transportant des débris à la main. Pendant que nous travaillions, Sparkles miaula pour m'indiquer qu'il était toujours en vie.

— Tu pourrais te rendre utile, m'énervai-je.

Il trotta au milieu de la poussière et s'assura de me faire comprendre son mécontentement à propos de l'usage de ma magie. Mon pouvoir dépassait désormais le sien et, comme il le disait, il « aimait conserver toute sa fourrure ».

— Et tu t'inquiétais en me voyant utiliser ma sorcellerie pour me sécher les cheveux, grognai-je.

Il secoua la queue pour exprimer son irritation avant de déguerpir.

Killian me tendit une pelle à poussière et un balai. Je commençai à ramasser silencieusement le plus de gravats possible, mais le tapis les retenait de toutes ses forces.

— Tu t'es simplement défendue, me rassura enfin Killian.

Je le fixai du regard.

— J'ai failli tous nous tuer.

Il afficha un grand sourire agaçant.

— Pas tous. Nous sommes immortels maintenant, tu te rappelles ?

— Mais pas Aaron, rétorquai-je.

La bonne humeur de Killian s'estompa.

— Quand il est sous sa forme de loup, peut-être, mais ça n'arrive que rarement.

À présent, je comprenais pourquoi Aaron était si amer et empli de colère. Sa famille l'avait rejeté à cause de son sang de métamorphe. Qu'importait si une personne possédait un sang de sorcier ou non, ce côté métamorphe finissait toujours par s'activer à la suite d'un événement traumatique. Le corps d'un individu se recouvrait de tatouages qui représentaient leur personnalité, et, dans le cas d'Aaron, il était bourru et primitif. Sa bête avait besoin d'être libérée. Devoir renier une partie de lui-même avait dû le détruire. En acceptant le vampirisme, son loup était devenu sa faiblesse.

— Il doit m'en vouloir, prononçai-je à voix basse tout en continuant de recueillir la poussière récalcitrante dans la balayette. (Je m'agenouillai, essayai d'écarter les petits gravats à la main et ne réussis qu'à me couper.) Je jurai et portai mon doigt blessé à ma bouche.

Killian se plaça à ma hauteur et prit ma main avant que je ne puisse refermer mes lèvres sur ma plaie.

— Si tu permets, dit-il tout doucement avant de placer mon doigt dans sa bouche.

L'espace d'un instant, j'aurais pu affirmer qu'il savourait ce qu'il goûtait. D'ordinaire, j'aurais apprécié un tel geste, mais à cet instant, je n'étais pas du tout d'humeur. Je lui arrachai violemment ma main et lui jetai un regard noir, laissant toute ma rage crépiter autour de moi.

Quinn soupira et posa une main sur l'épaule du vampire.

— Tu as un très mauvais sens du timing, Killian.

Je ne pouvais plus le supporter. Mes gardiens avaient simplement accepté qu'Aaron soit condamné à ce sort, et ils ne semblaient pas se rendre compte à quel point cette situation était merdique.

— Je vais vérifier comment il va, crachai-je en lâchant le balai et la pelle, soulevant un petit nuage de poussière derrière moi. Marcus devra m'attacher dans la tour s'il pense que je vais rester loin d'Aaron.

Laissant un Killian hébété et un Quinn hilare, je parcourus le couloir et m'arrêtai devant la porte pour prendre mon courage à deux mains. J'étais certaine que Marcus ne voulait pas me voir pour le moment, mais je détestais l'idée de me sentir inutile. Je ne pouvais pas me dérober à mes erreurs. Je devais les corriger.

J'ouvris doucement la porte et observai Marcus qui caressait l'animal. À présent que je pouvais pleinement observer la forme de loup d'Aaron, je me rendais compte de sa taille gigantesque. Sa silhouette était affalée sur toute la longueur du lit qui se pliait en son centre. Il était beau, aussi. Il n'avait pas l'air émacié ou hirsute comme les loups démoniaques qui chassaient les surnaturels. Il était ce qu'un métamorphe était censé être. Fort et imposant. Sa crinière blanche et lisse était épaisse, et je souhaitai passer mes doigts au travers et me réchauffer contre lui. Je voulais lui dire à quel point j'étais désolée et je trouvais sa créature magnifique.

Seulement, à cet instant, il était incapable de m'entendre. Il poussait de petits gémissements tandis que Marcus usait de ses pouvoirs pour l'apaiser. Ses gestes étaient similaires à ceux qu'il avait utilisés pour recoudre mes vêtements. La magie délicate recouvrit la peau écorchée de la tête de la bête, ainsi que la longue plaie qui recouvrait son museau avant de se déplacer en une douce vague au travers de la fourrure du loup.

— Tu peux entrer maintenant, Dame Evelyn, me lança-t-il sans se retourner.

Je sursautai en entendant ce titre formel.

— Bien.

Je me glissai dans la pièce avant de refermer la porte derrière moi.

Je tirai une chaise et m'assis. Je ne savais pas quoi faire de mes mains, et je les plaçai autour de mes genoux.

— Il va s'en sortir ?

Marcus m'adressa un sourire narquois, me surprenant par l'amusement qui se lisait dans ses yeux.

— Tout ira bien pour lui, Evelyn. C'est pour toi que je m'inquiète. (Il baissa les yeux vers mon masque que j'avais attaché à la boucle de ceinture à ma hanche.) Tu progresses clairement beaucoup plus vite avec ta sorcellerie que tout ce que nous avions pu imaginer.

— Je ne voulais pas lui causer du tort, soufflai-je tout en m'approchant doucement et en passant mes doigts dans la fourrure du loup.

— Aaron est facile à provoquer, expliqua Marcus. Tu ne pouvais pas le savoir.

Je continuai de caresser l'animal tandis que Marcus apposait de manière experte sa magie de soin sur les plaies à la fois visibles et invisibles de son corps. La guérison était apparente sous la forme d'une lueur scintillante juste en dessous de son pelage.

— Voilà, souffla Marcus, semblant à peine plus fatigué après un tel effort. Il va guérir très rapidement, à présent. Il lui faudra peut-être quelques heures. Les dégâts n'étaient pas aussi importants que je le craignais.

Je grimaçai. J'avais blessé Aaron. Comme une idiote.

Marcus posa une main lourde sur mon épaule qui s'affaissa sous son poids.

— Veux-tu rester auprès de lui jusqu'à son réveil ?

Je lui adressai un regard incertain.

— Tu penses que c'est une bonne idée ?

Marcus me pinça le menton avant de se relever et de me laisser avec le loup.

— Il t'aime, Evelyn. C'est pour ça qu'il part au quart de tour avec toi. Sois douce et patiente avec lui, et il ne te montrera que loyauté et adoration.

— Et le bal masqué ? Et le sort de camouflage que je devais apprendre ?

Marcus sourit.

— Tu ne seras pas en état de t'y rendre si tu laisses les choses telles qu'elles sont avec Aaron. Je vais préparer ta robe et un sort pour toi. Maintenant, tu dois arranger la situation avec Aaron.

Je soufflai.

— Bon. D'accord. (Je pris sa main lorsqu'il commença à s'éloigner.) Merci, Marcus.

Il opina du chef respectueusement.

— Aucun problème.

Puis il partit, et je restai seule avec un gigantesque loup avachi sur un lit très onéreux. Je poussai un long soupir.

— Putain, Evie. Dans quoi est-ce que tu t'es encore fourrée ?

UN LOUP TÊTU

*J*e m'étais endormie lorsque Aaron se retransforma. Un bruit d'os brisés me réveilla en sursaut, et j'observai sa métamorphose avec une fascination morbide. D'abord, sa fourrure disparut, comme aspirée à l'intérieur de son corps jusqu'à ne laisser que de minuscules points noirs qui s'enroulaient et se transformaient tandis que la forme humaine d'Aaron se dessinait. Son museau rétrécit sur son visage, puis ses traits humains se mirent à faire surface. Ses oreilles furent les dernières à changer, lui donnant, l'espace d'un instant, l'apparence d'un elfe. Je tendis la main et les touchai jusqu'à ce que seules restent ses jolies oreilles humaines.

Il ouvrit les yeux en sursautant, et je me retirai aussitôt.

— Oh, salut ! lui lançai-je. Comment te sens-tu ?

Il se renfonça contre son oreiller et grogna.

— Comme si un rocher m'était tombé dessus.

Il toucha la plaie à sa tempe et grimaça.

Mes mains se mirent de nouveau à trembler sur mes genoux. J'étais tellement nulle pour ce genre de trucs.

— Je n'étais pas au courant, lui avouai-je, comme si je vomissais ces mots, incapable de les retenir tellement j'étais anxieuse. Avec Marcus ou Quinn, ce n'est pas difficile pour moi, tu comprends ? admis-je. Le lien s'est formé immédiatement, enfin presque, car avec Quinn, ce n'est pas encore terminé à cent pour cent parce que, euh…

Aaron me fixait à présent comme si un troisième œil était apparu sur mon front. Je rougis légèrement.

— Je veux dire, tu es un métamorphe. Je l'ignorais. Et ta rune de sang…

Je plaçai mon bras devant son visage, et seules deux runes y étaient clairement visibles.

— Elle n'est pas encore sur ma peau. Je ne te connais pas, pas même un peu. Je suis consciente que nous avons partagé un passé épique et que je suis une nullarde, mais je ne voulais pas te causer du tort, je le jure sur les putains de dieux.

Il s'installa doucement sur ses coudes.

— … Nullarde ?

Je clignai des yeux, penaude.

— Oui, tu sais. Idiote. Stupide. Conne.

Il tendit la main pour mettre fin à l'avalanche de synonymes.

— Oui, j'ai compris. Je voulais simplement dire… tu n'es, euh, pas exactement la même Evelyn que j'ai connue autrefois.

Je fus rassurée. Bon, parfait. Cela me convenait.

— Oui, je comprends, à cause de, tu vois, tout le truc entre l'inné et l'acquis. J'ai reçu une éducation différente d'il y a mille ans, alors j'ai forcément changé, pas vrai ?

Il plissa les yeux.

— Oui, je suppose.

Je me mordis les lèvres, et mes mains se remirent à trembler. Ma tirade terminée, je me sentis encore plus nulle qu'avant.

Lorsque j'ouvris la bouche pour prononcer quelque chose qui m'aurait probablement fait passer pour encore plus stupide que je ne l'étais déjà, il posa une main chaude sur ma cuisse.

— Arrête, me commanda Aaron, et je fermai aussitôt la bouche. Écoute-moi, je ne t'en veux pas, d'accord ?

J'opinai du chef.

— D'accord, tant mieux. Mais tu devrais.

Il esquissa un sourire amusé.

— Pourquoi ? Parce que tu as fait s'écraser une maison sur ma tête ? C'est moi qui me suis métamorphosé et t'ai effrayée. Tu as agi en légitime défense, rien de plus.

Je rougis de nouveau. Sa main était toujours sur ma cuisse, et je posai mon regard dessus.

— J'ai fait n'importe quoi. J'ai dit des choses qui t'ont blessé, et tu étais parfaitement dans ton droit en te transformant et en essayant de m'égorger.

Sa main remonta un peu plus haut sur ma cuisse, et de petits picotements parcoururent tout mon corps. Je reconnus enfin la lueur du lien qui existait entre Aaron et moi.

— Personne ne mérite cela, surtout pas toi. Tu n'étais pas au courant. C'est ma faute.

Ses doigts se faufilèrent autour de ma hanche, et il me rapprocha de lui, me tournant pour que mon dos soit pressé contre son torse. En me sentant trembler, il souffla délicatement sur mon oreille, me donnant aussitôt la chair de poule.

— Je suis un loup. J'aime faire des câlins. Tu t'y habitueras.

Il se mit à fredonner contre ma gorge. Il avait trouvé une position qui lui plaisait et ne semblait avoir aucune intention de la quitter. Cette proximité semblait naturelle avec Aaron. Ses mains vagabondèrent sur mon corps, mais il ne tenta aucun geste inapproprié. Je me sentais en sécurité, à mon aise, et je finis inévitablement par me détendre au contact de sa chaleur. Contrairement aux autres vampires, il avait conservé sa température corporelle. Peut-être un effet secondaire de son côté métamorphe.

— Tu es nerveuse ? s'enquit-il d'une voix basse, rauque et endormie.

Je logeai l'un de ses bras sous mon menton.

— Oui. J'ai des pouvoirs désormais, bien plus que ne le souhaite ma congrégation. Quinn devait m'enseigner un sort de camouflage afin de faire profil bas, mais je crois que je vais plutôt devoir laisser mes artefacts ici. Il n'y a pas d'autre solution.

Il resserra son emprise sur moi.

— Tu ne devrais jamais abandonner ta magie. C'est comme ça que tu es morte la dernière fois.

Je me raidis. Je le savais déjà, mais je n'en avais aucun souvenir. J'avais la sensation que ma vie antérieure avait été menée par une personnalité différente. Une autre Evie, qui n'était pas moi, mais entendre l'avertissement d'Aaron envoya un frisson le long de mon échine. J'avais commis par le passé des erreurs qui m'avaient coûté la vie et avaient provoqué un tourment millénaire à mes gardiens. Il fallait que je sois prudente, ce qui signifiait que je devais identifier mes bévues précédentes afin de ne pas les répéter.

— Vraiment ? demandai-je, m'aventurant vers une conversation qui me glaçait le sang.

— Tu ne te rappelles pas ? s'étonna-t-il.

Je secouai la tête.

— Quinn ignore que je ne peux pas me le remémorer, avouai-je. Ça doit rester entre nous, d'accord ?

Il me tourna pour que je puisse lui faire face et caressa ma joue. Il utilisait de nouveau son trompe-l'œil, mais cela n'effaçait pas son aura dangereuse. Il avait toujours été un mage *bad boy*, les yeux rouges et les crocs ne contribuaient donc qu'à compléter son apparence.

— Pourquoi refuses-tu de le révéler aux autres ? questionna-t-il, cajolant toujours mon visage.

Mes doigts s'enroulèrent autour de son bras et explorèrent ses tatouages qui tourbillonnaient sous mon toucher. Je n'avais jamais vu un métamorphe en personne. Je pouvais ressentir le léger vrombissement de sa magie.

— Parce que cela blesserait les autres. Cela blesserait Quinn.

Aaron pouffa.

— Quinn est beaucoup trop sensible. Tu es trop indulgente avec lui.

C'est à ce moment que je me rendis compte que je comprenais chacun de mes hommes mieux qu'ils ne se comprenaient entre eux-mêmes. Je souris, mes mains glissant le long de sa clavicule et vers ses jolies oreilles.

— Tout le monde n'est pas un grand méchant métamorphe.

Il me tira plus près de lui et, cette fois-ci, je fus certaine de sentir quelque chose de dur presser ma hanche. Je me mis à rougir. Je le pensais simplement joueur, comme les loups le sont souvent, mais j'avais oublié une chose importante à leur sujet. Ils étaient des prédateurs, et ils aimaient s'emparer pleinement de leur proie.

Une lueur de combativité brilla dans ses yeux.

— C'est pour cela que j'ai maintenu mes distances avec toi, grogna-t-il. Tu fais surgir la bête en moi. C'est dangereux.

Mes lèvres s'écartèrent à mesure qu'il me rapprochait de lui. Ses bras tremblaient, comme s'il luttait contre son instinct qui lui ordonnait de me prendre, et cette pensée créa des frissons entre mes cuisses.

— J'aime le danger, murmurai-je sous le coup de la sensation que je m'apprêtais à goûter quelque chose d'interdit.

Aaron bougea si rapidement que je ne distinguai qu'un flou avant que sa main se retrouve à ma gorge. Un grondement sourd et intense m'avertit que je venais de franchir une limite.

— Non, dit-il, et son torse vibra contre le mien, faisant durcir douloureusement mes mamelons contre mon soutien-gorge.

Un rictus se forma sur mes lèvres, et il resserra encore son emprise sur moi.

— Pourquoi est-ce que tu souris ? demanda-t-il.

Il semblait irrité que je ne sois pas plus craintive face à lui.

— Parce que, commençai-je tout en inspirant les nouvelles senteurs qui flottaient autour de nous, tandis que la barrière entre Aaron et moi se fissurait. Tu as un secret qui m'appartient. Je suis totalement déterminée à le découvrir.

Je n'avais pas l'habitude d'obtenir ce que je voulais, mais en ce qui concernait mes gardiens, j'avais le sentiment d'être très rarement laissée sur ma faim.

Sa main descendit le long de ma gorge, comme pour intensifier son avertissement, mais la chaleur qui se propageait entre nous était tangible. Sa douce magie de bois brûlé et les odeurs distinctes d'une forêt vinrent chatouiller mon nez, et firent frémir mes narines. Une douleur aiguë se répandit dans mon bras, me signalant qu'une nouvelle rune s'était formée sur ma peau.

Qu'il se soit cru prêt ou non, Aaron serait à moi.

BONJOUR, MA TANTE

Il nous fallait préparer les lieux pour la venue de Tante Sandra, mais cela était tout simplement impossible. J'étais en piteux état, et ma sorcellerie grésillait sous ma peau, menaçant d'exploser. J'y avais goûté, et elle m'avait goûtée. Mes gardiens étant devenus des vampires, le lien entre nous avait évolué en quelque chose de nouveau et différent. Leur magie était sans limites, comme le seraient leurs vies, et ils m'offraient tout ce dont je pouvais avoir besoin afin de devenir la plus puissante sorcière que ce monde avait jamais connue.

— S'ils te mettent au jour, ta puissance n'aura aucune importance, me prévint Killian.

Il avait recommencé à faire jongler son cran d'arrêt sur ses jointures dans une démonstration de talent trop rapide pour être suivie à l'œil nu.

— Tu veux bien ranger ce truc ? m'énervai-je avant de croiser les bras et de m'enfoncer encore plus dans le seul canapé duquel nous étions parvenus à débarrasser le plus gros des débris. Tu me rends nerveuse, je crois que j'ai vu assez d'armes pour aujourd'hui.

— Killian a raison, insista Quinn, appuyé contre la cheminée avec un air beaucoup trop séduisant dû à sa mèche folle et soyeuse de cheveux roux qui lui barrait le visage.

Il ne la chassa pas et continua de m'observer à travers elle. Ses yeux étaient incandescents de passion. Notre lien était tout juste sur le point d'être officialisé, de telle sorte que la tension entre nous était vraiment palpable. Ma rune se mit à brûler, m'indiquant que rien d'autre ne comptait et que je devais le prendre, immédiatement, par terre, sous les yeux de mes autres protecteurs.

Ce fantasme me fit rougir, et je pressai mes cuisses l'une contre l'autre afin d'endiguer mon désir.

Quinn le remarqua et m'adressa un sourire en coin, mais m'épargna le moindre commentaire.

Heureusement, Marcus ne nous regardait pas. Il observait par la fenêtre les champs balayés par la brise, comme s'il s'agissait d'une journée comme une autre. Il n'y avait ni bal masqué, ni visite de Tante Sandra, ni aucun besoin d'impressionner la Congrégation de l'Améthyste ou de leur cacher qui j'étais. En contemplant la liberté des longues étendues d'herbe, je pensai à mes gardiens et à mon souhait exclusif d'explorer ma connexion avec eux, et de mener une vie de famille ensemble. Je n'y avais pas eu droit durant ma vie antérieure. Si je pouvais m'y prendre autrement cette fois-ci, peut-être que ce rêve pourrait se réaliser.

Sparkles miaula et sauta sur mes genoux, se frottant contre moi jusqu'à ce que je décroise mes bras et le gratte derrière les oreilles. Il ne voulait pas que je l'oublie, mais notre lien était déjà en train de s'amoindrir. Mes gardiens m'accaparaient totalement, petit à petit, et je n'avais plus de place à offrir à un familier.

— Tu as l'air pensive, commenta Killian. Tu as une idée pour accueillir ta tante ?

Je souris, caressant toujours Sparkles qui ronronnait sur mes jambes.

— Il se trouve que oui.

LE LIEN d'un sorcier avec son familier n'était pas censé être permanent. Il s'agissait plutôt d'un filet de sécurité qu'on utilisait quand on n'avait pas assez de magie pour se débrouiller seul. Des rires fusaient toujours lorsque Sparkles entrait avec moi dans une pièce remplie d'autres mages et sorcières de mon âge, mais en tant que sorcière de sang mortel, j'avais besoin de lui.

Cependant, si cette connexion était brisée de manière prématurée, on recevait un pic immédiat de puissance, comme une dose de sorcellerie qui faisait office de cadeau d'adieu de la part du familier. Cela suffirait à expliquer le désastre qui s'était produit dans la maison, ainsi que les nouveaux pouvoirs dont j'avais hérité. La seule chose impossible à cacher était mes runes de sang.

Marcus régla ce problème rapidement. Il était le seul de mes gardiens avec qui j'avais formé un lien complet, et sa magie venait à moi facilement, inondant la pièce de senteurs puissantes de roses et de jasmin.

Ses doigts frôlèrent mon bras, et les runes disparurent jusqu'à ne laisser apparente que ma peau lisse. Je pouvais encore ressentir la brûlure et les désirs qu'ils me procuraient, mais ils étaient dilués par la magie de Marcus.

— Voilà, dit-il, satisfait. Personne ne sera capable de voir tes runes jusqu'à minuit.

Je grimaçai.

— Minuit ? C'est l'heure magique à laquelle tous les trucs intéressants ont lieu. Aucune chance que le bal prenne fin avant. (Je continuai de le fixer du regard.) Tu es un mage. Tu devrais le savoir.

Il haussa les épaules.

— C'est le mieux que je puisse faire. La plupart des sorts se dissipent à minuit. Je n'aurai qu'à le réappliquer une fois qu'il arrivera à terme. Tout ira bien.

J'écarquillai les yeux.

— Tu seras là ? C'est hors de question, putain.

Il m'adressa un sourire diaboliquement charmeur tout en réajustant son costume.

— Tu ne veux donc pas de cavalier ?

Je n'en avais jamais eu pour quoi que ce soit. Je relevai un sourcil en le regardant.

— Tout d'abord, est-ce que cela ne risque pas d'attirer l'attention ? Ensuite, qui a décidé que tu devrais être mon cavalier ? Tu as pensé à Quinn, à Aaron, ou même à Killian ?

Marcus se mit à rayonner de fierté.

— Je suis le seul compagnon avec lequel tu te sois liée jusqu'ici. Je revendique cet honneur pour le moment, le temps que tu te connectes aux autres.

— Non, contestai-je sèchement avant de rejoindre lentement l'autre côté de la pièce pour être hors de sa portée et échapper au parfum enivrant de sa magie.

Je ne faisais pas le poids face à mes hommes lorsqu'ils décidaient d'user de leur charme, en particulier Marcus.

Il haussa de nouveau les épaules, visiblement insensible à mon refus.

— Dans le cas présent, tu n'as pas vraiment le choix. En tant que mentors, nous serons tous à tes côtés. Il n'est pas nécessaire que je feigne d'être ton cavalier, mais cela me donnerait une raison crédible d'avoir les mains sur toi autour de minuit.

Je me mordis les lèvres pour retenir toutes les piques que je voulais lui lancer pour chasser cette idée. Il cherchait simplement une excuse pour se rapprocher de moi, non pas que cela était nécessairement un problème, mais je ne pouvais pas le placer ainsi sous le feu des projecteurs. Je ne devais surtout pas attirer la moindre attention de la Congrégation sur mes hommes. Si leurs identités étaient découvertes, je les perdrais pour toujours. Mon cœur se serra à cette simple pensée. Je n'aurais jamais entrepris quoi que ce soit pour les mettre en danger.

— Je dois le faire seule, insistai-je.

Marcus ouvrit la bouche pour rétorquer, mais quelques coups sur la porte l'interrompirent.

Super, Tante Sandra était déjà arrivée.

— Bon, lançai-je avec un soupir et en laissant tomber mes bras le long de mon corps. On dirait que c'est l'heure du spectacle.

Sparkles se tortilla autour de mes chevilles, miaulant à foison pour me déclamer à quel point l'idée de briser mon lien avec lui était inacceptable. Je n'étais absolument pas prête pour cela, et, avec seulement une rune de sang inscrite solidement sur mon bras, j'aurais pu perdre le contrôle de l'excès de magie et mourir.

— Arrête de dramatiser, le grondai-je tout en essayant de me démêler de son emprise autour de mes pieds et de me rendre à la porte. Tu ne veux simplement pas retourner sur le plan astral.

Marcus me dévisagea en sourcillant.

— Tu parles à ton familier ?

J'hésitai un moment et poussai un petit cri en sentant la morsure de Sparkles. Je plaçai ma main dans ma bouche et jetai un regard noir au chat insolent.

— Oui, confirmai-je après avoir sorti mon pouce meurtri de ma bouche. Comme tout le monde, non ?

Ayant suffisamment attendu, Tante Sandra commença à manipuler la porte qui s'ouvrit en grand. Elle nous adressa un sourire radieux, puis son regard se figea sur la scène de destruction qu'offrait le salon, et son sourire s'effaça.

— Par les sept cercles de l'enfer, que s'est-il passé ici ?

SPARKLES A UN SECRET

Je proposai à Tante Sandra de s'asseoir sur l'un des sofas que nous étions parvenus à nettoyer, tandis que Marcus allait chercher du thé dans la cuisine. J'aurais aimé que tous mes hommes soient présents pour m'aider à lui faire face, mais Quinn et Killian étaient occupés à s'assurer qu'Aaron ne perde pas la tête. Apparemment, après une métamorphose, ses capacités de prise de décision devenaient instables. Son loup agissait par instinct et n'était pas du genre à se poser de questions avant d'agir. Ce n'était donc pas la meilleure attitude à adopter pour faire avaler des couleuvres à une puissante sorcière de la Congrégation de l'Améthyste.

Sparkles refusa de me quitter, et après que je me fus installée face au feu, il se nicha sur mes jambes. J'avais opté pour une des chaises poussiéreuses et regrettai mon choix en croisant mes jambes qui étaient endolories. Sparkles se plaignit en enfonçant ses griffes dans ma cuisse afin d'éviter de tomber.

— Je ne comprends pas, répéta Tante Sandra en se redressant.

Ses yeux devenaient obscurs lorsque quelque chose la perturbait. Sa magie était puissante, vrombissait autour d'elle et apparaissait à sa surface lorsqu'elle s'exprimait. Ses mots prenaient alors un tranchant qui était purement surnaturel. La voir ainsi me rendait toujours nerveuse.

— Pourquoi essaierais-tu de briser ton lien avec ton familier ?

Elle jeta un regard vers la cuisine. Ce salopard de Marcus mettait beaucoup trop de temps pour nous apporter ce thé. Il me laissait l'affronter seule.

— Serait-ce une idée de tes mentors ?

Je forçai un sourire et hochai la tête.

— Tout à fait. Une note me sera-t-elle donnée à l'issue du bal ? Je voudrais être la plus puissante possible afin d'obtenir la meilleure position.

Tante Sandra opina du chef, me soulageant d'un poids quand je compris qu'elle pourrait croire à mes mensonges.

— Exact. Si tu fais preuve d'assez de puissance, tu seras mieux classée pour ton initiation. (Elle leva un sourcil.) Mais tu as toujours fortement insisté pour ne pas être remarquée. Pourquoi as-tu changé d'avis ?

Ce fut le moment où je dus convaincre ma tante que j'avais réalisé un revirement complet concernant mes objectifs en tant que sorcière. Nous savions toutes les deux qu'une place plus élevée signifiait une initiation plus dangereuse. À présent que j'étais dotée d'une magie que je ne pouvais pas contrôler, je devais me surpasser pour le bien de mes hommes. Ma note allait être bien plus importante que prévu, et il me fallait donc une raison pour expliquer la puissance que mes gardiens avaient éveillée en moi. Je ne m'attendais pas à ce que mes protecteurs connaissent cet aspect de l'apprentissage d'une sorcière. Les choses avaient peut-être évolué depuis mille ans.

Je caressai Sparkles tout en réfléchissant à ma réponse. Un mensonge était toujours plus convaincant lorsqu'il était enveloppé du plus de vérité possible.

— Mes mentors m'ont convaincue qu'une position plus importante dans les Congrégations Royales m'offrirait de bien meilleures opportunités pour mon avenir, admis-je.

C'était vrai. En atteignant un rang élevé, j'aurais pu faire changer les lois qui interdisaient le vampirisme, et effacer la stigmatisation et la crainte que subissaient les Sorcières du Destin. C'était un but noble, peut-être même un rêve irréalisable, mais si j'en étais véritablement une, je serais capable de choses incroyables. J'aurais pu bâtir un futur dans lequel mes hommes pourraient vivre heureux et en sécurité, et si cela signifiait devoir lutter pour accéder aux situations respectables des Congrégations Royales et renverser des lois vieilles de plusieurs siècles, alors ce serait mon combat.

Tante Sandra hocha la tête puis examina de nouveau les dégâts.

— Alors, que s'est-il passé ? Tu es clairement toujours liée à ton familier. La séparation a-t-elle échoué ?

Je réprimai un rictus.

— Quelque chose comme ça, oui.

Heureusement, Marcus fit enfin son entrée avec un plateau à la main. Il le déposa sur le coin libre de la table et commença à remplir des tasses.

— Votre pupille est une jeune femme impressionnante, commença-t-il tout en adressant à Tante Sandra un de ses sourires les plus charmeurs.

Il glissait pratiquement sur le sol, soulevant à peine la poussière. C'est alors que je me rendis compte que Marcus était mon gardien le plus parfaitement placé pour faire bonne impression auprès de Tante Sandra. Elle respectait les hommes raffinés comme lui. Cela lui indiquait qu'ils avaient des origines nobles reconnaissables dans les hautes sphères gérées par les Congrégations Royales. Son apparence riche et prestigieuse donnait un avantage à Marcus face à ma tante Sandra.

Elle se mit à rayonner quand il lui tendit une tasse de porcelaine chaude, et elle prit gracieusement une gorgée avant de la reposer dans sa soucoupe.

— Vraiment ? demanda-t-elle, sans même me regarder.

Marcus captivait son attention.

Il me tendit ma tasse. Sparkles refusait toujours de bouger et ronflait paisiblement sur mes genoux, mais je savais que si j'essayais de me mouvoir, il sortirait les griffes et s'accrocherait à moi comme à du Velcro. Je soupirai et soulevai mon thé pour en prendre une gorgée, et le goût amer me fit grimacer. Jamais de sucre, évidemment. Comme il se devait. Les sorcières étaient supposées goûter toutes les herbes et tirer de la puissance de leurs origines.

Il hocha la tête avant de diriger son regard vers moi.

— Et si vous nous montriez tout ce que vous avez appris, Dame Evelyn ? Quelle magie ai-je incluse dans votre thé ?

Je lui adressai un regard noir, et mes doigts se resserrèrent autour de l'anse en porcelaine jusqu'à sentir une petite fissure se former sous la pression. Heureusement pour lui, mon objectif initial avait toujours été de devenir une sorcière herboriste coupée du monde, ce qui signifiait que je connaissais bien les plantes, surtout les siennes.

— Des roses et du jasmin, déclarai-je, une magie de votre contrée d'origine.

Il me gratifia d'un applaudissement poli.

— Très bien. (Il esquissa un sourire de fierté à Tante Sandra.) Vous pouvez vérifier par vous-même, Dame Sandra.

Elle fronça les sourcils et goûta de nouveau la tisane. Elle pressa ses lèvres, et une légère lueur de sorcellerie se mit à briller autour de ses traits.

— Oui, je crois bien les ressentir. (Elle m'adressa un rictus soulagé.) Excellent, Evie, tout à fait excellent. J'ai moi-même des difficultés à ressentir la magie de ton mentor.

Grâce au lien qui brûlait ardemment sous l'illusion lancée par Marcus, je ne rencontrais en revanche aucune difficulté à la distinguer. Je pris une nouvelle gorgée de thé, savourant ce pouvoir dont je connaissais à présent la nature. La force et l'amour m'envahirent. Marcus pouvait me protéger de cette manière. S'il parvenait à venir au bal masqué, je n'aurais pas à m'inquiéter pour l'épreuve ou pour l'évaluation que les Congrégations Royales me préparaient. Je serais prête.

Cependant, je devais encore convaincre Tante Sandra du léger problème concernant la fin de ma connexion avec mon chat.

— Nous aurions besoin de votre aide, annonça Marcus, son regard se portant sur Sparkles qui dormait à poings fermés sur mes genoux.

— Le familier lui a offert une partie de sa puissance, mais si elle est prête pour le bal, nous devons briser le lien ce soir, et il n'est pas encore prêt à accepter cette séparation.

La voix de Marcus se mit presque à chevroter, et je ne l'aurais quasiment pas relevé si je n'avais pas reçu une partie de sa magie. Je l'observai et remarquai que sa tasse avait commencé à trembler avant qu'il la dépose sur la table un peu trop rapidement. Marcus voulait que je brise mon lien avec Sparkles, mais pas seulement parce qu'il désirait se débarrasser de Tante Sandra. Il avait des raisons personnelles.

— Très bien, dit Tante Sandra tout en se levant de sa chaise. Je peux vous aider. (Elle claqua des doigts et me fit signe de lui tendre le chat.) Dépêchons-nous. Ton mentor m'a convaincue que tu pourrais survivre à la séparation et que tu ne t'en porterais que mieux. L'évaluation sera en ta faveur si tu n'as pas un familier à tes côtés.

Mon estomac se noua, et mes doigts filèrent au travers de la fourrure de Sparks. Je n'avais jamais essayé de communiquer mentalement avec lui comme il l'avait toujours fait pour me parler, mais j'avais le sentiment que quelque chose ne collait pas. Je formai ma peur et mon inquiétude à son égard en une vague mentale, et il se redressa, ses yeux verts se rouvrant soudainement avant de sursauter.

— Allez, Sparks, c'est pour le mieux, d'accord ? tentai-je, au moment même où je lui exprimais par télépathie que tout ceci était inquiétant.

Quelque chose n'allait pas. Marcus me cachait quelque chose, et je ne pouvais briser la connexion avec mon familier avant de savoir de quoi il s'agissait.

Il miaula, comme pour acquiescer, mais sa réponse mentale me disait de ne pas avoir peur. Il avait un dernier tour dans sa manche qu'il conservait pour la bonne occasion, et celle-ci était à présent arrivée.

Curieuse, mais pas encore rassurée, je parvins à le détacher de mes genoux et le déposai au sol. Il trotta sur le tapis poussiéreux, la queue dressée, et s'arrêta au milieu du cercle formé par Marcus, Tante Sandra et moi-même. Je déglutis. Je ne pouvais chasser cette sensation qui m'occupait depuis ce jour dans le cimetière où tout avait commencé. Quelque chose d'énorme était sur le point de se produire… mais j'ignorais quoi.

Tante Sandra tendit une main vers Marcus, et l'autre vers moi.

— Joignez vos mains. Cela sera terminé rapidement.

Je suivis son ordre et saisis la main soyeuse de Tante Sandra, puis la poigne solide de Marcus. Je fermai les yeux et laissai le lien magique me traverser.

Tante Sandra commença à prononcer une incantation en langue de sorcière, ce qui me fit craindre que le sort puisse être plus influent que ce que j'avais imaginé. De nombreux maléfices puissants fonctionnaient grâce au latin, mais ce dialecte était réservé aux plus délicats d'entre eux. Une seule syllabe de travers, et tout pouvait partir en vrille. Je n'avais jamais vu un familier et une sorcière être séparés de force. C'est Tante Sandra qui me l'avait offert, il était donc logique qu'elle me le retire à présent.

J'ouvris discrètement un œil et vis Sparkles dont la queue tremblait comme s'il attendait le bon moment pour bondir.

— Concentre-toi, me gronda Tante Sandra en enfonçant ses ongles dans ma peau.

La douleur m'arracha un petit cri, et je refermai aussitôt les paupières. Marcus m'agrippa solidement, m'infusant toujours sa magie, et ma rune de sang se mit à brûler si fortement que je craignis qu'elle ne brise le sort de camouflage que Marcus avait utilisé pour la dissimuler.

La tension continua de grimper, et une invisible brise chaude parcourut la petite pièce, me chatouillant le nez lorsqu'elle souleva de la poussière. Je faillis être prise d'un éternuement, et, au moment d'y céder, la pièce entière explosa.

Une lumière éclatante s'étendit sur le sol et enveloppa mon familier. Tante Sandra lâcha un juron et hurla des paroles que je ne pus distinguer, car une nouvelle onde de choc nous percuta et nous envoya voler chacun de notre côté. Mon dos frappa le mur, et je manquai heureusement de heurter la cheminée qui m'aurait brisé la colonne vertébrale. Des cendres du feu désormais éteint se mirent à voler, et je me couvris les oreilles au moment où une nouvelle déflagration se produisit, et jusqu'à ce que la lumière se mette à clignoter sur mon familier comme un flash stroboscopique renforcé aux stéroïdes.

— Sparks ! criai-je, mais la lueur l'avait complètement enveloppé.

Je ne pouvais plus discerner que sa minuscule silhouette. Puis cette dernière se transforma, devint plus grande, se développant pour prendre la forme d'un... homme ?

Marcus émergea de nulle part et plongea sur moi, me protégeant du pire du souffle de l'explosion, quand, soudainement, la magie se solidifia, propageant de la chaleur et de l'énergie dans toute la pièce.

Cachée sous le lourd corps du vampire, je m'accrochai à ses vêtements déchirés et y trouvai son torse musclé. Je parvins à regarder par-dessus son épaule et découvris le résultat du sort qui avait non seulement failli à briser le lien avec mon familier... mais avait également échoué à le contenir dans sa forme diminuée.

— Salut, Evie, dit-il timidement, à présent transformé en un type complètement nu au milieu du salon maculé de poussière. Un motif fin tigré parcourait tout son corps, ses yeux étaient encore en forme de fentes, comme ceux d'un félin, et les pointes de ses dents apparaissaient très discrètement à ses lèvres.

Ma mâchoire se décrocha. Non seulement Sparks était devenu un homme... mais il était putain de canon.

TANTE SANDRA AURAIT DÛ ÊTRE folle de joie, mais elle afficha un air livide à la place. Son regard était devenu complètement noir, et elle le dirigeait vers le familier humain, les bras croisés.

— Tu n'as rien à faire ici ! cracha-t-elle.

À ce moment, mes trois autres gardiens firent irruption dans la pièce, Quinn, avec sa chevelure rousse en bataille devant ses yeux, Killian, prêt à frapper avec son cran d'arrêt, et Aaron, dont les poings serrés rendaient les jointures de sa main blanches, semblaient tous prêts à combattre jusqu'à la mort n'importe quelle menace ayant surgi en face de moi. Mais quand ils découvrirent le gars nu, ils s'arrêtèrent tous net, stupéfaits.

— Bast ? lâcha Quinn tandis qu'un air mêlé de surprise et de désinvolture se dessinait sur son visage.

— Quoi ? souffla Tante Sandra. Comment venez-vous de l'appeler ?

Mon familier ignora tout le monde et s'approcha de moi, dévisageant Marcus qui me protégeait toujours de son corps.

— Elle n'est pas à toi, le prévint-il.

Je ressentis qu'il s'agissait d'un mensonge. Ces paroles étaient destinées à Tante Sandra.

Marcus déglutit puis s'écarta, me laissant poser entièrement mon regard sur la beauté pure de l'homme qui se tenait face à moi. Ses traits félins étaient encore visibles, mais ne le rendaient que plus sublime encore. Ses oreilles, légèrement pointues, frémirent avant qu'il me tende la main. Ses doigts étaient élégants, et son motif tigré s'enroulait autour d'eux, disparaissant sous les points solides que formaient ses ongles. Je les fixai un moment, légèrement terrifiée, et il gloussa avant de rétracter ses griffes, jusqu'à ce que seuls de lisses ongles humains soient visibles.

— Je suis désolé de ne pas te l'avoir avoué plus tôt, souffla-t-il, et je ne perçus, cette fois-ci, aucune trace de mensonge dans ses paroles.

Je relevai les yeux et croisai son regard captivant. Pour n'importe qui d'autre, il aurait semblé effrayant ou étrange, mais pour moi, il était si familier que je n'hésitai pas à le laisser se saisir de mes doigts. Quelque chose en moi se verrouilla alors, renforçant un lien dont j'avais ignoré toute ma vie qu'il était si frêle.

— Ne pas m'avoir avoué quoi ? demandai-je, émerveillée.

Qu'il n'était pas un familier ordinaire ? C'était à présent évident. Qu'il avait une conscience plus développée qu'il ne l'avait laissé paraître ? Ou bien qu'il était un homme… une seconde. Il était un homme. Mes yeux s'élargirent, et je lui arrachai aussitôt ma main.

— Sale pervers ! hurlai-je, le faisant sursauter.

— Quoi ? s'insurgea-t-il, reculant d'un pas comme si je l'avais apeuré.

C'était ridicule. Bast était le dieu d'une ancienne légende de sorciers, assez puissant pour effacer mon existence d'un simple souhait.

— Tu m'accompagnais toujours dans la douche ! criai-je en recouvrant ma poitrine avec mes bras.

Tante Sandra se mit à rire à gorge déployée.

— Quelle importance ! C'est Bast. (Elle tomba à genoux et joignit ses mains.) Ce dieu a décidé de bénir notre congrégation. Rendons grâce.

Bast leva les yeux au ciel, me surprenant par son indignation. Personne ne faisait ça devant Tante Sandra.

— Je ne suis pas venu pour ça, sorcière, grogna Bast dont les iris rétrécirent jusqu'à ne laisser apparaître que le vert émeraude de ses yeux qui contrastait entièrement avec sa peau claire. Je suis ici pour protéger Evie. (Il tourna sa colère vers moi.) Ce qui signifie que notre lien ne doit pas être brisé. (Il ouvrit la main et me la tendit une nouvelle fois.) Pardonne-moi, Evelyn. Je ne voulais pas t'offenser.

Le rouge me monta aux joues, et j'attrapai de nouveau sa main.

Bordel ! Quatre mages vampires et un dieu de l'Égypte ancienne prétendaient à présent vouloir me protéger, mais qui allait me préserver d'eux ?

LA MAGIE EST PLUS FORTE QUE LE SANG

Tante Sandra me força à enfiler un bracelet avant notre départ pour la Congrégation de l'Améthyste, insistant pour que je le porte. Sa magie glacée se referma sur mon bras comme un étau et refusa de bouger lorsque je tentai de l'enlever.

— On ne peut pas faire confiance aux dieux, m'avertit-elle dans un murmure sévère et discret, tout en jetant des regards par-dessus mon épaule. Ni à tes mentors et à ce type de sorcellerie.

Elle avait goûté au pouvoir de Marcus grâce au thé, le même qui était censé me prouver que je pouvais me fier à lui. Il était puissant et digne de mon respect, mais ma tante Sandra n'était pas une idiote. Elle se méfiait encore plus de lui à présent qu'elle savait qu'il n'était pas un membre de la Congrégation du Saphir. S'ils n'avaient envoyé aucun mentor… alors, qui ? Et pourquoi ? Je savais qu'elle brûlait de trouver des réponses à ces questions, mais elle resta calme, nous laissant penser qu'elle avait avalé les mensonges que nous lui avions servis.

Elle secoua mon poignet, s'assurant que j'étais attentive à ses paroles.

— Je sais que tu ne me fais pas confiance, Evelyn, mais je te promets que je suis la seule dans cette congrégation qui se soucie de ton bien-être. Quoi qu'il arrive, je suis de ton côté, tu comprends ?

Je voulais sincèrement la croire. Elle avait été comme une mère pour moi. Certes grincheuse, stricte et dure, mais elle était ce qui se rapprochait le plus d'une famille pour moi. *La magie est plus forte que le sang*, le mantra qu'elle m'avait toujours répété, résonna dans ma tête. Que j'aie voulu l'admettre ou non, je lui portais, à contrecœur, une certaine forme d'amour, et je hochai la tête pour lui permettre de m'embrasser rapidement.

Mes protecteurs se rassemblèrent derrière moi, à une distance correcte de Bast à qui ils avaient réussi à trouver des vêtements corrects. Bast avait laissé les boutons du haut de sa chemise en soie défaits, lui donnant un air sauvage. En remarquant mon regard sur lui, il esquissa un sourire.

Je fronçai les sourcils et me tournai pour opiner du chef face à Tante Sandra.

— Dépêchons-nous. Le soleil va bientôt se coucher.

La lueur orange du soleil plongeait derrière l'horizon et me rendait nerveuse à l'idée de me retrouver piégée en dehors du champ de jasmin à affronter les loups démoniaques. Mes gardiens leur avaient survécu, mais ils seraient incapables d'utiliser l'entièreté de leur puissance tout en maintenant leur trompe-l'œil pour s'assurer que Tante Sandra ne remarque pas qu'ils étaient des vampires. Peu importait à quel point elle pouvait prétendre m'aimer, elle les aurait dénoncés aux Congrégations Royales sans hésiter, même si cela devait conduire à ma disgrâce. On ne pouvait transiger avec certaines de leurs règles … et je comptais les faire évoluer de l'intérieur.

Nous nous pressâmes le long du chemin poussiéreux, laissant derrière nous la petite maison. Je voulais aller faire mes adieux auprès de Jordan et de son épouse, les remercier pour toutes les provisions et m'excuser pour les dégâts qu'ils devraient immanquablement réparer, mais une part de moi-même se dit que c'était mieux ainsi au moment où nous passâmes à côté de leur modeste demeure. Pour les sorcières comme Sandra, les fermiers qui étaient au courant de leur existence gardaient le secret, les servaient et leur obéissaient étaient déjà récompensés par une protection face aux attaques surnaturelles. Il n'y avait pas besoin de perdre du temps à discuter avec eux.

Je retins un sanglot qui menaçait de trahir mes émotions bouillonnantes tandis que nous quittions le foyer humain. Je n'étais pas très douée pour les adieux, alors cela valait mieux ainsi. Cette sensation sinistre me noua de nouveau l'estomac, m'indiquant que ma vie allait être très différente après mon initiation. J'espérais seulement survivre à ce qui allait suivre.

LE CHAMP de jasmin se verrouilla une fois que nous passâmes le seuil, embaumant l'air de son parfum sucré et puissant.

— Entrez, commanda Tante Sandra en nous faisant passer en vitesse.

Bast me suivit jusqu'à se retrouver à mes côtés et passa ses doigts entre les miens. Ce geste sembla si simple et naturel que je me détendis aussitôt. J'avais tant de questions à lui poser. Nous partagions un lien tous les deux. Je pouvais le sentir brûler en moi. Cela n'affectait aucunement ce qui existait avec mes gardiens, mais cette magie était à présent renforcée par son propre pouvoir protecteur. Qui était-il vraiment ? Je ne croyais pas aux dieux. Bien sûr, il existait de puissantes créatures surnaturelles, mais elles étaient simplement devenues assez vigoureuses pour forcer leur propre réincarnation, ou pour vivre sans même avoir besoin d'une enveloppe charnelle. Je voulais savoir d'où il venait, et pourquoi il m'avait choisie.

L'heure n'était pas aux questions pour le moment. La Congrégation tout entière attendait mon arrivée dans le hall des invocations. Enfin, pas seulement la mienne, mais aussi celle des tribus qui devaient participer au bal masqué de ce soir. Je faillis m'étrangler en me rendant compte que j'étais toujours recouverte de terre et de poussière, et pas du tout prête à m'y rendre.

Comme si elle venait de ressentir ma panique, Tante Sandra gloussa et posa une main sur le bracelet qu'elle venait de me donner.

— Détends-toi, mon enfant. Je ne permettrais jamais que tu sois humiliée.

Elle marmonna un mot de sorcellerie, et le bracelet m'infligea une putain de morsure.

J'ouvris la bouche pour crier lorsque je le sentis transpercer ma peau. Du sang perla pour former une ligne autour de la blessure de métal qui enserrait mon poignet, sans toutefois tomber. Le bracelet avala soudainement le sang et se mit à briller. La magie commença à me parcourir comme un millier de minuscules aiguilles qui me piquaient l'épiderme, et une lueur douce se mit à émaner de mes vêtements jusqu'à ce qu'ils se transforment en une élégante robe.

Bast resserra son emprise sur moi, mais se détendit à mesure que le sortilège se dissipait, ayant accompli son œuvre.

J'avais encore mon masque de bal ainsi que mes boucles d'oreilles, et ils repoussèrent la magie en un sifflement, demeurant ainsi intacts. Tante Sandra fronça les sourcils en s'en apercevant.

— Tes mentors t'ont aussi apporté des cadeaux, à ce que je vois.

J'opinai du chef et me forçai à sourire. Un regard rapide par-dessus mon épaule me donna envie de grogner avec agacement. Tous mes protecteurs avaient l'air livides. Je les considérai avec de grands yeux, espérant qu'ils saisiraient le message. *N'intervenez pas, putain.* Personne ne devait savoir qui ils étaient. S'ils comptaient autant participer au bal avec moi, alors ils devaient la jouer fine. Connaissant leur capacité à garder leur sang-froid, j'eus la sensation que cette soirée n'allait pas très bien se passer.

Heureusement, c'était Bast qui captivait tous les regards, et personne ne remarqua les quatre gardiens qui nous suivaient de près.

— C'est le dieu des familiers ! cria une sorcière qui l'avait reconnu.

Grâce à ses traits distinctifs, il n'était pas difficile de discerner qui il était et ce qu'il était.

La foule époustouflée se tut d'un seul coup, certaines personnes allant jusqu'à s'agenouiller.

Bast ne relâcha pas son emprise sur moi.

— Je suis ici pour Evelyn, annonça-t-il. Elle est sous ma responsabilité, et je suis son familier. Je l'accompagnerai au bal et l'assisterai pour son placement.

J'ignorais même si cela était autorisé. Ça ressemblait à de la triche, mais avoir un dieu à mes côtés m'aiderait certainement à obtenir une bonne note lors de mon initiation sans avoir à expliquer comment étaient apparus mes nouveaux pouvoirs.

Comme s'il venait d'entendre mes pensées, Bast m'adressa un sourire amusé au charme dévastateur, faisant trembler mes genoux. Mince. S'il pouvait littéralement me faire frémir d'un seul regard, je n'étais pas au bout de mes peines. Je lui jetai un regard noir et me redressai, déterminée à ne pas laisser son apparence surnaturellement attirante prendre le dessus sur moi.

Des murmures de concertation sidérés résonnèrent dans la pièce. Même si j'étais la dernière des favorites, je demeurais *l'un* d'entre eux. Bast aurait pu choisir un membre de n'importe quelle autre congrégation, mais il m'avait élue.

Une longue file de sièges avait été formée pour observer les initiés traverser le portail qui nous conduirait au bal, en Angleterre. Certains de mes concurrents se tenaient sur scène, prêts à partir, mais leurs regards étaient rivés sur nous, aussi stupéfaits que le reste des sorcières et des mages qui s'étaient rassemblés.

Je tirai Bast vers la scène. Je ne souhaitais pas que ma congrégation change d'avis et décide de ne pas tolérer qu'un dieu ait choisi de protéger une sorcière de sang mortel.

— Viens, soufflai-je, et ma robe se froissa tandis que nous nous déplacions.

— Fais attention, m'avertit Tante Sandra, et je lui adressai un hochement de tête.

Il y avait un visage que je voulais voir avant de partir. J'observai la foule, balayant des yeux tous les jeunes qui composaient ma congrégation, recherchai ceux qui étaient tapis dans l'ombre, sous leurs capuches, et repérai facilement Cassidy qui se distinguait par sa jupe terriblement courte qui affichait sa marque de servante.

Je souris et lui adressai un signe de la main.

Elle devint pâle comme un linge et réajusta sa capuche autour de son visage tout en secouant la tête. Je n'étais pas supposée me lier d'amitié avec une servante, mais à cet instant, je m'en fichais complètement. D'ailleurs, je comptais enfreindre une des règles de la Congrégation, simplement pour découvrir ce que la présence d'un dieu à mes côtés pouvait m'autoriser à faire.

— Je souhaite que Cassidy nous accompagne, déclarai-je tout haut pour que l'assemblée entière puisse m'entendre.

Tante Sandra se mit à bousculer la foule et maugréa depuis la base de la plateforme.

— Qu'est-ce que tu fabriques ?

Je me redressai, déterminée dans ma volonté. Je n'avais pas besoin de me justifier. Si je souhaitais que mon amie m'accompagne à une fête, même s'il s'agissait d'une fête prestigieuse de sorcières, alors elle m'escorterait.

— Cassidy est mon amie, Tante Sandra. Elle vient avec moi.

Ma tante pâlit, puis gloussa avant de se retourner vers la foule.

— Evelyn est très timide. Elle est de sang mortel et n'est pas habituée à recevoir autant d'attention, expliqua-t-elle avant de faire signe à Cassidy de s'avancer. La présence d'une servante la rassurera. Tu t'emploieras à satisfaire tous ses besoins durant le bal, compris, ma chère ?

Cassidy semblait figée sur place, puis un mage derrière elle la poussa violemment, et elle tituba en avant.

— Allez. Sers ta congrégation, aboya-t-il.

Je résistai à l'envie de le frapper de tous mes nouveaux pouvoirs. Bast serra ma main comme s'il avait senti monter ma colère.

Cassidy poussa un petit cri lorsque Tante Sandra lui piqua le doigt avec une dague qu'elle avait sortie de nulle part. Chaque sorcier avait une arme sur lui, mais Tante Sandra semblait être la meilleure pour faire apparaître et disparaître la sienne sans la moindre trace. Je n'avais jamais découvert où elle la conservait, et je n'étais pas sûre d'en avoir envie.

Tandis que du sang ruisselait du doigt de Cassidy, Tante Sandra utilisa cette petite souffrance comme carburant pour sa magie, lui envoyant une vague d'énergie luisante jusqu'à ce que sa triste capuche se transforme en une robe digne d'un bal masqué, comme une Cendrillon sexy.

La dentelle à froufrous couleur améthyste lui allait parfaitement, mais restait juste assez courte pour que la marque de domestique à sa cuisse demeure visible.

— Dépêche-toi, cracha Tante Sandra avant de la pousser dans ma direction.

Cassidy monta péniblement les marches, et je serrai son bras pour l'encourager.

— J'ai tenu ma promesse, lui dis-je, la poitrine bombée de fierté.

Ma meilleure amie était trop abasourdie pour m'adresser une de ses répliques pleines d'esprit, et le véritable clou de la soirée débuta.

Le mage Néron, un homme grand avec un bouc court, frappa un coup dans ses mains afin d'attirer notre attention.

— Assez d'enfantillages, déclara-t-il avant de s'incliner devant Bast. Je suppose que vous êtes prêt, mon Seigneur ?

Bast hocha la tête, regardant une dernière fois derrière lui en direction de la foule qui n'avait jamais cessé de le fixer des yeux.

— N'oubliez pas que je récompense toujours les congrégations qui savent me satisfaire.

Ses mots ressemblaient plus à une menace qu'à un encouragement.

— Et la sorcière avec qui je choisis de me lier sera toujours la meilleure d'entre vous. (Il me dévisagea.) Le choix sera aisé cette fois-ci.

Mes joues devinrent brûlantes. Je lui envoyai une vague mentale.

Est-ce que tu essaies de me mettre toute la Congrégation à dos ?

Il esquissa un sourire malin, ce qui n'eut comme effet que de m'agacer encore plus. Nous ne pouvions pas vraiment communiquer par télépathie… si ?

Nous le faisons depuis le jour où nous avons été connectés, prononça une voix feutrée dans ma tête. Je n'avais jamais entendu son véritable timbre auparavant, mais cette sensation semblait extrêmement familière. Merde, il venait de déclarer que nous étions liés, pas vrai ? À la manière dont il en parlait, il ne s'agissait pas d'un simple lien platonique ou familial, c'était…

Néron frappa de nouveau dans ses mains et entama l'incantation qui ouvrirait le portail donnant sur le domaine connu sous le nom de la Gemme, le cœur des Congrégations Royales qui se trouvait en Angleterre, dans une dimension parallèle.

L'assemblée se joignit à la conjuration à contrecœur, se piquant chacun au doigt afin d'offrir le sang nécessaire au sortilège de téléportation. Une lumière mauve se mit à tournoyer sur la scène, et un vent magique balaya ma robe, soulevant mes cheveux par-dessus mes épaules. Cassidy se rapprocha de moi, m'enfermant entre elle et Bast.

Quatre autres membres de la Congrégation, sur leur 31 et prêts pour le bal, nous dévisageaient. Au vu de l'expression que je pus lire sur leurs visages, ils ne s'attendaient pas à devoir affronter une sorcière de sang mortel accompagnée d'un dieu en guise de familier.

J'avais toujours gardé mes distances avec les autres, ne formant jamais d'amitié ou de lien au sein de ma propre congrégation. Cassidy et Sparks, ou plutôt Bast, étaient les seuls amis dont j'avais besoin.

Trois sorcières, Penny, Julia et Lauren, se mirent à ricaner. Leur petite clique m'avait toujours totalement ignorée, sauf pour se moquer de la « sang de mortel ». Penny croisa les bras et me jeta un regard noir tandis que Julia et Lauren étaient accrochées au bras de Ian, un bel initié qui semblait bien plus intéressé par le décolleté prononcé de Lauren qu'autre chose. Il remarqua enfin que je le dévisageai et m'adressa un clin d'œil lubrique.

Oui, à présent que mon familier était devenu un dieu, tous les hommes que je ne souhaitais pas intéresser allaient être après moi.

— Ne fais pas attention à eux, ronronna Bast.

Oui, il ronronna, bordel !

Nous nous tenions toujours la main, ce qui aurait dû finir par créer un malaise, mais que je ne ressentis jamais. Je serrai doucement ses doigts et me forçai à détourner les yeux des crétins de la Congrégation, me concentrant plutôt sur le portail qui pulsait en prenant vie. Comme pour me préparer à une bataille, j'enfilai mon masque que j'avais glissé à ma ceinture.

J'ignorais à quoi m'attendre en traversant ce nuage mauve. J'avais toujours évité autant que possible d'imaginer ce moment. J'avais déjà assisté à la conjuration d'un passage vers la Maison des Gemmes, bien sûr, mais je crois que, de manière subliminale, je pensais que mon statut de sorcière de sang mortel m'interdirait toujours de participer à n'importe quel événement chic ou de voir la demeure où vivaient les sorcières les plus haut placées. Mon initiation aurait dû être discrète et sans entrave.

Je tendis ma main encore libre derrière moi, cherchant un de mes hommes à l'aveugle. Je trouvai un contact rassurant, et un corps se pressa contre moi tandis que tous les regards étaient portés sur le portail.

— Nous sommes tous derrière toi, jeune fille, annonça Quinn, me faisant presque ronronner grâce à son délicieux accent.

Mes autres gardiens murmurèrent leur approbation. Marcus, Aaron et même Killian étaient tous si proches que mes runes se mirent à chauffer sur ma peau.

Quoi qu'il puisse se passer ensuite, je n'allais pas l'affronter seule.

UN DÎNER À EN MOURIR

Mon pied se posa sur un sol dur de l'autre côté du portail, mais l'air semblait vicié. Une brise glacée se glissa comme des doigts parmi mes cheveux, et ma gorge devint enrouée. Les plumes qui ornaient les bords de mon masque se couvrirent de givre à mesure qu'une magie inconnue me traversait. Mon premier instinct fut d'arracher la relique à mon visage, mais Bast retint ma main d'une poigne de fer et écarquilla les yeux jusqu'à ce que je puisse apercevoir les rebords de ses iris en fentes. Il ne prononça pas un mot, mais je ressentis qu'il voulait absolument que je ne laisse pas paraître les effets que la sorcellerie avait sur moi. Quelque chose ne collait pas, mais sa façon de me retenir m'indiquait que tout irait bien.

Cassidy se rapprocha de moi et se mit à frotter mon bras, comme pour me transmettre ma chaleur.

— Tu es gelée, murmura-t-elle.

— Laisse-la s'adapter, éluda Bast d'une voix basse et d'un ton déterminé.

Je croyais en lui. Je n'avais jamais eu plus de foi en mon familier qu'il n'en avait mérité sous sa forme de petit chat. Je ne lui avais jamais confié quoi que ce soit de plus que ses repas, et son humeur était aussi changeante que la brise d'automne. Pourtant, sous sa forme humaine, je ressentais une connexion et une compréhension plus profondes. Il se souciait de mon sort. Abandonner sa forme primitive pour une enveloppe humaine l'avait transformé à un niveau fondamental, y compris dans la manière dont je le percevais. Désormais, j'étais importante à ses yeux, et rien ne m'arriverait tant qu'il serait à mes côtés. Je ressentais cette conviction dans la force de son regard et dans la chaleur avec laquelle il enserrait mes doigts.

Une bouffée d'air emplit mes poumons lorsque je vis Marcus émerger du portail, apportant sa chaleur et le soulagement que je n'étais pas sur le point de mourir. Le masque sur mon visage me réchauffa instantanément, puis l'angoisse empoigna mon cœur.

Les runes. Le lien. J'étais devenue dépendante de mes protecteurs. À la sueur qui perlait sur le front de Marcus, je compris aussitôt que cette connexion fonctionnait dans les deux sens. C'était certainement pour cette raison qu'ils avaient insisté pour venir.

Ma rune s'embrasa d'une chaleur intense qui fit fondre la glace envahissante, et je grimaçai quand la sensation se mit à remonter mon bras, mais le trompe-l'œil ne se dissipa pas.

Marcus enfila son propre masque, composé d'une multitude de plumes d'un mauve profond qui se déployaient autour de son visage.

Il m'adressa un sourire en coin, mais je pouvais y déceler la fausse sensation de calme dont il essayait de se draper. Ses épaules se relaxèrent lorsqu'il put enfin passer ses doigts sur ma peau.

Quinn traversa à son tour le portail, et l'emprise de la crainte sur mon cœur se desserra encore un peu. Être séparée de lui avait été moins pénible qu'être éloignée de Marcus. Je n'avais pas encore entièrement formé mon lien avec lui, et je me mordis la lèvre en pensant aux conséquences que cela aurait pu entraîner. Mes protecteurs étaient-ils en sécurité s'ils n'étaient pas connectés à moi ? Ma plus grande peur prit forme dans mon esprit : et si quelque chose devait m'arriver ? Je ne pouvais pas leur briser le cœur de nouveau ni les mettre en danger. La magie qui avait permis à mon âme de se réincarner avait disparu, consumée à ma naissance. Un jour, je devrais mourir, et j'eus la sensation qu'ils devraient alors s'éteindre à mes côtés.

J'ouvris la bouche pour demander à Marcus s'il avait pris conscience du poids de sa pénitence lorsqu'il m'avait sacrifiée afin de devenir un vampire. La cruelle ironie était que cette vie n'était pas celle de l'immortel qu'il avait recherchée. J'allais mourir un jour, liée à lui… et après ? Pensait-il qu'il méritait de m'accompagner dans l'au-delà ? Savait-il seulement ce qui allait lui arriver ?

Avant que je ne puisse lui poser toutes ces questions, des trompettes résonnèrent violemment au milieu d'une cour bondée.

Je clignai des yeux, reprenant pied dans la réalité, et je trouvai enfin la force d'entrer en scène. Des myriades de couleurs emplissaient la gigantesque cour et entouraient ce qui ne pouvait être que la Maison des Gemmes. Des colonnes gigantesques brillaient dans le clair de lune, et une magie à couper le souffle en émanait par pulsations.

Une des plus belles femmes que j'avais pu voir dans ma vie s'approcha de nous sur le long chemin miroitant et nous offrit un sourire. Ses cheveux roux écarlate arrangés en un petit chignon et ses gigantesques boucles d'oreilles en émeraude qui pendaient à ses lobes la faisaient sortir du lot.

— Bonjour, dit-elle d'une voix délicate. Je suis Rebecca, Élue de la Congrégation de l'Émeraude.

Je ne m'attendais pas à ce qu'une Élue accueille les initiés, mais après tout, peu importait notre rang, nous étions toutes des sorcières des Congrégations Royales.

Lauren gloussa et s'éloigna de ses amis pour se présenter en première à Rebecca.

— Nous sommes enchantés d'être ici, lança-t-elle tout en effectuant une courbette.

Rebecca lui sourit, mais Lauren ne semblait pas l'intéresser, et elle nous balaya du regard comme si elle recherchait quelqu'un. Elle posa ses yeux sur Bast, dont les couleurs sauvages et luisantes contrastaient avec ce domaine, puis elle remarqua qu'il me tenait la main.

— Nous ne savions pas que vous vous joindriez à nous, Votre Divinité, admit Rebecca avec un rictus amical.

Pour une personne qui accueillait un dieu, elle ne semblait pas particulièrement enthousiasmée, mais elle conserva une attitude courtoise en attendant la réponse de Bast.

Mon familier lâcha finalement ma main pour passer un bras autour de mes épaules et me rapprocher de son torse musclé. Son parfum m'enveloppa, et je retins un petit bruit de bonheur qui m'échappa presque.

— La sorcière que j'ai choisie est prête pour son initiation, déclara-t-il, me présentant tout en me serrant contre lui. J'espère que vous offrirez à Evelyn toute la considération qu'elle mérite pour s'être montrée digne de l'attention d'un dieu.

Rebecca m'adressa un regard fuyant. Quelque chose de sombre et malsain flottait au fond de ses yeux, mais disparut avant que je ne puisse l'étudier. Elle agita son poignet avec un coup sec, et des lumières se mirent à briller au milieu du couloir, illuminant un chemin menant vers le manoir scintillant.

— Bien sûr, concéda-t-elle, offrant à Bast un autre sourire discret avant de tourner sur ses talons. Suivez-moi tous. Le festin est prêt, et nous ne voulons pas qu'il refroidisse.

FESTIN ÉTAIT UN EUPHÉMISME. Après être entrés dans le manoir et avoir traversé les couloirs resplendissants qui capturaient la lumière et la tordaient en des couleurs miraculeuses, nous arrivâmes dans la salle de banquet où de nombreuses sorcières et mages attendaient notre arrivée.

— Enfin, la Congrégation de l'Améthyste nous honore de sa présence, se plaint une jeune sorcière tout en s'asseyant devant une assiette et dépliant une serviette sur ses genoux. (Elle brandit une flûte.) Nous n'avons même pas eu le droit d'être servis avant que vous arriviez pour le toast.

Penny, la petite sorcière maléfique qui servait de sbire à Lauren, se jeta sur l'occasion de me mettre dans l'embarras.

— Evelyn a insisté pour amener tous ses mentors, son familier, et même sa servante. Je suis certaine qu'elle est désolée pour ce contretemps.

Tous les regards se braquèrent sur moi, offrant à mon entourage plus d'attention que ce que j'avais espéré. Toutes les congrégations étaient présentes et désignées par une marque colorée qui luisait sur leurs masques. Saphir, Émeraude, Diamant, Perle et même Ambre.

Nerveuse, je passai mes doigts sur les plumes de mon masque qui contenait le pouvoir de Marcus. Il était teinté du mauve profond qui symbolisait ma congrégation, mais je ne ressentais pas même une once de soutien de leur part.

Cassidy se redressa à côté de moi. Avec sa magnifique robe et ses cheveux bouclés, elle ne ressemblait aucunement à une domestique. Je ne l'avais jamais vue si élégante. Ce rôle lui allait à la perfection, et mon cœur se serra à l'idée que ce soit probablement là la seule et unique occasion qu'elle aurait d'être habillée comme elle le méritait.

— Tes complaintes ne contribuent qu'à nous retarder encore plus, cracha Cassidy à la sorcière, provoquant la stupeur de l'assemblée.

Un gloussement retentit dans la gorge de Bast, et, quand un dieu riait, il valait mieux l'imiter. Tout le monde se joignit à lui, et la tension dans la pièce se dissipa jusqu'à ce que je me retrouve à me demander à quel point la sorcière au centre de ces rires pouvait m'en vouloir. Son regard était rempli d'une haine incandescente, et ses doigts pâles pincèrent son verre si fort que je crus qu'il allait se briser.

Le silence revint dans la salle, puis les grandes portes qui dominaient la longue table de banquet s'ouvrirent, et les plus puissantes sorcières du monde firent leur apparition en toute élégance.

Rebecca, qui n'avait plus besoin d'être notre guide, se dirigea vers l'escalier et posa sa main sur la rambarde pour monter les marches vers la plateforme afin d'y prendre sa place. Une énergie verte scintillante s'empara d'elle lorsqu'elle s'assit sur son trône, et je pris soin de mémoriser que c'était là que les Élues canalisaient principalement leur magie. Cela ne semblait pas être l'emplacement le plus pratique pour y déposer leurs pouvoirs, mais je supposais que c'était acceptable compte tenu de la quantité qu'elles possédaient.

Les autres sorcières s'assirent, et une voix désincarnée masculine les présenta à mesure qu'elles gagnaient leurs sièges.

Je reconnus Lenora, l'Élue de la Congrégation de l'Améthyste. Elle prenait toutes les décisions pour notre maison et avait personnellement approuvé mon adoption, ce qui me faisait ressentir une tendresse pour elle que je n'étais pas sûre qu'elle méritait vraiment. Dès ma jeunesse, elle s'était assurée que ma congrégation prenne soin de moi et m'accepte comme l'une des leurs, du moins autant que les crétins pourraient manquer de tolérance pour une fille de sang mortel. Cela n'avait aucune importance. J'avais été rescapée d'une vie de misère, ou d'une mort solitaire, simplement car Lenora avait ordonné à la Congrégation de m'accueillir et confié mon bien-être à Tante Sandra.

La puissante sorcière dirigea son regard vers moi, et mon estomac se noua. J'ignorais à quoi m'attendre. Je n'étais pas assez naïve pour croire qu'elle descendrait les marches à toute allure pour me prendre dans ses bras comme si j'étais sa fille prodige venue la retrouver. Un sourire n'aurait toutefois pas été trop demander. Elle ne m'en accorda même pas un, mais elle m'adressa un petit signe de la tête pour me montrer qu'elle m'avait reconnue en même temps que les présentations avaient lieu. Je serrai les poings sous la table.

La Congrégation du Saphir était représentée par Iris, une magnifique femme noire qui, à notre grande surprise, possédait un accent australien.

— Je suis heureuse de constater que ma congrégation est si bien représentée, dit-elle, la magie bleue de sa maison la recouvrant et laissant quelques paillettes de même couleur sur sa peau d'ébène.

Les membres de la Congrégation du Saphir se redressèrent. Seules trois filles étaient présentes, mais je pouvais ressentir leur puissance d'ici. Toutes firent des yeux de biche en considérant la sorcière et se mirent à glousser comme si elles étaient face à leur idole.

Puis ce fut au tour de la Congrégation du Diamant, représentée par une belle et élégante femme blonde dont la traîne luisait à chacun de ses mouvements. Je me demandai si elle était réellement tissée avec des diamants.

— Les Allemands sont toujours à cette table, annonça fièrement la sorcière dénommée Sarina, remarquant le mage et les deux femmes qui s'étaient installés dans les sièges de diamant.

Je fus intriguée par ce groupe et me retrouvai à souhaiter que nous soyons assis un peu plus près d'eux. Au lieu de cela, des serviteurs préparèrent nos places ; quatre pour les crétins qui me servaient de camarades de classe, quatre autres pour mes « mentors », et enfin une pour Bast suivie de deux dernières, pour Cassidy et moi-même. Je reconnus facilement celle qui était destinée à ma servante, car il ne s'agissait que d'une simple chaise en bois, sans coussin. Elle grimaça en le voyant, mais ne formula aucun commentaire.

Nous nous assîmes une fois que les Élues des deux dernières congrégations furent présentées. Willa, une sorcière à la voix douce et qui portait d'élégantes lunettes, représentait la Congrégation de l'Ambre, et enfin, Heather, une Britannique fière de l'être et affublée de bijoux sous forme de sphères en cascade, incarnait la Congrégation de la Perle à la perfection.

Les serviteurs apportèrent les plats ainsi que des flûtes de champagne qui donnèrent le sourire à toute l'assemblée.

— Un toast ! annonça Rebecca en se levant, son verre à la main.

Nous l'imitâmes tous promptement.

— Aux nouveaux initiés, puissiez-vous faire la fierté de vos congrégations.

— Nous rendons grâce, répondîmes-nous tous à l'unisson avant d'avaler le délicieux nectar.

Une agréable chaleur caressa ma gorge en l'ingurgitant.

Des conversations discrètes rythmèrent le repas, à mesure que les serviteurs apportaient plat après plat. Je m'abandonnai au plaisir coupable de remplir mon assiette et de tout dévorer. Je ne pratiquais aucun sport de manière obsessionnelle pour brûler les calories en trop, mais plutôt chaque fois que l'occasion se présentait. Le bal masqué n'était pas un festin qui se refusait.

Mes collègues initiés prirent cette mentalité à cœur et se goinfrèrent tellement que je compris que je ne faisais pas le poids face à leur appétit. À ce moment, mes narines frémirent, et je sentis la reconnaissable odeur métallique du sang. Je me penchai pour regarder par-dessus les épaules de Bast et de mes gardiens, et vis Lauren se piquer le doigt sous la table avec une lame pour se donner une pulsion de magie. Les crétins de la Congrégation étaient à un tout autre niveau de boulimie.

Personne ici n'était en surpoids ou âgé. La sorcellerie était capable de choses incroyables, mais je savais que l'utiliser à des fins aussi frivoles apportait son lot de conséquences. Je jetai un œil en direction de Bast, et il m'adressa un air compréhensif. Quand elle était utilisée à des fins personnelles, il y avait toujours des répercussions.

Hormis ce petit instant de complicité avec Bast, ce dernier ne semblait pas perturbé par ces excès et remplit son assiette d'une portion entière d'œufs de poissons orange reluisants. Sans savoir de quoi il s'agissait, j'aurais considéré une telle décadence presque charmante jusqu'à ce que l'odeur m'atteigne, m'arrachant une grimace. Les iris fins de Bast se rétrécirent de délice en inspectant son assiette. Même sous forme humaine, il avait gardé un peu de félin en lui. Rebecca descendit de son perchoir tandis que la rangée d'initiés mangeait. Elle esquissa un sourire en apercevant Bast ignorer l'argenterie, préférant utiliser ses griffes pour s'emparer des œufs à pleines mains et les engloutir.

— Notre invité divin est satisfait, dit-elle en levant la voix pour être entendue malgré la douce clameur. (Les voix se turent, et elle balaya la pièce du regard.) Je vous encourage tous à faire de même et à profiter du festin de ce soir. C'est votre bal masqué. Profitez-en !

Des applaudissements polis suivirent ses mots. J'utilisai cette distraction pour observer encore et encore comment mes protecteurs se débrouillaient.

Ils prétendaient avoir faim, mais pouvaient-ils tenir tête face à une ripaille telle que celle-ci ? Un regard porté sur Marcus suffit à me rassurer. Il emplit son assiette d'un peu de veau légèrement brûlé et m'adressa un sourire en coin avant de mordre dans la pièce de viande et de l'avaler. J'étais impressionnée par sa capacité à dissimuler ses crocs et sa grimace sous son apparence détendue.

Je picorai dans mes modestes assiettes et fus vite récompensée par l'air renfrogné de Rebecca. Je n'étais pas intéressée par l'idée d'attirer l'attention d'une Élue, et je lui souris donc avant d'enfoncer une pleine fourchette de steak au poivre dans ma bouche. La viande fondit sur ma langue, et je ne pus qu'à peine retenir un gémissement de plaisir.

Bast se rapprocha doucement, à peine recouvert de l'odeur de poisson.

— J'aime quand tu te régales, ronronna-t-il.

J'agitai ma main devant mon nez.

— Et moi, j'aime quand tu ne sens pas le maquereau cru.

Il gloussa.

— Ce sont des œufs de saumon. C'est très différent.

Je levai les yeux au ciel et me préparai à l'informer de l'insignifiance totale qu'occupaient les espèces de poissons dans ma vie lorsqu'un cri retentit et mit chaque nerf de mon corps en alerte.

L'excitation paisible qui régnait dans la pièce se transforma en horreur glacée lorsque l'une des filles de la Congrégation du Diamant s'effondra dans son assiette et se mit à convulser violemment. Du sang et de l'écume débordaient de ses lèvres, et mon estomac se souleva. Bien que je parvinsse à maintenir le contenu de mon ventre à sa place, ce ne fut pas le cas de tous les initiés.

— Vous avez tous réussi le premier test, annonça Iris, semblant totalement insensible au fait qu'une d'entre nous venait de mourir sur la table de banquet.

Elle se redressa et fit tournoyer l'une ses boucles d'oreilles de saphir.

— Enfin, tous sauf une. (Elle esquissa un sourire narquois.) Un point en moins pour la Congrégation du Diamant.

Sarina croisa les jambes et révéla plus de peau que j'étais prête à en voir. Sa robe de diamant brillait sous les bougies qui illuminaient la pièce. Elle afficha une moue (oui, une putain de moue !) et croisa les bras.

— Les jeux ne font que commencer, rétorqua-t-elle avant de lever le nez en l'air, totalement perturbée par la mort d'un membre de sa propre congrégation.

La nausée me noua l'estomac, et je cachai mes mains sous la table, où Cassidy et Bast les saisirent. Mes runes étaient en feu tandis que mes protecteurs commençaient à grogner et à tendre leurs muscles.

J'avais des alliés à mes côtés, mais aussi la sensation que nous étions complètement surpassés.

TRAÎTRISE

Bast bondit de son siège et se mit à gronder face à l'Élue qui le regarda d'un air perplexe.

— Comment osez-vous empoisonner la nourriture ? lui cracha-t-il. (Sa paume se porta à sa gorge, sur sa peau tigrée.) Tous les aliments ont-ils été contaminés ? Osez-vous vous en prendre à un dieu ?

Iris se releva, et ses gemmes de saphir luirent en suivant ses mouvements. Une vague d'énergie bleutée balaya ses traits, et je reconnus immédiatement une tentative d'intimidation.

— Bien sûr que non, Bast. Nous avons enchanté les plats pour éliminer toute lignée renégate qui se cacherait parmi nos initiés. (Elle ouvrit les mains, comme si elle était sans défense, et leva les sourcils pour se donner un air innocent.) Nous ne pouvons pas décemment effectuer l'initiation sans nous assurer que toutes les lignées sont pures.

Oh, par les dieux ! La nausée n'avait pas seulement été causée par l'horreur. Je passai mon doigt sous mon nez et découvris qu'il était gorgé de sang. Des points noirs se mirent à recouvrir mon champ de vision, et la panique s'empara de moi.

Je n'étais pas une Sorcière du Destin. J'étais une Renégate.

— Ma magie n'est pas considérée comme une magie de Renégat ? s'étrangla-t-il, utilisant son corps pour me cacher de l'Élue.

Par la manière dont il s'était raidi, je compris que j'étais en danger et qu'il ne cherchait qu'à me faire gagner du temps.

Cassidy me saisit par le bras.

— Prends ce qu'il te faut, m'ordonna-t-elle en me présentant son bras.

Je le fixai du regard ainsi que la délicate veine bleue qui courait sous sa peau claire. Elle lâcha un soupir exaspéré et commença à fouiller dans ma robe.

— Hé ! N'essaie pas de me tripoter ! soufflai-je.

Elle gloussa.

— Où est ton couteau, idiote ? Fais-moi une entaille et utilise ta magie. Sérieusement.

Ah, oui.

Ses yeux se posèrent sur mon nez, et une goutte de sang en émergea avant de couler sur mon menton. Je l'essuyai sur le champ.

— Bon, d'accord.

Je ne regrettai pas de ne pas m'être empiffrée davantage. C'est pour cette seule raison que je n'étais pas encore morte. Le poison avait dû être léger, et la magie du Destin de ma congrégation ne s'était pas complètement activée, alors peut-être qu'un simple sort de soin suffirait à me sauver.

Bast continua d'expliquer que son corps était mortel et que s'il devait montrer le moindre signe de maladie, il récolterait toutes leurs têtes, ce qui tétanisa la foule. Apparemment, il n'était pas connu pour sa clémence.

Je sortis le couteau attaché à ma cuisse (après tout, où une fille en robe peut-elle cacher un couteau ?) et plaçai la lame au-dessus du bras de Cassidy.

— Qu'est-ce que tu attends ? murmura-t-elle.

En grimaçant, j'effectuai une petite incision, haïssant l'idée de devoir blesser mon amie. Je me serais tailladée sans même réfléchir, mais le sang de Cassidy accélérerait le processus. J'étais déjà affaiblie, et il était puissant. J'entonnai une incantation en en apercevant les premières gouttes, et je les observai se vaporiser dans l'air. Je pris une longue et profonde inspiration, et laissai la magie m'envahir.

Je lâchai un soupir de soulagement avant de m'affaler dans ma chaise et d'essuyer mon couteau sur ma serviette.

— Evelyn, de la maison de la Congrégation de l'Améthyste ! cracha Rebecca, me faisant sursauter.

Je jetai la lame à Cassidy juste lorsque Bast se décala afin que l'Élue puisse parfaitement me voir. Ils me jetèrent un regard sombre. M'avaient-ils surprise à me soigner ?

— Dis à ton familier de surveiller son comportement, intima Rebecca d'un ton froid et menaçant.

Je la dévisageai, complètement prise au dépourvu. Elle qui jusqu'ici avait traité Bast avec le plus grand respect me dévisageait d'un air sévère comme si j'étais supposée le chaperonner. Avec un seul œil sur lui, dont la furie avait rendu le visage rouge écarlate, je décidai de tenter le tout pour le tout.

— Bast est un dieu. Je ne peux lui donner d'ordre.

Les yeux de Rebecca parvinrent à se plisser encore plus, et ses boucles d'oreilles en émeraude scintillèrent d'une magie vert pâle.

— Même les dieux ont des limites. Nous sommes dans la Maison de la Gemme, et nous ne sommes tenus qu'à nos propres rites et traditions. Ils n'ont pas plus le droit de les remettre en question.

Les griffes de Bast s'allongèrent légèrement, et il releva sa lèvre pour grogner. Avant même que je n'aie la chance de l'arrêter, il bondit sur la table, toutes griffes dehors, et visa la gorge de Rebecca.

Les Congrégations Royales répondirent à l'unisson, leur magie réagissant en un flash instantané qui fit hurler la foule d'initiés et les força à se recouvrir les yeux. Lorsque je me relevai, Bast était allongé sur la table et se tenait la poitrine, suffoquant.

— Tu l'as dit toi-même, se moqua Rebecca en s'adressant à mon familier. Tu es plus faible depuis que tu es sous forme mortelle. Tu aurais dû rester un chat. À présent que tu as provoqué la colère d'une Élue, tu resteras mon prisonnier jusqu'à ce que tu aies fait pénitence.

La terreur me saisit à la gorge, et je considérai mes hommes pour savoir si nous pouvions entreprendre quoi que ce soit. Au regard de Marcus qui avait agrippé Killian, probablement pour l'empêcher de dégainer son cran d'arrêt, je compris que Bast allait devoir se débrouiller seul.

Mon familier scruta vers moi par-dessus son épaule tandis qu'une magie invisible le traînait au milieu des assiettes et des verres renversés. Ses iris en fentes affichaient un air de calme et de sérénité.

Ne les laisse pas découvrir qui tu es, intima sa voix à mon esprit embrumé par la panique.

Ne les laisse pas gagner.

La soirée se poursuivit comme si un membre d'une congrégation ne venait pas tout juste d'être tué et qu'un des dieux n'avait pas été traîné sur la table par la peau du cou.

Marcus saisit ma main et me guida dans la salle de bal. Mon masque réagit à sa présence. Les plumes mauves prirent vie à mesure que Marcus m'injectait sa magie. La rune sur mon bras brûlait intensément maintenant qu'il était si proche de moi, et il me fit tournoyer en un geste talentueux. Nous nous mêlâmes rapidement aux dizaines d'autres initiés et invités.

Je ne pouvais voir au-delà de l'océan de plumes et de masques, et me rassurais en pressant ma joue contre son torse pendant que nous dansions. Je ne voulais pas me trémousser, pas alors que mon estomac se nouait encore et que Bast était dieux savaient où avec Rebecca, qui était en train de lui infliger dieux savaient quoi.

— Bast s'en sortira, m'assura Marcus.

Le doux vrombissement de sa voix fit trembler ma joue, et je me recroque-villai encore contre lui, inspirant le doux parfum de roses et de jasmin de sa magie.

— Tu es certain ? m'enquis-je.

Je ne croyais pas aux dieux de la manière dont les congrégations les connaissaient. Les créatures telles que Bast n'en étaient pas. Elles étaient des êtres puissants qui possédaient leurs forces et leurs faiblesses, y compris Bast. Bien que sa conscience soit plus développée sous sa forme humaine, je ressentais que cette dernière l'affaiblissait plus qu'il ne souhaitait l'admettre. Il avait perdu l'égoïsme de sa forme féline, l'échangeant contre une volonté de me protéger, quitte à se mettre en danger.

— Cette nuit n'est pas encore terminée, m'avertit Marcus, changeant de sujet, la voix soudainement tendue.

Je relevai les yeux vers lui et vis qu'il balayait la pièce du regard.

— Qu'y a-t-il ?

Mes doigts agrippèrent ses bras de manière possessive. Si les Élues pensaient qu'elles allaient encore me voler mes hommes, j'étais prête à les égorger.

— C'est une nouvelle épreuve. Je sens qu'un sort est en train d'être lancé.

Il braqua son regard sur les couloirs supérieurs qui donnaient aux specta-teurs une vue parfaite sur la piste de danse. Des gemmes immaculées ornaient les piliers derrière lesquels étaient cachés les spectateurs sous une canopée de ténèbres, comme un théâtre où nous servions de marionnettes.

— Est-ce que ce sont les Élues ? demandai-je, haïssant le chevrotement de ma voix.

Mon cœur voulait leur tenir tête, mais mon corps me hurlait que j'étais toujours de sang mortel, et donc faible et impuissante. Une vie entière passée à apprendre ma place n'était pas facile à surmonter.

Les mains de Marcus descendirent au niveau de ma taille, et il me fit de nouveau virevolter afin de mieux apercevoir l'autre côté de la pièce. Il balaya encore une fois les balcons à l'étage. Grâce à ses yeux de vampire, il était capable de détecter qui que ce soit, même camouflé par l'obscurité.

— Aucune d'elles n'est ici.

Ceci me terrifia encore plus. Étaient-elles en train d'infliger quelque chose à Bast ? Mes mains empoignèrent Marcus plus fort jusqu'à imprimer de petits demi-cercles dans sa peau avec mes ongles.

— On doit le retrouver.

Quand je m'éloignai soudainement de lui pour aller faire… quelque chose, n'importe quoi, il m'agrippa… fort. Ses yeux écarlates se braquèrent sur les miens, saisissant mon attention et me retenant captive.

— C'est toi que le maléfice vise.

Je jurai discrètement. Cela aurait pu venir de n'importe quelle sorcière ou mage présent. Je n'avais quasiment aucun ami dans la Congrégation de l'Améthyste, et encore moins parmi les autres maisons. Les petits crétins de la Congrégation du Saphir semblaient me détester le plus. L'une de leurs demeures se situait en France, et ils étaient donc assez proches pour avoir entendu parler de l'imbécile de sang mortel de la Congrégation de l'Améthyste et avoir tiré leurs propres conclusions.

Cherchant un visage familier au milieu de la foule, ma quête ne donna rien.

— Je ne reconnais personne avec ces foutus masques.

Marcus hocha la tête, mais pas dans ma direction. Killian, Aaron et Quinn étaient avec Cassidy. Même avec leurs masques, ils étaient faciles à reconnaître. Les autres mages étaient loin d'être aussi massifs ou musclés.

À tour de rôle, ils examinaient la pièce pendant qu'un d'entre eux gardait un œil rivé sur moi et sur la sortie.

Une sensation d'étranglement me saisit soudainement, et je compris que le mystérieux sort m'avait trouvée et commençait à s'ancrer dans ma peau.

— Marcus ? interpellai-je en une plainte étouffée.

Si j'étais découverte… si mes hommes m'étaient enlevés comme Bast, j'allais perdre les pédales.

— Ne bouge pas, prévint-il tout en m'immobilisant contre sa poitrine, la musique se dissipant pour laisser place au silence.

Une paire d'élégantes chaussures se mit à cliqueter sur le sol de marbre, et j'en suivis le son pour découvrir Lauren qui fonçait vers moi. Elle brandit une serviette ensanglantée entre ses doigts et plissa le nez en la désignant.

— Donc j'ai lancé un petit sort. On dirait que ceci t'appartient.

Ses sourcils parfaitement épilés dépassèrent les bords de son masque qui cachait déjà à peine ses traits. Elle avait trop de fierté pour dissimuler son charme amélioré par la magie. Elle agita le bout de tissu devant moi.

— Tu veux bien m'expliquer pourquoi elle est couverte de sang ?

Les Élues apparurent, dominant la scène de leurs regards inquisiteurs depuis les balcons. J'émis un petit cri de surprise en apercevant les portes s'ouvrir et laisser passer deux mages qui firent tomber Bast sur ses genoux, heurtant le sol impitoyable.

— Quel sort as-tu lancé pour qu'il nécessite du sang, Evelyn ? demanda Sarina, le menton levé et tortillant une mèche de cheveux blonde parfaitement formée autour de son doigt.

Ses boucles d'oreilles en diamant s'illuminèrent au moment où elle esquissa un sourire.

— Était-ce un sort de soin, peut-être ?

J'en perdis le souffle. Marcus n'avait pas relâché son emprise autour de ma taille, et je pouvais ressentir mes protecteurs s'approcher discrètement de moi. Je voulais me tourner vers eux et leur rappeler de ne pas s'en mêler. Si je devais être blâmée, tant pis, mais je refusais qu'ils soient capturés et vidés de leur magie par ma faute. Aucune putain de chance.

Lauren commença à renifler la pièce à conviction d'une manière répugnante avant de m'adresser une grimace.

— Je me suis trompée. Il n'y a qu'une seule goutte de ton sang, le reste appartient à ta servante, mais mon nez ne ment jamais. Ton sang est empoisonné.

La stupeur s'empara de la foule, et Rebecca leur fit signe de se taire.

— Est-ce que c'est vrai, Evelyn ? Le poison t'a affectée, et tu as essayé de le cacher ?

Comme si avoir échappé à la mort était un acte de traîtrise, les Élues qui se tenaient derrière elle secouèrent la tête en signe de désapprobation. Oh, pardon ! Désolée de ne pas m'être effondrée sur votre table de banquet.

— Je détiens la magie de Renégat, admis-je, me tenant aussi droite que possible en avouant la seule chose qui aurait pu provoquer ma mise à mort.

La foule exprima de nouveau bruyamment sa surprise avant que je poursuive rapidement.

— C'est la magie avec laquelle la Congrégation de l'Améthyste m'a empoisonnée.

Lenora manipulait la bague d'améthyste qui ornait son doigt délicat, mais l'expression qu'elle affichait n'avait rien d'innocent.

— C'est une lourde accusation.

— Qu'est-ce que tu fabriques ? lança Marcus à voix basse dans mon oreille, me faisant sursauter.

— Aie confiance en moi, lui rétorquai-je.

Je m'autorisai un coup d'œil par-dessus son épaule et vis que mes protecteurs avaient stoppé leur approche et me fixaient, leurs visages affichant des niveaux variés de rage. Je leur rendis leur regard. Leur boulot ne consistait pas à me protéger constamment. Parfois, c'était moi qui avais besoin de les préserver.

Je me libérai de l'emprise puissante de Marcus et plaçai mes mains sur mes hanches avant de me planter face à Lauren.

— Oui, c'est ma serviette. J'ai fait une entaille à ma servante, et j'ai utilisé son sang et sa souffrance pour me guérir.

Je haïssais toujours l'idée que j'avais pu lui infliger cela, mais toute autre sorcière aurait trouvé ça parfaitement naturel. Je dirigeai mon regard noir vers les Élues qui me dévisageaient depuis leur balcon. Elles n'avaient pas donné l'ordre que je sois traînée hors de la pièce, et elles avaient amené Bast roué de coups ici pour m'intimider. Cela signifiait qu'elles craignaient ce que j'étais. Je comptais utiliser ce constat à mon avantage.

— Je pense que vous savez déjà ce que je suis, les provoquai-je afin de tester les limites de leur connaissance.

L'Élue de l'Ambre me surprit en passant une jambe par-dessus le balcon avant de se propulser avec un petit grognement. Une magie d'or se mit à grouiller autour d'elle, lui permettant de flotter vers le sol.

Merde ! Elle aurait simplement pu utiliser les escaliers. Mais non, mieux valait montrer aux autres qui était la plus puissante.

Willa, la sorcière à la voix douce et aux belles lunettes, que j'avais sous-estimée, claqua des doigts et invoqua une lame qui se mit à flotter à quelques centimètres hors de sa portée.

— Tu te soumettras à une épreuve, m'ordonna-t-elle tout en m'intimant de m'approcher. Nous t'avons longtemps attendue, mais nous devons être certaines.

Je pus presque ressentir la rage palpable de mes protecteurs derrière moi lorsque je fis mes premiers pas vers la sorcière. Était-ce Willa qui m'avait tuée ? Est-ce que toutes les Élues étaient en réalité des sorcières vieilles de mille ans qui avaient pris plaisir à me voir mourir ?

Bast grogna au moment où je tendis le bras.

Prends ce couteau et entaille-moi avec, m'enjoignit-il. *Utilise la magie que je peux t'offrir pour combattre.*

Je me raidis en entendant ses paroles ressassées sans relâche à l'intérieur de mon crâne. Je secouai doucement la tête, refusant son ordre. Combattre les Congrégations Royales n'aurait eu aucun effet. Cela n'aurait conduit qu'à la mort, et je n'avais aucune envie de voir tous ceux que j'aimais décéder devant mes yeux.

La pièce retint son souffle tandis que Willa pratiquait une entaille nette sur mon bras. La lame était si aiguisée que je ne la sentis même pas au premier abord. Une piqûre intense se fit ensuite sentir à l'endroit de la coupure, et le sang se mit à perler au sol. Elle m'attrapa par le poignet, et la magie apparut sur ma peau, amenant du sang à flotter en l'air entre nous jusqu'à ce qu'il y en ait suffisamment à son goût. Lorsqu'elle me relâcha, je soufflai de douleur et plaçai ma main contre la blessure. Il fallait que je la convainque que je ne constituais pas une menace.

Le sang se mit à virevolter dans les airs, et la sorcellerie s'enroula autour de Willa, séparant les gouttes jusqu'à former un nuage qui bourdonnait comme des abeilles. Enfin, elle éclata, et le nuage devint mauve. Willa grimaça.

— Impossible de le confirmer. L'influence de la Congrégation de l'Amé-thyste est trop forte. (Elle me dévisagea, presque frustrée que mon sang refuse de coopérer.) Épargne-nous le labeur et dis-nous ce que tu es, sorcière.

Elle prononça ce dernier mot en ricanant, comme si j'étais indigne de ce titre.

Ne lui avoue pas que tu es une Sorcière du Destin, me commanda Bast.

Je saisis son regard à l'autre bout de la pièce. J'eus l'impression que quelque chose se préparait, et j'ignorais ce que je devais faire et comment protéger ceux que j'aimais. Je fermai les yeux, pris une profonde inspiration et me concentrai.

Je me focalisai sur les sensations et tentai de distinguer le barrage de sorcellerie et chaque influence différente dans la pièce. La magie au parfum de roses et de jasmin de Marcus était toujours accrochée à moi, tandis que la senteur de l'ambre de Willa m'attaquait avec de lents mouvements métalliques. Puis il y avait le sort que Lauren avait lancé, un simple sort d'investigation pour me relier à la serviette ensanglantée. Elle voulait sans nul doute gagner les faveurs des Élues en révélant la présence d'une traîtresse, même si elle devait appartenir à la même congrégation qu'elle.

Il y avait autre chose cependant, qui résonnait tout bas, si dissimulé que je faillis ne pas le percevoir. Un pouls. Quelque chose pulsait dans la pièce d'un rythme lent et assuré. Et qui devenait plus puissant.

Mes yeux s'ouvrirent immédiatement à la recherche de qui pouvait être à l'origine d'un sort interdit tel que celui-ci. Je sus instinctivement de quoi il s'agissait.

De la magie du sang. Une invocation interdite qui ferait apparaître des créatures venues des fins fonds de l'enfer.

— Tu pensais que je ne te reconnaîtrais pas ?

La voix soyeuse de Sarina retentit dans toute la pièce. Elle venait à peine de murmurer ces mots que sa sorcellerie se déployait déjà autour d'elle. Ses yeux s'illuminèrent d'une énergie de couleur rubis qui n'aurait pu être produite que par la magie de sang. Ses diamants réfléchirent l'étrange lueur jusqu'à ce qu'elle semble scintiller entièrement d'une lumière rouge.

Je me retournai et découvris que le masque d'Aaron lui avait été arraché par un vent magique qui l'assaillait, déchiquetant des morceaux de son costume jusqu'à exposer ses muscles tendus. Il se mit à hurler, ses dents s'allongèrent, et son trompe-l'œil commença à se dissiper.

Bien sûr, la Congrégation du Diamant. Son ancien terrain de chasse.

Tout le monde s'éloigna lentement de lui, à l'exception de Killian, Quinn et Cassidy. Elle avait réussi à voler la lame d'une autre personne et la tenait prête à frapper, comme une vraie dure à cuire.

— Sarina ? demanda Heather, ses perles tremblant à ses oreilles tandis qu'elle s'écartait de sa sœur élue.

Sarina tourna son attention vers moi.

— Je t'ai longtemps attendue, dit-elle, un sourire commençant à barrer son visage.

L'air se mit à crépiter autour de moi, et je me figeai, attendant de voir ce qui allait suivre. J'avais débloqué deux de mes pouvoirs, mais pas tous. Je n'étais pas prête pour ce combat.

— Tu ne peux pas encore me tuer, supposai-je en levant le menton dans sa direction. Il n'est pas encore temps.

Je n'avais pas été assassinée par hasard, il y a mille ans de ça. Si Sarina était effectivement une Sorcière du Sang, alors elle pouvait préserver son immortalité au travers de sacrifices de sang. L'offrande d'une Sorcière du Destin lui aurait assuré la vie éternelle.

Je pouvais discerner de minuscules rides autour de ses yeux à mesure que son rictus grandissait. Elle commençait à vieillir, ce qui signifiait qu'elle avait besoin d'une nouvelle dose de magie.

Elle devait précipiter ma perte pour empêcher la sienne.

Elle opina du chef lentement.

— Impressionnant. La Sorcière du Destin se remémore sa place.

Tout le collectif des Élues tourna son attention de Sarina à moi, bouche bée.

— Une Sorcière du Destin ? répéta Willa tout en s'éloignant de moi.

Une sensation de fierté gonfla dans ma poitrine en l'entendant prononcer ces mots avec une crainte soudaine qui faisait trembler sa voix. Apparemment, j'étais redoutable. Et comment.

J'étais également la recharge de Sarina. Un détail.

Sarina réagit la première, tranchant l'air de rugissements puissants et terrifiants qui résonnèrent dans les cavernes qui se révélèrent brutalement tout autour de la salle de bal. Les sorcières et les mages réagirent enfin en hurlant. Le chaos s'empara de la pièce.

Mes hommes profitèrent du moment. Bast, qui feignait d'être vaincu et faible il y a un instant, brisa ses chaînes comme si elles étaient de simples ficelles et se jeta sur Willa, refermant sa bouche sur sa nuque, tel un animal sauvage. Du sang gicla sur moi, et je criai de surprise et de douleur. Elle commença à mouvoir sa mâchoire pour lancer un sort, mais Bast la retint fermement, et elle ne put articuler aucun mot.

Aaron grogna, et ses os se mirent à craquer à mesure qu'il prenait sa forme de loup, me laissant sous la protection d'Aaron et de Marcus de chaque côté. Leurs masques tombés et leurs trompe-l'œil dissipés, leurs crocs et leurs yeux rouges les rendaient à présent intimidants.

— Il n'y a aucune issue, criai-je au milieu du chaos, tandis que les mages et sorcières lançaient des sorts de défense et d'attaque qui faisaient trembler l'air lui-même.

Ils savaient tout comme moi qu'il n'y avait aucune échappatoire. Nous avions été transportés au travers d'un portail ouvert par une congrégation

entière. La seule solution pour s'échapper était que les Élues nous renvoient…
ou bien un sort sacrément puissant.

— Tu l'as déjà réalisé auparavant, jeune fille, m'assura Quinn, frôlant mon
corps avec le sien. (Il m'enserra dans ses bras, son torse pressé contre mon
dos, et me montra ses poignets.) Tu as toujours ton couteau ? Prends ce qu'il
te faut. Le sang de vampire est puissant. (Il baissa la voix, approcha ses lèvres
contre mon oreille et sourit.) Surtout le mien.

Avant que je ne puisse même envisager une telle action, un autre hurlement gela mon sang dans mes veines.

Des démons.

Ils fondirent dans la pièce depuis les cavernes que Sarina avait ouvertes.
Une brume rouge les entourait et s'emparait de leurs victimes, provoquant des
spasmes chez les sorcières et les mages jusqu'à ce qu'ils s'immobilisent au sol,
les yeux rougis. Ceux qui étaient affectés tournèrent leur attention vers moi.

— On n'a pas beaucoup de temps, jeune fille. On dirait que la pétasse de
diamant a déchaîné les enfers sur nous.

Je ravalai l'angoisse qui s'était formée en boule dans ma gorge. Je n'étais
pas préparée à cela, mais je tentai quand même ma chance. Je sortis mon
couteau et traçai une longue entaille le long du bras de Quinn. Le sang se mit
à gicler, et je me remémorai qu'il était immortel. Je ne pouvais pas vraiment
lui faire de mal, mais mon cœur se serra tout de même dans ma poitrine.

Marcus nous rejoignit, se plaçant devant moi afin de former un mur avec
Quinn et Marcus pour m'encercler. Le loup d'Aaron se mit à grogner et
mordre, déchiquetant la chair des démons. Bast avait également neutralisé
Willa qui était à présent inconsciente au sol. Il escalada la colonne à une
vitesse impressionnante et atteignit la rampe où les Élues s'étaient rassemblées autour de Sarina afin de lancer à leur tour un sort. J'ignorais ce qu'elles
allaient tenter, et je m'en fichais pas mal. Elles ne me poursuivirent pas.

Mais les yeux écarlates de Sarina s'attardèrent sur moi, ignorant tout le
reste, et me firent trembler à mesure qu'un souvenir menaçait de resurgir
dans mon esprit.

Du sang. Des flammes infernales. De la magie. C'était Sarina qui m'avait
tuée par le passé… et je ne doutais pas une seule seconde qu'elle comptait
recommencer.

Je fermai les yeux immédiatement afin d'ignorer le chaos ambiant. Je devais
ouvrir un portail afin de partir d'ici, ou tout serait perdu. Mes protecteurs.
Mon familier. Ma meilleure amie, et ensuite ma vie.

Une basse vibration se mit à résonner dans ma gorge. Ce genre de sorcellerie ne pouvait fonctionner grâce des phrases en latin ou de vieilles incanta-

tions de sorcière. Je devais tendre la main au milieu de l'espace-temps lui-même, y attraper mon objectif, et l'en extraire.

C'était ainsi que fonctionnait le destin lorsqu'il était manipulé. Il était distant, ambigu, mais contrôlable. L'instinct de celle que j'étais autrefois s'empara de moi depuis une autre vie, et mes yeux s'ouvrirent aussitôt, mais je n'étais plus dans la salle de bal. Mon esprit traversait le temps et l'espace à toute vitesse… en quête de ce que je cherchais.

Juste avant que je ne puisse prendre mes marques, je fus ramenée auprès de mes deux hommes qui gisaient de tout leur long, maintenus au sol par des démons ricaneurs. Sarina se tenait juste en face de moi, et son sourire orgueilleux me donna envie de lui arracher les yeux.

— Hors de question, ma chère. Tu es sous mon contrôle, désormais.

D'un simple geste de la main, de lourdes chaînes en fer vinrent enserrer mes poignets. Je gémis en sentant une douleur atroce parcourir mes coudes et une impression de lourdeur qui s'abattait sur moi. Elle essayait de forcer mon esprit à demeurer dans mon corps et de m'empêcher d'utiliser la magie du Destin.

— Evie ! cria Cassidy.

Mon attention fut dirigée vers la source du son, et je n'eus le temps que de voir deux mages zombies aux yeux rouges entraîner ma meilleure amie avec eux.

Un hurlement de désespoir m'échappa, et mon cœur se figea dans ma poitrine.

N'abandonne pas, me dit Bast dont la voix tonnait dans mon esprit.

Je l'aperçus au balcon, K.O. et couvert de plaies, et cette fois-ci, ses blessures n'étaient pas simulées. Des marques de brûlures recouvraient sa joue droite en une horrible ligne de cloques, et des traces de morsures étaient imprimées dans sa peau à l'endroit où des démons l'avaient attaqué. Au moins, il avait l'air d'avoir triomphé de ces derniers, mais les Élues le maintenaient au sol à l'aide de cordes magiques de différentes couleurs, et dont la chaleur lui dévorait l'épiderme. Une lueur rouge habitait leurs yeux, révélant qu'elles étaient désormais toutes devenues les pantins de Sarina.

Cette dernière me laissa contempler la scène jusqu'à ce que j'atteigne enfin mes protecteurs. Le loup d'Aaron était grièvement blessé, et sa fourrure était maculée de sang. Marcus, Quinn et Killian avaient les bras liés dans le dos et étaient cloués au sol par les mêmes chaînes massives dont Sarina m'avait affublée.

Elle se redressa et croisa les bras, un sourire d'orgueil satisfait se dessinant sur ses lèvres.

— Emmenez-les dans les geôles, et mettez-la dans la même cellule que celui avec les bonnes manières. Elle devra récupérer ses forces pour ce que j'ai prévu.

FORTITUDE

oute mon énergie me quitta quelques moments seulement après avoir été placée dans la cellule. La magie qui m'avait soumise au travers des chaînes était multipliée par dix autour des barreaux de fer et me donnait l'impression qu'un éléphant était assis sur ma poitrine.

— Ne leur fais pas de mal ! criai-je tandis que Sarina ordonnait à ses démons de jeter le reste de mes protecteurs dans les cachots avoisinants.

Elle balaya ma requête d'un revers de la main.

— Ne t'inquiète pas pour eux. Le métamorphe aura droit à sa propre niche, lança-t-elle avec un sourire cruel. Il se plaignait toujours que nous ne le laissions jamais se comporter comme une bête. Il pourra agir comme tel autant qu'il le souhaitera ici.

Je grognai et me préparai à me jeter sur elle, mais Marcus saisit mon poignet. Les chaînes avaient disparu, mais de profonds bleus marquaient encore ma peau là où elles m'avaient serrée, et je grimaçai en les touchant.

— Reprends tes forces, murmura-t-il pour que moi seule puisse l'entendre. Nous allons réessayer.

Je voulais croire que nous en étions capables, mais nous avions été mis au jour. Sarina observa avec une fascination morbide tandis que le toucher de Marcus réveillait la magie qui m'habitait. Mon masque fané pendait à un crochet sur ma hanche. Je levai les mains pour toucher mes boucles d'oreilles et tenter de regagner de l'énergie, mais sursautai en constatant qu'elles avaient disparu.

Elle les agita du bout des doigts.

— C'est ça que tu cherches ? (Elle les fit tourner dans la paume de sa main et caressa les gemmes lisses.) Fascinant ouvrage, petite sorcière. Il faudra que tu m'apprennes comment tu as réussi à dissimuler tes pouvoirs dans des artefacts. Je croyais que cette technique avait disparu depuis bien longtemps. (Elle m'adressa un nouveau sourire.) Je te laisserai garder les boucles ainsi que le masque, j'ai besoin que tu vives encore un peu.

Elle partit en se pavanant, balançant ses hanches tout en murmurant une mélodie.

— Reviens ici ! lui hurlai-je. Ne nous laisse pas comme ça !

Elle m'ignora, et les démons ricanèrent en entendant ma panique, me lançant un regard moqueur avant de refermer la porte des geôles des Congrégations Royales dans un bruit sourd.

Ma vision devint floue, et l'affolement menaçait de s'emparer complètement de mon être. Ce fut le toucher de Marcus qui me ramena à la raison. Sa main enserra ma taille pour me rapprocher de lui.

Je me tournai et pressai mon visage contre son torse pour étouffer un sanglot.

— Je suis tellement désolée, murmurai-je. Tout est ma faute.

Il me fit taire et caressa mes cheveux.

— Non, Evelyn. Ce n'est pas ta faute. J'aurais dû t'emmener loin de ce lieu. J'étais fou de croire que tu n'aurais jamais été remarquée au bal masqué.

Je relevai mes yeux pleins de larmes vers lui.

— Pourquoi ne l'as-tu pas fait ?

Ce n'était pas une accusation, mais une question sincère.

Son rictus peiné me fendit le cœur, et il balaya de sa main les cheveux qui cachaient mon visage couvert de larmes.

— Tu es la plus puissante et la plus convoitée des sorcières. Tu n'es pas censée te cacher dans l'ombre. (Il posa un baiser sur mes lèvres.) Tu devrais être à leur tête.

Nous nous affaissâmes au sol ensemble, sa main caressant mon bras et son pouce passant sur la rune qui avait marqué son âme en moi, comme pour vérifier lui-même que nous étions toujours liés l'un à l'autre et que je ne l'avais pas renié.

Tandis que son doigt formait de lents cercles autour de ma rune, le sommeil menaça de m'emporter, mais je résistai, trop inquiète de ce qui pourrait arriver aux autres.

Puis Marcus se mit à entonner une chanson étrangère, douce, pleine de mélancolie et de magie.

L'air vrombit faiblement d'une énergie magique, même contre le poids des barreaux.

Le loup d'Aaron hurla et se joignit à son chant, suivi de Killian et Quinn qui l'accompagnèrent de leurs voix lyriques, apportant de nouvelles saveurs à la mélodie. Enfin, quand Bast et Cassidy se mirent à chanter, mon cœur se desserra aussitôt.

Quoi qu'il puisse arriver, nous étions tous ensemble, et je n'allais jamais arrêter de me battre. Peut-être que Sarina m'avait tuée dans mes vies antérieures et avait utilisé sa magie dans son propre intérêt, mais elle n'était pas prête à affronter ce que j'avais acquis durant cette vie. La férocité pour ceux que j'aimais et la volonté de les protéger qui auraient pu terrasser le destin lui-même.

**Quand on est la compagne de plusieurs vampires, on a un net avantage :
leurs alliés ancestraux.**

Nous avons eu la chance de nous échapper des congrégations royales en un seul morceau. Je suis peut-être la réincarnation d'une sorcière, toujours est-il que dans cette vie-là, je ne suis qu'une anonyme mortelle. Mes hommes ne semblent pas le comprendre, mais ça ne fait rien. Nous saurons nous faire quelques alliés supplémentaires pour égaliser le score.

Cela dit, j'ai quelques doutes à propos de Tiros. Il est censé nous aider, mais sa première réaction en me voyant est de me faire un doigt d'honneur. Vous voyez le genre.

Pourtant, derrière sa mine taciturne et sa grossièreté, je sais qu'il cache quelque chose. Enfin, bien sûr, c'est un voleur hors pair, alors forcément, il cache tout un tas de choses, mais j'ai le sentiment qu'il garde un secret à propos de mon passé. Quoi qu'il en soit, je compte bien le lui soutirer en usant de mon charme.

Parce que figurez-vous que j'ai du charme à revendre. Eh oui !

EMPRISONNÉS

Merde !

— Tu peux le dire, oui, acquiesça Marcus avec un grognement discret tout en me plaçant délicatement sur ses genoux.

D'habitude, je me sentais émoustillée quand j'étais aussi proche de lui, mais à présent, je parvenais à peine à éprouver quoi que ce soit. Même le parfum de rose et de jasmin de sa magie ne pouvait faire disparaître le lourd poids du fer qui me laissait un goût métallique dans la bouche. La Salope de la Congrégation du Diamant – son titre officiel, d'après moi – nous avait jetés dans une cellule enchantée pour absorber nos pouvoirs. J'avais la sensation d'avoir un éléphant assis constamment sur ma poitrine, et je compris rapidement pourquoi elle avait laissé Marcus et moi dans la même pièce. Si l'ancien mage devenu vampire n'avait pas été présent pour m'aider à garder le moral, j'aurais éclaté en un millier de petits morceaux. Être de sang mortel apportait son lot de moments craignos, et celui-ci en était un bon exemple.

Marcus gloussa.

— Pourquoi tu ne m'avoues pas ce que tu ressens vraiment ?

Je ne m'étais pas rendu compte que j'avais murmuré tous mes jurons à voix haute. Les quelques heures seulement passées dans cette prison commençaient déjà à me rendre folle.

— Il faut qu'on sorte d'ici, soufflai-je, à peine capable de former des mots sous la pression qui m'écrasait dans toutes les directions.

J'avais l'impression d'avoir coulé à un million de kilomètres sous l'océan, et que tout le poids du monde était sur mes épaules.

Marcus me serra plus fort entre ses bras placés autour de ma poitrine, et ses doigts caressèrent le masque de bal qui pendait à ma hanche. L'air se mit à pulser de magie, me transmettant une dose de puissance plus importante que le courant régulier dont Marcus me nourrissait déjà. Pendant un bref instant, je fus capable de prendre une grande inspiration avant de sentir la pression m'écraser de nouveau.

— Et les autres ? demandai-je, essoufflée.

Si je souffrais à ce point, comment eux s'en tiraient-ils ? Par les dieux, et Cassidy ?

Marcus balaya une mèche de cheveux qui recouvrait mon visage maculé de sueur.

— Ils maintiennent l'humaine en vie. Bast a sa propre cage, mais c'est un chat, il a neuf vies.

Je lui jetai un regard noir, dépourvue de l'énergie de rester en colère contre lui.

— Ne te moque pas de Bast, le grondai-je tout en me blottissant contre son torse.

Je plongeai mon nez contre sa nuque et pris une grande inspiration jusqu'à pouvoir presque sentir le parfum de sa sorcellerie.

Je n'avais pas eu le temps de prendre mes aises. Les portes principales de cet étage des geôles grincèrent, et une paire de talons cliquetèrent sur le sol de pierre abîmé. Je m'attendais à une nouvelle visite de Sarina, mais j'eus le souffle coupé en reconnaissant l'air renfrogné de Tante Sandra.

— Tante Sandra ?

Elle ne semblait pas apprécier la situation délicate dans laquelle je me trouvais, mais elle ne cherchait pas à m'en extirper non plus. À la place, elle poussa un soupir abattu face aux barreaux.

— Portes-tu toujours le bracelet que je t'ai donné ?

Je sourcillai, la pression constante qui pesait sur moi m'empêchant de réfléchir correctement.

— Qu'est-ce que j'en ai à faire de ce putain de bracelet ? crachai-je. Sors-moi d'ici !

Elle continua de me dévisager d'un air grave, imperturbable face à mon éclat de colère. Son regard se dirigea vers le vampire qui me tenait serrée contre lui.

— Je devrais être surprise que tes « mentors » soient en réalité des vampires, mais tu as toujours eu un don pour t'attirer des ennuis. Je ne peux donc pas prétendre que je suis vraiment choquée.

Je grognai et me libérai des bras de Marcus pour me lever. J'aurais eu l'air beaucoup plus impressionnante si mes genoux n'avaient pas décidé de lâcher au même moment. Marcus parvint à me maintenir debout pendant que j'essayais d'assassiner ma tante des yeux. Si la haine pouvait servir de magie, alors je l'aurais écrasée dans un combat de regards.

— Tu sais ce que je suis, n'est-ce pas ? C'est la seule raison pour laquelle tu m'as accueillie dans la congrégation.

Ses yeux devinrent plus sombres encore.

— On m'avait dit que tu venais d'une lignée possédant un sang rare, mais j'ignorais laquelle. On m'avait également expliqué que ton trait unique pourrait rester dormant, et je n'avais donc jamais vraiment caressé l'espoir que tu puisses nous être plus utile qu'en tant que guérisseuse aux abords de la ville.

Peu auparavant, j'aurais rêvé de ce genre de vie. À présent que j'étais consciente d'être née pour accomplir quelque chose de plus grand, je compris quelle insulte cela était réellement. J'étais sur Terre pour régner, pour changer la destinée elle-même et rendre ce monde meilleur.

— Tu t'es servie de moi ! hurlai-je en me lançant contre les barreaux, ignorant la sorcellerie qui imprégnait le fer et me brûlait la peau.

— Evelyn, me gronda Marcus, attrapant mes poignets pour me faire lâcher prise.

Je grognai, tordant les mains autour des barreaux tout en me penchant. Tante Sandra recula d'un pas, l'air horrifié.

— Plus personne ne se servira de moi, lui assurai-je.

Elle déglutit, et ses doigts, par réflexe, se portèrent sur la gemme qui ornait sa poitrine. La longue chaîne tenait une de ses plus précieuses possessions, un artefact qui contenait une partie de son pouvoir. Mon regard tomba sur lui et je râlai.

— Nous ne sommes pas si différentes, tu sais. La seule divergence est que tu te satisfais de jouer le rôle de leur petite marionnette et d'obéir à leurs moindres ordres.

Elle se braqua, mais se redressa rapidement, avant de lever le menton face à moi.

— Je suis désolée que ce soit là ce que tu ressens, mon enfant. Ceci n'a rien de facile pour moi, et c'est pourquoi je suis venue te suggérer d'utiliser le pouvoir que j'ai infusé dans ce bracelet lorsque l'Élue essaiera de te sacrifier. Cela pourrait suffire à te libérer.

Mes yeux s'élargirent.

— Je ne peux pas avoir foi en toi, lâchai-je. Si tu voulais vraiment m'aider, tu recourrais à toute la puissance contenue dans l'améthyste qui se trouve à ton cou afin de démolir ces barreaux, ici et maintenant.

Elle secoua la tête, et une mèche vint s'avachir devant son visage. Elle était toujours si élégante et parfaite. Même cette minuscule imperfection suffisait à m'indiquer à quel point elle était perturbée, que j'eusse souhaité lui faire confiance ou non.

— J'en suis incapable, insista-t-elle, sa voix s'effaçant en un soupir douloureux. Même si je te libérais, je ne serais pas en mesure d'ouvrir un portail afin de te permettre de fuir. Mais durant la cérémonie, il y aura suffisamment de magie à canaliser pour que tu puisses créer un portail et t'échapper. (Son regard se porta de nouveau sur Marcus.) Si tu t'es liée d'amitié avec ces vampires, ils peuvent t'amener à un bastion dans lequel tu seras en sécurité.

Je voulais au plus profond de moi-même me fier à ma Tante, mais comment ? C'était à cause d'elle que j'étais dans cette situation.

— Nous n'avons pas le choix, déplora Marcus en s'affaissant contre mon dos.

Je me raidis en comprenant que ses forces s'amenuisaient. Ils nous avaient maintenus tous les deux en vie face à la pression de cette cellule, et je n'avais pas imaginé à quel point cela pouvait l'épuiser.

Je le laissai me tirer vers un coin où le mur pourrait supporter notre poids, et poignardai ma tante du regard.

— D'accord. Explique-moi simplement ce que je dois faire.

FAUTE DE MAGIE, ESSAYEZ LES INSULTES

Tante Sandra m'incita à tracer les runes dans la poussière, encore et encore, jusqu'à ce que je puisse les reproduire de mémoire.

— Prononce les mots pendant que tu les dessines, dit-elle après m'avoir indiqué les incantations séparément.

Je n'avais jamais lancé un véritable sort. Je n'en avais réussi que quelques-uns dans un latin maladroit, et un autre grâce auquel j'avais donné, pour blaguer, la diarrhée à Lauren pendant une semaine. J'avais fait porter le chapeau à un des petits cons de la Congrégation du Saphir, et c'était un maléfice facile. Personne ne me croyait capable de magie, je n'avais donc jamais été inquiétée.

— Je vais refiler la courante à Sarina, déclarai-je une fois que Tante Sandra était partie et que je me retrouvai seule avec Marcus.

À ma surprise, ce fut la voix de Bast qui m'atteignit au travers de l'air humide.

— Là, je te reconnais, murmura-t-il.

Puis il y eut un bruit étouffé, comme s'il s'était retourné pour retrouver le sommeil.

Je relevai un sourcil et découvris Marcus endormi. Même ainsi, l'une de ses mains restait accrochée à moi et me transmettait de l'énergie. Je ressentais une forme spéciale d'amour de sa part grâce à laquelle je comprenais que, même inconscient, il ne laisserait aucun mal m'arriver.

Je ne voulais pas le réveiller, mais mes nerfs finirent par avoir raison de moi.

— Cassidy ? Les gars ? Vous êtes tous là ?

Cassidy gémit au loin.

— Oui, je suis là, lâcha-t-elle d'une voix horrible, comme si elle avait passé les dernières heures à pleurer. Je crois qu'ils ont relâché un peu le sort d'oppression.

Je me rendis alors compte que, bien que la pression fût encore importante, elle avait raison, le poids s'était suffisamment allégé pour que je puisse récupérer mon souffle. Je pensais que Marcus avait simplement repris le contrôle de sa magie.

— Oui, acquiesçai-je. Est-ce un bon signe ?

— N'en sois pas si sûre, avertit Bast. Reposez-vous. On va en avoir besoin.

Je me remuai péniblement afin de trouver une position dans laquelle mes jambes ne seraient pas engourdies. Des fourmis parcoururent mon mollet lorsque je me décalai, et je poussai un grognement d'agacement.

Marcus chouina quelque chose à l'encontre du « foutu dieu chat », puis se rendormit, m'arrachant un sourire.

Après avoir posé ma joue contre son torse, je portai une main vers sa clavicule pour la caresser. De douces senteurs de rose et de jasmin envahirent mes sens tandis que je passais ma paume sur sa peau qui devenait de plus en plus chaude.

Il était si pâle, même pour un vampire.

— Est-ce que tu perds tes forces ? demandai-je.

Marcus fronça les sourcils comme si je venais de le déranger.

— Hmmm ?

Prise par une peur irrationnelle, je commençai à le secouer.

— Tu ne devrais peut-être pas t'endormir. Et si le sort nous écrasait tous les deux ?

Il remua la tête.

— Ça va aller, je dois seulement…

Il se lécha les lèvres, et je remarquai qu'elles étaient craquelées et sèches.

Mes yeux s'écarquillèrent.

— Est-ce que tu as besoin de sang ?

Il sursauta soudainement pour s'éloigner de moi, mais je restai agrippée à son torse.

— Ça va aller, répéta-t-il.

Je n'avais pas besoin d'en entendre davantage. C'était mon vampire qui me gardait en vie, et il était presque à court d'énergie. Je saisis son menton et le tirai vers moi, puis tint mon poignet à hauteur de sa bouche.

— Mords, et prends ce qu'il te faut tout de suite, sinon je te frappe dans les couilles.

Il gloussa, écartant juste assez les paupières pour laisser paraître la lueur de ses iris couleur rubis.

— Tu es une vraie charmeuse, tu sais ?

— Et comment, répliquai-je. Une séductrice totale. (Je passai ma peau sur ses lèvres, et sa bouche s'entrouvrit, son regard devenant de plus en plus lourd.) Maintenant, tais-toi et bois. Ça te soulagera.

Sa main libre courut le long de mon bras, faisant exploser la chair de poule sur toute ma peau.

— Peut-être simplement une petite morsure, osa-t-il avant d'ouvrir la bouche et de frôler ma peau avec l'un de ses crocs, sans la blesser.

Je tentais de contrôler ma respiration en sentant mes parties intimes mouiller instantanément. Merde ! Comment est-ce que cela pouvait être aussi sexy ?

— Vas-y, insistai-je. Juste un peu.

Il leva des yeux emplis de désir et de luxure vers moi, m'obligeant à me mordre la lèvre. Il grogna en me voyant, croqua, et la douleur fut suivie par une vague de plaisir intense au travers de tout mon corps.

— Oh ! gémis-je de surprise.

— Hé ! Qu'est-ce que vous faites là-dedans ? se plaignit Bast. Vous m'empêchez de dormir.

— Rien ! lui répondis-je en criant, avant d'être interrompue par mon propre geignement, que je poussai en sentant la main de Marcus se porter entre mes cuisses, sa bouche toujours posée sur mon poignet.

Lorsqu'il desserra son emprise, il esquissa un grand sourire, les dents rougies par le sang, et il porta sa main à mon entrejambe avant de reculer.

— Je me sens mieux, dit-il. Merci.

Mon monde se mit à tourbillonner autour de moi, et un petit murmure de désir m'échappa.

— Pas moi, me plaignis-je.

Il gloussa et me cala de nouveau contre sa poitrine.

— Tu auras tout ce que tu souhaites une fois que nous serons libres, promit-il. (Son regard se porta sur les autres cellules plongées dans les ténèbres.) Il ne serait pas juste que je te prenne maintenant alors que nous pourrions tous mourir demain. Je me retiendrai et utiliserai ce désir pour m'assurer que tu survives afin de chevaucher ma queue lorsque j'aurai retrouvé toutes mes forces, et que je pourrai offrir à ton corps le soin qu'il mérite.

Une chaleur intense me parcourut jusqu'au cœur.

— J'aime l'idée, soufflai-je d'une voix chancelante avant de ricaner. Donc pas de sexe avant de combattre ? Tu es un vrai guerrier.

Quelques heures plus tard, notre geôlière revint, entourée d'un impressionnant rassemblement de membres des congrégations qu'elle avait transformés en zombies. Je reconnus Ian, l'un des sorciers de l'Améthyste qui devait aussi prendre part à l'initiation, et grimaçai.

— Bien dormi ? rayonna Sarina, à présent plus belle que la veille.

Elle s'était probablement nourrie du sang d'une vierge ou quelque chose comme ça. Cela n'aurait pu être personne de ma congrégation, et je ne m'inquiétais donc pas trop. Personne n'y était vierge.

— Merveilleusement bien, répondis-je avec un faux charme.

Tout en me relevant péniblement, je gardai la main accrochée à celle de Marcus qui me retenait fermement. Il avait raison. Retenir nos désirs semblait nous rapprocher l'un de l'autre. Nous avions tous les deux décider de traverser cette tempête et d'y survivre.

Le seul signe que ma bonne humeur dérangeait Sarina était le léger rictus qu'elle affichait au coin de ses lèvres. Ses yeux brillaient de malice comme si elle souhaitait m'arracher la tête sur place, mais elle reprit son air charmeur tout en replaçant une mèche de ses longs cheveux blonds et lisses par-dessus son épaule.

— Formidable.

Les « gardes » déverrouillèrent les portes de la cellule et nous firent sortir. Je remplis mes poumons d'une délicieuse bouffée d'air sans la moindre difficulté ni le moindre effort, et j'acquis un goût nouveau pour les choses simples. Respirer. J'adore respirer.

Un mage affubla mes bras de chaînes en fer qui me poussèrent à éprouver de nouveau ce sentiment de lourdeur, bien qu'il ne fût pas aussi intense. Plutôt que de le fusiller du regard, je fixai les murs des couloirs humides tandis que le reste de mes protecteurs était libéré de leurs cellules, suivi de Cassidy qui semblait à bout de force. Elle était pâle comme un linge, et ses lèvres avaient viré au bleu. Je sursautai. Aaron, Killian et Quinn paraissaient tous épuisés. Marcus était parvenu à me maintenir en vie, mais j'avais encore de la magie dans les veines, ainsi que deux artefacts éveillés grâce à mon pouvoir. Cassidy n'avait rien du tout. L'effort qu'avaient offert mes hommes pour lui permettre de survivre avait presque été trop lourd, et mon cœur se serra en pensant à toute la force qu'ils avaient sacrifiée pour s'assurer qu'elle ne succombe pas au poids du sort.

Bast apparut derrière eux et s'étira comme un chat qui se réveillait d'une longue sieste. Sarina leva les yeux au ciel en l'apercevant.

— Je suis heureuse que vous ayez pu profiter d'un bon repos, car c'était là votre toute dernière occasion.

Elle tourna sur ses talons et virevolta vers la porte, envoyant d'un geste du poignet les mages possédés à l'action.

Mon estomac se noua lorsque l'un d'eux m'attrapa pour que je le suive.

Nous fûmes escortés au travers des couloirs sombres du gigantesque manoir. Lorsque nous fûmes recrachés dans une cour remplie de fleurs mortes, je sus exactement où nous nous trouvions.

Ces terres étaient réservées aux sacrifices.

Une journée entière était passée, et il était de nouveau bientôt minuit, l'heure magique, le moment où les maléfices étaient au paroxysme de leur puissance.

Le clair de lune brillait différemment ici. Après avoir traversé un voile invisible où les fleurs vivantes trouvaient la mort, je vis jusqu'au plus profond de son âme. Tout autour de moi, personne ne semblait réagir à la présence de Sarina, et tous se contentaient de fixer la terrifiante lune de sang.

Mon regard tomba encore une fois sur la femme dans la robe de diamant, et je penchai la tête tandis que la magie de ce lieu révélait ses lueurs rouges qui dansaient dans sa poitrine. Elle s'était entièrement offerte à la Magie du Sang. Même les vampires possédaient encore une âme, mais les sorcières comme Sarina avait abandonné la leur, l'échangeant contre la vie éternelle.

Je n'avais jamais prêté attention aux différents types de Sorcières de Sang qui existaient, le sujet semblant en lui-même trop grotesque pour en apprendre quoi que ce soit. Je n'avais jamais eu pour intention d'offrir mon âme et, cette pratique étant interdite par les Congrégations Royales, je la trouvais aussi utile qu'une langue morte.

J'avais tort.

Les talons de Sarina cliquetèrent tandis qu'elle grimpait fluidement les marches vers la grande dalle de pierre. Des traces sombres tachaient son éclat d'onyx là où le sang des sacrifices précédents n'avait pas complètement séché.

Elle se tourna, son visage squelettique m'adressant un grand sourire.

— Tu veux toujours me faire croire que tu es meilleure que moi ? demanda-t-elle. Je sais ce que tu es, Evelyn. Une Sorcière du Destin, et ta magie n'est rien de plus qu'une source d'énergie pour alimenter ma vie éternelle.

Quinn fut le premier à se libérer des gardes et à se jeter sur elle. D'un geste du poignet de Sarina, les chaînes qui l'entravaient semblèrent peser cinquante kilos de plus, et il s'écrasa au sol.

— Espèce de salope ! cria-t-il.

Elle agita de nouveau sa main, projetant une traînée de sang sur le visage de Quinn. Il serra les dents et se mit à grogner face à elle.

— Couché, mon beau, dit-elle d'une voix plus douce que du miel.

Elle flotta autour de lui et passa ses doigts sur ses épaules avant de les faire courir au travers de sa chevelure rousse en bataille que j'adorais tant.

J'ignorais ce qui me poussa véritablement à bout, mais aucune connasse n'avait le droit de toucher mes hommes. Je me mis à genoux et commençai à proclamer les incantations du sort.

Oui, *le* putain de maléfice.

Le rictus de Sarina se déforma, et son visage prit une expression étrange. Elle se focalisa sur moi, et la surprise la poussa à relever ses sourcils fantomatiques.

— Est-ce que tu es en train d'essayer de me lancer un sort ?

Ses lèvres se plissèrent en une moue moqueuse.

Mon plan consistait à distraire Sarina en lui refilant la chiasse, ce qui aurait été à la fois hilarant et efficace. Je n'avais pas considéré que son être n'était pas aussi corporel que je l'aurais souhaité pour ce genre de maléfice. La magie mauve que j'avais fait apparaître flotta au travers de son ventre et pénétra finalement par surprise le premier mage qui se trouvait derrière elle, lequel se redressa aussitôt en agrippant ses propres fesses. Il se mit à grogner d'un ton urgent. J'ignorais si les mages zombifiés étaient capables de parler, mais celui-ci fournissait d'importants efforts pour y parvenir.

Sarina leva les yeux au ciel.

— Oui, d'accord. Vas-y. Mais ne chie pas sur les fleurs ! C'est un lieu sacré ! cria-t-elle après lui lorsqu'il se mit à courir le long du chemin.

Bast s'amusait comme un fou. Il projeta la tête en arrière et se mit à rire.

— Oh, par les dieux, c'est hilarant ! Je n'ai pas vu quelqu'un lancer un sort de diarrhée depuis des lustres.

Sarina lui jeta un regard sombre.

— Vous plombez tous l'ambiance. (Elle agita son poignet, et nos chaînes nous soulevèrent jusqu'à l'autel sacrificiel.) Qu'importe, vos gamineries mourront avec vous.

Je luttai contre la traction, me tordant le cou pour voir par-dessus mon épaule tous ceux que j'aimais être traînés derrière moi. Je ne pouvais pas les laisser mourir. Je venais à peine de rencontrer mes hommes et commençais seulement à comprendre leurs cœurs et leurs désirs complexes. Et Cassidy, ma seule amie, ma meilleure amie. Sa robe autrefois grandiose était affaissée en de petits plis tristes. Ses cheveux en étaient à l'image. Elle essaya de m'adresser un rictus lorsque nos regards se croisèrent, mais Sarina me projeta contre la grande dalle, dont le coin s'enfonça dans mes côtes, me coupant la respiration.

— Je veux te remercier, Evelyn, commença-t-elle à déclarer, ses doigts gelés parcourant ma peau.

J'essayai d'échapper à son contact, mais mes chaînes me maintenaient les bras écartés sur la dalle. Elle afficha un sourire narquois, semblant prendre du plaisir dans mon malheur et ma position de soumission.

— Ce n'est pas la première fois que je te sacrifie et que tu m'offres mille années de vie supplémentaires. Mon pacte avec la Congrégation du Sang était risqué, bien sûr. Nombreux sont ceux qui essaient de se lier à un archidémon ou à une pierre de sang, mais je voulais être en mesure de contrôler mon destin.

Un de ses ongles traça une ligne douloureuse le long de ma joue, la faisant saigner.

— Quelle meilleure manière d'y arriver qu'en mettant à mort une Sorcière du Destin.

Je refusai de réagir à la douleur. Je voulais perforer son visage sinistre. Même si je n'en étais pas capable, cette idée était amusante.

— Et si je ne me réincarne pas cette fois-ci ? demandai-je.

C'était un pari risqué, mais si je devais mourir, je pourrais l'emporter avec moi.

Elle haussa les épaules, impassible face à cette idée.

— Ce serait un désagrément pour moi, bien sûr. Trouver une autre Sorcière du Destin serait difficile, même avec mille ans pour y parvenir.

Elle dirigea son regard vers les quatre vampires enragés qui étaient à présent à genoux.

— Néanmoins, c'est pour cette raison que je vais obliger tes compagnons à t'observer. Lorsque je leur offrirai une nouvelle chance de te sauver, ils accepteront ma proposition, tout comme la dernière fois.

Elle me laissa à mon sort, emportant sa présence glaciale avec elle. Je luttai pour garder les yeux sur elle tandis qu'elle se dirigeait vers Marcus.

— Tu étais le plus coopératif la dernière fois. Tu sauras me faire plaisir de nouveau, n'est-ce pas ? Tu ne souhaites tout de même pas vivre mille ans de plus hanté par le souvenir de la tête tranchée d'Evelyn ?

Je déglutis. Le visage de Marcus devint lugubre. Il refusa de me considérer et maintint les yeux fixés sur la Sorcière de Sang.

— Peut-être que ce devrait être mon châtiment. J'ai cru à tes promesses la dernière fois, et voilà où nous en sommes.

Son regard trouva enfin le mien, et la chaleur emplit encore une fois ses iris rouges scintillants.

— J'ai déjà déçu Evelyn par le passé. Cela ne se reproduira pas.

Sarina balaya sa remarque d'un geste de la main, comme on ignore un enfant entêté.

— Tu ne sais que parler, Marcus, comme la dernière fois. Dès que je t'aurai brisé, tu changeras de point de vue.

Tandis que Sarina continuait d'afficher sa confiance et de proférer ses menaces, j'observais les ombres qui se déplaçaient au loin, se révélant enfin être les Élues dont les esprits étaient contrôlés.

Je pinçai les lèvres en réfléchissant. Elles étaient toutes d'anciennes et puissantes sorcières. Même la magie de sang n'aurait pu les dominer aussi longtemps. Peut-être qu'une simple impulsion suffirait à les libérer.

En un gémissement, la douleur jaillit dans mes poignets au moment où les chaînes me tirèrent vers le haut jusqu'à ce que je me retrouve suspendue dans les airs. Je fus accueillie par un ciel nocturne étoilé, paisible et éternel comme il l'était toujours. La lune de sang n'était pas encore exactement en position. Je sentais ses rayons éveiller mon pouvoir, comme ils l'auraient fait avec n'importe quelle sorcière.

Mais je n'étais pas n'importe laquelle, j'étais une Sorcière du Destin, reliée à quatre protecteurs immortels, ainsi qu'à un dieu.

Une faux rouge enflammée traversa mon champ de vision, suspendue dans les airs et invoquée par Sarina. Cette dernière entama les incantations de la cérémonie à voix basse, et je parvins à discerner certains des mots qui précédaient le maléfice permettant de transférer l'énergie causée par ma mort à la Sorcière de Sang et de lui offrir encore mille ans d'existence.

Je luttai contre la magie qui m'écrasait et vis l'Élue tressaillir contre l'emprise de Sarina. Elle préparait un autre sort, ce qui signifiait qu'elle ne pouvait pas les contrôler à cent pour cent. Si je pouvais simplement les pousser un peu...

— Hé ! Iris ! criai-je à l'intention de la cheffe de la Congrégation du Saphir. (Elle sursauta, son regard blanc était tremblant et incertain.) Tu es au courant que j'ai accusé l'un des petits cons de ta congrégation pour le sort de chiasse que j'avais lancé sur Lauren ? Oui, c'était moi, et la vengeance démesurée que Lauren a entamée après cela était entièrement ma faute.

La main gauche d'Iris tressaillit en entendant mes aveux, et je retrouvai le sourire. Lauren avait semé la terreur dans cette congrégation pendant plusieurs semaines, accomplissant toutes sortes de tours diaboliques. Il n'y avait eu aucune preuve pour démontrer qu'elle en était responsable, bien entendu, et la Congrégation du Saphir n'avait donc rien pu faire.

— Et toi ! Willa ! (L'Élue de la Congrégation de l'Ambre se tourna vers moi en m'entendant prononcer son nom.) Tu comptes vraiment laisser Sarina me détruire et s'emparer de toute ma puissance ? Je croyais que tu étais l'historienne des Congrégations Royales. Tu vas laisser toute cette histoire passionnante disparaître ? J'ai des vies antérieures et des trucs que tu pourrais étudier. Sarina se moque de toi !

Sarina rugit, et la faux s'abaissa jusqu'à ce que sa chaleur me fasse transpirer.

— Ferme-la ou je te tue immédiatement !

Je l'ignorai et continuai ma tirade, insultant les émeraudes de Rebecca en les comparant aux gemmes de vomi des Congrégations Royales, et en crachant à Heather que les perles étaient réservées aux pétasses prétentieuses. Enfin, lorsque je dis à Lenora que Tante Sandra avait raconté que sa robe lui donnait un gros cul, quelque chose se brisa dans l'air.

Toutes les Élues sortirent du charme qui les affectait, se retournèrent contre Sarina, et, sans perdre une seconde, leurs voix émergèrent en de basses incantations. La magie se mit à fendre l'air comme une centaine de dagues acérées.

Sarina, distraite par son propre sort, fut saisie par la surprise, et des coupures surgirent sur toute sa peau éthérée, projetant une mare de sang sombre tout autour de ses pieds. Elle fit tourbillonner sa faux pour s'en servir tel un bouclier et se protéger du mieux possible de l'assaut.

Des mains puissantes brisaient mes chaînes avant même que je n'aie le temps de m'asseoir, et Bast, me prenant dans ses bras, me souleva de l'autel sacrificiel noir et lisse.

— Bon travail, me complimenta-t-il en chuchotant avant de m'emmener plus profondément dans les ombres.

Plutôt que de reprendre le chemin vers les Congrégations Royales, nous nous glissâmes au milieu des fleurs noires mortes. Nous écrasions sous nos pas les feuilles brunes qui recouvraient un sol doux.

Le reste des gars nous suivit, esquivant facilement les lames invisibles qui glissaient dans l'air. Les vampires semblaient capables de ressentir leur présence et de les éviter à une vitesse surnaturelle jusqu'à ce ils furent assez proches de nous pour pouvoir ôter leurs propres chaînes.

Lorsqu'Aaron présenta Cassidy logée sous son bras, évanouie, mais vivante, je lâchai un soupir de soulagement.

Marcus caressa ma joue, balayant une traînée de sang avec son doigt avant de le porter à sa bouche. Ses yeux rouges brillèrent de la magie fraîche qu'il venait d'avaler.

— Tu peux puiser de l'énergie chez Quinn et moi, m'informa-t-il en indiquant mes artefacts. Mais étant donné que notre lien est scellé, tu devras surtout piocher dans mon pouvoir. Ne te retiens pas.

J'acquiesçai en tremblant et leur tournai le dos, me sentant soudainement intimidée par tout ce public. Je devais ouvrir le portail pour regagner Berlin et nous permettre de nous échapper. Le premier endroit que je parvins à visualiser fut la maison dans laquelle j'avais appris à connaître mes hommes. C'était le premier lieu que j'avais réellement pu considérer comme un chez-moi, là où je me sentais en sécurité.

Cette image et cette sensation occupaient maintenant mon esprit, je commençai à tracer les runes que Sandra m'avait enseignées tout en prononçant les incantations en rythme avec chaque mouvement de mon doigt sur le sol. La puissance montait en moi, et je grimaçai lorsque mon bracelet mordit mon poignet, mais je ne m'arrêtai pas.

Avec mon autre main, je caressai les plumes en bataille qui ornaient mon masque de bal, avant de passer mes doigts sur mes boucles d'oreilles. Des roses et des jasmins se mirent à éclore autour de moi, remplissant la ligne où je venais de tracer la première rune. Le sol vrombit, et l'air se mit à scintiller de lueurs mauves.

Un hurlement surgit depuis l'autel sacrificiel, et je fus tentée de regarder ce qui s'y passait. Sarina était-elle en train de gagner ? Ou les Élues avaient-elles déjà réussi à la vaincre ? Elles étaient nombreuses et très énervées. Même si la lune de sang offrait plus de puissance à Sarina, elle avait perdu l'élément de surprise.

— Continue, intima Cassidy d'une voix rauque qui me prit aux tripes. Je veux qu'on se tire d'ici.

Bon. Concentre-toi.

Je dessinai la deuxième rune, mais lorsque je portai la main à mes boucles d'oreilles pour les toucher, je découvris qu'elles étaient gelées. Marcus se tenait juste à côté de moi, les lèvres collées à mon oreille et murmurait à quel point il m'aimait. Je fermai les yeux et laissai le pouvoir s'accumuler en moi tandis que je terminais de dessiner la rune.

Encore une. Je me sentais déjà épuisée et enfonçai mon doigt dans le sol à côté des deux marques scintillantes.

— Je ne sais pas si je peux y arriver, protestai-je. Je n'avais jamais lancé un tel sort auparavant.

Marcus prit délicatement mon menton sous son doigt et me fit tourner la tête pour que je sois face à lui. Ses crocs étaient sortis, ses cheveux noirs d'habitude parfaitement coiffés en arrière étaient maintenant en bataille devant ses yeux, lesquels brûlaient d'émotion.

— Tu ne mourras pas ici, me promit-il avant de poser un baiser sur mes lèvres.

Sa langue se faufila dans ma bouche sans ma permission, et je laissai échapper un gémissement.

Puis je sentis le goût du sang.

Ce n'était pas le mien. Marcus s'était mordu et m'en nourrissait désormais. Je n'en avais jamais bu, encore moins celui d'un vampire, mais je ne m'attendais pas du tout à ça. Il avait un goût sucré et apporta la quantité de magie dont j'avais besoin pour reprendre des forces. Lorsque Marcus s'éloigna de moi, il afficha un sourire. Il était affaibli, mais vivant.

— La rune, me rappela-t-il.

— Merde, c'est vrai ! lâchai-je avant de tourner de nouveau mon attention vers le sol et de produire les longs tracés qui permettraient de lancer le maléfice.

Le portail s'ouvrit soudainement à seulement quelques centimètres de mon visage. Mes cheveux se mirent à voler en arrière, et une impulsion causée par le changement de pression résonna dans mes oreilles. C'était un accès instable, mal formé et amateur, mais il était ouvert.

— Allez ! cria Quinn avant de m'attraper par le bras, me tirant derrière lui.

Bast passa le sien autour de Marcus, qui semblait perdre rapidement ses forces. Ses paupières battaient rapidement, et ses yeux se révulsaient.

— Marcus ! hurlai-je.

Il n'avait pas intérêt à mourir ici, ou je le tuerais moi-même. Ne me demandez pas comment. Mais je comptais bien y arriver.

Aaron se précipita vers le portail avec Cassidy tandis que des cris résonnaient derrière nous et que le sol tremblait à mesure qu'un nouveau sort prenait forme sous nos pieds.

J'ignorais qui avait remporté la bataille, mais nous étions de nouveau le centre d'attention et nous étions poursuivis.

Sans me retourner pour découvrir qui avait gagné, je suivis Quinn sur ses talons jusque dans la brèche, et tout devint soudainement noir.

QUATRE CAVALIERS

Être tirée violemment d'un portail instable est tout aussi amusant que cela en a l'air. Mes intestins étaient chamboulés, et tout était sombre autour de moi, mon cerveau refusant d'accepter ce monde où les lois de la physique n'avaient plus aucun sens.

J'étais beaucoup trop humaine pour ces conneries.

J'étais une sorcière de sang mortel, ce qui signifiait que mes parents ne possédaient pas de pouvoirs. Ils étaient aussi humains que des humains pouvaient l'être, ce qui n'était pas surprenant compte tenu des événements de ma vie antérieure. J'avais été tuée par cette salope sadique de la Congrégation du Sang, et mon âme souhaitait donc probablement ne plus jamais être mêlée à la sorcellerie.

Pourtant, lorsque la Congrégation de l'Améthyste m'avait recueillie et avait commencé à me nourrir de magie, j'avais changé de manière fondamentale. La plupart des mortels ne pouvaient pas survivre au processus, surtout s'il avait lieu tard durant la vie. Je n'en avais conservé aucun souvenir, hormis la sensation de vouloir constamment vomir mes intestins jusqu'à être complètement vidée.

En tombant sur le sol d'herbe douce, je maintins une main sur mon ventre et commençai à revivre des réminiscences de mon enfance. Le portail était alimenté par ma sorcellerie, mais le traverser sans la protection compétente d'une congrégation équivalait à passer à l'intérieur d'un fil électrique. Il n'y avait aucune chance que je m'en sorte sans me brûler.

Je clignai rapidement des yeux pour voir un peu plus clairement le bâtiment penché face à nous. Il semblait si sombre et tordu. Mince, j'étais vraiment perdue.

C'était Quinn qui m'avait traînée au travers du passage, et il me tenait encore fermement par le bras. Il resserra davantage son emprise tout en me suivant mon regard.

— On ne peut pas rester ici, dit-il. (Comme je ne répondais pas, il me secoua doucement.) Jeune fille, je sais que tu es épuisée, mais il faut que tu restes concentrée encore un peu plus longtemps. Tu peux y arriver pour moi ?

Je ne pouvais détacher mes yeux de la fumée qui s'échappait de l'édifice. J'avais visualisé le lieu où j'avais souhaité que le portail nous emmène : la maison dans laquelle M. et Mme Styles nous avaient accueillis, et où nous nous étions sentis en sécurité. L'angoisse fit geler mon sang dans mes veines.

— Quoi ?

Cette simple question m'échappa. Qu'est-ce que j'avais devant les yeux ? Cela devait être un cauchemar, pas vrai ?

Cassidy me libéra de la poigne de fer de Quinn et me prit dans ses bras. Les sanglots jaillirent lorsque je compris qu'il ne s'agissait pas d'un rêve.

— Hé, murmura-t-elle tout en écartant les cheveux de devant mon visage. Le vampire a raison. On ne peut pas rester ici, Evie.

Je la dévisageai, le regard affolé, et des larmes piquèrent ma plaie à l'endroit où Sarina avait blessé ma joue.

— Pourquoi sont-ils morts ? lui demandai-je, sachant qu'elle serait incapable de me répondre.

Sa lèvre inférieure se mit à trembler, mais elle plissa la bouche avant de laisser apparaître qu'elle était sur le point de s'effondrer et se redressa. Je reconnaissais là ma Cassidy. Qu'importe la situation, elle était toujours la plus forte.

— On découvrira le pourquoi du comment plus tard, m'assura-t-elle tout en me serrant l'épaule. On n'y arrivera pas si ceux qui ont fait ça nous trouvent aussi.

Je hochai la tête en tremblant, et elle me lâcha enfin. Je détournai les yeux lorsqu'un étrange son lointain se mit à résonner dans mes oreilles, et je remarquai que Quinn avait porté deux doigts dans sa bouche et soufflait. Je fronçai les sourcils et compris qu'il sifflait, mais je ne pouvais rien entendre.

Je le *ressentais*.

À son appel répondit un galop de sabots qui creusaient la terre molle.

Des chevaux plus noirs que la nuit émergèrent des ombres, et la lueur rouge de leurs yeux me fit sursauter. Leur robe parfaitement lisse brillait comme le ciel de minuit.

— Tu n'as rien à craindre d'eux, lança Marcus tout en frottant mon bras. Ce sont nos montures.

Quatre d'entre eux approchèrent, dont l'un était marqué d'une cicatrice le long de l'œil gauche. Aaron lui offrit une caresse affectueuse.

Je n'en croyais pas mes yeux.

— Waouh ! Vous n'êtes pas les quatre cavaliers de l'Apocalypse, j'espère ? Parce que je ne pourrai pas supporter ce genre de conneries.

Quinn ricana et passa une main rassurante sur la croupe de son équidé.

— Nous sommes peut-être dans une dimension parallèle, jeune fille, mais dans cette vie, non, nous sommes de simples mages transformés en vampires qui ont changé leurs familiers en chevaux.

Je relevai un sourcil.

— Oui, normal. Vous avez donc toujours vos familiers ?

Ils rirent en chœur comme si j'avais raconté la blague du siècle.

— Seuls les mages dignes de ce nom les conservent, m'expliqua Marcus avec un clin d'œil. Les congrégations ne veulent pas que tu le saches.

Je lançai un regard rapide vers Bast, et il se contenta de passer sa langue de manière lubrique sur ses lèvres.

— D'accord.

Nous montâmes les chevaux, Bast et Cassidy partageant la monture d'Aaron, car cette dernière était la plus robuste. Marcus et moi montâmes sur la sienne, et Quinn enfourcha son propre cheval dont les sabots étaient teintés de rouge sauvage, laissant Killian et Aaron chevaucher le dernier qui semblait tout aussi enthousiaste que son maître à l'idée d'avoir deux hommes sur son dos.

Marcus passa son bras autour de ma taille et me rapprocha contre lui plus qu'il n'en avait besoin.

— En avant ! entonna-t-il, et les autres crièrent de joie. (Il gloussa dans mon oreille.) J'ai toujours voulu faire ça.

Je levai les yeux au ciel.

Les hommes, je vous jure.

LES CHEVAUX ÉTAIENT EFFECTIVEMENT des familiers et possédaient eux-mêmes une magie impressionnante. De la même manière dont Bast m'avait nourrie de doses de sorcellerie chaque fois que nous entrions en contact, les montures exsudaient une pure puissance et ne semblaient pas vouloir la garder pour elles. L'air scintillait autour de nous tandis que nous glissions au travers d'un voile où leurs sabots évoluaient sans le moindre effort à quelques centimètres au-dessus du sol, flottant au travers des bâtiments et des arbres comme s'ils n'existaient même pas.

Cette sensation était déconcertante, mais je pouvais encore ressentir mon enveloppe corporelle, ainsi que Marcus derrière moi. Chaque mouvement du cheval provoquait une friction entre les hanches de Marcus et mes fesses, qui semblaient accueillir sa queue grossissante bien trop parfaitement.

— Je commence à être à l'aise, grogna-t-il dans mon oreille, sa main remontant doucement vers ma poitrine.

Horrifiée, je regardai autour de moi pour m'assurer que les autres ne pouvaient pas nous voir, mais un voile fantomatique nous rendait invisibles.

— C'est pas juste, protestai-je à contrecœur, personne ne peut t'empêcher de me molester.

J'étais à peu près certaine que sauter de ma monture durant cet étrange sort n'aurait pas résulté en quelque chose de plaisant.

Il n'y avait aucun risque que cela se produise toutefois, car Marcus me tenait fermement contre lui, et son sexe durcissait de plus en plus derrière moi.

— Quand nous serons seuls, je te ferai toutes les choses que tu as désirées.

Je ravalai la boule qui occupait ma gorge et ne protestai pas en sentant sa main descendre de mon torse à mon ventre, s'arrêtant juste au-dessus du centre d'où émanait le besoin que je ressentais pour lui.

— Et si je fantasmais sur Quinn ? rétorquai-je, espérant provoquer la jalousie du vampire.

Je me rendis compte de mon erreur lorsque sa paume glissa un peu plus bas pour prendre possession de moi.

— Alors, il se joindra à nous, car je n'attendrai pas mon tour pour te prendre.

Mes joues rougirent lorsque ces images envahirent mon esprit.

— Oh ! lâchai-je d'un ton pathétique.

Marcus gloussa.

— Regarde, nous y sommes presque.

Parvenant à concentrer mon regard au travers du brouillard, j'observai les autres chevaux qui se rangeaient sur nos flancs, Quinn sur notre gauche, les autres sur la droite, à mesure que nous filions vers un trou béant dont les rebords brillaient d'une lueur écarlate.

Cela me rappelait la magie de sang, et cette crainte fit partir mon cœur au galop, à une vitesse qui correspondait à notre rythme.

Marcus me serra contre lui.

— Tu n'as rien à craindre, Evelyn. C'est un bastion vampirique. Tu y seras en sécurité.

Je voulais sincèrement le croire, mais tous les vampires n'étaient pas dignes de confiance. D'ailleurs, selon moi, aucun d'entre eux ne l'était. Mes hommes étaient mes gardiens et avaient autrefois été des mages, ce qui faisait d'eux des exceptions à la règle. Les autres ? Ils avaient échangé leur vie pour l'immortalité, s'étaient liés à la magie de sang et n'étaient pas différents des sorcières qui avaient rejoint la Congrégation du Sang.

— J'ai confiance en toi, prononçai-je d'une voix que je savais peu convaincante.

Lorsque la brume se dispersa et que les chevaux quittèrent le voile de sorcellerie, l'odeur de sang et l'impact des regards insistants me heurtèrent, me faisant sursauter.

Oui, ça n'allait pas bien se passer.

SOUTERRAIN

— *B*ienvenue dans le réseau souterrain, annonça gaiement un vampire.

Il aurait presque pu avoir l'air amical sans la traînée de sang qui dégoulinait sur le côté de son menton.

Quinn se racla la gorge et la lui indiqua.

— Euh, tu as quelque chose sur ton… ouais, juste là.

Le vampire plissa les yeux et se passa les doigts sur le visage, mais ne parvint qu'à se salir encore plus.

— C'est mieux ? demanda-t-il.

Quinn grimaça.

— Euh, ouais, c'est bon.

Le type afficha un air rayonnant.

— Nous n'avons que rarement des invités non vampiriques, dit-il, son attention clairement dirigée vers moi.

Ses yeux de rubis s'illuminèrent d'une excitation qui me mit mal à l'aise. Lorsqu'ils se portèrent sur la veine qui pulsait au niveau de mon cou, Marcus claqua des doigts.

— Hé, relève la tête, Jeff ! cracha Marcus.

Le vampire sursauta, et son regard retrouva aussitôt celui de Marcus.

— Bien sûr, désolé, patron ! Content de vous revoir. Nous allons préparer les chambres.

Il s'inclina bas, balayant de ses bras les rideaux ondulants qui pendaient depuis une colonne haute comme deux étages.

— Par ici.

Nous avions atterri dans une chambre obscure où des piliers s'élevaient vers les ténèbres.

— Où sommes-nous ? demandai-je, à la fois terrifiée et fascinée, tout en suivant Marcus de près parmi les draperies.

— Ceci est l'antichambre de l'un de nos bastions souterrains. (Il m'adressa un clin d'œil.) Tu nous as aidés à les créer.

— Oh ! lançai-je avant de m'illuminer. Bien sûr, c'était moi.

Je n'étais pas prête pour la vision qui m'attendait derrière les rideaux. En pensant à un bastion souterrain de vampires, j'avais imaginé des cavernes humides et des cadavres flottant à la dérive. À la place, je découvris un niveau de luxe qui aurait fait rougir les Congrégations Royales.

De longues balustrades longeaient les murs décorés de superbes chefs-d'œuvre. Chaque tableau était encadré d'or et de cristal. De riches tapis menaient à des couloirs pavés de marbre, et je me sentis nauséeuse en traversant les différents passages et portes.

Jeff nous invita à nous presser.

— Par ici, je vous prie.

Notre groupe de marginaux épuisés et blessés le suivit. Des centaines de vampires conversaient, se figeant en nous voyant. Beaucoup d'entre eux avaient un humain ou une humaine au bras, et ces derniers ne semblaient pas être sous l'influence du moindre sort. Ils nous regardaient timidement, mais avec curiosité, et Jeff somma tout le monde de cesser de nous observer comme de la viande et de surveiller leurs manières. Les maîtres étaient de retour dans les lieux.

Je serrai les doigts de Marcus.

— Vous êtes haut placés ici ?

Le coin de sa bouche se leva en une moue amusée.

— On peut dire ça.

Nous marchâmes dans un étrange silence au milieu des couloirs où ne résonnait que le bruit de nos pas. Nous n'empruntâmes aucun des escaliers, mais suivîmes le marbre blanc jusqu'aux doubles portes décorées.

Jeff me sourit.

— Cela fait longtemps que nous n'avons pas eu des humains à dîner. Notre cheffe sera ravie.

Je relevai un sourcil en le dévisageant, espérant qu'il voulait dire que nous participerions au dîner et non pas que nous serions au menu, mais il se mit à frapper dans ses mains avec enthousiasme et ouvrit en grand les deux portes, donnant vie à une rangée de lumières dans la pièce qui éclairaient une longue table qui aurait pu facilement accueillir ma congrégation tout entière. Jeff sautilla – oui, sautilla – jusqu'à l'autre bout de la salle et sonna la cloche.

Un nuage de fumée mauve laissa apparaître une petite femme à l'air agacé.

— Jeff, je t'ai déjà expliqué que je ne peux pas te préparer de smoothies au sang.

Jeff se mordit la lèvre et grimaça en remarquant le regard de Marcus.

— Nous avons des invités, Falina.

La minuscule femme planta ses mains sur ses hanches et se retourna pour nous adresser des yeux sévères, mais lorsque sa rage rencontra le visage de mes hommes, ses sourcils et ses bras s'élevèrent vers le ciel.

— Mes maîtres ! Vous êtes en vie.

Elle se précipita pour prendre chacun d'entre eux dans ses bras, provoquant ma surprise.

Tous les gars semblaient heureux de la voir et l'embrassèrent chaleureusement, se baissant pour s'ajuster à sa petite taille.

Quinn posa même un rapide baiser sur le sommet de son crâne. Avant que la jalousie ne me prenne aux tripes, je remarquai que le geste semblait amical, comme entre frère et sœur, et rien de plus.

— Désolé que tu te sois inquiétée, Fal. (Il sourit, puis me désigna d'un geste de la main.) Nous avons deux invitées humaines pour le repas.

Elle joignit ses mains, et ses yeux brillèrent de nouveau d'excitation.

— Je n'ai pas reçu de vrais convives à dîner depuis des lustres ! (Elle emmena immédiatement Cassidy et moi à table.) Venez, mettez-vous à l'aise. Je sens que vous êtes absolument affamées.

J'adressai un regard inquiet à Marcus, mais son sourire ne fit que s'élargir.

— Je vous laisse entre les mains merveilleusement compétentes de Falina.

Je le grondai aussitôt qu'il se retourna.

— Où est-ce que vous allez comme ça ?

Quinn se faufila derrière lui pour déposer un rapide baiser sur ma joue. Il était bien plus sensuel dans sa manière d'appliquer ses lèvres sur ma peau qu'il ne l'avait été avec Falina, et je fus rassurée.

— Autrefois, nous dirigions ces lieux, jeune fille, nous avons beaucoup de choses à rattraper. (Ses yeux rubis scintillèrent de plaisir.) Je mourais d'envie de t'amener chez nous. Nous serons en sécurité ici, et tu peux faire confiance à tout le monde.

Je lui adressai un regard douteux, mais je fus rapidement convaincue par les délicieuses odeurs qui émanaient de la cuisine. Falina concoctait déjà quelque chose avec de l'ail, du beurre, des épices, et l'air lui-même était exquis. Je commençai aussitôt à saliver.

Quinn se mit à rire.

— Cette odeur est comme celle des égouts pour moi, mais cela a l'air de te plaire. Régale-toi. (Il donna un coup de coude à Bast.) Falina te préparera aussi quelque chose, mon chaton.

Bast lui jeta des yeux noirs.

— Je t'interdis de m'appeler « mon chaton ».

Quinn ignora le familier et rattrapa rapidement mes autres protecteurs qui nous quittaient pour rejoindre le couloir. Ce dernier semblait bien vide maintenant qu'il n'y avait plus que nous trois.

Je frôlai le bras de Bast, et un étrange choc électrique me fit sursauter. Ses iris en fentes se braquèrent sur moi.

— Qu'est-ce qui t'arrive ? s'enquit-il.

Je frottai mes doigts à l'endroit où la décharge m'avait atteinte.

— Je voulais simplement te réconforter. Il semblerait que cet endroit soit rempli d'électricité.

En me tournant vers la table, je vis que Cassidy y avait déjà pris place. Elle frissonna et plaça ses mains entre ses jambes tout en regardant son assiette vide. Je ne l'avais jamais vue aussi fatiguée.

— Tu te sens bien ? demandai-je, bien que ce fût probablement une question extrêmement stupide.

Elle avait échappé à la mort la veille à peine. Elle avait été traînée dans une situation qui la dépassait complètement à cause de moi.

Les yeux dans le vide de Cassidy semblèrent se muer en un rictus, et elle tendit la main pour saisir la mienne.

— Cela fait deux jours de suite que j'ai droit à un bon repas. Je dirais que les choses vont plutôt bien.

Je ne voulus pas la corriger en lui rappelant que nous avions passé plus d'une journée dans cette geôle. À la place, je lui souris et lui tapotai la main.

— Tu l'as bien mérité.

Lorsque Bast se déplaça comme pour s'asseoir à côté de moi, je me rapprochai de Cassidy pour lui laisser de la place. Au lieu de ça, il me tira sur ses genoux jusqu'à ce que ses bras soient de chaque côté de mon corps. Je protestai, essayant d'avoir l'air indignée en sentant son sexe dur frotter contre mon derrière.

— Tu permets ? Je ne veux pas que Falina me voie manger comme ça.

Il se blottit contre ma nuque, les fins poils sur son menton me chatouillant.

— Tu te débrouilleras. Je m'inquiétais pour toi.

Une faible vibration se mit à émaner de lui. Est-ce qu'il… ronronnait ?

— De plus, je pense que tu es en chaleur. Tu ne peux pas m'en vouloir de réagir ainsi face à toi.

Mon visage devint aussitôt écarlate.

— Quoi ? Je ne suis pas en chaleur. Qu'est-ce qui ne tourne pas rond chez toi ?

Cassidy gloussa, et je la fusillai du regard.

— Tu devrais être horrifiée et essayer de m'arracher à ses pattes, l'informai-je.

Elle haussa les épaules et saisit sa serviette, la dépliant avec soin.

— Je trouve ça mignon. (Elle m'adressa un sourire narquois.) En plus, je ne pense pas qu'il ait tort. Je peux te sentir d'ici, et je suis humaine.

Je me redressai.

— Me sentir ? De quoi tu parles, putain ?

Elle rit.

— Rien d'horrible. C'est comme une odeur de rose et de jasmin, et autre chose sur lequel je n'arrive pas à mettre le doigt. Quoi que ce soit, je n'ai commencé à le percevoir qu'il y a quelques instants lorsque Bast t'a touchée. C'est peut-être le niveau suivant du lien avec ton familier.

Elle sourit et tourna son attention vers sa serviette, faisant mine d'être fascinée par cette dernière.

— Bonne chance. Je ne crois pas que Bast va être capable de tenir très longtemps si tu continues comme ça.

Je reniflai mes aisselles, et je parvins presque à sentir un peu de magie émaner de moi. Bast ne cachait pas son intérêt, se pressait de plus en plus fort contre moi et faisait balader ses doigts contre mes bras, me grattant délicatement. Lorsque nous entendîmes des bruits provenant de la cuisine, je lui assénai un coup dans les côtes et exigeai qu'il me lâche. Il me laissa enfin tranquille et prit place devant sa propre assiette. Il ajusta son pantalon, l'air agacé, ce qui m'incita à sourire.

Falina apparut enfin avec une assiette dans chaque main, ainsi qu'un plateau supplémentaire sur chaque bras.

— Est-ce que… vous avez besoin d'aide ? proposai-je, mes yeux se baladant déjà sur les plats fumants.

Falina glissa vers nous, sa grâce et son sens de l'équilibre trahissant sa nature probablement pas tout à fait humaine. J'aurais pu jurer avoir aperçu une petite lueur mauve émaner du bout de ses doigts lorsqu'elle déposa les assiettes.

— Bien sûr que non. Je suis là pour vous servir. Vous êtes des invités du Palais.

Je levai un sourcil.

— Le Palais ?

Elle opina du chef, s'appliquant à disposer les plats en de belles rangées.

— C'est le nom du bastion dans lequel vous vous trouvez, ma chère.

Elle saisit nos assiettes et les remplit de mets succulents, allant de jambons farcis et de brochettes de fruits à des soufflés au fromage que je voulais avaler par dizaines.

Ne me souciant plus des milliers de questions qui bouillonnaient dans ma poitrine, j'attrapai une fourchette et commençai à me régaler.

Après avoir ingurgité quatre énormes bouchées, je jetai un regard discret sur l'assiette de Bast. Falina avait même préparé les petits œufs de saumon qu'il avait tant appréciés au festin du bal masqué.

— Tu n'en gardes pas un mauvais souvenir ? l'interrogeai-je la bouche pleine.

Il enfonça une nouvelle poignée dans sa bouche et commença à mâcher, l'air pensif.

— Non, dit-il après avoir avalé, ils sont toujours délicieux. Je pense que ceux-ci sont même encore meilleurs.

Falina, qui sortait de la cuisine avec de nouveaux aliments à nous faire goûter, rayonna en entendant ce compliment.

— Je n'ai eu que des familiers à nourrir ces derniers jours, même si ce sont des chevaux. J'avais deviné qu'un familier félin aimerait des plats à base de poisson, même sous sa forme humaine.

Cassidy dévorait ce qui se trouvait dans son assiette sans même s'interrompre pour parler, mais elle s'arrêta et posa sa fourchette.

— Comment savez-vous que c'est un familier ?

Bast bomba le torse.

— Je t'apprendrai que je suis le dieu des familiers.

Falina lui tapota la tête, et mes yeux devinrent aussi larges que des soucoupes. J'observai la manière dont Bast allait réagir, mais lorsqu'elle le gratta derrière l'oreille, ses paupières se plissèrent, et il se détendit.

— Bien sûr, mon cher. Je le vois bien.

Satisfait, Bast se reconcentra sur son festin, tout comme nous. Nous n'arrêtâmes de manger que lorsque la nausée commença à nous saisir et que nous nous tînmes le ventre de satisfaction.

Falina commença à débarrasser la table, et, cette fois-ci, je distinguai très clairement les nuances de mauve qui se dégageaient du bout de ses doigts.

— Qu'est-ce que c'est ? questionnai-je en désignant une étincelle qui flottait dans l'air.

Elle le chassa d'un geste de la main comme si cela la dérangeait.

— Étant donné que je suis une demi-fée, j'ai parfois des fuites. Ne faites pas attention à moi.

Mes yeux s'écarquillèrent, et Cassidy avala son breuvage de travers.

— Fée ? répétai-je, éberluée.

Je savais qu'il existait de nombreuses créatures surnaturelles dans ce monde, mais certaines d'entre elles n'étaient que des légendes et, pour ainsi dire, des contes de fées.

Falina ne semblait pas fière de ses origines, et elle chassait les paillettes roses qui salissaient sa robe.

— Oui, du côté de ma mère. Je ne l'ai jamais rencontrée, bien sûr. Elle a séduit mon père, un mage, puis m'a abandonnée avec lui. (Elle soupira avant de récupérer encore quelques assiettes.) Enfin bref. Cela remonte à plus de deux mille ans. Je ne devrais pas laisser cela me perturber.

Nos regards restèrent fixés sur Falina, et elle commença à murmurer une chanson avant de quitter rapidement la pièce.

Je jetai un œil complice à Cassidy et, me comprenant, elle acquiesça en hochant la tête.

Nous étions complètement dépassées.

IL FAIT CHAUD ICI ?

Une fois les assiettes débarrassées, Jeff apparut dans l'encadrement de la porte, l'air à la fois nerveux et enthousiaste, et je ressentais que cela devait être son attitude habituelle. Il semblait jouer le rôle de domestique, mais sa chemise à moitié ouverte qui révélait des abdominaux parfaits ainsi que le maquillage charbonneux autour de ses yeux lui donnaient plutôt un air de rock star bad boy porté sur la boisson.

Il esquissa un sourire en remarquant que je l'observais.

— Si madame est satisfaite du repas, puis-je vous guider, ainsi que vos invités, vers les chambres à coucher ?

Je lui jetai un regard méfiant.

— Où sont les autres ? Marcus m'avait dit que je serais en sécurité ici, mais je ne suis pas encore prête à me fier à des inconnus.

Jeff se lécha les doigts et commença à se recoiffer.

— Ils sont avec Tiros. Il y a de nombreux rites de transfert à effectuer. (Il afficha un grand rictus, laissant apparaître ses dents brillantes.) Tiros n'est pas aussi enthousiasmé de leur retour que moi. Mais tout ira bien. Les maîtres peuvent le gérer.

Mes doigts se serrèrent en poings. Tout le monde n'était donc pas aussi digne de confiance que Marcus souhaitait me faire croire.

— Quand reviendront-ils ?

Jeff se mit à agiter ses mains en l'air, comme si je venais à bout de sa patience.

— Ils sont très occupés. Ils ont beaucoup de sujets à aborder. La plupart des vampires n'ont pas besoin de dormir, mais les maîtres s'y adonnent de temps en temps. Les petits humains nécessitent du repos, n'est-ce pas ? Quelles créatures fragiles.

Il balbutia lorsque je le fusillai du regard.

— Enfin, les sorcières aussi. Bien plus fragiles, bien sûr.

Je levai les yeux au ciel et passai à côté de lui.

— Oui, c'est ça. Allons-y.

Je refusai de l'admettre, mais après un repas comme celui-ci, j'étais prête à m'effondrer et à pioncer pendant une semaine.

Cassidy fit glisser ses doigts entre les miens pendant que nous marchions. Je serrai sa main pour la rassurer. L'endroit était magnifique, mais aussi intimidant. Comme elle, je ne voulais pas me retrouver seule.

Je tentai de capter des bouts de conversation tandis que nous parcourions les couloirs. Des rambardes ornaient les étages supérieurs, et les voix pleuvaient sur nous comme une averse, nous aspergeant de juste assez d'informations pour nous rendre folles.

— Tu as vu qui ils ont ramenés ?

— Ils décident de revenir maintenant, après tout ce temps ?

— Pour qui est-ce qu'ils se prennent ?

Rien de tout ceci ne présageait quoi que ce soit de bon, et je relevai d'un cran ma jauge de méfiance vis-à-vis de tous les vampires présents dans les lieux, y compris Jeff.

Comme s'il avait deviné que j'avais choisi de ne pas lui faire confiance, il se pressa pour me dépasser et m'ouvrir une porte.

— La meilleure chambre que nous ayons ! déclara-t-il.

Bast le poussa hors du chemin.

— Allons-y, Evelyn, dit-il d'un ton bourru et autoritaire.

Les crocs de Jeff s'allongèrent, et il se mit à feuler tout en levant ses doigts en de faux mouvements de griffures, comme Dracula, ce qui était étonnamment adorable de sa part et m'arracha un gloussement. Il me jeta un regard noir.

— Cette pièce est pour notre estimée invitée, pas pour les dieux chats puants.

Je lui adressai un signe de la main.

— Tout va bien, Jeff. Bast est mon familier. Il a toujours dormi dans mes quartiers.

Jeff se relaxa, mais continua de nous considérer d'un air inquiet. Je ne mentionnai pas le fait que Bast n'avait jamais été sous apparence humaine lorsque nous avions partagé la même chambre.

— Et pour moi ? demanda Cassidy, les mains ancrées sur ses hanches. Je ne veux pas trop m'éloigner d'Evie. Je ne fais pas confiance aux salopards à crocs, même quand ils sont canons comme vous.

Ses joues virèrent au rouge lorsque son regard tomba sur la chemise entrouverte de Jeff.

Je ne pus me retenir d'éclater de rire. Je cachai ma bouche avec mes deux mains, mais grimaçai en me rendant compte qu'elles étaient couvertes d'un intense parfum de rose et d'une légère odeur d'herbes que je ne reconnaissais pas. J'écarquillai les yeux, horrifiée. J'avais tenu la main de Cassidy, ce qui signifiait…

Jeff semblait complètement ignorer l'intérêt qu'elle lui portait, et il ouvrit une porte de l'autre côté du couloir, directement en face de la mienne.

— Les maîtres m'ont ordonné de vous donner la deuxième meilleure chambre de la maison. Je vous en prie, mettez-vous à l'aise.

Cassidy balaya la pièce du regard puis se tourna vers moi, l'air ébahi.

— Le lit est gigantesque ! déclara-t-elle en murmurant un hurlement. (Puis elle releva un sourcil en dévisageant Jeff.) Tu ne serais pas, euh… fatigué par hasard ?

Jeff plissa les yeux, ignorant complètement son sous-entendu.

— Comme je l'ai expliqué, la plupart des vampires ne dorment pas. Je ne le pourrais même pas si je voulais. Je suis comme le lapin Duracell, mais avec des crocs.

Cassidy ricana et passa son doigt sur sa clavicule.

— J'aime bien les lapins, dit-elle d'une voix plus douce.

Il sembla enfin comprendre les signes qu'elle lui envoyait, et son visage s'illumina.

— Oh, vraiment ? Eh bien, je pourrais vous parler de toutes les choses que j'ai en commun avec eux.

Je les observais, fascinée. Ils disparurent dans la chambre de Cassidy, et la porte se referma derrière eux.

Bast gloussa et saisit mon poignet pour me guider vers notre chambre.

— Tu es fière de toi ?

UN LIEN FAMILIER

Mes chaleurs magiques empiraient vraiment. À la seconde où je m'approchai de Bast, ses narines frémirent et il s'éloigna brusquement.

— Si tu ne veux pas que j'explose dans mon pantalon, tu ferais mieux de ne pas t'approcher de moi avec une odeur pareille.

Hérissée, je reculai d'un pas.

— Tu te fiches de moi, Bast ? Tu as un problème avec moi ?

Les yeux dilatés, il me dévisagea tout en se léchant les lèvres. Jamais je n'avais éprouvé une telle sensation d'être un morceau de viande à dévorer.

— Eh bien, ma transformation en humain a eu lieu parce que tu as refusé de briser notre lien. J'espérais que tu souhaiterais renforcer ce qui existait déjà entre nous. (Son regard devint distant.) Quand tu as rencontré tes protecteurs, je n'étais pas sûr que tu aurais toujours envie de me voir.

Sans même réfléchir, je m'approchai de lui et posai ma main sur son torse. Ses muscles endurcis réagirent à mon toucher. Je savais que le parfum de ma magie l'affectait à présent énormément, mais il était hors de question de le laisser croire que je pourrais un jour vouloir briser notre connexion.

— Tu ne m'as jamais révélé ce que tu étais vraiment, protestai-je. Quand j'ai formé mon lien avec les autres, je pensais que tu étais simplement mon ami, mon familier.

Ses narines tressaillirent, et ses doigts dansèrent entre les racines de mes cheveux, tirant ma tête en arrière et exposant mon cou. Ses lèvres frôlèrent ma peau, et il se mit de nouveau à ronronner. Son corps pressé contre le mien créait en moi une sensation enivrante.

— Je les envie. Mais à présent, tu es en chaleur. Tu réagis à notre connexion. Ton corps souhaite la solidifier. (Il esquissa un sourire en coin tout en aventurant ses dents sur ma nuque.) Si ce n'est pas ce que tu désires, tu n'as qu'à me dire stop. Je peux te laisser à tes protecteurs si c'est ce que tu veux vraiment.

Son besoin endurci se pressa contre ma hanche, et, comme il l'avait anticipé, je réagis à mes instincts. Mes mains se dirigèrent vers sa ceinture, et mes doigts se glissèrent en dessous jusqu'à trouver sa peau délicate. Il lâcha un souffle quand j'atteignis sa longueur dure et la choyai fermement.

— Je ne te quitterai jamais, Bast, à condition que tu me promettes de ne jamais m'abandonner.

Son regard se voila tandis qu'il acceptait mes caresses. Ses doigts se dirigèrent sous mon haut pour mettre à nu mon épaule. Il se pencha et commença à la mordiller, comme s'il avait envie de goûter chaque centimètre de mon corps.

— Je ne suis pas comme tes protecteurs, Evelyn. Je serai jaloux quand tu seras avec eux.

En repensant à ce que Marcus m'avait dit, je souris.

— Alors, peut-être que tu devrais te joindre à nous, ainsi tu ne serais pas séparé de moi.

Ses yeux s'élargirent, puis son visage prit une expression sauvage.

— Tu es pleine de surprises, petite sorcière.

Après avoir formé ses mains en coupe pour accueillir la rondeur de mes fesses, il me hissa sur ses hanches, et j'entourai mes bras autour de son cou. Il bougea son bassin contre moi, les couches de vêtements qui nous séparaient me faisant gémir et me tortiller de frustration. Je pouvais ressentir quelque chose en moi qui m'excitait monstrueusement. De la chaleur émanait littéralement de ma peau, suivie de senteurs de rose ainsi que de cette herbe si particulière.

Je balançai ma tête en arrière lorsque Bast commença à se frotter plus fort contre moi, me procurant juste assez de plaisir pour me rendre folle.

— Par les dieux, quelle est cette odeur que j'émets ?

Il gloussa.

— Tu veux vraiment le savoir ?

Mon cœur tambourinait dans mes oreilles, mais je me concentrai sur ses paroles.

— Oui, lançai-je tout en le fixant droit dans les yeux. Qu'est-ce que c'est ?

Avec un grognement, il me laissa tomber sur le lit et releva ma robe au-dessus de ma tête d'un seul geste. Ses doigts filèrent vers mes sous-vêtements. Une de ses griffes s'allongea et traça un chemin jusqu'à mon ventre sans me blesser. Il trancha le fin tissu pour qu'il tombe de ma peau, et je soupirai en sentant l'air froid atteindre mes parties excitées.

— C'est délicieux, me dit-il, retroussant sa griffe avant de tracer un cercle autour de mon clitoris, ce qui m'arracha un gémissement. Ça me rend fou.

Ses iris étaient complètement dilatés à présent, et ses yeux étaient sombres et remplis de désir. Il planta un doigt en moi, me faisant pousser un cri.

Il en plaça un autre et les enfonça jusqu'à ses jointures. Tout en effectuant ses va-et-vient, il utilisa son autre main pour ouvrir la braguette de son pantalon et laisser échapper son impressionnante érection. Je commençai à saliver en la voyant.

Avec un grondement, il me tira contre lui, m'attrapa par les hanches et nous retourna tous les deux afin qu'il soit allongé sur le lit. Mon cul était désormais contre son visage, et sa queue entière en face du mien. Je la contemplais, hypnotisée, puis gémis en sentant sa langue rugueuse parcourir ma peau mouillée, éveillant des nerfs et des plaisirs que je n'avais jamais éprouvés auparavant.

— Waouh, soufflai-je, ta langue.

La sensation de ses léchages était incroyable. Il releva son bassin, poussant son sexe contre ma figure. Je n'eus pas besoin d'en demander plus, et j'enroulai mes lèvres autour du bout. Je fus récompensée par un grognement, et sa bite pulsa dans ma bouche.

Ma confiance renforcée par les sons de plaisir qu'il poussait, je le dégustai et tentai de garder le contrôle de moi-même pendant qu'il me dévorait entre les cuisses. En approchant du sommet, je l'obligeai à sortir de ma bouche.

— Bast, arrête, tu vas me faire…

Il serra mon clitoris entre ses lèvres, me faisant tressaillir en un puissant orgasme tandis que sa langue dansait sur l'emplacement parfait.

Un plaisir si intense qu'il en était presque douloureux me força à courber le dos face aux sensations qu'il m'offrait. Je laissai l'électricité remonter tout le long de mon corps avant de m'effondrer pathétiquement en haletant.

La queue de Bast palpita devant mon visage, mais j'étais trop exténuée pour lui offrir le soin qu'il méritait. Il me retourna et fit passer mes jambes autour de sa taille avant d'aligner son sexe avec mon entrejambe en feu. Il me sourit de toutes ses dents, ses lèvres gonflées et humides.

— Acceptes-tu notre lien ? demanda-t-il d'un ton sérieux.

Il déplaça le bout de sa queue contre mon clitoris qui pulsait, me donnant des frissons.

— Seulement si tu me dis ce qu'est cette foutue odeur, rétorquai-je sèchement, n'oubliant pas le sujet de notre conversation.

Son rictus s'élargit.

— C'est de l'herbe à chat.

J'en restai bouche bée.

— De l'herbe à chat ? hurlai-je presque. Par les dieux, je, oh…

Lorsqu'il commença à me pénétrer, mes yeux se révulsèrent, et je perdis tout intérêt pour la nature de la senteur magique qui émanait de moi tant qu'il continuerait de m'infliger ce genre de choses.

Il s'arrêta juste avant que toute la largeur de son gland puisse m'écarter.

— Confirme-moi que c'est ce que tu souhaites.

Ce salopard voulait que je le supplie.

— Oui, répondis-je, sachant que ma posture était particulièrement pathétique, mais je m'en fichais complètement. J'ai envie que tu me baises. Je veux être liée à toi.

Il sourit.

— À ta guise, ma petite sorcière.

Il me récompensa en s'insérant entièrement en moi, la largeur et la taille de sa queue m'obligeant à courber le dos.

— Par les dieux ! criai-je.

Elle était grosse. Trop grosse. Lorsqu'il se mit à bouger, je m'agrippai aux draps.

Il souleva mes cuisses, son sexe m'atteignant à présent avec un angle parfait, puis son pouce passa sur mon clitoris tandis qu'il se mouvait.

— Jouis pour moi, m'ordonna-t-il d'une voix basse et rauque teintée d'un grondement inhumain.

J'ouvris les yeux et découvris que ses dents aiguisées et le motif tacheté qui le recouvrait étaient plus marqués qu'auparavant. Il maintenait des allers et retours soutenus, ne se retirant jamais entièrement, tout en maintenant son pouce consciencieusement sur mon clitoris.

— Je ne peux pas, protestai-je.

Il m'avait déjà infligé un orgasme trop intense avec sa langue. Je me sentais à la fois submergée et épuisée, mais il continua de me toucher tandis que sa queue glissait en moi en va-et-vient, encore et encore, me torturant de ses mouvements langoureux.

Lorsqu'il commença à accélérer, il se mit à haleter, mais son regard restait braqué sur moi.

— Je ne pourrai pas être libre avant que tu jouisses sur ma queue, lâcha-t-il, ses mots crus me faisant rougir.

Je compris que je souhaitais qu'il éjacule en moi, et cette idée m'empourpra davantage. Me courbant encore à son contact, je me sentais atteindre mon sommet plus vite que ce à quoi je m'attendais. Il accéléra sa cadence, de plus en plus vite, son pouce s'agitant de manière frénétique sur mon clitoris et son sexe me percutant, tandis que ses hanches heurtaient mes fesses. Son attention constante me procura un orgasme intense, et je criai tandis que tout mon corps se raidissait sous un éclair de plaisir.

Bast grogna en atteignant lui aussi sa limite, sa semence chaude se répandant en moi et forçant mes muscles à se contracter autour de lui.

Lorsque nous fûmes tous les deux exténués, nous nous effondrâmes sur le lit, Bast toujours en moi, et nous profitâmes d'un sommeil fort nécessaire.

BAST DEVAIT s'être levé avant moi, car un oreiller se trouvait à présent sous ma tête, et une couverture recouvrait mon corps. Je la soulevai et découvris que j'étais encore nue, mais propre.

Je grimaçai en remarquant une étrange tache sur mon torse. Je la frottai, mais elle ne disparaissait pas.

Je balançai au loin le plaid et restai bouche bée en comprenant qu'il ne s'agissait pas du tout d'une souillure. C'était indéniablement un motif tigré qui me recouvrait désormais, de mon cou jusqu'à mes cuisses.

Bast choisit ce moment précis pour entrer dans la chambre, une serviette autour de la taille. Il semblait encore un peu plus sauvage qu'à son habitude, ses oreilles étaient particulièrement plus pointues, et ses poils étaient hérissés. Il afficha un sourire en me voyant éveillée. Son rictus s'agrandit lorsque son regard s'abaissa.

— Bonjour, ma petite sorcière.

Éberluée, je bondis hors du lit.

— Pas de « petite sorcière » avec moi ! déclarai-je avant de planter mon doigt contre son torse. C'est quoi ce truc ? Tu m'as refilé un tatouage durant mon sommeil ? Tu te fous de moi, Bast ?

Je me fichais de la façon dont il avait réussi à me marquer pendant que je dormais. Il était du genre sournois. Je l'en croyais capable.

Il leva les deux mains en l'air comme pour se rendre, ce qui fit bien sûr tomber la serviette à ses pieds. Sa queue était déjà dure.

— Je jure que je n'y suis pour rien. C'est un résultat du lien.

Je fronçai les sourcils en remarquant son membre rigide.

— Range ça.

Il gloussa et se pencha pour ramasser sa serviette.

— Désolé, mais tu es nue et tu es ma compagne, connectée à moi à présent. Si tu ne veux pas que je sois prêt pour toi, c'est à toi de ranger ça, contesta-t-il en indiquant ma poitrine au motif tigré d'un geste de la main.

Bouche bée, je tournai les talons et me dirigeai vers la commode. Je commençai à fouiller dans la multitude de vêtements raffinés. Il y en avait de toutes les tailles et de toutes les couleurs, mais je fouinai jusqu'à trouver une culotte en coton, un short et un débardeur tout au fond. En les enfilant, je jetai un regard en coin à Bast.

Il avait de nouveau ajusté sa serviette au-dessus de sa hanche, mais une bosse très prononcée était apparente entre ses puissantes cuisses. Tous les muscles de son torse étaient raidis, et ses narines frémirent.

— Je ne dégage plus cette odeur, j'espère ? protestai-je.

Il sourit, révélant ses dents pointues, ce qui lui donnait une apparence encore plus sexy et dangereuse.

— Elle n'est plus aussi puissante, mais je peux encore la sentir. Ton animal intérieur n'est pas satisfait. (Il caressa doucement son membre.) Tu en veux encore ?

Je levai la main devant mon visage afin de cacher cette vision obscène, bien que de la moiteur se formait entre mes jambes, provoquant en moi une sensation de chaleur et d'inconfort.

— Non. Pas maintenant. Il faut qu'on quitte cette chambre pour trouver Marcus.

Bast ricana.

— Tu as dit que tu ne me quitterais pas pour eux.

— Je ne t'abandonne pas ! hurlai-je, consciente que je commençais à parler comme une gamine agaçante, mais je m'en fichais.

Il refusait de m'écouter.

— Tu sais très bien que je ne peux pas défaire mon lien.

— Tu n'es pas obligée de te connecter à Killian ou Aaron, proposa-t-il, ses yeux se posant finalement sur les runes qui ornaient mon bras et qu'il avait évité de regarder jusqu'à maintenant. Au moins, je ne serais pas en concurrence avec ces deux-là.

Les runes de sang, qui affichaient ma relation avec Marcus et Quinn, avaient percé le voile du trompe-l'œil lorsque j'avais ouvert le portail qui nous avait ramenés sur Terre.

— Non, indiquai-je platement avant de marcher vers lui et de le dévisager d'un air sévère.

Je dus complètement pencher la tête en arrière afin de le regarder d'un air solennel, et je ne devais donc pas avoir l'air très intimidante, mais je m'y efforçais.

— Dis-moi, est-ce que c'est vraiment une histoire de jalousie ?

J'avais connu Bast toute ma vie, et il n'avait jamais aimé mes prétendants, mais je n'avais pas l'impression qu'il se souciait vraiment que je me sois liée à Marcus ou que j'avais entamé la formation de la connexion avec Quinn. Il me cachait quelque chose.

Il fronça les sourcils avant de croiser les bras sur son torse. Ce geste fit de nouveau tomber la serviette, et je refusai cette fois de baisser les yeux.

— C'est dangereux.

Je claquai des doigts devant ses yeux.

— Ah ! C'est donc ça ! Tu es inquiet pour moi. Mais pourquoi ? Qu'est-ce qui se produira lorsque je serai liée à chacun d'entre eux ?

Son regard devint plus sombre.

— Tu te remémoreras qui tu étais.

Il baissa les yeux afin de m'observer de haut en bas comme s'il pouvait distinguer au travers de mes vêtements.

— Tu me rejetteras lorsque cela arrivera. Je ne peux pas tenir tête à ce genre de pouvoir.

Son visage afficha une expression que je parvenais mal à reconnaître jusqu'à ce que je comprenne qu'il se sentait gêné. Il se gratta derrière l'oreille.

— Les congrégations me prennent pour un dieu, mais tu as toujours su voir au-delà de ce titre.

— Tu estimes ne pas être assez bon pour moi, soufflai-je.

Je souris et passai mes bras autour de sa nuque avant de le tirer vers moi, à ma hauteur, pour déposer un baiser sur ses lèvres.

— Bast. Tu étais là pour moi quand je n'avais personne d'autre. Jamais je ne te repousserai.

Bien qu'il ne semblât pas entièrement convaincu, il planta ses doigts dans mes cuisses et m'embrassa de nouveau, passant sa langue rugueuse sur la mienne et faisant fourmiller des sensations dans tout mon corps. Lorsqu'il quitta mes lèvres, ses iris en fentes m'observèrent avec affection.

— Je t'obligerai à tenir ta parole, petite sorcière.

CONGRÉGATION PERDUE

En frappant à la chambre de Cassidy, une petite voix dans ma tête me réprimanda pour l'avoir laissée seule avec Jeff, la veille. Et si, en ouvrant cette porte, je la découvrais déchiquetée au sol comme une piñata ?

Il n'y eut aucune réponse, et je ravalai la boule qui s'était formée dans ma gorge avant de toquer de nouveau.

— Cass ? Tu vas répondre ou non ? Je commence à m'inquiéter.

Enfin, un grognement me parvint de l'autre côté de l'huis. Je ne distinguai pas les mots prononcés, mais je compris que mon amie était très agacée que je l'aie réveillée. Les commissures de mes lèvres se soulevèrent.

Quand la porte s'entrouvrit en grinçant et que Cassidy apparut, je dus me retenir d'éclater de rire. Ses cheveux étaient en bataille, ses vêtements déchirés, et elle affichait un air endormi, mais satisfait.

— Evie. Par les dieux. J'ai une sacrée histoire à te raconter.

Bast ricana derrière mon épaule, et je fis volte-face.

— Tu devrais te mêler de tes affaires ! lui rappelai-je, et il se raidit, les mains levées comme pour se défendre.

Il était entièrement habillé à présent, et il n'y avait donc aucun risque que ce geste me soumette à l'agression de la vision de sa queue.

— Hé ! C'est simplement que j'entendais beaucoup de bruit venant d'ici, et je voulais m'assurer que tout allait bien.

Cassidy ne semblait pas dérangée par le fait que Bast avait compris ce qui se tramait. Elle se contenta d'esquisser un rictus de fierté.

— Oui, je peux confirmer.

Ignorant l'état clairement désinhibé de mon amie, je me penchai par-dessus son épaule pour crier.

— Jeff ! Tu vas devoir t'expliquer !

Le vampire plein d'énergie finit par montrer sa tête, l'air encore plus éprouvé que Cassidy. Son torse était recouvert de griffures, et il s'adossait contre le mur afin d'être certain que je ne puisse pas discerner le reste de son corps.

— Cette humaine est complètement folle ! insista-t-il avant de sourire. Mais je le suis aussi, donc on s'entend bien.

Lorsqu'il remarqua Bast, il fit un grand geste dans sa direction.

— Mec, viens ici et trouve-moi quelque chose à me mettre !

Bast leva les yeux au ciel, mais se faufila entre nous afin d'aider le vampire.

Tandis que j'accompagnais Cassidy vers la salle de bain, elle souffla un baiser à Jeff et gloussa avant de se reposer fortement contre moi.

Une fois dans la pièce, j'attrapai une brosse et attaquai les nœuds qui s'étaient formés dans ses cheveux. Elle ne semblait pas dérangée par le peigne qui tirait son scalp.

— Alors… comment te sens-tu ? m'enquis-je.

Cassidy se balança doucement et pencha sa tête en arrière avant de pousser un petit son guttural tandis que je m'occupais de sa coiffure.

— Je me sens tellement bien.

J'arrêtai de brosser.

— Sérieusement, Cass, je m'inquiète. Tu ne te comportes pas comme d'habitude. Je crois que je t'ai infligé quelque chose sans le vouloir. (Je me mordis la lèvre.) Tu te souviens que j'étais… en chaleur ?

Ses yeux s'ouvrirent soudainement, et elle poussa un rire gras.

— Quoi ? Tu crois que tu as déteint sur moi ?

Je grimaçai.

— C'est exactement ce que je pense.

Elle posa une main sur son ventre et s'esclaffa plus fort encore.

— Oh, par les dieux ! C'est incroyable. (Après avoir balayé les larmes qui se formaient aux coins de ses yeux, elle poursuivit.) Il faut que tu sois en rut plus souvent. Je n'ai jamais pris autant de plaisir au lit que la nuit dernière.

Elle se redressa.

— Oh ! est-ce que ça veut dire que toi et Bast… (À mon absence de réponse, elle poussa un petit cri aigu.) Par les dieux ! Tu as toi aussi passé ta meilleure nuit, pas vrai ? Balance les détails !

Je levai les yeux au ciel, saisis sa tête pour la forcer à regarder droit devant elle et continuai de m'occuper de ses cheveux.

— Non, c'est hors de question.

Elle m'adressa simplement un sourire idiot face au miroir jusqu'à ce que je cède.

— Bon, d'accord. Oui. Le sexe. C'était vraiment… oui. Hors norme.

Elle rayonna.

— Alors, en comparaison avec toutes les autres fois, sur une échelle d'un à dix ?

— Cass ! criai-je.

Elle haussa les épaules.

— Hé, j'ai seulement envie de savoir ! Ce n'est pas tous les jours que j'entends parler des exploits d'un dieu du sexe.

Je roulai les yeux.

— C'est un dieu des familiers. Pas du sexe. C'est un dieu qui fait l'amour. Mais il n'est pas vraiment un dieu. Arrête de l'appeler comme ça ou il va prendre la grosse tête.

Elle agita ses sourcils.

— Je suis sûre qu'il a autre chose de gros.

— Oh, par les dieux, Cass, tu vas arrêter ?

Elle rit, mais à présent que je l'avais éloignée de Jeff, elle semblait retrouver son comportement habituel. Elle soupira et pencha la tête en arrière tandis que je continuais de brosser ses cheveux. J'avais depuis longtemps démêlé tous les nœuds, mais j'avais la sensation qu'elle avait simplement besoin de mon attention.

— Quel spectacle, pas vrai ? murmura-t-elle pendant que je travaillais. Une sorcière d'une Congrégation Royale qui coiffe une esclave.

J'esquissai un sourire.

— Je suis à peu près certaine de ne plus appartenir à la Congrégation de l'Améthyste.

Cette pensée me fit ressentir des émotions que je n'étais pas encore prête à accepter. D'un côté, je détestais les congrégations. Elles étaient remplies de sorcières égocentriques et obsédées par le pouvoir. De l'autre, il y avait des énigmes comme Tante Sandra. Elle m'avait offert une chance de m'échapper lorsque Sarina avait tenté de me sacrifier. Même si une partie de moi croyait qu'elle avait une raison égoïste de me garder en vie, elle était toujours la seule famille que j'eusse jamais connue.

Comme si elle avait perçu mon désespoir, Cassidy tendit la main et attrapa mon poignet. Son pouce courut le long de la rune de sang qui marquait ma connexion avec Marcus. Lorsqu'elle toucha celle qui représentait Quinn, une petite goutte rouge en émergea.

— Tu as une nouvelle famille désormais, et ce lien continue de grandir, me rappela-t-elle. Ne va pas croire que je n'ai pas remarqué les runes de sang.

Je la repoussai, mais je lui étais reconnaissante pour ses encouragements. Elle avait raison. J'étais entourée de personnes qui se souciaient de moi et avaient déjà risqué leur vie pour sauver la mienne. Je n'avais plus à craindre d'être seule.

— Oui, acquiesçai-je. Qui eût cru que je récolterais ces marques ?

Elle sourit.

— Tu vas en recevoir d'autres ? (Elle bondit et me poussa dans la chaise, travaillant mes cheveux rebelles comme elle l'avait réalisé une centaine de fois.) Si oui, il vaut mieux que je t'embellisse. Bast ne t'a pas ménagée.

Je gloussai et la laissai agir. Ses doigts experts démêlèrent les nœuds sans jamais me faire mal, et rapidement, elle arrangeait mes cheveux lissés en de délicates tresses.

— Ils sont tous incroyables, dis-je, pleine d'émerveillement en pensant à mes protecteurs. Marcus est si délicat en apparence, mais à l'intérieur, il est bien plus sauvage que tous les autres. Je crois que peu de gens savent cela de lui.

Je grimaçai.

— À moins que ceux-ci le provoquent, auquel cas je suppose qu'ils n'ont pas le temps de le découvrir.

Elle esquissa un rictus malin, apparemment amusée par cet oxymore.

— Je comprends pourquoi tu t'es liée à lui en premier. Il a l'air intéressant.

J'acquiesçai en murmurant.

— Oui, mais au départ, j'étais attirée par Quinn.

Elle s'esclaffa.

— Ah, bien sûr. Qui peut résister à un accent irlandais ? C'est tellement canon.

Je souris et me réjouis de l'entendre se gausser. Nous avions déjà fait cela une centaine de fois, parler des garçons pendant qu'elle arrangeait mes cheveux, mais cette fois-ci les choses étaient différentes. Son rire ne cachait pas cette nuance amère qui teintait d'habitude sa voix, et mes blagues ne servaient plus à tourner en dérision une situation horrible. Je ressentais une nouvelle situation flotter dans l'air, et je la reconnus immédiatement.

La liberté.

APRÈS AVOIR LONGUEMENT DISCUTÉ des hommes avec Cassidy, et qu'elle m'eut indiqué tous les détails coquins de sa nuit passée avec Jeff que je n'avais absolument pas besoin de connaître, nous nous habillâmes et retrouvâmes les autres pour le petit-déjeuner dans la salle à manger.

Bast avait déjà englouti son repas et se tenait à côté de moi pendant que je me sustentais. J'appréciais son côté protecteur, mais il me reluquait aussi énormément.

En vérifiant, je vis que les marques tigrées étaient encore visibles sous mon haut, mais qu'elles s'étaient un peu effacées, ce qui me rassura. Peut-être n'apparaissaient-elles que lorsque j'étais en chaleur. Je souhaitais demander à Bast à quelle fréquence cela pouvait se produire, mais j'ignorais si je pouvais obtenir une réponse sérieuse de sa part. S'accoupler à un chat noir dieu des familiers de sorcières comportait son lot de complications.

Jeff nous escorta vers une autre pièce, échangeant seulement quelques regards avec Cassidy ainsi que des signes de main tout à fait inappropriés.

— C'est bon, tu t'es déjà amusé, l'avertis-je. Cassidy était ivre hier. Ne va pas croire que tu es si séduisant que ça.

Il sembla réellement blessé d'apprendre qu'il n'avait pas réussi à conquérir Cassidy à lui seul.

Elle le prit en pitié et tapota sur son bras.

— Je me suis éclatée, Jeff. On recommencera peut-être, mais ce ne sera pas pour bientôt.

Déçu, Jeff baissa les épaules et entrouvrit la porte avant d'adresser un faible sourire à Cassidy.

— Si jamais tu souhaites me revoir, prononce mon nom.

Avant même que nous puissions lui demander ce qu'il entendait par là, il disparut grâce à sa vitesse vampirique.

Un frisson me parcourut.

— Tellement glauque. Ça signifie qu'il va être tout le temps autour de toi à attendre que tu l'appelles ?

Bast eut un rictus malin, et Cassidy sembla répugnée.

— Probablement, confirma mon familier.

Fatiguée de cette conversation, Cassidy soupira et ouvrit grand la porte pour débarquer au milieu de ce qui semblait être une réunion très intense qui regroupait tous mes protecteurs, un rang de vieilles femmes ridées, ainsi qu'un vampire très en colère qui avait ses crocs à la gorge d'Aaron.

— Lâchez-le ! criai-je, et je faillis projeter Cassidy au sol en la dépassant à toute vitesse.

Le vampire grogna et fit claquer sa mâchoire en m'apercevant, puis clarifia son dégoût face à ma présence en m'adressant un doigt d'honneur.

— J'ignore qui tu es, bordel, mais tu n'as rien à foutre ici.

Killian dégaina son cran d'arrêt et le pointa vers l'œil de l'agresseur.

— Ne lui parle pas sur ce ton si tu veux garder ton joli minois.

— C'est effectivement un joli minois, acquiesça Bast, adoptant une posture protectrice devant moi. Je pourrais y ajouter quelques griffures si tu le souhaites.

J'écartai aussitôt Bast du chemin et le fusillai des yeux. Je n'avais pas besoin de voir quelqu'un risquer sa vie uniquement parce qu'il y avait de la testostérone dans l'air.

Le vampire en question avait effectivement un très beau visage, uniquement marqué par un petit « X » tatoué sous son œil droit. Il grogna, mais finit par reculer.

Marcus, fidèle à son rôle de pacificateur, se racla la gorge.

— Voici ma compagne, Evelyn, elle appartient à la Congrégation de l'Améthyste. Et son familier, Bast, ainsi que son amie humaine, Cassidy.

Le type nous examina un par un d'un regard calculateur.

— Il va lui falloir un nouveau titre. Peut-être Evelyn la Sans-Congrégation, maintenant que la Congrégation de l'Améthyste a été décimée.

Mes yeux s'écarquillèrent, et mon estomac se noua immédiatement face à la froideur de cette phrase.

— Quoi ?

Quinn cracha un juron.

— Bordel, Tiros ! Nous devions lui révéler la nouvelle avec tact. Pourquoi est-ce que tu dois être aussi con tout le temps ?

Tiros. Ce nom me disait quelque chose, celui d'un vampire qui avait pris les choses en main durant l'absence de mes hommes. Comment pouvait-il être au courant au sujet des congrégations ? Comment la Congrégation de l'Améthyste avait-elle pu être éliminée du jour au lendemain ? Ce n'était pas possible… si ?

Aaron me guida vers une chaise et m'aida à m'asseoir.

— Elle est sous le choc, grogna-t-il en direction de Tiros, laissant parler son côté métamorphe. Rends-toi utile et va lui chercher de l'eau.

Ce dernier bougonna un juron qui mentionnait le fait de ne pas être un « foutu serviteur », mais s'exécuta finalement.

Tous les hommes m'entourèrent, y compris Bast, comme s'ils sentaient que j'avais besoin qu'ils soient proches de moi. Je me détendis, inspirant les senteurs de rose et de jasmin qui émanaient de Marcus, et notre lien se gorgea de magie renforcée. Une note de chèvrefeuille vint également chatouiller mon nez lorsque Quinn se rapprocha et se mit à masser les nœuds qui s'étaient formés dans mes épaules.

— Tout va bien, jeune fille, murmura-t-elle d'une voix douce. Nous savons que tu es bouleversée. Nous allons tout t'expliquer.

Mon estomac fit un bond. C'était vrai. Ma congrégation avait disparu.

— Comment ?

Ce fut le seul mot que je parvins à croasser, ce qui prouvait à quel point je me souciais véritablement de ma congrégation. Qu'importe si j'étais prête à rejoindre une nouvelle famille, elle avait été mon foyer si longtemps que je ne pouvais même pas concevoir qu'elle n'existait plus.

Marcus fut le premier à m'apporter une réponse, et sa voix m'apaisa.

— Connais-tu le pouvoir dont sont dotées les Élues ?

Oui, le minimum. Les Élues étaient les cheffes de nos congrégations, chacune imprégnée du cœur de notre magie, et, en retour, elles alimentaient constamment le reste d'entre nous en puissance. C'était un cycle réciproque. Le lien établi entre les membres des congrégations et leur Élue était fort et ne pouvait être brisé qu'épisodiquement. Il était rare que les Élues meurent soudainement. Elles avaient toutes accès aux sorcières dotées de vision et savaient donc quand viendrait le moment de rompre la connexion. Si une sorcière Élue venait à disparaître brusquement alors que le lien était intact, la congrégation en subirait l'onde de choc, mais même si cela devait se produire, cela ne pouvait suffire à tuer tout le monde.

— Elles sont imbriquées, répondis-je, assommée. Mais je ne comprends pas. Tout le monde est mort ? Pourquoi suis-je encore en vie ? Si quoi que ce soit était arrivé à Lenora, je l'aurais ressenti.

— Lenora est morte, confirma Marcus.

Je me figeai. La cheffe de ma congrégation n'était plus.

— Sarina est parvenue à la tuer. Elle l'a visée dans le but de t'éliminer avec elle. Le rituel sacrificiel a déjà commencé, et elle était convaincue qu'anéantir tous les membres de la Congrégation de l'Améthyste permettrait d'en finir.

Un frisson me parcourut.

— Alors, elle a assassiné Lenora. Et cela a suffi à emporter toute la congrégation avec elle ?

Marcus, mal à l'aise, changea de position et dirigea son regard vers les femmes âgées qui avaient observé notre échange.

— Nous sommes parvenus à te protéger grâce à l'aide de ces sorcières rebelles, mais nous n'avons pas pu sauver qui que ce soit d'autre. Je crains donc que Sarina n'ait pas réussi à satisfaire son lien de sang. Même sans la mort d'une Sorcière du Destin, la disparition d'une congrégation entière était donc probablement suffisante pour la maintenir en vie pour mille ans de plus.

La plus vieille femme du groupe saisit sa canne et se leva en tremblant. J'avais supposé qu'il s'agissait de femmes humaines. Je n'avais jamais vu de sorcière âgée auparavant, et mes yeux s'élargirent face à elle.

— Des sorcières ?

Elle gloussa.

— C'est la première fois que tu rencontres une sorcière rebelle ? Nous n'utilisons pas notre magie à des fins personnelles. La sorcellerie nous accorde naturellement une existence plus longue, mais nous ne prononçons pas de sorts dans le but de conserver notre jeunesse. Lorsque nous mourrons, ce sera parce que notre heure est venue, et non pas à contrecœur.

Cassidy semblait fascinée.

— Vous ne vous en servez même pas pour apaiser la douleur ? demanda-t-elle en observant les doigts tordus de la sorcière.

À la manière dont ses articulations grinçaient, son corps tout entier semblait la faire souffrir.

La sorcière lui adressa un regard sévère.

— J'utiliserai ma magie pour apaiser la souffrance des autres, mais pas pour contrer les choses naturelles comme la peine qui accompagne la vieillesse. La sorcellerie a de bien plus importantes fonctions à remplir.

Aaron acquiesça avec un grognement.

— Une vraie sorcière qui vaut toute sa magie. Je respecte les rebelles.

La vieille femme hocha la tête face à lui. Elle ne semblait pas du genre à sourire souvent, mais il était clair qu'elle aimait bien Aaron. Elle se redressa sur sa canne et se racla la gorge.

— Nous avons utilisé notre pouvoir pour te protéger de l'onde de choc, mon enfant. Sarina a commis un blasphème, et toute la Congrégation du Diamant a décidé de suivre ses desseins sinistres. Si nous ne la neutralisons pas rapidement, les autres congrégations pourraient la rejoindre ou périr afin de nourrir sa magie. Elle est une sorcière de sang, et elle a corrompu les siens par la peur, sacrifiant sans hésiter ceux qui s'opposaient à elle. Si nous n'agissons pas, le reste des congrégations s'inclinera devant elle, et, pour la première fois depuis un millénaire, les Congrégations Royales auront une reine.

Sarina, reine des Congrégations Royales ? Oui, l'idée était vraiment médiocre.

TERRIER DE LAPIN

— $\mathcal{J}$ e dois constater ça par moi-même, dis-je.

Mes mots étaient rudes et sévères, et c'était une bonne chose. Si j'y avais laissé transparaître mes véritables émotions, personne ne m'aurait prise au sérieux. Je voulais me recroqueviller en boule et hiberner pendant cent ans, mais cela n'aurait rien arrangé. Je n'avais plus le temps d'être la gentille petite sorcière humaine. C'était le moment de prendre le contrôle de mon destin, mais je devais avant tout maîtriser ma situation. Je devais voir de mes propres yeux la fin de ma congrégation.

— Je ne sais pas si c'est une bonne idée, m'avertit Marcus.

— Je ne suis pas d'accord, contesta la plus vieille sorcière, nommée Phoebe, qui commençait rapidement à devenir ma préférée. Dame Evelyn mérite de faire des adieux convenables à son ancienne vie.

— Elle n'est pas prête, insista Marcus, qui se penchait sur son genou tandis que son autre main agrippait la chaise, visiblement nerveux.

De quoi avait-il si peur ?

Son manque de confiance en moi me vexa, et j'étais perturbée à l'idée qu'il aurait été vraiment capable de me blesser s'il l'avait souhaité. Il était le premier de mes gars avec qui je m'étais véritablement liée, et aussi le premier homme capable de m'agacer.

Il n'avait pas besoin d'apprendre cela, alors, feignant l'indifférence, je croisai les bras et levai le menton face à lui.

— Je me fiche pas mal de ce que tu penses, lâchai-je en tentant d'adopter un ton autoritaire, mais j'eus seulement l'impression d'entendre un des petits cons des autres congrégations. (Je décroisai les bras en soupirant.) J'ai passé toute ma vie d'adulte dans cette congrégation. Si elle a vraiment disparu, je dois m'en assurer personnellement. J'espère que tu peux le comprendre.

Phoebe se leva pour me soutenir, se redressant malgré ses genoux cagneux et titubant sur sa canne.

J'étais incapable de déterminer quel âge elle pouvait avoir. Le brasier de la vie brûlait dans ses yeux, et je ne doutais pas un seul instant que cette sorcière très vieille aurait pu se défendre seule si quelqu'un était venu lui causer du tort.

— Cette jeune femme a raison, déclara-t-elle en forçant son dos voûté à se redresser légèrement. Chacun de nous doit appréhender son passé ainsi que son présent, afin de bâtir une voie vers l'avenir. (Ses yeux ridés se déplacèrent vers moi, affichant un air de fierté et d'émerveillement au creux de ses iris noirs.) Je t'ai connue durant ta vie antérieure. Tu étais forte à l'époque, tout comme aujourd'hui. (Les commissures de ses lèvres laissaient deviner un sourire.) Et pourtant, dans cette vie, tu es différente. Une lumière t'habite qui n'était pas présente auparavant. J'aimerais la voir briller jusqu'à atteindre son plein potentiel.

Elle se tourna vers Marcus, son sourire discret se transformant en un air sévère.

— Je soutiens la décision de Dame Evelyn. Si vous refusez de l'aider, alors les sorcières rebelles s'en chargeront.

Les femmes qui se tenaient derrière elle acquiescèrent en murmurant, une douce lueur illuminant leurs yeux.

Marcus soupira et frappa son genou de sa main.

— Bien, je l'escorterai, alors. (Ses yeux de rubis étaient incandescents sous l'effet de la colère et de la frustration.) Mais si elle replonge, tu seras la première sorcière qui en paiera les conséquences.

— Qu'est-ce que tu voulais dire par replonger ? lui demandai-je avec insistance.

Marcus refusa de me regarder tandis qu'il parcourait à grands pas les couloirs de la forteresse vampirique. Nous avions laissé les autres à leurs prises de bec au sujet du futur. Même Bast semblait intéressé par cette conversation. Lorsque Marcus avait filé pour m'indiquer le chemin vers… ce qu'il comptait me montrer, les autres nous avaient encouragés à poursuivre sans eux.

Après tout ce que nous avions traversé, l'idée d'être seule avec Marcus me remplissait à la fois de terreur et d'excitation. Je lui étais reconnaissante de m'avoir sauvée de ma prison, mais j'étais également inquiète à l'idée de lui parler de mon lien avec Bast. J'ignorais comment il réagirait, mais il n'accepterait certainement pas de me partager avec un dieu.

Marcus semblait complètement désintéressé par tout ce que je pouvais lui raconter. L'or et le luxe nous entouraient en une vision floue à mesure que nous continuions de foncer, mais il restait de marbre.

— Marcus ! finis-je par cracher tout en essayant d'agripper ses vêtements et de le forcer à s'arrêter. Explique-moi ce que cela signifie !

Il pouffa.

— Cela ne te concerne pas.

J'attrapai enfin son bras, l'obligeant à s'interrompre et à me regarder. Il se tordit, me jeta des yeux noirs, puis s'arracha à mon emprise afin de poursuivre sa route.

Sous le choc, je ne cessai de le fixer. La rage bouillonnait en moi.

— Marcus ! Ne pars pas comme ça !

— Je ne pars pas, grogna-t-il sans s'immobiliser. Tu n'es simplement pas très douée pour me suivre.

D'habitude, j'étais capable d'ignorer une remarque comme celle-ci, mais elle venait de Marcus. Une colère comme jamais je n'en avais jamais ressenti monta en moi, et je vis littéralement rouge.

— Dans ce cas, où allons-nous, putain ?

— À la chambre de divination, dit-il immédiatement.

Je sentais bien, cependant, que je commençais à l'atteindre, car ses doigts s'étaient serrés en poings. Ses traits raffinés étaient tendus sous la pression.

Je saisis de nouveau son bras, cette fois-ci déterminée à ne pas le laisser me mépriser. Des parfums de rose et de jasmin teintèrent l'air autour de nous à mesure que je tirais de la magie du masque qui était accroché à ma hanche. La chaleur brûla dans mes bras et s'infiltra jusque dans mes doigts tandis que j'agrippai Marcus de toutes mes forces.

Il maugréa en essayant de me traîner derrière lui, mais je m'ancrai au sol et le tirai en arrière jusqu'à ce qu'il tombe à ma hauteur.

— Je dois m'y rendre en personne, déclarai-je sèchement entre mes dents serrées. La divination n'était pas la méthode que j'avais à l'esprit.

Marcus baissa les yeux vers l'emplacement où je le tenais fermement. Je finis par le lâcher en me rendant compte que je lui faisais probablement mal. Il réajusta sa veste et tira sur son bras que j'avais failli déloger. Lorsqu'un petit « crac » résonna et que Marcus grogna, je grimaçai. Merde !

— Voilà pourquoi je ne peux t'emmener nulle part pour l'instant, souffla-t-il entre ses dents, parmi lesquelles ses crocs allongés et très menaçants étaient visibles. Ta magie croît de plus en plus, et cela ferait de toi une cible pour tous ceux qui souhaiteraient se servir de toi.

Je plissai les yeux en le regardant.

— Tout l'intérêt de former mon lien avec toi n'était-il pas de me permettre de récupérer mes pouvoirs ? Je pourrais être plus en sécurité si je pouvais me protéger, non ?

— Non. Pas tant que tu ne maîtrises pas parfaitement tes capacités. Pour le moment, ta magie est alimentée par tes émotions. Je t'ai mise en colère, pas vrai ? Que se passera-t-il si tu as peur ? Ta puissance te glissera entre les doigts, et tu seras sans défense.

Il se rapprocha, sa main glissant en bas de mon dos pour me rapprocher de lui.

J'écartai les lèvres pour rétorquer, mais je compris qu'il avait raison au moment où la crainte me submergeait. Son geste me calma, et l'idée d'être de nouveau capturée me terrifiait, même si je ne souhaitais pas l'admettre. Cette cellule m'avait laissée complètement sans défense, comme il l'avait dit, et cette simple idée me tordait les tripes.

— Evelyn, souffla-t-il.

Mes sourcils tressaillirent face à lui, et je faillis presque oublier ce qui avait provoqué mon courroux à son encontre.

Presque.

— Je ne peux pas simplement me cacher ici et feindre d'être en sécurité, indiquai-je.

Une étincelle de puissance parcourut mon corps, surgissant du plus profond de moi et émergeant à la surface en mèches rouges visibles. Je me sentis plutôt balèze jusqu'à ce que ma sorcellerie se dirige juste à l'endroit où je voulais que Marcus me touche, le long de mes lèvres.

Il afficha un sourire narquois et fit courir son pouce sur les étincelles de magie, les poussant à se dissiper dans l'air comme des braises intenses.

— Je sais, ce n'est que temporaire. (Il saisit mon visage entre ses deux mains.) Je te promets, Evelyn, que tu découvriras la vérité. Tu comprendras tout, en temps voulu. Pour le moment, je te montrerai la réalité en ce qui concerne ta congrégation, même si ce n'est qu'au travers de la divination. C'est le mieux que je puisse entreprendre pour l'instant sans te mettre en danger.

Il se rapprocha tellement que son parfum faillit me submerger complètement. Son souffle caressait mes lèvres.

— Je te jure que je t'aiderai à te remémorer notre lien lorsque je serai persuadé que j'aurai fait tout mon possible pour te protéger.

Il avait gardé ses distances avec moi toute la nuit, ce qui avait donné à Bast l'ample opportunité de me prendre. Une pointe de culpabilité me saisit le cœur.

— Je voulais te dire… Bast et moi, commençai-je.

Marcus me réduisit au silence avec sa bouche. Ce n'était pas le baiser passionné et possessif auquel je m'attendais, mais plutôt doux et attentionné. Ses dents pressèrent contre ma bouche, puis sa langue délicate parcourut la mienne, contrastant avec la rudesse de Bast.

Marcus caressa ma joue avec son pouce, et ses yeux s'ouvrirent en un battement de paupières.

— Je sais.

Son rictus s'élargit, et il tapota mon nez.

Je crachai un juron. Les vampires et leur foutu odorat.

— Ce n'est pas juste ! lâchai-je, et Marcus s'éloigna soudainement de moi, ne laissant qu'une brise froide à sa place.

Je croisai les bras instinctivement comme pour embrasser sa douceur qui avait à présent disparu tandis qu'il souriait par-dessus son épaule. Il avait l'air beaucoup trop sexy et malicieux pour son propre bien.

— Nous discuterons des arrangements avec ton familier plus tard, éluda-t-il.

Son regard tomba sur mon torse, et je baissai les yeux, découvrant les marques tigrées qui étaient bien plus prononcées. Merde !

Quel bordel !

MARCUS ME GUIDA jusqu'à une chambre de divination bien plus impressionnante que celle qui se trouvait dans la petite maison de la ferme du vieux M. Styles. Comme tout le reste du bastion, cette pièce se trouvait sous terre, mais la lumière, le bruit des vagues, et même le goût salé de l'air envahissaient l'espace ouvert.

Je levai les yeux pour découvrir ce qui ressemblait à de l'eau et des visions du monde extérieur de l'autre côté. Des ondes se dispersaient sur l'eau, séparées uniquement par de fines colonnes de bandes argentées qui paraissaient maintenir toute l'infrastructure en place. Lorsque je tendis la main pour toucher la surface miroitante, Marcus retint ma main.

— J'éviterais à ta place, m'avertit-il avant de m'adresser un sourire narquois. C'est une chambre de divination plus avancée. Les murs sont enchantés. Leur magie observe constamment ce que le meilleur du monde et ses éléments ont à offrir.

Il marcha jusqu'à l'autre bout de la pièce, déployant ses bras face aux larges rayons du soleil qui tombaient sur nous. Il ferma les yeux et poussa un soupir tout en profitant de la chaleur.

Je relevai un sourcil.

— Je suppose que ça confirme que la lumière du soleil ne vous réduit pas en cendres contrairement aux légendes.

Il gloussa.

— Courir avec toi au milieu des rues en plein jour n'était pas une preuve suffisante ?

Je haussai les épaules.

— Le ciel de Berlin est plutôt couvert. Je n'étais pas entièrement convaincue.

Il sourit de toutes ses dents parfaitement blanches, ses crocs à présent rétractés. Il parvenait encore à avoir l'air inhumain, même sans ces derniers. Son air faussement raffiné était complété par ses cheveux rabattus en arrière et son costume. Pour la première fois, je constatai que son mouchoir était devenu violet et dépassait de la poche de sa veste. En remarquant mon regard, il le sortit et le déplia.

— Je voulais essayer un nouveau look, déclara-t-il, comme si la couleur de son mouchoir était un accessoire vital à son apparence.

Je levai les yeux au ciel et tournai mon attention vers les scènes qui se déroulaient devant moi. Les vagues qui se déployaient longuement et projetaient des embruns dans les airs me fascinaient plus que tout.

— Quel est cet endroit ? demandai-je.

Cela semblait important et familier.

Marcus me rejoignit et logea son bras dans mon dos tout en admirant la vue.

— C'est la terre natale de Killian. Il refuse de s'y rendre, mais il m'arrive de le surprendre ici de temps en temps. Il la fixe avec un regard lointain.

L'écume s'écrasait sur elle-même le long de la côte, et une sensation de liberté m'atteignait sous la forme d'une brise fraîche qui parvint à attraper une mèche de mes cheveux et à la faire trembler. Je caressai les bandes lisses. Il y avait tant de choses au sujet de mes hommes que je souhaitais savoir, que j'avais besoin d'explorer. Un jour, je comptais demander à Killian ce que ce lieu signifiait pour lui et pourquoi il répugnait à y retourner en personne.

Marcus joignit bruyamment les mains, me faisant sursauter.

— Bien. Finissons-en avant que je ne change d'avis.

Je balayai la pièce des yeux. Il n'y avait qu'un grand espace ouvert face à moi, au-delà de l'illumination créée par le paysage qui se déployait sur les murs.

— Euh, comment ?

Marcus afficha un sourire, ses yeux rubis pulsaient de puissance, et il murmurait dans sa barbe. Je compris qu'il utilisait la langue des mages tout en agitant ses mains, lançant une vague de magie rouge dans l'air. Elle se déposait comme une fine poussière et virevoltait au sol.

Ce dernier scintilla et la lueur disparut, remplacée par un piédestal qui émergea sur place. Une série de miroirs similaires encerclèrent une pierre luisante. Tous étaient dirigés vers l'extérieur, le plus proche d'entre eux reflétant mon visage surpris.

Je savais que Marcus était un mage avant tout, mais il était facile d'oublier cela en le regardant. Son vampirisme lui donnait une aura de danger. Sous son aspect brutal et le soupçon de soif de sang qui se dégageaient de lui se trouvait un sorcier du temps qui possédait plus de secrets qu'il ne souhaitait le laisser paraître.

Il étudiait les miroirs, et le fait que son image se manifestait d'une manière différente du mien ne m'échappa pas. Il s'effaçait et émergeait de nouveau successivement, disparaissant parfois entièrement. Je marchais avec lui jusqu'à ce qu'il se fige enfin devant l'un d'eux. Il hocha la tête en le voyant.

— Place ton doigt sur le verre.

De tous les miroirs, celui-ci était le seul à ne renvoyer aucun reflet, pas même un soupçon ou une ombre. Je gardai néanmoins mes distances tout en déglutissant.

— C'est sans danger ?

Il esquissa un rictus.

— Tu changes d'avis ? Je peux te ramener à tes quartiers si tu préfères.

Il grogna en mentionnant cette idée, envahissant mon espace personnel avec sa chaleur et ses senteurs de rose et de jasmin qui me faisaient tourner la tête.

Je me raclai la gorge et collai mon doigt avec détermination contre le verre.

— Allez, finissons-en.

À présent qu'il était proche de moi, il ne semblait plus vouloir me lâcher. Il passa un bras autour de ma taille, me stabilisant contre sa hanche, avant d'étendre l'autre sur mon épaule jusqu'à déposer sa main sur la mienne. Il se pencha contre moi, appuyant de son poids jusqu'à ce que le miroir se plie sous notre poids.

— C'est douloureux, me plaignis-je.

— Patience, murmura-t-il dans mon oreille, l'effet de son souffle me donnant la chair de poule.

Il ne semblait qu'être encore plus encouragé par ma réaction et se tourna, calant ce qui était très clairement une érection entre mes fesses.

Troublée, je voulus lui dire de se calmer, mais je ressentis ensuite sa magie. De la chaleur parcourut mes veines, et Marcus stimula le sort, prononçant des mots à voix basse que même moi, une sorcière entraînée par l'une des Congrégations Royales, étais incapable de comprendre.

Je serrai les dents lorsque la glace se mit à se transformer et qu'une image commença à transparaître. Marcus continua de presser mon doigt contre le verre, puis força la paume de ma main à s'aplatir contre la surface.

— Marcus, hélai-je, ma voix le suppliant d'arrêter son action.

Je voulais voir ce qui était arrivé à ma congrégation, mais s'il continuait, il m'aurait carrément poussé au travers.

Lorsque le miroir se mit à onduler comme une flaque d'eau, je lâchai un petit cri et mon corps tout entier tomba à l'intérieur.

Putain de merde ! Est-ce que je venais de dégringoler dans un foutu terrier de lapin ?

REINE DE L'ENFER

De la cendre chaude me brûlait les yeux. J'essayai de m'en débarrasser, mais mes deux mains étaient coincées contre ma poitrine, recouvertes par les bras de Marcus qui me serrait fortement contre lui.

— Ne bouge pas, m'ordonna-t-il, ses lèvres collées à mon oreille afin que je puisse entendre ses murmures presque imperceptibles.

L'air se dégagea juste assez pour que je sois en mesure d'apercevoir l'étendue de la destruction, ainsi que les quelques survivants qui titubaient sur les débris.

Non, pas des survivants. Sarina et les Élues, ainsi que quelques loups démoniaques qui, par un quelconque miracle, parvenaient à se retenir de se massacrer entre eux.

Sarina ne semblait éprouver aucune appréhension à l'idée de se salir les mains tandis qu'elle plantait ses talons dans des planches cassées et escaladait la gigantesque pile de débris. Ses cheveux flottaient autour de son visage comme autant de vipères en furie, et ses yeux rougissaient de rage.

— Où est-elle ? demanda-t-elle avec autorité. Elle est forcément ici. Elle n'a nulle part où fuir !

Willa, l'Élue de la Congrégation de l'Ambre, se précipita parmi les ruines et fit claquer ses doigts devant la sorcière comme si elle s'adressait à une enfant insolente.

— Je t'avais prévenue que tuer Lenora ne t'apporterait pas ce que tu souhaitais, sale garce !

Sarina ne semblait pas d'humeur à ce qu'on s'oppose à elle et gifla violemment la minuscule fille dont les élégantes lunettes furent projetées et se brisèrent sur les décombres.

— Ne me parle pas sur ce ton à moins que tu ne veuilles finir comme sa congrégation !

Le coup fit sursauter les autres sorcières, mais elles ne tentèrent pas de s'opposer à Sarina. Rebecca semblait être la plus abattue de toutes, et elle s'effondra sur elle-même. Même ses boucles d'oreilles d'émeraude avaient perdu leur lueur et étaient presque devenues noires sous le triste clair de lune.

Iris se redressa et passa ses mains sur le cuir qui collait à ses courbes.

— Nous avons subi une lourde perte, rappela-t-elle à Sarina.

Ceci sembla calmer la sorcière, bien que je fusse certaine qu'elle était aidée par son accent australien. Qui n'adore pas les accents ?

Sarina prit un air sévère.

— J'ai vécu très longtemps, et les dommages collatéraux font partie de la vie. Elles s'y habitueront.

— Pourquoi est-ce que tu souhaites avoir Evelyn à ce point ? questionna Heather tout en repoussant les mèches de cheveux frisées de devant son visage.

Ses boucles d'oreilles en perle brillaient puissamment, et j'étais heureuse de constater que toutes les Élues n'avaient pas perdu le contrôle d'elles-mêmes.

Sarina commença à ricaner. Elle passa les doigts sur les boucles d'oreilles qu'elle m'avait volées, et qui, à présent, pendaient à ses lobes.

— Parce qu'elle est à moi.

Willa ramassa ses lunettes et les essuya contre sa blouse. Elle grimaça lorsqu'elles se fissurèrent encore. En un geste de défi, elle les replaça sur son nez et dévisagea Sarina.

— Tu as déjà détruit une congrégation entière. Ce n'est pas un sacrifice assez important pour satisfaire tes besoins ?

Sarina leva les yeux au ciel et plongea les mains parmi les débris et les planches, bien plus facilement que je ne l'aurais imaginé. Apparemment, la mort de ma congrégation lui avait donné une énorme dose de puissance.

— Tu es incapable de comprendre. Elle fait partie de mon pacte. J'ai peut-être sacrifié suffisamment de sorcières pour rester en vie, mais mon maître compte recevoir son âme.

Je sursautai en entendant ces mots, tout comme les autres Élues. Sarina servait donc quelqu'un d'autre. La Congrégation du Sang n'avait plus personne à apporter en offrande et encourageait les sorcières à obéir à un maître, qu'il fût un archidémon ou une Pierre de Sang. Quelque chose me disait que Sarina était à la solde d'une entité bien pire que ces deux choses combinées. C'était presque comme un souvenir qui me tiraillait l'esprit et qui faisait trembler tout mon être.

Marcus me tenait, et je n'en avais jamais été aussi heureuse. S'il n'avait pas été présent, je me serais sûrement effondrée en mille morceaux. Sarina fouilla parmi les décombres de ma congrégation, et lorsqu'elle retourna un pilier pour révéler une Tante Sandra écrasée, je faillis perdre les pédales. Ses jambes étaient tordues dans le mauvais sens, et seul son visage semblait intact. Ce furent ses yeux sans vie rivés vers le ciel en une expression de choc qui me firent comprendre la réalité de la situation.

Ils étaient vraiment morts.

Tous les gens que j'avais connus.

Les larmes surgirent, brûlantes et laides. Marcus me tira afin de me ramener auprès de lui et loin de ce cauchemar, mais je lui résistai.

— On ne peut pas la laisser s'en tirer comme ça ! hurlai-je, des larmes dégoulinant sur mon visage.

Sarina sursauta en entendant mon cri, ses yeux se concentrant sur l'endroit où nous nous tenions, mais sans jamais se focaliser véritablement sur nous.

— C'est une forme très immersive de divination, m'avertit Marcus. C'est proche de la projection astrale. Elle sera capable de te détecter si tu…

Je m'arrachai à son emprise.

— Je m'en fiche !

La rage brûlait en moi, attisant des flammes dont je ne soupçonnais même pas la présence dans mon âme.

Sarina était responsable de toutes ces pertes, et la mort m'avait toujours volé ce qui m'était le plus cher. Si je ne lui avais pas échappé, elle m'aurait tuée également. À présent, elle me recherchait, et mes hommes allaient mettre leur vie en péril pour l'arrêter. Je vis un regard plein de pure détermination apparaître sur le visage de Marcus au moment où il aurait dû m'abandonner, mais il choisit de se placer à mon côté et de saisir mon bras. La magie pénétra en moi de manière sauvage et incontrôlable, créant de l'électricité dans l'air et provoquant une tempête qui commençait à tournoyer autour des restes brisés de mon foyer.

Les autres sorcières se mirent à parler toutes en même temps, mais Sarina leur ordonna de se taire. Un sourire fou se dessina sur sa figure.

— Elle est là.

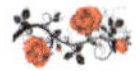

Alerter Sarina de ma présence était probablement dans mon top dix des choses les plus stupides que j'avais jamais accomplies, juste devant la fois où j'avais voulu attirer l'attention de Sparkles, alors qu'il m'ignorait, en lui écrasant la queue avec mon pied. Le salopard m'avait laissé une petite cicatrice sur la cuisse gauche.

Sarina ne perdit pas une seule seconde et envoya une décharge de sorcellerie zigzaguer dans l'air. Elle possédait une couleur rouge sale, comme du sang qui se serait électrifié, et se dirigeait à présent droit sur moi.

Marcus me percuta et nous envoya tous les deux à terre juste à temps pour éviter le souffle du foutu éclair de sang.

— C'était quoi cette merde ? hurlai-je.

— C'est ce qui arrive quand tu refuses de m'écouter, rétorqua-t-il violemment en m'attrapant pour me tirer en arrière, vers la lumière qui reflétait la chambre de divination de l'autre côté d'un fin voile.

Nous fonçâmes dans sa direction, mais Sarina était déjà à nos trousses.

— Je peux te sentir, petite sorcière !

Elle était presque extatique tandis qu'elle projetait une nouvelle décharge, me tailladant cette fois le tibia, et je criai en sentant les braises incandescentes s'enfoncer dans ma peau.

Enragé, Marcus sortit ses crocs et feula, mais je doutai qu'il puisse être capable de blesser la sorcière en pleine divination. À ce sujet, depuis quand cette dernière était-elle si douloureuse ?

Marcus se dirigea vers elle, les yeux fous et les mains étendues. La soif de sang se lisait dans son regard, et je compris qu'il avait laissé place au vampire qui occupait son âme. Et apparemment, c'était moi qui avais du mal à contrôler mes émotions.

J'observai avec horreur Marcus glisser au travers de Sarina. Comme je le supposais, nous n'étions pas vraiment en sa présence, et bien qu'elle semblât capable de me blesser, nous ne pouvions rien faire pour l'atteindre.

— Willa ! hurla Sarina. Il me faut plus de sang !

La sorcière de l'Ambre la fusilla du regard et croisa les bras.

— Tu te tiens sur une pile de débris et de cadavres. Tu n'as qu'à te pencher. Ne compte pas sur moi pour me trancher les veines si c'est pour attaquer des fantômes.

Sarina la dévisagea et sourit.

— Oui, bien sûr. Quelle idée brillante.

Les yeux de Sarina se révulsèrent jusqu'à l'arrière de son crâne, et elle commença à murmurer une incantation qui fit trembler la terre.

— Marcus ! tonnai-je. Il faut qu'on parte !

Il avait clairement perdu la raison. Il se déchaîna sur la sorcière, se jetant à sa gorge, mais ses mains et ses crocs passèrent au travers d'elle. Il claqua sa mâchoire en signe de frustration.

Je crachai un juron entre mes dents et abandonnai le terrain que j'avais gagné vers le voile pour retrouver Marcus. Ma rune de sang s'illumina lorsque je le touchai, et Sarina se retourna vers moi.

— Je te sens, dit-elle, ses yeux gris prenant une teinte rubis tandis qu'elle tordait ses doigts et faisait s'envoler un millier de gouttes de sang.

C'était le sang de ma congrégation qui, à présent, virevoltait en l'air et formait de longues dagues pointues qui fonçaient vers moi.

Je me baissai pour esquiver, mais je ne fus pas assez rapide. L'une d'entre elles se logea dans mon épaule et me projeta en arrière. Je fulminai en percevant la douleur qui parcourait tout mon corps.

— Marcus ! criai-je.

Il sembla reprendre ses esprits en entendant la panique qui teintait ma voix. Son regard s'éclaircit, et il se lança après moi. Il passa ses doigts autour de la lance improvisée qui s'était empalée dans mon omoplate, et grogna lorsque sa peau se mit à brûler au contact de la chaleur.

— Traverse le voile ! lui ordonnai-je.

La souffrance me déchira lorsqu'il tira de nouveau sur la lame et, d'après l'odeur de chair brûlée, Marcus ne s'en sortait pas très bien non plus.

— Pas sans toi, grogna-t-il entre ses dents serrées.

Je ne l'avais jamais vu ainsi. Ses cheveux autrefois parfaitement arrangés étaient à présent en bataille autour de son visage, et du sang avait éclaboussé son visage jusque-là immaculé. Son corps tout entier tremblait tandis qu'il essayait de retirer la lance de mon épaule, mais celle-ci m'avait coincée au sol.

Sarina se mit à caqueter tout en dansant au milieu des restes de ma congrégation, projetant de la poussière et des particules dans l'air.

— Pauvre idiote ! beugla-t-elle. Tu essaies de m'espionner, et tu pensais que je ne te remarquerais pas ? (Elle fit courir ses doigts dans le vide jusqu'à trouver l'emplacement du voile.) Ah, le voilà. Il est temps de couper ton lien avec ton foyer.

Mon visage blêmit et, avec une précision parfaite, elle balança une lance de sang au travers des étincelles qui reflétaient la chambre de divination, au sein du bastion des vampires. L'arme disparut dans les airs, et le voile se fissura avant de se désintégrer en mille morceaux.

Et merde…

Il était hors de question que je crève ici, sans défense et piégée au milieu des ruines de ma congrégation. Tante Sandra m'avait élevée pour être meilleure que ça, et il ne lui restait plus qu'une chose à accomplir pour moi avant de trouver la paix.

En tordant les doigts, je commandai les pouvoirs sauvages qui habitaient les boucles d'oreilles de Sarina. Les artefacts réagirent à ma présence et s'arrachèrent à elle, lui faisant lâcher un cri de douleur qui me procura un délicieux moment de satisfaction.

Mes bijoux filèrent dans les airs, se mirent à briller à mesure qu'ils traversaient le plan astral et m'atteignirent pour atterrir entre mes mains.

Je les accrochai à mes oreilles et invoquai la magie que Quinn avait éveillée en moi. Je ressentais qu'elle était plus faible que ce qu'elle aurait pu être. Je devais me lier à Quinn complètement afin de prendre entièrement le contrôle de ses pouvoirs, mais cette montée de puissance fut suffisante pour accélérer ce qui suivit.

Tout le sang qui demeurait dans le corps de Sandra se mit à quitter ses pores comme de la sueur, perlant à la surface de sa peau pour former une brume, imitant ce que j'avais vu Sarina effectuer.

Les yeux de Marcus s'élargirent en remarquant le sort.

— Evelyn, non. Tu ne peux pas utiliser ce genre de sorcellerie.

— Ferme-la et laisse-moi me concentrer, aboyai-je dans sa direction avant de saisir la lance toujours logée dans mon épaule.

J'étais une Sorcière du Destin, ce qui signifiait que je pouvais manipuler n'importe quelle magie avec laquelle j'entrai en contact. Toutes, bonnes ou mauvaises, étaient liées au destin.

Ce dont j'étais capable en théorie était bien différent de la réalité. Je serrai les dents et invoquai le destin de Sarina. Elle m'avait capturée pendant mille ans et avait utilisé mes facultés pour échapper à la fatalité à laquelle ne pouvait se substituer aucune créature : la mort.

Le sacrifice de Tante Sandra fonctionna en ma faveur, et je tirai avantage de son décès prématuré qui avait fait dérailler son destin, et infusai son pouvoir dans son sang. Les gouttes se mirent à scintiller, et je souris.

Le rictus de Sarina avait disparu de son visage, et elle commençait à projeter de nouvelles lances de sang sur le corps de Tante Sandra. Ses armes tranchèrent l'air, traversant les gouttes sans le moindre effet tandis que j'accentuais la puissance du sort. Une vibration sourde émana du sol, devenant de plus en plus bruyante jusqu'à ce que le tambourinement invisible d'un battement de cœur fît claquer mes dents.

Les yeux de Marcus s'élargirent.

— C'est quoi ce bordel ?

Je me le demandais aussi.

Je ne comprenais pas complètement ce qui se déroulait. J'étais motivée par des souvenirs de ma vie passée et par mon instinct. Lorsque le sol s'entrouvrit enfin et que les créatures commencèrent à se répandre à la surface, je reculai, terrifiée. Je venais d'invoquer des démons.

Je ne m'attendais pas à voir une femme les accompagner, affublée d'une couronne dorée à couper le souffle. Elle me trouva instantanément, repérant sans le moindre effort ma forme éthérée. Sa blouse serrée s'arrêtait au niveau de son ventre, révélant des tatouages qui encerclaient son nombril et scintillaient. Elle m'adressa un petit signe de tête avant de claquer des doigts.

Toutes les Élues réagirent aussitôt, hurlant des jurons à l'encontre de la « Reine de l'Enfer » et du « maudit succube ».

Quand quatre hommes rejoignirent la femme depuis le brasier, je faillis m'évanouir. Un dont les tatouages noirs et tourbillonnants indiquaient clairement sa nature de métamorphe, un vampire qui me rappelait Marcus, un type au sourire sexy qui le suivait, et enfin un blond à l'aspect vaporeux et brillant qui dégageait une aura bénie. Il chassait les flammes du bout de ses doigts comme s'il n'était pas encore habitué à leur présence.

— Allons-y ! souffla Marcus, arrachant mon attention à ce groupe fascinant.

Je me relevai péniblement, sur le point de m'évanouir, des petits points noirs marquant mon champ de vision. Marcus me saisit avant que je ne m'effondre.

Tout en titubant, il me guida en arrière vers l'emplacement du voile, mais ce dernier avait disparu.

— Elle l'a détruit, déclarai-je, essayant de ne pas céder à la panique tandis qu'un combat éclatait dans notre dos.

Je n'avais même pas envie de me retourner. Sans savoir comment, j'avais invoqué une personne nommée la Reine de l'Enfer et ses gardes du corps balèzes. Tant que Sarina était en vie, elle était peut-être mon alliée, mais je ne voulais pas rester plus longtemps pour découvrir si cette entente était temporaire. J'avais utilisé la magie du sang pour ouvrir un portail vers l'enfer. S'attendait-elle à ce que je rejoigne la Congrégation du Sang et à devenir ma nouvelle maîtresse ?

Marcus tira une pierre de sa poche et la tint contre ses lèvres tout en murmurant un mot de pouvoir. Les roses et les jasmins envahirent mes sens, faisant briller l'air et révélant vaguement le bastion. Marcus me poussa sans hésiter.

J'atterris lourdement, épaule la première, au sol. Tout en essayant de reprendre mon souffle, je me tordis et découvris le miroir embrumé et tordu, comme s'il allait se former en boule et mourir. Toutes les autres glaces aux alentours avaient éclaté, et les morceaux de verre reflétaient le paysage autrement joyeux qui entourait la pièce.

— Marcus !

Je tendis la main vers lui, chaque fibre de mon corps étant terrifiée à l'idée de le perdre. Il y avait tant de choses que je ne lui avais pas dites. Il y avait un lien qui nous unissait et que nous avions ravivé après mille ans d'histoire enfouie qui nous séparait. Ne pas avoir l'opportunité de le comprendre comme il le méritait me terrorisait au plus profond de mon âme, et je restai figée.

Tout comme Marcus l'avait prédit.

Ma magie était inutile lorsque j'avais peur. C'était sous le coup de la colère que j'avais plié le destin et invoqué la Reine de l'Enfer, même s'il s'agissait plutôt d'un accident. À présent que j'étais en sécurité, au contraire de Marcus, je n'étais plus énervée, mais terrifiée.

Son visage scintilla au milieu de ce qui subsistait du miroir. Je demeurai bouche bée lorsque la femme à la couronne brillante apparut derrière lui. Elle leva une main et m'adressa un sourire. Je ne savais pas comment réagir. Allait-elle aspirer son âme ? Allais-je voir Marcus mourir devant mes yeux ?

À ma grande surprise, elle le repoussa. Violemment. Des flammes surgirent autour de lui, une vague de magie rouge l'atteignant à la poitrine, et il fut projeté au travers de la glace qui se replia sur elle-même et éclata en une multitude de morceaux de verre tout autour de nous.

— Marcus ! hurlai-je en me jetant sur lui, faisant fi des débris qui s'enfonçaient dans mes paumes tandis que je rampai au sol. Il poussa un grognement lorsque je le tirai vers moi et le serrai dans mes bras aussi fort que possible.

— Loués soient tous les dieux. Tu vas bien, hein ?

Il toussa.

— Ça ira.

Il se libéra de mes bras, ignorant totalement la gigantesque quantité de sang dont nous étions tous les deux recouverts.

Le sort de Sarina, ainsi que le mien, avait infligé d'importants dégâts, et nous étions à présent complètement trempés. Marcus n'avait même pas sorti ses crocs, ce qui me fit frissonner. Se souciait-il de moi au point d'être capable de surmonter sa soif d'hémoglobine ?

— Hé ! lança-t-il en prenant mon visage entre ses mains et en m'obligeant à le regarder. On est en sécurité maintenant.

Un sanglot mélangé à un rire m'échappa. La peur m'avait étouffée, et je la laissai enfin s'échapper de mon corps. Sans ses fils pour me maintenir sur mes pieds, je m'effondrai contre son torse.

— Ne me refais plus jamais ça, murmurai-je contre lui tout en enfonçant mes doigts contre les restes ruinés de son costume.

Il gloussa.

— La prochaine fois que je te dirai que tu as une mauvaise idée, tu m'écouteras ?

Je le frappai, bien que j'eusse l'impression de cogner un mur de briques.

— Abruti ! Je ne pouvais pas savoir que Sarina serait là.

Tout mon corps frissonna lorsque je prononçai son nom. Les patronymes avaient un pouvoir, et je ne voulais pas que sa magie nous retrouve. Je pinçai donc mes lèvres et jurai de ne plus jamais recommencer.

Marcus me fit signe de me taire et m'enveloppa dans ses bras jusqu'à ce que je me sente comme au sein d'un doux cocon protecteur. Je pouvais être une femme forte lorsque c'était nécessaire, mais à cet instant, j'éprouvais le besoin de me laisser abattre pendant que Marcus me soutenait.

— Comment pouvait-elle nous voir ? demandai-je finalement lorsque ma peur se fut suffisamment amenuisée pour me laisser parler. Et qui est-ce que j'ai invoqué, putain ?

Il ricana de nouveau, me libérant cette fois-ci et balayant les cheveux que le sang avait collés à mon visage.

— Sarina est une sorcière puissante. J'ignorais qu'elle serait ici, avoua-t-il.

Il se tut un instant et soupira. J'étais heureuse qu'il ne mentionne pas le fait que nous aurions peut-être pu rester cachés si je n'avais pas paniqué. Elle ne nous avait pas remarqués avant que je commence à hurler.

— La femme que tu as appelée, poursuivit-il, me surprenant en relevant son menton avec fierté, est une alliée dans le combat contre les Échos de Calamity, la grande catastrophe. En vérité, c'est elle qui a interrompu la première vague, si on en croit les prophéties.

Mes yeux faillirent quitter leurs orbites

— La première vague ? Tu veux dire que le monde a failli disparaître et que je ne l'ai jamais su ?

Il glissa son doigt le long de ma lèvre inférieure, toujours souriant, mais à présent, une lueur de désir brûlait dans son regard. J'ignorais si je me sentais chamboulée parce que j'étais assise sur ses genoux ou parce que l'odeur du sang flottait tout autour de nous, laissant une odeur métallique dans l'air.

— Et si on allait se laver d'abord ? Ensuite, je pourrai répondre à tes questions avec les idées claires.

Je me sentis légèrement déçue que ce fût l'hémoglobine qui avait attisé son intérêt, et je le repoussai, mais il saisit mes poignets pour me hisser contre lui, me gardant proche de son corps.

— Je sous-entendais, allons nous laver ensemble.

Lorsqu'il se pencha pour lécher ma lèvre inférieure qu'il fixait des yeux depuis tout ce temps, une douce chaleur se répandit entre mes cuisses.

— D'accord, acquiesçai-je en espérant ne pas sembler trop impatiente.

Je me mordis la lèvre. Si Bast m'avait vue ainsi, il aurait perdu la tête et aurait accusé Marcus d'avoir manqué de causer ma mort, alors qu'en vérité tout était ma faute. C'était moi qui avais exigé qu'il m'amène dans la chambre de divination.

— Tu as une chambre ? La mienne est un peu loin.

Marcus esquissa un sourire, semblant comprendre la vraie raison pour laquelle je ne voulais pas regagner la mienne, mais il opina du chef.

— Mes quartiers sont par ici.

UN LIEN MÉMORABLE

Je fus surprise de trouver Quinn en train d'attendre notre arrivée. Il ne semblait pas le genre à rester assis pour lire, mais au moment où Marcus m'ouvrit la porte, je le vis installé à côté d'un feu crépitant dans la cheminée avec un verre de vin – qui n'en contenait plus – et le nez plongé dans un bouquin. Il leva les yeux vers nous et se releva si rapidement que sa chaise se renversa derrière lui.

— Par les dieux, jeune fille, que s'est-il passé ? Tu vas bien ?

Marcus gloussa, et son torse frotta contre ma poitrine lorsqu'il passa à côté de moi. Lorsque je le fusillai du regard, il haussa les épaules.

— Bon, d'accord, ce n'est pas ma chambre. C'est celle de Quinn.

— Pourquoi est-ce que tu…

Ma voix s'éteignit lorsque Marcus me lança un regard plein de sens.

Il caressa mes boucles d'oreilles et m'adressa un petit rictus.

— Parce que tant que tu n'auras pas retrouvé toute ta magie, tu seras affaiblie. Je t'ai sous-estimée, Evelyn, et ça ne se reproduira pas. (Il frôla ses lèvres contre les miennes avant de prendre ma main.) Ton lien avec Quinn doit être scellé. Si tu l'acceptes et que tu lui accordes ta confiance, tu recevras tout ce qu'il a préservé pour toi.

Lorsque Marcus m'accompagna vers l'intérieur de la pièce et plaça ma main dans celle de Quinn, je frissonnai. Quinn observa entre nous, et ses sourcils bondirent.

— Marcus ?

Marcus avait déjà fermé la porte et retiré ce qu'il restait de sa veste. Ses muscles étaient clairement visibles au travers de sa chemise en soie, ne laissant que peu de place à l'imagination.

— Tu vas cimenter notre connexion ce soir.

D'habitude, je réagissais mal lorsqu'on me donnait un ordre, mais je pouvais accepter celui-ci.

Quinn semblait vouloir se retenir de sourire, mais les commissures de ses lèvres se soulevèrent. Il baissa les yeux vers nos mains toujours entremêlées.

— Que désires-tu, jeune fille ?

Ma vision devint floue, et je me retrouvai à tituber en accostant Quinn. Il me rattrapa sans peine, me tenant par mes coudes et me logeant dans le creux de son bras.

— Quinn, dis-je d'une voix chevrotante.

Je venais d'assister à la destruction totale de ma congrégation, de ma vie, et j'avais failli perdre Marcus à cause de ma stupidité. Les larmes surgirent lorsque je compris à quel point j'avais été proche de tout gâcher. Si Sarina avait gagné, si elle était parvenue à me tuer, mes hommes se seraient retrouvés seuls, simplement parce que j'avais refusé de les écouter.

Il me réduisit au silence en faisant passer ses longs doigts puissants entre mes cheveux tandis qu'il me rapprochait de lui. Lorsque je levai les yeux vers lui en sanglotant, je vis que ses crocs s'étaient allongés. Mon regard s'attarda sur eux.

— Le sang ? demandai-je.

Je savais que j'en étais encore recouverte, et je devais ressembler à une victime dans un film d'horreur.

Il gloussa, le bruit sourd induisant un frisson au travers de mon corps.

— Non, jeune fille.

Ses doigts glissèrent le long de mon bras, formant un cercle autour de la rune qui nous reliait.

— Ça.

Le rouge me monta aux joues. Il voulait dire par là qu'il avait hâte de solidifier notre lien. Lorsqu'il releva la tête et prit ma bouche dans la sienne, je pus percevoir sa magie et son odeur de chèvrefeuille et de hautes herbes. Il était toujours aussi sauvage et libre dans la manière dont sa langue dansait avec la mienne, et je sentis ma tristesse s'évanouir.

Lorsqu'une autre paire de mains rencontra ma taille, je me raidis. J'avais quitté les lèvres de Quinn pour trouver Marcus derrière moi, tous crocs sortis et les yeux voilés.

— Prête pour le bain ? s'enquit-il, mais le sourire malicieux qui accompagnait cette question innocente ne m'échappa pas.

— Avec... vous deux ?

Quinn répondit en me mordillant le cou, m'arrachant un couinement.

— Nous te partagions par le passé, murmura Quinn de sa voix feutrée. Est-ce que tu aimerais cela ? (Il jeta un œil à Marcus, rictus aux lèvres.) Tu t'es déjà liée à ce salopard. Si nous sommes ensemble, former ta connexion avec moi sera plus… confortable.

Ma bouche s'ouvrait et se fermait successivement comme un poisson, sans laisser échapper le moindre son. Marcus me sauva en prenant ma main pour me guider vers la baignoire. La douce odeur de sa magie me percuta comme un mur invisible lorsque je pénétrai dans la salle de bain. La pièce luxueuse était décorée de pétales de roses, et de délicates flammes mauves dansaient dans les airs. Ce signe de la Congrégation de l'Améthyste me rendit le sourire.

L'eau bien chaude semblait si accueillante que je ne me sentis même pas gênée par la manière dont Marcus et Quinn décortiquaient mes vêtements, soulevant d'abord mon haut par-dessus ma tête et descendant mon short le long de mes jambes. Lorsque je me retrouvai nue, je me retournai, et mes yeux plongèrent vers ces barrières qui m'empêchaient d'admirer leurs corps.

Ils étaient tous les deux trop occupés à me dévorer des yeux pour remarquer mon souhait silencieux. Le regard affamé de Quinn me parcourait de haut en bas, et Marcus se lécha enfin les lèvres comme si j'étais un morceau de viande prêt à être dégusté.

Je me raclai la gorge, et mon visage devint entièrement rouge. Une part de moi pensait que tout ceci allait bien trop vite, mais j'essayais de prêter attention à une autre, plus ancienne et plus profonde, qui désirait me réunir avec les vampires. Marcus et Quinn me connaissaient, m'aimaient, et étaient prêts à mourir pour moi.

Putain, c'était déjà arrivé ! Accepter le vampirisme n'était pas une chose facile, et je comprenais l'importance de leur sacrifice plus qu'ils ne pouvaient l'imaginer.

Marcus restait en arrière tandis que Quinn me prenait en premier. Je n'étais pas trompée par les apparences raffinées de Marcus. Il pouvait se montrer cruel et dangereux, ce qui me terrifiait et m'excitait à la fois.

De Quinn, cependant, émanait une sensation de liberté qui me faisait oublier tous mes soucis, comme si je ne venais pas tout juste d'être éliminée par Sarina. Encore une fois.

— Nous irons à ton rythme, me dit-il, prenant ma main et la plaçant sur son torse.

Ses muscles tendus étaient durs sous mes doigts. Je tentai de trouver un pouls, mais n'en ressentis aucun. Seules la manière dont sa peau frémissait et sa respiration trahissaient l'effet que j'avais sur lui.

Je relevai les yeux, rencontrai son regard de rubis et souris.

— Je peux l'enlever ? demandai-je en tirant sur son haut.

— Seulement si tu as envie de voir ce qui se trouve en dessous, répondit-il avec un rictus en coin.

Mes doigts semblaient bouger par eux-mêmes, glissant le long de son torse, se pliant autour de son haut et le relevant pour révéler le V profond qui descendait jusqu'à son pantalon. C'était la chose la plus sexy que j'avais vue de ma vie, et je m'arrêtai un instant pour l'admirer.

Je ne compris mon erreur que trop tard. En m'appuyant contre lui, j'avais transmis le mauvais message à Quinn, et une masse dure commençait à pousser contre son pantalon. J'ignorais pourquoi je l'avais fait, mais mon instinct semblait savoir comment agir à ma place, et mes doigts abandonnèrent son t-shirt pour aller caresser la bosse.

Quinn souffla et ferma les yeux.

— Jeune fille, ça, c'est le contraire de me retirer mes vêtements.

Je souris, car j'avais compris qu'il essayait de se retenir de me toucher, tout comme Marcus qui demeurait à portée de mes bras tandis que je poursuivais mon exploration. J'avais autour de moi deux dangereux vampires et, si je voulais conserver le contrôle, je devais leur montrer le pouvoir que j'avais sur eux.

Je soulevai de nouveau le haut de Quinn et passai ma langue en descendant sur les lignes dures de son abdomen, le poussant à tressaillir contre moi. J'étais désormais prête, et je glissai mes doigts autour de sa ceinture, la retenant du mieux que je pouvais sans utiliser de magie.

Mon masque était resté accroché à mes vêtements, hors de ma portée, mais j'avais toujours mes boucles d'oreilles. Avec un doigt, je caressai les gemmes délicates pour en extraire un peu de sorcellerie. Comme si elle aussi souhaitait se lier à Quinn, celle-ci me parvint aisément, faisant danser l'air tout autour de nous en de magnifiques nuances d'améthyste. D'un geste souple, je transférai de la magie au travers des vêtements, désintégrant ceux de Quinn en des poussières mauves qui le laissèrent soudainement nu face à moi, bouche bée.

Marcus gloussa.

— Là, je la reconnais, Quinn. Elle recouvre la mémoire.

Je savais que Quinn voulait croire que des réminiscences de ma vie antérieure me revenaient. Peut-être avais-je retrouvé l'instinct de qui j'étais autrefois, mais je n'en avais gardé aucun souvenir. Néanmoins, l'expression sur le visage de Quinn lorsqu'il ouvrit enfin les yeux fit battre mon cœur à la chamade. Il s'y lisait une faim, oui, mais aussi du soulagement. Il glissa ses doigts dans mes cheveux, les prenant aux racines pour m'inciter à pencher la tête en arrière, et m'offrir le baiser le plus passionné que j'eusse connu de ma vie. Sa langue caressa la mienne, et son corps entra pleinement en contact avec le mien. Son érection appuyait contre mon ventre, mais Quinn ne semblait pas en être dérangé ou gêné.

Quand je baissai les mains plus bas pour le caresser, il me relâcha et attrapa mes poignets.

— Je serai bientôt en toi, promit-il avant de considérer Marcus. Mais si je te prends en premier, Marcus risque d'exploser dans son pantalon.

Marcus fusilla Quinn du regard.

— Ce n'est arrivé qu'une seule fois.

Avec un ricanement, je fis signe à Marcus d'approcher avec mon doigt. Il m'avait promis toutes sortes de choses coquines depuis notre arrivée, et j'avais l'intuition qu'il n'aurait aucun mal à respecter sa parole.

Il ajusta sa position avant d'obéir et d'arriver à ma portée. Ma magie vrombissait encore dans l'atmosphère, gagnant en puissance à présent que Marcus était au bout de mes doigts. Mes yeux s'écarquillèrent quand je me rendis compte que je n'avais pas besoin de mon masque de bal tant que je touchais Marcus. J'essayai de l'utiliser en invoquant les roses et les jasmins qui dansaient dans les airs. La sorcellerie murmura, projetant ma chevelure en arrière et obéissant à mes ordres, tandis que les vêtements de Marcus se transformaient en pétales de roses atterrissant en une pile délicate à nos pieds.

Marcus esquissa un sourire, sa main saisissant mes cheveux par la racine, tout comme Quinn lorsqu'il m'avait embrassée. Contrairement à celui de Quinn, le baiser de Marcus était possessif, dévorant, et me laissa le souffle coupé lorsqu'il s'éloigna enfin.

Je me sentais bien avec mes hommes, à l'aise, tout naturellement. Je saisis leurs mains et les guidai vers l'eau bouillante. L'air frais sur ma peau me faisait frissonner, et me glisser dans l'étreinte chaude du bain me tira un soupir satisfait.

Quinn guida mes hanches et m'incita à m'asseoir sur un banc en pierre caché par les eaux troublées par les huiles et les légers scintillements de magie. Mes runes de sang vrombirent sur ma peau. Celle qui représentait Marcus pulsait de pouvoir, tandis que celle de Quinn désirait ardemment être scellée. Je levai mon bras au-dessus de l'eau pour l'apercevoir, ne trouvant qu'une petite goutte de sang qui s'en échappait pour m'intimer de me hâter.

Quinn se pressa de laper cette dernière, sa langue caressant mon membre supérieur et me faisant frissonner. Ses crocs frôlèrent ma peau, presque dangereusement, mais il ne mordit pas.

Quand il bougea pour embrasser ma nuque, je me penchai pour lui en donner l'accès, et mes paupières battirent à mesure que les sensations m'envahissaient.

Marcus me rejoignit de l'autre côté, et ses mains disparurent sous l'eau pour caresser et jouer avec mes seins.

J'avais du mal à croire que tout ceci était véritablement en train de se produire. Je plongeai mes mains sous l'eau afin de les saisir tous les deux comme pour m'assurer que je ne rêvais pas. Je découvris leurs queues, Quinn à ma gauche, Marcus à ma droite, et, lorsque je les serrai, leurs gémissements firent courir un frisson le long de mon échine.

Les doigts de Quinn me trouvèrent en premier, tandis que Marcus continuait de s'attarder sur ma poitrine. Il m'embrassa, mais je poussai un petit cri en sentant que Quinn avait déjà atteint mon clitoris et y baladait ses phalanges en de délicieux cercles.

Quand ces derniers glissèrent en moi, je soufflai et il s'immobilisa.

— Détends-toi, m'intima Marcus tout en mordillant ma lèvre. Nous sommes là pour ton plaisir.

Je tenais encore fermement leurs sexes, et je leur administrai une caresse ferme en même temps, leur arrachant chacun un grognement.

— Et vous, quelle est votre satisfaction ? m'enquis-je.

Mon désir de les goûter m'étourdissait. Marcus partagea un regard complice avec Quinn.

— Est-ce que c'est ce que tu attends de nous ? demanda-t-il.

Je hochai la tête, la chaleur montant de plus en plus entre mes cuisses. Ils se levèrent juste assez haut pour que leurs bourses demeurent à la surface de l'eau, se présentant face à moi tandis que je me léchai les lèvres. Ils se rapprochèrent afin que je puisse les agripper tous les deux.

En remontant ma langue le long de son manche, les cuisses de Marcus se contractèrent, mais il ne bougea pas. Passant à Quinn, je le gouttai, et il semblait être venu à bout de sa patience. Il orienta sa queue vers le bas et avança ses hanches, écartant mes lèvres avec son gland. Je me pris à son jeu, accueillant autant de sa longueur que j'en étais capable.

— Au diable les dieux, maugréa Quinn avant de me soulever, m'arrachant un couinement. (Il me retourna avant de grogner dans mon oreille.) Tu devrais savoir que me taquiner ne me suffit pas.

Sa bite se logea juste devant mon entrée, et mon sang, poussé par l'excitation, se précipita entre mes cuisses.

— J'exaucerai tous tes désirs, lui indiquai-je en me retournant péniblement.

Mais il en avait assez entendu et entra légèrement en moi, me faisant m'écrouler contre le carrelage trempé tandis que la première vague de jouissance me traversait. C'était à la fois une souffrance et un soulagement de sentir cette pression m'écarter, mais il ne s'était pas inséré plus loin, contrairement à ce que je voulais.

Lorsque j'orientai mon bassin en arrière de manière à l'accueillir plus profondément, il m'immobilisa et attendit que Marcus sorte de l'eau pour s'asseoir sur le carrelage, sa queue tendue devant ma bouche. Distraite par sa beauté, j'admirai les longues veines qui la parcouraient avant de la goûter.

Quinn s'enfonça en moi au moment où Marcus penchait la tête en arrière sous le coup du plaisir, m'arrachant un hurlement.

Avec Marcus à présent entièrement dans ma bouche, je n'émis qu'un petit grognement étranglé. Cela sembla lui plaire, et il esquissa un sourire.

Quinn se figea, entièrement plongé en moi, et mon corps brûlait de sentir ses mouvements, de me baiser et de compléter notre lien. Je devinais que nous étions sur le point d'y arriver, comme un fil tout proche de rompre.

— Me fais-tu confiance ? demanda-t-il.

Au travers du voile du désir, je manquai presque de distinguer la peur et le doute dans sa voix. La douleur latente de ce qui nous était arrivé durant ma vie antérieure formait comme une barrière qu'il fallait abattre. Si seulement je pouvais me souvenir de ce qui semblait terrifier mes hommes à ce point. Marcus craignait que je « replonge », et quoi que cela ait pu vouloir dire, je savais qu'il n'y avait personne d'autre en qui je pouvais avoir foi comme en mes protecteurs.

Marcus recula afin que je puisse parler, et il souleva mon menton pour me regarder dans les yeux.

— Réponds-lui, petite sorcière, lâcha-t-il d'un grognement guttural qui exigeait que je m'exécute rapidement.

Je gigotai contre Quinn qui essayait de me maintenir en place.

— J'ai confiance en vous, alors baisez-moi avant que je perde la tête.

Ses doigts se serrèrent autour de mes hanches, et je le sentis durcir encore plus en moi.

— Comme tu le souhaites, ma chère sorcière, lança-t-il avant d'entamer de lents et tortueux va-et-vient qui envoyèrent mes yeux à l'arrière de mon crâne.

Marcus bougea sur le côté, et ses doigts atteignirent mon clitoris, m'infligeant un fourmillement intense de plaisir. Je tendis ma main en arrière pour toucher sa queue, trouvant par miracle la force de le caresser tandis qu'il me satisfaisait.

— Jouis pour nous, murmura Marcus dans mon oreille, me poussant à essayer de serrer mes cuisses, mais Quinn utilisa son genou pour les écarter, donnant à Marcus un meilleur accès pour caresser impitoyablement mon clitoris.

— Tu nous as acceptés, dit-il avec un sourire diabolique aux lèvres, et maintenant, tu vas offrir ta jouissance à Quinn.

J'avais presque oublié que ce dernier était un incube. Un frisson de sa magie infligea de petites morsures sur tout mon corps, envoyant de la souffrance et du plaisir au niveau de mes tétons et de ma peau sensible où Marcus me caressait, formant des cercles autour de mon clitoris sans jamais cesser de m'offrir cette satisfaction sans pitié. Des étoiles commencèrent à apparaître devant mes yeux, mon sommet approchant de plus en plus. Un orgasme très puissant m'attendait, et j'en étais terrifiée. Si je devais tomber d'aussi haut, serais-je capable de me relever ?

Quinn se retira de moi juste le temps de me retourner. Il écarta mes jambes et s'enfonça en moi. Mon clitoris à présent exposé, Marcus pouvait me toucher, ne semblant pas se soucier de frôler la queue de Quinn qui continuait de me marteler. À mesure que Quinn accélérait ses mouvements, ses halètements et ses grognements me faisant perdre la tête, je me rendais compte qu'il était aussi proche de l'extase que moi. Le lien entre nous était à présent tendu à son maximum, prêt à se figer.

Quelque chose en moi se délogea, et je cessai d'essayer de fermer mes jambes. Je me penchai contre le toucher de Marcus, permettant à la queue de Quinn de s'enfoncer encore un peu en moi, et je laissai les sensations qu'ils m'offraient tous les deux me parcourir. Ils étaient mes protecteurs, mes amants, et ils méritaient tout mon être.

Quand l'orgasme arriva, mon corps tout entier se crispa, et je commençai à me contracter autour du sexe de Quinn tout en criant, atteignant enfin le paroxysme et projetant sa semence chaude en moi. Marcus prit le relais là où ma main s'était arrêtée et se caressa jusqu'à ce que son sperme recouvre mes seins.

Une douleur soudaine parcourut mon bras, et je sus que ma rune de sang s'était solidifiée.

Les paumes de Quinn caressèrent mes hanches tremblantes tandis qu'il reprenait son souffle, toujours logé en moi. Je compris que j'étais couverte de la marque de Marcus et que j'avais accepté celle de Quinn en moi.

— Evie, souffla Quinn, tu es si belle.

Marcus sourit, ses yeux indiquant clairement qu'il était d'accord.

Je rougis, car je ne m'étais jamais sentie aussi jolie et désirée de toute ma vie.

Après avoir retrouvé l'usage de mes membres, je pris un nouveau bain et profitai des huiles qui reposaient aux abords de la baignoire. Je murmurai de pur plaisir en sentant Quinn laver mes cheveux, et Marcus utilisa un linge pour nettoyer mon corps là où il m'avait salie. Il était si bon de les sentir prendre soin de moi.

Après m'être séchée, je testai ma maîtrise de la magie de Quinn. Je n'eus même pas besoin de toucher les boucles d'oreilles pour canaliser sa puissance au travers de mon corps. Je ne m'étais pas rendu compte qu'avant d'accomplir notre lien, il y avait toujours une piqûre de douleur qui accompagnait les senteurs de chèvrefeuille et d'herbe coupée, mais à présent, je n'éprouvais qu'une sensation de liberté et de chaleur. Je me servis de la sorcellerie pour me sécher juste assez pour ne pas percevoir l'air froid en quittant l'eau brûlante.

Quinn fit courir ses doigts dans mes cheveux, l'air satisfait.

— Alors, c'est comment ?

Je me penchai pour profiter de son contact.

— Naturel, avouai-je.

Marcus posa un baiser contre ma joue.

— Comme ça devrait l'être. Nous avons porté ta magie en nous pendant mille ans, mais elle t'a toujours appartenu.

Mon sourire s'effaça.

— Mais n'est-ce pas la vôtre également ? rétorquai-je. Des senteurs me parviennent toujours quand j'utilise votre pouvoir.

Je fis passer mes doigts sur le large torse de Marcus.

— Des roses et du jasmin, lui précisai-je avant de m'incliner contre le cou de Quinn et de prendre une grande inspiration. Du chèvrefeuille et de l'herbe coupée.

Ils me regardèrent tous les deux comme si j'étais folle.

— Tu es sûre que je ne t'ai pas fait de mal, jeune fille ? s'enquit-il, d'un ton sérieusement inquiet. Ai-je été trop brutal ?

Je gloussai. Bien sûr, des parties très sensibles de mon corps étaient à présent endolories, mais j'adorais cette impression.

— Vous ne pouvez vraiment pas le flairer ?

Ils secouèrent la tête.

Je haussai les épaules et ne m'angoissai pas plus pour leur incapacité à exhaler la magie. Peut-être était-ce un truc de Sorcière du Destin. En regagnant la chambre plongée dans la pénombre, le lit me tendait les bras. Il était assez grand pour accueillir six personnes, ce qui fit apparaître une scène perverse dans mon cerveau avant que je ne puisse la stopper. Je m'étais liée à Bast, Marcus et Quinn, mais je devais encore explorer Aaron et Killian. Ce lit pourrait tous nous recevoir.

— Mon nez ne peut peut-être pas capter la sorcellerie, dit Quinn à voix basse tandis qu'il glissait ses mains autour de ma taille. Mais je peux deviner quand tu commences à penser à des cochonneries. Ton excitation te trahit, jeune fille.

Je rougis et essayai de le repousser.

— Arrête de renifler mon exaltation ! lui ordonnai-je, suscitant chez lui un grognement.

Il se jeta sur moi. Je me tordis, mais je ne parvins qu'à nous envoyer tous les deux dans le lit, en poussant un couinement.

Marcus gloussa.

— Deuxième round ? Elle est à moi, salopard d'Irlandais.

Quinn agrippa ma taille et mordit ma nuque. Ses crocs ne perforèrent pas ma peau, mais je me sentis soudainement très… possédée. Il adressa un feulement menaçant à Marcus, mais je ressentais la rivalité amicale qui les unissait.

Marcus semblait uniquement stimulé par son défi et grimpa sur le matelas.

Si je comptais trouver le sommeil ce soir-là, j'allais clairement en être privée.

INFILTRATION

J'étais complètement évanouie lorsque le jour se leva. Quelqu'un cogna à notre porte et je grognai, balançant un oreiller au-dessus de ma tête. J'avais tellement fait l'amour et utilisé de magie que j'avais la gueule de bois.

— Trop de bruit ! me plaignis-je.

Quinn ricana.

— En effet, tu as été beaucoup trop bruyante lorsque Marcus t'a fait jouir sur sa queue hier soir, dit-il, le souvenir de ce moment me poussant à serrer les cuisses. J'étais presque aussi excité en vous regardant qu'en éjaculant en toi.

— Va seulement répondre à la porte, lâcha Marcus en riant. Cette pauvre Evelyn a besoin de se reposer.

En prononçant ces mots, il glissa sa main sous les couvertures pour pincer mon téton, et je projetai un oreiller sur son visage.

Quinn m'adressa un autre sourire en coin et ouvrit la porte. Killian entra dans la chambre en trombe.

— On a un problème, commença-t-il. Il y a…

Il perdit le fil de sa pensée en me remarquant, et un long silence s'installa.

— Ça peut attendre ? demanda Marcus.

Je fronçai les sourcils et me libérai de ses bras, ce qui n'était pas chose facile compte tenu de sa force vampirique et de mes membres aussi mous que des spaghettis et épuisés par le sexe. Pourquoi Marcus devait-il toujours être aussi compétitif ?

Killian sortit de sa stupeur et fusilla Marcus du regard, comme s'il ressentait l'emprise que le vampire avait déjà sur moi. Il était peut-être d'accord, voire même heureux de me partager avec Quinn, mais je devinais qu'il ne partageait pas une relation très chaleureuse avec Killian.

Les doigts de ce dernier plongèrent dans sa poche, et il en tira son cran d'arrêt. Mauvais signe.

— Non, ça ne peut pas attendre, contesta-t-il, ses mots grinçant entre ses dents serrées.

Ses paroles étaient particulièrement venimeuses, et je remarquai qu'il avait sorti les crocs.

— On a une brèche, ajouta-t-il d'un ton angoissé et abattu.

Marcus redevint soudainement sérieux et se redressa, repoussant les couvertures et dévoilant mon corps. Comme je ne portais aucun vêtement et que je connaissais à peine Killian, protecteur ou non, je poussai un petit cri en tirant les draps vers mon menton.

— L'aile ouest ? questionna Quinn qui ignorait ma situation problématique.

Killian semblait plus conscient de ma nudité apparente, et, au lieu de me fixer, il détourna volontairement son regard, feignant d'être fasciné par le mur.

— L'aile est, rectifia-t-il, ses doigts libérant sa lame de sa poche.

— Merde ! maugréa Quinn.

Il se jeta vers la commode pour fouiller à l'intérieur jusqu'à trouver un débardeur et me le balancer. Étant donné que mes mains agrippaient encore les draps pour protéger ma nudité totale, le vêtement atterrit en plein sur mon visage, et je m'effondrai à la renverse sur le matelas.

Marcus, en éternel gentleman, se tira doucement du lit et souleva l'une des grandes couvertures pour me cacher aux yeux de Killian. Je repérai mes sous-vêtements et mon short en boule au sol, hors de ma portée. J'enfilai donc le débardeur qui, heureusement, descendait jusqu'à mes cuisses, et me levai pour ramasser mes affaires avant de foncer dans la salle de bain.

Le dos contre la porte, je lâchai un long soupir. Le murmure des voix des hommes devint plus bruyant de l'autre côté, et je maudis mon ouïe humaine. Ils allaient profiter de mon absence pour se chamailler, probablement à mon sujet, et je souhaitais savoir ce que Killian voulait dire en parlant de brèche et pourquoi l'aile concernée était si importante. J'ignorais quelle taille mesurait véritablement le bastion et dans quelle partie nous nous trouvions actuellement, mais j'avais le sentiment que mes protecteurs voulaient éviter que je m'en mêle. Ils étaient doués pour s'en assurer.

En balayant la salle du bain du regard, je décidai de commencer à faire ce qu'il y avait de plus logique. Écouter en douce. Oui. C'était très mature dans cette situation.

Mes yeux tombèrent sur un rasoir, et je n'hésitai pas une seule seconde. Je l'écrasai au sol et ramassai la lame qui en dépassait. Les chuchotis continuaient dans la chambre, les hommes étant probablement trop occupés pour remarquer ce que j'étais sur le point d'accomplir. Avant que je ne me défile, je m'infligeai une coupure au doigt et grimaçai en sentant la douleur glacée qui meurtrissait ma peau, une blessure spécifique aux lames de rasoir. Je préférais largement les lames normales.

Audiunt. Je murmurai le mot en latin afin d'écouter, et le sort s'activa aussitôt. Il fit effet bien plus vite que ce à quoi je m'attendais, et un acouphène résonna dans mes oreilles. Je saisis ma tête de mes deux mains et tentai d'ajuster les vagues de sensation et de chaleur qui s'abattaient sur moi. Mon instinct me poussa à puiser dans la magie de Quinn à partir de mes boucles d'oreilles. Cela alimentait la puissance de mon sort et altérait le flot en m'envoyant les sons au compte-gouttes. Le vacarme de ce qui m'entourait devint un bourdonnement sourd jusqu'à ce que je puisse entendre les voix à l'extérieur.

— Je croyais qu'on s'était mis d'accord sur le fait de ne pas se lier à elle pour le moment, grogna Killian d'une voix basse, à peine perceptible, même avec mon ouïe améliorée par la sorcellerie.

Un long silence flotta, et je me demandai si mon sort avait cessé de fonctionner. Cela me laissa assez de temps pour réfléchir à ce que Killian pensait réellement de moi. Lui et moi n'avions pas encore eu l'occasion d'apprendre à nous connaître, mais peut-être avais-je des préjugés à son sujet qui n'avaient pas lieu d'être. Il faisait partie de mes protecteurs, mais il ne me voyait pas de la même manière que les autres. À l'instant même où un doute commença à se former dans mon esprit, il vola aussitôt en éclats lorsqu'un autre grognement résonna, celui-ci plus possessif et menaçant.

— Tu sais à quel point j'ai envie d'elle, et pourtant j'ai réussi à garder mes distances et à conserver ma queue à sa place parce que je me soucie vraiment de ce qui pourrait lui arriver. Vous pouvez en dire de même, bande de cons ?

Je m'attendais à ce que Marcus joue le rôle de médiateur, mais un coup de poing fut porté, et l'odeur de rose traîna dans l'air. Marcus perdait le contrôle de lui-même.

— Ne prétends jamais que je ne me préoccupe pas pour elle. Je l'aime plus que j'aime le temps lui-même. À ton avis, qui a installé la faille dans notre châtiment qui a permis à Evelyn de nous retrouver après sa réincarnation ? Je ne pouvais pas imaginer vivre sans elle, surtout pas pour l'éternité.

— Pourquoi est-ce que tu t'es jeté sur elle ?

Killian hurla en un murmure, pensant probablement parler assez bas pour que je ne puisse pas l'entendre depuis la salle de bain. Un sentiment de culpabilité me prit à la poitrine, mais je continuai d'écouter.

— Pourquoi l'as-tu amenée auprès de Quinn ? Maintenant, elle risque de…

Marcus coupa la parole à Killian avant qu'il ne révèle quelque chose d'important à mon sujet.

— C'est précisément pour cela que je me suis lié à elle et que j'ai demandé à Quinn de finir ce qu'il avait commencé. Délaisser la connexion l'aurait affaiblie. Je le sais à présent. Elle a failli mourir deux fois parce que nous essayions de lui cacher la vérité, de la préserver de sa propre magie. Sarina ne s'arrêtera jamais, et elle a manqué de gagner parce que nous étions trop bêtes pour remarquer qu'Evelyn était plus forte dans cette vie. Bien plus que tout ce que nous avions pu admettre.

— Tu vois ce que tu as envie de voir, maugréa Killian, insensible à la sincérité de Marcus.

— Tout ce que nous avons réussi à faire, c'est la priver de ce dont elle a besoin, rétorqua Marcus. De ce dont nous avons tous besoin. (Un bruit de pas retentit, et je devinai que Marcus s'était rapproché de Killian, car la tension était à présent palpable dans l'air.) Je l'ai baisée, et je l'ai baisée de nouveau, puis j'ai regardé Quinn enfoncer sa queue en elle. Je suis heureux que tu n'aies pas été là pour y assister, car je comprends maintenant clairement ce que tu es. Tu es un lâche.

Killian rugit, le son agressant mes sens amplifiés. Il se jeta contre Marcus, et les deux s'écrasèrent contre les meubles. Quelque chose tomba au sol, et le bruit aigu poignarda mes tympans. Une sensation chaude commença à couler le long de mon oreille avant que je puisse annuler le sort. Je touchai ma peau, et les bouts de mes doigts étaient tachés de rouge.

J'essuyai le sang le plus vite possible – il était hors de question que j'entre dans une pièce remplie de vampires déchaînés en en étant couverte – avant d'ouvrir la porte. Marcus et Killian se roulaient par terre, se frappant mutuellement leurs visages ensanglantés. Quinn les observait, les bras croisés et avec un sourire amusé au visage.

Alors que je m'approchai pour arrêter cette bagarre débordant de testostérone, Quinn remua la tête.

— C'était inévitable, jeune fille. Laisse-les se défouler.

Je restai bouche bée tandis que les crocs claquaient, que le sang giclait sur le tapis, et que Marcus et Killian passaient des coups de poing aux morsures.

Au moment où je croyais qu'ils allaient s'entre-déchiqueter, un grognement sourd et sauvage emplit la chambre, et tous les regards se braquèrent vers le loup enragé qui se tenait dans l'encadrement de la porte. Aaron fit claquer sa mâchoire et grogna jusqu'à ce que Marcus et Killian se lâchent enfin l'un l'autre. Ils étaient essoufflés, et leurs yeux brillaient encore d'une lueur meurtrière rouge.

Tous les vampires semblaient prêts à s'étrangler mutuellement, bien que je ne fusse pas sûre que ce fût pour les mêmes raisons. Marcus voulait protéger ma vertu, ou une connerie comme ça. Killian pensait que celui-ci me mettait en danger, même si je n'étais pas certaine de savoir pourquoi. Quinn, quant à lui, avait un regard presque sadique qui montrait clairement qu'il appréciait la scène. Aaron, enfin, avait retrouvé sa forme de vampire, nu et prêt à mordre chacun d'entre nous pour lui avoir fait perdre son temps.

J'essayai de ne pas baisser les yeux, mais j'étais vraiment pire qu'un mec. Je ne pouvais m'empêcher d'admirer les lignes parfaites et les muscles durs qui composaient le corps d'Aaron. On aurait dit une statue romaine qui avait pris vie, athlétique, mais menaçante. Il avait des cicatrices pour le prouver. Ses yeux sauvages croisèrent les miens, et il releva une lèvre en un grognement primal. Marcus se rua pour se placer entre nous.

— Tiens ta bête en laisse, m'ordonna-t-il d'une voix puissante et autoritaire, qui correspondait bien mieux au Marcus que j'avais appris à connaître.

Pas impressionné, Aaron se mit à fouiller dans la commode pour en tirer un pantalon à enfiler.

— Tu peux parler, intima-t-il en me désignant avec son menton. Killian ne t'a pas révélé que nous avions une brèche ? Ou est-ce que vous étiez trop occupés à vous battre pour une fille ?

— Je te demande pardon ? hurlai-je, écartant Marcus de mon chemin. (Il aurait pu m'arrêter, mais il choisit de bouger, rendant mon indignation bien plus satisfaisante.) La fille, elle t'entend.

Aaron leva les yeux au ciel.

— Je vois ça, chaton.

Est-ce qu'il venait de m'appeler « chaton » ? Putain d'incroyable…

— Qui a été enlevé ? demanda Marcus, ignorant totalement l'insulte. Est-ce que c'était Sarina ?

La colère d'Aaron sembla s'apaiser, et son regard tomba de nouveau sur moi, plus sombre et peiné cette fois-ci.

— Oui, et ils n'ont pris qu'une seule personne.

Quinn se redressa et croisa les bras.

— Tout ça pour kidnapper un seul vampire ? Ça a l'air excessif.

Aaron se gratta la nuque.

— Pas un vampire. Une humaine.

Mes yeux s'agrandirent. Il n'y en avait qu'une à qui ils pouvaient faire référence.

Cassidy.

L'IGNOBLE sorcière qui m'avait tuée durant une autre vie avait enlevé ma meilleure amie au monde. Elle avait déjà détruit ma congrégation entière et, à présent, elle avait trouvé un moyen d'envahir le seul endroit où je pensais être en sécurité, puis avait rompu le dernier lien que j'avais avec ma famille. Mes hommes essayaient peut-être d'en bâtir une nouvelle, mais Cassidy et moi étions comme des sœurs. Je ne voulais même pas l'imaginer en danger, et mon cœur se mit à battre à mille à l'heure en pensant simplement à ce que Sarina pourrait être en train de lui infliger.

— Il faut que tu te calmes, jeune fille, dit calmement Quinn, frottant mes bras comme s'il essayait de réchauffer mon corps frissonnant.

Un froid profond s'était installé en moi lorsqu'ils m'avaient annoncé la nouvelle, et j'étais incapable de m'en débarrasser. Je succombai aux tremblements incessants, et même mes dents se mirent à claquer. Je serrai ma mâchoire pour essayer de cacher la terreur évidente qui prenait possession de moi. Mon sang quitta mon visage, et je m'accrochai aux bords d'une chaise pour tenter d'ignorer la pression qui montait dans ma poitrine.

Marcus était parti chercher Bast peu après qu'Aaron avait révélé que Cassidy était entre les mains de l'ennemi. Mon familier plaça ses bras autour de mes épaules et ronronna contre ma nuque. Sa tentative de me réconforter déclencha des larmes brûlantes aux coins de mes yeux, et éleva le sentiment de honte que je ressentais à la surface. J'aurais déjà dû être à la poursuite de Cassidy au lieu de rester prostrée ici lâchement, paralysée par la peur, mais j'étais incapable de bouger. Je pouvais à peine respirer.

— Tu fais une crise d'angoisse, murmura Bast dans mon oreille sans que sa voix laisse apparaître le moindre jugement.

Il décrivait simplement ce que j'étais en train de vivre.

— Tu ne peux pas l'arrêter. Ta seule solution, c'est de laisser ta crainte suivre son cours. On ne force pas et on ne contrôle pas une crise d'angoisse, on y survit. C'est tout ce que tu dois entreprendre, Evie. Survivre.

Je lâchai un soupir chevrotant, comprenant à cet instant que je retenais ma respiration depuis tout ce temps. Sans même m'en rendre compte, j'avais essayé d'empêcher la terreur de m'écraser, mais Bast avait raison. Il était inutile de lutter, et je laissai donc la frayeur passer sur moi comme une lame de fond. Au lieu de paniquer chaque fois que mon cœur se serrait, j'imaginais être dans un rêve dans lequel je me noyais, me forçant à prendre une grande inspiration, même si tout mon être m'indiquait que j'allais m'étouffer et succomber. Je ne mourus pas. Le souffle me venait naturellement et emplissait mes poumons, et je respirais au travers de cette grande vague qui essayait de me submerger.

— Comment est-ce que tu as réussi ça ? demanda Quinn en relevant un sourcil.

Il nous avait observés depuis le début, semblant vouloir repousser Bast pour me réconforter lui-même, mais il avait gardé ses distances.

Bast caressa mes bras de haut en bas, encore et encore, m'apaisant au rythme des vagues qui s'écrasaient sur moi comme s'il pouvait les ressentir.

— Elle a toujours eu des crises d'angoisse, mais j'étais capable de l'aider à traverser les pires lorsque j'étais sous ma forme de familier. Mais maintenant…

Il grimaça et baissa son regard sur moi, et les lignes tigrées qui encerclaient son visage semblaient encore plus marquées autour de ses traits.

— D'une certaine manière, je peux lui offrir plus de puissance, mais d'une autre, je suis en mesure d'accéder à ses pensées et à ses émotions, comme lorsque j'étais sous ma forme féline. C'est le mieux que je puisse faire.

Je levai de grands yeux vers lui en clignant des paupières, impressionnée d'apprendre qu'il avait tant agi pour moi toute ma vie, et que je ne m'en étais jamais rendu compte. Je repensais à toutes les fois où Tante Sandra m'avait prise au piège ou que les petits cons de la Congrégation du Saphir m'avaient rabaissée. J'avais systématiquement ressenti une pointe de terreur qui s'était aussitôt évanouie. Jusqu'à présent, je n'avais jamais compris que c'était Bast qui avait affronté cette peur pour moi.

Me sentant vulnérable, j'essayai de me libérer de ses bras, et il réagit aussitôt en s'éloignant de moi et en me donnant de l'espace. Sa chaleur et son parfum musqué restèrent sur ma peau malgré son absence soudaine.

— Je pense que ça va maintenant, dis-je d'une voix toujours chevrotante.

Je croisai le regard de chacun de mes hommes, tous toujours braqués sur moi. Marcus était appuyé contre la commode, portant un simple t-shirt et un pantalon relaxé. Ses cheveux étaient encore en bataille à la suite des événements de la nuit précédente. Quinn s'agenouilla à mes pieds et posa une main sur ma cuisse, levant les yeux vers moi avec fascination et adoration.

— Tu es sûre, jeune fille ?

Je hochai la tête.

— Oui. (Je tentai de me relever sans trembler tandis que des points noirs apparaissaient dans mon champ de vision.) Nous devons retrouver Cassidy.

C'était la meilleure solution. Elle aurait fait la même chose pour nous sans hésiter.

Killian dégaina son cran d'arrêt. Le métal brilla en une magnifique présentation alors qu'il passait la lame sur ses jointures.

— C'est exactement ce qu'attend Sarina. On marcherait droit dans un piège.

Il ne m'avait pas échappé que Killian avait commis un lapsus en disant « on », mais je ne le relevai pas. Qu'importe où je devais aller, mes protecteurs me suivraient.

— Je suis d'accord, confirma Aaron qui avait repris sa forme de vampire.

Il portait un pantalon qu'il avait emprunté, et ses bras croisés contre son torse nu mettaient en évidence chacun de ses muscles magnifiques.

Il plissa les yeux et ses bras se bombèrent, faisant onduler ses tatouages à chaque mouvement.

— Aucune chance que Sarina s'empare de toi simplement parce qu'elle a chopé ton esclave. C'est beaucoup trop dangereux.

Avant que je ne puisse le corriger sur le fait que Cassidy n'était pas une esclave, Bast me surprit en lâchant un grognement qui aurait égalé le rugissement menaçant d'un métamorphe. Il aimait Cassidy tout autant que moi. Elle était de ma famille.

— Tu ne décides pas à la place d'Evelyn. Si elle souhaite sauver son amie, alors nous devons nous efforcer de nous assurer qu'elle survive, et non pas remettre en question ses choix.

Je me demandais quelle sorte d'arrangement les vampires avaient pu établir avec moi durant ma vie antérieure. Nous avions clairement formé un lien fort, et ils avaient tous prêté le serment de me protéger au péril de leur vie. Mais à présent, les choses semblaient différentes. J'étais de sang mortel, et je devais également m'occuper d'un familier. Aucun d'entre eux ne me semblait prêt à me suivre n'importe où, encore moins dans un piège préparé par Sarina, mais quel autre choix avais-je ? Je ne pouvais pas laisser Cass entre ses griffes.

Killian fit s'entrechoquer les deux bouts de sa lame pour les remettre en place et en pointa l'extrémité vers Bast.

— Tu es son familier, ce qui signifie que tu es tout autant son esclave que la fille. (Il se redressa.) Et nous sommes ses protecteurs, c'est pourquoi nous devons également la protéger d'elle-même.

Mes yeux s'agrandirent, et je dus me forcer mentalement à desserrer les poings.

— Marcus, interpellai-je en le regardant attentivement pour entendre son opinion. Est-ce que tu es d'accord avec Aaron et Killian ?

J'espérais que ces différences n'étaient dues qu'à l'effet des runes de sang qui me liaient à mes compagnons. Aaron et Killian ne s'étaient pas encore reconnectés à moi. À cause de la distance qu'ils conservaient entre nous, je me demandais si cela était seulement possible. J'avais eu quelques instants volés avec Aaron durant lesquels j'avais appris qu'il était un métamorphe, mais à présent, il semblait être sur la même longueur d'onde de Killian, et il me fusillait du regard comme si je me comportais comme une sale gosse.

Marcus soupira et passa ses doigts au travers de ses cheveux hirsutes. Par les dieux, j'adorais quand il faisait ça.

— Je ne sais pas, Evie, ils n'ont pas tort. Sarina veut que tu ailles là où elle pourra s'emparer de toi. (Il jeta un œil vers Quinn.) Si tu n'avais pas été avec nous, elle t'aurait probablement capturée à la place de l'humaine.

— Elle s'appelle Cassidy, crachai-je.

Mes doigts reformèrent des poings, et je n'essayai pas de les détendre cette fois-ci.

— Quinn, lâchai-je, énervée, le mettant au défi de s'opposer à moi. Tu penses aussi que Cassidy ne vaut pas la peine d'être sauvée ?

Il grimaça en entendant le venin dans ma voix, mais il haussa les épaules. J'appréciai au moins qu'il ait eu le courage de me regarder dans les yeux plutôt que d'essayer d'échapper à ma rage comme je le pressentais. L'énergie de la magie faisait vrombir le lien qui nous unissait en un murmure sourd, tandis que mes runes de sang brûlaient ma peau, ce qui démontrait bien le courage qu'ils manifestaient en m'affrontant.

— Je ne peux pas dire que je sois d'accord ou pas d'accord, jeune fille. Je pense que nous devrions agir contre Sarina, mais je ne crois pas que nous devrions procéder ainsi.

Je reculai en maugréant contre le torse de Bast et je me relaxai en sentant ses bras se former autour de moi.

— Bien, donc deux d'entre nous veulent secourir Cassidy, deux refusent et deux sont indécis.

— Une impasse, acquiesça Bast, sa voix vibrant au travers de mon corps d'une manière qui réchauffait jusqu'à mon âme.

Je n'aimais pas l'idée d'une impasse. Je retournai mon attention vers Quinn. Nous venions à peine de solidifier notre lien, et son pouvoir coulait en moi. Sa magie avait une odeur de chèvrefeuille et remplissait mes sens de la sensation humide de champs de hautes herbes. Mais maintenant que nous étions connectés, j'éprouvais bien plus que cela. Je ressentais ses autres pouvoirs s'engouffrer en moi et me remplir comme une bouteille qui serait restée vide durant toute ma vie et qui, à présent, débordait de champagne pétillant. Il avait été voyant et pouvait à l'occasion utiliser le don de divination, mais il possédait une autre faculté qui m'intriguait encore plus. Ses capacités naturelles dues à son sang proche de la famille des succubes traversaient notre lien. Le désir sexuel provenait de mon union avec mes hommes, et j'avais déjà utilisé nos émotions et notre désir pour créer un passage permettant à ma magie de me retrouver, mais pouvais-je également m'en servir pour leur montrer les choses selon mon point de vue ?

Je m'appuyai encore contre le torse dur de Bast et fermai les yeux en respirant son doux parfum. J'étais petite à côté de lui, ma tête arrivant à peine au niveau de son sternum, mais il ressentit le changement dans l'air et se décala pour laisser ses hanches frotter contre moi. Mes lèvres s'écartèrent quand je me rendis compte que j'étais parvenue à l'exciter par le biais d'une simple pensée. Il faisait partie de ma connexion d'une manière différente, il était peut-être même plus proche de moi que les autres, car il s'était immiscé dans mon esprit bien avant d'entrer dans mon corps.

Les gars ressentirent immédiatement le changement. J'ouvris les yeux et les découvris tous debout, avec les narines frémissant comme s'ils venaient de percevoir cette nouvelle magie qui excitait, caressait et commandait.

Quinn réagit en premier, étant le point d'origine de la sorcellerie que j'avais tirée de lui et des boucles d'oreilles qui pendaient de chaque côté de ma tête. Je n'avais pas besoin de toucher les gemmes pour en extraire le pouvoir qui portait son odeur et qui avait baigné en lui si longtemps qu'il s'était imprégné de ses traits d'incube.

Ses paupières devinrent lourdes à mesure qu'il s'approchait de moi, semblant lutter contre chaque mouvement.

— Jeune fille ? lâcha-t-il sous la forme à la fois d'une question et d'un avertissement. Qu'est-ce que tu fais ?

Prenant son inquiétude comme un signe encourageant, je disposai mes deux mains sur le côté afin de m'accrocher aux cuisses de Bast. Je le rapprochai de moi afin que ses hanches s'ancrent de nouveau contre moi, jusqu'à ce que je puisse ressentir toute la puissance de son érection entre mes fesses. Étant donné que je ne portais qu'un fin short, nous n'étions pas séparés par grand-chose. Mes lèvres s'écartèrent lorsque j'entendis Bast grogner derrière moi.

Quand Quinn arriva à ma portée, il semblait très hésitant, mais son regard se posa sur mes lèvres puis sur mes seins. Mes tétons durcirent aussitôt, et je mourais d'envie qu'il les touche comme la nuit précédente.

Comme s'il pouvait lire dans mes pensées, il tendit la main, exactement comme je le désirais, ce qui m'arracha un soupir.

Les autres mecs titubèrent inconfortablement en entendant ce son qui semblait les affecter. Seul Aaron fut capable de s'exclamer entre ses dents.

— Quinn. Elle utilise tes pouvoirs d'incube.

J'étais fière qu'il ait été capable de s'en rendre compte si rapidement et, en même temps, j'étais ravie de pouvoir me servir de ces dons surnaturels qui n'appartenaient normalement pas à ma lignée de sang.

Quinn ne sembla pas réagir à ce que venait de dire Aaron, et ses doigts descendirent jusqu'à s'accrocher à mon short pour le baisser. J'eus le souffle coupé lorsqu'il s'agenouilla, tirant sur le tissu assez bas pour découvrir mes parties, et libérant mes envies brûlantes lorsque sa langue frôla ma peau sensible. Je frissonnai contre le torse dur de Bast. Il baissa encore mon short, dénudant mon derrière face à lui pour frotter immédiatement sa queue entre mes fesses. Je devinai qu'il voulait être en moi, et mes cuisses se serrèrent lorsque je compris que tous mes hommes étaient autour de moi, Marcus, Aaron et Killian m'observant tandis qu'ils portaient leurs mains à leurs érections, que Quinn m'offrait du plaisir et que Bast se frottait contre moi.

L'énergie se mit à vrombir autour de nous tous, bien que je n'eusse pas formé un lien avec Killian et Aaron, et je pouvais sentir l'odeur de leur magie qui se mélangeait au désir dans l'air. Le pouvoir de Killian avait une senteur métallique, mais également le parfum salé de la mer. La sorcellerie d'Aaron était primale et portait la senteur du bois brûlé et d'une forêt luxuriante. Bien qu'il eût conscience de ce que je leur infligeais, il permit à sa sorcellerie de glisser en moi, et je soupirai en percevant le désir monter encore, exacerbé par la langue de Quinn qui menaçait de me faire atteindre le sommet.

De la puissance. Il m'en fallait plus. C'était ainsi que je pourrais sauver Cassidy. Peut-être existait-il un moyen de la puiser chez mes hommes sans avoir à les forcer ainsi, mais grâce à la faculté de Quinn, je pouvais éprouver une avidité latente qui avait toujours été présente. Je n'étais pas en mesure de les obliger à ressentir des choses auxquelles ils n'étaient pas déjà ouverts. Je n'étais pas vraiment un succube, mais je ne pouvais qu'emprunter le murmure du pouvoir de Quinn pour imiter le processus par lequel le désir agissait comme un moyen de transférer du pouvoir. Ma bouche s'entrouvrit, et je bougeai mon bassin afin de laisser Bast se glisser en moi. Lorsqu'il se fut enfoncé jusqu'à la base, je poussai un cri, et Quinn utilisa ses doigts pour frotter mes plis, me stimulant pendant que Bast s'agitait contre moi, ses hanches frappant contre mon cul à chaque va-et-vient, encore et encore. La chaleur courait sous ma peau, et la sorcellerie dégoulinait comme si un robinet avait été ouvert, s'accumulant à mesure que j'approchais de l'orgasme. J'essayai de le retenir. J'avais besoin de plus de pouvoir. Chaque sensation m'apportait un peu plus de puissance dont je pourrais me servir plus tard. J'utilisai ma magie pour intimer aux hommes qui étaient hors de portée de s'approcher. J'avais besoin de chacun d'entre eux, sur-le-champ.

Marcus succomba enfin à mon appel et sortit sa queue, lui assénant une longue caresse avant de me laisser me pencher pour la prendre en bouche. Quinn se releva, son propre sexe entre ses doigts et le flattant au même rythme que les va-et-vient de Bast qui devenaient de plus en plus intenses.

Seuls Killian et Aaron semblaient capables de me résister. Ils avaient sorti leurs bites, et je les admirai pendant que Marcus bougeait son bassin pour aller de plus en plus profondément dans ma gorge.

Aaron était aussi impressionné que je m'y attendais de la part d'un métamorphe. Il se masturbait, ses paupières étaient devenues lourdes et sa respiration saccadée et profonde.

Killian ne s'en tirait pas mieux, et j'étais fascinée par la magnifique longueur de sa queue, aussi grosse que celle d'Aaron, mais plus gracieuse et rose. Il se caressait, allongé contre le mur, l'air accablé par le désir qui l'envahissait. Tout comme la peur, il la laissait passer sur lui en vagues, il n'essayait pas d'y résister, mais il refusait encore de s'approcher, pour le moment. Il avait mentionné par le passé que se lier à moi aurait signifié me faire du mal et, alors même qu'il était dans ma poigne renforcée par l'avidité, il refusait de risquer d'entreprendre quoi que ce soit qui pourrait me blesser. Au lieu de ça, il continua de souffrir en silence tout en m'observant, une faim comme je n'en avais jamais vu auparavant dévorant son regard.

J'accueillis Marcus plus profondément dans ma bouche, lui arrachant un grognement pendant que j'astiquai Quinn ardemment avec mon autre main. Quinn persistait à stimuler mon clitoris, me faisant approcher de plus en plus du sommet. Lorsqu'il joignit ses propres pouvoirs d'incube à la magie que j'avais tirée de lui, une chaleur intense envahit mon âme, et Bast grognait à chaque va-et-vient puissant, sauvage et profond. Il jouit en moi, me donnant la chair de poule tandis que je succombai à ma propre libération. Quinn prit le relais pour se caresser, libérant sa semence sur ma peau, et Marcus explosa dans ma bouche.

Je m'effondrai à genoux, car trois hommes venaient d'éjaculer dans et sur mon corps, et, avec leurs orgasmes, la pleine puissance de leur magie qu'ils avaient retenue pénétra mon âme, me brûlant comme les flammes de l'enfer.

ESPRIT ANALOGUE

Des applaudissements discrets remplirent la pièce, et je me décalai pour regarder par-dessus mon épaule. J'étais tombée à genoux et avais entraîné Bast et les autres avec moi. Mes yeux s'élargirent lorsque je remarquai la femme que j'avais vue dans ma vision et qui se tenait à présent à la porte.

— Impressionnant, s'amusa-t-elle en ajustant la couronne d'or qui pressait contre son front.

Elle fronça les sourcils, comme gênée par son poids, et finalement claqua des doigts. Celle-ci explosa en une flamme intense et si chaude que je craignis qu'elle embrase ses cheveux. Mais à la place, elle disparut, laissant une couronne de cheveux sur la tête de l'une des plus belles femmes que j'avais vues de ma vie.

Nous étions encore tous dans des positions compromettantes, et la chambre embaumait le sexe et la magie. Cependant, cela semblait plaire à la femme qui lécha ses lèvres et balaya la scène du regard. En recouvrant enfin mes esprits, je me démêlai de l'emprise de mes hommes, je grimaçai en ressentant le fluide collant entre mes cuisses et mes doigts et je saisis mes vêtements. Je me couvris du mieux possible, ignorant la sensation du sperme qui coulait le long de ma jambe.

— Qui êtes-vous ? demandai-je sèchement.

Elle était entrée sans prévenir dans la chambre de Quinn, et je doutais qu'elle fût un vampire. Elle avait empêché Sarina de me tuer, mais cela ne faisait d'elle que l'ennemie de mon ennemie. Je savais pertinemment que cela ne la classait pas instantanément parmi mes amies.

Elle leva les yeux au ciel, comme si la réponse était évidente.

— Je suis la Reine de l'Enfer, et tu m'as invoquée, Sorcière du Destin. J'ai arrêté la première vague de la grande catastrophe, et tu essaies d'interrompre la deuxième, n'est-ce pas ? Je veux bien te prodiguer des conseils, mais pas si tu les réclames sur ce ton.

Elle pointa du doigt les hommes qui avaient finalement réussi à se couvrir et affichaient des regards noirs, mais ils ne s'étaient pas précipités sur elle pour lui arracher la tête, ce qui signifiait peut-être qu'ils reconnaissaient la femme qui se tenait devant eux sans qu'elle ait besoin de se présenter.

— De plus, ajouta-t-elle avec un rictus en coin, je suis un succube, et je peux distinguer le désir à des kilomètres à la ronde. La première fois, tu m'avais appelée dans ce monde avec ta propre magie, mais lorsque j'ai ressenti… ça… (Elle écarta les doigts et poussa un long soupir.) Je n'ai pas pu résister. Percevoir des liens se former entre nouveaux compagnons est enivrant. Cela me rappelle mes premières conquêtes.

Son regard se perdit au loin, et elle sourit.

— Jet, mon métamorphe draconique, était mon préféré, mais ne va pas lui répéter. (Elle agita les doigts, libérant une mèche enflammée.) J'ignorai alors à l'époque à quel point j'étais compatible avec le feu.

La curiosité s'empara de moi. J'étais fascinée de découvrir qu'il existait dans ce monde d'autres liens magiques aussi puissants que le mien ; peut-être même davantage dans le cas de celle qui se faisait appeler « Reine de l'Enfer ».

Elle frappa dans ses mains.

— Bon, il est clair qu'en ce qui concerne le sexe, tu n'as pas besoin de mon aide. En quoi puis-je donc t'être utile ? (Son sourire s'élargit.) Tu souhaites utiliser les flammes de l'enfer, peut-être ? Qui doit être tué ? Cette pétasse qui s'est échappée la dernière fois ? Elle est vraiment pitoyable.

Je me raclai la gorge, interrompant sa diatribe.

— Tout d'abord, insistai-je, je vais prendre une douche. Et ensuite, nous allons discuter. Seules.

Je refusais catégoriquement de l'appeler « Reine de l'Enfer », donc la femme accepta de me révéler son nom : Sonya.

Elle m'adressa un rictus tout en passant une jambe nue par-dessus l'autre, sa robe étroite dévoilant sa cuisse. Toute son apparence débordait de sensualité et de luxure, mais aussi de danger. Elle dégageait une légère odeur de cendre qui me rappelait constamment à qui j'avais affaire.

— Arrêtez de me sourire comme ça, dis-je en croisant les bras tout en m'appuyant contre le mur.

Nous avions rejoint la chambre de Marcus pendant que les hommes se nettoyaient ou vaquaient à leurs occupations. Je ne pouvais m'empêcher de me sentir humiliée. J'avais utilisé mes nouveaux pouvoirs contre eux, pour satisfaire mes propres désirs, et à présent, quelqu'un était en mesure de témoigner de mon égoïsme. Même si c'était pour sauver la vie de Cassidy, je savais que j'avais eu tort de les forcer ainsi.

— Je me reconnais tellement en toi, déclara Sonya en penchant la tête pour m'admirer de haut en bas.

Elle dessina une ligne dans l'air et décrivit mes courbes avec son doigt. Bien qu'elle ne m'eût pas vraiment touchée, je me sentais étrangement envahie dans mon intimité.

— Tu sembles avoir accepté tes compagnons plutôt rapidement. Il m'a fallu moi-même un peu plus de temps pour rassembler les miens au même endroit.

Je plissai les yeux.

— Et où sont-ils, les vôtres ?

J'avais vu quatre hommes la suivre au milieu des flammes lorsque je l'avais accidentellement invoquée. S'ils étaient ne serait-ce qu'un peu similaires aux miens, ils devraient être à proximité et ne se soucier que d'une seule chose : sa défense. Qu'importe ceux qui se mettraient en travers du chemin.

Elle haussa les épaules.

— Ils ne sont pas loin. Je leur ai expliqué que nous allions passer un moment entre filles.

Il ne m'avait pas échappé qu'elle laissait entendre que ses protecteurs avaient infiltré le bastion des vampires. Je me raidis et me souvins de contrôler ma respiration. Ma poitrine se serra tant que mes poumons luttaient pour s'étendre.

— Est-ce une menace ? parvins-je à formuler.

Elle esquissa un rictus malicieux.

— Non, ma chère, ce n'en est pas une. Je te rappelle simplement que j'ai des alliés, tout comme toi.

Donc elle ne me faisait pas confiance. C'était compréhensible.

— Lorsque je vous ai invoquée, c'était un accident, admis-je. J'avais seulement conscience que Sarina était sur le point de me tuer et qu'il ne me restait qu'une seule chance d'utiliser ma magie.

Celle qui m'habitait et avait investi mes protecteurs était puissante, et elle possédait sa volonté propre. Elle avait décidé par elle-même d'appeler Sonya. De mon expérience personnelle, j'avais retenu que la sorcellerie n'était pas digne de confiance. Peut-être y avait-il une autre raison pour laquelle elle avait fait apparaître la Reine de l'Enfer.

— Tu as permis à la magie de te guider, indiqua-t-elle d'un ton approbateur tout en inclinant sa tête en arrière. Tu as eu raison de suivre ton instinct. Cela te permettra d'être plus proche de tes compagnons et te révélera tes alliés. Tu en auras largement besoin pour affronter ce qui t'attend.

Un frisson me parcourut.

— Je sais. Sarina en veut toujours à ma vie. Elle a enlevé Cassidy dans le seul but de m'attirer dans un piège, mais je ne peux pas abandonner ma meilleure amie.

Sonya tendit une main devant elle pour me sommer de me taire.

— Sarina est le moindre de tes soucis. Elle apporte la grande catastrophe. Ton destin est de l'en empêcher, mais tu devras sans nul doute faire des sacrifices pour y arriver.

Son regard s'assombrit, comme si elle avait déjà vécu cette situation personnellement.

— Qu'est-ce que vous avez ressenti ? demandai-je en essayant de changer de sujet. Lorsque ma magie vous a invoquée, je veux dire.

J'avais envie de lui rappeler qu'elle avait été réclamée sur mon ordre, pas par moi, et qu'elle avait obéi.

Sonya sourit.

— J'ai perçu l'appel d'une sœur, quelqu'un qui méritait de recevoir mon aide. La sorcellerie m'a attirée, ainsi que mes compagnons, et nous aurions pu ignorer ta sollicitation, mais je ne pourrais jamais refuser de secourir une femme qui se bat pour protéger ceux qu'elle aime. Être liée à tant de personnes est à la fois une bénédiction et une malédiction. Il faut avoir un cœur assez grand pour se soucier aussi profondément de chacune d'entre elles.

Malgré mes réserves à son encontre, je sentis ma garde s'abaisser en discutant avec elle. J'avais l'impression de l'entendre parler de moi, mais je savais qu'elle parlait d'elle-même également. Nos esprits étaient analogues, et c'est pour cette raison que ma magie l'avait sollicitée à mes côtés.

— Très bien, acquiesçai-je en me redressant. Dans ce cas, si tu es ici pour m'aider, j'ai besoin d'entrer dans les Congrégations Royales pour sauver mon amie.

Le rictus de Sonya s'agrandit. Elle bomba le torse, son impressionnante poitrine faisant pression contre son corsage. Une douce lumière rouge se propagea sous sa peau, et la pièce s'emplit de l'odeur du sang et de la sorcellerie.

— J'ai une meilleure idée.

UN PLAN MÉDIOCRE

— Non. C'est hors de question, répondit sèchement Quinn en écrasant ses paumes contre la table.

Nous étions tous assis en un large cercle à fixer une carte des Congrégations Royales. Je ne m'étais jamais rendu compte de la véritable taille des lieux, et cela signifiait qu'il allait nous falloir couvrir bien plus de terrain pour retrouver Cassidy. J'espérais qu'elle se situerait à l'endroit le plus évident, les geôles, mais si Sarina était intelligente, elle aurait trouvé une meilleure cachette pour l'appât censé m'attirer à elle.

— Je pense que c'est une bonne idée, concéda Marcus en s'enfonçant dans son fauteuil.

Son regard ne m'avait pas quittée depuis le début de notre réunion. Par notre sang, je pouvais ressentir ses souvenirs de la veille et d'un peu plus tôt aujourd'hui qui se répétaient dans son esprit, et le rouge me monta aux joues. Il adorait ma proximité et l'appartenance à mon lien. Il était excité de me voir être baisée par ses amis. Il commençait même à avoir une meilleure opinion de Bast, et, après avoir découvert les sensations que la queue de Bast pouvait me procurer, Marcus était tout à fait partant pour s'amuser davantage.

Je me raclai la gorge pour essayer de chasser ces images excitantes de mon esprit. Marcus esquissa un sourire, laissant apparaître un de ses crocs.

— Sarina s'attendra à une attaque de front, lançai-je, espérant avoir l'air confiante et convaincue par le plan que Sonya et moi avions échafaudé.

C'était un projet brillant, à vrai dire, et si nous pouvions trouver suffisamment de magie pour le mener à bien, j'aurais pu faire plus que simplement sauver Cassidy. J'aurais pu renverser le règne de Sarina et empêcher la grande catastrophe. À présent que je savais de quoi il s'agissait, le vrombissement sourd et profond d'une tempête en approche remplissait l'horizon de mon esprit.

Quelque chose se tramait. Un événement gigantesque, et il était de ma responsabilité de l'arrêter.

— Mais, protesta Quinn, l'air accablé. Tu veux que je me déguise en fille ?

J'essayai de garder mon sérieux, mais oui, c'était un élément crucial pour le bon déroulement du plan. Même en se déguisant, une femme qui se présenterait entourée d'un groupe d'hommes aurait inévitablement attiré l'attention. J'avais beau détester Sarina, elle n'était pas stupide. En revanche, si un groupe mixte se pointait et se fondait dans la foule d'autres sorcières qui se battaient pour obtenir une place dans les Congrégations Royales, nous aurions une chance de réussir.

— Ce n'est pas comme si c'était la première fois, indiqua Tiros tout en s'affaissant dans son siège et en croisant les bras.

Il ne cachait pas la fierté avec laquelle il partageait avec moi tous les petits secrets du passé de Quinn.

— Saviez-vous, Dame Evelyn, que Quinn avait pris votre apparence dans une vie antérieure avant que vous formiez votre lien ? Quel petit pervers !

— Tiros ! beugla ce dernier, le visage incandescent.

Il en fallait beaucoup pour faire rougir un vampire, mais je pouvais jurer que cette teinte prenait le pas sur tous ses traits.

Je gloussai.

— Donc lorsque je t'ai découvert dans la congrégation, lors de notre première rencontre…

Je ne terminai pas ma phrase, et un sourire se dessina sur mon visage.

Quinn enfonça le sien entre ses mains.

— Je l'ai fait exprès, et j'aurais pu me retransformer n'importe quand, avoua-t-il.

— Alors, c'est décidé, conclut Marcus, c'est le plan que nous utiliserons.

Sonya, la Reine de l'Enfer, était assise à ma gauche, appuyée contre la table avec son coude. Elle avait de nouveau conjuré sa couronne, et elle rayonnait d'une puissance qui la rendait difficile à observer.

— J'aimerais pouvoir vous aider davantage, mais je crains de devoir retourner en enfer afin de combattre les âmes corrompues par les démons que Sarina a déchaînées sur nous. Elles commencent à se répandre dans notre monde. La première vague de la grande catastrophe avait brisé la barrière qui sépare l'enfer de la Terre, et je n'étais parvenue qu'à interrompre le plus gros de l'attaque. (Elle m'adressa un regard, des flammes éternelles miroitant dans ses yeux.) Il est de mon devoir et de ma responsabilité d'empêcher le feu de la damnation de se répandre dans ce monde. Ce sera ta charge de stopper Sarina et la force qui la motive.

Je ne manquai pas de relever la gravité de ses paroles. Elle ne considérait pas Sarina comme la véritable menace, bien qu'elle sût de quoi elle était véritablement capable. Quelque chose la manipulait, la poussait, lui offrait la puissance qui la rendait si terrifiante à affronter.

— Savez-vous qui est son maître ? demandai-je.

Sonya soupira.

— Malheureusement, il ne s'agit pas de mon combat, je ne peux donc pas aider à ce sujet. J'aimerais pouvoir vous indiquer comment agir ou qui sont vos ennemis, mais tout ce que je peux vous dire est que Sarina et la vague qui arrive doivent être neutralisées, sinon tous les mondes seront consumés par la mort.

Consumés. C'était le mot parfait pour décrire la sensation dans mes cauchemars, quand cette terrible force parviendrait à moi. C'était comme si une tempête s'approchait des rebords de mon esprit, sans s'arrêter.

Je me raclai la gorge.

— Bien, nous sommes donc d'accord ? Nous infiltrerons les Congrégations Royales ce soir en nous faisant passer pour des sorcières et des mages de la Congrégation de la Perle.

Sonya m'aida à mettre en place le stratagème. Avec un peu de magie, Bast serait capable de reprendre sa forme de chat. Il protesta, bien sûr, surtout compte tenu de la tension qui existait entre nous. Il craignait que, s'il se métamorphosait, cela puisse endommager notre lien, mais c'était un risque qu'il nous fallait prendre. Il n'y avait aucune chance qu'un trompe-l'œil fonctionne sur lui. Notre meilleure option était qu'il retrouve son apparence de chat noir et assume le rôle de mon familier, ce qui n'était pas difficile à imaginer. De nombreuses sorcières possédaient des chats noirs à ce titre.

Quant au reste de mes gars, Killian et Aaron feraient équipe, Aaron conservant de manière permanente sa forme de loup. Avec l'aide d'un léger déguisement, ce dernier pourrait passer facilement pour un familier. Killian ne semblait pas être le genre de mec qui aurait conservé son lien avec son familier aussi longtemps s'il était vraiment un mage, mais nous étions tous d'accord sur le fait que ces deux-là fonctionnaient mieux ensemble.

Il restait donc Quinn, qui allait adopter une forme féminine afin de donner un peu plus de texture à notre groupe et dévier l'attention de Sarina ; ainsi que Marcus qui n'aurait qu'à prendre l'apparence d'un autre mage.

— Je me joindrai également à vous, annonça Tiros en se levant de son siège.

Phoebe, la cheffe des sorcières rebelles, se redressa avec lui, affichant un air froissé.

— Nous n'avons pas assez de magie, protesta-t-elle.

— Je n'aurai pas besoin de me travestir, râla-t-il à son tour. (Il montra ses crocs.) Il me suffira d'un peu d'aide pour cacher ça et mes yeux. Je pourrais ainsi facilement passer pour un mage.

Phoebe fronça les sourcils.

— Je sais que du temps a passé, Tiros, mais Sarina pourrait se souvenir de toi.

Marcus secoua la tête.

— C'est impossible.

Il me jeta un œil, et je ne pus comprendre l'expression qui se dessinait sur son visage.

Merde ! Ils me cachaient quelque chose.

Quels que fussent les secrets que Tiros pouvait dissimuler, il me semblait qu'il existait de meilleures raisons qu'un manque de sorcellerie pour rejeter son aide.

— Pourquoi est-ce que tu voudrais participer ? demandai-je sèchement en frappant la table de ma paume. (Tous les regards se braquèrent sur moi.) Tu as dirigé le bastion durant l'absence de mes protecteurs, n'est-ce pas ? Qui se chargera de gérer cet endroit si tu pars également ?

Sonya se racla la gorge et leva la main.

— Je pourrais laisser Xavier prendre le relais, proposa-t-elle. Il est le fils d'Hadès et a géré le Souterrain de Venise durant des centaines d'années. Il serait plus que qualifié.

Tout le monde semblait savoir qui était Xavier. Phoebe se détendit, tout comme ses sœurs sorcières qui étaient assises entre elle et Sonya. Marcus hocha la tête, semblant réfléchir à cette option, et Tiros afficha un sourire.

— Parfait, c'est réglé alors.

Je me braquai.

— Je répète, pourquoi est-ce que tu as envie de te joindre à nous ?

Je ne comprenais pas pourquoi tout le monde semblait si enthousiaste à l'idée que Tiros nous accompagne. Cela ne contribuerait qu'à ajouter un homme à notre groupe et nous rendrait plus suspects.

Bast, la dernière personne que j'imaginais prendre la défense d'un vampire, se pencha sur mon côté.

— Je sens une puissance abondante non exploitée en ce vampire, murmura-t-il afin que seule moi puisse l'entendre. Peut-être qu'il faudrait considérer sa proposition.

Je lui jetai un regard noir. Je refusais que tout le monde épie notre conversation et je lui projetai donc mes pensées au travers de notre connexion. Il sursauta lorsque je fis irruption dans sa tête, mais il n'essaya pas de me rejeter.

Je croyais que tu craignais que notre lien soit mis en péril si tu te transformais en chat noir. Et maintenant, tu veux emmener avec nous un vampire auquel je ne fais pas confiance ?

Il sourit, ses iris en fentes dansant avec malice.

Notre lien ne pourra jamais être brisé. Ce n'est pas ce qui m'effraie. Je crains d'être incapable de te tenir et de te toucher comme maintenant. Mais quand bien même, le fait qu'un vampire comme Tiros propose de quitter son bastion après des milliers d'années n'est pas un geste sans importance. Tu as plus de valeur à ses yeux qu'il ne le laisse paraître.

Je fronçai les sourcils et tournai le regard vers Tiros qui me fixait avec fascination. Je sentis qu'il était au courant que je communiquais par télépathie avec Bast à son sujet, mais je m'en fichais. S'il avait des secrets, alors je les lui arracherais.

— Très bien, dis-je en cédant. Allons-y.

SACRIFICE ET TRANSFORMATION

*P*hoebe rassembla ses sorcières au milieu d'une chambre de résonnance qui m'obligeait à marcher sur la pointe de pieds. Elle provoquait un écho pour chaque son qui s'y produisait, et même le plus discret murmure rebondissait jusqu'à être amplifié et percuter mes oreilles. Je les recouvris et fermai un œil.

Personne ne prononça un mot, compte tenu des reflets puissants de la blancheur immaculée de la petite pièce. Elle semblait si stérile et pourtant mystique. Les murs nacrés scintillaient d'une magie ancienne, et Phoebe semblait parfaitement à l'aise. Elle ajusta sa robe, et je grimaçai en entendant le bruit qu'elle produisait qui se répercutait dans toute la pièce.

Elle joignit ses mains à celles de ses sœurs, qui avaient toutes délaissé leurs cannes en entrant dans la pièce. Elles tremblaient sur place, sur le point de chanceler, mais déterminées.

Phoebe commença par produire un son guttural sourd. Lorsque la résonnance fut établie, elle opina du chef et Bast s'approcha en premier. Il était facile d'oublier à quel point il était grand, mais il dominait totalement la vieille femme, surtout lorsqu'il se redressa pour se préparer au sort qui allait le métamorphoser de nouveau en chat. Je savais que ce ne serait pas permanent. Phoebe m'avait assuré que, dès la fin de notre mission, ou si j'avais vraiment trop besoin de Bast, le sort se dissiperait, et qu'il redeviendrait l'homme que j'avais appris à aimer.

Ses iris en fentes se dirigèrent vers moi. Il ne semblait pas nerveux, seulement triste. C'était un sacrifice pour lui, et je ne comptais pas l'oublier. Son regard s'attarda sur moi pour me communiquer tous les caresses et baisers que nous ne nous étions pas échangés, et je jurai de les lui rendre au centuple lorsque tout ceci serait terminé.

Marcus serra ma main, me faisant sursauter, et je me pressai contre la chaleur de son torse, trouvant le réconfort entre ses bras. Je laissai mes larmes couler et ne dis rien, les balayant seulement de mes joues tandis qu'il embrassait délicatement mon front.

Le vrombissement s'intensifia, et des étincelles se mirent à virevolter autour de la silhouette de Bast. Elles commencèrent à pénétrer sa peau, l'obligeant à serrer les dents. Il se transforma plus vite que ce à quoi je m'attendais, ses yeux s'écrasant sur eux-mêmes en un son terriblement violent qui résonnait dans la pièce. Je lâchai un sanglot et me rapprochai encore de la poitrine de Marcus afin d'étouffer ma voix autant que possible entre ses bras. Je ne voulais rien tenter qui aurait pu bâcler le sort ou faire regretter son choix à Bast. S'il pouvait survivre à cette épreuve, alors moi aussi.

Je sentis la douleur parcourir notre lien au moment où se produisit la dernière transmutation, lui retirant sa carrure et remplaçant ses muscles par une fine silhouette féline. Son pelage noir brillait, et ses yeux émeraudes clignèrent dans ma direction, illisibles, comme Bast l'avait toujours été pour moi.

Je suis toujours là, exprima-t-il, et je fus rassurée d'entendre sa voix dans mon esprit.

Marcus releva un sourcil, et je compris que j'avais poussé un petit cri de surprise. Je lâchai un soupir de soulagement avant de lui adresser un sourire, afin de lui indiquer que tout allait bien se passer.

Tiros marcha jusqu'au centre du cercle et patienta. Après la transformation de Bast, changer l'apparence de Tiros serait un jeu d'enfant. La magie scintilla sur lui et modifia à peine ses traits. Je croyais que le processus n'avait peut-être pas fonctionné, mais il se retourna pour me regarder, et je restai bouche bée.

Des yeux bleus perçants me figeaient sur place et me retenaient captive jusqu'à ce qu'il me libère enfin pour rejoindre le rond et laisser sa place à Aaron.

Ce dernier adopta tout d'abord lui-même sa forme de loup, ses os se craquelant, ce qui m'arracha une grimace. Une fois métamorphosé en une bête gigantesque dotée d'un impressionnant pelage argenté, il trotta jusqu'au centre du cercle que formaient les sorcières à l'air épuisé, et il s'assit sur ses pattes arrière.

Le vrombissement s'intensifia de nouveau, mais son évolution ne fut pas aussi théâtrale. De délicats pétales se posèrent sur lui, lui faisant prendre la couleur d'une nuit profonde et donnant à ses yeux bleus un éclat magique. Une fois le phénomène terminé, il avait obtenu l'apparence d'un puissant familier qui attiserait la curiosité de toutes les sorcières qui le croiseraient.

Killian et Marcus passèrent ensuite, acceptant leurs physiques altérés, mais je fus surprise de ressentir encore le lien qui nous unissait. Leurs yeux avaient perdu leur éclat de rubis, mais laissaient encore apparaître leurs âmes. Qu'importe le déguisement magique qu'ils arboraient, je pourrais toujours reconnaître mes compagnons. Même Killian, mon protecteur qui avait maintenu le plus ses distances avec moi, possédait cette connexion indéniable qui me hurlait de la réparer. La rune de sang sur mon bras n'avait pas pris vie, pas encore, mais ma peau tressaillait là où elle apparaîtrait. J'avais hâte de solidifier cet attachement, de retrouver ma magie et une âme que j'avais appris à aimer dans une vie antérieure. Le regard que m'adressa Killian m'indiqua que, peu importe à quel point il souhaitait rester loin de moi, après ce qui s'était passé entre nous tous aujourd'hui, il ne serait pas capable de continuer de se retenir bien longtemps.

Quinn traîna les pieds jusqu'au centre du cercle. Il me jeta un œil désespéré avant que le bourdonnement devienne plus bruyant et qu'il se transforme devant mes yeux. Quinn n'avait pas un physique particulièrement féminin, mais il possédait des traits plus délicats que les autres. Là où Killian représentait la force brute et que ses mouvements étaient aussi tranchants que sa lame, Quinn était sauvage, libre et, à sa manière, très gracieux. Je l'observai, fascinée, à mesure qu'il adoptait une silhouette de femme. Les sorcières semblèrent faiblir au moment où les dernières notes de magie s'enfonçaient dans les cheveux de Quinn, les allongeant en de magnifiques boucles roux-châtain. Ses yeux étaient ce qui ressortait le plus chez lui… elle, à présent. Elle dirigea son regard intense vers moi, et son vert magnifique me fit rougir.

Quinn s'approcha de moi, flottant presque sur le sol, et, plutôt que de sortir une blague ou de me moquer de lui, je me réjouis. Je n'avais jamais vu une aussi magnifique créature, et ma rune de sang vibra en reconnaissant la magie de mon âme sœur, qu'importe l'apparence qu'elle pouvait adopter. Elle se pencha et posa un baiser discret sur mes lèvres avant d'échanger sa place avec moi et de me guider vers l'épicentre de la magie.

Bien, à mon tour.

Je chassai les émotions bouleversantes qui m'envahissaient et fis face aux sorcières qui, désormais, semblaient à peine capables de se tenir debout. Elles concentrèrent ce qui leur restait d'énergie sur moi, et ma peau se mit à frissonner à mesure que mes traits se transformèrent.

J'avais toujours été un peu brute, avec un côté un peu sauvage, comme Quinn, mais à présent, j'étais devenue plus grande, mes cheveux étaient plus lisses, et ma poitrine avait grossi pour correspondre à ma nouvelle stature.

Lorsque ce fut terminé, nous avions tous changé d'apparence, et les sorcières rebelles s'écroulèrent au sol, leur magie retombant avec elles en une fine poussière.

Il me fallut un certain temps d'adaptation, à la fois par rapport à mon changement d'apparence, et à celui de mes compagnons. Tiros était le seul d'entre nous qui semblait identique, à l'exception de ses traits vampiriques qui avaient disparu. Sans ses crocs et ses yeux rouges incandescents, il était très… bel homme.

J'ignorais si ses yeux avaient été naturellement bleus avant qu'il ne soit devenu un vampire, mais ils perçaient jusqu'à mon âme, et je pouvais à peine le regarder sans avoir le souffle coupé. Il semblait fasciné par ma propre transformation, comme l'étaient aussi tous mes hommes. Leurs regards plongeaient immanquablement sur ma poitrine, et la chaleur me montait au visage, ayant cette fois capturé l'attention de Quinn. Pour une raison inexplicable, je me sentais encore plus mal à l'aise à présent qu'il avait adopté une forme féminine.

Je me raclai la gorge, et Quinn releva enfin ses magnifiques yeux verts féminins, mis en valeur par ses boucles châtain-roux.

— Alors, comment devrions-nous t'appeler à présent ? demandai-je en espérant garder une voix légère.

Mon ton parut plutôt irrité. Bon, tant pis.

Quinn esquissa un sourire qui lui était spécifique et révélait qu'il était bien lui sous toutes ces boucles.

— Je suppose qu'il faudra que ce soit un nom de femme, n'est-ce pas, jeune fille ?

Je demeurai bouche bée. Son accent était devenu encore plus beau et délicat qu'auparavant, ridiculisant complètement mon timbre grincheux et agressif. Je faillis presque complètement arrêter de parler, afin d'éviter de m'enfoncer encore plus dans l'embarras.

Quinn ne fait pas une meilleure femme que toi, insista Bast dans ma tête, notre lien étant resté toujours aussi puissant. Je pouvais percevoir son désir de regagner son corps d'humain, mais il s'étira et bâilla pour essayer de s'habituer à sa forme féline usuelle. Maintenant qu'il pouvait rester avec moi, il serait plus facile pour lui de me protéger. S'il n'avait pas subi la métamorphose, il aurait été obligé d'attendre mon retour ici. Je savais qu'il n'aurait jamais accepté cela.

Je l'espère bien, répondis-je. *Il est une fausse femme, même si je me sens tout aussi factice avec ces énormes seins et ces longues jambes qui ne me sont pas naturelles non plus.*

Si Quinn pouvait entendre nos pensées au travers de notre lien, il m'aurait contredite, car son regard me dévorait sans gêne de haut en bas, admirant ce physique qui me mettait si mal à l'aise.

— Tu adopteras le nom de celle dont tu as emprunté l'apparence, bien sûr, déclara Phoebe en titubant sur sa canne.

Nous bondîmes tous pour lui offrir notre aide, mais elle nous intima de nous asseoir en bougonnant.

— Et de qui s'agit-il donc ? questionna Marcus au bord de son siège, semblant satisfait de sa transformation qui paraissait lui avoir apporté un air encore plus élégant qu'auparavant, si cela était seulement possible.

Ses yeux couleur chocolat lui donnaient une mine innocente, même si j'étais consciente que c'était un énorme mensonge. La façon qu'il avait de me dévisager et de m'adresser des clins d'œil suggestifs m'indiquait qu'il était impatient d'essayer mon nouveau corps. Je me tortillai et serrai mes jambes l'une contre l'autre en essayant de l'ignorer, bien que mon corps fût tenté d'accepter cette expérience.

— Elle s'appelait Grace O'Malley, informa Phoebe en levant le menton aussi haut que son dos voûté le lui permettait. Elle était la fille d'un chef de clan irlandais et, à l'époque, une de mes plus proches amies. Elle avait un esprit sauvage et une âme indomptable. (Ses yeux prirent une teinte vitreuse, et elle chassa des larmes jamais versées.) Elle n'était pas une sorcière, mais elle possédait plus de magie que quiconque n'en a jamais détenu dans ce monde.

Elle cogna le bout de sa canne contre le sol, nous faisant tous sursauter.

— Porte son nom avec fierté, mon garçon, et rends honneur à Grace. Je ne te confie pas cette forme à la légère, mais uniquement pour servir Evelyn. (Ses yeux anciens se dirigèrent vers moi.) Tu as plus que jamais besoin de sorcellerie, ma chère, et, même si c'est une superstition, je m'assurerai que tu puisses disposer de tout le pouvoir que l'univers puisse offrir.

J'avais le sentiment que Phoebe savait à quoi j'allais réellement être confrontée. Pas seulement Sarina, mais aussi la mystérieuse force qui la contrôlait, et la seconde vague de la grande catastrophe qui pourrait détruire les mondes si je ne l'arrêtais pas.

Je déglutis bruyamment et hochai la tête en tremblant face à elle.

— Grace, donc. En présence d'autrui, c'est ainsi que nous appellerons Quinn.

À présent tous transformés et préparés – nous n'avions pas grand-chose à emporter –, nous nous préparâmes au départ dans la chambre de transport.

Je fus surprise de découvrir un petit groupe de vampires qui s'étaient rassemblés pour nous dire au revoir. Tiros leur adressa la parole, suffisamment fort pour que toute l'assemblée puisse l'entendre.

— Je vous laisse entre des mains responsables, dit Tiros en frappant dans le dos de l'un d'eux, que je n'avais vu qu'une seule fois auparavant. Xavier, fils d'Hadès, Prince de Venise, s'assurera que vos besoins soient satisfaits durant notre absence. Je vous assure que notre mission est d'une importance capitale et que je ne vous quitte pas de gaieté de cœur.

Un petit murmure émana de la foule, mais je ne pus déterminer si c'était en guise de désapprobation ou de déception. Je pensais que les vampires seraient enthousiastes à l'idée de rencontrer quelqu'un comme Xavier, mais il semblait que Tiros était parvenu à acquérir la loyauté de plus de ses congénères que je n'avais imaginé.

Bast s'enroula autour de mes chevilles, me nourrissant discrètement de petites doses de magie. Je sursautai en ressentant les étincelles et me penchai pour le corriger.

— Pas maintenant, Bast. Tiros est en train de parler.

Le chat rétorqua en mordillant mon doigt, me conduisant à lâcher un petit cri et à lui jeter un regard noir.

Je me demandai comment le portail qui nous guiderait jusqu'aux Congrégations Royales s'ouvrirait à présent que les sorcières rebelles avaient épuisé toutes leurs forces en nous attribuant de puissants trompe-l'œil qui dureraient pendant toute notre mission. J'ignorais combien de temps nous devrions jouer le jeu de Sarina. Elle n'avait appris aux mages et aux sorcières que quelques nuits plus tôt qu'elle avait ressuscité des épreuves anciennes et brutales, dont le danger était proportionnel à leur récompense.

Le contrôle complet des Congrégations Royales et le gain gigantesque de magie qui l'accompagnait. Elles avaient autrefois eu une reine à leur tête, avant même que l'histoire ne retienne son nom, mais le collectif formé par les congrégations avait toujours été aux commandes, se partageant le pouvoir et les prises de décision, s'assurant que toutes les congrégations avaient leur mot à dire dans la gestion de la magie.

Cependant, à présent, Sarina souhaiter changer les choses. Elle voulait accaparer la maîtrise totale des Congrégations Royales, et je ne fus donc pas étonnée d'apprendre qu'elle avait rétabli les épreuves. C'était sa seule manière d'arracher le pouvoir sans que la sorcellerie la rejette automatiquement.

Mes hommes – et Quinn dans un corps de femme – joignirent leurs mains et me surprirent en commençant à prononcer une incantation en harmonie. Ils ne ressemblaient plus à des vampires, mais à un groupe composé de puissants mages et d'une sorcière. Lorsque Marcus m'adressa un clin d'œil, avant de m'inviter à les rejoindre, je compris que c'était à nous de lancer le sort de téléportation.

D'ordinaire, ouvrir un portail vers un endroit aussi secret et protégé que les Congrégations Royales aurait nécessité un nombre très important de mages et de sorcières travaillant de conserve et guidés par un mage bien plus puissant. Cependant, lorsque je saisis les mains de Killian et de Marcus entre les miennes, ajoutant ma puissance au cercle, je me rendis compte que tous ceux-ci étaient vieux de plus de mille ans. Leur puissance rivalisait avec la mienne et, grâce à mon lien, faisait partie de ma propre magie et de ma force de vie. La sorcellerie tourbillonnait autour de mains unies et nous traversait telle une vague de bonheur, bondissant et dansant comme si elle se réjouissait d'être enfin utilisée pour un sort que nous lancions ensemble.

Je gardai les yeux ouverts durant l'incantation, y joignant ma voix pour que la puissance s'accumule. Nous ne prononçâmes aucun mot en latin ni en ancienne langue sorcière, mais laissâmes simplement le pouvoir passer à travers nous et comprendre ce que nous désirions.

J'imaginai la cour des Congrégations Royales où nous étions arrivés la première fois. Je devais y aller et arranger les choses. Tant de gens étaient morts, et, en laissant faire Sarina, bien d'autres encore allaient suivre. Elle me pourchasserait jusqu'à l'autre bout de la Terre, voire plus loin encore, et s'assurerait que mes hommes souffrent en me regardant mourir… une nouvelle fois.

Non, je ne comptais pas lui permettre de gagner, pas cette fois. Ma détermination à nouveau intacte, je libérai ma dose de puissance afin qu'elle s'ajoute aux autres, et le portail prit vie devant nous en une bruyante déflagration qui résonna dans ma poitrine et projeta mes cheveux par-dessus mes épaules.

Marcus esquissa un sourire, et Bast poussa un miaulement enthousiaste.

Il était temps de battre cette connasse à son propre jeu.

UN LABYRINTHE MORTEL

Nous traversâmes le portail et arrivâmes de l'autre côté, en territoire ennemi, avant même que je ne puisse changer d'avis concernant mon plan ridicule.

L'angoisse s'installa au creux de mon ventre en remarquant le grand nombre de sorcières et de mages qui avaient répondu à l'appel de Sarina. Les nouveaux initiés de cette horrible nuit étaient présents, des étoiles plein les yeux, prêts peut-être à passer sur l'autel sacrificiel.

Des membres de chaque congrégation constellaient la cour scintillante, et, lorsque je vis Sarina assise sur un trône qui flottait au-dessus de l'assemblée, je m'agrippai à la main de Quinn, mais me souvenant alors qu'il était à présent Grace, avec une poigne calme et douce. Elle serra doucement ma main, un sourire illuminant son visage.

— Chères Congrégations, dit Sarina, sa voix à peine plus forte qu'un murmure que nous n'avions aucun mal à entendre grâce à la magie qui faisait résonner ses mots dans toute la cour.

Les autres Élues approchèrent sous son trône, de faux sourires gravés sur leurs visages. Toutes à l'exception de Lenora, bien sûr, la représentante assassinée de ma Congrégation de l'Améthyste.

Willa semblait la plus hagarde du groupe. Ses cheveux frisaient à leurs pointes, et ses lunettes étaient encore ébréchées après qu'elle fut balancée comme une poupée de chiffon sur les restes de ma congrégation. Je voulais la rejoindre et lui ordonner de se ressaisir, mais Sarina les avait poussées à bout. Des mages aux yeux rouges incandescents qui révélaient leur nature démoniaque les escortaient.

Bast se faufila entre mes pieds, et je m'avançai plus loin au sein de la foule afin de passer inaperçue. Nous étions censés être des membres de la Congrégation de la Perle. Je vis notre Élue, Heather, marcher les bras ballants vers l'arrière du rassemblement d'Élues qui accompagnait Sarina.

— Vous êtes les braves qui ont répondu à mon appel, continua Sarina, souriant d'une oreille à l'autre tout en se redressant dans son trône.

Si j'avais été idiote, j'aurais pu réellement croire qu'elle était fière des mages et des sorcières venus tenter leur chance dans cette série d'épreuves mortelles. Mais je savais que je devais regarder plus profondément. Je pouvais discerner l'immonde joie qu'elle ressentait à l'idée de toutes ces morts qui alimenteraient son festin des prochains jours.

— La première épreuve commencera dans seulement quelques heures.

La foule se mit à trépigner d'enthousiasme, et tous les yeux étaient rivés sur Sarina qui continuait de flotter en l'air, s'assurant que personne ne manquait la démonstration de ses pouvoirs. Être capable de se faire léviter, non seulement elle-même, mais aussi un objet lourd comme le trône sur lequel elle était assise, n'était pas un moindre exploit, même pour une sorcière Élue de la Congrégation du Diamant.

Aaron gémit, sa forme de loup affligée de voir que sa congrégation avait pu tomber si bas au point de produire une créature aussi horrible. Killian tendit la main et caressa son pelage épais, calmant ainsi la bête.

Je détournai mon attention, cherchai du regard les autres sorcières de la Perle et les repérai, regroupées dans une petite clairière remplie de fleurs blanches. Elles semblaient se contenter de rester accroupies dans les fleurs dont la couleur était identique à celle de la gemme de leur Élue, et nous nous faufilâmes rapidement au milieu du groupe sans qu'elles nous remarquent. Il existait de nombreuses Congrégations de la Perle tout autour du globe, et il était donc impossible pour les mages et les sorcières de connaître chaque visage. Un seul regard sur les perles que nous avions autour de nos cous, et nous étions accueillies au milieu des autres, à l'abri de la moindre suspicion.

Je lâchai un soupir en comprenant que j'avais retenu ma respiration tout ce temps, et Tiros afficha un rictus en coin, baissant d'un ton pour que je sois la seule à pouvoir l'entendre. Il se pencha contre moi, son menton rugueux frottant contre ma joue.

— Tu risques de nous faire repérer en paniquant comme ça, petit oiseau. Tu veux un peu de mon sang ? (Il afficha ses dents blanches en remarquant mon air sombre.) C'est comme un shot de whiskey, et ça monte directement à la tête. Tu te sentiras mieux, je te le promets.

Lorsqu'il tira une lame, prêt à se taillader, je poussai un petit couinement et saisis son bras.

— Arrête ! Ce n'est pas drôle !

Il gloussa, beaucoup trop amusé par ma consternation, et il rangea son arme.

— Préparez-vous ! lâcha Sarina, sa voix retentissant encore plus fort de telle sorte que personne ne pouvait l'ignorer.

Ses yeux fous balayèrent la foule, et, malgré mon trompe-l'œil, j'avais la sensation qu'elle avait compris qui j'étais et qu'elle allait me foudroyer sur place. Son regard croisa le mien, l'espace d'une demi-seconde, et je me figeai, mais elle poursuivit son inspection.

— Que la première épreuve commence !

Le sol trembla, et des colonnes de pierre brute jaillirent vers le ciel, transformant la cour autrefois magnifique et impeccable en une horrible plaie qui saignait de la pierre et des rochers.

La foule se mit à hurler, mais la Congrégation de la Perle s'agenouilla très bas, chacun de ses membres murmurant des mots de pouvoir afin de donner à tous un but, un sens de clarté et de confiance. J'étais plutôt impressionnée par eux et je ressentis les effets du nuage de sorcellerie qui descendait sur le groupe, nous enveloppant de ce renfort magique tandis que la cour finissait de se transformer et laissait place à la première épreuve : le Labyrinthe des Égarés.

Le silence s'abattit sur la foule, contrastant fortement avec les hurlements et le séisme qui résonnaient quelques instants plus tôt. Sarina esquissa un sourire narquois, observant et attendant, son trône s'étant posé au sol. Je pris soin de m'en souvenir. L'activation de la première épreuve lui avait demandé une grande quantité de magie, et je remarquai que son front était à présent couvert de sueur. Mais en voyant d'où elle avait tiré la majorité de sa puissance, je serrai mes poings, mes ongles mordant dans les paumes de mes mains. Chaque Élue avait une horrible cicatrice qui leur traçait le bras à l'emplacement où elles avaient versé leur sang pour le sort. Celui des Élues était puissant, et une dose tirée de chacune d'entre elles rapprochait Sarina de la position de reine qu'elle convoitait tant. Mais pas assez pour l'être officiellement. Elle était affaiblie, forçant sa magie au travers de participantes contraintes. Je compris alors pourquoi elle ne les avait pas envoûtées avec son contact de démon pour les transformer en ses servantes. Elle ne pouvait pas utiliser leur force si elles étaient entièrement sous son contrôle.

La première vague de sorcières et de mages approcha du labyrinthe. À l'expression de bonheur qui se lisait sur le visage de Sarina, je me rendis compte que la Congrégation de la Perle n'avait pas encore réagi. C'était là le premier piège. Quelques instants après avoir atteint l'entrée, des flammes surgirent jusqu'aux nuages, avalant le groupe avant même qu'ils n'aient le temps de hurler. Lorsque les flammes s'évanouirent, il ne restait même plus de cendres.

Je ravalai la boule sèche qui s'était formée dans ma gorge. Putain, cette journée allait être très longue.

Nous attendîmes en compagnie de la Congrégation de la Perle tandis que d'autres âmes courageuses cherchaient de nouvelles manières de pénétrer dans le labyrinthe. Je détestais l'idée de rester à observer d'autres personnes qui risquait leur vie, mais d'après la poigne de fer avec laquelle Marcus me tenait le bras, il n'allait pas me laisser aller où que ce soit. Les autres avaient formé un cercle protecteur autour de moi. La large carrure de loup d'Aaron protégeait mes avants, et ses yeux brillants étaient à l'affût de la moindre menace. Bien que les familiers fussent communs et qu'il y en eût quelques-uns dans la Congrégation de la Perle, la plupart de ses membres prenaient soin de garder leur distance après avoir entendu les grognements sourds d'Aaron.

À mes côtés se trouvaient Quinn, Marcus et Killian. Tiros se pressa contre mon dos et était si proche de moi qu'au moindre mouvement je me serais heurtée contre son torse. Je lui jetai un regard noir par-dessus mon épaule.

— Nous devrions entrer dans ce labyrinthe, crachai-je, me fichant du ton de chipie que j'adoptais.

— Non, contesta Tiros sans la moindre hésitation. On attend.

— Mais le trophée, insistai-je, rappelant à Tiros qu'il ne nous fallait pas seulement survivre aux épreuves, mais aussi les réussir.

En restant assis sans agir, sans rapporter de récompenses, dont le nombre était certainement limité, nous avions autant de chances de nous en sortir que si nous nous jetions directement dans le mur de flammes.

Ses mains se posèrent sur mes épaules et m'immobilisèrent contre lui. J'essayai d'ignorer l'attraction soudaine qui me parcourut. Tiros ne faisait pas partie de mon lien. Je n'aurais pas dû être attirée par lui, mais lorsque son souffle caressa ma nuque, un frisson incontrôlable parcourut mon corps et me trahit.

— On va… attendre, lança-t-il d'une voix basse et menaçante.

J'obéis, résistant à l'envie de reposer encore plus mon poids contre lui tandis que la culpabilité me poignardait le cœur. Personne ne semblait remarquer l'attention que Tiros m'offrait. Même Marcus gardait les yeux rivés sur Sarina tandis que les autres étudiaient les parois en pierre pour voir si quelqu'un avait réussi à entrer.

Un hurlement retentit et me fit sursauter. Quelqu'un était tombé dans un piège, et du sang gicla contre le mur. Une fille tituba devant le carnage et se mit à crier. La victime avait déjà été déchiquetée par les dents acérées qui avaient émergé du mur et disparu aussi vite qu'elles avaient dévoré le mage.

— Là, dit Tiros en désignant le sang et les tripes. C'est l'un des monstres du labyrinthe et notre ticket d'entrée.

Je me braquai contre lui.

— Tu te fous de ma gueule ? Tu veux t'approcher de ce truc ? Je pense vraiment… Hé !

Tiros me tira derrière lui, et le bouclier que constituaient mes hommes semblait graviter autour de moi.

Je cessai de protester en comprenant que le reste de la Congrégation de la Perle suivait le mouvement. Ils avaient également repéré le piège. Voulaient-ils affronter le monstre afin de passer ?

La Congrégation de la Perle était puissante, mais lorsque le premier de ses membres posa le pied sur le sol ensanglanté, il disparut aussi vite que la première victime. Le son des os écrasés et de la chair déchirée m'arracha un cri tandis que du sang giclait sur nous.

Marcus et les autres demeuraient des vampires, et ils ouvrirent la bouche lorsque les gouttes nous atteignirent, mais ils se ressaisirent rapidement, refermant leurs mâchoires pour s'assurer que personne n'avait assisté à leur moment de faiblesse.

Aaron, en bon familier, n'attira nullement l'attention lorsqu'il se mit à laper la flaque de sang au sol. Killian lui asséna un coup de pied, le réprimandant ouvertement pour son comportement de sale cabot. Lorsqu'il se rendit compte de ce qu'il était en train de faire, le loup gémit et s'arrêta, son pelage immaculé à présent sali et ensanglanté autour de sa gueule.

Quinn, ou plutôt Grace, serra ma main.

— Il faut que toi et Marcus utilisiez vos pouvoirs de manipulation du temps. Tu as vu sa vitesse ? On peut passer, mais il faudra figer le temps.

J'écarquillai les yeux, et Marcus prit la place de Grace, saisissant ma main avec la sienne. Il baissa la tête près de mon oreille et pressa ses lèvres contre ma nuque.

— Es-tu prête pour notre premier sort, mon amour ?

Je rougis chaudement, surtout parce qu'il n'avait jamais abordé ce sentiment avec moi. Je n'avais aucun doute que mes compagnons m'aimaient, mais entendre ce mot prononcé à voix haute était une tout autre histoire.

Nous fîmes trois pas en avant, et Marcus leva une main tout en entonnant des incantations. J'écoutai ses paroles et l'imitai, répétant les phrases encore et encore. Des roses et du jasmin prirent vie, et le masque à ma hanche suppliait que je le plaque contre mon visage afin que je puisse inhaler son parfum plus profondément, mais je résistai à cette envie. Il était déjà bizarre que je me promène avec un masque de bal à ma hanche, même si le trompe-l'œil avait altéré son apparence pour en faire un arrangement de plumes blanches, tout comme mes boucles d'oreilles s'étaient transformées en d'élégantes perles qui pendaient contre mon cou sur de longues chaînes.

Le temps tout autour de nous se mit à basculer à mesure que le sort prenait vie. C'était comme s'il était aussi fluide que de l'eau et que nous y avions jeté de l'huile. Des étincelles en jaillissaient et résistaient contre nous, se fissurant en de minuscules bulles et échappant à notre emprise. Je n'aurais jamais pu lancer le sort toute seule, mais Marcus continuait de me serrer fortement contre lui, me nourrissant de tellement plus d'énergie que je crus que j'allais exploser.

J'étais heureuse que nous ayons officialisé notre lien. Je n'aurais jamais été capable de détenir autant de magie et de prendre part à un tel enchantement si je n'étais pas parvenue à fusionner avec Marcus. Son pouvoir me remplit jusqu'à déborder, et je gonflai pour en accueillir davantage, poursuivant le sort et ajoutant encore de l'huile dans les eaux du temps.

Enfin, il sembla que nous parvenions à ouvrir une brèche. La majorité de notre lubrifiant s'était accumulée dans la flaque de sang où la créature attendait patiemment. Je remarquai que les feuilles détachées de leurs branches s'étaient immobilisées et que les gouttelettes écarlates étaient à présent figées en l'air. Le cours du temps s'était interrompu dans notre petite bulle, mais nous pouvions encore bouger.

Le sortilège exigeait énormément d'énergie de ma part, et mes doigts commençaient à s'engourdir, mais nous n'avions qu'à avancer de quelque pas. Je refusai de lâcher la main de Marcus, et il sembla comprendre qu'il était important que notre connexion ne soit pas rompue. C'était à nous de maintenir le sort en place, et si nous échouions… nous serions au menu du monstre.

Nous nous précipitâmes à l'intérieur afin d'éviter d'être pris dans la bousculade. Un groupe de sorcières me percuta, m'arrachant des mains de Marcus, et je criai pour l'avertir.

Il était trop tard. Du sang nous recouvrit tous à mesure que les corps explosaient et que de gigantesques rangées de dents plongeaient dans le dernier groupe qui luttait encore pour pénétrer dans le labyrinthe.

Paniquée, j'observai les visages qui m'entouraient, imaginant d'abord le pire lorsque je fus incapable de trouver mes hommes. Évidemment… quelle conne. Les trompe-l'œil.

J'utilisai mon cœur pour les retrouver, grâce à mon lien plutôt que mes yeux, et je sentis aussitôt la présence de chacun d'entre eux avec moi. Bast était encore collé à mes chevilles. Ses yeux étaient un peu plus larges que d'habitude, et sa voix résonnait dans ma tête, bien qu'il n'employât aucun mot que j'étais capable de comprendre pour le moment, dans la mesure où il était bien plus proche du familier que j'avais toujours connu. Marcus, Killian, Tiros, tout le monde était sauf. Aaron, sous sa forme de loup, avait toujours la mâchoire maculée de sang et me regardait d'un air à la fois paniqué et soulagé. Enfin, Quinn, sous l'apparence de Grace, fit glisser ses doigts entre les miens et sourit.

— Allons récupérer ces trophées, d'accord ?

PROCESSUS D'ÉLIMINATION

Nous nous déplaçâmes en groupe, et, par chance, de nombreux sorcières et mages étaient entrés dans le labyrinthe avec nous. Le chemin se divisait en ce qui semblait être une centaine de directions différentes, toutes sombres et plongées dans l'ombre, à l'exception d'un seul sentier qui brillait comme en plein jour, illuminé par une lueur rassurante qui rendait la route pavée facile à suivre. Certaines sorcières optèrent pour celui-ci, suggérant que la route la plus évidente devait être la bonne, mais nous entendîmes rapidement des hurlements et comprîmes qu'elles avaient eu tort. Bien sûr, dans ce labyrinthe, la moindre vraisemblance était un piège.

— On devrait se séparer, proposa Killian, et Aaron gémit à ses pieds, sans que je sache s'il acquiesçait ou non.

— Je pense que c'est une très mauvaise idée, rétorqua Marcus. Si je me souviens bien de cette épreuve, un seul chemin peut nous mener aux trophées.

Killian fronça les sourcils.

— C'est précisément pour cela que je suggère que l'on se sépare. Il n'est pas utile que nous prenions tous le même chemin si c'est pour mourir en même temps. (Il m'adressa un regard dur.) Evelyn reste ici, et lorsque l'un d'entre nous trouve une voie sûre, il revient pour la guider jusqu'à l'issue.

— C'est hors de question, putain ! grognai-je les dents serrées. Ce n'est pas pour cela que vous êtes tous avec moi. Personne ne va se sacrifier pour moi.

Tiros se racla la gorge.

— Personne n'aura besoin de le faire.

Il me poussa doucement en direction de l'un des sentiers que quelques mages avaient choisis. Je n'avais entendu aucun hurlement en provenir, bien qu'il fût l'un des plus sombres. Les mages étaient devenus invisibles après avoir avancé de quelques pas seulement. Peut-être que leurs cris avaient été étouffés par les ombres pesantes.

— Je ressens la présence de ceux qui sont passés avant nous. Ils sont toujours vivants. Si quelque chose leur arrive, je le saurai et nous ferons demi-tour.

Je l'observai en levant un sourcil.

— Tu as des pouvoirs ?

Il grogna.

— Comme tes petits copains, je n'étais pas humain avant la transformation.

Un sourire aux lèvres, je suivis ses pas.

— Bien, vous l'avez entendu. Tiros mène la marche.

Et s'il devait être le premier d'entre nous à mourir, ça n'aurait eu aucune importance à mes yeux. Il n'était pas lié à moi.

Pourtant, cette idée me terrifiait.

Tiros avait raison. Il sentit la mort juste devant nous et tendit un bras pour nous barrer le passage. Nous opérâmes un demi-tour aussi vite que possible et essayâmes un autre chemin, échouant deux fois de plus à trouver un itinéraire sûr où la mort ne nous précéderait pas, jusqu'à ce qu'enfin nous commençâmes à progresser.

— Est-ce que quelqu'un a emprunté ce sentier ? murmurai-je, accroupie, une main accrochée fermement au pantalon de Tiros.

Son haut était beaucoup trop fragile pour supporter la poigne de fer que j'appliquais sur lui, la peur me forçant à faire fi de la bienséance, et je m'agrippais à ses poches de pantalon, plus solides.

Il tendit la main pour trouver mon bras et me rapprocha de lui, me soulevant presque dans les airs.

— Je sens l'odeur de la crainte un peu plus loin devant nous. Il y a d'autres personnes, et ils sont arrivés plus loin que tous les autres. Ça doit être la bonne route.

Nous continuâmes en silence. Seul le bruit des pavés sous nos pas nous rappelait que nous nous trouvions encore dans le monde des vivants. J'avais perdu tout sens de la vision plusieurs heures auparavant, et j'avais la sensation que nous marchions depuis une éternité. De temps en temps, nous nous heurtions à un mur et étions forcés de revenir sur nos pas. Je me demandais si nous n'étions pas simplement forcés de tourner en rond, et si ce monstre ne nous tuerait pas en nous rendant fous.

Enfin, cependant, mes yeux se mirent à nouveau à percevoir l'environnement, et je repérai deux sorcières en face de nous qui s'agrippaient l'une à l'autre. Elles n'observaient même pas par-dessus leurs épaules. Leurs regards étaient rivés sur trois piédestaux supportés par une plateforme et sur lesquels se trouvaient des bols en argent.

L'un d'entre eux... contenait les trophées et nous garantirait le droit de participer aux prochaines épreuves.

Les deux filles contemplèrent les trois piliers un long moment, se disputant et se poussant mutuellement. Tiros nous fit reculer dans l'ombre, juste assez loin pour qu'elles ne puissent pas nous voir. Je suggérai presque que nous leur proposions notre aide jusqu'à ce que je remarque qu'elles appartenaient à la Congrégation du Diamant. Je ne voulais pas laisser parler mes préjugés, mais il s'agissait de la congrégation qui avait rejeté Aaron à cause de son sang de métamorphe et qui avait donné naissance au monstre qu'était Sarina. Je pressentais que ces deux sorcières n'étaient pas dignes de confiance.

Mes soupçons furent confirmés quand l'une d'elles murmura une incantation, projetant son amie vers la colonne avec un hurlement. Elle percuta aussitôt un mur invisible et explosa en un millier de minuscules morceaux se transformant instantanément en diamants qui s'éparpillèrent sur le sol marbré.

La fille qui avait jeté le sort ne fondit pas en sanglots. Elle cracha un juron à la place, et je supposai que c'était uniquement parce qu'elle n'avait réussi qu'à éliminer un seul des deux faux piédestaux. Elle prit une grande inspiration, s'approcha de l'un d'entre eux, fit demi-tour pour marmonner quelque chose et, finalement, accosta celui du milieu. Elle étendit ses doigts tremblants à l'intérieur du bol, et un serpent bondit pour s'enrouler autour de son corps. Elle hurla, mais sa respiration était bloquée, et la créature traîna son corps derrière le pilier, ne laissant échapper que le son de ses os écrasés qui me fit grimacer.

— C'est celui-là, observa Tiros.

— Tu es un génie, murmurai-je. Attention, les gars. Il sait compter jusqu'à trois.

PREMIER BAL

*A*près avoir récupéré nos trophées, une colonne magique de fumée nous enveloppa, et j'étais convaincue que tous les piédestaux étaient des pièges nous menant à coup sûr sur la mauvaise piste. À mon grand soulagement, la brume se dissipa, révélant que nous étions à présent au sein des Congrégations Royales, parmi les autres survivants.

Je penchai la tête, balayant du regard la même salle de bal dans laquelle j'avais affronté Sarina, et perdu.

Elle fit son entrée, ses chaussures de diamant tintant contre le sol. Elle ne flottait pas sur son trône cette fois-ci, mais la magie était encore accrochée à elle. Elle la faisait briller. Je n'avais pas compris que l'un des effets secondaires de cette horrible épreuve était le sacrifice, le même pouvoir duquel Sarina tirait sa toute-puissance. Si je venais à mourir… elle obtiendrait tout ce qu'elle souhaitait, et elle en était consciente.

Peut-être savait-elle que j'étais cachée dans la foule. Si cela lui importait, elle ne le montrait clairement pas. Je serais morte rapidement si toutes les épreuves devaient être aussi difficiles. La foule avait clairement diminué, mais il devait exister d'autres chemins corrects. Des groupes de dix se tenaient tout autour de la salle de bal, épuisés et couverts du sang d'autres victimes qui n'avaient pas été aussi chanceuses. D'après la multitude de regards vides, toutes les congrégations n'étaient pas aussi impitoyables que les salopes du Diamant, et elles étaient affectées par leurs pertes.

— Félicitations, proclama Sarina, sa voix résonnant de manière stridente dans mes oreilles. Vous avez survécu à la première épreuve. Maintenant, c'est l'heure du festin !

LA DERNIÈRE FOIS que j'avais participé à un « festin », j'avais failli mourir. Mon sang regorgeait de magie de Renégat, et j'ignorais quel effet un tel test aurait sur mes compagnons, ou sur Tiros.

Par chance, Sarina ne semblait pas vouloir décimer les rangs des congrégations que les Élues méprisaient d'habitude. Des chaises étaient alignées contre les murs, et la musique commença à retentir. Des serviteurs aux yeux rouges incandescents arrivèrent avec des bols remplis d'eau et des serviettes pour que les sorcières et les mages puissent se nettoyer du plus gros du sang dont ils étaient recouverts. Des apéritifs et des boissons furent servis, et j'acceptai d'en avaler, sachant que j'avais besoin de maintenir des forces.

Enfin, la tension baissa un peu, et un léger murmure se joignit à la musique joyeuse qui emplissait la pièce. Sarina annonça que des chambres nous seraient attribuées afin de nous reposer et de nous préparer à l'épreuve suivante maintenant que nous avions célébré notre victoire.

— Tu devrais trouver quelqu'un pour te nourrir, suggérai-je à Marcus en un murmure. (Lorsqu'il me dévisagea d'un air sombre, je complétai ma phrase.) Et vous aussi.

— On ne peut pas prendre ce risque, insista-t-il. Nos trompe-l'œil disparaîtront si quiconque reconnaît qui nous sommes vraiment, et nous ne pourrons pas être discrets en plantant nos crocs invisibles dans la nuque de quelqu'un.

— Bon, et les chambres, alors ? proposai-je, le rouge me prenant aux joues. Vous pourriez m'utiliser pour vous nourrir.

Marcus m'adressa un long regard. Son besoin et son désir de moi se lisaient clairement dans ses yeux, mais il s'éloigna légèrement.

— C'est Tiros qui en aurait le plus besoin. C'est lui qui a utilisé sa magie, et ce sans ton aide.

— Mon aide ? répétai-je.

Marcus hocha la tête.

— Comme quand nous avons lancé ce sort pour altérer le temps. C'est toi qui l'as fait fonctionner, mon cœur. (Il esquissa un sourire, bombant le torse avec fierté avant de poser un baiser furtif sur ma joue.) Mais Tiros a dû puiser dans ses réserves internes. Pour un vampire comme lui, cela signifie se servir de son sang, et il en a perdu beaucoup aujourd'hui.

Je dirigeai mes yeux vers Tiros, remarquant qu'il était clairement plus pâle que d'habitude, et que même ses joues semblaient légèrement creusées.

— Hmmm, marmonnai-je, à la fois intriguée et horrifiée à l'idée de laisser Tiros se nourrir de mon sang. (Je regardai Marcus.) Vous pourriez être avec moi quand cela arrivera au moins ?

Marcus glissa ses jointures le long de ma joue.

— J'adorerais, mais cela ne ferait qu'attirer l'attention. Je m'assurerai de trouver des chambres adjacentes, et, si tu as besoin de moi, aie recours à notre lien et je viendrai.

Je mis sa promesse à l'épreuve en tirant mentalement sur notre connexion, et il poussa un grognement avant de s'approcher de moi en titubant. Il lâcha un souffle sur mon visage en gloussant.

— Satisfaite ?

Je plissai les yeux en l'observant.

— Pas particulièrement, mais au moins je sais que ça marche.

TIROS

ous marchâmes en groupe vers les chambres colorées de la Congrégation de la Perle, puis choisîmes celles tout au fond afin d'être sûrs qu'aucun des autres membres de la congrégation ne pourrait nous entendre. Je supposai que toutes les chambres des Congrégations Royales étaient insonorisées, mais je me sentais plus en confiance en sachant que nous serions seuls.

Marcher uniquement avec Tiros jusqu'à la dernière pièce me donna la chair de poule.

Je ne m'étais jamais rendu compte de sa taille et de l'aura de danger qu'il dégageait. Bien qu'il me fût inconnu, j'avais l'impression de le percevoir au-delà du masque qu'il portait face au monde. Ses yeux bleus me fixaient en scintillant, et j'essayai de garder à l'esprit que ce n'était qu'une partie de son déguisement qui me fascinait à ce point.

Il ferma la porte derrière nous et se faufila à côté de moi avant de s'asseoir au bord du lit. Il s'effondra, ses coudes sur ses genoux et ses épaules abattues, l'air défait.

— Je suis désolé.

Ses mèches noires recouvrirent ses magnifiques yeux, et je voulais passer mes doigts dans ses cheveux afin de dégager son visage. J'enfonçai mes mains dans mes poches afin de m'en empêcher.

— Pourquoi ? demandai-je, me trouvant pathétique en entendant ma voix aiguë et grinçante.

Merde, ce mec me rendait vraiment nerveuse.

— Le sang ne me dérange pas, si c'est ce que tu insinues. Après tout ce que tu as accompli pour nous aujourd'hui, c'est le moins que je puisse faire.

Lorsque je m'approchai de lui, il pencha la tête en arrière et son regard torturé me coupa dans mon élan.

— Non, pas pour ça. Je veux dire… pour t'avoir menti tout ce temps. Pour… avoir échoué.

Je restai sans voix, et quelque chose dans son expression m'attira vers lui. Je voulais me maudire et je baissai les yeux pour voir si Bast se trouvait encore dans mes pattes, prêt à m'asséner une morsure qui me ramènerait à la raison, mais il n'était pas là. Je balayai la chambre du regard et le trouvai en boule sur une pile de linge. Il s'était créé un petit nid et dormait déjà à poings fermés.

Je déglutis fortement en me rendant compte que Tiros avait même acquis la confiance de Bast. Ce qui signifiait que, quoi qu'il s'apprêtât à dire, il s'agirait de la vérité.

— Comment ça, échoué ? répétai-je en tendant la main pour glisser mes doigts entre ses cheveux, incapable de résister à la tentation plus longtemps.

Il trembla à mon toucher. Même sous le trompe-l'œil, je pouvais voir très légèrement ses crocs s'allonger en réaction au lien tacite entre nous.

— J'ignore par où commencer, Evelyn.

Je bougeai doucement, comme si je m'approchai d'une biche effrayée, et passai mes hanches autour de lui afin de le chevaucher. Une voix en moi me hurlait que je trahissais mon lien, que j'étais une garce, mais… Bast dormait encore dans son coin. Ne m'aurait-il pas arrêtée si j'étais sur le point de commettre quelque chose de mal ?

— Alors, explique-moi en quelques mots ce que je dois savoir, murmurai-je, me pressant encore entre ses jambes.

Tiros me répondit, ses mains s'aventurant sur ma taille pour m'installer sur lui. Ses paupières se refermèrent, et j'eus la sensation que nous avions réalisé cela une centaine de fois, sans que je puisse savoir pourquoi.

— Parce que, susurra-t-il, sa bouche se dirigeant vers ma nuque, ce qui provoqua un doux gémissement de ma part tandis qu'il pressait ses lèvres contre ma peau. J'étais aussi lié à toi, autrefois.

Je me figeai et il m'imita, ses mains encore fermement ancrées sur mon bassin, et son érection désormais évidente entre mes cuisses, trahissant le désir intense qu'il éprouvait.

— Lié ? questionnai-je, me forçant à adoucir mon ton.

Bien que mon esprit fût incapable de comprendre ses mots, mon corps me hurlait de l'écouter. De la chaleur se mit à émaner de ma peau, et la tension devint si intense que je crus que j'allais craquer sous la pression. Mes doigts se baladèrent sur ses épaules nues, puis sur son torse. En ressentant la pointe de ses crocs, je fermai les yeux, le voyant tel qu'il était malgré la présence du trompe-l'œil.

N'importe quel autre vampire aurait planté ses canines en moi, mais Tiros n'aurait jamais osé me faire le moindre mal, même si je le lui avais ordonné, même s'il existait un souvenir lointain si puissant que mon corps était capable de se souvenir de lui avant moi.

Il goutta mon sang, poussant un soupir de soulagement lorsque sa force le regagna. Ce n'était pas que mon hémoglobine qui le revigorait, mais également ment ma magie et mon pouvoir, mon acceptation de notre connexion.

Une nouvelle rune de sang se grava dans ma peau, et la douleur provoquée par la brûlure me tira une grimace, mais ceci ne contribua qu'à confirmer ce que j'avais besoin de savoir. Je m'ancrai plus bas contre lui, me frottant contre son érection et souhaitant soudainement qu'il n'y eût aucun vêtement entre nous.

Son emprise sur moi devint plus intense, et il lécha les petites plaies qu'il m'avait infligées tout en bougeant ses hanches.

— Evelyn, murmura-t-il.

Oui, j'avais déjà vécu ce moment, avec lui. Je l'avais entendu prononcer mon nom ainsi. Mon cœur se brisa en mille morceaux lorsque je compris.

— Comment ai-je pu t'oublier ?

Je me penchai contre lui et saisis son visage entre mes mains, heureux de constater que son déguisement ne masquait pas la beauté de ses traits.

Il ferma les yeux, se concentra sur mon contact, et j'étais consciente qu'il ne souhaitait pas voir mon trompe-l'œil qui me faisait passer pour une autre femme. Il voulait se souvenir de moi, de ma manière d'être, de ma manière de le toucher. Je me détachai de ses genoux, souffrant de ne plus ressentir sa proximité, mais l'effort en valait la peine pour que je retire mes vêtements.

À présent nue devant lui, j'attendis qu'il rouvre les yeux. Il me contempla de haut en bas, apparemment incrédule quant à ce qui était en train de se produire, mais je me le rappelais. Sans savoir comment, j'avais oublié Tiros, l'un des compagnons que j'aimais le plus, le plus craintif, et le plus à même de se sacrifier.

Tous mes hommes s'étaient tournés vers le vampirisme pour sauver mon âme, avaient payé le prix d'un emprisonnement de mille ans, mais Tiros avait souffert d'un tribut plus important. Il s'était déjà transformé avant même de nous rencontrer, ce qui signifiait qu'il devait rester seul. Il avait été obligé de vivre dans le souterrain des vampires et de passer chaque jour en solitaire, sachant que j'étais morte et que ses nouveaux frères étaient piégés dans un sort perpétuel, à revivre sans cesse le pire jour de leur existence. Il se croyait responsable. Il avait le sentiment qu'il aurait dû être présent, mais dans ce cas, qui aurait contrôlé que j'aurais un endroit sûr vers lequel m'échapper une fois que mes protecteurs m'auraient réveillée, ou que je les aurais réveillés ? Non, il fallait qu'il attende ce jour, subissant la violente punition de la patience et du deuil.

Un sanglot m'échappa quand je me rendis compte de ce que Tiros avait fait pour moi, qu'il avait feint de ne pas me connaître et que nous avions été ennemis.

Il déchira son haut et défit son pantalon. La faim se lisait clairement dans son regard.

— Pardonne-moi de t'avoir menti, répéta-t-il, et je saisis ce qu'il disait.

Notre lien surgit aussitôt, plus fort qu'il ne l'avait jamais été avec mes hommes, et ceci avant même qu'il ait pris mon corps. Il avait besoin de ne faire plus qu'un avec moi, et la tension du lien qui nous poussait à nous réunir était si forte que je haletais.

— Tu as insinué que nous étions ennemis, susurrai-je.

Il m'avait laissée seule, même en me voyant dans la forteresse, croyant qu'il valait mieux que je ne découvre pas qui il était, qu'il ne me méritait pas, que je m'en sortirais mieux sans lui. Je grognai, soudainement enragée qu'il ait pu être aussi stupide.

— Je ne pourrai jamais vivre sans toi ! Tu es un putain d'abruti !

J'écrasai mes poings contre son torse et frappai contre lui, pleurant sans me soucier que qui que ce soit puisse me surprendre.

J'entendis plus tard la porte s'ouvrir, mais il devait s'agir de Marcus qui voulait s'assurer que tout allait bien, car elle se referma rapidement. Tiros m'empoigna fortement contre lui, m'étreignant jusqu'à ce que je me roule en boule et qu'il me couvre de baisers, tentant de toutes les manières possibles d'effacer toutes les horribles choses qui nous étaient arrivées.

Je ne voulais pas que la situation soit ainsi. Je m'allongeai contre lui sur le lit et descendis jusqu'à ce qu'on soit alignés pour presser ma bouche contre la sienne, me fichant de la présence de ses crocs. Il manifesta heureusement un grand contrôle de lui-même et était sûrement parvenu à les rétracter, car il m'embrassa passionnément, sa langue envahissant ma bouche et me faisant sienne. Ses mains remontèrent jusqu'à ma poitrine et il serra, me poussant à lâcher un soupir de plaisir. Je refusai d'attendre plus longtemps. Je plongeai ma main et le palpai, la peau délicate de sa queue raide pulsant entre mes doigts. Je la penchai et la caressai contre mon clitoris pour me faire mouiller à chaque mouvement vigoureux. Tiros me regarda prendre du plaisir avec son corps, me frottant contre lui et passant ma langue sur ses lèvres.

Quand je fus suffisamment excitée, je l'inclinai de nouveau et abaissai mes cuisses, ouvrant la bouche en le sentant me pénétrer de toute sa longueur. Je n'étais pas certaine de pouvoir m'asseoir entièrement sur lui, mais il changea de position, m'obligeant à écarter les jambes pour me faire descendre jusqu'à ce que plus rien n'apparaisse hormis la peau qui pressait contre moi de tous les côtés. Il me retourna sur le dos et entama des va-et-vient lents et énergiques. Le lien entre nous s'embrasa, nous suppliant d'aller jusqu'au bout et de trouver l'harmonie.

Je sentis sa magie entrer en moi à chaque coup qu'il me portait avec son sexe. Il n'y avait pas de parfum comme avec mes autres hommes, mais plutôt une émotion profonde, comme si j'étais plongée sous l'eau, sur le point d'être noyée dans les sensations. Il continua ses allers et retours, encore et encore, appuyant de tout son poids contre mon clitoris et faisant balancer ma tête en arrière. J'endurais la délicieuse souffrance infligée par sa queue. Il malaxa mes seins, me caressant jusqu'à ce qu'il ne soit plus capable de résister. Il me souleva alors, prenant ma nuque dans sa mâchoire. Cette fois, ses crocs s'enfoncèrent plus profondément, et le sang se mit à perler le long de mon cou. Une nouvelle forme de plaisir m'envahit à partir de cette morsure, me transmettant le goût de sa sorcellerie, qu'il souhaitait partager avec moi.

De l'empathie. Je pouvais percevoir ce qu'il ressentait, et oh, par les dieux, il était sur le point d'exploser en moi. Le simple fait d'en être consciente, cette chaleur et le bout gonflé de sa queue tressaillant de sensations dans mon corps brûlant me poussèrent à me raidir sur lui avec un hurlement. L'orgasme arriva vite et fort, parcourant tout mon corps et me laissant à sa merci.

Tiros essaya de contenir son plaisir. Son pouvoir lui permettait de deviner ce que j'éprouvais, ce qui créait une chambre de résonnance de l'extase de l'un à l'autre. Il vint en moi, puissamment, et mon monde se désintégra sous l'extase bouleversante que seul Tiros pouvait m'offrir.

L'ÉPREUVE DU RÊVE

En me réveillant, j'étais couverte de sueur, de sperme et de mon propre sang, mais je m'en fichais. Cette sensation était incroyable. La douleur me parcourait, mélangée à un plaisir délicieux, et je tendis la main pour trouver Tiros, pour lui montrer ce que j'éprouvais au travers de notre lien… mais il n'était pas là.

Je me relevai en un sursaut lorsque je perçus un vide désolé dans ma poitrine. Mon regard se porta sur la pile de linge, mais Bast avait lui aussi disparu. La peur me serra le cœur si fortement que je crus qu'il allait s'arrêter de battre.

Je bondis hors du lit et attrapai mes vêtements, ne prenant même pas le temps d'une douche. J'ouvris la porte et m'apprêtais à tirer à fond sur la connexion qui me reliait à Marcus lorsque je me rendis compte que lui aussi s'était envolé.

— Tiros ? criai-je. Marcus ?

Ma voix s'emplit de panique, et je répétai chaque nom frénétiquement. Je n'eus qu'un profond silence en guise de réponse, au milieu de ce couloir vide et glauque.

Tremblant de panique et sur le point de m'étouffer, je refermai la porte en la claquant et tentai de me calmer.

C'est alors que je me souvins de l'épreuve suivante… et de comment elle aurait lieu. Je ne m'étais pas réveillée. Je dormais encore.

J'étais piégée dans l'épreuve du rêve… et les choses sérieuses allaient commencer.

Cette dernière épreuve, c'est du grand n'importe quoi !

Je suis une sorcière du destin, ce qui me qualifie pour devenir reine des Congrégations Royales, si tant est que je survive à l'ultime épreuve.

Dans son dernier souffle, Sarina a pris tous mes hommes et les a envoyés au-delà de l'espace et du temps, pris au piège dans des mondes alternatifs que seul mon pouvoir peut atteindre. Leur sort est entre mes mains et je vais devoir faire appel à mon pouvoir plus que jamais pour les ramener dans mes bras, à leur juste place.

Bast, mon familier, est le seul à avoir évité cette foutue épreuve. Seulement, il y a un petit problème… il est coincé dans sa forme féline. Il ne peut pas me serrer dans ses bras et me réconforter comme j'en aurais besoin. Sarina l'a ensorcelé pour s'assurer que je reste seule. Elle a cru que la séparation d'avec ce lien me briserait. Décidément, même morte, elle ne me lâche pas la grappe !

Comme si devoir arranger les choses avec Bast et traverser les mondes pour retrouver mes hommes et raviver notre lien n'était pas déjà assez terrifiant, le temps presse. Si j'échoue à cette dernière épreuve avant le second écho de Calamity, la grande catastrophe, Sarina sera ressuscitée et elle détruira notre monde tout entier.

UN SIMPLE RÊVE

Tiros. Je pouvais encore le sentir sur mes lèvres… sur ma peau. Être privée de mes âmes sœurs alors que mes souvenirs de lui s'étaient réveillés déchirait mon âme. Je portai la main à ma poitrine et essayai de me ressaisir. Je n'avais pas le temps de m'apitoyer. C'était l'heure de se battre.

La sorcière Salina pensait pouvoir se payer ma tête. Même si elle ignorait qui j'étais, je pouvais déjà ressentir le dégoût qu'elle me portait, même sous ma forme déguisée. Qu'importe le visage que j'affichais, elle et moi étions destinées à être ennemies dans n'importe quelle vie. L'impression d'étouffement et la magie noire qui agrippait mes chevilles, et menaçait de me faire chuter, ne rendaient cela que plus évident.

Cette épreuve avait quelque chose de personnel.

Son rire résonna dans les couloirs et disparut aussitôt, comme s'il n'y avait aucune issue ou échappatoire.

Au moment où je me rendis compte que j'étais piégée dans une épreuve de rêve, tout ce qui m'entourait me sembla aussitôt « anormal ». Une magie froide s'enroula autour de mes chevilles, et je tentai de m'en débarrasser avant de commencer à marcher.

Je fis courir mes doigts sur la surface des murs tout en parcourant le couloir mal éclairé. Un froid terrible engourdissait mes doigts, mais je continuais de les toucher. J'avais besoin de comprendre ce lieu.

Chaque pas renvoyait de petits sons étouffés dans le couloir en guise d'écho, et le discret parfum de la mort caressait mon nez. Je savais ce qu'était le monde des rêves ; un carrefour entre le monde des vivants et celui où résidaient les morts.

Heureusement, j'avais beaucoup d'amis décédés.

Ils seraient mes premiers alliés une fois que j'aurais quitté le grand labyrinthe. Les couloirs étaient différents de ceux que j'avais empruntés durant la nuit, lorsque j'étais venue offrir mon sang à Tiros. Quelque chose en moi avait reconnu sa vraie nature avant même que je ne m'en sois rendu compte. Il était un de mes compagnons et une personne pour qui je porterais un amour infini, que je soutiendrais et chérirais toujours. Je ne pouvais pas ressentir sa présence, mais cela ne signifiait pas qu'il n'était pas là. Nous avions partagé un lit lorsque l'épreuve du rêve avait commencé, ce qui voulait dire que Tiros était en danger. L'expérience était destinée aux manipulateurs de magie. Tiros était un vampire qui ne possédait pas sa propre sorcellerie, malgré son âge et sa grande puissance. Seul, il n'avait pas la moindre chance dans une épreuve du rêve.

Un petit cri me figea, et je m'accroupis à côté du mur. L'air froid s'accrochait à moi et essayait de m'étrangler, mais je n'y prêtai pas attention. Si je m'approchais trop du centre du couloir, je risquais d'être aspirée par les volutes de magie qui m'agrippaient, et de me perdre. C'est pour cette raison que les ténèbres souhaitaient que je m'éloigne des parois. Je plissai les yeux en fixant la brume qui enveloppait les lieux et la caressait entre mes doigts.

Le hurlement retentit de nouveau, et je me retournai, cherchant la source du bruit sourd. Je compris qu'il provenait de l'intérieur du mur. Je pinçai les lèvres et me préparai avant d'y presser mon oreille.

Un frisson parcourut ma nuque, me donnant soudainement la migraine, mais je choisis de l'ignorer et de me concentrer. Je restai immobile jusqu'à l'entendre encore une fois. C'était sans le moindre doute la voix de Tiros.

Voulait-il dire « coupe » ou « coule » ? Je fronçai les sourcils. Ni l'un ni l'autre n'avait le moindre sens.

— Cours !

Le sol trembla, et les parois perdirent aussitôt leur surface gelée. J'en fus soulagée, jusqu'à ce que je comprenne que j'avais perdu tout contact avec le monde des vivants et que j'étais à présent jusqu'au cou dans celui des morts...

Des esprits enragés envahirent le bout du couloir et foncèrent vers moi, leurs bras tendus et leurs mâchoires écartées. Leurs yeux blancs, aveugles, me suivaient sans relâche.

— Merde !

Je bondis aussitôt et obéis à Tiros.

Je courus.

Le bruit de mes pieds nus fouettant les carreaux était étouffé par l'air lourd qui tentait de me ralentir. Je blasphémai à voix basse tout en luttant pour traverser cette mélasse invisible. J'avais l'impression de vivre tous mes cauchemars dans lesquels j'étais incapable de bouger. Il y avait une explication logique à tout ceci. Le monde des esprits possédait une atmosphère sacrément épaisse, mais à présent, j'y étais piégée pour de vrai.

Peinant à reprendre ma respiration, je trouvai le courage de jeter un œil par-dessus mon épaule et regrettai aussitôt mon choix. Les morts me rattrapaient, et j'aurais pu jurer que l'un d'entre eux affichait un sourire vicieux sur les restes déchiquetés de son visage.

Bordel, est-ce que les esprits étaient comme les zombies ? Je n'en avais aucune idée.

N'ayant pas le temps de me demander si j'allais être démembrée dans un véritable massacre façon mort-vivant, je comptai sur mon instinct et puisai dans la magie qui m'habitait. Mes artefacts étaient encore dans ma chambre, dans le monde réel. J'avais été assez bête pour retirer mes boucles d'oreilles et mettre de côté le masque de bal, qui contenaient le pouvoir que Quinn et Marcus avaient préservé pour moi durant un millier d'années. Mais autre chose régnait en moi désormais… une puissance qui m'aida à me détendre et me permit d'avaler une lente et profonde inspiration qui me redonna des forces. Je me concentrai sur elle et lui permis de grandir en moi. Un fourmillement chaud recouvrit mon corps et repoussa la sensation glacée du monde spirituel. L'image du cuir et des chevaux apparut dans mon esprit, et cette magie rassurante m'enveloppa comme une couverture.

Tiros… il avait conservé ma sorcellerie en lui toutes ces années. Qu'il se soit considéré comme l'un de mes compagnons ou non, il avait protégé une partie de mon âme et me l'avait restituée sans même le savoir.

La chaleur m'envahit, et je m'arrêtai en glissant sur le sol, pivotant pour affronter la horde de morts qui était bien plus proche que je ne l'avais cru. Leurs doigts s'étendirent vers moi, leur faim glacée se faisant ressentir sur ma peau. Je laissai la magie s'emparer complètement de moi jusqu'à ce que des flammes se mettent à lécher mon épiderme, brûlant de plus en plus intensément jusqu'à ce qu'elles bondissent pour s'accrocher aux esprits.

Des cris assourdissants emplirent le couloir à mesure que les spectres luttaient contre l'attaque, mais il était trop tard. Ils s'étiraient de tout leur long dans ma direction et hurlaient pendant qu'ils brûlaient vifs… ou plutôt non vifs ?

Les esprits se désintégrèrent, ne laissant qu'un tas de cendres bleues à mes pieds, que je reniflai.

— Ça vous apprendra, murmurai-je.

— Là, je te reconnais, ma grande, prononça une voix douce et amusée.

Je tournoyai sur moi-même et découvris une femme magnifique couverte de bijoux de la Congrégation de l'Améthyste. Elle sourit, ses yeux pétillants m'offrant une sensation familière.

Elle tendit une main et patienta.

— C'est moi, ma chère. Je sais que mon apparence est différente, mais ceci est la forme corporelle de mon âme. Une nouvelle silhouette nous attend de l'autre côté.

Son rictus s'élargit.

Tante Sandra ?

Incrédule, je clignai rapidement des yeux avant de saisir sa main. Je sursautai lorsque sa peau toucha la mienne, m'attendant à ce qu'elle soit glacée, mais je me détendis en me rendant compte qu'elle était chaude.

— Mais comment… ?

— Comment ne suis-je pas un zombie ? m'interrompit-elle, son ton amusé la faisant rougir.

Elle semblait vraiment réelle, mais une brise la traversa, lui donnant une apparence translucide sur laquelle je devais concentrer mon regard pour la percevoir.

— Eh bien, ouais.

Elle se mit à rire, émettant un son que je ne l'avais jamais entendue produire, elle qui était toujours si réservée et peut-être légèrement coincée.

— Parce que j'ai une âme, dit-elle, se redressant avec fierté. (Lorsque je continuai de la dévisager, elle poursuivit.) Les morts sans âme t'ont pourchassée lorsqu'ils ont ressenti ta présence dans le monde des esprits. Tu peux remercier Killian pour cela.

Je regardai par-dessus mon épaule.

— Killian ?

Elle opina du chef.

— Oui, il a un vilain petit pouvoir dont il abusait lorsqu'il a commencé à se développer. (Elle pencha la tête, et un petit sourire se forma aux coins de ses lèvres.) Tu sais, je ne l'ai même pas reconnu de mon vivant. Dommage. Il me plaisait dans ma vie antérieure, lui ainsi que tous tes compagnons.

Je restai bouche bée face à elle. La tante Sandra qui se tenait devant moi n'était clairement pas celle que j'avais connue toute ma vie.

— Tu es au courant pour mes partenaires ?

Elle ouvrit la bouche pour répondre, mais un hurlement résonna dans le couloir, et l'odeur de morts en approche était portée par une brise invisible. Elle saisit ma main et me tira vers elle.

— Nous ne sommes pas en sécurité ici. Il faut que je t'emmène aux jardins.

— Aux jardins ? couinai-je, emportée contre mon gré telle une fillette qui venait de marcher en plein milieu de la route.

L'esprit de ma tante perdue qui avait toujours, à contrecœur, été une parente pour moi me guida aisément au travers du labyrinthe sinueux. Je m'attendais à ce que mon sang ne fasse qu'un tour et à comprendre que tout ceci n'était qu'un piège, mais la sensation de froideur et la pression des ténèbres s'assoupissaient à mesure que nous parcourions le dédale. Enfin, les parois s'écartèrent pour révéler un mur huileux aux couleurs de l'arc-en-ciel qui nous séparait de la vision opaque d'un parc luxuriant. De la lavande s'épanouissait sur les abords, formant une barrière naturelle qui protégeait les fleurs délicates qui proliféraient dans cet autre monde.

— Ce n'est pas comme cela que j'avais imaginé le domaine des morts, murmurai-je.

Sandra, les yeux brillants, me tira avec elle au travers du voile et vers un lieu de chaleur et de paix. Les esprits apparurent dans les ténèbres que nous venions de quitter et se rassemblèrent en silence, menaçants, attendant mon retour. Un frisson me parcourut l'échine.

— Est-ce que je suis piégée ici ?

Je n'étais pas morte. C'était certain grâce au fil de lumière dorée qui était clairement visible à présent que j'avais franchi l'étrange voile vers les jardins. Le rai provenait de ma poitrine et traversait l'obscurité. Je m'attendais à voir les zombies tenter de s'y attaquer avec leurs griffes et de dévorer sa magie, mais il leur était comme invisible. Ils passèrent à côté du fil lumineux en flottant, et leurs yeux fissurés restèrent entièrement concentrés sur Sandra et moi, dans le parc.

— Tu seras en sécurité ici, déclara Sandra pour me corriger avant de serrer ma main. Lorsque l'épreuve sera terminée, tu te réveilleras dans ton propre corps. (Son visage prit une expression lugubre, et elle fronça les sourcils.) Tout le monde émergera du sommeil, mais tous n'auront pas conservé leur âme.

Je restai éberluée et, finissant par comprendre, je me précipitai aussitôt pour trouver un miroir. Si Tante Sandra avait une apparence différente ici parce qu'il s'agissait de la matérialisation de son âme immortelle, et que mon enveloppe de chair et de sang se trouvait encore dans le lit, près de Tiros, dans quel corps pouvais-je bien me trouver ?

Je me libérai de la poigne de Sandra et fonçai à toute vitesse au milieu des jardins, frôlant de délicats pétales qui embrassaient ma joue et abandonnaient leur pollen scintillant sur mes bras et mes doigts. Je repérai une fontaine entourée de bassins et courus vers elle jusqu'à en perdre le souffle.

En atteignant le point d'eau paisible, je me mordis la joue et me penchai.

Je lâchai un petit cri de surprise.

Une magnifique créature répondait à mon regard avec des iris fragmentés et multicolores. Ma peau était argentée et brillait sous la lueur dorée des jardins des esprits. Mes cheveux encerclaient mon visage en des boucles noires ondulées qui contrastaient tant avec mon teint pâle, et je passai un doigt sur ma pommette saillante.

— Tu ne sais plus qui tu es, même ici, n'est-ce pas ? demanda Sandra qui s'était approchée discrètement de moi.

Je m'arrachai à mon reflet et levai les yeux vers elle. Elle était resplendissante, les bijoux de l'Améthyste qui, je m'en rendis compte, brillaient de l'intérieur, la recouvrant de la tête aux pieds. Une magie vivante la faisait sembler si vivante, même si sa peau brillait de manière translucide lorsque je concentrais trop longtemps mon regard sur elle.

— Je suis Evie, dis-je d'un ton absent, certaine de cette vérité.

Sandra esquissa un sourire et hocha la tête.

— Oui, dans cette courte vie de mortelle, c'est ce que tu es, mais pour l'éternité, tu es tellement plus, ma chère.

Elle s'agenouilla et fit courir ses doigts sur la surface de l'eau, chassant l'image éthérée.

— Même si tu ne t'en souviens pas, sache que tu es une Sorcière du Destin, ce qui te rend supérieure à toutes les autres à un point dont toi seule peux être consciente.

Je savais, sans l'ombre d'un doute, que j'avais sous les yeux mon propre corps immortel – je retournai mes mains et observai mes ongles fins et argentés –, celui d'une Sorcière du Destin. C'était peut-être ma véritable forme, mais je ne ressentais pas la moindre différence par rapport à quelques heures plus tôt, lorsque j'avais couché avec Tiros. Ou même lorsque j'avais entamé ma quête pour comprendre Bast, Marcus, Quinn et ceux à qui je n'avais pas encore montré mon amour. Killian et Aaron, eux aussi, détenaient des fragments de mon âme.

À présent que je savais où les chercher, je pouvais remarquer les petites fractures. En passant mes mains sur ma nouvelle enveloppe, je trouvai des creux au niveau de ma poitrine, où des portions semblaient absentes.

— Tu retrouveras qui tu es, me promit Tante Sandra. (Elle ouvrit la bouche pour continuer de parler, mais ses yeux se dirigèrent vers le lointain, et elle la referma.) Les autres sont ici.

Je me retournai et, en suivant son regard, découvris un groupe de sorcières et de mages rassemblés en silence, tous parés de gemmes de pouvoir de l'Améthyste, qui avançaient dans la cour, au milieu des jardins. En face de moi se trouvait une congrégation entière qui avait été anéantie par Sarina, et la rage brûlait dans ma poitrine en constatant leur nombre.

— Ce n'est pas possible, grognai-je entre mes dents serrées. Sarina ne s'en tirera pas comme ça.

Sandra posa sa main sur mon bras et opina du chef.

— Je te crois, mais d'abord, tu dois survivre à cette épreuve-ci.

D'un geste de la tête, elle invita le groupe, et ils s'approchèrent sans faire froisser la moindre feuille sous leurs pieds, ce qui me glaça le sang.

Des mains se tendirent et me touchèrent jusqu'à ce que je me sente étouffée par mes congénères, mais je n'avais pas peur. Je ressentais la chaleur qu'ils infusaient en moi. Leur congrégation avait été éliminée par leur ennemie, et j'étais désormais la dernière Sorcière de l'Améthyste en vie. Le fait que j'étais une Sorcière du Destin n'avait plus aucune importance pour eux. De leur vivant, ils auraient certainement rechigné à l'idée d'accepter un paria dans leur congrégation, mais à présent qu'ils avaient trouvé leurs enveloppes immortelles, ils ne me craignaient pas comme on le leur avait appris. Les vivants croyaient à la fatalité et au destin, et prendre le contrôle de tels pouvoirs était considéré comme arrogant et égoïste. Néanmoins, ils n'étaient désormais plus en vie, et leur perspective avait changé.

Je me demandai pourquoi on enseignait aux vivants à craindre le destin et à lui obéir. Les pouvoirs qui dominaient le temps et l'espace n'étaient pas omniscients. Leurs grands plans et machinations étaient rarement les meilleurs chemins à suivre, et c'était pour cette raison précise que les Sorcières du Destin existaient. Elles permettaient d'ajuster le cours mal formé des choses. La vérité sur ma nature profonde s'insinuait en moi, comme une réalité oubliée et indéniable.

Je devais vaincre le chaos.

Accepter ceux qui avaient protégé mon âme.

Arrêter le cycle de la mort.

J'ignorais si je pouvais réellement corriger le destin, mais rien ne pouvait être pire qu'un monde où Sarina était sauve et libre de répandre le chaos. La magie d'une congrégation entière s'empara de moi comme une vague de fond, et je penchai la tête en arrière, lui permettant de descendre le long de ma gorge comme un nectar sauvage.

Les esprits qui patientaient derrière le voile ressentirent cette sorcellerie et hurlèrent, avides d'y goûter, comme à une oasis au milieu d'un désert, mais je n'allais rien leur céder. C'était la raison pour laquelle la Congrégation de l'Améthyste m'avait recueillie. La raison pour laquelle chacun d'entre eux était mort. Sans même le savoir, ma vie avait transformé leur destinée, et désormais, ils m'aideraient à modifier celle du monde.

— Evie, dit Tiros si doucement que je ne l'entendis presque pas. (Sa main passait sur moi en de douces caresses attentionnées.) Reviens-moi.

La réalité s'infusa de nouveau en moi comme une mélasse sur ma peau. La sensation du monde des rêves s'évanouissait, mais la puissance que j'avais absorbée parcourait mes veines d'une chaleur inédite et sans équivalent.

En parvenant enfin à ouvrir les paupières, je découvris Tiros qui planait au-dessus de moi. Son trompe-l'œil aurait dû être actif, mais son apparence était la même que celle qu'il avait arborée lors de notre première rencontre. Ses crocs, longs et menaçants, ses yeux scintillant comme des rubis, et une intensité dans tout son être qui me fit ravaler une boule d'effroi dans ma gorge.

Puis je me souvins de qui il était vraiment pour moi. De ce qu'il incarnait.

Il était mon compagnon, et il avait protégé une partie de mon âme pendant un millier d'années. Il ne m'aurait jamais fait le moindre mal.

Je passai mes doigts sur la courbe de sa pommette et laissai mon toucher descendre le long de son cou tandis que mes yeux parcouraient son corps. Il ne portait rien sous la légère protection qu'offraient les draps. Nous étions toujours ensemble dans le lit, nus, et mes joues devinrent brûlantes en le sentant durcir contre ma cuisse.

J'avais provoqué une réaction chez lui... d'un simple toucher.

Il sourit et dissipa toute impression que quelque chose n'allait pas.

— Tu as réussi à sortir, murmura-t-il avant de se blottir contre ma nuque et de m'embrasser.

Ses crocs glacés firent frissonner ma peau en une vague.

— J'avais peur que tu ne puisses pas m'entendre.

Je l'enveloppai dans mes bras et glissai mes doigts dans ses cheveux, qui étaient ébouriffés après notre nuit passée ensemble.

— Tu étais mon ancre dans ce monde, dis-je, consciente qu'il avait renforcé le lien qui me rattachait à mon corps.

Il n'avait peut-être pas les pouvoirs d'un mage, mais il était un puissant vampire qui avait détenu une partie de l'âme d'une Sorcière du Destin pendant mille ans. Je ne doutais pas un seul instant que Tiros ne m'avait pas encore révélé tous ses secrets.

— J'ai réussi l'épreuve du rêve, indiquai-je, plus à moi-même qu'à lui.

Je n'étais pas vraiment sûre de ce que cela signifiait pour moi, mais je me rendais compte aussi que, bien que j'aie survécu, d'autres n'auraient pas eu la même chance.

Je me redressai, mon cœur remontant dans ma gorge, et mes yeux s'écarquillant.

— Les autres !

Et s'ils avaient également été attirés dans l'épreuve du rêve ? Marcus, Quinn, Aaron, Killian et Bast détenaient tous un fragment de mon cœur. Si quelque chose devait leur arriver, j'en perdrais la raison.

Tiros m'intima de me détendre et pressa doucement sur mes épaules, me poussant à m'allonger de nouveau sur les draps doux et duveteux.

— Ne panique pas, mon cœur. Tu peux les ressentir, n'est-ce pas ? Sont-ils tous sains et saufs ?

Je tentai de contrôler ma respiration saccadée, mais c'était comme si je venais de courir un kilomètre sans m'arrêter. Tiros et Bast n'étaient peut-être pas des mages, mais c'était le cas du reste de mes compagnons, et ils auraient été naturellement emportés par l'appel de l'épreuve du rêve, tout comme quiconque possédant le sang d'une congrégation qui se trouvait sur des terres royales. Sarina avait peut-être provoqué le commencement des épreuves royales, mais elle ne les avait pas créées ni ne pouvait les contrôler. C'était le rite par lequel les mages et les sorcières devaient prouver leur valeur dans l'ancien temps, et n'importe qui était présent durant son déroulement devait y participer.

Plutôt que d'écouter mon esprit paniqué, je me forçai à fermer les yeux pour me concentrer. Tiros avait raison. Je pouvais encore percevoir la présence de Quinn et de Marcus grâce au lien qui me connectait à eux et aux runes de sang qui brûlaient sur mon bras. Je décelais également la naissance lancinante des liaisons ravivées avec les autres. Aaron et Killian occupaient mon esprit, tels des souvenirs oubliés qui n'attendaient que d'être éveillés. Même Bast s'y trouvait, sous sa forme féline, à examiner les dégâts provoqués par l'épreuve du rêve. Je pouvais sentir sa détermination et sa résignation face à ce qui l'attendait.

Bast était quelque part, mais pas ici, ce qui signifiait qu'il avait accordé une grande confiance à Tiros. Il n'avait jamais fait preuve d'une telle foi avec mes autres compagnons, et je me demandais donc ce que Tiros pouvait avoir de si spécial.

— Peux-tu les ressentir ? demanda Tiros.

Ses doigts s'enfoncèrent dans ma hanche, m'obligeant à écarquiller les yeux.

Mon regard retrouva ses magnifiques iris rubis, remplis de magie de sang et de menace ancienne. Je n'avais pas éprouvé une telle attirance pour Tiros lors de notre première rencontre, dans le bastion. C'était la preuve de sa maîtrise de la tromperie et des mensonges. Il était capable de dissimuler ce qui était en train de devenir ma seconde nature. Je continuai de faire courir mes doigts tandis qu'il se pressait encore contre moi.

— Oui, murmurai-je en un souffle gorgé de désir, à présent que je savais le danger passé.

Mes mages avaient survécu à l'épreuve du rêve, et toutes les personnes auxquelles je tenais étaient en sécurité. Toutes, sauf Cassidy.

Je fus soudainement prise de culpabilité en me rendant compte que j'avais oublié, l'espace d'un instant, ma meilleure amie, et je me libérai aussitôt des draps.

— Qu'y a-t-il ? s'enquit-il, la voix inquiète. Tu devrais rester ici, avec moi.

Ses mots cachaient un ton suppliant que je ne pouvais ignorer. Il souhaitait m'explorer, me prendre et retrouver la passion millénaire d'un lien qui n'aurait jamais dû être brisé.

Tout mon être voulait étancher son désir. Je le ressentais tout autant que lui. Mais j'étais là pour sauver Cassidy, et, si mes compagnons étaient en danger, c'était parce que je les avais amenés à cet endroit. Je devais protéger Cassidy, vaincre Sarina, et nous faire sortir tous d'ici.

— Je ne devrais pas rester allongée là, prononçai-je du ton le plus doux possible, afin de ne pas heurter Tiros tandis que j'ouvrais la commode pour trouver quelque chose à porter.

Je fouillai parmi les chemises gigantesques et les vestes rembourrées, mais n'appréciais pas les options qui m'étaient proposées. Les sorcières aimaient s'habiller de manière sexy, et Sarina avait fait le choix délibéré de ne mettre à disposition que des vêtements qui manquaient... d'élégance.

Je passai accidentellement la main sur le masque de bal qui se trouvait sur la table de nuit. Ce dernier ne ressemblait plus à ce que Marcus m'avait offert. Il s'était transformé en un accessoire délicat, orné de dentelles et de plumes, parfait pour une sorcière de la Congrégation de la Perle, grâce à l'aide de Phoebe et des sorcières renégates qui m'avaient déguisée, ainsi que de mes compagnons. Heureusement, le trompe-l'œil n'affectait pas les attributs de mes artefacts, et mon pouvoir projeta une vague de magie sur les vêtements, les transformant en un ensemble pratique, mais tout de même flatteur, de jeans, de débardeurs et de hauts à manches courtes. Certaines des robes se transformèrent en tenues formelles que Marcus n'aurait pas reniées. Il avait conservé ma sorcellerie en lui si longtemps que je ne pouvais pas accomplir grand-chose à l'aide du masque de bal sans puiser également dans la sienne.

— Tu es sûre de ce que tu fais ? m'avertit Tiros.

Je levai les yeux au ciel tout en enfilant mes vêtements.

— J'ai l'impression d'entendre Bast.

Même lorsque celui-ci n'était encore que mon familier, il n'avait jamais approuvé mon usage frivole de la magie, mais il était hors de question que je me promène dans les Congrégations Royales habillée comme l'un des ignobles rats de Sarina.

Tiros haussa un sourcil tout en se hissant sur son coude. Par les dieux, il était vraiment sexy.

— Je n'apprécie pas de partager l'avis du dieu-chat prétentieux, mais je pense qu'il avait vu juste. (Tiros regarda en direction de la porte et pencha la tête sur le côté.) Les autres se lèvent. Les survivants de l'expérience vont se réveiller, et je suppose que Sarina voudra rassembler tout le monde afin de nous rappeler sa grandeur.

J'ouvris la bouche pour rétorquer que je me fichais de ce que les autres pouvaient être en train de trafiquer, lorsqu'une voix pénétra mon esprit et me provoqua une migraine.

Votre attention, chers survivants. Mes félicitations pour avoir réussi l'épreuve du rêve ! Vous avez parcouru le domaine des morts et êtes revenus en un seul morceau, ce qui signifie que le test suivant débutera bientôt. Vous avez récupéré votre artefact d'âme, n'est-ce pas ? J'espère que vous vous êtes réveillés avec, car vous allez devoir le protéger comme la prunelle de vos yeux.

Je me figeai. Sarina nous décrivait déjà l'épreuve suivante, mais quel était cet artefact d'âme dont elle parlait ?

Je balayai la pièce du regard, à la recherche du moindre signe de ce à quoi elle pouvait faire référence. Si j'étais sortie de l'expérience comme prévu par les traditions anciennes des Congrégations Royales, j'aurais obtenu un artefact. J'observai Tiros.

— Ce n'est pas toi qui m'as extirpée du sommeil ?

Il secoua la tête.

— Non. Je t'ai sentie tirer sur notre lien, alors je t'ai aidée, mais tu t'es extraite de l'épreuve par toi-même.

Je plissai les yeux et examinai de nouveau la pièce. C'est alors que je la vis.

Une délicate rose était posée sur la table de nuit, et, si je ne l'avais pas cherchée, j'aurais facilement manqué la lueur éthérée qui émanait de ses doux pétales.

Il était là. Un fragment de mon âme que les Congrégations Royales m'avaient arraché. Comme si mon esprit n'était pas déjà assez fracturé comme ça.

PAS TOUCHE À MON ÂME

— Comment vas-tu la protéger ? demanda Tiros, les yeux rivés sur la rose que je retournais doucement dans mes mains.

Des épines dépassaient de sa tige, mais qu'importe la manière dont je la manipulais, je semblais immunisée contre leur piqûre.

— Je suppose que je ne peux pas la conserver sous une cloche en verre et la faire garder par une grande bête, plaisantai-je sans conviction.

Tiros me jeta un regard dubitatif. Vraiment ? Mille ans, et ce type n'avait jamais visionné le moindre film, sérieusement ?

Je lui répondis avec des yeux sévères.

— Qu'est-ce que tu as fait durant toute ta vie ? l'interrogeai-je, ma question se voulant rhétorique.

— Je protégeais le monde contre les sorcières renégates et les vampires fous, répondit-il d'un ton franc. (Il tendit la main.) Montre-moi.

Je levai les yeux au ciel, mais obéis et lui tendis la rose.

Tiros essaya de pincer la fleur délicate par la tige, mais il poussa un petit cri de douleur et recula aussitôt, la laissant tomber au sol.

— Merde, j'ai l'impression que ce morceau de ton âme n'a pas vraiment besoin d'être protégé.

Je n'avais pas encore compris ce que Tiros tentait de faire, mais je me souvins aussitôt qu'il avait déjà détenu un fragment de mon esprit en son être durant mille ans. Peut-être pensait-il qu'il pouvait préserver également celui-ci.

Je ramassai la rose au sol, me rappelant que les épines ne pouvaient pas me blesser, et logeai la fleur derrière mon oreille. Si elle pouvait piquer Tiros ainsi, il était certain que n'importe qui d'autre recevrait le même traitement.

Il m'adressa un sourire en coin.

— Tu es confiante.

Je hochai la tête avant de lui jeter un pantalon.

— Et tu es toujours complètement nu. Nous ne devrions pas être ici. Nous devrions être à la recherche de Cassidy.

Il soupira et passa une main au travers de sa chevelure hirsute, suscitant un instinct délicieux et profond en moi de retirer aussitôt mes vêtements.

— J'admire l'amour que tu portes pour les humains, sincèrement. Mais ils ne vivent pas longtemps, tu sais, et…

Je tournai les talons et quittai la chambre en trombe avant qu'il ne puisse finir cette phrase. J'aimais bien Tiros. Je l'aimais. Mais cela ne signifiait pas que j'allais accepter qu'il manque d'empathie pour Cassidy simplement parce qu'elle était humaine et n'allait pas vivre pendant des milliers d'années. Je n'avais pas la patience de lui expliquer que Cassidy était tout aussi importante à mes yeux que lui. Je l'aimais, d'une manière différente, peut-être, mais elle était ma seule famille, et je n'allais pas laisser Sarina s'en prendre à elle.

L'atmosphère elle-même sembla se transformer lorsque je quittai le confort de la chambre que j'avais partagée avec Tiros. Dans les couloirs résonnaient des grognements, des cris et quelques rires sadiques. Je suivis ces bruits à tâtons, la tête recroquevillée entre mes épaules. Je me sentais comme une intruse entre ces murs et, bien que je sois habituée à cette sensation, je feignais d'être un membre de la Congrégation de la Perle dans un lieu où je n'avais que des ennemis. Plus je passais de temps ici, plus je courais le risque d'être découverte. Je détestais l'idée que moi et mes compagnons soyons constamment en danger.

Mon estomac se dénoua lorsque je repérai Marcus et Quinn. Bien sûr, Quinn portait encore le trompe-l'œil qui le faisait paraître une femme et rendait notre infiltration dans les Congrégations Royales plus discrète. Il observait d'un air sombre la troupe de mages et de sorcières qui entonnaient des incantations à voix basse, ses bras croisés sous la poitrine de son corps d'emprunt. Il n'était pas seulement convaincant dans son rôle, son apparence était une illusion parfaite.

Je m'approchai de lui et lui offris un demi-sourire.

— Contente de voir que tout va bien.

Il grogna d'une manière qui n'était pas du tout féminine.

— J'ai encore des seins et… il me manque d'autres équipements, alors je ne serais pas sûr de prétendre que « tout va bien », jeune fille.

Tout allait donc pour le mieux pour Quinn, décidai-je. Marcus, à présent.

Mon élégant compagnon observait depuis les hauteurs le rassemblement, d'un air pensif. Je n'étais pas certaine de l'heure qu'il pouvait être, mais la plupart des sorcières et des mages étaient habillés pour un nouveau jour. Je n'étais pas la seule à avoir usé de magie pour me confectionner une tenue plus appropriée. Beaucoup portaient des vêtements formels et affichaient fièrement les bijoux symbolisant leur congrégation d'appartenance. D'autres avaient choisi de s'apprêter de manière pratique et avaient adopté une apparence similaire à la mienne. D'autres enfin n'avaient pas transformé les effets qui leur avaient été offerts et portaient leurs habits ternes et débraillés tout en considérant les autres participants, comme s'ils se demandaient s'ils avaient encore le temps d'enchanter leurs tenues.

Et puis il y avait ceux qui portaient encore leurs pyjamas, mais ils avaient également les yeux cernés et les visages livides. Cette expression ne pouvait signifier qu'une seule chose.

La mort.

— Que s'est-il passé ? questionnai-je tout en me faufilant parmi la foule et en ignorant le regard noir que Marcus m'adressait.

L'une des sorcières à la mine mortifiée saisit mes bras, et ses yeux s'écarquillèrent tellement que des cercles blancs se mirent à entourer ses pupilles dilatées.

— Les morts... est-ce que tu les as vus ? Ils l'ont emportée... ils ont emporté...

La sorcière s'effondra et faillit m'emporter dans sa chute, son corps secoué de sanglots soudains.

Le rire sadique que j'avais entendu quelques instants plus tôt retentit de nouveau.

— Ces sorcières de l'Ambre sont vraiment des idiotes, dit une fille recouverte d'émeraudes de la tête aux pieds.

Son accent écossais aurait été presque charmant si elle n'avait pas eu le regard typique d'une personne qui aimait arracher les plumes des oiseaux pour le plaisir.

— Trop sensible et trop faible pour supporter de voir disparaître la concurrence. Tu devrais être contente, pauvre bécasse !

La fille asséna un coup de pied dans les côtes de la sorcière de l'Ambre.

— Hé ! criai-je avant de me jeter entre elle et la jeune femme endeuillée. Qu'est-ce qui ne tourne pas rond chez toi ?

Je connaissais peu de sorcières de la Congrégation du Diamant, mais celle-ci avait l'air d'une véritable connasse. Elle m'adressa un regard hautain, affichant la forme parfaite de son nez, et fit passer ses boucles rousses par-dessus son épaule.

— Je ne sais pas pour toi, Sorcière de la Perle, mais je suis là pour gagner. Les Congrégations Royales n'ouvrent pas souvent leurs portes, et je vais me réjouir de chaque concurrent qui tombera raide mort.

Elle se mit à rire derrière sa main et considéra de haut la fille qui était recroquevillée à mes pieds.

— Ou qui tombe raide *avec* les morts. Par les dieux, c'est vraiment drôle, non ? Vous, les sorcières de l'Ambre, êtes vraiment empotées.

Avant que les choses ne puissent dégénérer encore plus, une boule de poils familière courut entre mes jambes. Je baissai les yeux et trouvai Bast qui m'envoyait des vagues de magie fraîche au travers du corps, même si je n'en avais pas besoin. Sous ma peau vibrait la puissance de ma congrégation disparue, et l'énergie que Bast ajoutait à ma réserve de sorcellerie était comparable à des gouttes dans un océan.

Qu'est-ce que c'est ? s'enquit-il avec un miaulement de confusion.

Pas maintenant, lui intimai-je par l'esprit.

La sorcière de l'Émeraude m'adressa une grimace.

— J'aurais dû m'attendre à ce qu'une pathétique sorcière de la Perle ait encore besoin de son familier. J'ignore comment tu as survécu à l'épreuve du rêve, mais sois gentille, fiche le camp et arrête de nous faire perdre notre temps.

Elle sortit un miroir de poche et examina son rouge à lèvres excessif, usant de son petit doigt pour essuyer les bords de ses lèvres.

Je fixai le miroir des yeux. C'était l'un des plus beaux objets que j'aie jamais vus de ma vie, et je compris pourquoi. Il vibrait intérieurement d'une aura éthérée. Cette stupide sorcière avait trouvé son artefact d'âme et l'exhibait à présent devant moi.

Je n'avais pas besoin que l'on me dise quelle était la deuxième épreuve. J'avais appris en quoi elle consistait.

Être la dernière sorcière en vie.

Même en sachant ce que je devais faire, j'hésitais. Je n'étais pas une meurtrière, et j'ignorais ce qui se passerait si je détruisais un artefact d'âme. Une sorcière pourrait-elle seulement y survivre ? Je me frottai la tempe avec mes doigts. Par les dieux, je n'arrivais même pas à croire que j'envisageais cette possibilité.

— Elle est morte, hurla la sorcière de l'Ambre, me sortant de ma réflexion.

Elle serrait un ours en peluche contre sa poitrine tout en étouffant un sanglot.

La sorcière de l'Émeraude leva les yeux au ciel et se pencha, presque comme si elle s'apprêtait à réconforter la jeune femme désemparée. Elle décida plutôt de lui arracher la peluche et de la saisir d'une poigne de fer.

— Tu dois vraiment te reprendre en main ou foutre le camp, siffla-t-elle entre ses dents avant d'arracher la tête de l'ours.

La foule laissa échapper un petit cri de surprise lorsque la sorcière de l'Ambre projeta la tête en arrière en un angle étrange. Sa bouche s'entrouvrit en un hurlement muet, et un craquement retentit dans tout son corps, la brisant de l'intérieur comme si elle était faite de porcelaine.

La sorcière de l'Ambre était morte. J'en étais consciente avant même que son corps ne se solidifie et ne s'effrite au sol en un tas de poussière brillante et de cendre.

— Tu dois filer d'ici, murmura Quinn dans mon oreille.

Je savais que mes compagnons essayaient de me protéger, mais ils n'étaient pas intéressés par l'idée de venger la mort inutile d'une sorcière de l'Ambre.

La sorcière de l'Émeraude tenait encore mollement la peluche à une main tout en fixant bêtement le résultat de son œuvre. Elle n'avait pas compris que l'ours était l'artefact d'âme de la jeune fille, mais lorsqu'elle s'en rendit compte, un sourire sadique se forma sur son visage.

— Par les dieux, dit-elle en un souffle. C'était incroyable, putain !

Je n'eus pas besoin d'en entendre plus. J'arrachai le miroir de poche et le balançai au sol. Elle protesta, mais j'écrasai aussitôt le précieux bibelot sous mon talon avant qu'elle ne puisse riposter.

— Salope ! hurla-t-elle au moment même où un craquement retentit le long de sa clavicule et lacéra son visage.

Elle poussa un rugissement de rage, et des volutes de magie verte se formèrent au bout de ses doigts alors qu'elle tentait de lancer un sort, mais il était trop tard. De nouvelles fissures traversèrent tout son corps, et elle s'effondra à genoux avant de se désintégrer, tout comme sa victime.

Un long silence pesa sur l'assemblée de sorcières et de mages, et chacun d'entre eux se mit à serrer de petites babioles contre sa poitrine à mesure qu'il comprenait que la dernière épreuve consistait à protéger son âme elle-même. Les sorcières se dévisagèrent les unes les autres avec suspicion avant que la foule ne se disperse et que tout le monde ne regagne ses quartiers, me laissant seule avec Marcus, Quinn et Bast.

Des bruits de pas retentirent dans les couloirs, et je me retournai pour voir que Tiros nous rejoignait. Un sourire en coin prit forme sur son visage, et il sourcilla en apercevant le tas de cendre à mes pieds.

— Tu ne perds pas de temps à ce que je vois, lança-t-il avant de m'offrir sa main. Viens. Allons trouver ton humaine.

Je ne demandai pas à Tiros ce qui l'avait fait changer d'avis. Je me fichais entièrement que la totalité des sorcières s'entretue pour remporter l'épreuve finale des Congrégations Royales. Le processus ne serait ni rapide ni facile, mais j'étais consciente que c'était pour cette raison que personne ne parlait des épreuves. Les meilleurs et les plus brillants individus de chaque congrégation allaient mourir ici, enterrés par l'appât de la gloire et par l'ambition de devenir chef suprême. Nous avions eu à notre tête un conseil de sorcières depuis si longtemps que je ne pouvais même pas imaginer à quoi aurait pu ressembler une société de sorcières matriarcale. Ma seule certitude était que Sarina ne devait surtout pas nous diriger.

— Tu sais où est Cassidy ? soufflai-je à Tiros tandis qu'il me guidait le long d'un chemin fleuri parfaitement arrangé.

Marcus, Quinn et Bast nous suivaient à bonne distance, me laissant assez d'intimité pour parler au vampire.

J'étais encore époustouflée par le fait qu'il n'utilisait pas son trompe-l'œil, mais cela ne semblait pas l'inquiéter.

— Je suis au courant depuis le début, avoua Tiros.

Je m'arrêtai net et serrai mes doigts pour former des poings.

— Et tu ne m'as rien dit ?

Il soupira.

— Écoute, Evelyn, je pense que tu devrais te concentrer sur Sarina. (Il considéra les autres.) Mais je n'ai pas travaillé en équipe depuis longtemps. Ce n'est plus uniquement ce que je souhaite qui importe, je m'en rends compte à présent.

Je suivis son regard et trouvai Marcus, les bras croisés, en train de m'observer avec la concentration d'un prédateur.

— Je crois que nous devrions retrouver Cassidy et partir tout de suite. Nous avons déjà passé trop de temps ici et t'avons mise trop en danger. (Ses yeux balayèrent mon corps.) Il t'est arrivé quelque chose durant l'épreuve du rêve, et ça ne me plaît pas. Nous devons te ramener au Palais.

J'ancrai mes mains sur mes hanches et le fusillai du regard.

— Je ne vais pas échanger un problème contre un autre. Sarina est déjà parvenue à pénétrer dans le bastion vampirique et à enlever Cassidy sous notre nez, tu t'en souviens ?

Nous ne pouvions pas simplement récupérer mon amie et fuir de nouveau au Palais en espérant que la magie des vampires ne faillirait pas une deuxième fois.

— Nous serons mieux préparés, insista-t-il. Elle ne pourra plus jamais entrer.

Je n'étais pas convaincue et décidai que cette conversation aurait mieux fait d'avoir lieu *après* que nous aurions sauvé Cassidy.

— Ça suffit. Tiros, nous te suivons. (Je lui adressai un sourcil relevé.) Et réactive ton trompe-l'œil afin que nous ne soyons pas tous découverts.

Un silence gênant se mélangea à la douce brise qui virevoltait entre les fleurs de chaque côté du chemin. Les jardins étaient magnifiques et paisibles, un contraste saisissant avec le danger qui nous entourait constamment tant que nous étions au sein des Congrégations Royales.

— Son trompe-l'œil est bien fonctionnel, indiqua Quinn, dont le déguisement était complété par une voix féminine qui avait conservé son accent irlandais familier. Est-ce que cela signifie que tu peux distinguer à travers ?

Je déglutis fortement et continuai de fixer Tiros du regard, simplement pour m'assurer que je ne me forçais pas à percevoir uniquement ce que je voulais. Des yeux couleur rubis scintillaient face à moi derrière des cheveux noirs hirsutes. J'avais oublié à quel point il était grand lorsqu'il s'approcha de moi, ses lèvres s'écartant légèrement pour révéler les mêmes crocs qu'il avait plantés dans ma nuque la nuit passée et qui, à présent, s'allongeaient face à moi. Je passai ma main sur mon cou pour y trouver les marques de notre intimité partagée.

— Vous voulez dire que vous ne le voyez pas comme un vampire ?

Marcus serra mon bras.

— Comme je te l'ai expliqué, l'épreuve du rêve t'a transformée, d'une manière ou d'une autre. Il faut que tu sois prudente.

Tiros haussa les épaules.

— Ce sont peut-être simplement les effets de notre lien. (Il afficha un regard amusé.) Mon pouvoir, Evelyn, est la capacité de percer à jour les mensonges et les secrets. Je ne pourrai jamais te mentir, et tu peux donc distinguer au travers de mon déguisement.

— Alors, pourquoi ne puis-je pas voir au-delà de celui de Marcus ou de Quinn ? demandai-je.

Tiros me surprit en saisissant la poitrine de Quinn et en la serrant, arrachant un cri à mon compagnon. Tiros afficha un sourire malicieux.

— Peut-être s'agit-il de leur vraie nature ?

Quinn balaya sa main baladeuse d'une gifle.

— Espèce de fumier. Recommence ça et je vais…

Le rictus de Tiros s'élargit, révélant ses dents.

— Tu vas encore hurler comme une petite fille ?

— Les gars, les coupai-je avec un soupir exaspéré, est-ce qu'on peut se concentrer ? (Je donnais un coup de coude à Tiros.) Cassidy. Humaine. Sauvetage. Maintenant.

Peut-être qu'en utilisant des mots simples, le vampire arrêterait-il de tripoter mon autre compagnon et m'aiderait à secourir Cassidy.

Il souffla un baiser à Quinn pour remuer le couteau dans la plaie avant de lâcher prise.

— Très bien, ma chère, par ici.

Nous suivîmes Tiros dans les jardins, laissant derrière nous le bourdonnement d'une énergie négative tandis que les autres sorcières et mages étaient sans nul doute en train de prendre place pour le petit-déjeuner avec Sarina. Je n'allais pas regretter de manquer le discours qu'elle avait certainement préparé au sujet des innombrables vies qui avaient été perdues à cause de cette stupide épreuve du rêve. Mon absence n'allait pas passer inaperçue, j'en étais sûre, mais c'était un risque qu'il me fallait courir pour retrouver Cassidy et m'assurer qu'elle allait bien.

Je m'attendais à ce que Tiros me guide vers les geôles dans lesquelles j'avais aussi été enfermée auparavant. Une boule se forma dans ma gorge en me remémorant les sensations étouffantes que m'avait procurées cet endroit. J'avais failli ne pas survivre à cette nuit et j'avais pourtant reçu l'appui de mes compagnons et d'une magie ancienne. Si Cassidy devait de nouveau vivre de telles conditions, elle mourrait sans notre aide.

Non. Je ne pouvais pas penser à ça.

Une vague de soulagement passa sur moi lorsque Tiros tourna dans la direction opposée, empruntant un chemin qui m'était inconnu. Ce dernier se déroulait plus profondément dans les jardins et longeait le labyrinthe dans lequel nous avions été piégés la veille. Avais-je été si proche d'elle sans même en être consciente ?

— Des esclaves humains sont gardés ici, raconta Tiros d'une voix basse et douce.

Nous atteignîmes un mur couvert de lierre, et Tiros retroussa ses manches avant de le traverser. Il grimaça lorsque des épines émergèrent des plantes pour meurtrir ses poignets.

— Tiros, dis-je pour l'avertir. Cet endroit sait que nous n'avons rien à faire ici.

— C'est un simple système de défense, minimisa-t-il tout en continuant de se frayer un chemin parmi la verdure enragée et de chercher quelque chose. Je ne me souviens pas qu'il était aussi agressif, mais... il y a un mécanisme quelque part. Il suffit que je le retrouve.

Ma sorcellerie bouillonnait en moi, mais Marcus saisit mon bras.

— Nous ne pouvons pas utiliser la magie ici. Cela déclencherait les défenses automatiques de Sarina.

Lâchant un soupir, je tentai de calmer la tempête qui grondait en moi. À chaque nouveau lien que j'activais, chaque fragment de mon âme que je récupérais, chaque nouvel allié qui me rejoignait, de nouveaux pouvoirs s'ajoutaient au tumulte qui grondait dans ma poitrine. Mais je devais observer, impuissante, une traînée de sang qui se formait le long des bras de Tiros et sur ses coudes.

Je sursautai lorsqu'il activa le dispositif et qu'un inquiétant *clic* retentit au travers de la porte.

— Voilà, lâcha-t-il avec un sourire.

Les lianes se rétractèrent et révélèrent un escalier qui s'enfonçait dans les ténèbres. Je ne craignais pas l'obscurité, mais je redoutais les prisons souterraines remplies de pièges que je n'osais même pas imaginer. Sarina était complètement tarée, et je n'avais pas la moindre idée de ce que nous allions découvrir dans ces geôles.

Marcus proposa à Tiros un de ses innombrables mouchoirs de poche, et celui-ci l'accepta pour essuyer le sang qui recouvrait ses plaies déjà refermées. Ébahie, j'admirais sa peau parfaitement lisse lorsque Quinn se fraya un chemin en me poussant.

— Pas la peine d'être aussi impressionnée, grogna-t-il, prenant une voix volontairement plus grave comme s'il essayait de compenser son trompe-l'œil féminin. Tous les vampires guérissent rapidement.

— Mais tous n'ont pas une paire comme la tienne, rétorqua Tiros sans la moindre hésitation en baissant les yeux pour admirer le décolleté de Quinn.

Au lieu de répondre à son tour, Quinn choisit d'ignorer sa remarque. Il baissa d'un ton et s'accroupit.

— Je sens la présence d'autres vampires plus bas.

Ces mots me donnèrent la chair de poule. Les vampires ne pouvaient pas entrer aussi facilement dans les Congrégations Royales. Pas sans assistance, du moins.

Avant que mon esprit ne soit submergé par les théories du complot qui flottaient dans mon esprit, Quinn saisit ma main et me tira avec lui dans les ténèbres. Lorsque nous atteignîmes deux formes obscures illuminées par des lueurs magiques, mes craintes s'estompèrent.

Killian s'appuya contre le mur et fit danser son cran d'arrêt le long de ses doigts. Aaron, quant à lui, s'affaissa à ses pieds, haletant, la langue tendue, totalement libre sous sa forme de loup.

— Je me disais bien que tu l'amènerais ici, indiqua Killian dont la lame scintillait grâce à ses mouvements hypnotiques. Aaron et moi nous y sommes déjà rendus. Cassidy est vivante. (Son regard se porta sur moi.) Et tu es assez folle pour les laisser te conduire ici. Tu essaies de ruiner notre couverture ?

Je m'offusquai et ancrai une main dans ma hanche.

— Tu es mal placé pour parler. Vous vous promenez ici sans même nous annoncer où vous êtes ? Et si vous aviez été surpris ?

Aaron poussa un bâillement, sa mâchoire de loup affichant une rangée de dents menaçantes.

Killian gloussa.

— Je m'inquiéterais davantage pour ceux que nous surprendrions.

Tiros grogna et montra ses dents.

— Evelyn a raison. Vous ne devriez pas être tous les deux ici, sans nous.

— Tu peux bien causer, éluda Killian, en s'éloignant brusquement du mur et en rengainant son arme dans un fourreau à sa hanche. Je connais uniquement l'existence de cet endroit parce qu'Aaron t'a suivi. (Il pouffa et arrangea ses cheveux en une queue de cheval guerrière, qu'il compléta d'une boucle.) Tu as passé beaucoup trop de temps seul. Il faut que tu apprennes comment travailler en équipe.

— C'est exactement ce que j'essaie de faire, grogna Tiros au travers de sa mâchoire serrée.

— Les gars, soufflai-je d'un ton sec avant de poser une main sur chacun de leurs biceps, de me figer en me rendant compte de la dureté des muscles de mes compagnons et de me souvenir que Killian et moi n'avions pas encore ravivé notre lien.

Une brûlure intense me le rappela en courant sur mon bras gauche, là où sa rune de sang attendait une occasion de prendre place sur ma peau.

— Je veux voir Cassidy. Est-ce que nous pouvons la libérer ?

— Non, répondit Killian platement.

J'étais fascinée par le fait que mes compagnons semblaient tous bien connaître ces geôles super secrètes pour esclaves, mais qu'ils avaient quand même l'intention de l'abandonner ici. Ou bien ils étaient des connards, ou bien il y avait ici quelque chose d'assez puissant pour repousser un groupe de vigoureux mages vampires.

Je vote pour les deux, exprima Bast par l'esprit, ce qui me fit sursauter. Il était doué pour apparaître et disparaître discrètement.

Je fronçai les sourcils en le regardant. *D'abord, je t'interdis de lire dans mes pensées. C'est intrusif. Et ensuite, où étais-tu passé ?*

Il commença à s'étirer en frottant ses griffes de devant sur le sol dur, ce qui produisit un grincement énervant, avant de venir s'enrouler entre mes jambes.

— Il faut que je voie cela par moi-même, déclarai-je en croisant les bras, ne cachant plus l'agacement que chacun d'entre eux provoquait en moi.

Tiros soupira.

— Bon, allons-y. Je n'ai pas envie qu'Evelyn décide de venir ici toute seule sans nous prévenir. Montrons-lui.

Killian grimaça et Aaron bondit sur ses pieds avec un gémissement plaintif, comme s'il souhaitait me dissuader d'aller plus en avant.

Qu'importe ce que Cassidy pouvait être en train de subir, je devais au moins lui indiquer que j'étais ici, que j'essayais de la sauver. Je n'allais pas tourner les talons après être arrivée aussi loin.

J'avançai dans le couloir d'un pas déterminé et fus prise d'un élan de confiance, mais un hurlement félin me fit trébucher, et je compris que j'avais marché sur la queue de Bast.

Désolée...

MAÎTRE D'ARMES

— Cass, soufflai-je lorsque nous atteignîmes les cellules.

Chacune d'entre elles était occupée, mais personne ne semblait bouger. Je pouvais voir à leurs yeux vitreux rivés sur moi qu'ils étaient éveillés, mais qu'ils avaient perdu tout espoir d'être secourus. J'aurais aussi bien pu être un rat de la prison, un autre visiteur qui ne leur laisserait que cauchemars et maladies.

Je n'étais pas en mesure de tous les sauver, mais je tentai tout de même de manipuler les verrous de chaque porte. Une brûlure parcourut ma main, et je reculai.

— Ils sont tous enchantés, annonça Killian. J'ai déjà essayé. (Il adressa un signe de la tête à Tiros.) Et toi, tu veux t'y risquer ?

Tiros fronça les sourcils et tendit la main pour saisir la serrure, mais il n'obtint qu'une décharge pire que celle que j'avais reçue. Le flash d'électricité illumina son corps. Il parvint à le supporter un instant, seulement un instant, avant de s'éloigner et de jeter un regard noir à Killian.

Par les dieux, ces hommes et leurs ego allaient signer ma perte.

— Je n'ai pas de magie, mais le maléfice qui affecte cette entrée réagit à la moindre tentative d'ouverture. Seule la sorcière qui a lancé le sort peut déverrouiller ces portes, dit Tiros.

Marcus avança un peu plus loin dans le couloir avant de s'arrêter devant l'un des cachots.

— Là, lança-t-il tout en m'observant.

Je me précipitai à ses côtés et me pressai contre son torse tandis que j'essayais de percer les ténèbres du regard. Ma vision devint plus claire, me révélant Cassidy assoupie sur une couche de paille, ses cheveux en pagaille devant son visage.

— Cass ! criai-je en un murmure. (Ne la voyant pas réagir, je tentai de toucher les barreaux et grimaçai en sentant la décharge.) Réveille-toi !

Elle ouvrit enfin les paupières, mais ne bougea pas. C'est alors que je compris que les autres humains n'avaient pas simplement perdu espoir.

Ils étaient tous paralysés.

Ses yeux craintifs trouvèrent les miens, tels des orbes de feu et de rage, et ses dents se mirent à grincer. Son corps refusait de se mouvoir, mais elle tentait quand même de remuer en grognant.

— Hé, susurrai-je tout en m'approchant le plus possible des barreaux. Garde tes forces. On va te faire sortir d'ici, d'accord ? Il faut… il faut simplement que je trouve…

Je soupirai de frustration avant de me retourner aussitôt vers mes hommes.

— Nous devons neutraliser Sarina afin de libérer Cassidy.

Cela ne changeait pas grand-chose à mon plan, mais je savais au moins que Cassidy était vivante.

Marcus grimaça.

— Et si nous imitions sa magie ? Cela pourrait marcher.

— C'est beaucoup trop dangereux, contesta Killian en dégainant son cran d'arrêt, mais sans le faire danser sur ses doigts.

Il enfonça la lame dans le verrou, projetant des étincelles dans toutes les directions. Il continua ainsi jusqu'à ce qu'une gerbe constante de lumière illumine complètement le cachot de Cassidy. Elle se mit à grogner comme si elle souffrait. Killian décida finalement de retirer son couteau.

— Si le sort perçoit que l'on tente de le briser, il tuera quiconque se trouve à l'intérieur. On ne peut pas courir ce risque.

Marcus adopta un air sombre, mais ne sembla pas surpris par cette précaution.

— Tu mettrais en danger la vie de Cassidy ? grognai-je.

Comme il refusait de me regarder, je pouffai, incrédule. Tous mes compagnons avaient une volonté d'acier, et ils savaient tous ce qui valait mieux pour moi, mais je n'allais en aucun cas tolérer ce genre de traitement.

— Écoutez, crachai-je. Écoutez-moi tous.

Killian rangea sa lame. Aaron s'allongea sur ses pattes. Marcus et Quinn croisèrent les bras, et même Bast arrêta sa toilette assez longtemps pour m'accorder son attention.

Je les pointai chacun du doigt. Les réprimandes collectives étaient toujours efficaces, comme je l'avais appris de la part de Tante Sandra.

— Personne ne va trancher pour moi. Personne ne va me cacher quoi que ce soit ni juger de ce qu'il pense être la meilleure option uniquement parce que je suis trop mortelle ou naïve pour réfléchir par moi-même. Si vous êtes au courant de quelque chose, vous me le dites. Si vous trouvez quelque chose, vous me le montrez. Je prends mes propres décisions, et aucun d'entre vous n'a le droit de décréter comment je dois mener ma vie, c'est compris ?

Je désignai du doigt la cellule de Cassidy avant de poursuivre.

— Ma meilleure amie est là-dedans. Je me fiche qu'elle était une esclave de mon ancienne congrégation, tous ceux qui en faisaient partie sont morts à présent. Et vous savez quoi ? Ils m'ont donné tout leur pouvoir pour une bonne raison. Je n'ai jamais suivi les vieilles traditions, et ce n'est pas aujourd'hui que je vais commencer. Humains, sorciers, vampires, familiers. (Je pointai Bast du doigt.) Même dieux, nous sommes tous égaux, compris ? Nous avons tous nos forces et nos faiblesses.

Ayant l'air correctement remis à leurs places, mes compagnons opinèrent collectivement du chef.

— Bon, très bien. Au moins, c'est clair. Plus de secrets. Plus de mensonges.

Je jetai un regard noir à Tiros afin de m'assurer qu'il saisisse. Par son pouvoir, il m'avait dissimulé la vérité, et plus jamais je n'accepterais d'être laissée dans l'obscurité.

Enfin, pas pour l'instant, bien sûr, les cachots des esclaves étant constamment dénués de lumière.

Je me dirigeai de nouveau vers les barreaux, mais ne tentai pas de les toucher.

— Cass, écoute, si j'essaie d'ouvrir cette porte de force, le sort te tuera. Je refuse de mettre ta vie en danger comme ça, alors je vais trouver Sarina et ramener ce qu'il restera d'elle afin de m'assurer que tu sois libre. En attendant...

Je laissai ma magie gronder en moi. Les pommettes de Cassidy se redressèrent sur son visage blême et ses cils frémirent lorsqu'elle tenta de m'adresser un clin d'œil. Les restes en lambeaux de ses vêtements lui collaient à la peau, révélant ses côtes devenues très visibles. Elle n'avait passé qu'une journée ici, mais le sort qui était placé sur cet endroit la vidait de son énergie.

J'eus des pensées de liberté, de chaînes défaites, de mouvement et de nourriture. En réaction, les doigts de Cassidy tremblèrent, et je souris.

— Fais attention, me prévint Marcus, mais je balayai sa remarque d'un geste de la main.

Je permis à la sorcellerie de quitter mon corps comme de l'eau coulant d'un robinet. Ni trop vite ni trop lentement. Mes boucles d'oreilles et le masque à ma hanche me fournissaient une partie de leur puissance, mais tant était encore caché sous la surface. Le pouvoir crépitait avec délice, désireux d'être utilisé et se réjouissant d'être enfin manipulé pour le bien. La magie d'une congrégation entière glissait dans mes veines et me reconnut comme sa gardienne. J'étais une Sorcière du Destin, et j'étais le dernier membre vivant de la Congrégation de l'Améthyste. Ma sorcellerie ne voulait pas seulement être utilisée. Elle aspirait à être vengée.

Sarina souhaitait se servir de Cassidy pour briser mon esprit, me faire perdre espoir. Elle ne comptait pas la tuer, pas pour l'instant, mais elle désirait s'assurer qu'elle ait une existence misérable, comme si la mort s'apprêtait à s'emparer d'elle. Je n'avais pas l'intention de la laisser agir.

Avec un long soupir, je permettais à ma magie d'envahir la cellule sans briser ses barreaux. Je n'avais pas besoin de détruire la cage pour manipuler les règles.

Cassidy se leva aussitôt qu'un plateau de cheeseburgers apparut devant elle.

— Par les dieux ! hurla-t-elle avant de plonger vers le premier sandwich. Oh, Evie, je t'aime tellement !

Je fus immédiatement soulagée, et le sort devint moins contraignant, autorisant Cassidy à bouger librement et à dévorer mes offrandes.

— Comment est-ce que tu as fait ça ? demanda Killian, éberlué.

Tiros esquissa un sourire.

— Impressionnant, jeune sorcière. Tu n'as pas manipulé le sort, tu y as simplement ajouté ton propre pouvoir. Tu as transféré le paralysant qui immobilisait les occupants aux particules de la cellule.

Il pointa du doigt les volutes de poussière qui étaient figées en l'air.

Je ne m'étais pas entièrement rendu compte que j'avais transformé le sort de Sarina afin qu'il permette à Cassidy de se mouvoir, mais j'opinai du chef d'un air confiant et la tête haute.

— Oui, c'était mon plan.

Bien sûr, c'était totalement fait exprès.

Tu es peut-être en mesure de les tromper, mais moi, je suis capable de lire dans tes pensées, murmura Bast par télépathie, d'un ton un peu trop prétentieux à mon goût.

Je baissai les yeux et le fusillai du regard.

Je peux encore t'écraser la queue, si c'est ce que tu veux.

Il poussa un bâillement et s'enroula de nouveau autour de mes chevilles, me nourrissant d'une énergie dont je n'avais pas besoin. Je savais qu'il agissait par habitude et je n'y prêtai donc pas plus attention. Il m'avait fourni suffisamment de magie pour me permettre de survivre durant toute mon existence. Je ne m'attendais pas à ce qu'il arrête maintenant.

Des bruits de pas interrompirent notre moment de triomphe, et même Cassidy se figea en plein milieu d'une bouchée.

— Qu'est-ce qui se passe ? s'enquit-elle, la bouche pleine, projetant des postillons dans le lit de paille.

— Feins d'être paralysée ! lui indiquai-je en articulant en silence.

Mes hommes se placèrent instantanément devant moi, m'incitant à lever les yeux au ciel. Est-ce qu'ils n'avaient vraiment toujours pas compris que j'étais la personne la plus puissante dans cette pièce ? J'avais invoqué des cheeseburgers, bordel !

Je m'apprêtai à me frayer un chemin parmi eux et à leur dire de rester derrière moi lorsqu'un grognement retentit dans notre dos. Je me retournai aussitôt et découvris les morts de l'épreuve du rêve en train de ramper sur le sol en béton. Certains os pointaient dans des directions anormales, et un des revenants avait un œil qui pendait de son orbite. *Dégueulasse...*

Aaron émit un feulement menaçant et mordit le premier zombie au bras. Ses dents acérées traversèrent complètement la chair pourrie, arrachant le membre.

— Bon toutou, le félicitai-je, et il se retourna pour me lancer un regard dédaigneux tout en crachant les restes du bras. (Je grimaçai.) Ah ouais, je suppose que ça ne devait pas être très bon.

Killian gloussa dans mon oreille, faisant courir un frisson le long de mon échine.

— Il n'aime pas qu'on l'appelle « toutou », mais je trouve ça mignon.

— Assez flirté, vous deux ! maugréa Killian avant de me saisir par le bras. La sortie. Maintenant.

Aaron retint les morts-vivants tandis que le reste d'entre nous progressait vers l'inconnu, courant tout droit au milieu d'un groupe de mages apeurés dont les yeux s'élargirent comme des soucoupes en nous découvrant.

— Vous n'avez rien à faire ici ! commença l'un d'entre eux, mais il regarda par-dessus mon épaule et blêmit. Par les sept enfers, c'est quoi, ça ?

Je profitai de la stupeur du sorcier et le poussai hors de mon chemin.

— Quoi, tu ne les as pas rencontrés pendant l'épreuve du rêve ? lui crachai-je au passage. Veinard.

— Hé ! lança un autre dont le corsage unique scintillait sur sa poitrine : son artefact d'âme. Vous n'avez rien à faire là. Je vais dire à Sarina...

J'attrapai la fleur éthérée, mais ne l'écrasai pas. Il se figea.

— Tu ne raconteras rien à Sarina. J'ai une bonne raison d'être ici. Qu'est-ce que vous fichez là ?

Je lui jetai un regard noir avant de resserrer légèrement ma poigne. Il sursauta, et une minuscule fracture se forma au niveau de sa clavicule.

— Tu es vraiment assez stupide pour afficher ton artefact là où n'importe qui pourrait l'attraper ?

— Ce sont les règles ! hurla-t-il d'une voix haletante, la fissure se propageant à son menton. Sarina nous a seulement demandé de les porter de manière visible sur notre personne. Pour rendre l'épreuve plus juste.

Il sembla enfin reconnaître la rose que j'avais déposée derrière mon oreille, et il tendit la main pour la saisir. Il sursauta lorsque ma magie le percuta, et une goutte de sang perla à son doigt. Il la déposa dans sa bouche.

— Sarina nous a dit qu'il y avait des cibles faciles ici, et que nous avions droit à une longueur d'avance.

— Merde ! crachai-je. Sarina savait que nous étions ici. C'était seulement un putain de piège. Venez.

J'agrippai le bras de mon compagnon le plus proche de moi, lequel se trouvait être Killian, et l'entraînai parmi la foule de mages hébétés qui étaient trop occupés à observer, bouche bée, les morts qui nous attaquaient. Bien, au moins, les zombies avaient une utilité.

Je lançai un rapide coup d'œil par-dessus mon épaule pour m'assurer qu'Aaron nous suivait. Je ne comptais pas l'abandonner. Du sang noir suintait de son museau, mais ses yeux brillaient d'excitation tandis qu'il fonçait parmi les mages, et il nous suivit vers la sortie. Au moins, il s'amusait.

Après avoir franchi la porte pour gagner l'extérieur, je me rendis compte que je tenais encore l'artefact d'âme du mage. Je n'avais pas l'intention de participer au petit jeu de Sarina. J'employai le plus de délicatesse possible pour déposer la fleur au milieu des lianes qui longeait l'entrée. Elles avalèrent aussitôt l'objet en leur sein comme si elles avaient retrouvé un membre de leur famille, mais je fus soulagée de voir que cela ne l'abîma pas. Au contraire, elles l'accueillirent délicatement. L'âme d'au moins un mage ne serait pas brisée dans cet endroit stupide.

— OK, nouveau plan, déclarai-je tandis que mes hommes se rassemblaient autour de moi.

Je grimaçai en entendant les hurlements émerger des couloirs sous nos pas. Les morts avaient apparemment trouvé les mages.

— Sarina envoie les survivants à nos trousses, il faut donc que nous nous cachions. Je dois mettre la main sur Sarina. Seule.

Aucun de mes compagnons ne sembla apprécier ce projet.

— Tu n'as pas les idées claires ? demanda Marcus en glissant son bras autour de ma taille et en me rappelant ce que je ressentais lorsque j'étais si proche de lui. Sarina est puissante, chérie. On a trouvé où est Cassidy, et...

— Et rien.

Je terminai sa phrase pour lui tout en réussissant à échapper à son emprise à contrecœur. Je le défiai du regard et laissai ma détermination emplir mes sens. Ce fut à peine assez pour résister à son parfum enivrant de rose et de jasmin. À peine...

Marcus laissa échapper un soupir exaspéré.

— Regarde ce que tu as fait, dit-il à Tiros.

Le vampire fixa Marcus sans un mot avant de prendre une profonde inspiration.

— Je ne vais pas donner d'ordres à Evelyn. Si elle veut affronter Sarina, alors je suis sûr qu'elle sait ce qu'elle fait.

Je frappai dans mes mains.

— Merci !

— Tu ne peux pas aller la chercher maintenant, indiqua Killian en baissant d'un ton.

Il dirigea ses yeux vers les jardins. Le jour se levait, mais le paysage était encore plongé dans une obscurité lugubre.

— Elle a envoyé les morts à tes trousses, et, à ce que j'entends, ils s'occupent également de la concurrence. (Il désigna d'un geste du menton un endroit couvert de verdure où l'atmosphère était moins opaque.) Les zombies ne pourront pas marcher sur des terres sacrées. Si les plans que j'ai vus dans le Palais sont exacts, on en trouvera par ici.

Je restai bouche bée avant de tourner mon regard vers Tiros.

— Vous êtes en train de me dire que vous détenez des informations sur les Congrégations Royales et que vous n'avez pas pensé à les partager avec moi ?

Tiros serra ses doigts en des poings, son apparente patience commençant à s'effriter comme si j'avais saisi son artefact d'âme et l'avais étreint. Dommage qu'il n'en eût pas afin que je puisse faire pression sur lui.

— Il y a mille ans d'histoire vampirique que je ne t'ai pas racontés, non pas parce que c'est un secret, mais parce que tu viens à peine de revenir dans nos vies, amnésique. (Tiros croisa les bras et me défia des yeux.) Est-ce que je ne t'ai pas déjà prouvé que j'étais digne de confiance ? Je t'ai montré où Sarina gardait Cassidy en captivité.

Il dirigea son bras vers l'entrée d'où les hurlements des morts devenaient de plus en plus bruyants. Je t'ai laissée venir ici, je savais que c'était un piège et j'étais conscient que tu aurais ignoré mon avertissement.

— Tu étais au courant que c'était un traquenard ? grogna Marcus. (Il secoua la tête et me saisit par le bras.) Il faut qu'on te fasse sortir d'ici. Je ne supporterai pas que tu sois mise en danger inutilement plus longtemps.

Je m'arrachai à son emprise et glissai mes doigts entre ceux de Killian avant de me diriger vers l'un des emplacements des jardins qui n'étaient pas recouverts par la brume.

— Eh bien, Killian a suffisamment foi en moi pour me montrer où je peux être en sécurité le temps que les choses se tassent. Je ne partirai pas et je n'abandonnerai jamais Cassidy.

— Quel est ton plan ? interrogea Quinn, d'un ton sincère.

Je me figeai avant de pivoter vers lui. Son déguisement commençait à disparaître, ou du moins je devenais assez puissante pour être capable de voir au travers du sort. Le corps féminin qu'il avait adopté et sa véritable nature transparaissaient comme un rubis scintillant. Des mèches rousses incandescentes dansaient autour de son visage, et ses crocs dépassaient de sa bouche, me donnant envie de m'approcher pour en caresser une et me rappelant que j'avais face à moi un dangereux prédateur.

Mais il était MON prédateur. Comme chacun d'entre eux.

Je serrai la main de Killian sans la lâcher. Il me proposait désormais une solution qu'aucun des autres n'était disposé à m'offrir. Un lieu où nous pourrions nous préparer et planifier la manière dont nous allions neutraliser Sarina sans quitter les Congrégations Royales. Si je partais, je craignais de ne pas être capable de revenir. Je n'avais qu'une seule opportunité, et il fallait que tout se passe bien du premier coup. Je n'étais pas comme Marcus. Je n'étais pas une Sorcière du Temps capable d'attendre des jours, des semaines et des siècles entiers avant de trouver le bon moment pour agir. J'étais une Sorcière du Destin, ce qui signifiait que je vivais dans l'instant présent et que je pouvais altérer l'avenir d'une manière qu'un Sorcier du Temps ne serait pas en mesure d'anticiper.

— Il faut que vous retourniez tous auprès des autres et que vous expliquiez mon absence. Sarina ignore encore qui je suis, mais elle le découvrira tôt ou tard. J'ai besoin de plus de temps pour échafauder une stratégie et l'arrêter. Est-ce que vous pouvez faire ça pour moi ?

MES HOMMES PARTIRENT À CONTRECŒUR, mais nous avions un plan. J'ignorais comment nous étions parvenus à réfléchir malgré le bruit des mages déchiquetés par les zombies dans les geôles secrètes que Sarina avait transformées en piège, mais il s'agissait du genre de choses auquel on finissait par s'habituer dans le monde paranormal.

Je ne remarquai que je serrais la main de Killian de toutes mes forces que lorsqu'il étreignit mes doigts en retour, me faisant comprendre qu'il était temps de partir. J'avais observé mes compagnons tandis qu'ils parcouraient ce chemin, que même Bast empruntait à présent, et je m'inquiétai pour leur sort à venir. Leurs artefacts d'âme n'étaient certes pas visibles, mais je savais qu'ils étaient plus en danger qu'ils n'étaient disposés à l'admettre. Puis mon regard se porta sur le hall vide où les hurlements s'étaient tus.

— Cassidy se trouve dans l'endroit le plus sûr possible à l'heure actuelle, dit Killian tout en me tirant délicatement.

J'étais consciente qu'il avait raison. Elle était piégée dans une cellule magique inviolable dans laquelle même moi ne pouvais pas pénétrer, avec des cheeseburgers à volonté. Elle n'avait rien à craindre.

Mais allais-je survivre ?

— Qu'est-ce qui se passe en bas ? m'interrogeai-je à voix haute.

Ce calme trop profond me perturbait.

Killian encercla ma taille avec son bras et me força à me retourner, me guidant vers la petite parcelle de terres sacrées.

— Ils sont sûrement en train de se nourrir. Il ne faut pas qu'ils nous trouvent ici lorsqu'ils auront fini.

Je grimaçai en imaginant la scène.

— Charmant.

Il ricana.

— Tu es plutôt froussarde pour une sorcière.

— Tais-toi et mets-moi à l'abri, le grondai-je.

Sa main glissa un peu plus bas, et je faillis trébucher. Il poussa de nouveau un gloussement dont le son était feutré et plein de désir. Je n'avais jamais vu cette facette de lui auparavant, mais après tout, il était toujours resté dans l'ombre pendant que j'effectuais mes retrouvailles avec mes autres compagnons.

— J'aime bien quand tu donnes des ordres, avoua-t-il, son visage s'illuminant d'un sourire malicieux.

Ma bouche s'entrouvrit, mais aucune tonalité n'en échappa. La chaleur familière que je ressentais sur mon bras, à l'emplacement d'une cicatrice effacée, me rappela qu'une rune de sang menaçait de se former. Une autre chaleur montait entre mes cuisses, me remémorant des moments d'une vie antérieure durant laquelle Killian avait accompli bien plus que laisser sa main glisser sur mes fesses.

— Alors, ce sont vraiment des terres sacrées ? l'interrogeai-je d'une voix tremblante et nerveuse que je détestais.

J'étais anxieuse. Les connards ne me rendaient pas fébrile, mais Killian n'en était pas vraiment un, pas comme les autres étaient capables de l'être. J'avais la sensation qu'il était en vérité plutôt timide, et je me demandai donc ce qu'il pouvait bien penser de moi.

Bordel, de tous mes compagnons, Killian, le maître d'armes sadique, était-il vraiment celui qui me faisait le plus d'effet ? Les sentiments qu'il provoquait en moi me prirent par surprise, et je constatai que je n'avais jamais été seule avec lui. J'ignorais si je le souhaitais vraiment.

Il se mordit la lèvre, affichant un croc sans s'en apercevoir, ce qui le rendait encore plus séduisant.

— Tu crois que je te mens pour t'avoir à moi seul ?

La question avait quitté sa bouche sur un ton joueur, m'encourageant à le défier.

Je lui jetai un regard noir que j'espérais convaincant.

— Si tu crois que tu vas me séduire, ton minutage est vraiment à chier. J'ai failli être dévorée par des zombies, et ma meilleure amie est piégée dans une cellule.

Il leva son index pour me corriger.

— Piégée avec des cheeseburgers. (Il haussa les épaules.) Je dirais qu'elle avait l'air plutôt contente.

Nous progressâmes plus profondément dans les jardins. Ici, au moins, je n'avais pas la sensation que ma vie était en danger ou que le monde se cassait la gueule. Si je ne m'étais pas retournée pour observer le paysage qui s'assombrissait progressivement, j'aurais presque eu l'impression d'être venue au sein des Congrégations Royales à une période où elles étaient bonnes et pures, dirigées par des sorcières honorables, ou du moins autant que les sorcières des Congrégations Royales pouvaient l'être.

Killian nous guidait, et je marchais à côté de lui, imitant son rythme détendu et observant ses doigts qui se contractaient. Nous nous tenions encore la main, mais je pouvais distinguer son envie de saisir son cran d'arrêt.

— Je te rends nerveux ?

Il gloussa.

— Pour être honnête, oui. C'est plutôt con que je sois anxieux à côté de toi, pas vrai ? Avec tout ce que nous étions l'un pour l'autre, j'étais dévasté de t'avoir perdue, et lorsque j'ai compris que tu étais de retour dans ma vie...

Il lâcha un long soupir.

— Je ne sais pas. Je ne m'attendais pas à éprouver cela.

Je voyais exactement ce qu'il voulait dire. Je serrai ses doigts une dernière fois entre les miens et les relâchai pour m'approcher d'un chêne gigantesque qui contrastait avec les jardins parfaitement arrangés. Son écorce noueuse se détachait du tronc, et le sol tout autour était parsemé d'aiguilles et donnait à cet espace un air naturel et chaotique que j'appréciais.

Je m'assis contre l'arbre avant de loger mes genoux sur mon torse, et Killian m'adressa un sourcillement.

— Comment savais-tu que cet arbre n'était pas corrompu ?

— Corrompu ? répétai-je, ma voix grimpant d'une octave. (Je me raclai la gorge et contrôlai ma voix.) Comment ça ?

Il balaya de nouveau le parc du regard afin de s'asseoir à mes côtés. Il se pencha en arrière, s'étirant contre l'écorce et réalisant des va-et-vient sur les côtés afin de se gratter entre les omoplates.

— Je veux dire que Sarina touche tout ce qui se trouve dans cet endroit, même quelques zones sur ces terres sacrées. (Il pointa du doigt un emplacement où poussaient quelques marguerites aux couleurs particulièrement vives.) Là.

Je plissai les yeux en contemplant les fleurs avant de reconnaître la lueur de magie qui brillait sur leurs pétales. Je laissai échapper un petit cri.

— Qu'est-ce que c'est ?

Cela ne pouvait pas être un artefact d'âme. Sarina n'aurait pas été assez bête pour l'abandonner dans un lieu aussi vulnérable.

Il se rapprocha doucement et abaissa ses lèvres vers mon oreille.

— As-tu déjà entendu parler du « semis » de la sorcière ?

Je tournai mon visage vers le sien, mais il resta immobile, me laissant dangereusement proche de ses crocs. Je déglutis fortement.

— Pas vraiment, non.

Killian me coupa le souffle en glissant ses doigts au travers de mes cheveux et en passant une mèche derrière mon oreille.

— Elle aspire la puissance de cet endroit. Elle laisse derrière elle un sort, et ses herbes avalent la moindre énergie qui les touche, lui permettant de la récolter à son retour. (Sa main descendit plus bas sur mon bras avant de se poser sur ma hanche, et il m'appuya contre le chêne.) Si tu avais choisi de faire une sieste dans son piège, Sarina t'aurait vidée de tes forces en quelques heures.

Je lâchai un rire nerveux. Je n'arrivai pas à décider si j'étais terrifiée par la facilité avec laquelle Sarina aurait pu non seulement me tuer, mais également prendre mes pouvoirs à mon insu, ou par ce que Killian me faisait ressentir au même instant. La peau sur mon bras gauche se mit à brûler, m'avertissant que j'étais sur le point d'embraser un lien avec Killian, que je sois prête ou non. Son regard tomba sur mes lèvres, et elles s'écartèrent pour lui.

— Heureusement que tu es là pour me le révéler.

Son attention resta fixée sur ma bouche, la sienne restant béante et laissant échapper un souffle vampirique gorgé d'excitation lorsque je me léchai les lèvres.

— Il y a tant de choses que tu ignores à mon sujet, Evelyn. Tant de choses que je dois t'enseigner. (Il releva enfin ses yeux rubis pour trouver les miens.) Tant de choses que tu n'es pas prête à apprendre.

Ce n'était pas à lui de décider ce à quoi j'étais disposée ou non. Mon cœur tambourinait dans ma poitrine, et un désir sans égal pulsait entre mes cuisses. Mon corps était conscient de qui et de ce qu'était Killian à mes yeux. Il était temps que j'ouvre cette boîte à souvenirs qui était restée verrouillée, si terrifiée que j'étais de découvrir ce qu'elle contenait.

Je choisis de ne pas lui répondre avec des mots. Je levai la main et fis courir mes doigts sur les siens. Il répliqua avec un sourire.

— Je ressens ta puissance, Evelyn. Tu deviens de plus en plus en forte. Peut-être l'es-tu même assez…

Je ne le laissai pas terminer sa phrase. Il hésitait, car il craignait de me blesser. Quelle idée ridicule. Je pressai ma bouche contre la sienne, et ses lèvres s'entrouvrirent. J'étais habituée à la perception des crocs glacés contre ma peau, et j'avais suffisamment confiance en lui pour savoir qu'il ne me ferait aucun mal. Caresser sa langue avec la mienne éveilla en moi un frisson jamais ressenti auparavant. Il avait le goût de la mer et du sel, et il me transmit le souvenir de la liberté ainsi que d'un cœur si gigantesque que je n'aurais jamais pu en atteindre l'horizon. Il aimait repousser les autres avec ses armes et ses menaces, mais il éprouvait tant d'émotions. Tant d'émotions profondes. Cela ne contribua qu'à m'exciter plus encore.

S'enhardissant, la main que Killian avait posée sur ma hanche me figea tandis que l'autre baissait la braguette de mon pantalon. Il s'arrêta après l'avoir descendue, laissant le vêtement ouvert comme s'il venait de déballer un cadeau délicieux. Son regard me balaya de haut en bas, et ses crocs s'allongèrent, mais il ne bougea pas, comme s'il était sur le point de changer d'avis.

— Ne me fais pas languir, l'avisai-je.

Il était mien, et j'étais sienne. C'était certain. La rune de sang sur mon avant-bras prenait vie en brûlant, faisant couler quelques gouttes de sang sur ma peau.

— Ça a déjà commencé.

Le regard de Killian trouva le mien, et j'eus la sensation que son monde tout entier s'était ouvert à moi. Lorsque sa magie vint à ma rencontre, je compris pourquoi il était si inquiet à l'idée de laisser notre lien se former. Il avait été un puissant mage qui s'était tourné vers le vampirisme, mais à présent, il était devenu plus que cela.

— Tu as failli mourir par ma faute, avoua-t-il d'une voix chevrotante en même temps que ses doigts glissaient entre mes jambes.

Il me caressa si délicatement que je le ne ressentis presque pas. Je courbai le dos en percevant son toucher, désirant encore plus.

— Je veux que tu saches à quel point je suis désolé, Evelyn. La seule raison pour laquelle j'ai accueilli ces âmes était que je souhaitais te protéger.

Il fit glisser mes sous-vêtements sur le côté et enfonça un doigt en moi, me tirant un soupir de plaisir. Il s'arrêta et permit à mes muscles féminins de se contracter autour de lui tandis qu'il éveillait en moi de nouveaux désirs qui semblaient si étrangers, même si j'étais consciente qu'il s'agissait là de souvenirs remontant à la surface. Mes vies antérieures avec mes compagnons me revenaient rarement sous la forme de pensées cohérentes. Je me les remémorai plutôt grâce à mon corps et à mon cœur.

— J'ai survécu à l'épreuve du rêve, le rassurai-je.

Mes hanches bougèrent contre lui, l'encourageant à me libérer de cette douce torture que m'infligeait la pression exercée par ses phalanges. J'avais besoin qu'il me prenne, qu'il soit en moi. J'avais besoin qu'il me montre ce que nous étions l'un pour l'autre. Une vie entière m'avait été volée... Mille ans plus tôt, Sarina avait triomphé et j'avais péri. Il était hors de question qu'elle gagne de nouveau. Elle ne me séparerait plus jamais de mes compagnons.

Killian n'obéit pas à l'ordre que mon corps lui intimait. À la place, il écarta ses doigts, le désir inextricable que j'éprouvais pour lui grandissait, m'arrachant un cri.

— Tu aurais pu mourir, insista-t-il.

Il se pencha au-dessus de moi sans retirer ses doigts. Ses crocs frôlèrent ma nuque, et je me courbai contre lui, souhaitant qu'il me morde, qu'il effectue toutes les choses qui étaient naturelles pour un vampire.

— Je vais mourir si tu ne mets pas une partie de toi en moi tout de suite et si tu ne m'offres pas ce que je requiers, dis-je, haletante. (Je saisis son haut et m'accrochai à lui, chevauchant sa main grâce à mes hanches et l'obligeant à m'offrir cette sensation.) J'en veux plus, Killian. Tu souhaites t'infliger cette torture ? Très bien, mais ne te refuse pas à moi.

Ses canines goûtèrent ma peau sans prévenir. Il poussa un grognement sourd tout en retirant ses doigts. Lorsque je remuai pour essayer de défaire son pantalon, il me saisit par le poignet.

— Non, lâcha-t-il, comme un ordre, comme une menace.

Je me figeai, et mes yeux plongèrent dans les siens, mais je constatai alors qu'il n'allait pas se dérober à moi. Il avait envie de nier son propre plaisir.

— Ne bouge pas, m'intima-t-il tout en abaissant mon pantalon juste au-dessus de mon bassin, ainsi que mes sous-vêtements, laissant ma chair gonflée soumise à l'air humide.

Il garda la bouche ouverte, afin que ses crocs ne transpercent pas ses lèvres, et, lorsque son regard balaya mon corps tout entier, je frissonnai à l'idée qu'il désire mordre.

— Killian ?

Je me sentais si exposée et vulnérable. Je voulais garder le contrôle, récupérer le lien qui avait été brisé, mais il était déterminé à avancer lentement.

Il s'installa entre mes cuisses et écarta les plis de ma peau, révélant mon clitoris. Je poussai un petit cri lorsque sa langue passa sur moi, faisant exploser mon plaisir dans mes tréfonds. S'il recommençait cela encore quelques fois… je n'allais pas tenir longtemps.

En me penchant contre lui lorsqu'il m'infligea un nouveau coup de langue, un sourire se dessina sur ses lèvres.

— J'ai dit, ne bouge pas.

Tout mon corps était trop engorgé, possédé par le désir. Je saisis ses bras et tentai de le tirer vers moi.

— J'ai besoin de te sentir en moi, le suppliai-je.

Mais il n'allait pas m'offrir ce que je requérais. Pas encore. La malice et l'horizon infini qui s'étendaient dans son regard m'indiquèrent que j'étais exactement là où il souhaitait que je sois.

Sans prévenir, il enfonça deux doigts en moi, m'arrachant un cri. Il les introduisit une seconde fois et recouvrit mon clitoris avec sa bouche. Ses crocs frôlèrent mes hanches et firent perler du sang. Le plaisir et la douleur contrastant l'un avec l'autre me menèrent à mon sommet, et mon dos se courba sous le puissant orgasme qui prenait possession de mon être.

Killian me goûta et écarta ses phalanges, luttant contre mes contractions afin de prolonger mon plaisir. Je me laissai emporter par cette extase et en oubliai de respirer jusqu'à ce que la perception ardente de la rune de sang sur mon bras me rappelle à la raison.

Killian la ressentit également. Il prit une inspiration lorsque le besoin de cimenter notre lien nous heurta tous les deux.

— Maintenant, Killian, lâchai-je, cette fois sous la forme d'un ordre et non d'une supplique.

Il retira ses doigts de mes parties humides et saisit mon bassin, me tirant contre lui. J'arrachai son pantalon et libérai son impressionnante érection. Je n'eus pas le temps de l'admirer ni de lui rendre la politesse. Le désir ardent qui brûlait en nous deux exigeait que nous nous unissions.

Le cran d'arrêt de Killian tomba de sa poche lorsqu'il approcha sa longueur de moi, écartant mes jambes et se lubrifiant grâce à mon humidité. Miraculeusement, je parvins à attraper le couteau et en libérai la lame, la plaçant contre sa gorge. Lorsqu'il sourit, je compris que mon être s'était remémoré quelque chose alors que mon esprit en avait été incapable.

— Voilà l'Evelyn que je connais, murmura-t-il tout en se penchant contre moi, enfonçant sa queue en moi jusqu'à sa base.

Son corps était une lame, et j'étais son fourreau.

— Fais couler le sang, m'ordonna-t-il avant de commencer un va-et-vient lent et tortueux qui me poussa à gémir.

Je lui infligeai une coupure juste assez profonde pour qu'une goutte de sang roule sur sa peau. Je n'étais pas un vampire. Je n'avais pas de crocs et ne souhaitais pas boire son sang, mais tout mon être me poussait à le prendre entre mes lèvres. Il s'abaissa, m'écrasant de tout son poids tandis qu'il ancrait ses hanches contre les miennes. Lorsqu'il me présenta son cou, je le mordis et lapai la petite entaille.

Son sang avait le goût de tout ce que Killian incarnait. Un arôme de sel, de mer et de magie. Je le bus à mesure qu'il me baisait, et quelque chose s'implanta soudain en moi.

Un besoin envahit mon esprit, mais pas le mien. Les pensées de Killian, ses désirs et des ténèbres qui me terrifiaient se frayaient un chemin dans mon crâne. Il requérait cette souffrance. Il ressentait le besoin d'être puni, d'être tailladé, et que je m'empare de sa force vitale comme il l'avait infligé à tant d'autres. Dans ma vie antérieure, nous avions entretenu un lien toxique l'un pour l'autre. J'avais pacifié sa nécessité d'être puni, et il m'avait offert des sensations que je n'aurais jamais éprouvées avec mes autres compagnons. Je n'aimais pas vraiment l'idée de causer du mal à d'autres pour mon propre plaisir sexuel, mais pour Killian, j'aurais été prête à tout pour qu'il cesse de refuser d'accéder à la jouissance. C'était ainsi qu'il se libérerait. C'était ainsi que j'étais parvenue à en faire un de mes compagnons.

Je pris la lame et tentai de calmer ma main tremblante. Je devais être précise.

Killian s'immobilisa, attendant de voir ce que je m'apprêtai à réaliser. Il m'observa avec tant d'intensité que j'en frissonnai.

— Vas-y, dit-il, suppliant.

Il avait perdu toute son autorité, et il ne lui restait plus que son besoin.

Il se pencha en arrière afin que je puisse marquer son torse, mais il maintint sa queue à l'intérieur de moi. Je continuais de ressentir du plaisir tandis que je lui offrais ce qu'il requérait, et mon cœur s'envola en me remémorant des instants tels que celui-ci, même si mon esprit s'opposait à ce que je laisse émerger les souvenirs que mon âme gardait prisonniers.

Je dessinai une rune sur sa poitrine, une que je n'avais jamais vue auparavant, dans aucun livre ni aucun parchemin ancien. C'était un symbole qui n'existait qu'entre Killian et moi. Un maître d'armes et sa lame d'âme, le titre attribué à n'importe quelle arme qu'il touchait, portaient le nom d'une sorcière. Je traçai le grand cercle et les marques en zigzag au travers de son torse, m'assurant d'inscrire chaque ligne fermement. Le sang perlait de sa blessure, mais, même si en tant que vampire celle-ci aurait dû se résorber rapidement, il continuait de saigner. C'était un sort de lien qui lui rendrait son véritable patronyme et m'offrirait un pouvoir sur Killian. Un pouvoir dont j'aurais besoin pour récupérer notre connexion et ce fragment de mon esprit qu'il avait protégé pendant mille ans.

Sa queue gonflait en moi à chaque ligne tracée. Je contins la nausée que j'éprouvais à l'idée que Killian puisse tirer du plaisir de sa souffrance, mais il nécessitait que je lui procure ces sensations, et j'avais besoin qu'il les accepte. J'avais besoin qu'il s'accepte lui-même, tout entier, ses ténèbres et sa lumière.

Une décharge de magie se mit à scintiller de son torse lorsque je terminai la rune. Des fils invisibles de magie nous entourèrent et nous lièrent l'un à l'autre. Killian reprit ses va-et-vient, et je m'écrasai contre le sol, me courbant et me pliant contre lui afin qu'il puisse s'enfoncer plus profondément. Ses crocs semblaient terriblement longs et enflés, avides de s'immiscer en moi. J'inclinai la tête sur le côté.

— Prends mon sang.

Il n'hésita pas, cette fois-ci. Ses yeux s'illuminèrent d'une lueur de désir, et il se pencha contre moi. Lorsque ses canines percèrent ma peau, je m'attendais à ressentir de la douleur, mais autre chose parcourut mon être. J'ignorais si tous les vampires avaient le pouvoir de rendre leur morsure sensuelle, mais mes compagnons en semblaient capables, et Killian plus que n'importe quel autre. Peut-être était-ce sa relation intime avec la souffrance qui le rendait apte à la transformer en plaisir. Quelle que soit la raison, il me fit atteindre l'orgasme, et je me crispai autour de sa queue tandis qu'il s'introduisait profondément en moi, me transperçant pendant qu'il s'abreuvait.

Killian ne s'empara que de mon sang alors qu'il aurait pu réclamer bien plus. Nous étions connectés l'un à l'autre dans cet état, et il aurait pu me vider complètement. Il prêtait attention à ne pas récupérer la magie qu'il m'avait rendue après tant d'efforts. Il attendit que mon orgasme surgisse et disparaisse avant de me retourner. Il enfouit ses mains sous mon haut afin de palper ma poitrine.

— Tu es délicieuse, me murmura-t-il à l'oreille de sa voix feutrée et basse tandis qu'il reprenait ses va-et-vient qui m'envoyaient de nouvelles vagues de plaisir au travers du corps.

— Je ne pense pas que je pourrai tenir encore longtemps, indiquai-je, mes mots étouffés par mes halètements de jouissance.

Il poursuivit ses mouvements lents et déterminés, s'enfonçant jusqu'à la base et ses hanches heurtant mes fesses avant qu'il ne s'introduise de nouveau.

Toujours accroché à ma poitrine, il pinça mes tétons, m'infligeant une petite dose de douleur à ajouter à mon plaisir, deux choses qu'il savait si bien mélanger.

— Tu peux faire tout ce que tu souhaites, m'assura-t-il avant de masser l'endroit de mon délicieux supplice.

Il ne s'arrêta que pour pousser un grognement de douleur, mails il refusa de me laisser me retourner pour voir ce qui l'avait provoqué. Il déplaça ses mains jusqu'à mes épaules et me garda coincée contre le sol, les fesses en l'air.

— Ne bouge pas, mon cœur, dit-il, comme une demande et non un ordre.

— Tout va bien ?

Il gronda de nouveau, mais sa poigne ferme sur moi m'indiquait que, quoi qu'il soit en train de se produire, je serais incapable d'observer derrière moi. Il ne voulait pas me laisser voir ce qui avait interrompu notre union.

Puis il releva une main de ma peau.

— Ne bouge pas, c'est tout. Ça ne prendra qu'une minute. Quoi qu'il se passe, ne te retourne pas.

Je me mordis la lèvre et tentai de lui obéir, mais je ne pus résister et me contorsionnai pour le regarder, lorsqu'un nouveau feulement lui échappa, celui-ci bien plus rempli de souffrance que de plaisir. J'eus le souffle coupé en découvrant pourquoi il s'était arrêté. Un pommeau dépassait de son torse, auquel était reliée une dague enfoncée dans sa cage thoracique. Il la saisit et la retira lentement.

— Killian, je...

Je tentai de lui dire de s'interrompre, que retirer une lame logée dans un emplacement aussi vital ne provoquerait que plus de dégâts, mais il la dégagea avant que je n'aie la moindre chance de l'en dissuader.

Mon sang ne fit qu'un tour lorsque je remarquai, l'espace d'un instant, le blanc d'un os qui fut aussitôt dissimulé par sa peau qui se cicatrisait, effaçant la rune que j'avais dessinée sur lui. Il déplaça la lame acérée le long de ma colonne et sourit.

— Tu ne reconnais pas ta propre dague ? demanda-t-il, la moindre trace de souffrance ayant complètement disparu, et sa queue durcissant de nouveau en moi.

Je n'eus pas le temps d'examiner l'arme, mais mon corps l'identifiait. Elle était comme les boucles d'oreilles que Quinn m'avait offertes ou le masque de bal qui portait les dons magiques de Marcus. C'était l'artefact qui incarnait mon lien avec Killian, l'objet qui abritait toute la magie qu'il avait conservée pour moi. Mon enveloppe mortelle était trop faible pour la recueillir entièrement. Peut-être était-ce pour cette raison que mes souvenirs refusaient de refaire surface autrement que sous la forme de sensations et d'instincts.

Je voulus récupérer la lame, mais Killian avait repris ses va-et-vient avec vigueur, ne craignant plus de me blesser. Et j'aimais ça.

Chacun de ses mouvements nous permettait d'atteindre de nouveaux sommets de plaisir. Je poussai mon corps contre lui et enfonçai mes doigts dans le sol, me fichant de la terre sous mes ongles. La rune de sang sur mon bras chantait avec bonheur et puissance. Nous y étions presque. Nous étions quasiment reliés à nouveau.

— Evie, cria Killian tout en s'introduisant plus fort en moi, si profondément que tout mon corps se crispa à l'idée d'un orgasme si puissant qu'il pourrait submerger mon esprit. Evie, jouis avec moi.

Mes yeux se révulsèrent, et je permis à la sensation de m'envahir. Killian maintenait la dague à plat contre ma peau, me permettant de distinguer sa menace ainsi que la magie qui s'infiltrait en moi, embrasée par notre passion. Pourtant, je devinais qu'il avait besoin de souffrance pour atteindre son sommet. C'était sa malédiction. Il fit donc glisser sa main sur la lame d'un seul coup, et du sang chaud éclaboussa mon dos, m'arrachant un soupir. Son hémoglobine contenait autant de magie que son âme, et ma vision se couvrit d'étoiles tandis que j'essayais de la contenir au sein de mon enveloppe mortelle.

Puis il vint en moi, la chaleur de son sang se mélangeant à celle de sa semence. Je criai en sentant mon orgasme m'emporter, sans prévenir et sans pitié, embrasant mon esprit jusqu'à ne laisser que les sensations, l'extase, la douleur et le plaisir dont je souhaitais qu'ils ne cessent jamais.

Lorsque je recouvrai la vue et que je pus enfin discerner le sol sous les paumes de mes mains, je me retrouvai effondrée, mon corps emmêlé avec celui de Killian qui haletait à côté de moi. Il m'enveloppa dans ses bras et me serra fort contre lui, ses doigts parcourant la rune de sang fraîchement formée qui était devenue une cicatrice permanente grâce à notre union.

— Merci, murmura-t-il d'un ton presque révérencieux.

Je gloussai.

— De rien, mon cher maître d'armes masochiste.

Je me tordis et calai ma tête sous son menton, me fichant de l'état déplorable, sale et ensanglanté dans lequel nous étions.

J'avais enfin reconquis Killian. Mes souvenirs refusaient encore de revenir entièrement, mais entre ses bras, je me sentis plus confiante que jamais.

C'était un nouveau souvenir. Un souvenir que je n'oublierais jamais.

UNE NOUVELLE MOI

$\mathcal{A}$près avoir réembrasé mon lien avec Killian, je pensais me sentir différente. C'était le cas, mais pas de la manière à laquelle je m'attendais. Il croyait que je serais intimidée par ses préférences sexuelles et qu'il me dégoûterait. Peut-être n'aurais-je pas été prête s'il avait été le premier de mes compagnons que je découvrais, mais à présent que j'avais solidifié ma connexion et avais compris sa profondeur, rien n'allait m'empêcher de leur offrir à tous tout ce qu'ils désiraient. À savoir simplement être avec moi et que j'accepte qui ils étaient vraiment.

La puissance et l'excitation faisaient trembler mon corps tout entier. Quelque chose perdu en moi était sur le point de s'éveiller. Je jouai avec la dague que Killian m'avait donnée, passai mes doigts sur la lame aiguisée et grimaçai lorsque je me coupai par accident.

Killian poussa un gloussement et saisit mon doigt pour le porter à ses lèvres. En lui retirant ma main, il afficha un sourire en coin.

— Fais attention. Cette arme que j'ai conservée pour toi est aussi aiguisée que ta magie, et elle semble s'être amplifiée avec les années. (Son regard tomba sur la lame.) Je craignais que…

— Tu ne devrais jamais avoir peur, terminai-je pour lui.

Je caressai le masque à ma hanche afin d'en puiser de la sorcellerie et la fis virevolter afin de nous nettoyer de la saleté et du sang qui nous recouvraient. Nous n'avions pas le temps de rejoindre les douches dans les dortoirs. Même si nous n'y aurions couru aucun danger, nous ne pouvions pas prendre le risque que les autres sorciers ne découvrent la vérité. Killian était toujours un vampire, et, son identité étant percée à jour, il serait encore plus en danger qu'il ne l'était déjà.

Killian réajusta ses vêtements tandis que ma magie produisait ses effets, effaçant même les plis causés par notre passion.

— Tu ne devrais pas gaspiller ton pouvoir sur moi, sur des choses aussi triviales.

Je laissai exploser un rire.

— Tu parles comme Bast.

Il fronça le nez.

— Par les dieux. J'espère que non. (Il se pencha et claqua des dents, me provoquant un délicieux sursaut.) Les chats griffent, mais moi, je mords.

— En effet, approuvai-je.

Je me relevai à contrecœur. Je voulais rester ici avec Killian toute la journée, l'explorer de nouveau, encore et encore, et mémoriser chacun de ses traits et de ses muscles que j'avais oubliés. Des silhouettes se dessinant au loin m'avertirent que nous n'allions pas rester seuls bien longtemps, et que notre bref moment de répit et d'exploration de notre lien était terminé, pour le moment.

Killian suivit mon regard et soupira.

— Ce sont seulement les autres. J'espère qu'ils apportent de bonnes nouvelles.

Aaron, toujours dans sa forme de loup, galopait devant le reste du groupe. Il était le dernier compagnon avec lequel mes runes me suppliaient de reformer la connexion, mais il ne pouvait pas reprendre sa silhouette humaine en ces lieux. C'était trop risqué, mais la sensation de joie qui se dégageait de lui m'indiquait qu'il se fichait du danger. Il courut droit sur moi et s'effondra sur mon ventre, me coupant la respiration lorsque je percutai le sol couvert de terre molle et de fleurs.

— Aaron ! hurlai-je, incapable de m'empêcher de rire lorsqu'il commença à lécher mon visage avec enthousiasme.

Killian l'attrapa par sa fourrure et me libéra du poids de la bête.

— C'est quoi ton problème ? grogna-t-il.

Il n'était clairement pas aussi amusé que moi par ses marques d'affection.

Marcus gloussa en nous rejoignant.

— Quelqu'un est content que ce soit bientôt son tour. (Il releva un sourcil, son regard tombant sur mon bras.) Tu as réussi à accepter notre maître d'armes, notre bête pense donc que tu es prête à tout, maintenant.

Il réprimanda le fauve avant de lui adresser un sourire en coin.

— Et il est ravi de constater que tu retrouves tes pouvoirs et ta mémoire.

Killian pouffa.

— Elle ne recouvre pas la mémoire. C'est sa magie qui nous reconnaît.

Quinn se racla la gorge. Il était toujours convaincu que j'avais véritablement récupéré mes souvenirs, et il n'allait pas laisser Killian le dissuader du contraire, aussi dur était-il à entendre. Je ne me souvenais pas d'eux. Bien sûr, quelque chose en moi les reconnaissait, mon corps réagissait à leur présence, et je savais que des réminiscences étaient présentes en moi, mais elles m'étaient encore interdites. Ma sorcellerie m'empêchait de me blesser, et j'eus la sensation que si je venais à me réapproprier tout ce qui avait constitué ma vie antérieure, je cesserais d'être l'Evelyn que j'étais actuellement. Je n'avais pas la moindre intention de devenir quelqu'un d'autre. J'aimais la personne que j'étais, mes défauts compris.

— Nous n'avons pas le temps pour cette discussion, dit Tiros en croisant les bras, l'air aussi impatient et impoli que d'habitude.

Il nous dominait tous par sa stature, ce qui représentait un exploit compte tenu de la taille de mes autres compagnons.

— Sarina organise une assemblée pour tous ceux qui ont survécu à la première manche de la chasse aux artefacts.

Je levai les yeux au ciel.

— C'est le nom qu'elle utilise ? « Chasse aux artefacts » ? C'est comme si tout ceci n'était qu'un jeu pour elle.

— Je pensais que nous venions ici pour nous réfugier sur des terres sacrées, lança Quinn dont les yeux pointèrent vers la parcelle de terre dérangée où Killian et moi avions scellé notre lien.

À cause des profondes taches de sang qui maculaient le sol, l'endroit ressemblait plus à une scène de meurtre. Les quelques feuilles vertes qui avaient survécu à nos ébats avaient pris une teinte rose. Il sourit.

— Enfin, des ex-terres sacrées.

Il asséna un coup de coude à Killian et fut aussitôt fusillé du regard par le maître d'armes.

Bast se promenait au milieu de la forêt de jambes, semblant se moquer du risque d'être piétiné. Il avait toujours été ainsi, même dans la congrégation, s'attendant à recevoir des traitements de faveur à cause de son statut de familier. À présent, j'étais consciente que cette arrogance était méritée, car il était en vérité un dieu.

Dieu des familiers ou non, Bast demeurait l'un de mes compagnons, et sa forme de félin était adorablement mignonne. Je le ramassai pour le serrer contre moi. Il m'adressa un œil noir, mais ne me griffa pas le visage, ce qui prouvait à quel point il m'aimait vraiment.

— Nous ne pouvons pas rester cachés ici pendant que les autres s'entre-tuent dans l'espoir de remporter son stupide jeu. Elle ne compte pas laisser qui que ce soit gagner ces épreuves et s'emparer de son pouvoir.

Je n'avais jamais compris ce qu'elle avait en tête en réinstaurant les épreuves, mais un tel bain de sang me permettait d'élaborer une théorie.

— Des sacrifices, indiqua Marcus en se caressant le menton. Sa magie fonctionne grâce aux sacrifices.

Je hochai la tête et déposai Bast qui poussa un miaulement d'approbation.

— Tout à fait. Elle espère que toute cette mort lui offrira suffisamment de puissance pour m'éliminer, et, si nous la laissons agir, elle en sera capable. (J'ancrai mes mains sur mes hanches et décidai que je n'allais pas arrêter d'accomplir ce que je considérais être juste.) Allons à sa petite assemblée et voyons qui a survécu. Peut-être que nous pourrons les convaincre de se liguer contre elle.

Quinn passa ses doigts au travers de sa chevelure rousse folle qui brillait intensément sous la lueur magique du soleil. Sa fausse apparence féminine s'était presque entièrement dissipée.

— J'en doute, jeune fille. Sarina n'est pas l'unique sorcière avide de pouvoir dans les congrégations. Elle est seulement la seule qui soit assez puissante pour réussir.

Je balayai ses inquiétudes d'un geste de la main. Je connaissais assez les autres communautés pour savoir que l'ambition était un trait commun chez les sorcières, mais il y avait également du bon. Tout le monde ne pouvait pas être un monstre.

— Je dois essayer. Je ne vais pas rester coincée ici dans les jardins et attendre qu'elle vienne me chercher.

Tiros avança d'un pas vers moi, son parfum rassurant de cuir et de chevaux me relaxant aussitôt.

— Dans ce cas, nous viendrons avec toi.

Je m'apprêtai à suggérer que mes compagnons restent ici, mais un simple regard partagé avec Tiros me fit comprendre qu'il n'y avait pas la moindre chance qu'ils me laissent affronter Sarina seule.

— Vous êtes sûrs ? demandai-je quand même.

— Tu sais bien que nous avons tous différentes opinions à ce sujet, dit Tiros en désignant le reste de mes amis. Marcus pense que tu devrais essayer de sauver Cassidy et vous enfuir, mais je suis avec toi. Tu dois combattre Sarina et éliminer la menace qu'elle constitue une bonne fois pour toutes. T'échapper ne t'a pas été d'une grande utilité la dernière fois.

Marcus grogna.

— La dernière fois qu'elle s'est mesurée à elle, elle est morte. Est-ce que tu l'as déjà oublié ?

Tiros ne semblait pas influencé par la colère de Marcus.

— Je n'ai pas enduré mille ans de souffrance comme toi, mais d'une certaine manière, cela n'a rendu mon châtiment que plus terrible encore. Pendant que vous reviviez le même moment encore et encore, j'étais forcé de faire le deuil d'Evelyn. Forcé de constater qu'il me serait impossible de la revoir pendant d'innombrables années, assez pour me rendre fou.

L'horrible tourment qui se lisait dans ses yeux me brisa le cœur. Il avait souffert, d'une certaine manière bien plus que mes autres compagnons, et cela ne contribua qu'à amplifier ma rage. Sarina était responsable de tout ce supplice, elle allait en payer le prix.

— Assez, lâchai-je, portant le mot de la fin.

Je parcourus le chemin qui menait à la sortie des jardins et jetai un œil noir vers les marguerites qui représentaient l'un des nombreux pièges de Sarina. Je les pointai de ma dague, et un rayon magique les traversa, les faisant flétrir jusqu'à ce qu'elles se désintègrent. Je vais affronter Sarina, et cette fois-ci, elle ne triomphera pas.

Le loup d'Aaron poussa un gémissement, me rejoignant en trottant avant de lécher ma main.

Quinn m'atteignit également et gratta le loup derrière l'oreille.

— Aaron a raison. Qu'est-ce qui te rend si certaine que tu vas gagner ?

Je n'eus même pas besoin de le regarder pour savoir que ses sourcils étaient renfrognés d'inquiétude. Je détestais être la source d'angoisse de mes compagnons, mais il n'y avait aucune autre issue. Je ne comptais pas continuer d'échapper à mes problèmes.

Je lui offris un sourire.

— Parce que cette fois-ci, je suis mortelle. Et les mortels sont débrouillards.

Tout mon sang quitta mon visage lorsque nous entrâmes dans la tour principale des Congrégations Royales et découvrîmes combien de sorcières et de mages avaient survécu.

Lorsque nous avions débuté les épreuves, des centaines d'entre eux étaient présents, mais, à présent, seul demeurait un petit groupe assis devant les longues tables qui représentaient les différentes congrégations. Un festin y patientait, intact, assez copieux pour nourrir une communauté entière pendant un mois. Aucun d'entre nous n'avait d'appétit après ce que nous avions traversé.

Aux airs hagards qui étaient dessinés sur tous les visages et aux apparences misérables de chacun, je me demandais si j'aurais vraiment dû nettoyer mes vêtements couverts de terre et de sang. Seuls certains parmi nous avaient pu se débarbouiller avant le dîner. Sarina était la seule qui semblait inaffectée par ce cauchemar. Elle était l'œil du cyclone qui renversait le monde qui l'entourait sens dessus dessous. Elle était assise sur son trône, une version modifiée du fauteuil de la Congrégation du Diamant qu'elle occupait autrefois. Il était à présent surélevé, les autres sièges avaient été retirés, et, avec eux, la présence des cheffes des autres congrégations. Je réfléchissais à la probabilité qu'elle les ait déjà tuées. Avec tous les sacrifices qui avaient été réalisés, elle aurait eu suffisamment de puissance pour tuer même des sorcières immortelles. Cette idée suffit à me donner la nausée.

— Chers survivants, je suis ravie de me joindre à vous pour cette glorieuse soirée, clama-t-elle, ses mots résonnant au-dessus de nos têtes.

J'étais installée avec le reste de mes compagnons ainsi qu'une autre survivante de la Congrégation de la Perle, une fille que je me rappelais avoir vue lors de mon combat contre la sorcière de l'Émeraude que j'avais tuée une éternité plus tôt. Elle m'adressa un regard discret, caché par ses sils. Lorsque j'essayai de le croiser avec le mien, elle saisit une miche de pain et la déposa dans son assiette vide afin de la fixer des yeux.

Je soupirai et portai de nouveau mon attention vers les radotages ineptes de Sarina.

— Restaurez-vous bien, mes chères sorcières et chers mages, car j'ai une tâche spéciale pour vous.

Elle afficha un sourire narquois à l'intention des survivants. La plupart semblaient effondrés par l'idée d'une nouvelle mission et la dévisageaient d'un regard vide. D'autres cependant, comme la sorcière de l'Émeraude que j'avais éliminée, chantaient ses louanges et levaient en son honneur leurs verres dont le contenu écarlate éclaboussait le sol. Ces rares individus brillaient du pouvoir des artefacts d'âme qu'ils avaient dérobés, et la folie qui se lisait dans leurs yeux me mit mal à l'aise. Killian était l'un des rares mages qui possédaient le pouvoir d'arracher un esprit à son corps sans perdre la raison. Cela relevait de sa relation à la souffrance, mais également de sa compréhension et du respect qu'il lui portait. Il ne prenait aucun plaisir dans le supplice d'autrui et ne faisait que ce qui lui semblait juste.

Killian hocha la tête de l'autre côté de la table. À présent que notre lien était scellé, il pouvait ressentir mes pensées à son égard. Il savait sans l'ombre d'un doute que je le comprenais. Que je comprenais le vrai lui. Il n'avait rien à voir avec ces cinglés.

— Je vous en prie, savourez votre dernier dîner, dit Sarina, ponctuant ses mots d'un sourire fou. Après avoir mangé, veuillez regarder ce qui se trouve sous vos sièges. Si vous avez reçu une rose, vous pouvez rester ici. Je n'ai pas besoin de chacun d'entre vous pour cette tâche.

Elle se pencha dans son trône qui reluisait d'innombrables diamants, l'air satisfait d'elle-même.

Ceux qui jusqu'ici avaient hésité à se nourrir observaient la grande pièce et prenaient quelques bouchées de ce qui se trouvait dans leur assiette, mâchouillant, l'air pensif. J'attendais de voir si quiconque oserait examiner immédiatement sous sa chaise, mais personne ne s'y aventura. Ce n'était pas pour rien qu'ils avaient survécu aux deux dernières épreuves. Même ceux qui semblaient épuisés et traumatisés étaient prêts à jouer selon les règles de Sarina.

Je refusais d'avaler quoi que ce soit, par pur mépris, mais Quinn fit glisser une assiette sous mon nez. Je la fixai jusqu'à prendre un légume cuit et l'enfoncer dans ma bouche. Je le mâchai prudemment, me demandant s'il avait poussé ici, parmi les herbes de Sarina.

Lorsque tout le monde eut terminé de manger, Sarina effectua un hochement de tête approbateur, et tous regardèrent sous leurs chaises. Je portai ma main sous la mienne et y trouvai le tranchant d'une épine de rose qui me perça le doigt. Je sursautai, surprenant du même coup mes compagnons, et cachai la blessure dans ma serviette.

J'essayai de ne pas paniquer. Aucune sorcière ni aucun mage n'avait reçu une ronce au lieu d'une rose. Ils brandissaient tous une fleur et cherchaient qui en avait également obtenu une. Même l'autre sorcière de la Perle à notre table saisit sa rose et s'éloigna, choisissant de rejoindre l'emplacement vide de la table de l'Ambre et de nous tourner le dos.

Un frisson me parcourut lorsque mes yeux se levèrent vers Sarina. Peut-être était-elle au courant de qui j'étais. Peut-être me détestait-elle, qu'importe la forme que je pouvais emprunter, mais son sourire s'élargissait sur son visage, et il n'y avait pas le moindre doute qu'elle mijotait quelque chose. Quelque chose qui était destiné en ma défaveur.

Je me relevai lentement, et mes hommes m'imitèrent. Même Bast, qui d'habitude n'était pas doué pour déceler les situations tendues, avait la fourrure hérissée, et il poussa un grognement.

— Allons-y, décrétai-je avant de tourner le dos à Sarina.

Le seul son qui accompagnait le bruit de nos pas fut son long rire menaçant qui était bien plus chargé de sens que le moindre mot. Elle pensait avoir déjà gagné.

ÊTRE VÉNÉRÉE

Nous regagnâmes nos quartiers en silence et, cette fois-ci, nous nous regroupâmes tous dans la même chambre. Une sensation d'angoisse pesait lourdement sur mes épaules, et je refusais de perdre de vue mes compagnons.

— Qu'est-ce que ça voulait dire, d'après vous ? demanda Quinn en s'écrasant lourdement dans un fauteuil et en s'y enfonçant.

Killian sortit son cran d'arrêt et commença à œuvrer sur un morceau de bois qui semblait provenir de l'écorce du chêne sous lequel nous avions fait l'amour. Il le découpa et en tailla un bout en pointe.

— Sarina sait forcément qui tu es. (Son regard rubis rencontra le mien.) Tu peux voir au travers de nos trompe-l'œil. Peut-être en est-elle capable aussi.

— C'est impossible, contesta Tiros, semblant offusqué par cette idée. Phoebe et les autres sorcières renégates nous ont offert toute leur énergie pour nous déguiser et nous envoyer ici. Elles ne nous auraient pas bercés de faux espoirs. (Il me jeta un rapide coup d'œil puis observa la nouvelle dague que j'avais rangée dans ma chaussette.) Evelyn est une puissante Sorcière du Destin, et elle possédera bientôt la puissance que Sarina a essayé de lui voler.

Aaron nous surprit tous avec un grand éclat lumineux, et il retrouva sa forme humaine bien plus vite que je ne l'avais jamais vu faire auparavant. D'ordinaire, sa transformation était accompagnée de craquements d'os, du bruit sourd et lent de la chair s'écartelant qui me donnaient envie de hurler. Au contraire, il resta debout, nu face à nous, et afficha un grand sourire. Ses cheveux blonds en pointes étaient marqués d'une mèche argentée sur le côté. C'était la seule preuve que sa métamorphose magique l'avait obligé à puiser dans une magie qu'il n'aurait pas dû être en mesure d'utiliser en tant que vampire. Néanmoins, je ne pouvais m'empêcher de m'interroger sur le nombre de vampires qui étaient capables d'adopter une forme animale.

— Evie, dit-il d'une voix faible et feutrée, comme un animal. Sarina complote contre toi, et la meilleure manière de la combattre est de sceller notre dernier lien.

Je baissai les yeux vers son impressionnante érection. Il était clairement prêt.

— Par les dieux, Aaron, cracha Killian avant de lui balancer une couverture. Elle n'est pas un os que tu peux mâchouiller. Range ta queue.

Mes autres compagnons semblaient amusés par l'enthousiasme d'Aaron. Même Bast sauta sur la commode, s'y roula en boule et commença à ronronner. Il ne pouvait retrouver une silhouette humaine, pas sans un peu d'aide magique, mais il ne semblait pas gêné par l'idée que mes camarades essaient de me protéger, même si cela signifiait me baiser. À son regard en coin, je compris qu'il n'y voyait aucun inconvénient tant qu'il avait le droit d'assister au spectacle.

— Matou pervers, grognai-je. (Je pris une profonde inspiration avant de la relâcher.) Écoutez, je sais que vous êtes tous inquiets pour moi, mais je ne vais pas me laisser intimider par Sarina. Si elle était réellement consciente de qui j'étais, pensez-vous vraiment qu'elle me laisserait vivre ? Elle m'aurait déjà attaquée.

Marcus croisa les bras et s'appuya contre le mur, arborant l'air lugubre et attirant auquel j'étais habituée.

— Peut-être qu'elle a retenu sa leçon. Tu lui as déjà échappé plusieurs fois. Et si cette nouvelle tâche était une mise en scène pour s'en prendre à toi ? (Il jeta un œil inquiet vers la porte.) Nous devons être prêts à tout.

Aaron lança la couverture au sol, révélant de nouveau son impressionnante queue. J'eus le souffle coupé en remarquant un reflet et en comprenant qu'il avait un piercing… *en bas*. Mon esprit s'emplit de pensées indécentes en imaginant quel genre de sensations cela pourrait impliquer pour notre union.

— Nous ignorons ce qui nous attend, et c'est exactement pour ça que nous devons compléter le cercle, déclara Aaron d'un ton extrêmement sérieux, l'air de n'avoir absolument pas remarqué la nature de mes réflexions.

Il s'approcha de moi et prit mes mains entre les siennes. Cela aurait pu passer pour un geste romantique si son sexe n'avait pas heurté ma hanche.

Bon, peut-être avait-il compris à quoi je songeais, tout compte fait.

— Evie, écoute, je suis désolé d'être aussi direct, mais tu t'es accouplée avec Killian, ce qui signifie que tu es prête. Je le suis aussi. Qu'importe à quel point mon loup est attaché à toi, je sais que Killian peut garder un œil sur moi.

Je sourcillai.

— Qu'est-ce que tu sous-entends ?

Tiros balaya les mèches noires qui cachaient ses yeux, mais je constatai qu'il observait le corps d'Aaron. Cette idée ne l'excitait quand même pas... si ?

— Les métamorphes, surtout les métamorphes loups, ont tendance à s'accoupler en meute. Nous ne sommes pas des loups, le côté animal d'Aaron ne devrait pas accepter que tu aies d'autres amants, même si son côté humain y consent.

Killian hocha la tête.

— Oui, mais les loups répondent aussi à la présence d'un alpha, et le loup d'Aaron me voit comme l'alpha de notre meute d'accouplement. Alors, étant donné que tu as couché avec moi...

J'inspirai profondément.

— Son animal l'autorisera, terminai-je pour lui.

C'était pour cette raison qu'Aaron s'était retenu tout ce temps. Je n'aurais jamais deviné que tous mes compagnons étaient si compliqués. Je voulais à présent comprendre chacun d'entre eux plus intimement que jamais. Je n'avais l'impression de connaître que ce qu'ils étaient à la surface, et je ne souhaitais pas que les choses fonctionnent ainsi entre nous. J'aspirais à les découvrir jusqu'au plus profond de leurs âmes et j'avais envie qu'ils m'appréhendent en retour, dans chaque recoin et chaque courbe de mon être. Aucun secret. Aucune retenue.

— D'accord, acquiesçai-je, me sentant déjà essoufflée et excitée à la fois.

Je n'aurais jamais imaginé de ma vie que je serais amenée à coucher avec autant d'hommes, mais ils n'étaient pas de simples hommes. Ils étaient mes compagnons et avaient tout sacrifié pour moi.

Les sourcils blonds d'Aaron bondirent sur son front.

— D'accord.

Marcus se déplaça vers la porte.

— Nous allons surveiller...

— Je vous interdis de bouger d'ici, lui crachai-je, et une chaleur intense s'empara de tout mon corps. Je veux que vous restiez tous ici.

Ils échangèrent des regards stupéfaits. Quinn fut le premier à m'adresser un œil malicieux.

— Et vous prétendiez qu'elle avait oublié.

Je voulus lui demander ce qu'il entendait par là, mais il ne me laissa pas le temps de poser la moindre question. Il déchira sa chemise, se faufila derrière moi, contre ma nuque, et prit une profonde inspiration avant de soupirer.

— Te souviens-tu seulement de l'époque où nous faisions ceci ? Où nous t'aimions, ensemble, chacun d'entre nous.

Un frisson d'excitation parcourut mon échine. J'aurais souhaité me le remémorer, et, bien que mon esprit ne puisse rassembler le moindre souvenir, mon corps chantait sous le souffle chaud de Quinn qui flattait ma nuque.

Mes mains plongèrent et enveloppèrent la longueur durcie d'Aaron en une caresse ferme. Il se crispa contre moi, mais ne bougea pas pour me toucher, me permettant de l'explorer, de me souvenir de lui.

— Je pense… commençai-je.

Je tentai d'exprimer la manière dont je recouvrais la mémoire, mais il n'y avait aucun mot pour la décrire, et je me mis donc à genoux pour examiner Aaron de plus près. J'avais eu envie d'effectuer cela avec tous mes hommes. Ils étaient tous magnifiques à leur façon, y compris leurs queues. Aaron était au garde-à-vous pour moi, et deux petites billes argentées dépassaient sous le bout de son sexe. J'imaginai quelles sensations elles pourraient me procurer s'il était en moi. Je le léchai, me régalant du goût d'Aaron mélangé à celui du métal. Il se crispa de nouveau, mais le gémissement que j'entendis n'avait pas été émis par lui.

— Mince, Evelyn, souffla Tiros, les paupières lourdes. Tu sais vraiment comment exciter un homme.

— Tu es certaine d'être prête pour cela ? s'enquit Marcus en se plaçant entre Tiros et moi.

Marcus, toujours aussi élégant, souhaitait s'assurer que personne ne dépasse les bornes. Aaron avait repris sa forme humaine et m'avait montré son érection, mais cela ne m'avait pas perturbée. Au contraire, j'étais heureuse qu'il ait hâte de sceller son lien avec moi. J'étais lassée de voir mes compagnons se retenir ainsi, terrifiés qu'ils étaient à l'idée que je n'accepte pas leur vraie nature.

Afin de manifester mon approbation, j'appliquai une longue caresse de ma langue sur la queue d'Aaron tout en fixant Marcus droit dans les yeux. Il écarta les lèvres en nous regardant, ses canines se révélant au travers de son déguisement qui n'était plus en mesure de me dissimuler qui il était véritablement. Je voulais voir des crocs. Je voulais voir le désir et le vrai impact que j'avais sur lui.

— Evie, murmura Quinn dans mon dos d'une voix peinée. Je ne peux pas… pendant que…

Ah, c'est vrai. Quinn était encore sous son déguisement. J'étais si concentrée sur mes gars que j'avais oublié ce petit souci.

Aaron avait déjà abandonné sa façade, et si mes hommes étaient certains d'une chose, c'était que Sarina était à mes trousses. Je le ressentais dans ma chair, et il n'y avait désormais plus aucune utilité à cacher qui nous étions. Nous étions là à présent, et nous allions l'affronter. Ensemble.

Seule la magie de Tiros pourrait faire disparaître les mensonges que nous avions servis à Sarina.

— Tiros, dis-je en un souffle.

Il vint à moi, et Marcus s'écarta, ses yeux toujours portés sur moi.

Je tenais encore Tiros dans ma main gauche, et je me léchai les lèvres en laissant mon regard tomber sur sa ceinture. Sans un mot, il déboutonna son pantalon, m'offrant un spectacle délicieux. Par les dieux, ils étaient magnifiques.

Je le saisis de ma main libre, lui assénant une longue caresse avant de suivre ce geste avec ma bouche. Il tenta de rester immobile, mais ses hanches bougeaient à chacun de mes mouvements, permettant à sa queue d'explorer ma gorge plus profondément, ses va-et-vient m'indiquant qu'il souhaitait bien davantage encore. Je voulais lui offrir plus encore, mais d'abord, je devais recevoir son désir et sa magie.

À contrecœur, je libérai Aaron et tirai l'arme de ma chaussette. Tiros ne broncha pas, même lorsque je portai la dague très près de sa peau.

— J'ai besoin d'un peu de ton sang, expliquai-je avant de poser la lame sur sa cuisse. Juste une petite entaille.

Killian émit un petit son offusqué.

— Tu n'as qu'à utiliser cette lame sur moi, chérie, proposa-t-il.

Les souvenirs de ce que nous avions accompli quelques heures auparavant faisaient scintiller ses yeux rubis.

Je lui adressai un sourire intéressé et appliquai une légère incision sur la jambe de Tiros.

— Plus tard, Killian. Je te le promets.

Il gloussa.

— Vous l'avez tous entendue ? Elle a promis. (Il m'adressa un clin d'œil.) Je m'en souviendrai. Et j'ai des témoins.

Pressant mes lèvres contre la plaie avant qu'elle ne se referme, je laissai la magie de Tiros ainsi que sa force vitale s'infiltrer en moi. Il passa ses doigts dans mes cheveux pendant que je buvais, et sa queue glissa contre ma joue, y déposant un parfum de cuir et de désir.

— Evelyn, murmura-t-il d'une voix qui trahissait son incroyable désir.

Je saisis son sexe et commençai à le caresser tandis que je lançais le sort.

Ce dernier ne nécessitait pas d'incantations ou de paroles magiques. Je tentais de briser un maléfice que Phoebe avait mis en place. Elle m'avait laissé un fil sur lequel tirer afin de désactiver le trompe-l'œil d'une personne, comme un voile recouvrant un tableau, prêt à être révélé. Je trouvai le nœud dans mon esprit et commençai à le délier, utilisant la magie de Tiros afin de divulguer la vérité et effacer les mensonges.

Une lueur étincelante envahit toute la pièce. Même Bast fut touché par une vague de lumière dorée, mais tandis que tout le monde se retransformait, il demeurait au sommet de la commode, sous sa forme de chat, agitant la queue en signe d'agacement. C'était comme si autre chose l'empêchait de quitter sa silhouette féline.

Je vais rester encore un peu sous cette forme, me dit-il, nos mots gardés secrets entre nos deux esprits.

Pourquoi ?

Il remua de nouveau la queue.

Parce que tes compagnons ont raison. Sarina est à tes trousses, et nous devons tous être prêts à te protéger. Les Congrégations Royales sont un lieu de magie. Je suis capable de bien plus ici aussi longtemps que je possède ce corps. En tant que familier, mon rôle est d'escorter les sorcières. Il secoua encore une fois sa queue. *Savoure leur présence, ma chère Evie. Bois la puissance qu'ils t'offrent. Lorsque le combat final aura lieu, nous serons tous parés, et, quand tout sera terminé, je reprendrai ma véritable apparence afin de pouvoir t'aimer au centuple.*

Encouragée, je lapai la petite plaie qui commençait à se résorber sur la jambe de Tiros, mais j'avais déjà puisé assez de sang pour assouvir mon désir. Le fil de magie pendait face à moi, dans mon esprit, révélant déjà ce qui se cachait sous le voile. Je le saisis de nouveau et le tirai, provoquant une explosion de lumière dans toute la pièce.

Lorsqu'elle se dissipa, chacun de mes hommes affichait un grand sourire, leurs vraies natures n'étaient plus dissimulées par le fin brouillard du trompe-l'œil au travers duquel je voyais déjà.

— Oui ! cria Quinn avant de déchirer le reste de son pantalon qui avait été déchiqueté durant sa transformation. (Son sexe se dressa fièrement tandis qu'il écartait les jambes, un rictus aux lèvres.) Tu ne vas pas regretter ton choix, jeune fille. Je vais…

Je lâchai un couinement lorsque Tiros m'agrippa par les bras pour me jeter sur le lit. Il ne plongea pas sur moi comme j'étais persuadée qu'il le souhaitait.

— C'est une nuit spéciale pour Aaron, indiqua-t-il, chacun de ses muscles étant tendu tandis qu'il balayait mon corps de son regard, comme si j'étais déjà nue à ses yeux. Il a raison. Nous devons la protéger, ce qui signifie sceller le lien et lui rendre sa puissance.

Aaron n'eut pas besoin d'en entendre plus. Il se rapprocha de moi, ses crocs tendus et ses iris remplaçant le rouge du vampirisme par le bleu de son loup. Il allongea les bras vers moi, hésitant, comme s'il attendait de voir si j'allais reculer, mais en l'observant, j'eus le souffle coupé, envahie par le désir qu'il m'arrache mes vêtements.

— Arrête-moi si j'entreprends quoi que ce soit que tu n'aimes pas, dit-il d'un ton extrêmement sérieux. Je suis un loup, Evelyn.

Il rampa sur moi et tira sur le bord de mon haut pour le relever au-dessus de ma tête. Il me rapprocha afin de me prendre entre ses bras et dégrafer mon soutien-gorge.

— Je suis aussi un vampire. Je suis un prédateur appartenant à deux races et je te dévorerai si tu me le laisses faire.

— Est-ce une promesse ? demandai-je en un souffle.

S'il se pensait capable de m'effrayer, il ignorait clairement à quel point je le désirais.

Tous mes hommes se mirent en mouvement pour se rapprocher de moi.

J'aurais souhaité que Bast se joigne à nous et je le regardai se prélasser sur la commode. Je décelai son âme au travers de ses yeux attentifs. Il comptait mémoriser chaque mouvement et s'en servir sur moi plus tard, une fois qu'il aurait retrouvé sa vraie forme. Aaron retira mon pantalon, et je me crispai à son contact, penchant la tête en arrière contre le confortable matelas et m'offrant à l'envie qui m'envahissait par vagues.

— Déshabillez-vous, tous, ordonnai-je pendant qu'Aaron m'enlevait mes chaussettes et mes sous-vêtements, me laissant nue face à eux.

Ils me dévorèrent tous du regard et obéirent, me torturant en ôtant lentement leurs habits, révélant des muscles tendus et des queues délicieusement dressées pour mon plaisir. Pour moi, et moi seule. Je frissonnai de désir à cette idée.

Aaron se plaça sur moi, me tirant un peu plus haut sur le lit, mais il ne me baisa pas. Pas encore.

— Je veux profiter de ce moment, expliqua-t-il, ses crocs frôlant ma poitrine tandis que ses doigts écartaient les plis engorgés entre mes cuisses.

Je poussai un cri lorsqu'ils atteignirent mon clitoris. La dernière rune de sang prit vie en un brasier sur mon bras, prête à terminer un sort que j'avais commencé à lancer sur moi-même durant une autre vie. Je m'étais liée à ces hommes, leur avais confié des fragments de mon âme. Je n'avais jamais eu une telle relation de toute ma vie, encore moins avec six personnes.

Lorsqu'Aaron enfonça un doigt en moi, je soupirai et courbai le dos. Mes autres compagnons ne purent continuer de résister, et ils nous rejoignirent sur le lit, leur poids combiné faisant bouger et s'enfoncer le matelas. Il n'était pas assez grand pour nous tous, alors Marcus et Quinn rapprochèrent un lit adjacent afin que chacun d'entre eux ait suffisamment de place pour être proche de moi.

J'adorais cela. Je voulais les toucher et leur montrer à quel point je les aimais.

Quinn fut le premier à s'agenouiller à côté de moi tandis qu'Aaron continuait de me satisfaire avec ses doigts. Je pris la queue de Quinn dans ma main et la caressai, lui rappelant la raison pour laquelle je lui avais retiré son trompe-l'œil avant les autres. Je souhaitais qu'il s'offre entièrement à moi.

— Je suis tout à toi, me promit Quinn, ses hanches bougeant en de longs va-et-vient sous mes doigts.

Je souris, oubliant soudainement que Quinn et moi avions partagé des pensées dans nos moments les plus proches. Je ne possédais pas ce lien avec tous mes compagnons, et c'était ce que j'appréciais avec eux. Leur amour procurait quelque chose d'unique à notre connexion, chacun apportait un morceau à la création d'une nouvelle mosaïque de magie. Je me trouvais en son centre, et ils portaient chacun un fragment de mon cœur.

Aaron fit courir ses phalanges sur mon abdomen, laissant une ligne humide depuis l'endroit où il avait éveillé un désir ardent en moi. Il poursuivit avec ses doigts, m'incitant à courber de nouveau le dos. Il ne s'arrêta pas, sa bouche trouvant mon téton pour le sucer. Il massa mes seins afin de mieux me saisir, et sa langue se mit à s'agiter, son piercing m'offrant de nouvelles sensations.

— Oh ! lâchai-je dans un gémissement surprise.

Il esquissa un sourire, affichant ses crocs tout en frottant sa queue contre mon humidité.

— Es-tu prête à m'accueillir, petite sorcière ?

La sensation de sa peau délicate mélangée au piercing dur qui courait contre mon clitoris me faisait battre des paupières. Il me manipulait, accroissant mon désir de plus en plus.

— Arrête de me taquiner, l'informai-je.

— Sinon quoi ?

Il frotta son sexe contre moi, mais évita mon clitoris cette fois-ci, m'obligeant à grogner de frustration.

Quinn était toujours dans ma main, et je puisai dans sa magie. Je n'avais pas besoin de son sang pour lancer le simple sort qui accompagnait mon plaisir brûlant. Le parfum de chèvrefeuille envahit la pièce tandis que je pénétrais l'esprit d'Aaron, le pouvoir de vision de Quinn m'offrant une faille grâce à laquelle je pouvais tourmenter l'un de mes liens. Cela n'aurait peut-être pas marché si son âme ne s'était pas ouverte à moi, mais Aaron souhaitait me laisser faire. Je n'avais jamais remarqué à quel point il me désirait jusqu'à ce que je m'enveloppe dans ses envies. Un sourire malin aux lèvres, je les amplifiai comme on augmente le volume d'une chanson.

Les pupilles d'Aaron se dilatèrent, et sa queue devint fantastiquement dure contre moi. Il grogna, pressant de tout son poids contre moi avant de se positionner.

— C'était très… audacieux, me prévint-il avant de s'engouffrer en moi. Fortement.

Je poussai un cri et penchai la tête en arrière. Je ressentis la réaction de tous mes autres compagnons à mon propre plaisir, mais ils gardèrent leurs distances. Même Quinn s'était placé hors de ma portée, mais le lit se balançait sous leur poids. Ils resteraient proches de moi jusqu'à ce que ma connexion avec Aaron soit scellée. Ils respecteraient l'intimité nécessaire pour rétablir ce qui avait été perdu.

Aaron s'enfonça de nouveau, sans douceur ni pitié, ne se retirant que pour s'écraser en moi une fois de plus. Il m'offrait exactement ce que je voulais, et mon corps tout entier explosait de satisfaction. Il grogna tout en me martelant, sa chair frappant contre la mienne tandis qu'il hissait mes hanches en l'air afin de s'insérer plus profondément.

— Par les dieux, soufflai-je alors qu'il accélérait sa cadence.

Je m'alignai sur son rythme et bougeai en harmonie avec lui, souhaitant le pousser à me faire atteindre le sommet.

— Pas les dieux, rétorqua-t-il.

Ses crocs étaient devenus dangereusement longs et aiguisés. Il garda la bouche ouverte afin de ne pas se blesser. Ses canines s'allongèrent, affichant ses traits mélangés de vampire et de métamorphe. Il était disposé à me dévorer, tout comme il l'avait promis.

Il gronda tout en enveloppant mon cul entre ses mains, me relevant plus encore afin qu'il puisse s'enfoncer pénétrer en moi si profondément que sa force me poussa à crier. Je pouvais ressentir son piercing tout comme je l'avais imaginé, et la friction puissante m'offrait de délicieuses impressions. Il ne montrait aucune délicatesse, et j'adorais cela.

— Tu es à moi, dit-il, sa voix muant en un grognement animal pendant qu'il poursuivait ses coups incessants à un rythme effréné.

Ses yeux étaient devenus entièrement bleus, et Killian resta dans un coin de mon champ de vision, prêt à intervenir si son loup venait à prendre le contrôle et à se retourner contre mes autres compagnons.

— Tu jouiras pour moi, grogna Aaron en un ordre sévère.

J'étais si proche du sommet, mais il était trop violent.

— Je ne peux pas, soufflai-je tandis qu'il me martelait, mon monde tourbillonnant tout autour de moi alors que je succombais aux sensations.

Aaron me surprit en ralentissant immédiatement et en faisant bouger mes hanches contre les siennes, son poids roulant contre mon clitoris. J'écarquillai les yeux en subissant la pression de ses muscles. Ses biceps se contractèrent sous l'effort, et je sus qu'il souhaitait me prendre jusqu'à l'orgasme, mais qu'il avait besoin de mon propre plaisir.

— Tu jouiras pour moi, répéta-t-il, sa voix encore approfondie par la présence du loup, mais toujours conscient. Ferme les yeux et offre-toi à moi.

Je lui obéis et me laissai emporter par la jouissance qu'il me procurait, en moi et contre mon clitoris, ainsi que son torse massif se frottant contre mes tétons durcis. Chaque nouvelle perception grimpait jusqu'à ce que je ne puisse plus résister.

— Aaron, je vais… je vais…

Ses dents pointues frôlèrent ma nuque, la menace aiguisée me coupant la respiration, et il mordit, utilisant à la fois ses crocs et ses canines.

C'était Killian qui m'avait montré le mélange de la douleur et du plaisir. La force de sa morsure me poussa au sommet, et je criai lorsque l'orgasme m'emporta. Je succombai aux vagues de plaisir qu'Aaron m'octroyait. Notre échange était différent de ceux que j'entretenais avec mes autres compagnons. Je ressentis que quelque chose de bien plus profond se scellait en moi, quelque chose de bon, qui aurait dû toujours être présent entre nous. J'avais continuellement porté le poids du monde sur mes épaules, mais avec Aaron, je n'avais pas à m'inquiéter. Je pouvais tirer parti de l'instant présent, oublier le passé et le futur. C'était là que vivaient mes camarades comme Marcus, sautant constamment sur la ligne du temps et s'angoissant sans cesse de l'impact profond de nos actions. C'était ce qui faisait de moi une Sorcière du Destin. Les fils du temps étaient cruciaux. Chacun d'eux et chaque nœud menaient à une importante découverte, mais ce genre de savoir impliquait un prix important.

Avec Aaron, je n'avais pas besoin de vivre dans ce constant état d'angoisse. J'étais en mesure d'être simplement moi-même, dans l'instant, et de profiter de ce que nous partagions.

Aaron me libéra, et j'eus l'impression d'inhaler la première bouffée d'air de toute mon existence. Il recula. Ses yeux bleus, écarquillés, indiquaient que son côté métamorphe était sur le point de le submerger. Des touffes de fourrure apparurent à la surface de sa peau, juste assez pour lui donner sa silhouette de loup. Soudainement, ses narines frémirent et ses pupilles se dilatèrent, comme s'il venait de remarquer la présence de mes autres partenaires autour de moi.

— Pas de loups, grogna-t-il, pas ses compagnons.

Killian apparut soudainement et percuta Aaron, le projetant loin de moi. Je hurlai et tentai de l'agripper, mais il n'y avait qu'un vide face à moi. Le lien entre Aaron et moi avait fini de se former, et je ressentis une souffrance physique en étant séparée de lui si brutalement et subitement.

Killian brandit son cran d'arrêt contre la gorge d'Aaron. La bête en ce dernier poussa un grognement, se fichant entièrement de la lame qui traçait une ligne de sang sur sa peau.

— Tu n'es pas un alpha, lui rappela Killian.

Un grognement fit trembler sa voix. J'eus presque l'impression qu'il imitait la manière dont Aaron parlait afin qu'ils soient sur la même longueur d'onde. De loup… à maître.

Aaron releva sa lèvre supérieure avec un grondement, révélant des crocs encore rouges de mon hémoglobine. Ils se fixèrent longuement avant que le regard d'Aaron ne passe du bleu brillant au rouge vampirique. Il se détendit, et Killian baissa sa garde.

Aaron frissonna, comme s'il avait été plongé dans de l'eau glacée. En me voyant les observer, les yeux écarquillés, il afficha un sourire.

— Comme je te l'avais dit, heureusement que tu t'es accouplée avec Killian avant moi.

En m'entendant pousser un petit gloussement soulagé, mes autres compagnons comprirent que leur tour était venu. Ils avaient continué de se caresser pendant qu'Aaron et moi scellions notre lien. J'admirais leur patience, et, au moment où leurs mains touchèrent ma peau, ma puissance s'embrasa d'une flamme nouvelle. Ils avaient besoin de moi… ils me désiraient. Pour la première fois de toute ma vie de mortelle, ma connexion avec eux était scellée.

Je fermai les yeux et profitai de la perception de leurs mains qui m'exploraient. Je me sentais comme une déesse qu'on vénère.

Quinn, comme s'il avait réussi à lire dans mes pensées, ricana de sa voix feutrée et délicieuse.

— Tu es une déesse, m'assura-t-il pendant que ses lèvres traçaient les courbes de mon corps, me faisant soupirer. Et ce soir, nous allons chérir chaque centimètre de ton corps.

PIÉGÉS

Cette nuit fut la plus paisible et la plus délicieuse de ma vie. Malheureusement, elle ne dura pas longtemps. Comme tous les meilleurs rêves.

Je n'étais pas sûre de ce qui m'avait réveillée en premier, mais j'ouvris les yeux face à des ténèbres presque complets. Juste assez de lumière s'infiltrait sous la porte pour révéler un enchevêtrement de bras et de jambes qui me retenait tel un cocon au milieu du lit. Tous les draps avaient été jetés en dehors de ce dernier et pendaient à son rebord. Mes hommes formaient à présent mon unique couverture et me gardaient au chaud pour la nuit. Je m'étirai autant que me le permettaient les membres emmêlés et découvris qu'un loup avait pris la place de mon oreiller. Aaron s'était transformé pendant la nuit, et je pus sentir que sa magie avait doublé en puissance depuis notre union, tout comme la mienne. Mon corps tout entier vibrait de vigueur, et pas seulement de celle que m'avait confiée la Congrégation de l'Améthyste. Je me rendais compte à présent que j'avais besoin de ce pouvoir pour supporter la quantité de sorcellerie que mes compagnons avaient conservée pour moi durant mille ans. Aaron n'avait aucun artefact à m'offrir, mais en ressentant une douleur au niveau de mes dents, je posai mes doigts dessus et sursautai. Des canines acérées s'allongeaient à mon toucher et me perçaient la peau. Incroyable.

Même Bast nous avait rejoints. Sa forme féline était endormie dans le creux de mon bras, et je lui souris tout en passant mon pouce sur ses moustaches.

— Désolée que tu n'aies pas pu te mêler à nous la nuit dernière, murmurai-je.

Mes excuses discrètes ne le réveillèrent pas. Tous mes compagnons étaient complètement assoupis, et je gloussai. Je les avais véritablement épuisés. Chaque centimètre de mon corps était délicieusement courbaturé, mais je dus admettre que c'était principalement grâce à eux. « Une vénération digne d'une déesse », comme disait Quinn.

Puis j'entendis de nouveau le bruit, et mon sourire idiot s'évanouit tandis que mon cœur me remontait dans la gorge. Quelqu'un était dans le couloir.

Non, pas quelqu'un. *Quelques-uns.* Et ils étaient nombreux.

Je n'eus le temps que d'apercevoir la lumière vacillante sous la porte. Une lueur puissante apparut, m'aveuglant et sortant tous mes hommes de leur léthargie en poussant un cri de surprise. Une horde de sorcières et de mages envahit la pièce, tous munis de torches qui brillaient des mêmes flammes magiques que j'avais vues durant l'épreuve du rêve.

C'était l'œuvre de Sarina.

J'étais encore tombée dans son piège. Elle voulait que j'éprouve une fausse sensation de sécurité, que je pense que prendre le temps de terminer mon union avec mes compagnons me procurerait la magie dont j'avais besoin pour la combattre. Peut-être était-ce vrai, mais nous n'étions pas prêts. Je n'étais pas disposée à affronter l'assaut de l'intégralité des survivants des Congrégations Royales dans notre chambre à coucher.

— Salope ! cria une sorcière.

Ses yeux fous s'illuminèrent, et elle projeta la flamme dans ma direction. Je puisai aussitôt dans mon nouveau pouvoir et parvins à former une barrière. Je m'impressionnais moi-même d'avoir réussi un tel exploit. Le sort de protection demandait des années de pratique et nécessitait également des heures de préparation et d'incantation, ainsi qu'un tas d'autres trucs chiants, mais je n'avais pas le loisir de récolter des applaudissements.

J'eus tout de même droit à une standing-ovation de la part des queues de mes hommes. Tous étaient encore nus et se relevèrent d'un bond. Lorsque la dangereuse flamme fut éteinte, mon bouclier magique disparut en un instant, et ils attaquèrent.

Killian fut le premier à frapper. Il planta son cran d'arrêt dans le ventre d'un mage, faisant gicler du sang sur son torse.

Tiros combattit ensuite. Il pouvait se montrer effroyablement rapide, et il déchiqueta la nuque d'une sorcière. Elle n'eut même pas le temps de hurler que les crocs acérés de Tiros lui déchiraient les muscles et les os. J'observais, comme une idiote. Il avait utilisé ces mêmes crocs sur moi d'une manière si délicate et il m'avait procuré du plaisir par sa morsure, mais je n'avais jamais véritablement vu un vampire se nourrir du sang d'une proie humaine qui n'était pas une amante ou une partenaire sexuelle. L'heure était à la survie, et mes partenaires ne retenaient pas leurs coups. Aaron grogna et me donna un coup de coude afin que je me décale. Assise sur le lit, j'étais une cible parfaite et je le savais, mais je ne pouvais m'empêcher d'assister au carnage qui prenait place sous mes yeux. Ce fut l'attaque d'un mage armé d'une lame qui me fit finalement bouger. Je reconnus la puissance qui imbibait son poignard, et la folie qui nichait dans son regard trahissait le pouvoir qui l'habitait. Sarina avait dû offrir à certains d'entre eux des lames d'âmes. Killian était le seul mage à ma connaissance capable de supporter d'en manier une sans perdre la raison.

J'empoignai ma dague qui se trouvait au bord du lit et bloquai le heurt qui m'était adressé. Tous mes artefacts d'esprit étaient encore sur moi ou à portée de main. Les boucles d'oreilles de Quinn pendaient à mon cou, et je pouvais déceler la présence du masque de bal à quelques mètres à peine, sur la commode. Repousser cette horde nécessitait que je dispose de ma pleine puissance, sinon l'un de mes compagnons aurait pu être poignardé par une arme qui me priverait de lui définitivement.

La crainte soudaine de les perdre fit accélérer mes mouvements. J'assénai une entaille avec ma lame, atteignant la joue du mage. Avec cette lame, je n'avais pas besoin d'en faire plus. La blessure se mit à suppurer de magie, et il hurla, se griffant le visage tout en titubant face à moi. Si j'avais véritablement hérité des dons de Killian, son enveloppe charnelle gagnerait l'au-delà sans son âme. Je n'étais pas certaine d'être capable d'absorber son pouvoir ni même de le vouloir, mais je ne comptais pas attendre pour le découvrir.

J'effectuai une roulade et plongeai vers la commode. J'y déployai ma main jusqu'à atteindre le masque de bal. Je n'avais aucun vêtement auquel l'attacher et décidai donc de l'accrocher à mes cheveux pour le placer sur mon visage.

Tous les sorciers et les mages se figèrent soudainement pour me dévisager. Marcus avait immobilisé un mage et déchiquetait son corps inanimé. De tous mes compagnons, sa soif de sang était la plus violente, et il pourrait finir piégé dans une folie meurtrière si je ne parvenais pas à le ramener à la raison. Mais pour l'instant, je n'avais pas le temps de l'épauler.

Mes autres hommes devaient s'occuper de leurs propres ennemis. Aaron avait coincé deux sorcières qui le provoquaient en imitant ses claquements de mâchoire et en jappant comme des chiens. De son côté, Bast aidait en griffant le visage d'un mage que Quinn étranglait.

Ils étaient encore nombreux, et beaucoup continuaient d'envahir la pièce. J'avais oublié qu'ils étaient autant à avoir survécu aux épreuves, à moins que Sarina soit parvenue à trouver de nouvelles recrues après avoir découvert qui j'étais. Peut-être avait-elle toujours été au courant et que ceci faisait partie de son plan.

Quelles que soient les intentions de Sarina, ces mages et ces sorcières allaient tous succomber, et ils en étaient conscients. La puissance gonflait en moi d'une manière que je n'avais jamais éprouvée auparavant.

— Vous voulez vraiment mourir ? demandai-je d'une voix retentissante, me donnant l'impression d'être véritablement la déesse que Quinn m'avait décrite.

Il y avait tant de magie que je pouvais la sentir brûler en moi et illuminer le spectacle macabre. Je commençai à léviter, et mon corps s'éleva jusqu'à ce que mes pieds quittent le sol. Je poussai un grognement de rage motivé par l'idée que tous les meilleurs moments de mon existence étaient interrompus par un carnage destructeur. Était-ce pour cette raison que j'étais une Sorcière de Destin, pour pouvoir m'assurer qu'absolument chaque instant de bonheur que je pourrais connaître ne termine pas en merdier ? Il était hors de question que je l'accepte.

— Tu ne devrais pas être en vie ! maugréa une sorcière en me pointant du doigt. Tu es une abomination !

Je pouffai.

— Et Sarina ? Qu'est-elle ?

— Elle est notre reine, informa la sorcière en se redressant.

Cette phrase me frappa en plein cœur. Les épreuves n'étaient même pas terminées, et cette sorcière avait déjà décidé que Sarina était leur reine ? Quel genre de lavage de cerveau magique cette connasse leur avait-elle infligé ?

Ce n'est pas du lavage de cerveau, dit Bast. Sa voix inquiète résonnait dans mon esprit. Il n'était jamais anxieux. *Sarina a remporté leurs âmes via leur loyauté. Les sorciers respectent la puissance.*

Je plissai les yeux.

— Alors, ils me tiendront en estime.

Je laissai le pouvoir émaner de mon corps. Je n'étais qu'un vecteur pour la force du destin que je dirigeais comme si je contrôlais le flot d'un grand fleuve. Je laissais toute cette intensité couler au travers de moi, du temps, de l'espace et de tout ce qui se trouvait entre les deux.

Alors comme ça, toutes les bonnes choses se terminent en carnage et destruction ?

Non… maintenant, c'était moi qui allais décider de l'issue.

ÉLUE

orsque la lumière s'évanouit, plus rien ne subsistait.

Vraiment plus rien.

La pièce était entièrement détruite, et tout n'était plus que poussière. Je ressentais les restes corporels des sorcières et des mages qui étaient venus me tuer, mais pas la présence de mes compagnons. Je pouvais déceler leur absence comme un poignard en plein cœur.

Non, pas tous mes partenaires.

Bast m'adressa un miaulement et plongea ses griffes dans ma jambe. Il ne me parla pas, ce qui signifiait qu'il était réellement choqué par ce que je venais d'accomplir.

Je déglutis et me déplaçai au milieu des cendres qui recouvraient la pièce. En sortant, je passai devant les miroirs de l'entrée et découvris que je n'étais plus nue. Je portais toujours mon masque de bal, mais les plumes violettes et la parure de paon s'étaient allongées pour former une robe autour de mon corps. Mes boucles d'oreilles scintillaient à mon cou, et la magnifique dague que Killian m'avait offerte brillait d'une aura magique mauve et bleue dans ma main. Bleue… comme Aaron.

— Où sont les autres ? demandai-je expressément à Bast.

Je ne les avais pas désintégrés. Mon lien ne m'aurait jamais permis de leur faire le moindre mal, et, même si je ressentais leur absence physique près de moi, je savais qu'ils n'étaient pas morts. Mon cœur se serait brisé en mille morceaux et m'aurait détruite de l'intérieur si cela s'était réellement produit.

Comme Bast ne répondait pas, je baissai les yeux vers lui et fronçai les sourcils. Il cligna des paupières comme s'il souhaitait dire quelque chose, mais il bondit finalement par-dessus mes chaussures à talons hauts et fit passer sa queue contre mes chevilles.

— Qu'est-ce qui ne va pas ? lui murmurai-je. Tu donnes ta langue au chat ?

Même cette blague ne sembla pas le faire réagir, et je suivis donc mon autre instinct qui m'indiquait que quelque chose de très grave était survenu.

Sarina.

Je traversai les dortoirs, et mes talons cliquetèrent sur le marbre lisse. Je ne m'étais jamais retrouvée dans un endroit si étrangement vide, comme si toutes les âmes du monde avaient disparu d'un seul coup. Ce n'était pas impossible. Les Congrégations Royales formaient une dimension alternative située sous Londres, et elle avait ses limites. C'était un monde secret où les sorciers pouvaient pratiquer la magie sans avoir à craindre d'être découverts ou de devoir se retenir.

Néanmoins, il était certain que je ne m'étais pas contrôlée, et voilà ce qu'il était advenu.

Je regagnai la plus grande tour des Congrégations Royales, l'endroit où j'avais ressenti le lien le plus intensément. Peut-être Sarina m'attendait-elle, et tout ceci n'était qu'un plan complexe de sa part pour m'atteindre, mais je m'en fichais. Je venais de démolir tous les mages et sorcières qu'elle avait envoyés pour m'éliminer. À présent que j'avais récupéré tous mes pouvoirs, j'étais confiante quant à ma capacité de l'affronter et de survivre au combat. Elle m'avait peut-être tuée la dernière fois que je lui avais fait face, mais je n'étais plus la même fille. Sarina n'allait pas gagner cette fois-ci.

Je décelai l'appel du lien le plus fortement au niveau d'un long escalier en colimaçon qui menait aux quartiers des Élues. C'était là que les plus puissantes et les plus riches sorcières passaient la majorité de leur temps après avoir reçu cette position prestigieuse au sein des Congrégations Royales. Elles y vivaient comme des reines... comme des déesses. D'une certaine manière, les membres de chacune des congrégations vénéraient la Sorcière Élue qui les dirigeait. Personne d'autre n'inspirait le même degré de révérence et de respect.

En atteignant la plus haute marche et après avoir parcouru les couloirs luxueux décorés de tableaux magiques qui se déplaçaient sur les murs, je compris que j'étais sur le point de découvrir quelque chose d'horrible. La terreur formait des nœuds dans mon estomac et m'étouffait presque. Je baissai les yeux vers mes pieds afin de m'assurer que Bast était toujours avec moi. Son regard scintillant, plein de savoir, me fixait avec impatience. Il ne menait pas la marche. C'était mon périple, et il m'accompagnerait tout du long, mais c'était à moi d'ouvrir la voie. Si j'avais fait demi-tour sur-le-champ et trouvé un moyen de rentrer chez moi – où que ce soit –, il m'aurait suivie sans broncher.

— Non, Bast, murmurai-je, m'arrêtant un instant pour le gratter derrière l'oreille.

J'ignorais s'il pouvait encore entendre mes pensées et j'avais besoin de prononcer ces mots à voix haute.

— Nous allons voir ce qu'a fait Sarina. Nous allons l'affronter, quoi qu'il arrive.

Bast poussa un miaulement d'encouragement, ou du moins j'espérais que ce soit un encouragement, et cela me donna juste assez de force pour me lever et parcourir le tapis de velours qui menait jusqu'au bout du couloir où une porte lourdement décorée m'attendait. Je grimaçai en constatant qu'elle était entrebâillée. Je pris mon courage à deux mains et l'ouvris complètement. Ce que je trouvai me coupa le souffle.

Sarina. Elle était une Élue, clairement.

Élue par le sang.

UN AUTRE TEMPS, UN AUTRE LIEU

— *E*h bien, ne reste pas plantée là, me cracha-t-elle. Finis ce que tu as commencé.

Je la dévisageai depuis le seuil, penaude, tandis que Bast poussait un feulement. Sarina était accrochée mollement au rebord de son trône de diamant et m'observait, ne prêtant pas la moindre attention à la présence du chat. Elle semblait capable de matérialiser le trône à volonté, mais il était à présent réduit au rôle de gigantesque béquille. Du sang recouvrait l'intégralité de son corps et dissimulait ce qui était autrefois une robe d'un blanc immaculé, incrustée de diamants. Même ses cheveux blonds étaient désormais collés à sa figure, et des traînées de sang maculaient son visage là où elle tentait de les repousser.

Je pris le temps d'examiner la scène. Des corps étaient éparpillés dans la pièce telles des marionnettes désarticulées. Chacun d'eux était une Sorcière Élue d'une congrégation qui, gorgée de puissance, avait certainement affronté Sarina et péri. Elles scintillaient à l'instar des précieuses gemmes qui les représentaient : saphir, émeraude, perle et ambre. La Sorcière Élue de l'Améthyste, Lenora, avait déjà été tuée dans une démonstration de puissance, pour laquelle elle avait payé un lourd tribut. Elle avait épargné la vie des autres… Je supposais que cela était simplement dû au fait qu'elle n'avait pas la force nécessaire pour les éliminer. Qu'est-ce qui avait pu changer entre temps ?

— Tu as pris tant de vies pour moi aujourd'hui, dit Sarina en m'adressant un grand sourire. (Du sang marquait ses dents de taches roses, et elle gloussa.) Quelle gentille petite sorcière, accomplissant ce dont j'étais incapable. Le sacrifice…

Elle écarta ses doigts sur sa poitrine comme si elle essayait de saisir son propre cœur, si tant est qu'elle en possédât un.

— Un vrai sacrifice ne peut être accompli que grâce à une mort qu'on ne souhaite pas provoquer. Tu ne voulais tuer personne, mais tu l'as fait quand même, et tu m'as offert exactement ce que je souhaitais.

Son sourire s'élargit, et mon estomac se noua.

Oui, j'avais vaporisé toutes les sorcières et tous les mages qui étaient venus anéantir mes compagnons et moi. Je n'avais pas eu le choix… mais… Sarina disait-elle vrai ? Lui avais-je vraiment fourni ce qu'elle désirait ?

— Qu'est-ce que tu cherches à accomplir ? crachai-je, ma panique se transformant rapidement en rage. (J'avançai d'un pas déterminé dans sa direction, et mon pied s'enfonça dans le tapis imbibé de sang.) Tu as éliminé les autres Sorcières Élues. Tu crois que cela fait automatiquement de toi la reine des Congrégations Royales ? Non, ça ne marche pas comme ça, espèce de tarée.

Elle aboya un horrible rire, comme si elle avait véritablement perdu la raison.

— Non, pauvre idiote. Je n'ai pas la moindre intention de devenir quelque chose d'aussi insignifiant que la reine des Congrégations Royales. Non…

Elle saisit le rebord de son trône et parvint à se redresser, tout son corps tremblant sous l'effort. Elle releva le menton en un air de défi.

— J'aspire à être bien plus que cela. Le prix à payer sera lourd, autant pour moi que pour les autres, mais plus grand est le tribut, plus grande est la récompense. (Elle écarta les bras et sembla sur le point de s'effondrer.) Approche. Finis ce que tu as commencé.

Je ne me souvins même pas d'avoir dégainé ma dague, mais elle scintillait à présent dans ma main, et le besoin de tuer la faisait frémir. Mon esprit était une lame d'âme, et, même si Sarina était un monstre qui avait déjà perdu le sien, je pouvais encore détruire son corps. Elle ne continuerait pas de tourmenter ce monde plus longtemps.

Ce qui me fit hésiter était son insistance pour que je l'exécute. Je plissai les yeux.

— Et si je te laissais ici ? (Je commençai à parcourir la pièce tout en imaginant un plan.) Les autres sorcières du monde verront ce que tu es, et tu seras jugée pour tes actes.

Il n'y avait pas eu de procès de sorcière depuis des siècles. Les Élues dirigeaient les congrégations d'une main de fer, mais à présent, elles étaient toutes mortes, à l'exception de Sarina. Il n'y avait aucune chance que les autres communautés lui laissent la vie sauve après sa tentative de renverser les Congrégations Royales.

Un gloussement sourd résonna dans sa gorge. Le son inhumain se mélangea à des énergies qui ne lui appartenaient pas. Une quantité inimaginable de magie se mit à parcourir son corps, comme si elle était en train de lancer un sort.

— Ma pauvre Evelyn. Si tu m'épargnes, tu ne reverras jamais tes chers vampires. (En me voyant me raidir, elle tituba pour éviter de tomber et poussa un nouveau rire.) Tu pensais que je ne savais pas qui tu étais ? Tu croyais vraiment qu'un simple trompe-l'œil allait m'empêcher de te voir ? Comme tu es naïve, ma petite. Je t'ai démasquée à l'instant où tu es entrée dans mon domaine. Et dire que tu as amené tous tes compagnons avec toi. Je ne pouvais pas laisser passer une telle opportunité. Ils possèdent tous un fragment de ton âme, tout ce qu'il me faut pour étendre ma portée plus loin que je n'aurais pu l'imaginer.

Je n'avais pas le temps de m'adonner à son jeu ou de lui permettre de divaguer. Je m'approchai d'elle en enjambant les corps déchiquetés et enfonçai ma lame dans sa poitrine, pile à l'endroit où son cœur devait se trouver. J'ignorais même si elle en possédait un. Elle était un monstre et une créature vide de toute âme, mais elle était en mesure de saigner, ce qui signifiait qu'elle était mortelle.

Sarina lâcha un profond soupir de douleur sous le coup, et ses yeux se rouvrirent aussitôt.

— Oui, souffla-t-elle.

Je faillis laisser échapper un hurlement.

— Tu es folle ?

Ses paupières tremblèrent en se refermant, et elle s'effondra sur le trône ensanglanté.

— Peut-être, mais n'oublie pas, petite sorcière. Avec ma mort, le Deuxième Écho de Calamity arrivera, la grande catastrophe aura lieu, et je renaîtrai pour devenir la déesse que je mérite d'être.

Je tordis la lame dans la plaie, faisant s'étouffer Sarina dans son propre sang alors qu'elle essayait de pousser un nouveau cri de douleur.

— Je ne veux pas entendre tes délires. Où sont mes compagnons ? Parle !

La lumière dans son regard clignota à mesure que la vie menaçait de quitter son corps. Cette connasse n'avait pas intérêt à mourir avant de m'avoir dit ce que je voulais savoir.

— Ils sont ancrés dans d'autres mondes. Tu n'as pas le pouvoir de les atteindre, petite fille. Sache que tu m'as aidée à accomplir ce que je n'aurai jamais cru réussir seule. (Elle poussa un long et dernier râle.) Garde ma place… jusqu'à mon retour.

J'avais envie de la poignarder encore et encore, mais Sarina n'était plus.

La connasse de sorcière était morte… Vive la sorcière !

J'IGNORAIS combien de temps je restai plantée là. Cela aurait pu être quelques secondes ou plusieurs heures. Bast me ramena à la réalité en me mordillant les chevilles, me forçant à quitter la scène du massacre. Étouffée par la mort, par une sombre prophétie et par une sensation de terreur implacable, j'avais vraiment besoin d'un bol d'air frais.

Il partit devant, la queue en l'air. Je me sentais complètement vidée. Tous mes compagnons étaient piégés dans d'autres mondes. Je ne pouvais même pas imaginer une telle idée. Puis il y avait Bast, qui était devenu incapable de me parler. Ce n'était pas seulement qu'il n'en avait pas envie. Sarina m'avait infligé quelque chose en me séparant de tous mes partenaires. Elle avait essayé de me briser. Même dans l'au-delà, il y avait un risque qu'elle gagne.

Une fois à l'extérieur, je m'arrêtai pour observer le ciel qui s'assombrissait de plus en plus. Sarina ne plaisantait pas. La grande catastrophe était en chemin, et j'eus un terrible frisson lorsque je ressentis la vague tourbillonnante qui s'apprêtait à annihiler des univers entiers, implacablement. Mes pouvoirs de Sorcière du Destin me permettaient d'anticiper ce que j'allais devoir affronter. Un mur noir et bleu donnait à l'atmosphère un aspect torturé et meurtri, comme si les dieux venaient de se battre et que ce rempart était la seule chose qui avait survécu à leur lutte.

— Bast, dis-je en tombant à genoux.

Je heurtai le pavé lourdement, mais je ne m'en souciai pas. Je ne ressentis pas la douleur.

— Qu'est-ce que je vais faire ?

Bast me mordilla le poignet jusqu'à ce que je détourne les yeux de cet étrange ciel. Il ne pouvait pas me parler avec des mots, mais je devinais qu'il essayait de communiquer avec moi comme autrefois. Non pas par des mots, mais par des émotions, par l'intuition.

Tes compagnons sont liés à toi... ce qui signifie que tu es liée à eux.

Mes yeux s'écarquillèrent lorsque je compris enfin, et ma main se porta sur le masque de bal qui se trouvait encore sur mon visage. Marcus m'avait donné cet artefact qui abritait une partie de son âme, mais il ne contenait plus seulement de la magie. Il portait le parfum de rose et de jasmin, et incarnait un fragment du cœur de Marcus.

— Marcus, soufflai-je en ressentant la connexion qui m'attirait à son esprit lorsque je me concentrai sur le masque.

Je pouvais mettre la main dessus... dans un lieu que je serais en mesure de retrouver en me concentrant suffisamment.

Pas seulement un autre endroit, mais un autre temps.

Avant de devenir un vampire, il avait été un Sorcier du Temps, et je ne fus donc pas surprise. Ce qui m'étonna fut son air hagard. Il semblait changé, presque vieilli. Des lignes absentes auparavant s'étaient formées sur son visage. Ses cheveux, d'ordinaire si élégants, avec chaque mèche bien arrangée, étaient à présent en bataille autour de ses pommettes prononcées, et ses yeux rubis me fixaient au travers d'un portail brumeux.

Notre connexion était puissante à ce point. En pensant simplement à lui, j'avais invoqué un portail. Sarina m'avait sous-estimée si elle pensait que j'étais incapable de voyager dans l'espace-temps et de retrouver les compagnons qu'elle m'avait dérobés. Rien n'allait me séparer d'eux bien longtemps, ni le temps ni le destin, pas même elle, qu'importe combien de fois elle ressusciterait.

L'ironie ne m'échappa pas. J'étais revenue à la vie, et Sarina considérait ma mort et ma renaissance comme une force. D'une certaine manière, elle m'avait imitée. Elle essayait toujours d'utiliser ma vigueur à son avantage. Au final, mon décès prématuré et mes existences antérieures avaient permis la formation d'un lien si solide avec ceux qui m'aimaient qu'il me donnait la puissance dont j'avais besoin pour les retrouver. L'amour était une magie plus intense que toute chose dans l'univers, et Sarina était incapable de le comprendre. C'est pour cette raison que j'allais gagner.

— Evie, croassa Marcus d'une voix enrouée, comme s'il avait hurlé trop longtemps. Par les sept cercles de l'enfer, qu'est-ce que tu fais ici ?

Je bondis au travers du portail sans la moindre hésitation, et Bast me suivit. J'aurais dû m'attendre à ce que mon fidèle familier soit prêt à m'accompagner partout, même dans un passage créé grâce à ma connexion avec un autre. Bast était différent de mes autres partenaires. Il m'avait aimée avant même de savoir que d'autres personnes occupaient déjà une place dans mon cœur, mais il m'avait tout de même acceptée. Qu'importe ce qui pouvait se produire, il serait toujours près de moi.

Un frisson parcourut tout mon corps au moment où je franchis le portail. Une fois de l'autre côté, l'atmosphère se transforma, et une vague d'humidité me heurta en plein visage.

La Terre.

Non seulement j'avais réussi à quitter le domaine des Congrégations Royales, ce qui signifiait que j'avais réussi à me transporter entre deux mondes, mais j'avais également voyagé dans le temps. Je pouvais le ressentir. Marcus avait changé, et il se tenait à présent face à moi, bouche bée.

— Tu es vraiment là.

Je me jetai contre lui, mon visage se couvrant aussitôt d'un sourire.

— Marcus ! Est-ce que tu vas bien ?

Accrochée à son cou, je le tirai à moi afin de l'embrasser. Il obéit et pressa ses lèvres contre les miennes, comme s'il ne les avait pas goûtées depuis des années et que j'étais un délice qu'il redécouvrait.

Il me tenait si fortement contre son torse que j'en eus presque le souffle coupé.

— J'ai cru que je ne te reverrais jamais.

La surprise me fit écarquiller les yeux, et je me retirai de son emprise afin d'examiner ce qui nous entourait. Des bureaux occupaient toute la pièce, dirigés vers nous en forme de demi-cercle. Je regardai par-dessus l'épaule de Marcus et découvris un arrangement de runes engravées sur le sol en pierre.

— Est-ce que c'est… une salle de classe ? demandai-je.

Si c'était le cas, elle ne ressemblait à aucune de celles que j'avais vues auparavant.

— Qui t'a laissée sortir, putain ? cracha, tel un coup de fouet, une voix de femme à l'autre bout de la pièce.

Nous sursautâmes tous les deux, et je me contorsionnai pour cacher Marcus derrière moi. J'allais démolir quiconque avait fait subir cela à Marcus. Je ne l'avais jamais vu si abattu et épuisé.

Une étudiante me rendit mon regard fixé sur elle et croisa les bras. Elle s'apparentait plus à une poupée Barbie innocente qu'à ma nouvelle Némésis. Des cheveux blonds lisses tombaient sur ses épaules, et ses lèvres pulpeuses accompagnaient une moue renfrognée qui était bien trop adorable pour être menaçante. Elle me dévisageait toujours d'un œil noir.

— Qui a laissé qui sortir ? questionnai-je en me redressant.

J'étais consciente qu'il ne fallait pas juger une menace à ses apparences, mais une simple fille comme elle ne pouvait rien m'infliger de pire qu'une gifle.

Elle plissa les yeux et pointa un doigt manucuré vers Marcus.

— Notre mage vampire temporel ! Il est unique, tu sais ? La doyenne aura ta tête si elle découvre que tu lui as permis de s'échapper pour une… (Elle afficha un sourire narquois et m'examina de la tête aux pieds.) Pour une leçon privée.

Comme si sa colère s'était aussitôt dissipée, elle haussa les épaules et fit passer ses cheveux par-dessus son épaule.

— Je ne vais pas te juger, ma jolie. Pour être honnête, il m'est arrivé aussi de temps à autre de penser à libérer un cobaye. (Elle adressa un clin d'œil à Marcus.) Surtout s'il est canon.

Marcus me poussa de son chemin, et je titubai en essayant de garder l'équilibre.

— Sale garce ! rugit-il d'une voix vampirique et inhumaine.

Je ne l'avais jamais vu s'énerver de cette manière auparavant.

— Du calme, c'est seulement une gamine.

Marcus se retourna pour me faire face.

— Une gamine ? Non, Evelyn, c'est un putain de monstre. Je suis resté enfermé dans une prison pendant va savoir combien de temps… Des années entières se sont écoulées, j'ignore seulement combien. (Il poussa un rire presque fou et tenta de lisser ses cheveux emmêlés.) Je suis un foutu mage du temps, et je n'ai aucune idée du temps que j'ai passé ici. Quelle ironie.

— Je ne suis pas une gamine et je ne suis pas un putain de monstre, corrigea l'étudiante.

Elle croisa les bras, son uniforme se retroussant autour de son impressionnante poitrine.

— Je m'appelle Lily, je suis une élève de la Fortune Academy, et j'ai bien plus d'ancienneté que toi.

Elle plissa les yeux en nous regardant.

— J'ai le sentiment que vous vous connaissez.

Elle balaya cette pensée d'un geste de la main.

— Peu importe. Je vais régler ce problème. Écarte-toi, chica, je vais remettre le vampire à sa place. Tu as eu l'occasion de t'amuser, mais je vais être de corvée de sang pendant un millénaire si on me surprend avec un cobaye en liberté, surtout si une petite nouvelle en chaleur me met des bâtons dans les roues.

Corvée de sang ? Je ne voulais pas en apprendre plus.

— Tu ne t'approcheras pas de lui, lui lançai-je en me plaçant devant Marcus et en serrant les poings.

Ma dague était toujours dans ma poche, mais je ne comptais pas m'en servir contre une simple apprentie. La magie grondait en moi et me suppliait de l'utiliser. Par les dieux, j'étais une Sorcière du Destin, il existait un nombre illimité de manières par lesquelles je pouvais faire disparaître cette fille.

— Tu vas me dire qui a enfermé mon homme… encore. (Je lui adressai un sourire.) J'ai tué son dernier geôlier, si cela peut aider à te convaincre.

Ses yeux s'écarquillèrent, et son visage devint blême.

— Oh… tu n'es pas une étudiante, c'est ça ?

Bonne réponse. Barbie avait enfin mis sa cervelle à contribution.

APPARENCES TROMPEUSES

*L*a petite Barbie se révéla finalement utile lorsqu'elle comprit que j'étais une sorcière. Elle nous saisit tous les deux par la main et afficha un si grand sourire que je crus que son visage allait rester coincé ainsi.

— Vous n'avez pas idée à quel point j'avais hâte de rencontrer l'une d'entre vous ! couina-t-elle de nouveau en trépignant.

Elle m'agrippait comme si j'étais sa meilleure amie qu'elle n'avait pas revue depuis des siècles, et chacun de ses petits sauts secouait mon corps tout entier.

— Une vraie sorcière !

Marcus et moi échangeâmes un regard, et Bast surgit. Seuls les dieux pouvaient savoir où il était resté caché tout ce temps. Il bondit de nulle part, et je n'aperçus qu'un flou de fourrure noire, de minuscules dents et de griffes.

Lily hurla lorsque Bast la poussa à terre, laissant des traces ensanglantées sur ses épaules à mesure qu'il tailladait au travers de son uniforme.

— Bast ! le réprimandai-je.

Certes, la jeune fille était un peu énervante, mais il n'y avait pas de raison de faire couler le sang. Puis je vis ce que Bast essayait de me montrer. Un liquide noir, non pas rouge, dégoulinait de ses plaies. Mes yeux s'élargirent.

— Qu'est-ce que tu es ?

— Quelque chose d'immangeable pour un vampire, grogna Marcus.

Je compris alors pourquoi il semblait si perdu et pourquoi une lueur de folie se lisait dans son regard.

Il était longtemps resté ici, mais il n'avait pas été nourri. Ou du moins, il en avait été incapable.

J'offris aussitôt mon poignet à Marcus.

— Bois.

Ses pupilles se dilatèrent en fixant la veine bleue à peine visible qui pulsait sous ma peau.

— Pas ici, Evie. Je ne peux pas.

Ses narines frémirent lorsque je forçai mon bras sous son nez.

— Tu ne vas pas succomber à la soif de sang. Je ne l'accepterai pas, d'accord ? Maintenant, bois, avant de t'évanouir dans mes bras.

Marcus hésita. Ses yeux se portèrent sur Lily qui, à présent, nous poignardait du regard. Il saisit doucement mon poignet, ouvrit la bouche tous crocs sortis, et ses yeux rubis se refermèrent lorsqu'il mordit si délicatement que je ressentis à peine ses dents. Il poussa un grondement et savoura son nectar.

Lily frissonna.

— Waouh, c'est, euh… sexy. (Bast lui adressa un feulement, et elle lui rendit un œil noir avant de serrer la main autour de son épaule blessée.) J'avais oublié que les sorcières avaient leurs petits sbires. Tu ne me surprendras pas la prochaine fois.

— Ce n'est pas un sbire, corrigeai-je, m'étonnant moi-même d'être aussi offensée par sa remarque.

Mais Bast était mon familier, et un dieu à part entière. Il ne se serait jamais senti insulté.

— Maintenant, dis-moi qui a enfermé mon homme, car je doute fortement que ce soit toi.

Lily battit des cils avant de déclarer.

— Tu n'es pas du coin, pas vrai ?

— Non, lui confirmai-je. Maintenant, réponds à ma question.

Lily soupira et réarrangea son uniforme, son corps tout entier se relaxant, comme si elle ne ressentait plus la moindre douleur. Elle essuya une partie du sang inhumain qui la recouvrait, et je remarquai sa peau lisse sous le tissu déchiré. Elle avait déjà guéri.

— Notre chasseur, sans doute. Il récupère des cobayes et des créatures pour l'Académie. (Elle haussa les épaules.) Il ne s'en prend qu'aux dangereux, cependant. Nous ignorions que celui-là avait déjà un maître. Je lui dirai d'être plus attentif la prochaine fois.

— Je ne suis pas son maître, crachai-je, et Marcus n'est pas un monstre.

Elle releva un sourcil.

— Oui, c'est ça. Sympa, le déni.

Elle pointa du doigt le vampire qui se nourrissait à mon poignet. La douleur me traversait à mesure qu'il me mordait et grognait. J'allais devoir lui asséner une décharge de magie rapidement avant qu'il ne me vide complètement de mon sang.

— Tu ne vois pas le vampire qui te déchiquette le bras ? (Elle se pencha, comme si elle avait remarqué quelque chose.) Oh, tu as le sang rouge ! Je suppose que c'est un truc de sorcière. C'est peut-être pour cette raison que cela lui plaît autant.

Lassée de cette conversation, je laissai la sorcellerie parcourir mon corps, et Marcus me lâcha aussitôt avec un grondement. Il fut perturbé l'espace d'un instant, mais sembla recouvrer ses esprits.

— Ce n'est pas un truc de sorcière, lui rétorquai-je, agacée. C'est simplement humain, ce que tu n'es clairement pas.

Lily se mit à ricaner.

— Évidemment que je ne suis pas humaine. L'Académie n'en accueille aucun. Tous ceux qui y entrent meurent aussitôt ou deviennent fous. (Elle haussa les épaules.) Raisons de sécurité et tout ça. La doyenne est très protectrice.

Je me dirigeai vers la porte. Tout dans cet endroit me semblait malsain, et j'étais prête à partir, mais en saisissant la poignée, une force invisible me projeta en arrière, face contre terre.

Lily m'adressa un sourire empathique.

— Comme je disais, raisons de sécurité.

Donc il se trouvait que la Fortune Academy n'était pas aussi terrienne que je l'avais imaginé. Elle était similaire aux Congrégations Royales, un domaine logé entre la Terre et un autre lieu de magie où seuls les surnaturels pouvaient survivre. L'Académie était conçue pour les créatures surnaturelles. Heureusement, cette définition était large, sinon j'aurais été oblitérée à l'instant où j'avais franchi le portail.

Je n'avais pas l'intention de faire la connaissance des habitants de ce lieu. Je devais retrouver et sauver mes compagnons, mais je fus prise d'affection pour la doyenne. Elle était une sorte d'anti-Sarina. Grande, blonde, belle, et tout ce que Sarina aurait pu être si elle avait eu un sourire bienveillant et un cœur tendre.

J'étais douée pour me figurer la vraie nature des gens, et, grâce à Tiros, j'arrivais facilement à déterminer lorsqu'on me mentait. Cette femme ne racontait pas de craques, et tout ce qu'elle incarnait semblait sincère. Peut-être même un peu trop.

— Je suis désolée que nous ayons confondu ton compagnon avec un monstre rare, dit la doyenne tout en écartant des feuilles de papier sur son bureau et en m'adressant toute son attention.

Grâce aux règles de ma congrégation, je n'avais jamais fréquenté d'école publique, mais j'en avais vu à la télé. Tout cet endroit avait une ambiance d'« université de luxe », et je me sentais mal habillée pour discuter avec la directrice d'une académie.

Elle ne semblait pas perturbée par les horribles éclaboussures de sang sur mes vêtements. Au contraire, elle joignit ses mains et se pencha contre son bureau en acajou, ses sourcils se froissant en un air profondément inquiet. J'aurais presque pensé qu'elle exagérait, mais la magie de Tiros ne semblait pas réagir et ne faisait que me confirmer qu'elle regrettait sincèrement d'avoir emprisonné Marcus.

— Je n'ai pas arrêté d'essayer de vous dire que je n'étais pas un monstre, grogna Marcus. Mais à présent qu'Evelyn vous oblige à me libérer, vous comprenez que vos méthodes sont immondes ? (Il croisa les bras.) Je n'y crois pas.

Lily et le chasseur – elle avait oublié de mentionner qu'il était incroyablement bel homme – étaient assis sur des chaises adossées au mur, l'air particulièrement humilié.

— Qu'avez-vous à raconter à Marcus et à notre nouvelle invitée ? demanda la doyenne tout en se redressant, projetant une aura d'autorité qui me donnait presque envie de m'excuser pour une faute que je n'avais pas commise.

Le chasseur ne quitta pas du regard le couteau avec lequel il se nettoyait le bout des doigts, me rappelant fortement Killian.

— Comment étais-je censé deviner que cela poserait un problème ? grommela-t-il.

Lily lui asséna un coup de coude dans les côtes.

— Tu es censé dire que tu es désolé !

Le chasseur soupira et abaissa son canif avant de regarder la doyenne dans les yeux.

— J'ai été entraîné pour détecter des anomalies magiques. J'en ai trouvé une. Un vampire qui possédait encore ses pouvoirs de mage. Les vampires sont des monstres, pas vrai ? Et les monstres ne sont bons que pour deux choses. (Il pointa sa lame en direction de Marcus.) Être tués et être étudiés.

— Ça suffit, l'interrompit la doyenne, faisant trembler le sol d'une puissante vague de puissance.

Si ces personnes n'étaient pas des sorciers, je souhaitais vraiment savoir ce qu'elles pouvaient être.

— Vous deux avez déjà causé suffisamment de dégâts ainsi. Présentez vos excuses à nos visiteurs et montrez-leur comment retourner d'où ils viennent.

J'ouvris la bouche pour protester. S'ils m'avaient simplement laissée me concentrer, j'aurais pu facilement retrouver un autre de mes compagnons – où qu'il aurait pu être. Je devais me dépêcher et m'assurer qu'il n'y avait pas d'autres académiciens persuadés que les vampires étaient des monstres.

— Nous sommes désolés, dit Lily avant que je ne puisse prononcer le moindre mot.

Elle frappa de nouveau le chasseur, assez fort pour lui arracher un grognement, et il finit par produire ce que je supposais être également des excuses.

Apparemment satisfaite, Lily le pointa du bout de son nez et passa son bras autour du mien avant de me conduire hors du bureau.

— Très bien. Tu viens de la Terre, j'espère ? C'est le seul autre endroit où je sais me rendre, donc c'est là qu'on ira.

Je murmurai mon acquiescement tandis que Lily me guidait au travers d'interminables couloirs. Je me tordis la nuque pour voir Marcus et Bast qui me suivaient en maintenant une distance de sécurité.

Ils n'avaient quand même pas peur de la jolie blonde… si ?

— Est-ce que tu fais ça souvent ? questionnai-je lorsque Lily s'arrêta pour manipuler un verrou.

Elle poussa un juron et fouilla sa jupe jusqu'à trouver une clé.

— Quitter l'Académie ? Pas vraiment. À part pour des missions, des tâches ou ce genre de choses.

Je relevai un sourcil.

— Comme la chasse aux monstres, par exemple ?

Elle m'adressa un adorable sourire.

— Oui, comme la chasse aux monstres. C'est ce que je préfère.

Je décidai de reconsidérer mon opinion sur elle tandis qu'elle essayait d'ouvrir la porte. Je m'attendais à découvrir une autre salle de classe ou un centre d'entraînement de l'autre côté, mais mon regard tomba sur… rien.

Rien du tout.

— Voilà ! C'est par ici ! s'exclama Lily gaiement avant de me pousser dans les ténèbres.

Dites-moi que c'est une putain de blague.

SOMBRE VÉRITÉ

Les ténèbres m'engloutirent, et je restai aussi immobile que possible, ce qui ne se révéla pas difficile. L'obscurité agissait comme une gelée épaisse qui infiltrait mes narines, m'empêchant de respirer. Je crus que j'étais sur le point de mourir lorsque des doigts se glissèrent entre les miens.

Marcus.

Sa détermination et sa fermeté me poussèrent à inspirer une bouffée de cette gelée, ce qui, étonnamment, fonctionna. De l'oxygène, ou quelque chose d'aussi respirable, m'offrit un moment de répit, et j'en avalai goulûment de nouvelles bouchées.

Marcus ne disait rien, à moins que je sois incapable de le distinguer. Un silence assourdissant résonnait dans mes oreilles comme un rugissement. J'ignorais si j'entendais le néant absolu autour de moi ou un écho sans fin des battements de mon propre cœur dans ma tête. Au lieu de parler, il me tira vers lui et me guida au travers des ténèbres, comme s'il savait où se rendre.

La sensation de la fourrure contre mes chevilles m'informa que Bast m'avait suivie dans l'obscurité opaque. Je ne ressentis pas la moindre agitation ni crainte de sa part. Au contraire, je décelais un soulagement, comme si mon familier avait déjà visité un lieu comme celui-ci auparavant. Cette pensée m'offrit la confiance nécessaire pour enserrer la main de Marcus et continuer de le suivre.

Un voile collant heurta mon visage, et Marcus me tira au travers. L'autre côté de la gelée était étonnamment froid, et j'éprouvais l'étrange sensation de ne pas vouloir quitter cet endroit. J'étais en sécurité ici. Le temps et l'espace ne voyageaient pas entre les mondes. J'aurais pu vivre éternellement dans un présent figé, sans la moindre inquiétude quant à la grande catastrophe qui s'apprêtait à s'abattre sur le monde et à détruire ce qu'il en restait. Je n'aurais pas à ressentir la moindre culpabilité ou la moindre angoisse à l'idée que Sarina revienne d'entre les morts pour terminer ce qu'elle avait commencé. Marcus n'aurait pas à succomber. Il serait en sécurité.

Comme s'il avait remarqué mon hésitation, Marcus saisit cette fois-ci mon avant-bras et pressa de toutes ses forces. Il m'entraîna avec lui, refusant obstinément de lâcher prise jusqu'à ce que je finisse par me laisser emporter et traverser le voile.

Les rayons du soleil caressaient mon visage, et je clignai des yeux afin de me débarrasser de l'impression que mes sens s'étaient endormis. La lumière semblait étrangement glacée en comparaison avec le néant qui séparait les univers.

— Les tunnels sont addictifs, dit Marcus d'une voix basse et rassurante. (Il s'agenouilla et balaya une mèche de cheveux derrière mon oreille.) Attends un instant, et cela passera. Tu vas t'en remettre.

Bast poussa un miaulement joyeux, comme s'il avait été immunisé contre les forces qui occupaient l'entre-deux-mondes. Son pelage était d'ailleurs bien plus lisse et brillant qu'il ne l'avait été un peu plus tôt. Ses yeux scintillaient de malice et de plaisir, et la sensation de son bonheur envahit mes pensées sans le moindre mot.

Je fronçai les sourcils, mais glissai rapidement mes doigts au travers de sa fourrure afin de m'assurer qu'il était bien face à moi. Il se blottit contre moi et mordilla mon doigt, m'arrachant un rire.

— Contente de voir que tu vas parfaitement bien.

Je soupirai et plaçai mes mains sur mes cuisses tout en m'agenouillant pour essayer de reprendre le contrôle de mes cinq sens. Des dalles de pierre dure et chaude se trouvaient sous moi, et le vaste ciel était traversé à l'horizon par une ligne droite.

Non, pas l'horizon. Des piliers.

J'eus le souffle coupé en me rendant compte que j'étais de retour au milieu du cimetière dans lequel j'avais libéré mes compagnons de leur prison. Des traînées de sang marquaient encore les colonnes sur lesquelles j'avais lancé le sort afin de les délivrer, même si je n'avais, à l'époque, pas la moindre idée de ce que je réalisais. Je trouvais à présent cette ironie bien drôle. Peut-être était-ce mon destin de leur rendre la liberté, ou peut-être avais-je écrit mon propre avenir.

— Que faisons-nous ici ? demandai-je en me remettant péniblement debout.

Marcus me saisit par le coude et me pria de m'appuyer contre lui.

— Tu es entrée dans le tunnel en premier. C'est donc toi qui nous as amenés ici.

Je grimaçai.

— Pourquoi est-ce que j'aurais la moindre envie de revoir cet endroit ?

Marcus pointa du doigt une lueur argentée qui brillait au milieu de la plateforme.

— Peut-être que ceci y est lié ?

Je reconnus l'esquisse d'une rune incomplète depuis l'endroit où nous nous tenions.

— Je ne suis pas sûre de savoir à quel sort elle était destinée, admis-je tout en m'approchant de la tache. Je distingue deux longs traits, mais rien de plus, comme si son auteur les avait esquissés avant de les peindre.

— Ce n'est pas de la peinture, corrigea Marcus.

Il s'agenouilla et passa son doigt sur la marque. De minuscules particules scintillantes le recouvrirent, et il les porta à sa bouche.

— C'est de la poussière de diamant, informa-t-il en m'adressant un œil inquiet. Sarina doit y être pour quelque chose.

Bast miaula pour attirer mon attention. Son aura m'indiquait qu'il était pressé que je comprenne ce que cela signifiait.

Je le fusillai du regard.

— Si tu es courant de ce qui arrive, pourquoi ne dis-tu rien ?

— Bast ne te parle plus ? demanda Marcus en ajustant sa manchette.

Le chat poussa un feulement, comme si cette remarque l'avait offensé.

Je haussai les épaules.

— Je ne crois pas qu'il en soit encore capable. Sarina a fait quelque chose quand…

Je laissai mes paroles s'évanouir, et mon cœur se tordit dans ma poitrine. J'avais peut-être sauvé Marcus, mais le reste de mes hommes était coincé dans d'autres mondes. Et si j'avais simplement eu un coup de chance avec Marcus ? Et si je ne pouvais secourir personne d'autre ?

— Evelyn, dit Marcus d'une voix teintée d'inquiétude. Je ressens ta culpabilité. Tu n'as pas à te juger responsable.

— Qu'est-ce que tu en sais ? rétorquai-je aussitôt en pointant du doigt les piliers ensanglantés. À cause de moi, vous avez été piégés pendant un millier d'années, obligés de revivre le pire moment de votre existence, encore et encore.

Je laissai ma main retomber lourdement contre ma hanche.

— Et combien de temps as-tu passé dans une nouvelle prison par ma faute ? J'ai libéré assez de pouvoir pour tuer tous les mages et sorcières qui voulaient s'en prendre à moi, et par la même occasion j'ai offert à Sarina exactement ce qu'elle désirait.

Mon cœur se mit à tambouriner dans ma poitrine lorsque je me rendis soudainement compte de la futilité de la situation.

— J'étais consciente que son pouvoir fonctionnait grâce à des sacrifices, et c'est exactement ce que je lui ai fourni. Ne vois-tu pas à quel point je suis pathétique ? Maintenant, Tiros, Killian, Aaron et Quinn sont coincés dans différents mondes, et seuls les dieux sont au courant de ce qu'ils sont susceptibles de subir.

Je m'effondrai en boule et arrachai le masque de bal qui couvrait mon visage.

— Je ne mérite pas ces pouvoirs, Marcus. Je ne te mérite pas.

Les larmes me montèrent aux yeux, brûlantes et impitoyables. Je savais que j'allais éclater en sanglots, car j'étais sur le point de perdre la tête, mais je ne parvenais pas à m'en empêcher. Chaque fois que je voulais empêcher une catastrophe d'avoir lieu, je ne réussissais qu'à l'empirer. Je ne pouvais pas continuer ainsi.

— Hé, Evie ! lança Marcus tout en s'agenouillant et en enveloppant ses bras autour de mes épaules. Tu as besoin de lâcher un peu prise ? D'accord, tu en as le droit, mais tu n'as pas à t'en vouloir ni à prétendre que tu ne mérites rien, car tu es digne de tout ce que tu souhaites dans cette vie, et bien plus encore.

Il pressa fermement ses lèvres contre mon crâne. J'étais consciente qu'il combattait encore la soif de sang et qu'il aurait amplement pu saisir l'opportunité de s'en prendre à moi pendant que j'étais distraite. Je penchai la tête afin de lui donner accès à ma nuque.

— Tu n'as pas besoin d'avoir pitié de moi, dis-je, les mots traversant péniblement mes dents serrées. Je ne suis bonne qu'à t'offrir du sang, alors bois-le. Absorbe tout si tu le souhaites.

Marcus me força à me taire en me rapprochant contre son torse. Les sanglots surgirent et trempèrent aussitôt les restes déchiquetés de mon haut. Mon Marcus était raffiné, savait toujours garder sa droiture et portait en permanence la plus délicate des soies, mais il était resté piégé dans cette immonde prison pendant un temps incalculable, par ma faute.

Je fus ramenée à mes esprits par Bast. Il me mordit la main, assez fortement cette fois-ci pour faire couler le sang, et je poussai un petit cri de surprise. Il me fusilla du regard, et le flot de ses émotions qui m'envahit m'intima de cesser de me comporter comme une gamine et de me ressaisir.

Pourquoi ?

Parce que j'avais des compagnons et un monde tout entier à sauver.

Oh ! et il voulait aussi du poisson.

— JE NE SUIS PAS ta putain de cuisinière, le grondai-je tout en vidant une boîte de thon.

Impatient, il continua d'agiter la queue jusqu'à ce que je verse sa pitance puante dans un bol et la lui offre.

Il n'y avait plus qu'un seul endroit en Belgique où nous pouvions nous réfugier, et nous nous rendîmes donc à la maison du vieux Jordan pour piller sa cuisine. Sa femme n'était pas là. « En visite chez sa mère », avait-il précisé d'un sourire fatigué, mais je connaissais la vérité. Il l'avait fait partir. Après la destruction de la Congrégation de l'Améthyste, les environs n'étaient plus sûrs.

— Pourquoi êtes-vous encore ici ? lui demandai-je pendant que Bast prenait son temps pour inspecter son plat de poisson.

Lorsqu'il décida qu'il était à la hauteur de son statut, il commença à grignoter délicatement.

Jordan soupira avant de s'asseoir sur un tabouret. Il semblait avoir besoin de fumer, et la cuisine était embaumée de l'odeur des habitudes d'un vieux fumeur. Il fouilla la boîte de cigarettes qui se trouvait dans la poche de sa chemise, mais sans en tirer une.

— Ma place est ici, dit-il, les yeux perdus dans le vide.

Merde ! Je connaissais ce regard.

Je posai la main sur son bras et me penchai vers lui.

— Styles, est-ce que ma tante vous a déjà jeté un sort de servitude ? Ne me mentez pas. Je suis une sorcière de la Congrégation de l'Améthyste et je vous pose une question directe.

Si Tante Sandra lui avait lancé un maléfice qui lui permettait de le contrôler, il faudrait attendre des années pour que ses effets se dissipent, maintenant qu'elle était morte.

Son visage se crispa, et il se tordit la mâchoire avant de répondre.

— Votre tante m'a fait quelque chose, en effet. Mais c'est moi qui le lui avais demandé. Je ne voulais même pas disposer du choix d'abandonner la congrégation. Après tout ce qu'elle m'avait offert, je lui devais ma loyauté absolue.

Je soufflai tout en me penchant en arrière.

— Il n'y a plus personne à qui prouver votre loyauté, monsieur Styles. Ils sont tous morts. Je suis la dernière survivante de la Congrégation de l'Améthyste.

Jordan Styles ne sembla pas surpris par cette nouvelle, et il tira sa boîte à cigarettes de sa chemise. Il l'ouvrit, mais n'en sortit pas de cigarette.

— Je suis soulagée de vous voir en vie, mademoiselle Evelyn. Je pensais que toute la congrégation avait disparu après…

Son regard tomba au sol, et, grâce aux pouvoirs d'empathie que Tiros m'avait procurés, je ressentis une vague de frustration et de culpabilité.

Comment pouvait-il se croire responsable de la chute d'une congrégation entière.

— Il ne reste que des ruines, mademoiselle Evelyn. Je voulais entamer la reconstruction, car ce sont des humains qui ont bâti ce lieu, comme vous le savez. Mais j'ignorais même par où commencer. Je ne suis qu'un vieil homme.

Mon cœur se serra. Jordan Styles était un type bien, et il souhaitait simplement se rendre utile. J'ignorais ce que la congrégation avait pu faire pour s'assurer une telle loyauté, mais elle ne la méritait pas.

— Monsieur Styles, dis-je en me rapprochant encore. Jordan. Je vous affranchis officiellement de votre sort de servitude. Vous ne devez plus la moindre allégeance à la Congrégation de l'Améthyste. Votre existence vous appartient, et je vous commande de la vivre comme bon vous semble.

La magie bondit de ma langue lorsque je prononçai les mots. Je ressentis le regard de Marcus sur moi, depuis les ombres. Quinn, Tiros ou n'importe lequel de mes compagnons m'aurait réprimandée pour avoir libéré le seul allié qu'il nous restait dans cette ville de son maléfice de servitude, mais je refusais d'agir uniquement dans mon propre intérêt. Je comptais accomplir ce que je considérais être juste.

Jordan cligna des yeux en imaginant la poussière tomber devant ses paupières. Un long moment passa, et, lorsque le sort fut enfin complètement dissipé, des volutes mauves de sorcellerie scintillèrent sur son pantalon froissé. Il baissa les yeux pour les observer.

— Mademoiselle Evelyn, vous n'aviez pas besoin de faire ça.

Il me regarda, des larmes perlant au coin de ses yeux.

— C'est pour cette raison que j'avais accepté le sort de servitude. Vous méritez ma loyauté, et, lorsque la congrégation vous a accueillie, j'ai juré auprès de votre mère que je m'occuperais toujours de vous. Je suis un homme de parole. Je n'ai pas besoin d'un maléfice de servitude pour vous rester fidèle.

Il releva la lèvre, et son humeur changea.

— Mais pour les autres, par les dieux, j'avais vraiment besoin d'aide. Ils ne méritaient pas une once de ma loyauté. Seule vous la méritez, et ce sera toujours le cas.

Bon, allez, ne pas pleurer. Vraiment, je ne vais pas pleurer.

Je m'enveloppai dans mes bras et me redressai, souhaitant m'assurer que ma voix ne chevroterait pas lorsque je parlerais.

— Vous avez connu ma mère ?

Il hocha la tête.

— Oui. Une femme charmante. C'est injuste ce qui lui est arrivé, ainsi qu'à votre père. Les humains sont toujours victimes du surnaturel et des caprices de ceux qui mènent des existences bien plus longues que nous et qui, ironiquement, ne comprennent pas à quel point la vie est précieuse. Ils l'étouffent sans la moindre hésitation.

Son regard se dirigea aussitôt vers Marcus, qui aurait dû lui être invisible, mais le vieux Styles n'était pas idiot. Il savait reconnaître un vampire quand il en avait un face à lui.

— Je n'étais pas sûr de quoi penser de vos « tuteurs », mais je constate clairement qu'ils vous aiment encore plus que moi, et cela signifie beaucoup.

Je soupirai en ressentant l'inévitable vague de dépression qui m'envahissait chaque fois que je songeais à la mort de mes parents. Je n'avais que 4 ans à l'époque, et je n'en avais donc conservé presque aucun souvenir, mais une telle scène ne pouvait que rester imprimée dans un jeune esprit. Je ne me rappelais que d'éclaboussures de sang sur les murs, si gigantesques qu'on aurait pu croire qu'une bouteille de ketchup avait explosé.

— Des loups démoniaques étaient arrivés en Belgique à cette époque, et la congrégation n'avait pas encore établi de défenses, dis-je, attristée par le fait que ma famille avait dû en payer le prix, mais également heureuse que personne d'autre n'ait dû subir les assauts des fauves par la suite. La communauté avait établi des remparts conçus pour éviter que des créatures d'origines magiques, connues ou inconnues, ne puissent attirer les loups. C'est pour cette raison que la congrégation était encerclée de jasmin et que celui-ci entourait également la ville. Les humains considéraient les fleurs comme de simples plantes et ignoraient complètement qu'elles les protégeaient.

Les traits de Jordan se durcirent.

— À présent que le sort de servitude est levé, je ne peux plus vous cacher la vérité, mademoiselle Evelyn.

Un frisson parcourut tout mon corps, et je me crispai, comme si tous mes muscles étaient soudainement paralysés.

— Quoi ?

Il se tordit la mâchoire avant de poursuivre.

— Vos parents n'ont pas été tués par des loups. Certes, certains auraient pu s'en prendre à eux, mais vos pouvoirs ne s'étaient pas encore éveillés. Ils n'auraient jamais été capables de trouver votre trace si rapidement.

Sa main se mit à trembler, et il porta une cigarette à ses lèvres sans l'allumer. Ses yeux gris perçaient mon être comme s'il pouvait observer le passé lui-même. Une ombre passa sur son visage, et tout mon corps se raidit.

— Ce n'étaient pas les loups, répéta-t-il.

Je ravalai ma salive et, en me retournant, découvris que Marcus s'était rapproché discrètement de moi. Je saisis sa main et la pressai dans la mienne, le laissant me serrer contre son torse afin d'être en mesure d'affronter une terrible vérité que je n'étais pas prête à entendre. Je n'aurais jamais pu l'être.

— C'était la congrégation, murmurai-je si doucement que je crus que le vieux Jordan ne m'avait peut-être pas entendue.

— La congrégation, confirma-t-il. Ses membres connaissaient votre vraie nature depuis le tout début. Ils ignoraient quelle sorte de sorcière vous deviendriez, mais ils savaient que vous remporteriez les épreuves et deviendriez reine des Congrégations Royales.

Il mâchouilla légèrement sa cigarette avant de l'extraire de sa bouche et de la tenir entre ses doigts, comme une vieille habitude.

— Vous avez gagné, pas vrai ? (Il poussa un petit rire jaune.) Quelle drôle de justice que la congrégation elle-même ait été anéantie. Je suis désolé, je suis conscient qu'ils étaient votre famille, mais ils méritaient ce qui leur est arrivé.

Marcus pressa ma main lorsque je commençai à trembler. Le vieux Jordan avait raison. La congrégation avait toujours été ma famille... mais j'en avais une nouvelle à présent.

— Oh, par les dieux ! m'exclamai-je, mes yeux s'écarquillant lorsque je me rendis compte que mes compagnons n'étaient pas les seuls qui manquaient à l'appel. Cassidy !

LA PIRE AMIE DU MONDE

J'étais la pire amie de l'histoire des amies.

— Je n'arrive pas à croire que j'ai oublié Cassidy, répétai-je pour la énième fois.

Marcus me balança de nouveau un oreiller au visage. Je voulais rejoindre la source de magie la plus proche afin de créer un portail et la sauver, mais il n'y avait aucune chance que Marcus accepte une telle idée.

— Je pensais simplement que tu étais arrivée à la même conclusion que moi. Tout va bien pour elle. Il n'y a plus personne qui puisse lui faire du mal, et, à présent que Sarina est morte, le sort d'emprisonnement sera brisé. Elle sera en mesure de trouver ce dont elle aura besoin. Il y a un cours d'eau, des jardins où récolter de la nourriture et un garde-manger géré par des chefs humains qui seront sans aucun doute très heureux de pouvoir aider une autre humaine à survivre. Ils ne sont pas loyaux à Sarina.

Il prit mes épaules entre ses mains et me poussa sur le lit.

— Tu ne pourras pas secourir Cassidy ni qui que ce soit d'autre si tu t'obstines jusqu'à l'épuisement. Tu dois te reposer.

Marcus déplaça ses mains le long de mes bras et commença à retirer mes chaussures.

Je grimaçai.

— Je n'ai pas envie de faire l'amour, protestai-je. Tu ne sais pas si elle est en sécurité ! Il faut que je l'aide ! (Je laissai échapper un long soupir lorsque Marcus finit de m'enlever mes souliers pour s'attaquer à mes chaussettes.) Et le reste de mes compagnons ! Ils pourraient être n'importe où. Ils pourraient être en train de mourir.

— Chut, me réprimanda Marcus.

Ses yeux rubis me scrutèrent de haut en bas, et je me rendis compte qu'il avait l'air aussi épuisé que moi. Il ne s'était pas plaint une seule fois d'avoir été emprisonné pendant allez savoir combien de temps, et il n'avait même pas rejeté la faute de toute sa souffrance sur moi.

— Je n'essaie pas de coucher avec toi. Je tente simplement de m'occuper de toi, et tu as besoin de dormir.

Bast m'adressa un miaulement depuis son perchoir, au sommet de l'unique étagère de la chambre, qui était dangereusement bancale.

— Ne l'encourage pas, dis-je en croisant les bras.

Je me laissai tomber sur le doux lit improvisé. Les yeux rivés sur le plafond couvert de trous, je me sentis horriblement désespérée.

— Ne pourrais-je pas simplement lancer un sort pour récupérer mon énergie ? Est-il vraiment nécessaire que je me repose toute une nuit ?

— Tu ne peux pas utiliser ta magie pour résoudre tous tes problèmes et, oui, tu as besoin d'une nuit de sommeil.

Il ôta ses chaussures et son haut avant de me rejoindre tout en gardant son pantalon. Je fronçai les sourcils, et il gloussa.

— Je te promets que je n'essaie pas de coucher avec toi.

Je lâchai un soupir, concédai et finis par retirer mon jean. Il était peut-être capable de dormir dans les restes déchiquetés de son pantalon en soie, mais le mien était devenu très inconfortable.

— Tant mieux, parce que je ne suis pas au menu.

Il leva un sourcil.

— Tu ne m'as pas demandé de te vider de ton sang tout à l'heure ?

Je lui assénai une gifle sur le bras, ce qui émit le même son que si j'avais frappé un mur en pierre.

— Arrête, j'étais simplement un peu malheureuse, d'accord ? Je vais m'en remettre, surtout si tous ceux auxquels je tiens sont en sécurité. Je n'aime pas ne pas savoir où ils sont et s'ils sont en vie ou blessés. (Des larmes se mirent à piquer mes yeux, et je les balayai avant que Marcus ne les aperçoive.) Ça craint.

Je savais que je pleurnichais, mais Marcus ne semblait pas y accorder d'importance. Il ricana et m'enveloppa dans ses bras. Il était un vampire et n'était donc pas le mieux placé pour me réchauffer, mais il rassembla les couvertures et nous en recouvrit jusqu'à ce que ma propre chaleur corporelle puisse radoucir ma peau glacée.

Bast dut sentir que j'avais froid, car il bondit sur le lit et se forma en boule dans le creux entre mon cou et mon épaule.

Grâce aux bras d'un vampire serrés autour de moi et à mon familier qui ronronnait contre mon oreille, je parvins enfin à mettre de côté ma culpabilité assez longtemps pour m'abandonner au sommeil.

Je ne le lui aurais jamais avoué directement, mais Marcus et son gigantesque ego avaient raison sur toute la ligne. J'avais vraiment besoin d'une bonne nuit de repos, et au matin, j'avais cessé de m'apitoyer et je me sentais un peu plus moi-même, prête à botter des culs.

— Hi-yah ! hurlai-je en effectuant une prise de karaté dans le vide.

Bast, pas impressionné pour un sou, gesticulait la queue pendant que j'exécutais mes nouvelles techniques. Il avait trouvé un bon emplacement pour observer la séance d'entraînement dans la cour ensoleillée du vieux Jordan. Hélas, ce dernier n'était pas présent pour assister à mes mouvements incroyables. Il était parti en ville afin de nous trouver de quoi manger. Apparemment, il craignait que les vampires ne décident de me vider de mon sang s'ils n'étaient pas nourris.

Marcus se pinça l'arête du nez et prit une profonde inspiration.

— Quand je t'ai demandé de me faire une démonstration de tes talents au combat, je ne pensais pas à cela.

Je pliai mes genoux et imitai une posture de combat que j'avais vue dans un film. Je lui adressai le geste universel qui signifiait « ramène-toi ». Il était impossible d'exagérer quand il s'agissait des arts martiaux, surtout ceux que j'inventais. J'aurais pu l'appeler l'Eve-judo.

— Ne te moque pas de moi avant d'avoir essayé ! criai-je tout en plantant mes orteils dans le sol afin de « m'enraciner », une autre technique que j'avais découverte à la télé.

Tante Sandra n'avait jamais vraiment cru à l'utilité de la télévision, mais nous avions le droit de regarder quelques films afin d'être un peu familiarisés à la culture humaine.

— Je ne vais pas m'aventurer à… ça, contesta Marcus en agitant son doigt dans ma direction. Nous devrions d'abord trouver Killian. Il est le maître d'armes. (Il me lança un clin d'œil.) Je suis un amant, pas un combattant. Mais il faut vraiment que tu apprennes à te défendre. Lorsque j'ai visité le futur, j'ai découvert que de nombreux autres mondes existaient, et la plupart d'entre eux étaient très… intenses.

Marcus n'allait pas me prendre au sérieux à moins que je ne lui prouve que je ne faisais pas semblant. J'avais accumulé de la magie pendant qu'il bavassait, et je me creusais la tête pour me remémorer tous les films d'arts martiaux que j'avais pu visionner. Toutes ces séquences de combat montraient de véritables mouvements, et les acteurs avaient été entraînés par de vrais professionnels. Avec un peu de sorcellerie, je pouvais recréer chaque geste et technique et les disséquer au maximum. J'imaginais la manière dont le comédien avait puisé dans la force de ses jambes et l'avait manipulée pour un coup de poing ou de pied. Mais surtout, tout reposait sur le fait de profiter d'une faute d'inattention pour frapper. Je décidai donc de tester l'un de mes mouvements sur un vampire millénaire qui avait un penchant pour la soie.

Je me déplaçai si vite que le monde autour de moi devint flou, et je visai le coin du mouchoir de Marcus qui dépassait de la poche de sa veste. Il avait pillé la penderie de la maison afin de regagner son habituelle élégance, complétée par sa réserve infinie de mouchoirs magiques.

La magie bourdonna dans mes veines, et je m'émerveillai en remarquant que les yeux rubis de mon partenaire étaient encore dirigés vers le lieu où j'étais un instant plus tôt. Merde, est-ce que j'allais vraiment réussir ?

Je tendis la main pour saisir le premier morceau de tissu de sa poche et découvris qu'un autre l'avait miraculeusement remplacé. Je l'attrapai donc aussi. Je répétai le geste jusqu'à ce que le sol soit recouvert de mouchoirs, et l'effort qui me permettait de prolonger le sort faisait tambouriner mon cœur dans mes oreilles. La majorité de mes sorts étaient canalisés au travers du masque de bal qui se trouvait à ma hanche, me permettant de manipuler le temps et, dans ce cas précis, de le ralentir. Je ne fus pas surprise que la magie de Marcus soit celle que je maîtrise le mieux étant donné qu'il avait passé la nuit avec moi. Même si nous n'avions pas couché ensemble, passer une nuit dans ses bras avait suffi à me rendre mon énergie d'une manière que je ne pouvais moi-même pas expliquer.

Finalement, le sort perdit en puissance, et les yeux de Marcus me retrouvèrent à ses côtés avant de s'élargir. Il baissa le regard face à la masse de mouchoirs au sol, et ses lèvres formèrent un large sourire qui laissait apparaître ses crocs.

— D'accord, Evie, on dirait que je t'ai sous-estimée.

Et comment, mon gars ! Marcus venait de recevoir une leçon d'Eve-judo.

GRANDS CHATS

J'ignorais si Bast comprenait réellement l'étendue de mon génie, mais Marcus semblait suffisamment satisfait de ma démonstration pour m'aider à explorer le monde suivant.

Ce n'était pas une tâche aussi aisée que de tenir un artefact et de tenter de créer une connexion avec mon compagnon, de la même manière que je l'avais fait avec Marcus. Cela n'allait bien sûr pas m'empêcher d'essayer. Je brandis la dague de Killian qui reluisait de sa magie bleutée. Je plissai les yeux et commençai à la secouer vigoureusement.

— Ça fonctionne, ce machin ? Je ne ressens pas du tout la présence de Killian.

Je savais exactement quelle sensation j'allais éprouver lorsque ma magie atteindrait Killian. Une excitation, un sentiment étrange situé à la frontière entre le plaisir et la douleur, et l'odeur du sel et de la mer qui rempliraient mon corps comme lui seul en avait la capacité.

Marcus m'offrit sa main.

— Donne-la-moi.

J'obéis en fronçant les sourcils et lui tendis la dague. Bien que la magie ne lui soit pas destinée, une lueur bleue illumina la lame et se répandit dans son avant-bras lorsqu'il empoigna le manche. Il s'agenouilla et commença à tracer des lignes dans le sol.

— Tu as été capable de me retrouver, car nous partageons la même magie. Il faut bien plus qu'un lien d'âme pour voyager vers d'autres mondes. Tu dois savoir précisément où tu veux te rendre.

Je m'accroupis et serrai mes genoux contre mon torse. Bast menait la garde autour du petit cercle d'herbe pendant que Marcus dessinait ce qui ressemblait à une rune complexe.

— J'ignorais ma destination lorsque je suis partie te chercher, protestai-je. La seule chose dont j'étais certaine était ce que je ressentais, et j'ai suivi notre connexion.

Marcus s'arrêta pour me dévisager.

— Toi et moi partageons le contrôle de l'espace et du temps. Je possède encore une fraction des pouvoirs que j'avais lorsque j'étais mage, et ils ne sont pas très différents des tiens. La seule différence entre nous est que tu peux manipuler l'espace-temps à volonté, prédire ses mouvements et provoquer de petites altérations de mon chemin qui prend forme sur un tableau prédestiné.

Tout ceci était très compliqué, mais je n'allais pas laisser Marcus remarquer qu'il me brouillait l'esprit.

— Bon, nos facultés sont similaires, pas vrai ? Et donc ? Killian est un maître d'armes, et je t'ai fait une démonstration d'Eve-judo. Cela signifie quelque chose ?

Il esquissa un sourire en coin.

— Cela me prouve que tu es peut-être à la hauteur pour jeter un sort ciblé afin de le retrouver, oui.

J'essayai de ne pas laisser ma déception teinter ma voix.

— Nous devons lancer un maléfice ?

Marcus retourna son attention vers la rune. S'il préparait vraiment un sort, il devait s'assurer que chaque ligne soit parfaitement tracée. Une simple erreur pourrait modifier complètement le résultat. J'avais appris cela à mes dépens en tentant de conjurer un « gant de cuir ». Je n'avais réussi qu'à implorer un « gant de cul ». Oui, ce n'était pas très beau à voir.

— J'ai eu beaucoup de temps pour me préparer avant que tu ne me libères de la Fortune Academy. Au moins, l'endroit fonctionnait comme un amplificateur pour mes pouvoirs, et j'ai été capable de localiser les autres. J'aurais presque pu m'échapper vers l'un des autres mondes, mais j'ai ressenti que tu circulais entre l'espace et le temps pour me trouver, et je suis donc resté jusqu'à ton arrivée. (Il m'adressa un clin d'œil.) Tu as visé quelques années trop loin, mais nous devions t'aider à t'entraîner à voyager dans le temps. Ce n'est pas ta faute si tu n'y as pas été préparée.

Je blêmis.

— Quelques années ?

Il leva aussitôt les mains devant lui afin que je ne panique pas.

— Evie, n'oublie pas que j'ai plus de 1 000 ans et que j'ai été enfermé dans de pires prisons que celle-là. L'Académie m'a étudié, et je n'aurais presque pas eu à me plaindre si on m'avait mieux nourri. Les étudiants me divertissaient, et j'étais persuadé que tu me rejoindrais. Je sais me montrer patient, quand je le souhaite.

La colère envahit ma poitrine.

— Je vais retourner dans cette putain d'école et tous les massacrer.

— Non, pas du tout, dit-il avant de se relever pour admirer son œuvre et de me rendre la lame.

Sa magie avait perdu en intensité, et à présent, la rune au sol luisait d'une faible lueur bleue.

— Es-tu prête à retrouver Killian ? Il est retenu dans le domaine des panthères.

Je lui adressai un long regard incrédule.

— Des panthères, prononçai-je, comme un fait, et non une question.

Je devais forcément l'avoir mal entendu.

Il hocha la tête.

— Oui. Des panthères.

Je plissai les yeux.

— Comme les gros chats noirs ? Un territoire rempli de félins prêts à me dévorer ?

Bast se redressa en m'entendant mentionner des chats, et il miaula avec plus d'enthousiasme que lorsque je lui avais servi son bol de poisson.

Je jetai un regard sombre à mon familier, souhaitant désespérément qu'il retrouve sa forme humaine. Il ne cesserait pas d'être agaçant, mais au moins son charme permettrait de compenser son caractère.

— Pourquoi as-tu tellement envie de rencontrer des félins géants ? Tu es une demi-portion. Ils pourraient t'écraser et te dévorer comme un simple apéritif.

Bast miaula de nouveau, envoyant au travers de mon corps une vague d'émotions qui me rappela gentiment qu'il était le dieu des familiers, ce qui signifiait qu'il était le dieu de tout ce qui concernait les félins, et qu'il aurait été capable de dominer un monde peuplé entièrement de ces animaux en levant simplement la griffe qu'il adorait me faire ressentir chaque fois qu'il bondissait de mes genoux.

Je levai les yeux au ciel.

— Alors, Bast a donc l'air de penser que c'est un bon plan, mais je ne suis pas encore convaincue. Pourquoi Killian se trouverait-il dans un territoire dominé par des panthères ?

— Il s'agit d'un clan de métamorphes panthères, et ils appartiennent à la famille originelle de la Congrégation des Sorcières de l'Onyx. Chaque congrégation doit ses racines à différentes espèces surnaturelles, ce que les congrégations t'ont sûrement caché durant ton apprentissage.

Mes yeux devinrent larges comme des soucoupes, et je ne pus prononcer qu'un « Oh ! ».

Anxieuse, je me déplaçai autour de la rune qui brillait en de douces pulsations, et des picotements commencèrent à parcourir mon corps tout entier.

J'avais l'impression que des doigts envahissants tentaient de fouiller en moi, jusqu'au lien d'âme que je partageais avec Killian afin d'établir la connexion. Marcus devait être sacrément puissant pour réussir à lancer un tel sort sans prononcer la moindre incantation.

— Alors, comment allons-nous le libérer ? Pourquoi est-ce que les panthères le détiennent ?

— Il leur est utile. Elles recherchent des surnaturels spécialisés, formés à l'art de la guerre. Les panthères vivent en clans, chacun avec des ennemis surnaturels à affronter. Quelqu'un comme Killian pourrait leur servir de la même manière que j'étais précieux pour la Fortune Academy : comme une ressource à étudier et de laquelle puiser du savoir.

Je ravalai ma salive. Cela signifiait que Killian était forcé de se battre, sûrement pour sa simple survie, tout cela pour que quelques ignobles panthères puissent apprendre ses talents.

Ma décision prise, je saisis fermement la dague et inspirai profondément. J'avais jusqu'ici résisté au sort qui émanait de la rune au sol, mais à présent, je le laissais s'emparer de moi et de mon cœur. Je grimaçai en ressentant la douleur que m'infligeaient les pics qui s'enfonçaient en moi et formaient la connexion entre ce monde et celui dans lequel Killian attendait.

Je gardai mon calme lorsque la souffrance atteignit son paroxysme. Contrairement à Marcus qui était la passion incarnée, enveloppée dans la soie, Killian et moi avions une relation différente. Il entretenait un rapport unique avec la douleur, sur un plan que personne d'autre ne pouvait comprendre ni apprécier. Cela me rendait donc également spéciale. Il acceptait le supplice et l'exploitait pour sa magie, pour sa passion et pour se sentir vivant. Ne pas éprouver la moindre douleur était comme être mort, et c'était là ce que Killian craignait le plus au monde.

En devinant tous ses rêves et toutes ses craintes, je lâchai un soupir chevrotant tandis que mon corps puisait dans toutes ces sensations, et un portail se forma aux abords de la rune, la dévorant et révélant un univers de l'autre côté.

Mes yeux se plongèrent dans le passage qui donnait tout droit sur une parcelle de forêt épaisse. Je ne perçus aucun prédateur dans les ombres, mais je pouvais déceler leur présence. Au moment de notre arrivée, nous mettrions les pieds dans une embuscade.

J'échangeai un regard avec Marcus, et il dut comprendre la détermination teintée d'inquiétude qui se lisait sur son visage.

— Je te couvre, m'assura-t-il.

C'était là tout ce que j'avais besoin d'entendre. Je me pinçai le nez comme si je m'apprêtais à sauter dans un lac d'eau glacée, et traversai le portail.

TERRAIN D'ENTRAÎNEMENT

$\mathcal{U}$n grognement sourd retentit au moment où mes pieds touchèrent le sol doux de la forêt. Des parfums musqués m'enveloppèrent, et l'humidité me prit à la gorge. Je ne voulais surtout pas rester ici trop longtemps, mais si Killian pouvait le supporter, alors moi aussi.

Des yeux orange scintillèrent dans l'obscurité et clignèrent lorsque Marcus et Bast traversèrent le portail avant d'atterrir derrière moi. La panthère voulait nous indiquer qu'elle nous observait. Un seul mouvement de travers, et elle frapperait.

Je décidai d'adopter une approche diplomatique. Étant donné que je pouvais percevoir que plusieurs félins se trouvaient dans les bois, nous étions certainement en sous-nombre. S'ils attaquaient, j'utiliserais ma magie pour les repousser, mais je n'avais pas besoin de leur causer du tort. Il fallait que je découvre où se trouvait Killian et s'il avait été maltraité d'une quelconque manière. Auquel cas j'allais vraiment leur faire du mal.

— Je recherche mon compagnon, dis-je d'une voix suffisamment forte pour que toutes les bêtes qui m'épiaient puissent m'entendre. Il a été envoyé ici par erreur, et je viens pour le ramener d'où il vient.

Les yeux ambre clignèrent de nouveau, lentement et fixement, puis ils se tournèrent vers Bast qui s'enroulait autour de mes chevilles et expulsait des étincelles tandis qu'il me nourrissait de plus de pouvoir que nécessaire.

Je lui adressai un geste de la main.

— Bast ! Ne les provoque pas. Tu sais parfaitement que je n'ai pas besoin de plus de puissance.

J'avais retrouvé tous mes compagnons, il était donc excessif que le dieu des familiers partage sa sorcellerie avec moi.

La panthère qui nous espionnait dut être offensée ou bien intriguée, car les feuilles se mirent à bouger et à être écrasées. Je me rendis compte alors que ce que j'entendais n'était pas le son de feuilles piétinées... mais d'os. J'avais distingué les mêmes bruits lorsque Aaron s'était transformé en loup, et je déglutis fortement.

Une femme nue sortit de la forêt, me surprenant au point de me laisser bouche bée. Elle était magnifique. Elle avait des yeux vert brillant ornés d'iris en fentes, ainsi qu'une longue chevelure noire qui tombait sur ses hanches et lui donnait une apparence plus mythique qu'humaine. Elle esquissa un sourire, révélant des canines pointues qui lui conféraient un air menaçant. Je me demandai s'il s'agissait là de sa véritable forme ou bien si elle maîtrisait si bien sa transformation qu'elle pouvait conserver certains de ces attributs sous sa silhouette humaine.

— Tu es une sorcière, dit-elle d'un ton assuré. (Son regard tomba de nouveau sur Bast.) C'est un bien étrange animal que tu as amené avec toi. Puis-je le voir ?

Je pris un air sérieux et tentai de me forger une opinion sur elle. Pas la moindre présentation. Pas la moindre honte quant au fait de se montrer nue face à des inconnus. Elle avait complètement ignoré ma requête et sollicitait déjà quelque chose de ma part. Au moins, elle prenait la peine de demander plutôt que de se servir sans poser de question. C'était donc un bon début.

— D'accord, acquiesçai-je avant de bousculer Bast avec mon pied. Vas-y. Tu avais tellement hâte de rencontrer les panthères. On dirait que tu t'es fait une amie.

Bast secoua la queue, sa seule manière de m'indiquer qu'il n'appréciait pas le traitement que je lui infligeais, et il finit par s'approcher sans crainte de la femme panthère, la queue haute.

À ma surprise, elle posa un genou à terre et commença à caresser le félin avant de laisser un ronronnement vibrer dans sa gorge. Sans savoir pourquoi, je n'aimais absolument pas ça.

— Bast est mon familier, mais aussi mon partenaire lorsqu'il est sous sa forme de mortel, alors n'allez pas vous imaginer des choses.

J'ignorais comment fonctionnait la libido des panthères, mais je préférais être prudente et établir des règles de base.

La femme gloussa avant de se relever. Elle croisa les bras sous sa gigantesque poitrine, la relevant d'une manière qui me fit rougir. Je me retournai pour m'assurer que Marcus ne se rinçait pas l'œil, mais il semblait bien plus occupé à replier son mouchoir correctement dans sa poche de chemise.

— Nous respectons cette sorte de lien ici, ne t'inquiète pas. Je me contentais de le saluer. (Elle chassa une longue mèche de cheveux de son épaule.) En ce qui concerne ton autre compagnon, aurait-il une passion pour les lames, à tout hasard ?

Je plissai les yeux.

— Oui, Killian est un maître d'armes entraîné. Je veux le voir immédiatement.

Elle émit un son avec sa langue, et quatre paires d'yeux orange clignèrent dans les ténèbres de la forêt.

— Je surveillerais mes paroles si j'étais toi. Tu n'es pas la seule à avoir des compagnons.

Marcus me saisit par le coude et se pencha pour me murmurer à l'oreille.

— N'oublie pas, Evie, nous sommes dans son monde, et nous devons obéir à ses règles.

J'étais consciente que Marcus ne m'aurait pas permis de venir ici s'il ne m'avait pas cru capable d'affronter une meute de panthères, mais je ravalai tout de même une boule d'angoisse dans ma gorge à l'idée de voir bondir quatre grands félins pour nous attaquer. Magie ou non, les muscles dont était pourvu le corps de cette femme m'indiquaient que ces créatures étaient rapides, et la lueur dans ses yeux était la preuve qu'ils possédaient leur propre sorcellerie.

Bien, il me fallait donc user de mon charme. Et j'en ai une tonne.

Je parvins à former un frêle sourire et tapotai le bras de Marcus.

— Bien sûr. Je suis simplement nerveuse à l'idée de retrouver tous mes partenaires. C'est une longue histoire, mais ils ont tous été envoyés dans des mondes différents, et mon maître d'armes a été expédié ici par erreur. Je vous serais très reconnaissante si vous me permettiez de le voir.

Elle me dévisagea un long moment comme le font souvent les félins. J'ignorais si elle imaginait déjà comment me tuer ou si elle songeait à ce qu'elle désirait pour son dîner. Peut-être les deux.

— Très bien. Tu suivras constamment le sentier, et tu seras escortée en permanence. (Elle dirigea son regard vers Bast, et un sourire frétilla sur ses lèvres.) Tu as de la chance d'avoir un dieu des félins avec toi, sinon je t'aurais dévorée sans la moindre hésitation.

Je déglutis fortement, mais tentai de masquer ma stupeur.

— Merci.

Soudain, elle se transforma, ses os se contorsionnant dans des directions divergentes, et son visage s'allongeant pour façonner le museau plat d'une panthère orné de longues moustaches argentées. Seuls ses yeux n'avaient pas changé. Ses iris couleur émeraude m'observaient avec bien plus d'intelligence qu'elle ne le laissait transparaître.

Elle secoua la queue qui s'était formée à partir de ses cheveux et se retourna, s'attendant à ce que nous la suivions. Elle poussa un long hurlement. Je n'avais jamais entendu l'appel d'une panthère auparavant, mais cela ressemblait au cri d'une femme qu'on assassine mélangé à un rugissement terrifiant, suivi d'une série de pépiements.

En réponse, d'autres pépiements retentirent depuis la forêt, mais je ne distinguai pas le moindre bruit de buisson ou de feuilles dérangés à mesure que nous suivions le sentier.

— Ils nous indiquent qu'ils peuvent nous suivre en toute discrétion, murmura Marcus. Les métamorphes panthères font partie des chasseurs les plus furtifs et les plus dangereux de l'univers. Nous devons être prudents.

Sans blague, je n'avais pas besoin qu'il me le dise. Je serrai quand même ses doigts entre les miens et suivis le fauve qui trottait devant nous. J'ignorais combien de temps nous avons marché ainsi, mais j'eus l'impression qu'un million d'années s'étaient écoulées. Lorsque nous atteignîmes enfin un semblant de trace de civilisation, la tension ambiante qui m'empoigna l'estomac me donna envie de vomir.

Tout en parcourant le chemin de pierre, la panthère se transforma de nouveau en femme. Un présentoir recouvert de tuniques l'attendait, et elle en saisit une sans même regarder avant de s'en envelopper.

Les autres fauves qui étaient restés cachés émergèrent de la forêt et se figèrent. Chacun d'entre eux me dévisagea avec un air de dédain, avant de jeter des regards lassés vers Marcus et Bast. Ils se transformèrent tous en de grands hommes musclés dont les yeux possédaient les mêmes iris en fentes que ceux de la femme. Et ils étaient tout aussi nus.

J'essayai de contrôler ma curiosité. Pas facile face à quatre pénis pendouillant librement. Chacun des gars saisit une tunique, cachant maladroitement leur intimité et me laissant pétrifiée. Ils formèrent un demi-cercle autour de moi et attendirent.

— Attention où tu regardes, murmura Marcus.

Je sais, c'était hypocrite de ma part. Il avait fait attention de ne pas reluquer la femme qui nous avait rencontrés dans les bois, mais je n'avais jamais prétendu être une bonne compagne.

Je me raclai la gorge et hochai la tête.

— Oui, bon. Suivons-la.

La femme ne s'était pas arrêtée de marcher, et je dus pratiquement courir pour ne pas perdre sa trace.

Le sentier serpentait dans une canopée qui ressemblait à un ensemble gigantesque de cabanes d'enfants. Face à nous se dressait une ville composée de maisons bâties dans les arbres, n'utilisant pour matériau que les branches, et d'un système de poulies qui permettait de transporter des personnes et des objets. Je remarquai un homme âgé qui grognait en tirant sur une corde à laquelle était attaché un seau d'eau qui ballottait en montant lentement vers l'une des cabanes.

— Ne le renverse pas ! lui cria une femme, un peu plus haut.

Il grimaça et agrippa la corde, ses biceps se contractant avant de réessayer prudemment. Même les vieux étaient baraqués ici.

Les sons de la vie quotidienne du village nous entouraient à mesure que nous progressions plus profondément dans le campement. Personne ne prêtait attention à nous, à l'exception de quelques regards curieux qui furent rapidement dissuadés par notre intimidante escorte. Les panthères qui nous accompagnaient devaient être des types flippants, car tous les villageois réagirent en recroquevillant leurs épaules et en se reconcentrant sur les tâches qu'ils devaient accomplir.

En dépassant ce qui semblait être la dernière maison du hameau, nous découvrîmes de longues rangées d'arbres alignés avec précision. Ils n'avaient clairement pas poussé naturellement, contrairement au reste de la forêt.

— Voici le terrain d'entraînement, indiqua la femme, me surprenant par le ton vif de sa voix qu'elle projetait par-dessus son épaule. Votre maître d'armes est ici, il entraîne nos jeunes.

Entraîner les jeunes ? Cela ne semblait pas si horrible, du moins je l'espérais.

— Pourquoi cet espace est-il caché aussi profondément dans votre camp ? Ne serait-il pas prudent d'avoir des soldats à l'extérieur, afin de protéger les anciens ?

J'eus la sensation que j'étais dans un monde dangereux. Les gens qui vivaient dans des cabanes au milieu d'un bois épais ne devenaient pas aussi costauds sans raison.

Ma remarque la fit ricaner.

— Le terrain d'entraînement est pour notre progéniture. Tu devrais être plus attentive.

Comme si cela constituait une explication suffisante, elle ouvrit les premières portes, et un bruit sourd se mit à résonner dans l'air. Elle claqua des doigts, et je repérai la lueur d'un écho de magie surplombant un gigantesque champ de force qui s'étendait de manière stratégique entre chaque arbre du camp.

— Vous pouvez entrer à présent, le bouclier est désactivé.

Marcus tendit la main en me voyant la suivre.

— Je vais passer en premier, dit-il avant de traverser la barrière invisible sans me laisser le temps de protester.

Certes, il était peut-être un puissant mage vampire, mais j'étais une Sorcière du Destin, et j'étais donc responsable de sa sécurité.

Je lui jetai un regard noir.

— Recommence ça et je t'assène un coup de pied dans les couilles.

La femme panthère semblait extrêmement amusée par ce commentaire et me récompensa d'un rire qui caressa mes oreilles.

— Je crois que tu vas te plaire dans cet endroit.

Je n'avais pas la moindre intention de demeurer ici, mais je lui adressai tout de même un rictus. Histoire de mettre mon charme à contribution et tout ça.

— Oui, il faut bien garder ses compagnons à leur place, pas vrai ?

Marcus leva les yeux au ciel face à moi et me fit signe de passer devant lui.

— Après vous, Votre Altesse.

Je le fusillai du regard, car je savais qu'il n'employait pas ce titre sans raison. Je n'étais pas reine des Congrégations Royales, ou du moins je ne pensais pas l'être. En tout cas, je n'avais aucune envie d'être la reine de quoi que ce soit. Je voulais botter des culs, rentrer chez moi pour baiser avec tous mes hommes et manger du gâteau au chocolat. Dans cet ordre-là.

D'abord, il me fallait sortir mes compagnons de ces dangereux mondes alternatifs, et nous pourrions alors décider de ce que nous allions considérer comme mon chez-moi. Préférablement un lieu où je pourrais déguster plein de gâteaux au chocolat.

Des bruits de chocs métalliques résonnèrent dans l'air, m'emplissant d'inquiétude. Si un combat avait lieu, je ne m'en étais pas rendu compte jusqu'alors.

Je tournai les yeux derrière nous pour constater que le champ de force était bien plus visible de ce côté. Sa surface luisait comme un arc-en-ciel obscur, lui donnant un magnifique éclat huileux. Quelle que soit cette chose, elle ne laissait pas échapper le son et retenait aussi sûrement d'autres trucs.

— Tu crois que le bouclier sert à protéger le camp d'entraînement ou bien à empêcher tout ce qui s'y trouve de s'échapper ? demandai-je à Marcus.

Même en m'adressant à lui à voix basse, la femme panthère ainsi que notre escorte virile m'entendirent, et ils gloussèrent.

— J'ignore quel genre de bête tu viens de recueillir, Isis, mais celle-ci a l'air d'apprendre vite.

La femme panthère adressa un regard noir à l'homme qui venait de parler. J'ignorais si sa colère était provoquée par le fait qu'il venait de prononcer son nom devant nous ou si elle n'appréciait simplement pas qu'il me complimente. À la manière dont elle afficha ses dents, je devinai qu'il devait sûrement s'agir des deux raisons.

— Ton compagnon n'est pas la seule relique d'entraînement que nous avons récupérée, alors je serais prudente si j'étais toi.

Relique d'entraînement ? Cette expression me donna des frissons, mais je gardai les dents serrées, la rage me faisant crisper les mains en des poings que je maintenais contre moi.

Un autre champ de force nous percuta sans prévenir. Mes oreilles sifflèrent et, une fois le champ traversé, une multitude de panthères et de guerriers à moitié nus apparurent au milieu d'une large étendue parsemée d'obstacles. On aurait dit un parcours du combattant paranormal, avec des filets, des barres d'escalades et des fosses de boue, au travers duquel progressaient différents groupes de soldats.

Je remarquai immédiatement Killian au milieu des armes et des griffes qui s'entrechoquaient.

— Killian ! hurlai-je.

Il tordit son visage ensanglanté en direction de ma voix, ce qui donna à la panthère qu'il affrontait l'opportunité de le plaquer au sol et de l'attaquer à la gorge. Du sang gicla au sol autrefois blanc et qui, à la suite des combats brutaux et incessants, s'était teinté de rose de manière permanente.

— Killian ! criai-je de nouveau, la panique me tordant le cœur.

Je n'avais pas traversé des mondes entiers ni affronté une panthère métamorphe mal lunée et son escorte de compagnons pour voir Killian être mutilé à mort devant mes yeux, tout ça parce que j'avais eu la stupide idée de le déconcentrer.

Je me détendis en remarquant que la panthère glissait contre le corps de Killian, révélant que le sang qui avait giclé n'était pas le sien. Il retira une dague enfoncée dans le cuir de la créature et l'essuya contre son pantalon.

Isis ne semblait pas heureuse de constater que Killian venait de tuer l'un des siens, mais pour sa défense, les fauves avaient l'avantage du nombre, et mon compagnon semblait leur avoir tenu tête pendant un certain temps. Trois autres panthères se mirent à l'encercler en grognant, relevant leurs babines pour afficher leurs dents qui étaient rougies par l'hémoglobine.

— Vous appelez ça un putain d'exercice ? m'énervai-je d'une voix si aiguë que je me demandai si je n'avais pas commencé à m'exprimer en ultrason.

Mais si Isis était à moitié féline, elle n'aurait eu aucun mal à me comprendre. Elle me dépassa à pas de velours, ne semblant pas se rendre compte que sa tunique pendait de manière très lâche autour de sa poitrine voluptueuse, laquelle semblait être bien plus un inconvénient qu'un atout pour une personne qui était supposée être la femme guerrière du village. Elle fit courir ses doigts sur le corps de la panthère décédée, et un puissant goût métallique de magie se déposa sur ma langue juste avant que la victime ne se relève.

Mes yeux s'écarquillèrent. Leur terrain d'entraînement pouvait donc rendre la mort temporaire. Bon à savoir.

— Il est temps de prendre une pause, proclama-t-elle, et tous les combats prirent fin aussitôt au milieu de quelques grognements déçus.

Elle fixa les panthères d'un regard sévère jusqu'à ce que chacune d'entre elles se retransforme et déguerpisse. Elles saisirent des tuniques qui s'imbibèrent aussitôt du sang provenant de leurs immenses plaies, même si aucun métamorphe ne semblait gêné par ses blessures.

Isis s'approcha de Killian, toujours à genoux et qui tenait encore son cran d'arrêt si fermement que je crus qu'il s'en briserait la main. Elle lui tendit le bras pour l'aider à se relever, ce qui me surprit. Killian avait l'air bien plus prêt à lui trancher la main qu'à accepter son assistance.

Il rangea finalement sa lame avant de placer ses doigts entre les siens juste assez longtemps pour se remettre debout, et il glissa aussitôt ses mains dans ses poches.

— Content de voir que tu vas bien, Evie, déclara-t-il en essayant de former un sourire.

Je ne pouvais toutefois que constater à quel point il semblait épuisé, non seulement physiquement, mais aussi par l'effort d'avoir dû se donner en spectacle pour les panthères.

Par les dieux, combien de temps avait-il passé ici ? Celui-ci s'écoulait-il différemment dans les autres mondes ? Mon cœur se noua, et je courus vers Killian afin de passer mes bras autour de sa nuque. Je le couvris de baisers, ignorant la terre et le sang qui salissaient mon visage.

— Je suis tellement désolée de ne pas être venue plus tôt, déplorai-je avant de le serrer aussi fort que possible.

Je comptais ne plus jamais le laisser quitter mon champ de vision.

Il gloussa, et ce son envoya de nouveaux frissons au travers de mon corps.

— Je vais bien, Evie, je t'assure. Les panthères m'ont traité correctement. Cet entraînement constant m'a permis d'entretenir mes talents.

Je m'éloignai de lui pour l'observer, dubitative.

— Est-ce que tu dis ça uniquement pour me rassurer ?

Il fit un petit geste de la tête que je ne pouvais interpréter comme étant un oui ou un non.

— Disons simplement que je suis content de te retrouver, et restons-en là, d'accord ?

Marcus nous rejoignit et adressa une tape sur le dos de Killian, ce qui tira une grimace à mon maître d'armes. Impossible de savoir quelles sortes de coupures et de bleus recouvraient tout son corps, mais il afficha un sourire chaleureux à l'intention du vampire.

— Salut, Marcus. J'espère que tu as pris soin de notre bien-aimée.

Marcus sortit un de ses mouchoirs et le proposa à Killian qui s'en servit pour s'essuyer le visage.

— Elle est inarrêtable, mais j'ai réussi à la garder en un seul morceau.

Bast miaula d'impatience à mes pieds.

— Oui, Bast, on te donnera bientôt à manger.

Isis frappa deux fois dans ses mains.

— Le dieu chat a faim, nous allons donc festoyer. Que tout le monde se rende aux quartiers communs.

À ma grande surprise, ceux qui étaient restés derrière nous pour nous surveiller obéirent et se déplacèrent vers la structure principale au centre du champ de force.

Isis sourit de toutes ses dents.

— Pourquoi es-tu si surprise, ma chère ? S'il y a quelque chose que j'apprécie plus que voir des hommes se battre jusqu'au sang, c'est manger un bon repas.

Heureusement, les panthères ne se nourrissaient pas que de poisson, mais Bast avait une place de choix à la table, laquelle débordait de plats délicieux, à écailles ou autres.

J'avais connu de nombreuses salles de banquet, mais aucune ne ressemblait à celle-ci. Seules quelques personnes avaient le même âge que moi, ou bien étaient un peu plus jeunes, et discutaient gaiement tout en prenant leur repas, le tout malgré les bleus et les coupures dont elles étaient recouvertes. Un bassin d'eau se trouvait à l'entrée de la pièce, ainsi que de gigantesques seaux et des serviettes, censés suffire à nettoyer la plus grosse partie du sang des plaies ouvertes. Il n'y avait clairement pas assez d'eau et de savon dans le monde pour ce groupe, selon moi.

On m'avait installée à ce qui semblait être la place d'honneur, à moins que ce ne soit celle du déshonneur. À notre table étaient assis Isis et les hommes métamorphes que je supposais être ses compagnons à la façon protectrice dont ils l'observaient. J'étais rassurée par la présence de Marcus à ma gauche et de Killian à ma droite. Je n'aimais pas voir Bast sur un tabouret rehaussé à côté d'Isis, mais il paraissait se régaler du poisson qui lui était offert. Isis saisit ce qui avait l'air d'une cuisse de dinde entière et la déchiqueta avec ses dents. Après avoir avalé sa bouchée, elle m'adressa un sourire.

— Je t'en prie, mange. Si voyager entre les mondes est aussi fatigant que chasser dans la forêt, tu dois être morte de faim.

Je baissai les yeux vers mon assiette remplie intégralement de viande et que je n'avais pas touchée. Du sang suintait des os mi-cuits, et je portai à mes lèvres une des serviettes afin de cacher ma grimace.

— Je suis désolée, Isis, mais je n'ai pas très faim. J'ai d'autres univers dans lesquels me rendre et d'autres compagnons que je dois ramener dans le mien, d'où ils viennent.

L'air pensif, Isis prit une nouvelle bouchée avant de s'adresser à Killian.

— Maître d'armes, es-tu prêt à nous quitter ? Tu disais souhaiter rester ici jusqu'à avoir parfait tes talents.

Je le considérais d'un air déconcerté. Était-il resté avec les panthères… de son plein gré ?

Il dépeçait un morceau de viande à l'aide de son cran d'arrêt et ne semblait pas dérangé par la couche de gras qui le recouvrait alors qu'il en portait un bout à ses lèvres. Après avoir pris son temps pour mastiquer et avaler, il répondit à Isis.

— Tes jeunes se débrouillent bien. (Il hocha la tête en direction de l'un des hommes panthères.) Je pense que Jason pourra poursuivre là où je me suis arrêté. Il a été le plus attentif de tous.

Le fauve dénommé Jason se redressa et afficha un rictus félin à l'intention de Killian, toutes canines apparentes. Isis sourit.

— Très bien. Ce soir, vous vous reposerez ici, puis je vous offrirai personnellement ma magie avant que vous ne partiez. Un accord est un accord.

Je regardai Killian, mais il secoua la tête. J'ignorais quel marché il avait passé avec elle, mais il allait devoir m'en parler une fois que nous serions seuls.

Je lui assénai un coup de pied sous la table afin de m'assurer qu'il s'en souvienne, mais j'avais oublié que la douleur était pour lui une source de plaisir, et il m'envoya un regard lourd de sens comme je l'avais rarement vu en afficher.

Une sacrée nuit nous attendait.

UNE NUIT MÉMORABLE

— Aucune chance que je puisse dormir comme ça, dis-je, essoufflée après avoir escaladé la énième branche qui menait vers les « quartiers des invités », comme Isis les désignait.

Ces derniers consistaient en un petit hamac suspendu devant — oui, devant — une fenêtre à plusieurs dizaines de mètres au-dessus du sol.

— Nous allons disposer des fourrures au sol, indiqua Killian, semblant ignorer l'installation mortelle qui se trouvait à la fenêtre. Je ne m'attends pas à ce que tu utilises le hamac.

Il saisit une pile de peaux rangées dans le placard et remua les sourcils.

— Il était temps qu'on passe une nuit ensemble.

Marcus enroula son bras autour de ma taille et me tira contre lui, un grand sourire aux lèvres.

— Seulement à condition que tu sois prêt à partager, maître d'armes. Je crois que j'ai tout autant droit à une nuit avec notre chère sorcière que toi.

Il se pencha contre moi et me surprit en déposant délicatement ses lèvres contre les miennes.

— Qu'en dis-tu, Evie ? Tu penses pouvoir nous supporter tous les deux ?

J'ignorais si c'était dû à la présence de toutes ces panthères ou bien aux hauteurs, mais mes hommes étaient particulièrement excités, et je leur adressai un air déconcerté. Même Bast semblait embarrassé par cette démonstration de virilité, et il décida de braver le rebord de la fenêtre pour s'y rouler en boule et profiter des derniers rayons du soleil. Il me lança un regard en coin avant de fermer complètement les yeux, comme pour me signifier *« Oui, je suis toujours un chat. Si quelqu'un sait comment me rendre ma forme humaine, il se trouve forcément dans un domaine de métamorphes félins. Mais rien ne presse. Va t'envoyer en l'air avec tes compagnons. Je vais attendre ici. »*

— Et pour Bast ? demandai-je avant de me trémousser pour échapper à l'emprise de Marcus. Et Quinn ? Et Tiros ? Et Aaron ? (La colère se mélangeait à ma peur et faisait rougir mon visage.) Je ne suis même pas fatiguée. On devrait aller les chercher.

— Nous ne pouvons pas partir, pas pour le moment, rétorqua Killian tout en étalant les fourrures au sol. (Il déposa également quelques oreillers.) Aaron est dans ce monde, enfin, pas tout à fait, mais il est ici. Nous ne serons pas en mesure de le retrouver avant demain matin. C'est pour cette raison que j'ai gardé un œil sur les panthères, afin de m'assurer qu'Aaron ne se mette pas en danger.

— Quoi ? hurlai-je, ma voix menaçant d'atteindre les plus hautes octaves imaginables. Qu'est-ce que tu veux dire ? Si tu savais où était Aaron, pourquoi n'étais-tu pas avec lui ?

Killian pouffa.

— Tu sais combien de temps il m'a fallu pour convaincre les panthères de ne pas me tuer pour de bon ? Je leur ai montré que je pouvais être utile à leur programme d'entraînement après qu'ils m'ont capturé. Ensuite, lorsque je leur ai fourni des informations concernant les loups contre lesquels ils sont en guerre, ils m'ont considéré comme leur allié. Je leur ai promis de rester jusqu'à ce qu'ils soient satisfaits, à condition d'affronter leurs ennemis moi-même. (Il haussa les épaules.) Je ne leur ai jamais avoué que je cherchais un loup en particulier et que je n'avais aucune intention de le tuer.

J'avais vraiment besoin de m'asseoir. Je désirais sincèrement punir Killian et lui claquer une porte au visage, mais cette cabane de chasse qui constituait nos appartements de luxe à Panthère Ville n'en possédait pas. Ne disposant donc d'aucune manière digne d'ingérer tous ces renseignements, j'arrachai un monceau de fourrures des mains de Killian et les pressai contre mon torse avant de me laisser tomber sur l'emplacement le plus confortable, même si cela signifiait que je devais me réserver toutes les peaux.

Marcus ne prononça pas un mot et s'assit en tailleur à mes côtés, une main posée sur ma hanche. Son toucher était rassurant, et je puisai dans ses réserves de sang-froid.

— Killian, nous apprécierions si tu nous disais combien de temps tu as passé ici. Evelyn a lancé un sort de voyage temporel pour me sauver de la prison magique dans laquelle Sarina m'avait envoyé. J'ai essayé de nous faire revenir dans notre ligne temporelle, mais il est difficile de déterminer laquelle est la nôtre étant donné notre méthode de transport… unique.

Il n'ajouta rien de plus. « Unique » était un euphémisme. La magie de la Fortune Academy, mélangée à celle d'une Sorcière du Destin et d'un magicien voyageur temporel transformé en vampire, pouvait donner lieu à un périple bordélique.

Killian triturait son cran d'arrêt comme s'il avait envie de le contredire, mais il se ravisa. Il nous fixa de ses yeux rubis, un air pensif sur son visage qui était marqué de tant de douleur et de mystère.

— Cela fait six mois que je suis ici. C'est un battement de cil en comparaison avec les milliers d'années que nous avons passé en captivité durant le sort de réincarnation.

Six mois. Ma tête se mit à tourner en imaginant qu'un tel laps de temps avait pu s'écouler. Killian était non seulement resté coincé avec des métamorphes panthères aguerris, mais il avait aussi été forcé de se battre dans une arène où l'entraînement consistait à mourir et ressusciter, encore et encore.

— Je suis vraiment désolé, Killian, soufflai-je en serrant encore les fourrures contre ma poitrine. Je ne savais pas.

Au lieu de m'accabler encore plus, ce que je méritais bien, il afficha un sourire et s'approcha doucement de moi. Il frôla mes joues avec ses lèvres, faisant voler des papillons dans mon ventre. Killian n'avait pas pour habitude d'être aussi délicat, mais il était capable de l'être pour moi lorsque j'en avais besoin.

— Tu n'as rien à te reprocher, bébé.

J'eus un rictus.

— Est-ce que tu viens de m'appeler « bébé » ?

La main de Marcus était encore sur ma hanche. Il resserra son emprise pour me rappeler sa présence, et ses caresses remontèrent très doucement le long de ma jambe, provoquant une chaleur entre mes cuisses.

— Ça te plaît ? On peut recommencer si cela t'excite.

Killian se recroquevilla contre ma nuque.

— Preums. Je lui ai donné ce surnom en premier, et elle a aimé ça.

— Je n'ai jamais dit que j'aimais ça, protestai-je.

Je ne parvins pas à résister ni à retenir un petit gémissement en sentant Killian me mordiller près de l'oreille.

— Bon, peut-être un peu.

Les paumes de Marcus et de Killian étaient à présent sur moi, et je m'autorisai à me laisser tomber au milieu des fourrures chaudes. Le nid que Killian nous avait confectionné était plus confortable que je ne l'aurais jamais imaginé, et je ne pus m'empêcher de fermer les yeux, envahie par les sensations que me procuraient ces mains aimantes qui exploraient mon corps, retiraient mes chaussures puis mon pantalon avant de démêler mes cheveux. Ils n'avaient pas touché à mes sous-vêtements ni à mon haut, une manière de me montrer qu'ils ne souhaitaient pas me forcer à coucher avec eux, bien que je puisse ressentir leur désir au travers de notre lien que la passion faisait croître.

Je tendis le bras, découvris que c'était Marcus qui se trouvait le plus proche de mon visage, et je le tirai à moi pour un tendre baiser. Il se laissa faire, sa langue courant sur la mienne tandis qu'il entreprenait de masser ma poitrine au travers de mes vêtements que je commençais à trouver trop contraignants.

— Marcus, soupirai-je contre sa bouche, mon désir et mon besoin se retrouvant aussitôt amplifiés.

La culpabilité pesait encore lourdement sur mon cœur, mais chaque toucher et chaque caresse m'intimaient de cesser d'être aussi dure avec moi-même. J'étais aimée.

J'étais vénérée.

Quinn, en entendant cette pensée, se serait moqué de moi, mais je n'estimais pas avoir cette connexion avec Marcus ou Killian. À la place, leur présence permettait à mes réflexions de se former sincèrement, et ils continuaient de murmurer à quel point j'étais belle, à quel point je les excitais et à quel point ils avaient besoin d'explorer chaque centimètre de mon être.

Après avoir trouvé la force d'entrouvrir les yeux, je découvris que Marcus s'était déplacé au niveau de mes hanches, et il m'adressa un sourire avant de commencer à lécher doucement mes sous-vêtements et d'appliquer une douce pression sur ma chair engorgée. Je me crispai contre la soudaine vague de plaisir.

Killian ne comptait pas rester sans rien faire. Il souleva délicatement mon haut afin d'exposer mon soutien-gorge. Je m'étais habillée pour un combat, ce qui signifiait que j'avais enfilé une brassière de sport qui maintenait ma poitrine fermement contre mon torse, laissant mes tétons sans défense face à la langue de Killian qui imitait les mouvements de Marcus contre mes zones sensibles.

Ils me vénéraient… avec leurs bouches.

— Je… les gars…

J'essayai de parler, mais cela ne sembla que les encourager encore plus, et ils continuèrent de me torturer en caressant ma peau sensible. Seule une fine couche de vêtements les séparait de mes parties les plus intimes.

Killian fut le premier à me faire atteindre le sommet en me flattant doucement les seins avec son pouce, relevant enfin mon soutien-gorge pour révéler ma poitrine gonflée. Ses crocs s'allongèrent à la vision de mes tétons durcis par ses soins.

— J'ai envie de mordre, dit-il, ses yeux rubis me considérant d'un air presque timide.

Mes joues rosirent. Nous avions déjà couché ensemble, mais l'idée de partager ce moment intime avec Marcus me procurait un frisson dont je ne pourrais jamais me lasser. Je baissai le regard pour contempler le vampire qui s'était arrêté pour nous observer. Il esquissa un sourire et fit courir son doigt contre l'élastique de ma culotte, la repoussant sur le côté. Je me trémoussai en sentant son souffle entre mes cuisses, mais il ne me goûta pas.

— Laisse Killian te mordre, et je te récompenserai, informa Marcus, son sourire s'élargissant tandis que mon cœur se mettait à battre à tout rompre.

Je savais qu'ils pouvaient tous les deux entendre l'effet ridicule qu'ils avaient sur mon pouls, mais à cet instant, je m'en fichais. Le besoin que j'éprouvais à leur égard dépassait toute autre priorité que je pouvais avoir, et je me courbai en arrière lorsque Marcus continua de se rapprocher le plus possible de mon sexe, mais sans m'offrir ce que je désirais.

— Mords-moi, ordonnai-je à Killian, consciente qu'il lui fallait mélanger la douleur avec son plaisir et que cela fonctionnait de manière réciproque.

Il pouvait ressentir ce que je ressentais, ce qui signifiait que m'enfoncer ses crocs lui permettrait d'obtenir du sang, mais aussi suffisamment de tension pour le rendre dur comme la pierre.

Killian prit tout son temps pour palper ma poitrine, et il ouvrit la bouche pour révéler ses canines gonflées. Je n'avais jamais vu de mes propres yeux la magie qui permettait à une morsure de sorcière de procurer du plaisir, mais à présent, une légère volute enivrante avait commencé à scintiller. Il attendit que celle-ci atteigne le bout de ses crocs avant de les plonger en haut de mes seins.

Le pouvoir pénétra mon sang avec la force d'un train lancé à pleine vitesse. C'était comme si Marcus et Killian avaient tous les deux introduit leurs queues en moi et que mon corps réagissait, ployant sous la force de la vague de douleur mêlée à la jouissance qui rendait un orgasme le plus intense possible.

Marcus dut comprendre que j'étais sur le point d'exploser, car il serra ses lèvres autour de mon clitoris et enfonça deux doigts en moi, me poussant à me crisper à la fois sous cette sensation et sous la force de ses doigts lorsque j'émis un cri sous la puissance de l'orgasme.

Je me laissai porter par ces vagues de plaisir et traitai cette nouvelle sensation comme je le faisais pour la douleur, en l'absorbant, en l'acceptant et en lui permettant de se répandre entièrement dans mon corps jusqu'à oublier le reste du monde.

Killian me libéra et lécha les deux petites plaies avec sa langue, sa salive appliquant une dose de sorcellerie afin de faire cicatriser ma peau jusqu'à ce que ne subsistent que deux petites marques roses pour prouver qu'il m'avait effectivement mordue.

Je soupirai en ressentant les échos prolongés de cette impression tandis que Marcus cessait également ses attaques sans pitié. Il embrassa ma cuisse et égratigna ma peau avec ses crocs, mais ne me mordit pas, choisissant plutôt de me masser de l'intérieur.

Killian esquissa un sourire.

— Tu es de retour parmi les vivants ?

Je laissai échapper un petit rire et secouai la tête. Ma transpiration collait mes cheveux à mon front, et je la chassai.

— J'ignore ce que c'était que ce truc, mais tu as intérêt à recommencer.

Son rictus s'élargit.

— Les vampires peuvent procurer du plaisir grâce à leurs morsures, mais de mon côté, j'ai découvert comment contrôler les niveaux de bien-être offerts par ce geste. Je peux te faire jouir sur commande.

Je déglutis et jetai un regard à Marcus qui ne semblait pas surpris par cet aveu.

— Killian est un expert de la douleur. Il est logique qu'il soit aussi un expert du plaisir. (Il tourna ses doigts avant de les écarter, m'arrachant un nouveau gémissement.) Mais je ne vais pas le laisser me voler la vedette simplement parce qu'il sait bien mordre. Parfois, il vaut mieux un toucher délicat pour te prouver notre désir.

Je me léchai les lèvres, balayant successivement mon regard de Marcus à Killian, encore et encore.

— Je vous veux tous les deux.

Marcus lapa mon sexe gonflé, m'obligeant de nouveau à courber l'échine.

— Tu veux dire, nous deux en même temps en toi ?

La voix de la raison qui m'habitait me hurlait que je n'étais absolument pas prête à supporter ce genre de sensations, mais les mots qui quittèrent mes lèvres n'étaient pas alignés avec ma pensée.

— C'est exactement ce que je désire.

Killian me retourna aussitôt et saisit ma poitrine, m'immobilisant. Marcus se déplaça autour de nous afin de se déshabiller devant moi, et je salivai devant la queue durcie et le corps magnifique qu'il révéla.

J'avais envie de le goûter, mais il se caressa un instant pour mon plaisir avant de s'allonger sur les fourrures. Killian me mordilla l'oreille.

— Tu as envie de baiser Marcus, pas vrai ?

Ils me faisaient languir exprès. J'en étais consciente, mais je m'en fichais. Marcus m'observait avec tant d'intensité que mon sexe se serra, souhaitant le sentir une nouvelle fois en moi.

Je tressaillis entre les bras de Killian.

— Oui.

Il me mordit, mais pas assez pour passer la frontière de mon épiderme.

— Je n'ai rien entendu.

— Oui, je veux baiser Marcus, insistai-je, sûrement assez fort pour que les autres panthères commencent à se boucher les oreilles.

Personne n'avait grimpé jusqu'à nos quartiers pour nous demander de nous taire, et je choisis donc de ne pas essayer d'être discrète pendant un tel événement.

Killian écarta mes jambes et me positionna sur Marcus, forçant la queue du vampire à se presser contre mon clitoris et à me faire gémir.

— Dedans, suppliai-je, même si la tension que je ressentais me provoquait déjà un plaisir terriblement orgasmique.

Marcus s'agrippa à mes hanches et m'installa sur lui avant de lentement, effroyablement lentement, m'abaisser sur toute sa longueur.

Je grognai en le sentant s'enfoncer entièrement en moi. L'effort qu'il fournissait pour ne pas bouger le poussait à haleter, et je sus alors que son acharnement pour me taquiner commençait à lui jouer des tours. Je voulais le provoquer, briser cette façade calme qu'il présentait toujours au monde, et je saisis donc les mains de Killian pour que celui-ci palpe ma poitrine, me massant ainsi devant lui.

— J'ai besoin que tu sois aussi en moi, Killian, l'intimai-je, à bout de souffle.

Je ne quittai pas des yeux Marcus qui tentait de feindre de ne pas être affecté par tout ceci, mais son sexe parvint à durcir encore en moi.

Killian me libéra, et je me reposai contre Marcus, posant mes seins contre son visage et présentant mes fesses à Killian. Je déglutis fortement. Je n'avais jamais essayé l'anal auparavant. Mon esprit était peut-être prêt, mais mon corps ne l'était certainement pas.

— Essaie de te détendre, m'ordonna Killian tout en mouillant un doigt pour le faire tourner en rond autour de ma peau délicate.

Au départ, je me figeai et me crispai, la queue de Marcus toujours en moi. J'avais envie de bouger et de le baiser, mais les doigts de Killian s'activaient à un endroit où je n'aurais jamais pensé éprouver des sensations jusqu'alors.

Marcus glissa ses mains entre les racines de mes cheveux et me saisit, me rapprochant de lui et m'embrassant jusqu'à ce que je sois assez détendue pour que Killian enfonce un doigt en moi. Je poussai un gémissement, mais Marcus ne me lâcha pas et continua de passer sa langue contre la mienne.

Killian était tellement en phase avec mon corps qu'il ne franchit jamais la frontière qui séparait l'inconfort de la douleur, même s'il la chevauchait autant que j'étais en mesure de le supporter. Personne d'autre que lui n'aurait pu avoir le degré de perception ou de patience pour m'aider à gérer cela.

Lorsque je me rendis compte qu'il avait commencé à me procurer des caresses d'un style différent, il était trop tard. Sa queue se présenta à mon entrée arrière, et je me figeai en comprenant enfin ce qu'il effectuait.

Marcus était fermement ancré en moi, et ses lents va-et-vient n'avaient qu'intensifié mon désir de lui. Il attrapa mes cheveux et tourna ma tête juste assez pour pouvoir survoler ma nuque de ses crocs.

— Non, ne mords pas tout de suite, lui dis-je.

Je savais qu'il en avait envie.

La morsure d'un vampire pouvait effacer la douleur, et, au moindre inconfort, il avait la capacité de masquer toute impression négative grâce à ses crocs, mais je voulais faire ça à ma façon. Je souhaitais sentir Killian et Marcus en même temps en moi, et absorber chaque seconde de ce moment.

Killian se fraya un chemin dans mon corps avec une lenteur que je n'avais même pas imaginé possible. Il s'arrêtait à chaque centimètre afin de me permettre de m'adapter. Chaque fois que je me détendais, il poussait encore un peu plus jusqu'à ce qu'il se soit entièrement introduit.

— Tu es remplie, me murmura Marcus, me provoquant la chair de poule sur tout le corps. Tu es pleine de deux de tes compagnons.

Un sentiment de victoire m'envahit et m'incita à sourire. Si j'étais capable de ceci, je pouvais expérimenter tout ce que mon lien avec mes partenaires avait à m'offrir. Je désirais tant que les autres puissent aussi être là, Quinn et Aaron, leurs queues dans chacune de mes mains, et Tiros dans ma bouche, mais ce fantasme allait devoir attendre. Je comptais m'offrir entièrement à mes hommes, le plus tôt possible, mais pour le moment, j'allais me vouer entièrement à Marcus et à Killian. Je m'assurerais qu'ils ne se sentent plus jamais seuls.

Les lents va-et-vient accélérèrent, et les sensations explosèrent en moi. Je perdis toute notion du temps et de mon environnement, et seules restaient les émotions qu'ils m'offraient. Les mains de Marcus sur ma poitrine et Killian qui s'agrippait à mes hanches tout en me pénétrant me faisaient rouler contre le corps de Marcus jusqu'à ce que la friction me donne l'impression que j'étais sur le point de perdre la tête. Celui-ci poussa un grognement de frustration, et je compris qu'il avait besoin de me mordre. Il ne s'était pas nourri depuis si longtemps, et le peu de sang que j'étais en mesure de lui offrir ne suffirait jamais à le rassasier.

— Mords, lui intimai-je avant de projeter ma tête en arrière et de lui présenter ma gorge.

Il y plongea ses crocs sans prévenir, me coupant le souffle tandis qu'il s'abreuvait de mon sang chaud, le nectar dont il avait tant besoin. Il ne comptait pas me laisser en ressentir la douleur, et sa morsure m'emplit de plaisir. Elle n'avait pas la même intensité que celle de Killian, mais elle suffit à me faire atteindre le sommet lorsque sa queue et celle de Killian se mirent à bouger et à s'enfoncer en moi, et que je me crispai fortement sur eux en sentant l'orgasme arriver.

Il n'y a pas de plus magnifique son au monde que celui d'un homme en proie à la jouissance. Je ne fus presque pas capable de les entendre lorsqu'ils jouirent en mon sein, mais le bonheur tourbillonna dans tout mon corps lorsque leur semence chaude s'y déversa et que leurs délicieux cris inondèrent mes oreilles.

Enfin, tous les trois épuisés, nous nous effondrâmes les uns sur les autres, et j'exprimai le souhait que ce moment ne prenne jamais fin.

QUELLE CALAMITÉ

J'ignorais pendant combien de temps je parvins réellement à dormir, mais j'étais si épuisée que je m'assoupis dans l'enchevêtrement de bras et de jambes de mes compagnons jusqu'à être réveillée par la caresse chaude du soleil sur ma joue. La fraîcheur de la nuit avait été emportée par la lune, et la lumière bien trop intense du jour me rappela que nous avions encore beaucoup à accomplir.

Killian, Marcus et moi réussîmes miraculeusement à trouver l'énergie de nous laver en utilisant les gigantesques bassins d'eau et la grande quantité de serviettes. Les panthères étaient une espèce très à cheval sur l'hygiène, et j'essayai donc de quitter l'endroit dans les meilleures conditions possibles, mais après une heure passée à nous nettoyer, je me sentis un peu honteuse du désordre que nous avions causé. Je soulevai l'une des fourrures couvertes de sang en me pinçant le nez.

— Oui, il va falloir brûler celle-là.

Aaron se trouvait parmi un clan de métamorphes loups. Le récit de Killian m'avait donné l'impression qu'il était en danger, mais une petite voix au fond de moi m'incita à me demander si Aaron souhaiterait réellement partir une fois que nous l'aurions retrouvé. Il avait renié son loup toute sa vie et n'avait quasiment jamais fréquenté de membres de son espèce. Et s'il avait eu l'impression d'avoir rencontré la famille qui lui avait tant manqué tout ce temps et n'avait pas envie de repartir avec nous ?

— Pourquoi as-tu l'air si inquiète ? m'interrogea Marcus en me tendant une pomme.

J'étais si heureuse de pouvoir enfin ingérer autre chose que de la viande que je saisis la pomme de mes deux mains et poussai un soupir avant d'en croquer un gros bout.

— Oh ! les fruits, vous m'aviez tellement manqué, murmurai-je la bouche pleine.

Bast poussa un miaulement sans intérêt depuis son perchoir. Mes joues rougirent lorsque je me demandai s'il avait assisté à toute notre session la nuit précédente, ou s'il m'en voulait de ne pas avoir fourni plus d'efforts pour trouver un moyen de lui rendre sa forme humaine afin qu'il puisse également m'offrir son amour.

À son feulement agacé, je compris que je n'avais aucune raison de m'inquiéter concernant la nuit passée. Il m'était pour l'instant bien plus utile sous sa forme de chat, le temps que je remette la main sur tous mes compagnons.

J'ignorais ce qu'il voulait dire par là. En tant que familier, Bast pouvait me fournir de la magie, mais dans sa silhouette humaine, je n'avais pas encore exploré tout ce qu'il avait à m'offrir. Il était peut-être doué pour bien plus de choses que m'exciter comme une folle.

Un dernier miaulement agacé, celui-ci pour m'indiquer qu'il valait mieux que je cesse mes pensées perverses et que je me concentre sur la tâche qui m'attendait. Exact.

Killian gloussa pendant qu'il frictionnait l'une des fourrures dans la bassine dans l'espoir vain de la sauver.

— Je n'ai jamais vu quelqu'un déguster un fruit comme ça. Tu es sûre que notre baise de la veille ne t'a pas littéralement retourné le cerveau ?

Il afficha un rictus malin, se croyant incroyablement drôle.

— Ah ah, lâchai-je en un faux rire. J'ai simplement faim, et j'ai déjà eu ma dose de viande. (Mon jeu de mots me fit sourire.) Bref, dis-m'en plus concernant Aaron. Comment allons-nous procéder pour le retrouver ?

Killian jeta un regard désespéré à la fourrure et la déposa sur le bord de la fenêtre pour qu'elle sèche, offusquant suffisamment Bast pour qu'il quitte son perchoir.

— Les loups attaquent deux fois par semaine. Ils viennent régulièrement, car ils veulent marquer clairement auprès des panthères le nouveau territoire qu'ils ont conquis maintenant que les mondes ont fusionné.

Je relevai un sourcil.

— Qu'est-ce que ça signifie, exactement ?

Marcus intervint.

— Je pense que je peux répondre à cette question. Le sort de Sarina nous a tous envoyés dans des mondes différents et, dans mon cas, dans une autre époque. Cela a perturbé le continuum espace-temps.

J'opinai lentement du chef.

— D'accord. Le temps et l'espace ont été déstabilisés, mais quel est le rapport avec les métamorphes loups et panthères ?

Marcus sortit cinq autres pommes d'un sac.

— Où est-ce que tu avais conservé tout ça ? criai-je.

Marcus me fit signe de me calmer et organisa les fruits en un cercle.

— Nous ne savons pas exactement combien d'univers il existe au total, mais pour l'instant, nous sommes sûrs qu'il y en a au moins cinq. (Il pointa du doigt la pomme qui se trouvait dans ma main.) Ça, c'est la Terre. Place-la au milieu du cercle.

Je pris une dernière bouchée afin qu'il n'en reste que le trognon, et je m'exécutai.

— Donc, c'est bon pour le monde terrien à moitié mangé. Et les autres sont ceux dans lesquels vous et les autres étiez piégés ?

Il hocha la tête.

— Précisément. Le sort de Sarina avait deux objectifs. D'abord, te séparer de la source de ta puissance, ou du moins c'est ce qu'elle croyait. Elle pense que, sans nous, tu pourras être tuée et que tu seras incapable d'empêcher la grande catastrophe. Ceci était la seconde ambition, celle que nous devons empêcher.

J'enfonçai mon visage entre mes mains et poussai un grognement.

— C'est vraiment beaucoup trop de pression, cette histoire de fin du monde.

Killian échappa un gloussement et s'assit à côté de moi. Il m'asséna un petit coup dans l'épaule avant de sourire.

— Ne baisse pas les bras trop vite. Marcus donne la leçon.

Il lui adressa un signe révérencieux de la main et effectua une fausse courbette face à Marcus, aussi bas que sa position assise le lui permettait.

— Continuez, professeur.

Marcus fronça les sourcils. Après avoir passé autant de temps dans une académie pour les surnaturels où il avait servi de sujet d'étude, le surnom de professeur ne lui plaisait sûrement pas, même s'il s'agissait d'une blague.

Mais Killian ignorait ce que Marcus avait subi, et j'eus le sentiment que ce dernier souhaiterait que cette expérience reste entre nous, à moins que je ne souhaite l'indiquer aux autres. Il fit abstraction du commentaire et poursuivit tout en désignant chaque pomme.

— Voici les mondes dont nous savons qu'ils ont été affectés par le sort de Sarina. Quand des surnaturels originaires du point central ont été projetés vers les autres univers, cela a provoqué la formation d'un pont. (Il rapprocha chaque pomme du milieu jusqu'à ce qu'elles le touchent.) Et maintenant, ils sont en train de fusionner.

J'écarquillai grand les yeux.

— Ça ne me dit rien de bon.

Ses traits se durcirent.

— En effet. Si nous n'agissons pas, les mondes continueront de progresser jusqu'à ce qu'ils se superposent les uns aux autres et qu'ils soient détruits. Si c'était là le plan de Sarina, cela expliquerait pourquoi elle n'était pas dérangée par l'idée de mourir. Qu'importe le nouvel univers qui se présenterait, elle n'aurait pas besoin d'en faire partie. N'oublie pas, son pouvoir fonctionne grâce aux sacrifices. Que pourrait représenter une offrande plus importante que la destruction de plusieurs mondes ? Si cela se produit, je crains que son sort se réalise et qu'elle puisse se réincarner dans le nouvel univers qu'elle aura choisi.

Un violent frisson parcourut mon corps tout entier.

— C'est terrifiant.

— La grande catastrophe, le Deuxième Écho de Calamity, précisa Killian en faisant jongler son cran d'arrêt sur ses phalanges. Tout le monde connaît la prophétie, mais personne ne savait vraiment à quoi elle ressemblerait en réalité. C'est encore plus dingue que quiconque aurait pu l'imaginer.

J'avais entendu la prophétie, mais je ne m'étais jamais vraiment intéressée à la fin du monde. C'était un concept bien trop étrange et peu crédible, mais à présent, il approchait à grands pas, et nous n'étions pas prêts à l'affronter.

— Combien y a-t-il d'échos ?

La fin de notre univers par fusion avec d'autres portait bien son sinistre nom.

Killian désigna Marcus avec sa lame.

— Pose la question au mage du temps. Il a vu le passé et les différents futurs.

Marcus secoua la tête.

— Quinn a sûrement une meilleure connaissance que moi. (Marcus m'offrit un sourire encourageant.) Lorsque nous le délivrerons du paradis, nous pourrons lui demander de quelles autres catastrophes nous devrions nous inquiéter.

Je levai les mains à plat pour lui faire signe de marquer une pause.

— Attends, le paradis ? Quinn est au paradis ? Genre, *le* paradis ?

Je ne formulai pas à voix haute le reste de mon interrogation qui était : cela ne veut-il pas dire qu'il est mort ?

— Oui, confirma Marcus platement. Quinn est au paradis, et Tiros est en enfer. (Il grimaça.) Cela ne signifie pas qu'ils sont morts, si c'est ce qui semble tant t'angoisser.

— D'abord, Aaron, nous interrompit Killian en refermant son cran d'arrêt pour le ranger dans sa poche. On s'occupera des autres mondes lorsqu'on aura récupéré notre loup.

UNE NOUVELLE MEUTE

Quitter le bastion des panthères se révéla bien plus facile que d'y entrer. J'étais courbaturée, épuisée, et ma pomme n'avait pas suffi à me nourrir pour ce que nous avions prévu. Je commençais à comprendre pourquoi le régime des panthères était constitué uniquement de viande.

La lumière filtra au travers des branchages et illumina le paisible village. Bast se mit à trotter devant nous, la queue bien haute. Il était apparemment heureux que nous poursuivions notre quête. Plus vite nous aurions sauvé tous mes compagnons, plus vite il retrouverait sa forme mortelle. Je pensais qu'il était tout de même inquiet également pour les gars, même s'il ne comptait pas l'admettre.

Je m'attendais à croiser plus de gardes et à entendre plus de grognements et de rugissements si nous tentions de sortir du repaire des panthères sans être accompagnés. Mais quitter le terrain d'entraînement et parcourir le village était plus simple que ce que nous redoutions grâce à la rune qu'Isis avait offerte à Killian en échange de ses services. Les champs de force s'ouvraient face à nous en frôlant sa peau, et les quelques habitants du village qui étaient éveillés s'écartaient amplement pour nous laisser passer. Il n'était pas étonnant que les panthères soient des créatures nocturnes, mais je m'attendais tout de même à ce qu'ils rendent notre départ plus difficile, même si le jour se levait à peine.

— Tu as dû vraiment impressionner les panthères, dis-je après que nous eûmes quitté le village endormi et échappé aux yeux vigilants de la garde du matin.

— Oui, je sais me montrer charmeur quand je le désire. Mais j'ai peut-être été trop enchanteur.

Killian gratta l'empreinte de patte sur sa nuque. Je ne l'avais pas vue apparaître sur sa peau jusqu'à ce que nous traversions le bouclier.

— J'espère que ça va partir. Je n'aime pas l'idée d'être marqué par une autre femme. (Il m'adressa un clin d'œil.) Toi, en revanche, tu peux me marquer quand tu veux.

Je fus prise de jalousie. Mon corps portait encore les stigmates de ce que lui et Marcus m'avaient fait tous les deux la nuit dernière.

— Comment est-ce qu'elle a placé cette trace sur toi ? demandai-je en essayant d'adopter un ton détaché.

Ma question sortit finalement d'une façon étrange, et je me raclai la gorge pour cacher mon malaise.

Killian gloussa.

— Elle a ordonné à l'un de ses hommes-chats super musclés de me la tatouer, et elle l'a bénie avec sa magie. Ne t'inquiète pas, je ne pratiquerai jamais quoi que ce soit de sexuel avec une autre femme, même si cela m'aurait permis de quitter cet enfer félin.

— Où pensent-ils que nous nous rendons ? questionnai-je une fois que je fus certaine que nous étions hors de portée de voix du village.

L'humidité de la forêt nous écrasait, et Killian quitta le sentier, à mon désarroi. Marcus se plaça à l'arrière, et je tentai d'éviter d'être giflée par des fougères tous les deux pas.

— La rune qu'Isis m'a donnée contient assez de magie pour nous ramener sur Terre, mais elle ignore que tu possèdes déjà le pouvoir de voyager entre les mondes. (Il esquissa un sourire.) Surtout avec la dose de puissance que tes compagnons t'ont procurée la nuit dernière.

Je relevai un sourcil. C'était vrai, j'éprouvais une sensation particulière de sorcellerie qui vrombissait en moi depuis mon réveil, mais j'avais mis ça sur le compte de mes nerfs. Je n'avais pas pensé au fait que mes compagnons pouvaient renforcer les pouvoirs qu'ils m'avaient déjà offerts.

Je me rapprochai de Killian en chantonnant. Les traces de pas qu'il laissait derrière lui me permettaient de suivre un chemin sûr dans les sous-bois, et j'effectuais de grandes enjambées afin d'imiter ses foulées et de placer mes pieds dans ses empreintes.

— Si vous avez couché avec moi dans le seul but de m'octroyer suffisamment de magie pour vous reconduire à la maison, ce n'est vraiment pas sympa.

Il ricana.

— Oh ! disons que c'était un agréable bonus. Je t'emmènerai n'importe quand, n'importe où, quelle que soit la méthode, magique ou non.

Marcus se racla la gorge.

— Parle-nous des loups. Si tu n'utilises pas ton empreinte runique pour nous faire revenir sur Terre, à quoi va-t-elle nous servir ?

Killian sortit son cran d'arrêt et l'étira jusqu'à ce qu'il devienne une épée. Je ne l'avais jamais vu user de sa magie sur son arme, mais nous n'avions également jamais été confrontés à une situation qui l'aurait nécessité. Il se mit à trancher au travers de l'épaisse végétation, frayant pour nous un passage qui menait plus profondément dans la forêt.

— Même si les mondes des panthères et des métamorphes sont similaires et qu'ils sont à présent en train de fusionner, ils restent très distincts. J'emploierai mes pouvoirs pour traverser la frontière qui les sépare une fois que nous serons arrivés. Je sais où nous devons nous rendre, car j'ai participé à plusieurs missions d'espionnage avec les panthères. Le problème, c'est que les loups continuent de gagner de plus en plus de territoire. Leur univers s'est superposé à celui-ci, et la magie nécessaire pour envahir celui des panthères n'est pas aussi intense que pour revenir dans celui des loups, ce qui leur permet de s'infiltrer et de conquérir un peu plus de terrain chaque jour.

Ce fut le moment où je décidai que je n'aimais pas tellement les loups.

— Ce monde n'est pas le leur. Je dirais que les panthères ont raison d'être en rogne.

Il haussa les épaules.

— Oui, mais bon, tu ne connais pas toute l'histoire.

Je voulais vraiment en apprendre plus, mais la forêt s'éclaircit soudainement devant nous, révélant une crête abrupte de pierre et de terre qui trônait au milieu des arbres morts comme si ce bloc était tombé tout droit du ciel.

Je saisis Killian par l'épaule et observai tout autour de lui en me pressant contre son dos.

— C'est quoi, ce bordel ?

Nous quittâmes le sous-bois ; et Killian fit glisser ses doigts sur les couches rugueuses de pierre qui ressemblaient à la surface d'une tranche de gâteau gigantesque. L'empreinte runique sur sa nuque s'illumina, et il retira sa main.

— On y est.

— Le monde de diamant, précisa Marcus d'un ton qui ne présageait rien de bon.

Je demeurai dubitative. Rien de tout ceci ne suggérait des diamants, mais je me rappelai aussitôt qu'Aaron venait originellement de la Congrégation du Diamant. Mes yeux s'écarquillèrent.

— Es-tu sûr qu'Aaron aura envie de nous accompagner ?

La question m'échappa avant même que je n'eus le temps de réfléchir.

Killian me rendit un air perplexe.

— Pourquoi ne le voudrait-il pas ?

Je passai une main sur mon visage. Par les dieux, mes compagnons n'étaient pas les plus fins.

— C'est tout ce que la Congrégation du Diamant devait être pour Aaron. Il peut être lui-même, avec son loup, et sûrement a-t-il l'impression d'avoir trouvé... je ne sais pas. Sa famille ?

Marcus me serra l'épaule.

— Ce serait certainement vrai s'il ne t'avait jamais rencontrée, Evelyn, mais je ne doute pas qu'Aaron t'aime tout autant que je t'aime, et cela signifie que tu es comme un membre de sa famille. (Il dirigea son regard vers Killian.) Nous le sommes tous.

Je n'étais pas sûre de savoir quoi en penser. Les loups s'accouplaient pour la vie, et donc, d'une certaine manière, j'avais accidentellement piégé Aaron. Et si j'avais utilisé ma magie du destin sur lui sans m'en rendre compte ? Et si son destin avait toujours été de retrouver les siens, mais que j'avais tout fichu en l'air en me liant à lui ?

Bast me fit sursauter en bondissant dans mes bras et en me fouettant le visage, mais il garda ses griffes rétractées afin que je ne sente que ses coussinets contre ma joue. Ses yeux couleur émeraude plongèrent dans les miens avec insistance. Je ne devais pas m'inquiéter pour des choses qui avaient déjà été accomplies. Il me fallait d'abord trouver Aaron, et je m'interrogerais plus tard sur le sens de la vie.

J'offris à Bast un sourire peu convaincant et le grattai derrière l'oreille avant de lui lisser la fourrure.

— Tu as raison, j'ai tendance à trop m'angoisser.

Killian semblait perplexe, mais ne commenta pas le fait que je conversais avec un chat.

— Bon, tu es prête ?

Bien sûr que non, bordel. J'avais déjà voyagé entre deux mondes et, après cela, j'avais appris que nous allions devoir nous rendre au paradis et en enfer. Cela me terrifiait presque autant que d'affronter la potentielle colère d'un Aaron que j'aurais piégé dans la toile du destin.

Par conséquent, j'adressai à Killian mon plus radieux rictus et saisis la main qu'il me tendait pendant que je plaçais le poids de Bast sous mon bras.

— On te suit.

J'INSTALLAI Bast dans mes bras, Killian s'accrocha à moi avant de commencer à escalader le mur, et mes pieds quittèrent aussitôt le sol. Un petit couinement de surprise m'échappa quand je remarquai qu'il n'utilisait que son cran d'arrêt et ses pieds pour grimper une paroi verticale. Mince, mes compagnons étaient vraiment balèzes.

Marcus grimpa derrière nous et suivit la faille de vagues magiques que Killian laissait derrière lui à mesure qu'il essayait de nous faire circuler entre les mondes. Je ressentais la vitesse de l'ascension, ainsi que l'atmosphère qui se transformait progressivement. Ce qui avait été jusqu'alors une forêt humide s'était transformé en quelque chose de plus musqué, où la faune était plus silencieuse.

En franchissant la falaise, Killian me tira par-dessus le rebord, et je pus admirer un bois bien plus serein et nettement moins sauvage que celui dont nous venions de nous échapper. Si les loups nous attendaient, ils étaient certainement plus discrets que les panthères. Je ne détectais aucune présence.

— Ils doivent être en train de se préparer pour leur attaque, m'informa Killian tout en aidant Marcus à se hisser sur le rebord.

Bast quitta mes bras en un bond et se rapprocha en trottant, toutes narines frémissantes.

— Est-ce que tu ressens une présence ? demandai-je à mon familier.

Sa queue s'agita, et une petite vague de magie de sa part m'indiqua que Killian avait raison. Nous étions seuls.

Les arbres se balançaient doucement dans la brise, et je me surpris à apprécier cet endroit. Ce qui signifiait qu'il devait aussi plaire à Aaron.

— Tu veux bien arrêter de faire cette tête ? me gronda Marcus en passant un bras autour de ma taille pour m'offrir un rapide baiser rassurant. Je t'ai dit que nous n'avions rien à craindre. Nous allons trouver Aaron et le sortir d'ici, et je t'assure qu'il aura envie de quitter cet endroit, d'accord ?

Je souhaitais sincèrement le croire, mais c'était quelque chose qu'Aaron allait devoir m'annoncer de sa propre bouche. Afin d'apaiser les craintes de Marcus, j'opinai du chef en tremblant.

— Oui, d'accord. Dépêchons-nous.

Killian nous guida vers la forêt.

— La tanière des loups devrait être par là. Je n'ai pas de rune pour nous permettre d'entrer, il faudra donc espérer qu'ils conduiront Aaron à la sortie lorsqu'ils constateront que nous ne sommes pas des panthères.

Il adopta un air sombre en se souvenant que Bast nous accompagnait.

— Il n'aurait peut-être pas dû venir avec nous.

— Bast est l'un des nôtres, lui rappelai-je d'un ton plus mordant que je ne l'avais voulu.

Le chat fit savoir grâce à un miaulement qu'il acquiesçait et que les loups n'apprécieraient pas la présence d'un familier félin. Par conséquent, il resterait à proximité, mais hors de vue, et il s'assurerait de se maintenir face au vent afin qu'ils ne puissent pas détecter son odeur.

Je n'aimais pas cette idée, mais je regardai Bast disparaître dans la forêt plutôt que de le poursuivre pour le reprendre dans mes bras. Lorsqu'il eut disparu de mon champ de vision, je l'appelai au travers de notre lien et ressentis une petite tension en retour, comme s'il m'indiquait : *Ne t'inquiète pas, je suis toujours là. Je serai toujours là.*

Nous marchâmes en silence. Pendant ce qui sembla être plusieurs heures, nous n'entendîmes que le son des feuilles et des branches écrasées. J'étais encore engourdie à cause de la nuit passée, mais je n'avais également pas l'habitude de pratiquer d'aussi longues marches. Je préférais me perdre dans mon journal ou discuter avec Cassidy pour qui je culpabilisais encore. Une raison de plus de retrouver Aaron. Qu'il décide de nous suivre ou non, je comptais vérifier qu'il allait bien avant de mettre la main sur le prochain fragment de mon cœur.

Les loups n'essayaient pas de dissimuler l'entrée de leur tanière, contrairement aux panthères. Aucun champ de force ni gardes spéciaux, seulement un ensemble simple de bâtiments étonnamment modernes qui aurait presque semblé plus à sa place dans une riche communauté humaine que dans un univers où les humains se transformaient en loups et organisaient la domination d'autres mondes.

Le premier détail que je remarquai était que tous les êtres présents étaient blonds aux yeux bleus, ce qui me mit aussitôt mal à l'aise. Peut-être était-ce le manque de diversité qui était à l'origine de l'intolérance de leur société, ce qui expliquait potentiellement pourquoi les panthères et les loups avaient toujours été destinés à être en guerre.

Un groupe de beaux et grands mecs flânaient autour des portes d'entrée de la communauté, mais ils ne semblaient pas vraiment être de garde. Ils avaient plutôt l'air de maintenir l'ordre. Ils échangeaient entre eux dans une langue que je ne comprenais pas, mais leur ton, qui était jusqu'alors calme, était devenu rapide et sec. L'un des plus jeunes de la bande, qui ne portait qu'un jean délavé, se détacha du reste de la troupe et descendit la rue pavée à une vitesse impressionnante.

Les autres s'approchèrent de nous d'une manière qui n'était pas particulièrement menaçante, mais leur langage corporel nous indiquait qu'ils étaient prêts à nous montrer de quel bois se chauffaient les loups au moindre faux pas. Le plus grand d'entre eux avança vers notre groupe et nous accueillit avec un sourire. Je remarquai que, à l'instar des panthères, ses yeux ne semblaient pas naturels, même si les loups ne possédaient pas les mêmes iris en fentes que les félins et qu'il m'était donc difficile d'en être sûre. Ses dents, en revanche, étaient clairement assez pointues pour asséner une morsure mortelle.

— Bonjour, tu dois être Evelyn, dit-il, me surprenant à la fois parce qu'il parlait ma langue et parce qu'il connaissait mon nom. Aaron nous a prévenus que tu viendrais.

À LA STUPÉFACTION DE KILLIAN, nous fûmes tous accueillis dans la communauté de loups, même si tout me semblait bien trop facile pour être crédible. Les fauves avaient quelque chose de prévu pour nous qu'ils ne comptaient pas nous révéler, mais je continuai de jouer le jeu.

Nous fûmes guidés entre plusieurs rues et passâmes à côté de maisons de plus en plus grandes. Je ne me serais jamais attendue à découvrir que les loups étaient aussi civilisés, mais celui qui nous guidait se faisait appeler « Silver », ce qui lui allait bien compte tenu de la mèche grise qui remontait le long de chaque côté de ses tempes et laissait un magnifique motif tigré dans ses cheveux. Il ne paraissait pas avoir plus de 30 ans, et son corps musclé parfaitement visible au travers de son fin t-shirt démontrait qu'il faisait souvent de l'exercice. Mais il avait également l'air empli d'un ancien savoir, et une profonde douleur qui me captivait se lisait dans ses yeux. J'avais déjà rencontré quelques êtres immortels et je pouvais donc déterminer l'âge véritable d'une personne. Mes compagnons avaient peut-être plus de 1 000 ans, mais seul Tiros avait réellement vécu toutes ces années et porté le poids du temps qui les accompagnait. J'étais en mesure de voir la même sagesse en Bast lorsqu'il ne se comportait pas comme un petit con, mais son statut de dieu le rendait sûrement impossible à comparer aux autres.

— Aaron nous a rejoints il y a à peu près six mois, dit-il en se redressant fièrement comme si c'était lui qui l'avait arraché à mon univers et amené dans le sien. Nous avons failli le tuer sur place, mais heureusement pour lui, il possédait tous les attributs d'un métamorphe loup, ce qui rendait très clair qu'il n'était pas une panthère qui était parvenue à entrer dans notre monde.

Il afficha une moue dégoûtée.

— Ces bêtes sauvages sont incontrôlables. Sans l'intervention d'Aaron, nous les aurions déjà toutes massacrées.

Il haussa les épaules.

— Qu'importe, je suis sûr qu'il a hâte de vous voir. Voici sa maison.

Je levai les yeux vers le manoir que Silver avait appelé une « maison ».

— Il voudra partir, murmura Killian, même s'il semblait plutôt essayer de se rassurer lui-même quant au fait qu'Aaron appartenait encore à notre famille.

Nous approchâmes des portes en bois poli, et Silver actionna la sonnette. Une caméra pivota dans notre direction et un écran apparut, affichant le visage d'Aaron. Ses yeux faillirent quitter leurs orbites.

— Putain de merde, vous ne m'aviez pas dit qu'Evie était là ! Et Killian, et Marcus ! Oh, par les dieux, vous allez tous bien !

Silver sortit une clé et fit un tour dans la serrure. Carillonner n'était donc qu'une forme de politesse.

Je fus tentée de demander si tous les loups possédaient les clés des demeures de leurs congénères, mais je me ravisai. Nous entrâmes dans le manoir et fûmes accueillis par une décoration qui rivalisait avec celle des

Congrégations Royales elles-mêmes. Un lustre particulièrement riche scintillait au-dessus d'une entrée qui menait vers plusieurs salons.

Aaron descendit à toute vitesse les escaliers qui évoluaient en spirale sur les côtés, me rappelant la Congrégation de l'Améthyste. Cependant, il était loin d'être aussi patient et raffiné que les mages de mon école maintenant anéantie, et il dévala les marches quatre à quatre avant de se jeter sur moi pour me serrer délicieusement dans ses bras, jusqu'à presque m'étouffer.

Les parfums magiques de forêt et de bois brûlé chatouillèrent aussitôt mes narines et me firent monter les larmes aux yeux. J'avais retrouvé mon compagnon, et mon corps tout entier chantait à son contact. Sa fine barbe me gratta la joue lorsqu'il relâcha son étreinte. Il s'approcha pour m'embrasser, mais il hésita.

— Qu'est-ce qui ne va pas ? s'enquit-il.

Je tentai de masquer mes émotions, mais j'eus la sensation que mon monde allait imploser sous le poids de tout ce que je souhaitais lui dire. Mon cœur tambourinait dans mes oreilles, et j'essayai de calmer ma respiration.

— Je... euh, tout va bien. (J'essuyai la sueur qui couvrait mon front.) Est-ce que je pourrais m'asseoir ?

Silver nous observa tandis qu'Aaron me guidait vers un canapé... dont j'allais avoir besoin.

Marcus et Killian nous suivirent, mais gardèrent leurs distances. Je n'aimais pas la manière qu'avait Killian de maintenir ses mains près de son corps, comme s'il était constamment prêt à dégainer son cran d'arrêt. Marcus feignit également de ne rien comprendre, mais il était facile de remarquer quand il mentait. Il avait replaqué ses cheveux en arrière trois fois depuis notre entrée dans le manoir. Son faible parfum de rose et de jasmin m'atteignit, et je me demandai si notre ami loup pouvait également la sentir. Tout ce qui semblait indiquer qu'il avait des doutes était les légers frémissements de ses narines.

Oui, ce n'était pas pour rien que leur plus vieux représentant nous surveillait. Il devait savoir exactement ce qu'il se passait. Nous avions raison de ne pas lui faire confiance. Ils nous dissimulaient quelque chose.

— Aaron, puis-je te poser une question ? l'interpellai-je pendant qu'il me tendait un verre d'eau glacée.

Il me sourit, et je constatai que je ne l'avais pas vu aussi à l'aise depuis très longtemps... jamais pour ainsi dire.

— Bien sûr, tu peux me demander tout ce que tu veux. (Il saisit ma main et embrassa mes phalanges.) Je suis ton compagnon, Evie. Nous ne nous cachons rien, alors, pose ta question, d'accord ?

Je relevai les yeux vers le loup qui nous observait comme un gardien de geôle.

— Bon, d'accord. Mais, euh, est-ce que Silver pourrait nous laisser ? Je préférerais te voir en privé.

Aaron fronça les sourcils avant de murmurer un petit « Oh ».

Je le fusillai du regard. Bien sûr, il pensait que je parlais de sexe. Je serrai sa main un peu plus fort et fermai les yeux un bref instant afin de raviver le lien qui nous unissait. En sentant son écho, je reçus toutes les informations que je requérais.

Aaron était sous l'influence d'un sort.

L'ATTAQUE de Silver arriva sans prévenir. Je ne l'avais sûrement pas anticipée, car il n'avait utilisé aucune arme. Il n'en avait pas besoin.

Il *était* une arme.

Un métamorphe aussi vieux que lui avait un contrôle parfait de sa magie. Le fait que tous ceux que nous avions rencontrés jusqu'ici avaient une apparence si inhumaine était soit la preuve de la puissance de la sorcellerie de métamorphose qui coulait dans leurs veines, soit le résultat de leur âge avancé. Être entouré constamment d'autant de métamorphes permettait à quelqu'un comme Silver, par exemple, de ne transformer que ses griffes et ses dents tout en conservant le reste de sa puissante forme humaine qui lui offrait la capacité de terrasser deux vampires et d'atteindre par surprise une sorcière sur le point de s'effondrer sur une méridienne.

Heureusement, c'est exactement l'image que je voulais que Silver perçoive, afin qu'il dévoile son jeu.

Le monde tout autour de nous devint flou lorsque je plongeai dans ma magie, qui à présent était devenue aussi facile à manipuler qu'il était aisé de respirer, surtout après le renfort que m'avaient procuré Killian et Marcus, ainsi que ma brève étreinte avec Killian qui avait réveillé les runes de sang sur mon bras.

J'étais rapide, mais j'étais consciente que je me contentais d'utiliser mes talents de Sorcière du Destin. Manipuler le temps et l'espace signifiait que, bien que le temps autour de moi se soit figé, je pouvais toujours m'y mouvoir, même si ce n'était que pour un bref instant. C'était tout ce dont j'avais besoin.

Je jetai un regard noir en direction du loup à moitié transformé dont les griffes s'étaient déjà allongées et qui affichait ses canines en un hurlement. Lui qui semblait si doux et amical quelques minutes plus tôt portait seulement un masque. Son vrai visage n'était que pure rage.

J'ignorais pourquoi il me considérait comme la raison de ce qui lui arrivait. Peut-être était-il dans son droit. Sarina n'aurait pas été capable de faire fusionner les mondes sans mon intervention, mais j'en avais assez de m'auto-flageller pour des fautes que je n'avais pas commises. Si je n'avais pas été en vie, Sarina n'aurait eu personne pour lui tenir tête, et la grande catastrophe se serait tout de même produite.

Je saisis mon verre et en projetai l'eau qu'il contenait dans les airs. Elle gela juste avant d'atterrir sur le loup.

— Cool, murmurai-je avant d'écraser le verre sur sa tête, m'assurant de faire suivre mon coup par un puissant sort de sommeil.

Le temps reprit son cours normal, et un air surpris apparut sur le visage du loup avant qu'il ne s'effondre lourdement au sol, inconscient. Il était couvert d'eau glacée lorsqu'il atterrit, et du sang dégoulinait de son crâne.

Une bonne leçon pour lui.

Cela parut suffire à tirer Aaron du sort qui l'affectait, et il se redressa aussitôt. Son regard passa de Marcus à Killian et enfin à moi, et il prit un air penaud.

— Qu'est-ce qu'il vient de se passer ? demanda-t-il, abasourdi, et il baissa enfin les yeux vers le loup qui se trouvait par terre.

Je pensais au départ qu'il serait en colère de m'avoir vu assommer ce qui semblait être son mentor loup, mais il se mit à grogner avant d'asséner des coups de pied à l'homme inconscient.

— Enfoiré ! rugit-il. Tu n'es pas mon alpha, et je te l'ai répété une centaine de fois, putain ! J'en ai déjà un !

Aaron s'approcha de Killian qui avait dégainé son cran d'arrêt, mais il ne semblait pas savoir qu'en faire. Je ne pus m'empêcher de sourire. Eh ouais, les gars ! L'Eve-judo avait encore frappé.

Aaron frappa Killian sur le dos.

— Tu es mon alpha, Killian. Même un sort ne pourrait me permettre d'oublier cela.

J'étais tenté de lui rappeler qu'il avait eu l'air très asservi quelques instants plus tôt, mais je me ravisai et poussai un soupir de soulagement. Les loups avaient tenté de forcer Aaron à rejoindre leur meute, mais l'amour qu'il nous portait, à moi et à tous mes compagnons, m'emplissait et ne laissait pas la moindre place au doute.

Aaron ne voulait être nulle part ailleurs qu'à mes côtés. Nous formions une famille. Tous ensemble.

CHEZ MOI

$\mathcal{B}$ast fit une apparition miraculeuse. Il avait dû se cacher à la vue de tous, à moins qu'il n'ait eu le pouvoir de se rendre invisible. Je pris soin de me souvenir que c'était une possibilité et de toujours suspecter qu'il m'observait. Néanmoins, je m'étais habituée toute ma vie à ce pressentiment. Bast n'était jamais vraiment loin de moi, même quand je n'étais pas en mesure de le voir. Ma vie privée était donc condamnée.

Nous devions quitter ce monde, et rapidement. Ce qui signifiait que nous ne pouvions pas retrouver directement mes autres compagnons. Quinn était au paradis tandis que Tiros nous attendait en enfer, et j'avais le sentiment que nous ne pourrions pas entrer dans ce genre d'endroit pêle-mêle.

Bast interrompit mes réflexions en fouettant mes chevilles. Est-ce qu'il lisait encore dans mes pensées ? *Si oui, alors en effet, Bast, je suis le genre de fille qui utilise l'expression « pêle-mêle » et je casserai aussi la gueule de quiconque se met en travers de mon chemin. Il va falloir t'y faire.*

Il n'y avait qu'un seul endroit où nous pouvions nous rendre et qui était à portée de mes pouvoirs. Si je retournais sur Terre, je serais immédiatement désintégrée, et je n'avais vraiment pas le temps pour ça, mais les Congrégations Royales constituaient un monde entre les mondes, un carrefour où je pourrais reprendre mon souffle pendant que nous échafaudions le reste de notre plan.

Cela signifiait également que je pourrais m'assurer que Cassidy allait bien.

Bien sûr, j'aurais dû me douter que je n'avais pas de raison de m'inquiéter pour elle. Lorsque nous entrâmes dans la salle du portail, une humaine marquée du symbole des esclaves nous attendait. Elle sourit et m'adressa un signe de la main avant de se précipiter dans le couloir.

Je me demandai s'il s'agissait là d'un nouveau plan de Sarina, mais cette fille avait affiché un rictus sincère. Les esclaves ne souriaient pas à moins d'en recevoir l'ordre.

— Tu devrais rester derrière nous, m'avertit Killian en dégainant son cran d'arrêt tandis qu'Aaron s'accroupissait pour adopter une position de combat.

Marcus se plaça à côté de moi et ajusta le mouchoir qui se trouvait dans la poche de sa chemise. Il n'y avait pas de situation assez désespérée pour négliger un mouchoir mal arrangé.

— Non, attendez, contestai-je en entendant des bruits de pas dans le couloir.

La femme pénétra dans la salle du portail, une pièce sans fenêtre et aux murs de marbre. Cassidy se trouvait derrière elle, et un poids dont j'avais oublié l'existence disparut aussitôt de mes épaules.

— Cass, prononçai-je tandis que mon regard devenait flou à cause des larmes.

Elle ne ressemblait en rien à la prisonnière affamée que j'avais quittée. Elle était vêtue d'une robe qui lui descendait aux genoux et recouvrait le tatouage d'esclave à sa cuisse, et je me rendis compte que je ne l'avais jamais vue aussi habillée auparavant. Elle portait une brassière qui mettait en valeur ses courbes, et ses cheveux ornés de bijoux m'indiquèrent qu'elle avait facilement surpassé quelque tourment qu'elle ait pu subir.

Elle se jeta dans mes bras pour me serrer fort contre elle.

— Je suis tellement contente que tu ailles bien, Eve. Tu ne vas pas croire tout ce qui s'est passé en ton absence.

Époustouflée, je m'accrochai à elle tout en essayant d'absorber cette vague de bonnes nouvelles. Cassidy était en vie et en bonne santé. Quoi qu'il puisse se produire à présent, je savais que je n'aurais pas à vivre avec l'angoisse qu'elle ait pu mourir emprisonnée, entourée seulement de cheeseburgers.

— Tu dois tout me raconter, murmurai-je contre sa nuque.

Elle rit avant de m'éloigner à bout de bras.

— C'est une histoire d'enfer… littéralement.

Un ricanement résonna dans la pièce, et Cassidy et moi nous figeâmes. Mes compagnons se rapprochèrent en maugréant, cherchant du regard la source du son.

— Pauvres idiots, prononça une voix lancinante féminine que j'aurais reconnue entre mille.

Sarina.

Cassidy gémit lorsque je la poussai derrière moi.

— Montre-toi ! hurlai-je tandis que la pièce s'obscurcissait et que la température chutait.

Nous n'étions pas seuls.

— Evie, lâcha Marcus d'un ton sec. Prends mes mains avant que…

Sa parole fut coupée comme si un mur s'était formé entre nous. Je commençai à tourbillonner au milieu de la salle qui s'enfonçait dans les ténèbres. Je perdis tout contact avec mes compagnons et fus incapable de trouver Cassidy.

Ma respiration était saccadée. Sarina était morte… pas vrai ?

Comment pouvait-elle faire ceci ?

Elle se matérialisa sous une forme verte translucide qui demeurait hors de ma portée. Elle sourit, bien que toujours recouverte de sang, telle que je l'avais vue la dernière fois lorsque je l'avais tuée.

— Tu n'aurais pas dû revenir ici, dit-elle en effectuant des pas lents et déterminés autour de moi, même si je pouvais voir qu'ils n'étaient qu'une illusion, car elle lévitait.

J'étais face à son esprit. Comment pouvait-elle encore en posséder un ?

Je commençai à imiter ses mouvements et me préparai à frapper de ma dague. Il me fallut du temps, mais je repérai le long fil qui s'enroulait autour de sa cheville et formait une chaîne qui disparaissait dans le sol.

Bien sûr. Son âme ne lui appartenait toujours pas. Elle était asservie au démon qui la possédait.

Mais celui-ci lui avait permis de venir ici… pourquoi ?

— Qu'est-ce que tu veux ? crachai-je en continuant d'arpenter les ombres.

Elle poussa un ricanement qui fit grincer mes oreilles. Elle balaya l'air de sa main, et l'atmosphère autour de nous se transforma, révélant différents tableaux.

— Voici les mondes qui doivent être sacrifiés, commença-t-elle en me montrant différentes scènes, dont certaines que je reconnus.

Les forêts luxuriantes des panthères métamorphes ployaient sous la masse du monde des loups, écrasé par une fissure qui grognait de tout son poids. Un décor brillant tourbillonnait au-dessus et descendait vers le sol, suivi d'une chaleur écarlate provenant d'en bas. Leur orbite irradiait.

Sarina fit courir ses doigts éthérés sur les séquences en soupirant.

— Ils auraient déjà dû fusionner, se lamenta-t-elle. Ma mort a permis le commencement de la grande catastrophe, mais elle ne complétera pas son cycle. (Elle serra les dents et m'adressa un regard noir.) Mon maître m'a donné le pouvoir de créer un nouveau monde. Un monde qui ne deviendra jamais réalité tant que ton espèce continuera de s'interposer, *Sorcière du Destin*.

Mon espèce ?

Je n'étais pas la seule ?

J'avançai d'un pas, ma lame fermement serrée entre mes doigts tandis qu'un frisson remontait ma colonne vertébrale. Un je-ne-sais-quoi ne tournait pas rond du tout chez cet esprit. Je ne ressentais pas uniquement la cruauté de Sarina. Quelqu'un d'autre était à l'œuvre.

Quelque chose d'autre.

— Et tu imagines que je vais te prendre en pitié ? demandai-je avec un rire dur. Aucune chance. Je suis contente que tous les mondes de l'univers ne puissent pas s'entredétruire dans le but de bâtir une supposée utopie. Tu veux savoir ce que je pense ? Je crois que ton maître te ment. Lorsque les mondes mourront… il n'y aura rien. Il n'y aura plus aucun territoire sur lequel régner, car tout aura disparu.

Elle poussa ce qui ressemblait à un petit son d'acquiescement, me faisant hésiter.

— Je crains bien d'être d'accord avec toi, à présent que j'ai vu Calamity depuis ce monde.

Elle passa un doigt sur sa poitrine, révélant un symbole rouge reluisant que je ne reconnaissais pas. Son regard trouva le mien, empli de chaleur.

— Je vais brûler, sorcière. Je vais brûler pour toute l'éternité à cause de mon échec, et c'est pour ça que je souhaite te faire une proposition.

Je l'écoutai, sans avoir confiance en elle une seule seconde.

— Laquelle ?

Elle écarta les bras et souleva son menton.

— Tue mon esprit. Libère-moi de mon tourment.

Était-elle sérieuse ?

Je m'approchai et positionnai ma dague au-dessus du symbole sur son torse, là où son cœur aurait dû se trouver.

— Comment puis-je être certaine que ce n'est pas un piège ? (Je l'observai un instant avant de reculer.) Peut-être que tu mérites un supplice éternel, même si tu es sincère.

Son visage se tordit de rage.

— Tu oses refuser ma requête ? Après que je me suis présentée à toi de mon plein gré ?

Je m'accordai un instant pour réfléchir, me remémorant toutes les vies qu'elle avait ôtées, toute la souffrance qu'elle avait causée. De plus, Quinn et Tiros étaient toujours piégés dans d'autres mondes. Si je l'exécutais maintenant, j'ignorais quels effets cela produirait sur eux.

— Tout à fait, déclarai-je, décidant que le risque était trop grand.

Elle poussa un rugissement, et la chaîne à ses pieds commença à s'agiter. De gigantesques ailes de chauves-souris jaillirent de son être, et ses dents s'allongèrent en un terrifiant sourire.

— Merde ! jurai-je avant de tourner les talons pour fuir tandis que l'esprit de Sarina adoptait l'apparence de celui qui avait asservi son âme.

Une terrible chaleur se mit à m'entourer, et un cri strident retentit dans mes pas. Un tonnerre d'ailes battantes résonnait alors que Sarina prenait son envol. Je pivotai juste à temps pour voir son esprit transformé s'abattre sur moi, m'attaquant de ses bras qui avaient évolué en serres.

Je hurlai et brandis ma dague, mon seul moyen de me défendre.

Sarina brailla avant de s'effondrer sur moi. Une pointe de douleur se fit ressentir sur ma joue, à l'endroit où l'une de ses griffes m'avait entaillée. Nous étions toutes les deux à terre, en un enchevêtrement de bras et de jambes, tandis qu'elle essayait de me trancher la gorge.

Je n'avais pas le choix. Je plongeai ma lame dans le symbole écarlate sur sa poitrine.

Une onde de puissance me traversa, et Sarina projeta la tête en arrière en rugissant. Je résistai face à la vague de chaleur, et je sus que si je n'avais pas possédé le pouvoir de tous mes compagnons, ainsi que le reste de la magie de ma congrégation, je n'y aurais jamais survécu.

Sarina se contorsionna en s'égosillant tandis que son corps prenait une teinte écarlate profonde. Mon arme devint brûlante, et je criai en sentant la chaleur des flammes infernales grimper le long de mon bras, mais je ne lâchai pas prise.

La lumière de tous les mondes qui m'entouraient se mit à tournoyer pendant qu'ils s'écrasaient les uns sur les autres et se fissuraient à mesure que le sort de Sarina peinait à accomplir le cycle, mais elle avait commis une erreur cruciale. Elle avait envoyé mes compagnons dans d'autres univers dans l'espoir de me séparer de la puissance qu'ils me procuraient.

En vérité, elle n'avait réussi qu'à renforcer mon emprise sur ces mondes, me donnant suffisamment de force pour les empêcher de s'effondrer complètement les uns sur les autres.

Elle fut réduite à l'état de cendre un instant plus tard, me recouvrant de braises qui me brûlèrent la peau à mesure que le sort s'évanouissait, et me laissant haletante. Les ténèbres qui m'entouraient se mirent à fondre, révélant face à moi une magnifique grande femme aux yeux doux.

— Eh bien, quelle entrée en scène, dit-elle, tout en m'adressant un sourire et en m'offrant sa main. Je suis Renee… une Sorcière du Destin, comme toi. C'est un plaisir de te rencontrer.

Renee.

Une Sorcière du Destin, comme toi.

Cassidy s'agrippa à moi, déterminée à ne pas me lâcher après que j'avais éliminé l'esprit de Sarina d'une manière aussi spectaculaire. Mes compagnons firent également connaître leur mécontentement par leurs grognements, mais ils restèrent à distance. Je supposai qu'ils n'avaient pas apprécié de ne pas avoir pu m'accompagner lorsqu'un esprit démoniaque m'avait piégée dans une autre dimension, un lieu où les Congrégations Royales avaient fusionné avec l'enfer, mais j'avais survécu grâce à eux.

Cassidy nous mena vers la salle d'audience où j'avais accumulé tant de mauvais souvenirs, mais peut-être le temps était-il venu d'en créer de bons.

Elle me raconta qu'après la première mort de Sarina, une autre Sorcière du Destin était apparue, même si Renee semblait se ficher de ce titre.

Les Sorcières du Destin avaient porté différents noms au cours des années. Voyante. Médium. Maîtresse des Clés. Si d'autres sorcières étaient capables de voir le passé et le futur, celles-ci en particulier pouvaient apporter des ajustements au chemin qu'avait tracé le destin.

Renee Fortune, fille d'une puissante Sorcière du Destin avant elle, se tenait devant moi, ses compagnons à ses côtés... ainsi que les miens qu'elle avait libérés du paradis et de l'enfer.

— Comment avez-vous...

Mes mots s'évanouirent lorsque j'aperçus Quinn et Tiros, en partie sains et saufs, même si Quinn paraissait avoir conservé un fin halo doré autour de sa tête, et que les yeux de Tiros étaient devenus bien plus écarlates qu'auparavant, comme si les flammes de l'enfer s'étaient éveillées en lui.

Renee sourit et me présenta ses partenaires qui étaient, bien sûr, des anges. Cela se remarquait immédiatement aux ailes accrochées fermement à leur dos.

— Voici Edwin. C'est un ange du paradis, et c'est lui qui est parti sauver ton compagnon, Quinn. Je n'avais pas saisi pourquoi mes anges m'avaient abandonnée aussi vite après le Premier Écho de la grande catastrophe, mais je comprends à présent. Il fallait qu'ils t'aident à affronter la vague suivante.

L'ange aux magnifiques ailes blanches inclina la tête.

— C'est un plaisir de te rencontrer, Evelyn. Tu es célèbre, là d'où je viens.

Je restai ébahie face à lui. J'ouvris la bouche, mais ne parvins à former aucun mot.

— Et voici Devon, poursuivit Renee. Un ange de l'enfer, si tu ne l'avais pas déjà deviné. A-t-il été difficile de secourir Tiros ?

Devin m'adressa un rictus qui fit courir un frisson dans tout mon corps. Il ne m'attirait pas, mais je savais apprécier un sourire diabolique lorsque j'en voyais un.

— Ce n'est pas la première fois que je participe à l'évasion de quelqu'un de l'enfer. Disons simplement que je commence à m'y habituer.

Renee gloussa.

— Ah, et enfin, cela n'en laisse qu'un pour empêcher l'accomplissement de la deuxième vague de la grande catastrophe.

Elle balaya du regard la salle d'audience.

— Jeffery ? Où es-tu ?

Un bruissement se fit entendre derrière une rangée d'élégants sofas, et un vampire apparut soudainement, tenant Bast dans ses bras. Mon familier se mit à grogner et à se tortiller, adressant ses feulements colériques au vampire irrespectueux.

— Je le tiens ! s'exclama ce dernier avant de se déplacer à la vitesse de l'éclair, puis de déposer Bast au milieu du cercle que nous avions formé.

Deux anges, quatre mages vampires, deux vampires pure souche et deux Sorcières du Destin fixaient le félin qui était en vérité un dieu déguisé. Pendant ce temps, Cassidy et les autres esclaves humains libérés nous observaient depuis les balcons et grignotaient, comme s'ils assistaient à une pièce de théâtre.

Oui, c'était pas gênant du tout.

Renee tendit les bras face à elle.

— Bien, veuillez tous joindre vos mains. Ensemble, nous pouvons briser le dernier sort mis en place par Sarina.

Je serrai les mains de Quinn et Tiros qui m'envoyèrent tous les deux une décharge d'énergie sexuelle et de désir par simple contact. Quinn se pencha, et son souffle chatouilla mon oreille.

— Plus tard, jeune fille. Notre brasier sera rallumé plus tard.

Cette promesse à l'esprit, je ravalai mon envie, et Renee entama une incantation.

Une sorcière aussi puissante qu'elle n'avait pas besoin de proférer de conjurations, du moins pas pour la plupart des sorts, et je me préparai donc à ce qui nous attendait. Une vague de puissance nous traversa tous comme un coup de foudre, projetant une onde d'énergie qui nous rendit tous incandescents, comme si nous avions pris feu. Les flammes furent d'abord mauves, ce qui démontrait la quantité gigantesque de magie que j'avais conservée de la Congrégation de l'Améthyste, et elles virèrent ensuite au bleu.

Bast se mit à pousser des miaulements qui laissaient penser qu'il souffrait, mais il ne quitta pas le cercle. Toute sa fourrure se dressa sur sa peau, et il commença à grogner en acceptant en lui toute l'énergie que nous lui offrions. Renee poursuivit ses incantations, ses mots gagnant en puissance jusqu'à ce que la sorcellerie amplifie chaque terme au point de les faire résonner dans mes os.

Bast commença à se transformer, son corps de chat grandissant et se changeant pour devenir celui d'un homme musclé couvert de rayures, avec une queue qui dépassait par-derrière. Bien sûr, il était nu, mais mon visage tout entier rayonna de la chaleur, et, en baissant les yeux, je remarquai que mon motif était également apparu sur ma poitrine.

Bast m'adressa un sourire narquois qui rivalisait de malice avec celui que j'avais aperçu sur le visage de l'ange déchu.

— Je suis de retour, mon cœur, et nous avons certaines choses à rattraper.

T𝚘𝚞𝚝 𝚌𝚎 𝚚𝚞𝚎 je désirais était d'embraser à nouveau mon lien avec tous mes compagnons, mais je devais d'abord parler à Renee.

Nous nous assîmes à une table construite pour les Élues. Des trônes luxueux et scintillants marquaient chaque place vide qu'aurait dû occuper une sorcière morte à cause des ambitions et de l'avidité de Sarina.

Je fixai du regard la chaise vide de la Congrégation de l'Améthyste. Renee avait insisté pour que je siège sur le trône le plus élevé à l'extrémité de la table où étaient rassemblées toutes les gemmes, même celles des congrégations renégates comme l'onyx, l'opale et le rubis. Après avoir rencontré les ancêtres à l'origine de la Congrégation de l'Onyx, j'étais certaine que les panthères auraient détesté une telle installation. Ils se seraient sûrement autodéclarés renégats afin d'échapper aux Congrégations Royales.

— Tu es la reine des Congrégations Royales, désormais, m'indiqua Renee avec un doux sourire aux lèvres, comme si elle venait de m'annoncer que j'avais gagné de la glace gratuite pendant un an.

Elle l'avait déjà dit plusieurs fois, mais je n'avais pas encore digéré cette information. Je plaçai mon visage entre mes mains.

— Je ne sais même pas ce que cela signifie.

Elle gloussa.

— Cela signifie que tu as réussi à arrêter Sarina. Lorsque tu as fait l'ultime sacrifice en plaçant tes compagnons avant toi-même, tu as ouvert une faille par laquelle je pouvais intervenir. La grande catastrophe avait pour but de bâtir un nouveau monde, et c'est exactement ce que nous avons accompli. Nous avons simplement évité celui que Sarina avait imaginé.

Elle avait répété cela également à plusieurs reprises, mais il m'était toujours impossible de croire que tous les univers avaient effectivement fusionné. L'humanité n'était pas prête pour le surnaturel, et elle ne l'avait jamais été.

— Les vampires ont déjà visité le monde des humains. Même si les hommes muses tentent de dissimuler l'existence des surnaturels, ils ne pourront pas préserver un tel secret bien longtemps. Les vampires ne sont pas les seuls à causer des problèmes, il existe d'autres créatures surnaturelles comme les femmes muses, les rejetons de démons et les sirènes, pour n'en nommer que quelques-uns, qui commencent à s'agiter, poursuivit Renee avant de prendre une gorgée de thé.

Elle s'assit dans une banale chaise brune, prétendant n'entretenir aucune affiliation avec la moindre congrégation, et elle ne comptait pas rester plus longtemps que nécessaire. Elle avait envie de retrouver ses compagnons, ce que je pouvais tout à fait comprendre.

Je soupirai.

— Alors, tu dis que le paradis, l'enfer, les métamorphes panthères et les métamorphes loups vont tous infiltrer la Terre ? Cela va provoquer une guerre. Les humains n'ont jamais bien réagi à la présence du surnaturel. Regarde ce qu'il se passe avec les vampires.

C'était le chaos total. Les hommes muses étaient les créatures fantastiques qui cachaient l'existence de notre monde aux yeux des humains, et ils étaient déjà trop occupés à essayer d'expliquer les gigantesques batailles de vampires en des termes compréhensibles, mais si les métamorphes sauvages ainsi que les anges et les démons commençaient à envahir les rues, alors ce n'était qu'une question de temps avant que trop d'humains ne découvrent la vérité pour que nous puissions la dissimuler. Des sorcières avaient déjà tenté de vivre en tant que telles ouvertement, et les choses s'étaient mal terminées pour elles.

— Alors, qu'allons-nous faire ? questionnai-je, désespérée.

Une étincelle scintilla dans les yeux de Renee.

— Nous allons créer une école, l'appeler la Fortune Academy, et elle se trouvera dans un domaine de poche juste en dessous de ma boutique de médium, à New York. Des sortes de Congrégations Royales miniatures, où tous les surnaturels seront les bienvenus.

Elle hocha la tête.

— Enfin, il y aura quelques exceptions. Pas de surnaturelles capables d'absorber les énergies vitales, comme les succubes ou les vampires.

Elle se pencha en plissant le nez.

— Mais n'en parle pas à Sonya et Jeffery, d'accord ? Ça va les mettre super en colère contre moi.

Sonya, la reine de l'Enfer, et Renee, la toute puissante Sorcière du Destin qui jouait à chat avec la grande catastrophe, étaient comme cul et chemise. Oui, pas très surprenant.

Je lui adressai un faible signe de la tête.

— D'accord, je ne dirai rien.

Je joignis mes mains nerveusement tout en m'efforçant de trouver le courage d'insister sur la question. Après tout, presque tous mes compagnons étaient aussi des vampires.

— Mais pourquoi, si je puis demander ?

Elle tendit la main pour me montrer quelque chose.

— Est-ce que tu vois cette ligne, juste là ? (Elle suivit du doigt l'une des lignes sur sa paume.) Cela m'indique à quel point j'ai altéré le destin. Si elle remonte jusqu'à mon poignet, alors je mourrai et je serai incapable d'empêcher la prochaine grande catastrophe, tu comprends ?

— D'accord, acquiesçai-je en me penchant pour regarder sa main.

J'étais une Sorcière du Destin, pas une voyante, mais elle avait cette particularité d'être comme moi, et j'essayai donc de comprendre ce qu'elle tentait de m'expliquer.

— Donc par exemple, en m'aidant à libérer Quinn et Tiros et à briser le sort que Sarina avait lancé sur Bast et le reste des Congrégations Royales, tu as modifié le destin, et sûrement pas qu'un peu.

Elle opina du chef.

— Oui, et le but de l'Académie sera d'empêcher le chaos de se répandre, mais je ne peux pas la diriger, et aucune personne dangereuse ne peut être autorisée à rejoindre ses rangs. Considère-la comme un terrain d'entraînement qui servira de préparation face au Troisième Écho de la grande catastrophe. Nous aurons besoin d'une armée pour ce qui nous attend.

Elle déglutit avant de continuer de tracer la ligne sur sa paume.

— J'en ai vu assez pour savoir que le Troisième Écho sera amené par une créature capable d'utiliser la force vitale comme une forme de magie, et cela pourrait représenter un grand nombre de créatures, et, bien qu'il me déplaise d'éliminer tant de personnes qui souhaiteraient nous aider, les vampires peuvent se débrouiller sur la Terre, ils n'ont pas besoin d'une assistance particulière. Les succubes et les incubes sont également présents sur cette planète depuis la nuit des temps, et ils ne seront pas perturbés par la fusion des mondes. Je m'inquiète plutôt pour les autres. Les métamorphes et les divins. Ils ont besoin d'être guidés, sinon ils suivront un chemin obscur qui pourrait tous nous mener à la ruine.

— D'accord, acquiesçai-je. Alors, nous fonderons la Fortune Academy, et toutes les créatures surnaturelles affectées par la fusion des mondes y seront les bienvenues.

Le visage de Renee s'illumina.

— Oui, exactement. Merveilleux, n'est-ce pas ? Ils se sont déjà mélangés, et des portails vont commencer à apparaître un peu partout. Je suggère que tu formes des équipes de recrutement afin de commencer immédiatement à guider les pauvres âmes perdues, soit vers les Congrégations Royales, soit vers l'Académie.

— Est-ce que cela signifie que les mondes ne pourront plus être séparés ? Nous sommes coincés ainsi ?

J'étais horrifiée à l'idée que Sarina ait pu transformer l'univers au point qu'il était impossible de le restaurer à son état naturel.

Renee haussa les épaules, l'air de penser qu'il ne s'agissait pas d'un vrai problème.

— Je ne vois pas de moyen par lequel les mondes pourraient être dissociés sans provoquer encore plus de destruction. Le mieux que nous puissions effectuer à présent est de réparer les dégâts qui ont été causés et nous préparer aux conséquences.

Je me tus en imaginant ce que cela impliquait. J'étais à présent reine des Congrégations Royales, et responsable non seulement des sorciers, mais aussi de l'intégration de quatre mondes différents au mien. Cette seule pensée me faisait tourner la tête.

Heureusement, Bast interrompit cette sinistre conversation. Il avait trouvé une nouvelle tenue, même si elle ne consistait qu'en un simple pantalon, son sublime torse restant entièrement nu.

Il joignit ses mains dans son dos tandis que sa queue s'agitait d'avant en arrière.

— Toutes mes excuses, mais Marcus a insisté pour que je vienne vous sauver de la « sorcière pas nette » comme il l'a désignée. (Il pencha la tête face à Renee.) Sans vouloir vous offenser, Maîtresse des Clés.

La candeur de Bast incita Renee à glousser.

— Aucun problème, dieu des familiers. Je crois qu'Evelyn et moi sommes arrivées à une solution convenable, de toute manière.

Elle repoussa sa chaise pour se lever.

— Lorsque tu seras prête, retrouve-moi à ma boutique de médium, à New York. Elle se trouve sur Fortune Street, tu ne pourras pas la manquer.

Elle m'adressa un clin d'œil.

— Nous nous mettrons au travail une fois que nous aurons renouvelé nos réserves de magie.

Le rouge me monta aux joues, et je n'osai pas baisser les yeux. Je savais que mes marques tigrées étaient de nouveau visibles. Bast, sous sa forme humaine, m'avait terriblement manqué, et mon corps réagissait à sa présence, me faisant entrer en chaleur. Je prêtai attention à ne pas effleurer Renee lorsque nous quittâmes la pièce, consciente que mon état était sûrement contagieux, même pour une puissante sorcière.

Me sentant nauséeuse, je regardai Renee quitter la pièce, me laissant seule avec Bast. Il m'offrit son bras, et un sourire narquois se forma sur ses lèvres.

— Tu l'as entendue. Il est temps que tu restaures tes réserves.

ÉPILOGUE

Je m'attendais à être nerveuse à l'idée de me retrouver avec mes six compagnons, mais tout me semblait parfaitement naturel et normal.

Nous prîmes possession de ce qui allait devenir notre chambre à coucher, une suite royale préparée par Renee qui, dans un esprit de générosité prévoyante, avait pensé que j'aurais besoin d'une chambre et d'un lit dignes de ce nom si je devais avoir autant d'amants. J'observai ce qui ressemblait à trois lits king size collés entre eux et me demandai si elle l'avait déniché dans un magasin ou bien si elle l'avait fait apparaître par magie. Aucun creux ne semblait indiquer qu'il s'agissait de matelas séparés, et je déglutis fortement en voyant chacun de mes compagnons se dévêtir.

L'effet que Bast avait sur moi multipliait tout par cent. Je m'approchai du bord du lit pour m'y asseoir, puis j'attendis. Je voulais les admirer pendant qu'ils se dénudaient tous pour moi, et ils semblaient l'avoir compris. Ils retirèrent leurs vêtements avec lenteur, même si je savais qu'ils étaient pressés de *me* déshabiller.

Killian releva son haut par-dessus sa tête et ôta son cran d'arrêt avant de déboutonner son pantalon. Un délicieux « V » convergeait au niveau de sa ceinture, et je ne pouvais décoller mes yeux de ce spectacle excitant. J'avais envie de parcourir ces lignes avec ma langue et d'explorer ce qui se trouvait sous ce tissu tendu.

Sa lame se changea en une courte dague qui ressemblait à la mienne, et il en orienta le manche dans ma direction pour me la tendre.

— N'oublie pas de l'utiliser sur moi, dit-il, un sourire vicieux aux lèvres.

Je promis en hochant la tête avant d'être forcée à détacher mon regard de lui pour le tourner vers Quinn qui se débarrassait de ses vêtements. Il émettait encore une lueur de paradis qui faisait reluire sa peau de l'intérieur, comme s'il avait avalé un morceau de soleil. Il se plaça entre mes jambes et saisit mon visage dans ses mains.

— Tu es… si chaud, m'émerveillai-je. C'était la première fois que je ressentais de la chaleur en touchant un de mes vampires.

Il gloussa.

— Si tu estimes que je suis chaud, alors Tiros va te faire halluciner.

Ce dernier apparut à mes côtés et se glissa avec moi sur le lit. Il me mordilla le cou, me poussant à gémir. Son souffle était ardent comme une flamme. Lorsqu'il éloigna son visage, je vis ses yeux étincelants de puissance.

— J'ai appris quelques tours grâce à l'enfer, et j'ai envie de les essayer sur toi.

Marcus ricana.

— Regardez comme notre Sorcière du Destin est belle.

Il se pressa contre ma peau et posa un long baiser sur ma joue. Ce geste innocent m'excita plus que tout au monde.

Je permis à Bast de se glisser derrière moi. Je ressentais sa présence feutrée, et je savais qu'il voulait jouer avec moi. Je couinai en sentant ses mains se glisser autour de mon corps et saisir mes seins pour les serrer fermement. Il me rehaussa pour que mon dos soit appuyé contre son torse tandis qu'il mordillait mon oreille.

— Je me souviens de ce que Killian t'a fait, murmura-t-il, occasionnant des bonds dans mon estomac. Et je me rappelle tes fantasmes de cette nuit-là. Veux-tu les réaliser ?

Mon monde se mit à partir en vrille lorsque je me rendis compte que Bast avait été capable de lire dans mes pensées sous sa forme de chat. Merde, c'était vraiment pas juste, mais s'il était en mesure d'accomplir mes fantasmes, alors cette nuit allait être la meilleure de ma vie.

— Oui, susurrai-je.

Même si la peur d'être submergée par le désir et que mon excitation à l'idée d'y succomber secouaient tout mon être, je le désirais. Je souhaitais être aussi proche que possible de mes compagnons et leur faire comprendre que je les aimais tous de manière égale.

Ce simple mot suffit, et mes hommes se mirent à déchiqueter mes vêtements avec leurs dents, leurs crocs, et peut-être même une dague. Je me retrouvai nue en un instant. Les derniers pantalons furent rapidement retirés, révélant tant de queues au garde-à-vous à mon intention que j'en omis de respirer. Bast me tira vers le milieu du lit et me retourna pour que je puisse lui faire face avant de s'allonger sur son dos. Il caressa mes seins tandis que Quinn écartait mes jambes, mes fesses à présent juchées dans les airs et à la vue de chacun d'entre eux, tandis que mon intimité trempée était exposée. Je tentais de me tordre la nuque afin d'observer ce qui se passait derrière mon épaule, mais Bast saisit mon visage et enfonça sa langue dans ma bouche. J'avais oublié la sensation de ses baisers. Son organe râpeux m'offrait de nouveaux plaisirs qui me fascinèrent assez longtemps pour permettre à Quinn d'utiliser ses talents.

Je lâchai un soupir en sentant Quinn me lécher, puis il bougea, et je compris que l'un de mes autres compagnons avait pris le relais. Celui-ci était plus tendre et délicat... Marcus.

Le rouge me monta aux joues.

— Bast, dis-leur d'arrêter, suppliai-je.

Ce n'était pas mon fantasme, mais par les dieux, j'étais très excitée.

Il me sourit d'un air qui m'indiquait qu'il ne comptait pas me laisser partir.

— Laisse-les d'abord te goûter, me gronda-t-il. Ne remarques-tu pas à quel point nous souhaitons t'offrir du plaisir avant que nous en prenions nous-mêmes ?

Je n'avais jamais considéré les choses de cette manière. J'éprouvais du plaisir en observant leur bonheur, mais en me tortillant suffisamment pour voir Marcus et Quinn céder leur place à mes autres compagnons, permettant à Tiros et Aaron de disparaître derrière mes cuisses, j'émis un cri de plaisir. Ils embrassaient tous les deux mon sexe, ce qui signifiait qu'ils étaient proches de se bécoter aussi. J'avais noté la manière dont Tiros avait regardé Aaron, et ce que cela impliquait me crispa.

— Je crois que ça lui a plu, murmura Tiros, son souffle agissant comme une douce souffrance infligée à mon intimité.

Aaron lâcha un grognement étouffé qui vibra au travers de sa langue et dans mon corps. Je l'interprétai comme un acquiescement.

Au moment où je m'apprêtai à atteindre un douloureux sommet de plaisir, Bast agrippa mes hanches et me tira sur lui, me positionnant au-dessus de son désir turgescent. Je n'étais pas sûre d'être disposée à cela, mais il attendit d'entendre mon gémissement qui le suppliait de me prendre avant me faire descendre sur sa queue. J'émis un hurlement et me contractai autour de lui tandis qu'un puissant orgasme surgissait sans prévenir. Il frotta ses hanches contre moi, prolongeant mon plaisir jusqu'à ce que je m'effondre contre lui.

Killian arriva derrière moi. Je le reconnus au contact glacé de sa lame qu'il glissait le long de ma colonne avant de faufiler ses doigts mouillés vers mes plis engorgés. Bast était toujours en moi, mais Killian voulait pénétrer mon autre entrée.

— Je ne suis pas prête, protestai-je.

— Il faut simplement que tu te détendes, susurra Marcus tout en déposant des baisers contre ma nuque.

Ses doigts délicats glissèrent entre Bast et moi pour caresser mes seins.

Bast commença à effectuer des va-et-vient et réveilla en moi des nerfs que la force de mon plaisir avait engourdis. Il maintint mon dos droit afin que je puisse le chevaucher pendant que Killian me flattait par-derrière. Tiros s'agenouilla à ma gauche, Marcus à ses côtés, tandis qu'Aaron était à ma droite et que Quinn se relevait pour passer par-dessus Bast.

Toutes ces queues, rien que pour moi.

Le désespoir qui se lisait sur tous leurs visages me fendit le cœur, alors j'aspirai le sexe de Quinn dans ma bouche, et je me crispai. Son cul était juste en face du visage de Bast, mais le dieu des familiers ne semblait pas s'en plaindre, et il continua de maintenir mon poids tout en me baisant lentement.

Je pris la queue d'Aaron dans une main et celle de Tiros dans l'autre. N'ayant plus de main libre, j'adressai un regard paniqué à Marcus, mais il esquissa un sourire malin tout en se caressant, pour me montrer ce que je devais faire. J'appliquai son geste aux sexes entre mes doigts, les masturbant en même temps de manière ferme, et je fus récompensée par leurs grognements.

Killian s'inséra à l'intérieur de mon cul qui était bien trop étroit pour lui, et sa magie effaça immédiatement l'inévitable douleur qui accompagnait son entrée. Je savais qu'elle devait être transférée ailleurs, ce qui signifiait que c'était lui qui la ressentait à présent, et c'était plutôt sexy. Il se mit à haleter tout en s'enfonçant plus profondément en moi, amplifiant encore les sensations.

Lorsque Killian s'enfonça en moi, une nouvelle sorte de lien se forma. J'avais établi une connexion avec chacun de mes compagnons, mais celle-ci était différente. Elle nous unissait tous les uns aux autres. J'enchaînai avec l'accueil successif de Quinn puis de Marcus dans ma bouche jusqu'à ce que tous les deux semblent être sur le point d'exploser. Par chaque va-et-vient, je donnais du plaisir à tous, et ils m'en offraient en retour. La magie explosait dans ma poitrine et se répandait dans mes membres, embrasant l'air et s'insinuant dans mes compagnons. L'impact tripla le plaisir que chacun procurait à l'autre et qui nous reliait tous ensemble. Leurs pensées se mirent à se déverser dans mon esprit, et je poussai un soupir de plaisir en éprouvant la force de l'amour qu'ils me portaient. Ce n'était pas seulement du sexe pour eux. C'était leur façon ultime de vénérer leur sorcière, le sens de leur existence. Je n'avais jamais compris à quel point je comptais à leurs yeux et qu'ils étaient résolus à mourir pour me permettre de vivre.

Ils étaient disposés à tout pour moi.

Je les chevauchais plus fort encore, les caressant de haut de bas avec mes mains, avalant la queue de Quinn autant que ma gorge me l'autorisait. Puis j'y accueillis Marcus et remuai mes hanches pour baiser Bast et Killian en même temps. Je leur offris mes propres désirs intérieurs. Il fallait que je leur fasse comprendre que j'étais prête aussi à tout pour eux et que je les aimais plus que la vie elle-même.

Ma magie amplifia le plaisir, et nous atteignîmes tous le sommet ensemble. Je poussai un cri en premier lorsque le puissant orgasme survint. Chaque muscle de mon corps se crispa, et chaque partie de moi était occupée par mes compagnons. Ils explosèrent en moi et sur moi, leur semence chaude et leur extase cimentant un lien qui ne briserait jamais.

Pour la première fois, je savais que j'avais trouvé ma famille, et mon chez-moi.

Merci d'avoir suivi l'histoire d'Evelyn jusqu'à la fin !

J'ai adoré écrire la série des Congrégations Royales ! J'ai l'impression d'avoir pris tous les éléments que vous aviez adorés dans *Seven Sins* pour les améliorer dans cette saga, et, bien sûr, qui n'apprécie pas les aventures sexy avec des vampires ?! Bast était une surprise totale que je n'avais pas anticipée. Il s'est révélé être l'un de mes nouveaux membres préférés du harem d'Evie, et j'adore être surprise par des personnages.

Si vous ne l'avez pas encore deviné, la prochaine série est un harem inversé qui se déroulera dans la Fortune Academy elle-même ! Vous avez déjà rencontré brièvement Lily dans cette trilogie, et bravo si vous avez reconnu ce nom dans *Seven Sins* ! Vous avez percé un mystère que Lily elle-même n'a pas encore résolu.

J'espère que vous poursuivrez le voyage à mesure que les Échos de la grande catastrophe continuent de ravager les mondes en fusion. Ensemble, nous pouvons unir les compagnons qui empêcheront l'avènement de la fin du monde tout en apprenant à être aimés et acceptés ! Tournez cette page pour un aperçu exclusif !

Suivez J.R. Thorn sur Amazon.fr pour être informé de ses nouvelles parutions !

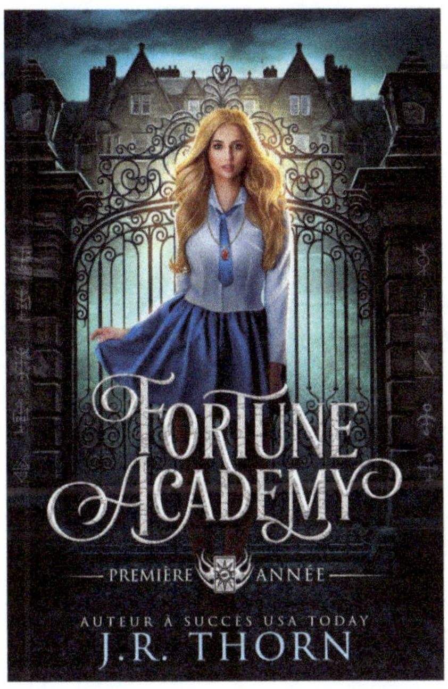

Bienvenue à la Fortune Academy, une école où les surnaturels peuvent se sentir chez eux. Hélas, je n'ai absolument aucune idée de ce que je suis.

La dernière chose dont je me souviens est d'être arrivée devant de gigantesques portes, accompagnée par un chasseur de primes et son regard ténébreux. J'ai le sentiment qu'il était supposé m'emmener à l'Arène des monstres pour que j'y meure.
Finalement, je suis devenue la nouvelle étudiante de la Fortune Academy.

Je suis plus proche des monstres que tout autre étudiant ne pourra jamais l'être. Mon mentor, qui est beaucoup trop canon pour son propre bien, dit que mon comportement est dû à mon amnésie, et que j'essaie de m'identifier à une souffrance passée que j'ai enfouie en moi pour ne plus la ressentir. Je pense qu'il a tort. Je crois que la raison pour laquelle je ne peux être proche d'aucun des élèves est que je suis l'un des monstres qui ont été entraînés à tuer.

Je ne corresponds à aucune catégorie de surnaturel, mais cela ne me protège pas des harceleurs. Un métamorphe alpha baraqué, un Mage sombre lugubre, et un demi-dieu playboy se sont donné pour tâche de me briser.
Ils imaginent que je ne possède aucun pouvoir et que mon enrôlement était une erreur. Ils vont regretter le jour où ils me pousseront à bout, car je ne suis pas le genre de fille qu'on emmerde.

Mon nom est Lily Fallen, mais ne vous laissez pas tromper par mon charme. Je suis un monstre en uniforme scolaire, et ce n'est qu'une question de temps avant que je donne une leçon à mes brutes qu'ils ne sont pas près d'oublier.

Fortune Academy : Première année est le premier d'une série de trois romans pour jeunes adultes qui se déroule dans une Académie paranormale. Préparez-vous à voir des rivalités se transformer lentement en romances impliquant cinq mecs, et où choisir n'est pas nécessaire !

CHAPITRE 1

Tout avait commencé avec une main coupée et un chasseur de primes canon. Pour être tout à fait claire, je n'aurais jamais osé couper la main d'un mec canon... à moins qu'il soit un salopard complet, ce qu'il était. En plus, la main avait repoussé, alors ça ne comptait pas vraiment... Certes, je n'étais pas au courant que les membres des chasseurs de primes pouvaient repousser, mais bon, il n'y avait pas mort d'homme.

Bref, j'ai tendance à radoter sans fournir de contexte, donc laissez-moi reprendre depuis le début, à partir du moment où mes souvenirs ont commencé à me revenir. J'étais en plein milieu d'une rue, sans la moindre idée de qui j'étais. J'allais avoir une sacrée surprise en découvrant la vérité.

La première chose dont je me souviens à partir de ce moment-là, c'est la sensation des vêtements collés à ma peau et de mes cheveux plaqués contre mes joues sous la pluie glaciale. J'avais mal partout, comme si un bulldozer m'avait écrasée. J'avais erré sans but, avant d'être attirée par un renfoncement qui promettait un refuge, jusqu'à ce que je me retrouve dans une ruelle sombre qui donnait sur l'entrée arrière d'un bar. Les gouttes de pluie frappaient mon visage comme autant d'insupportables insectes, mais je ne pouvais me résoudre à trouver la force de quitter ce seuil particulier. Quelque chose d'horrible m'était arrivé, et j'avais dû courir jusqu'à l'épuisement. Mes jambes tremblaient comme des feuilles, et mon cœur tambourinait dans mes oreilles. Je ne pouvais que prendre de lentes inspirations et attendre que quelqu'un ouvre cette sinistre porte rouge marquée d'éraflures.

Malgré le clair de lune aveuglant, je levai les yeux et priai le ciel pour implorer sa pitié. J'ignorais pour quelle faute je demandais pitié, et pourquoi j'étais paralysée de peur sous la pluie glaciale, sur cette marche crasseuse, mais je savais que c'était là que se trouvait mon ultime espoir. Je devais rester ici jusqu'à ce que cette porte s'ouvre.

Les lampadaires s'allumèrent et me firent sursauter, mais je conservai les yeux rivés sur la porte. Elle s'ouvrit, et une femme d'une quarantaine d'années posa un regard dégoûté sur moi.

— Allez, viens, dit-elle avant de se retourner et de me laisser la voie libre.

C'est ainsi que je devins la nouvelle serveuse chez Cindy. En attendant comme un rat mort à l'arrière de son bar, là où, je suppose, se trouvait son entrée secrète réservée aux pauses clopes. En tout cas, c'est ainsi que tous les surnaturels rencontraient Cindy. Dès lors, chaque fois que je sortais, je remarquais la petite gravure hideuse inscrite dans le coin de la porte et qui attirait les gens comme moi vers ce lieu. Un minuscule crâne gravé, affublé d'un sourire idiot, comme s'il savait combien de migraines il causerait à Cindy. C'était là sa punition... aider les gens comme moi qui avaient oublié qui ils étaient et ce qu'ils avaient pu faire. Depuis le Deuxième Écho de Calamity, le monde était apparemment un bordel complet, et tous les surnaturels devaient repartir de zéro, sans le moindre souvenir de leur passé. Je n'avais aucune idée de ce qu'avait pu faire Cindy pour mériter de devenir la marraine de tous ces surnaturels paumés, et elle n'allait certainement jamais me le révéler.

La particularité, c'était que Cindy attirait exclusivement les surnaturels. Bien sûr, quelque chose clochait avec moi, et je ne me sentais pas vraiment à ma place parmi les rebuts qu'étaient les surnaturels. Je suspectais que mon amnésie n'était pas vraiment liée à toutes les étrangetés qui s'étaient produites dans le monde. C'était plus personnel... mais Cindy n'avait pas besoin de savoir cela.

J'aimais bien Cindy. Elle ne posait jamais de questions et ne me menait pas la vie dure quand je ne connaissais pas les choses de base. J'avais l'impression de devoir complètement réapprendre à vivre. Quelque chose de fondamental s'était transformé en moi, sans que je parvienne à mettre le doigt dessus. N'ayant conservé aucun souvenir de mon passé, je n'étais pas pressée de découvrir de quoi il était fait. « Laisse venir les choses naturellement », comme elle disait toujours.

Nous avions cette sorte d'étrange accord qui permettait à notre relation de fonctionner. J'étais arrivée devant sa porte en plein milieu de la nuit, couverte de sang et trempée par la pluie, et elle m'avait accueillie comme tant d'autres avant moi.

Comme le faisait toujours la mère des monstres.

— Le gars à la table trois te reluque depuis une heure, m'informa Jess tout en essayant de tenir un plateau en équilibre sur sa hanche.

Jess était ce qui se rapprochait le plus d'une amie pour moi, de la même façon que Cindy était ce qui se rapprochait le plus d'une mère. Jess était arrivée quelques semaines avant moi, mais elle était déjà en plein rétablissement. Cindy avait organisé quelques entretiens pour Jess dans des boîtes d'escorting. En temps normal, j'aurais désapprouvé ce genre de choix, mais elle semblait adorer attirer l'attention, alors j'espérais qu'elle trouverait son bonheur lorsqu'il serait temps pour elle de partir.

— Fais pas ta bimbo, lui dis-je, sans prêter attention au type qu'elle avait désigné. Impossible que ce soit moi qu'il regarde si tu es juste ici.

J'avais posé les yeux sur sa jupe et son haut courts tout en haussant un sourcil. Elle avait déjà des seins voluptueux et un cul assez rebondi pour faire s'arrêter net n'importe quel mec, et cette tenue la mettait parfaitement en valeur.

— Je ne suis pas un succube comme toi.

Elle avait souri, affichant ses dents blanches comme des perles.

— Je suis sérieuse, Lily, c'est toi qu'il mate !

La terreur m'avait envahie. J'étais jolie, c'est vrai. De longs cheveux blonds, des jambes qui auraient fait un malheur en talons aiguilles, et des lèvres charnues qui auraient été parfaites pour bouder... si c'était mon genre. J'espérais profondément ne pas être un succube.

Je ne savais toujours pas ce que j'étais, ce qui était frustrant, mais puisque la possibilité que je sois un succube n'était pas exclue, j'examinai le bar pour en avoir le cœur net. Tous les hommes présents bavaient devant Jess et se comportaient comme des imbéciles... tous, sauf celui qui était à la table numéro trois.

Nos regards se croisèrent assez longtemps pour qu'un sentiment de familiarité me prenne soudain aux tripes.

OK, c'était vraiment bizarre.

J'essayai de feindre d'être fascinée par mon téléphone.

— Je ne suis pas en service, Jess, lui rappelai-je tout en faisant défiler un fil de discussion insipide sur Internet. Va lui apporter une bière. Celle que tu lui as donnée il y a une heure doit être tiède, et il a sûrement soif.

— Oui, soif de ton amou-ur, dit-elle en chantonnant son dernier mot et en agitant les sourcils.

Je l'ignorai, préférant continuer de regarder mon portable. Il n'était pas difficile pour moi de simuler ma fascination pour cette chose si addictive. Cindy m'autorisait à l'utiliser tant que je ne m'en servais que pour des « recherches » comme elle les qualifiait. Je n'appelais personne ni ne postais quoi que ce soit en ligne. J'adorais lire ce que faisaient les humains et voir les choses qu'ils se partageaient entre eux. Cela concernait souvent des phrases très vagues que je ne comprenais pas vraiment, des photos de chatons (que j'approuvais toujours) et de plats parfaitement préparés. Il y avait à l'occasion des publications concernant l'apparition des surnaturels. Tout le monde avait son opinion, surtout à propos de la Fortune Academy. *Un lieu où les surnaturels sont chez eux.* C'était leur slogan.

Quand j'avais interrogé Cindy à leur sujet, elle avait pouffé et m'avait dit que, si j'étais intelligente, j'éviterais cet endroit comme la peste.

Je n'allais pas avouer à Cindy ce que je pensais vraiment, mais elle avait forcément tort. Une organisation entière dédiée à aider les surnaturels perdus ? J'avais beau apprécier tout ce que Cindy faisait pour moi, elle ne m'apportait pas de réponses. Fortune Academy était en mesure de m'offrir une chance de découvrir ce que j'étais vraiment.

Il y avait un seul problème... l'Académie avait des critères de sélection stricts, dont l'un était de faire preuve de dons surnaturels, ce dont j'avais été incapable jusqu'alors. Je savais uniquement que j'étais surnaturelle, car j'avais perdu la mémoire, et que la rune sur la porte de Cindy m'avait invoquée.

Je voulais découvrir ce que j'étais... mais ça n'allait pas être facile.

Jess me donna un coup de coude dans les côtes, me faisant lever les yeux au ciel.

— Hé, tu m'écoutes ?

— Tu es encore là ? Je t'ai dit que j'étais occupée.

Elle se pencha vers moi et déclara en baissant d'un ton, sans quitter l'inconnu des yeux :

— Je pense que tu devrais vraiment aller lui parler, Lils. Je sais reconnaître un mec qui en pince, et lui, il en pince pour toi, c'est sûr, mais il y a aussi quelque chose qui me dérange chez lui, et je n'arrive pas à déterminer quoi. Ça ne me plaît pas.

— Je vais te dire ce qui te dérange, lançai-je en ricanant. Il y a un magnifique succube dans cette pièce, et pourtant, c'est moi qu'il regarde. Le mec n'a clairement pas la lumière à tous les étages.

Cela ne la réjouissait pas, évidemment. Jess avait besoin d'attirer tous les regards masculins, ce qui ne me posait aucun problème.

— Hé, beauté ! cria l'un des types à l'autre bout du bar à l'intention de Jess. Tu les apportes ces bières, ou pas ?

Jess lui fit signe en gloussant, ce qui m'agaça profondément.

— Tu devrais lui mettre un coup de pied dans les couilles.

Jess pouffa en réajustant son plateau.

— Ce n'est pas comme ça que je vais gagner des pourboires. Et toi, va parler au canon de la table trois, ou bien c'est moi qui le ferai.

Elle pinça les lèvres en m'adressant un regard qui signifiait « va lui parler, sinon... », avant de partir apporter ses bières à l'humain impatient.

Je m'étais reconcentrée sur le sujet de notre conversation. L'inconnu était voûté et cachait son visage dans l'ombre. J'étais méfiante.

Cela signifiait soit qu'il était timide, soit qu'il avait quelque chose à cacher.

Un timide n'aurait pas résisté aux charmes d'un succube. Je décidai donc de remettre mon téléphone dans la poche de mon jean et de m'approcher de sa table. Je croisai les bras jusqu'à ce qu'il daigne grogner dans ma direction.

— Oh, alors, vous savez parler ? lui balançai-je d'un ton cinglant, mon irritation m'ayant mis les nerfs à vif. Quoi, vous passez toute la soirée à me fixer depuis l'autre côté de la pièce, mais lorsque je m'approche, vous n'avez rien à dire ?

Il déplaça la bière que Jess lui avait apportée une heure plus tôt et qu'il n'avait pas touchée, laissant un cercle de condensation sur la table.

— Alors, tu ne te souviens pas de moi.

Sa voix était rauque et basse… et, apparemment, il savait qui j'étais.

Mon corps entier se figea, et j'eus soudain des sueurs froides. J'avais secrètement cultivé l'espoir que, dans un bar aussi fréquenté, quelqu'un finirait par me reconnaître, mais je redoutais aussi le jour où cette connaissance se présenterait. J'étais arrivée dans un orphelinat pour monstres… et je n'étais pas trempée que par l'eau de pluie glacée lorsque Cindy m'avait ouvert sa porte.

Oui, j'étais arrivée couverte de sang, mais ce sang n'était pas le mien. Ce soir-là, en échangeant mes vêtements contre un pyjama que l'on m'avait prêté, j'avais découvert que je n'avais pas reçu la moindre égratignure.

Sans savoir comment, je réussis à ravaler la boule de terreur qui s'était logée dans ma gorge. Je laissai échapper un rire nerveux et fis passer mes cheveux sur mon épaule. Les hommes réagissaient mieux quand ils pensaient que je n'étais qu'une blonde stupide.

— Non, désolée. Si vous n'étiez pas caché sous cette capuche, je pourrais voir votre visage, vous comprenez ? Un ton désagréable ne suffit pas vraiment à rafraîchir la mémoire.

Il hésita, puis se décala afin que sa capuche bouge juste assez pour que je puisse discerner l'arête prononcée de son menton.

— Je ne suis pas désagréable, maugréa-t-il.

Sa manière de rétorquer immédiatement à mon insulte était presque adorable. J'étais sur le point d'empirer la situation, mais il rabattit complètement sa capuche. Bon sang, il était beau gosse.

En fait, ses yeux brillaient d'une magie orange métallique qui indiquait clairement qu'il était un chasseur de surnaturels… enfin, c'était un détail.

Je n'aurais pas dû être surprise de voir un chasseur de primes se présenter chez Cindy, mais il avait tout de même réussi à me prendre au dépourvu. J'avais l'esprit complètement embrumé, mais mon corps réagit à l'éclat de sa lame en argent. Le monde tout autour de moi se figea dans un gel magique. J'ignorais si c'était quelque chose que j'avais provoqué, ou si les défenses du bar avaient failli. Je profitai de l'instant pour me retourner et m'éloigner le plus possible du chasseur.

Mais il put facilement suivre mes mouvements, son regard traçant le mien pendant que je bougeais. Je sursautai, et il dégaina la lame, son impitoyable argent passant droit devant mes yeux. Je savais qu'elle était suffisamment aiguisée pour me couper la tête d'un coup, mais je ne réalisai qu'une demi-seconde trop tard que je n'étais pas sa cible.

Jess hurla en s'agrippant au manche enfoncé en elle avant de s'effondrer au sol pendant que le temps se libérait de son mouvement ralenti.

— Jess ! criai-je tout en essayant d'aller l'aider.

Mais le chasseur m'attrapa, me tordant le poignet.

— Pas la peine de me remercier, grogna-t-il avant de me coller contre son torse. Elle s'apprêtait à te tuer.

Plaquée contre ses abdos, j'entortillai mes doigts contre le cuir épais de son manteau et levai les yeux vers son visage, ébahie par la force brutale de ses traits durs et de ses yeux incandescents. Tout ce qu'il représentait me semblait dangereux, mais il me tenait d'une manière protectrice, et presque… délicate.

Un cliquetis de métal retentit au sol, brisant le silence qui aurait été impossible dans un bar bondé. Personne ne semblait avoir remarqué que Jess avait été poignardée ni qu'un chasseur aux yeux incandescents me serrait contre lui.

Le temps était en effet figé… mais pas Jess.

Jess… qui avait maintenant une dague logée dans la poitrine.

Même un succube aurait dû succomber à une blessure fatale comme celle-ci, pourtant elle grognait comme si la lame ne faisait que l'agacer, et elle s'était jetée sur moi. Le chasseur avait réagi avant moi et tendu la main pour me défendre, ce qui aurait pu être un geste attentionné, mais l'arme avait frappé net, tranchant la chair et l'os de sa main qui s'était écrasée au sol comme un vulgaire morceau de viande.

— Oh, mince… murmurai-je.

Il lâcha un juron et enveloppa le moignon au bout de son bras dans son manteau. Quand Jess se mit à crier en s'effondrant à genoux, je compris qu'il n'avait pas juré dans sa barbe, mais lancé un sort.

De chasseur de primes, il était devenu magicien.

— Salopard ! hurla Jess. Elle est à moi !

Mon cerveau n'était pas en état de comprendre pourquoi Jess hurlait en direction du chasseur, et mon regard balaya le bar, sorte de photo figée dans l'instant.

Trois tables plus loin, un groupe de personnes levaient leurs verres pour porter un toast, et l'une d'entre elles déversait son breuvage en l'air, les gouttes et la mousse formant un arc parfait au-dessus de la tête de son ami.

À l'extérieur, les voitures qui d'ordinaire filaient dans la ruelle sombre étaient immobilisées. La plus proche de la fenêtre était conduite par une femme dont les cheveux étaient en éventail derrière elle, comme dans un shooting photo.

Je remarquai alors que Cindy m'observait depuis l'entrebâillement de la porte arrière. Même elle était piégée dans cet instant. Peu importe ce qui avait gelé le temps, seuls le chasseur, Jess et moi étions capables de bouger. J'étais perturbée de voir Cindy plantée là… à observer, tout simplement, comme si elle attendait que quelque chose se produise. Si elle savait qui était le chasseur, pourquoi ne m'avait-elle pas empêchée de lui parler ?

Le chasseur me secoua de la seule main qui lui restait. Il aurait dû être en train de se tordre de douleur, mais je ne savais pas grand-chose au sujet des chasseurs de primes. Peut-être était-il capable d'ignorer la douleur.

— Arrête de rêvasser, s'énerva-t-il. Regarde.

Il pointa quelque chose du doigt, et mon regard obéit, bien que mon cerveau refuse d'accepter ce qui était en train de se produire.

Un couteau se trouvait par terre, à quelques centimètres seulement de la main de Jess, mais ce n'était pas celui avec lequel le chasseur de primes l'avait tuée. Celui-ci était toujours logé dans sa poitrine, et du sang se déversait autour de la blessure, maculant ses vêtements.

— Jess ? hélai-je, la voix chevrotante, prenant enfin conscience de sa tentative de nous attaquer avec un couteau - pas n'importe lequel, mais une lame gravée de runes qui brillaient d'une lumière rouge.

Je considérais Jess comme mon amie, même si je n'avais été ici que quelques semaines et que j'essayais encore de me souvenir de mon identité. Cindy m'avait dit ne pas presser les choses. De prendre tout le temps dont j'avais besoin. Jess m'avait toujours soutenue à sa manière, mais ce n'était pas la même Jess qui me parlait des hommes, ou avec qui je volais des verres en douce derrière le bar. Elle saisit le pommeau encore ancré dans sa poitrine en me fixant des yeux. Je n'avais jamais vu quelqu'un me regarder avec une telle haine, encore moins une personne que je considérais comme une amie.

— Tu es un monstre, lâcha-t-elle, comme si c'était quelque chose qu'elle avait attendu trop longtemps de me dire. Tu es censée travailler pour nous. Personne d'autre ne peut t'avoir !

Elle voulut attraper la dague qu'elle avait lâchée, mais se mit à hurler de douleur en frappant le sol de la paume de sa main.

Sans le chasseur qui me tenait encore de son bras puissant, je serais morte et enterrée. Je n'avais connu que peu de situations aussi stressantes, mais lorsqu'un client s'énervait, ou que Cindy élevait la voix, mes doigts devenaient frigorifiés au point de s'engourdir, jusqu'à ce que je m'accroche à quelqu'un. À présent, ce besoin me dévorait plus que jamais, et je glissai ma main contre les vêtements du chasseur jusqu'à atteindre un bout de peau découvert au niveau de son cou. Il sursauta au moment où mes doigts gelés rencontrèrent les siens, mais il ne m'interrompit pas. Au contraire, il commença à caresser mes cheveux en m'adressant un regard grave.

— Lily, c'est bien ça ?

Le fait d'entendre mon nom me ramena subitement à la réalité, et je plongeai mes yeux dans les siens, qui brillaient encore de cette fascinante lueur dorée métallique.

— Euh, oui.

Comment connaissait-il mon nom ?

Il inspecta le bar en fronçant les sourcils.

— Je ne pourrai pas maintenir le gel du temps lorsque nous quitterons ce bar. Heureusement que la mère des monstres était de l'autre côté de la porte lorsque je l'ai lancé.

Il regarda alors la dague toujours plantée dans la poitrine de Jess. Je remarquais une gemme incrustée au pommeau qui brillait d'une lueur verte, mais cette lueur commençait à se dissiper.

— Nous n'avons plus beaucoup de temps. Tu penses que tu peux bouger ?

La surprise provoquée par sa proposition fit se propager toute la chaleur qui s'était accumulée au bout de mes doigts jusque dans tout mon corps. Il me poussa sur le côté en pestant.

— Vous ne pensez quand même pas que je vais vous suivre ? demandai-je.

— Si, grogna le doux et patient inconnu auquel je m'étais agrippée tandis qu'il reprenait son rôle de chasseur de primes, venu pour... Pour quoi, d'ailleurs ?

— Si tu restes ici, tu mourras... ou pire... tu dois venir avec moi.

Je retrouvai la raison et me braquai. Personne ne me donnait d'ordre.

— Je vous remercie, mais je suis capable de me débrouiller seule.

— Tu ferais mieux de l'écouter, murmura Jess.

Un sourire fou s'était dessiné sur son visage, ses paupières s'affaissaient, et le sang avait donné à ses dents une teinte rose. C'était la chose la plus terrifiante que j'avais vue de toute ma vie. De plus, l'un des côtés de son visage commençait à s'affaisser, et l'un de ses yeux devenait noir.

— Je ne suis pas vraiment un succube, tu sais. Je suis quelque chose de différent... d'encore meilleur. Je n'étais pas prête à te le montrer, mais on dirait que tu ne me laisses pas le choix. Tu as perdu la mémoire parce que tu n'étais pas prête à apprendre ce que tu es, mais moi, je l'ai accepté.

— Toi, ferme-la, lui balança le chasseur en sortant une deuxième lame. Lily n'a rien à voir avec toi.

Elle cracha un autre rire.

— Oh, alors, tu te sens protecteur ? Tu n'es pas venu pour la tuer... mais pour la recruter dans ta petite Académie ? Comme c'est mignon.

J'enfonçai mes ongles dans les paumes de mes mains. L'air tout autour de nous se mit à osciller, comme si le monde entier était sur le point de s'effondrer. Je ne pouvais pas laisser Jess agoniser ainsi, même si elle me terrifiait. Je me fichais de qui elle était, je devais lui laisser une chance de s'expliquer. Peut-être que si je pouvais la persuader que je n'allais pas le suivre, elle arrêterait d'essayer de s'en prendre à moi.

Elle me lança un regard plein de pitié. C'était à peine croyable. Jess, un couteau planté dans la poitrine, le visage se désagrégeant, me jetait un regard de pitié.

— Comme tu es adorable. Tu veux toujours m'aider, pas vrai ? dit-elle en soupirant. Tu as vraiment un sang bizarre. Deux tiers de toi sont parfaits pour l'Académie des monstres, mais il y a toujours ce vilain dernier tiers qui ne peut s'empêcher de montrer son horrible tête.

Son visage était ravagé par la haine.

— Mère brûlera cette partie de toi. Et enfin, tu pourras nous rejoindre, et l'Académie des monstres aura enfin son élève prodige, ricana-t-elle. Ou son expérience ratée. Quel que soit le résultat, je vais en tirer énormément de fierté.

— L'Académie des monstres ? hurlai-je. Jess, mais de quoi parles-tu, bon sang ?

Elle ouvrit la bouche pour me répondre, mais un puissant craquement résonna dans toute la pièce, et le temps se libéra de son verrou.

— Il est temps de partir, déclara le chasseur avant de m'attraper de nouveau par le bras.

Tout s'était déroulé en un instant. Le silence paisible avait disparu pour laisser une nouvelle fois place au brouhaha habituel du bar rempli. Prise par surprise, je m'abaissais comme si ce bombardement de sons était un objet lancé dans ma direction. Cindy entra avec fracas et commença à projeter des flammes (des putains de flammes !) depuis le creux de ses mains. Je n'avais rien de vu de tel de toute ma vie. Les flammes étaient si chaudes qu'elles firent fondre deux clients dont les corps se désagrégèrent sur le parquet. Le bar explosa, et l'odeur de la peur me percuta comme un mur.

— Viens vite ! cria le chasseur en me tirant par le bras, mais j'étais figée sur place.

Il me lança un regard interloqué.

Oui. J'étais une surnaturelle. Je n'avais aucune putain d'idée de qui j'étais, mais il n'allait pas me faire bouger sans mon accord.

Cependant, l'idée de le suivre commençait à devenir vraiment intéressante. Jess me parlait de me faire rencontrer l'Académie des monstres (aucune idée de ce que c'était, mais cela me donnait un mauvais pressentiment), et Cindy projetait des flammes partout et massacrait des gens.

Il fallait que je prenne une décision, et j'avais peu de temps pour le faire. Un regard rapide lancé vers Jess me laissa des sentiments mitigés. Elle n'était clairement pas un succube. La beauté de Jess se disloquait comme si la dague enfoncée dans sa poitrine aspirait son enveloppe extérieure. Je n'étais pas sûre de savoir s'il s'agissait d'un sort ou d'un tour de passe-passe magique, mais cette créature qui se trouvait désormais devant moi, les yeux noirs et la peau flétrie, était la véritable Jess.

Bizarrement, je voulais apprendre à la connaître. Je voyais encore un peu de Jess dans ces yeux noirs. Ils étaient consumés par les ténèbres et la souffrance, mais l'amie que j'avais appris à aimer était encore présente.

Lorsqu'elle tenta de nouveau d'attraper la lame au sol, cependant, je compris qu'elle préférait me tuer plutôt que de laisser le chasseur m'emmener. Peut-être étais-je naïve, comme elle me l'avait toujours répété.

Résignée, je fermai les yeux et laissai le chasseur me traîner hors du bar dans la nuit froide.

Bien sûr, il pleuvait des putains de cordes, et j'étais recouverte d'un sang qui ne m'appartenait pas.

Romance paranormale du genre Harem inversé — pas de choix à faire.

J.R. Thorn est une auteure de romance paranormale de genre harem inversé, qui adore le café, le temps orageux et les discussions animées avec sa muse intérieure. On la trouve souvent en train de coucher ses histoires torrides dans son atelier d'écriture, loin des regards indiscrets de son enfant en bas âge, de son mari et de ses deux chats bruyants.

Pour être informé des nouvelles parutions, n'oubliez pas de suivre J.R. Thorn sur Amazon.fr.

DU MÊME AUTEUR

Tous les livres appartiennent à des séries indépendantes les unes des autres, listées dans l'ordre des événements qu'ellesprésentent.

Liste de lecture de l'univers Elemental Fae

L'Académie des Faës Élémentaires (Co-écrit)

La Reine des Faë de Minuit (Lexi C. Foss)

l'Académie des Faë du Destin (J.R. Thorn)

Candela (J.R. Thorn) - Anglais

La Reine des Faë de l'Hiver (Co-écrit)

La Captive des Faë de Lucifer (Co-écrit)

A.J. Flowers est le nom de plume de J.R. Thorn

L'Académie des dragonniers

Liste de lecture de l'univers de la série Blood Stone - Anglais

Tome 1 : Succubus Sins

Tome 2 : Siren Sins

Tome 3 : Vampire Sins

La Malédiction des vampires : Congrégations royales

Tome 1

Tome 2

Tome 3

Fortune Academy (Partie I)

Première année

Deuxième année

Troisième année

Fortune Academy Underworld (Partie II)

Tome quatre

Tome cinq

Tome Six

Fortune Academy Underworld (Partie III)

Tome Sept

Book Eight

Book Nine

Book Ten

Le Pacte des Cinq : Loups métamorphes rejetés et harem inversé

Tome 1 : Gardienne de la lune

Tome 2: Lune maudite

Tome 3

Dark Arts Academy - Anglais

Book One

Book Two

Unicorn Shifter Academy - Anglais

Book One

Book Two

Book Three

Autres thèmes que celui du harem inversé (J.R. Thorn sous le pseudonyme de Jennifer Thorn)

Liste de lecture de l'univers Les anges déchus

Les anges déchus: Le commencement

La princesse bannie

Le Roi de la Prison

Liste de lecture de l'univers Sins of the Fae King - Anglais

(tome 1) Captured by the Fae King

(tome 2) Betrayed by the Fae King

Pour en savoir plus : Amazon.fr

www.ingramcontent.com/pod-product-compliance
Lightning Source LLC
Chambersburg PA
CBHW070821020826
48982CB00014B/149